人民艺术家·王蒙
创作70年全稿

小说编

狂欢的季节

· 7 ·

人民文学出版社

王　蒙

声明:本小说写到的一些地点和机构,是实有的;但其中人物故事,纯系虚构,并无任何原型依据。

切切乞谅。

第 一 章

  我知道连续的长篇小说是令人疲倦的。人们惧怕卷帙浩繁的长篇小说正如惧怕太多的记忆太多的往事太多的历史,谁不怕昨天侵占了打扰了今天?谁不怕书籍俘虏了吞噬了自己的活鲜的生命?读一百部爱情杰作也不能替代一次爱情的遭遇。人们生活于现时,生活于正在呼吸、正在消化、正在出汗、正在来劲——比如说正在与你的性伴侣天翻地覆地好合——的这短暂的一刹那。人生不过是许多刹那的集合,你感觉到的把握住的为之销魂蚀骨的不过是眼前的此一刹那。在你出生的前一分钟与前一亿年,在你死去的后一秒钟与后五十万亿年并且我们假设那一年地球将会最终冷却毁灭,这一切对于你又有什么区别?你想抓住,你想体味,你想记在心里,你决不甘心一切烟消云散不留痕迹,你打起精神全神贯注……仍然失之交臂、仍然如梦如幻如泡如影如电如露的只有现在。你又哪里来的闲心重温老年间老老年间的旧皇历?我的亲爱的忠实的读者!当你在昏黄的灯光下阅读千篇一律的五号宋体汉字时候,多少年华、多少色调、多少游戏、多少争夺和欲望的斑驳灿烂从你的手指缝中溜走,从你的身边呼啸而过。如果我真的爱你,是不是应该奉劝你放下书本,去紧紧地拥抱现实人生呢?

  所有的如实道来都像是虚构,所有的虚构都像是山穷水尽弹尽粮绝,所有的父亲都像是窝囊废,而所有的儿子都像是轻飘飘的自作聪明而且呼天抢地的弱智。我将不能如实,我将不能不如实。在写了一些实有的事件、地点与单位的同时，我必须说我的人物与故事纯属虚构，如有雷同，纯属巧合了。

最后或许能够（多半不能够，不能够的可能性当然更大。如果一个医生告诉他的病人"你或许能够痊愈"，那个病人该怎么样想呢？）留下来的只是小说的断简残编。四书五经孔家店，尚有"红楼"或耐看。人生呀，你为什么总想保留下一点什么？当所有的所有都烟消云散的时候，为什么人们还痴痴地回顾自己的足迹？

那么，本一个季节将是什么呢？我曾经多么样的满意于"失态"与"踌躇"的命名！这样的词儿创造出来不就是为了我的长篇小说系列吗？你悠久地垂悬在那里，闲置中等待着对号入模子。失态，举重若轻，绵里藏针，哭笑不得而又……够哥们儿喝一壶的啦。踌躇，既是踌躇意满又是踌躇不决，一语双关，且惜且悲且痛且摇头摆尾并跷足长叹，您上哪儿找这么好的无法译介的词儿去？那么本一个季节应该是恐惧的季节？是奔突，是疯狂，是死亡的季节或者时节么？是横冲直撞大火熊熊痛快淋漓由真正的历史大手笔写就的浓艳的或浓烈的季节么？抑或是闲散的、恬淡的、无聊的、空白的、等待的、静悄悄的、比如说是养猫养鸡养黄鼠狼腌咸蛋种花种草打毛衣读菜谱打木器家具和常常醉酒的叫做畅饮的季节么？也许我应该叫它意外的或混乱的、困惑的、迷失的、梦魇的至少是奇异至极的神妙至极的百思不得其解的，你只好叹为观止的季节吧？

比如说在二十世纪七十年代开始的时候，在美国太空人已经登月，苏联卫星已经遨游太空，而且中国红彤彤的人造地球卫星也已经或正在放送着"东方红，太阳升，中国出了个毛泽东"的陕北民歌旋律进入了自己的轨道，南京长江大桥已经胜利竣工，热核武器已经多次试验成功，亚洲四小龙经济正在腾飞的时候，在信息科学、生命科学、能源科学、环境科学、材料科学正酝酿着史无前例的大突破的时候，你会在中国的城乡看到一个又一个晦气鬼，头上戴着缺三少两的几根翅的乌纱帽，敲着破锣或者破铁锅，嘴里喊着："我是国民党的残渣余孽……""我是……"自己游街。他游街的路线是"革命群众"指定了的,走到终点他要请终点的革命群众组织给他签字,证明他没有偷奸耍滑,证明他确实是在指定的时间内自我游到了指定地点。我们可以从《湖南农民运动考察报告》的宏伟描述里找到这种斗争(或者不如说是娱乐)方式的出处,我们也许更可以从京剧舞台演出中找到这种表演程式的源起,我们可以从鲁迅悲愤地描写过的愚众围观杀头的场面中寻找到这种恶作剧的心理积淀基础,但是所有这些仍然不能说明为何那年那月会有这样不可思议的喜剧场面隆重推出,并且是以神圣的革命的名义。

叶东菊的继父有一位堂兄,当过国民党的县长,说来他的命运真真好笑。他是国民党的最后一任县长,任期一个半月就(被共产党和人民解放军)解放了。他是大学毕业找不着事由儿,通过考试当的县长,因为原来的县长跑到台湾去了。这样他就被("文革"中的革命群众)解释为更加反动,乃至于是被国民党留下的特务。为了给他做一顶赃官帽子,各派群众组织各显其能,做出来的乌纱帽可以说是千奇百怪,花样翻新。就说帽翅吧,有的上下抖颤,哆哆嗦嗦;有的前后忽闪,摇摇摆摆;有的张牙舞爪,四面出击;有的欲折欲断,滴里耷拉儿。一顶顶帽子天真古朴,传统久远而又不泯童心,丑得奇,赖得怪,匠心独运,手艺非凡。看看这些志在对国民党残渣余孽及地、富、反、坏、右、叛徒、特务、走资派辱之灭之的帽子,你觉得咱们的人民真是十几亿可爱的小山羊、小白兔,咩咩咩咩,欢蹦乱跳,稚态可掬,烂漫清纯,指向哪里哄向哪里,哄在哪里玩在哪里乱在哪里忘在哪里……

伪县长反革命不敢厚此薄彼,不敢挑动群众斗群众,他轮流戴各派革命造反组织拿来的各色帽子,一共戴了和游了五个多月,十分的过瘾。那是一九七〇年的事,那一年由于各派群众组织斗了个不亦乐乎,真枪真炮高射机枪都上了,领导乃号召大家牢牢掌握斗争大方向,就是说要斗阶级敌人而不是只热心于斗不同观点的所谓"对立面组织"。于是,像一摊早已冷却干燥的屎一样的伪县长突然红火起来了,突然成为人民的关注中心。他漫游漫叫,漫哭漫笑,漫转身漫弯腰,齐祸福而同哀乐,卧大波而随浊流,昏昏陶陶,逍遥忘机,并能锻炼身体,抒发郁闷,健康身心,提高认识,伪县长何德何能而获此至乐!

同时从革命群众组织让他自己"游"而不是押着他"游"这件事上,他也深深体会到革命人民对他的最大信任最大关心最大爱护,他充满了知遇之感。几个月过去,他对帽子和街道对毛主席的革命路线和他表示认罪的敲破锣而嚎叫不止都产生了感情。这一套活动变成了他锻炼身心、锻炼悟性耐性的一种"功法",用他的思想汇报里的话来说,通过自我游街接受人民的教育,是他的最大幸福最大安慰,这已经成为他的人生的第一需要,已经是他的乐生的第一要素了。

开始,为了显示本派组织一直牢牢地掌握着斗争大方向而不是只热衷于打派仗,各派红卫兵对整治他这样的残渣余孽兴趣甚高,由红卫兵亲自给他戴帽,亲自给他化装——画花脸,毛笔蘸臭墨汁、蘸红蓝墨水、蘸水彩颜料在他脸上勾勒着色,画得极富后现代感。后来闹得久了,红卫兵们有更重要得多的夺权武斗争左派帽子三结合当官的大任务,便不再怎么搭理他,改由他自己画。他也不敢怠慢,每次都画得表现了他真心认罪伏法决不翻案的认识水平和他自幼受过良好教育的审美想象力——但仍偏于保守,摆脱不了封、资、修的条条框框。只是时间太长了以后,革命小将们和他本人画花脸的想象力也用尽了,再也想不出什么好图案好花色来了,他的作为行为艺术的游街也渐渐不再引人注目了。破锣敲得再响,嚎叫歌曲唱得再悲也没有人正眼看他一眼了。真真是盛极必衰,天下没有不散的筵席。他好像一个艺术巨星偶像,飞快走完从出道到大红大紫,再到人老珠黄、色衰颜败、冷却下来无人问津的悲哀的上下坡路。他的游街史与他的县官史一样,短暂,浓缩,如春梦,如筑沙城,富有哲理教训。后来是因为天气太冷,骤然降温,新的口号——斗私批修,办学习班等提出来了,革命组织警告他没有命令不可擅自游街——红卫兵指出他的不停游街其实是好出风头与个人英雄主义,是反动派不甘心失去天堂而要与革命人民争夺观众。他害怕了,于是演出结束,用现如今时兴的未必通顺的话来表达,叫做"落下帷幕"。

他为此深感失落,觉得自己开始得轰轰烈烈,演出得热热火火,说没就没了,说下就下了,人走茶凉,虎头蛇尾,他黯然神伤。

有一次他正游街,听见两个红小兵议论——那时候少年先锋队大概也犯了"修正主义"的错误,孩子加入的组织不叫少先队而叫"红小兵"了——一个问:"这人怎么了呀?"另一个大一点的回答:"他是残渣鱼儿。"他听到后费了老大的力气才忍住了笑。从此他自称是"残渣鱼儿","余"变成鱼,再一儿化,"孽"于不知不觉中被略而不计——这是语音学上典型的浊辅音与非圆唇前元音弱化现象与语义学上的语词含义转化现象。他乃从紧张变为轻松,从屈辱变为潇洒,从危险变为亲切,从死有余辜变成活得有滋有味儿了。他遍思古书洋书,觉得庄生化蝶也罢,丑小鸭化天鹅也罢,青蛙化美丽的华西丽莎公主也罢,都没有反革命残渣余孽化成残渣鱼儿——一种幼小的水生脊椎动物——内容丰富、感觉奇妙、境界高蹈、出神入化。

林彪事件以后,他恢复了人身自由。一九七五年,他去北京一游,在东菊继父那里,恰与回京探亲的钱文碰头,他津津有味地讲了自己化鱼儿的故事,钱文笑得直不起腰来。

二十年后,这位"鱼儿"担任一个省的政协副主席和该省国民党革命委员会主任委员。他出面代表六大班子(党、政、军、人大、政协、纪律检查)以地方领导同志的身份设宴招待钱文夫妇。他们一起喝了十全大补药酒,吃了咸鱼五香鱼糟鱼豆豉鲅鱼(由于动物保护禁食,因此他们是非法吃了的)娃娃鱼松鼠鳜鱼新引进的虹鳟鱼与突受食客垂青的水鱼(或名甲鱼或名王八)。他们都想起有关鱼儿的经验,他们谁也不好意思提,但频频观鱼相视,默契而笑。

（和中国人比，洋鬼子都是白痴！中国人一笑，其深意其沧桑其智慧其内蕴其火候其阴阳五行四象八卦，活活羞死他夷狄十二国教授博士男女学者！）

也许这样写是太轻飘了。也许这样写是在喝了十全大补药酒、吃上水鱼石斑鱼乃至非法地吃了娃娃鱼之后才找到的飘飘然文化底蕴使然。也许这样写会令悲愤的大言无当而毫无实际记录可言的后生们爆炸啊再爆炸烧心啊再烧心。那么让我们看一看命运决不轻飘的我们的季节系列里的其他老朋友们的状况吧。

善于深文周纳的颇具学者风度的曲风明同志自杀于一九六六年七月，这始终是一个谜。他早在一九五九年就涉嫌自杀过一次，并因之被定为右倾机会主义分子（后平反）。一九六六年"文革"轰轰烈烈地开展后，曲并未受到什么冲击。一位工作组的同志还动员他揭发旧市委，他已经在会上初步表了态，他对旧市委的认识显然优于其他同志，工作组同志立即表扬了他，说他确是在提高认识，与旧市委与修正主义开始划清界限。他显然正在具备成为工作组积极分子的条件。他已经受到工作组的另眼看待——他被叫去看了什么中央文革小组的文件。他也已经被他的同事们另眼看待，同事们见了他就躲避不迭，恍如见到了鼠疫症患者。他死前的晚上从食堂要了一碗肉丝汤面，一头糖蒜，他独自一人，吃得津津有味，只有一个新调来的女同志说是看到他往自己的碗里倒了许多醋。这个女同志还提供了一个细节，就是他一面吃糖蒜和汤面一面从裤兜里掏出一些药片吃。第二天上午九点钟揭发旧市委大会开始了，人们发现他没有来，便去宿舍找他，这才发现他已死了。没有对他的死因作认真的调查，因为一听他死了大家就火了，什么东西，屡屡抗拒运动，屡屡自绝于党自绝于人民。粗粗一查，做了一个畏罪自杀的结论，草草火化了事。死后在他的遗物中找到的最多的就是药，补药、壮阳药、蛤蚧、桂圆、羊藿、人参、淮山药等。这些药市面上是见不到的，为此人们判定曲风明与医药界的走资派有勾结。在他的单身房间里据说还找到了一个五电子管两波段红灯牌收音机,人们判断,这是曲风明用来偷听敌台用的。思想不反动到底的人不可能自杀,同样,既然是思想极其反动的人,也就不可能不听美帝苏修台蒋的广播。不听敌人的广播,他的思想能那么反动么?反动了,能不听敌人的广播么?听了敌人的广播,能不与人民势不两立,不共戴天么?这就是颠扑不破、铁案如山的含意。那么,曲风明的面前自然是只有死路一条了。

一九七九年,钱文回到京城,参加曲风明同志追悼会。由于他是全市局级以上干部的第二个自杀者,(第一个自杀人是市委书记大才子邓拓,据说他的《燕山夜话》和《三家村札记》都是反动到登峰造极了的。)追悼会开得盛大严肃。本来规定参加追悼的限额二百人,实际到场的是一千一百多人。那一段时间大家心情振奋,怀着向四人帮讨回血债的激情,沉痛追悼自一九六六年至七九年去世的每一个同志。钱文在会上碰到了杜冲,十几年没见,杜冲已经是一头银发,脸上也添了许多深刻的纹络,只是面色仍然红里透紫,使人想起当年权家店山乡关于嘣儿嘣儿勃起的笑话。杜冲见到钱文十分感慨,拉上了他一起去吃涮羊肉——根本不问钱文是不是同意。

杜冲含着泪说:"兄弟,看到你还这样精神这样健康我真高兴,听说你发配了边疆,我只以为这辈子再见不到你了。你知道我死了多少回吗?我在石灰窑里烧窑,我连人带石灰石,一起掉到了灰坑里。你知道军宣队怎么说的么?交代下来的:就是要使死他们,就是要使死这些牛鬼蛇神!"

钱文沉重地叹气,又欣慰地叹气,又憋气地呻吟了一声。然而关于自己他一点也没有说,他经过了一切一切以后,反而觉得自己无权抱怨也没有什么意思抱怨了。

你有权抱怨谁?你说你挨了整,然而你敢说你没有为历史的浊流狂涛推波助澜吗?你什么时候说过一个不字?一个人人起哄人人造势人人不允许旁人分辩也不允许自己辩白的民族,在势过之后,变成一个人人抱怨人人咒骂也就是人人不负责任的民族、一个互相推卸责任的民族、一个人人等待别人承担起责任改弦更张喂给自己幸福美满的馅饼的民族。这样的民族能够有多少希望？

在这次吃小馆的时候，杜冲告诉钱文一个秘密：说是曲风明死后，在他的房间里发现了一个笔记本，本子上画着许多"黄画"。杜冲兴致勃勃地向他介绍画的具体内容，被钱文止住了。然后杜冲压低了声音，四周看了看，十分紧张和诡秘地把嘴巴凑到钱文耳朵边，说："你猜曲风明在本子上写的是什么？他写的是……"

钱文摆摆手，希望他不要再说下去。

"……你知道，他的本子里还有一张日伪时候的女明星李香兰的相片！什么你忘记了李香兰？就是唱那个'烟泡儿富丽烟味儿香，吸一口赛天堂'的一会儿是日本人一会儿是中国人的那个红极一时的女明星呀！对，《夜来香》也是她唱的呀，现在邓丽君还照样唱《夜来香》呢！对了老弟，你要不要邓丽君独唱的盒儿带？"

"真的？"钱文半信半疑。他想说的是"你怎么知道的？"他也想说"《卖糖歌》哪里是那样唱！"

但他不希望谈话沿着这个方向发展下去，他不想在这个场合与杜冲讨论伪满明星李香兰主演的影片《万世流芳》。刚刚参加的追悼会里有一点严肃的东西，有一点令人热泪盈眶万众一心同仇敌忾的东西，他已经许多年没有体会过这种严肃和悲壮了。他年轻时候常常生活于那样一种感情和气氛中。比如说唱起《国际歌》和《工人送葬歌》来，比如说唱起据说是列宁最喜爱的歌曲《光荣的牺牲》。他多么喜欢这样的体验！在这样的体验中他可以翻江倒海！后来，后来他只有滑稽的体验，无奈的体验，自我渺小的体验，昏天黑地破罐破摔吓破苦胆叩头如捣蒜的体验了。

而死是严肃的，天下一切事变中，只有死是绝对的，无法讨论也无法改变。即使是专门整他们的曲风明的死，也仍然是一个悲剧。一个小丑也好坏蛋也好，死了，便赢得了一点庄严和清净。他不想和杜冲谈死者的秘闻，在追悼会刚刚开完之后，这样的讨论太不郑重了。

而杜冲谈兴正浓,他故弄玄虚地说:"你知道吗?曲风明实际上是被章婉婉害死的。"

钱文一惊。

杜冲故布疑阵地说是消息来源绝对可靠,然而他不能向钱文透露这来源究竟是什么。他不能什么都坦白交待,反正信不信由你。

杜冲开始讲章婉婉的事情,钱文听得沉重。

他是多么不希望在今天见到——怎么说呢,庸俗的至少是世俗的杜冲啊。然而,杜冲的媚俗是难以抗拒的。庸俗常常显得强大而且透彻,老道而且深入,自信而且从容。由于它更加接近真实,所以它最终使你折服,使你屈膝,使无数高尚败在它的手下。不经过庸俗和粗鄙乃至于丑恶的洗礼,高尚和清洁就只能是乳臭未干的智能发育不全,是智力上的小儿麻痹后遗症。想起来这太可怕。这比听杜冲说这些不咸不淡的他人的丑闻隐私可怕得多。

杜冲说:"……这个曲风明啊,他有病你还不知道吗?他的老二不中用呀。咱们中国有两类人外国是没有的,一个是太监——包括真太监和曲风明这样的实际上的太监,一个是姨太太——我特别指的是那些个不得烟儿抽的姨太太。这两类人是中国的戾气也就是中国动乱的根源呀!有了他们就一定要搞文化大革命呀!他们是治理中国的时候谁也绕不过去的拦路虎呀!可是咱们中国专门培养这两种人。哦,他们太痛苦太憋闷了,他们成不了人呀!他们得了机会是要吃活人脑子要喝活人血的呀!要不咱们的'文革'能搞这么左!"

杜冲意识到了自己的话里的某些猥亵意味,他放声大笑起来。

生活是一个多么偏颇的考官,他出题和判分的时候永远偏向着庸俗而克扣着剥夺着高尚。

这时杜冲搬动自己的椅子,坐到钱文的近旁,他摆出一副要告诉钱文最最隐秘的话的姿态,他把嘴巴靠近钱文的耳朵,把酒气膻气韭菜花气腐乳气辣椒油气喷了钱文半个脸,说:"你知道章婉婉到底是谁的女儿吗?"

钱文如入五里雾中。

杜冲的食欲极佳,他一面谈着各种消息,一面飞快地夹肉涮肉吃肉,他已经吃了差不多一斤肉了。他介绍说:"现在这年头儿,吃涮羊肉要提前两个小时排队领号。我呢,认识他们经理,照顾咱们……你记得吗,那还是毛主席的话呢,说是老人家不相信搞社会主义就吃不上肉。社会主义搞得连吃肉都成了问题,你说惨不惨?其实搞个包产到户不就齐啦?当然就吃上粮也吃上肉了,小百姓都看得明白的道理,为什么伟大的人反而那么费劲,整天自己跟自己较的个什么劲!"

钱文又是一惊,他看着杜冲因为吃了肉喝了酒又喝了热汤而沁出了汗珠的额头,他不知道该怎么反应好。

钱文想起了自己这十几年结识的一位同事,他在遥远的边疆工作,他被大家称为老夫子,或者叫游方大士,后者是少数民族语言的汉译。他本人虽然受过名牌大学的良好教育,然而对于一切都冰冷冷不抱希望。他的丢三落四稀里马虎四远驰名。他常常买东西交了钱却把东西忘在那里,他有时候忘记了自己到底吃过没吃过饭。冬天,妻子不在的时候,他把烧火取暖的煤卸到两间屋的外间屋里,夜间起夜,就直接往自己室内的煤堆上撒尿。他从来不看报不学政治,他读的只有语言学古代史和古典文学方面的书,他简直就不像个现代人。然而就是他在钱文离开边疆回京城前夕说了一句石破天惊的话,他当着许多人说:"我看中国的农村早晚得搞包产到户……"钱文和许多朋友听到都吓得变了颜色。包产到户,包产到户,这早已被批倒批臭了,而且它是多么庸俗的引车卖浆者流的浅见,它几乎不需要任何理论理念理想,但钱文知道它是真理。而"文革"中批判资产阶级法权的理论是多么高明超越,直入云霄!

章婉婉与曲风明是怎么回事?还有当年高来喜对于章婉婉的欲说还止的愤懑。钱文觉察到这里边有一些肮脏,有一些"非礼",他用不着想非礼勿视非礼勿言非礼勿行非礼勿问或勿闻的古训,因为这些古训早已溶化到了他的血液中。他摆摆手,他对于这样的话题一点兴趣也没有。

又过了九年,这后来的九年过得就很快很快了。一九八八年底,钱文接到了章婉婉治丧小组的讣告。他那时虽然极忙,还是出席了与章婉婉遗体告别的仪式。

巧的是离开遗体告别室的时候他碰到的又是杜冲,杜冲刚刚离休,心广体胖,态度庄重,他穿了一身肥大至极的深灰西装,领带松松垮垮,衬衫领子肮脏。他还戴上了一副茶色镜片的眼镜。他告诉钱文他退下来的时候解决了局级待遇问题,他担任了七个月的局级巡视员。钱文把他带到一个小餐馆去吃川菜。时隔九年的涮羊肉之情,他理应回报。

已经白发苍苍的杜冲一面为死者叹息并说:"现在(死亡)已经轮到咱们了……"一面忍不住讲了章婉婉的许多秘闻。他肚子里积累的粗鄙的情节已经饱胀了,满溢了,他必须把它们讲一些出来。他说,一九五九年章婉婉第一批摘掉了帽子,第一批回到了城里,大家都不服。你知道奥妙在什么地方吗?章婉婉摘帽子靠的是徐大进,回城靠的是曲风明。章婉婉与徐大进在羊圈里胡搞,让农民看见了。农民们风言风语,偏偏这又让高来喜和费可犁听到了。高来喜多精,他听了假装没听到,听懂了假装没听懂。而那个傻气愣冒的费可犁呢,他居然去向徐大进汇报!徐大进先下手为强,这才有了所谓紫李子沟翻不翻白薯秧与亩产八十万斤白薯是否可能的问题上对于费可犁的猛批狠批……

"不是说徐大进'文革'当中也……"钱文问。

杜冲用右手的虎口在自己的脖颈上做了一个卡紧的姿势,不知道他的意思是上吊还是自己把自己掐死。他告诉钱文:"徐大进是一个大流氓,当了右派啦还官迷心窍呢,野心家呀。他从土改当中就搞人家贫农的女孩。他老婆急着与他打离婚,他不敢回家,却在咱们这儿装积极，说什么老婆正在为了政治的原因与他划清界限。他以为他'领导'过咱们能对他的仕途有什么帮助呢，也就是赶上了就是了，否则像他这样的干部给咱们提鞋咱们也不要呀。当了一段右派组长，还真当出官瘾来了，你说！六一年后给他弄到一个街道工厂当会计，到了那里他又和那边的一个有夫之妇搞上了。好容易说是给他升了一个副厂长，手续还差么么一哆嗦，'文革'一开始，吹了，他岂能不死？"

　　钱文听得糊里糊涂，他完全不明白，他自己似乎也并非白痴，他为什么一直认为徐大进是一个真的十分积极地改造自己的人，是一个有头脑有作为的人。他曾经真心地佩服徐大进的领导能力领导水平领导气魄，他对于一切领导的敬佩都是油然而生的，哪怕是徐大进这种不正规的没有名堂的临时负责人。这大概是五七年以来他的最大变化最大进步吧。他从来没有按杜冲的思路想过这个人。至于章婉婉与徐大进云云，这样敏感的与有趣的事儿他居然无察无觉，他是完全蒙在鼓里的傻瓜。这只能解释为他自己生理与心理功能不全，莫非他真的是有耳而聋，有目而瞎，有神经却缺了根弦儿吗？

　　"唉唉唉……"杜冲长吁短叹，摇头不止。他又说，一九五八年夏，章婉婉参观完下放干部成绩展览，以丈夫秦经世出了事情为由，晚回来了几天。她是与曲风明坐同一辆火车来权家店的。从此他们搭上了话。章婉婉以给离了婚的曲风明介绍对象为名，一得机会就往曲风明那里跑——这可以说是送货上门，她把自己介绍给了曲风明啦。曲风明来抓他们的"改造"以后，她更是一箭双雕，一边攀着徐大进，一边缠着曲风明。徐大进乐得让她与曲风明纠缠上，何况他也明知道曲风明办不成事儿。曲风明这个人极不正常，他的事儿是清理阶级队伍当中，工宣队逼着闵秀梅写这方面的材料才传出来的——那简直是个怪物。他和闵秀梅新婚，一连折腾了好几夜，好几夜他不睡觉也不让闵秀梅睡觉，然而一个月过去了闵秀梅仍然是处女！他不敢坐沙发，因为他说沙发太柔软，使他感觉到像是异性的身体的最柔软的一部分,他坐上了沙发就会跑了马!他……连杜冲都犹豫了一下,因为底下话太脏,难于出口。他告诉钱文,曲风明曾经蹲在女厕所的粪坑里看女人上厕所,一连蹲了七个小时。于是有了早一次的自杀,有了一九五九年十二月曲风明也被编入了他们的"队伍"……

钱文一再想止住杜冲,他们毕竟是在吃饭,他不能让杜冲再说下去搞得他呕吐起来。

这是一次不愉快的经历,钱文只想快一点忘记它。钱文最后还是没有止住杜冲。他不愿意相信杜冲的话,他不想并且没有什么办法(简直是毫无办法)反驳他。他早已不是孩子。他早已知道人不简单,人不是神仙也不是百合花,不是汉白玉雕像也不是蜕变完结的翩翩蝴蝶。人不可能一个劲儿地涂脂抹粉把自己的真实面目遮盖起来装扮起来。

然而我们已经遍体鳞伤,我们已经满身污秽泥泞,我们已经失够了态出够了洋相发够了疯散够了德性。为什么我们还要尽情涂抹,尽情倾倒污水,尽情揭发阴私,搞得我们黑了还要黑,臭了还要臭,脏了还要脏,烂了还要更烂!

钱文虽然是这样想的,他试图躲避杜冲说的这样肮脏的言语,但他还是听进了不少有关章婉婉的故事。丑恶自有它不可抗拒的魅力,如果丑恶里包含了真实,你就不能永远在丑恶面前背过脸去。而他从小就有意识地在肮脏和丑恶面前转过头。比如人要拉屎,你无须否认,正如你无须拉完了盯住屎不放。如果你是化验员,你需要大便的化验数据,也应该使用专业的器皿手段,按照严格的规矩操作,而且在操作的时候戴上消毒口罩和手套。你总不可以随时用你的或旁人的真实的粪便招待非医务人员的来客观赏。

然而杜冲滔滔不绝。也许他看着钱文觉得他太天真了,他的天真与他如今的高位是太不协调了,这才抱着一种启蒙的使命感与对高位者的效忠激情强迫钱文品尝他的粪便大餐。

说是摘了帽子回到城里以后,章婉婉立即与秦经世离了婚。说是她对秦经世说:你的条件很不错,与我这个摘帽右派离了,以你的身材风度,你最好找一个高干子女丑八怪为妻,你的身份会因了妻子状况的不同而不同起来,而我也不妨嫁一个比如参加过长征的老头儿或者一个有暗疾的领导。你知道我是一个十分要强的人,我不能一辈子低声下气矮人半截,那样还不如立时服氰化钾死掉。而咱们俩一对儿右派——摘了帽子又怎么样?摘了帽子也不过是摘帽右派,也就是说帽子摘了也就永远戴上了再不能摘了。请问摘帽右派的帽子还怎么摘?再摘一次变成摘摘帽右派?家里有这样一个摘帽右派已经是走了大背运了,成双成对,你说咱们还怎么活?这几年,我也想通了,人生不过几十年,青春不过几个寒暑,全看咱们自己。一日夫妻百日恩,咱们离婚不过是年头儿赶的,走一个形式。我永远是你的人!

(这些话曾经写在大字报上,贴在京城街头,作为"右派翻天"的铁证。当然是秦经世交待的。按,在旧市委出了事儿以后,特别是在苗二进的妻子刘小玲事件以后,有几个五七年划成右派的老干部以受旧市委迫害为名闹翻案。开头热闹了一阵,他们也应邀到许多单位去控诉过旧市委的罪行,对于揭批旧市委起了轰开局面的作用。但后来跟上来翻案的人太多,例如苗二进章婉婉也很翻了一阵子。于是上级明令指示,五七年定的右派一律不得翻案。于是革命小将从同情他们的受迫害一下子变成了批他们的翻案。为了揭发章婉婉,小将找到了秦经世,揭出了上述内容。又过了若干年,秦经世反口,说是上述材料全部是被逼写成的,一个字也不算数。

又,打击翻案右派的结果,不但使章婉婉苗二进及揭批旧市委时出了大风头的几个戴上帽子的老干部都变成了群众专政对象,就连由于上边有人说话业已正式平反的费可犁也重新戴上了帽子——说是给他平反是"刘少奇司令部"所为,毛主席司令部是不承认的。)

至于曲风明与章婉婉的恩怨,一种版本说是章婉婉已经与曲风明说好嫁给他,曲风明突然不干了。六十年代,政治斗争的空气愈来愈浓重,曲风明当然不愿意娶一名摘帽右派。另一种版本是,曲风明并没有改变娶章婉婉的主意,是"文革"一开始,不,"文革"还没有开始,只不过是刚一批判电影《北国江南》《早春二月》《舞台姐妹》和新编历史剧《海瑞罢官》,章婉婉就撕毁了婚约。章婉婉的政治嗅觉已经赛过了良种猎犬,闻到一点气味她就知道大事不好了,听到一声咳嗽她已经在判断你会死于肺癌还是哮喘。曲风明的末日快到了。她给曲风明的断绝友好来往的信上说:"经过长期了解,我可以肯定,你不是无产阶级,不是真正的革命者,不是一个老老实实的人,你连党的同路人都算不上,你的灵魂里隐藏着一个很深很深的资产阶级王国,你的人格是分裂的,你的感情是阴暗的,你的言语是虚伪的,你的行动是造作的,你的思想是复杂和危险的……"

信后面呢,说是附有章婉婉要求曲风明退回自己的物品清单,从金星牌自来水笔到一只蓝发卡,从美术出版社出的精装日记本到一盒凡士林,外带章婉婉给曲风明缝制的一条内裤。

说是一九六〇年章婉婉在摘了帽子以后分到一张部门报纸当初审编辑。文化大革命一开始,工作组进驻,第一次编辑部全体工作人员会议上章婉婉就哭开了。一面哭一面控诉修正主义对自己对报社的毒害,一面表示自己对不起党,无颜见工作组的同志。她哭得如此伤心痛苦,编辑部百分之七十的女同志与百分之五十的男同志都跟着掉泪。工作组有一个小同志,她本来是某公安部门的打字员,一看大伙儿哭得伤心,也忍不住抽抽搭搭掉开了泪水。在大家悲痛得达到极点的时候章婉婉果然是化悲痛为力量,她哑着嗓子举起了双臂,高喊毛主席万岁,万岁万岁万万岁,总算毛泽东思想的阳光照到了他们编辑部!于是大家跟着喊口号。口号喊了整整一分多钟了,工作组长才反应过来,怎么局面被摘帽右派分子控制了?怎么大伙儿都听开了章婉婉的了?他变了脸色,要大家停下来,说了章婉婉几句:"你这样要求革命和欢迎工作组当然是好的,但是你应该知道自己的身份,你的主要任务应该是革自己的命,你少咋呼。明白不明白?"

　　章婉婉碰了钉子,然而她锲而不舍,坚而不摧。用她的一句有名的话说就是"干革命脑袋都可以不要,还顾脸?"她最后终于被工作组所信赖,竟吸收她列席了一次积极分子会。她动不动就到工作组长房间去汇报,有时深夜还在那里。她又是哭又是笑,又是央告又是检讨,又是低头又是猫腰,又是咧嘴又是吸鼻子,又是歪头又是缩颈,又是吐舌头又是舔嘴唇,又是抠脸蛋儿又是挠头发,又是扭腰又是用系纽襻的布鞋尖儿在地上划来划去,而且她汇报的都是最有用的情况。有人说,工作组长已经睡了她,其他男性工作组员也都正在或意欲睡她。

　　谁想得到,才一个月,就说是工作组犯了执行资产阶级路线的错误了。章婉婉的心血和身体,全白费了。

　　于是被工作组整过的革命人民把火撒到了章婉婉身上。每次批工作组的反动路线时,都让章婉婉一并接受批斗。群众不但说她是破鞋而且把她的那双纽襻藏青方口布鞋用剪子铰破了挂在她脖子上表示对她的污辱,表示她已经被钉在耻辱柱上。而脖子上挂破鞋的女性总是会被更多的男性行注目礼,丰富了人们的文娱生活与心理发泄渠道。恰逢曲风明自杀的事情也传到了这边,说是人们从曲风明那里找到了她给曲写的信,于是让她交待与"死鬼"曲风明的关系。开起她的会来张口死鬼闭口死鬼,也不知道这边的众编辑(多是温文尔雅的南方名牌大学毕业生)哪儿来的对于曲风明的厌恶。工作组长被批得兴起,便干脆承认自己中了章婉婉的"糖衣炮弹",把章婉婉怎么向他们做的汇报全部交代了出来。被汇报过并从而一度被工作组认为思想反动的交通员和管理员一听大怒,当场就扇了她几个耳光,她的左下槽牙就这样被扇掉了。

　　对于章婉婉的性格与处事,钱文听了杜冲的话觉得难以相信,难以理解。他想这是不公平的:谁有理由认为章婉婉一定比自己更坏呢？章婉婉为了她的虽然强烈了一点、但仍然不足为奇的所谓"上进心"付出了多少超人的努力！

好一个章婉婉，打落了牙齿吞到肚里，她仍然忍耐着，等待着，思谋着。果然，她找到了机会，她抓住了交通员和管理员由于文化水平不高犯下的错误，他们在刘少奇已经被"炮打"以后，还在那儿念一段字面上提到刘少奇的毛主席语录。说是章婉婉当机立断地闹了起来，声称他们是挑动群众斗群众，大方向是错误的。章婉婉还当场宣布，自己已经"解放"了自己。此后几起几落，章婉婉一会儿站在"造反派"一边，一会儿站在"保皇派"一边，一会儿与这派的一号勤务员睡，一会儿跟另一派的一号勤务员睡。人们流传着关于她的许多黄色故事，她也一直是"文革"中的一个能人怪人。而到了刘小玲事件发生并且作为资产阶级反动路线事例被红卫兵小报披露出来以后，章婉婉干脆声称她的被划右派是旧市委的罪行。她猛闹了一阵子。

直到一九六八年，章婉婉被明确认定为"没有改造好的右派分子"，工资重新被剥夺，她重新成为"群众专政"的对象。

谁都不知就里，谁都不知道说话好听的吴侬软语的章婉婉那阵子是怎么了。章婉婉在"文革"头两年的表演使她臭名昭著，她被一些人目为魔鬼、娼妓、野心家、危险人物直到真正的阶级敌人，她的丑事隐私贴得满街满巷。她被扭送到派出所好几次，经"教育"后又被释放。（可能这说明公安部门的反动路线还是势力太大吧。）不止一起积极分子们整理她的材料，建议政法部门对她从严惩处，建议把她枪决或者至少判处十五年有期徒刑。（后来她却一直安然无恙，看来让她大闹一番不也是天意吗？）

钱文从章婉婉身上联想到：很多人相信"文革"是毛主席做好了的圈套，布好了的八卦阵，搞这次文化大革命的目的就是要把各种妖魔鬼怪，或者用旧学底子很好的毛本人的话说要把各种魑魅魍魉牛鬼蛇神诱引出来，让他们现原形，让他们出洋相，让他们自取灭亡，最后化为一缕青烟或一摊血水。一九五七年的阳谋太绝了，中国人印象深刻,便从各种事件中看到了新的阳谋的影子。同时中国人都读过至少是知道《西游记》的故事,过去读《西游记》是看闲书是拿它当神话传说小说家言不经之谈来看,到了文化大革命开始,人们才发现了"西游"是真实,是预言,是中国社会主义革命的天才范本。人们已经分不清是"西游"模仿了生活还是生活正在模仿——不,是遵照"西游"的范式进行。人们不知道,是"西游"帮助了人们认识和接受文化大革命,还是"文革"帮助了人们认识和接受"西游"。其实早在六十年代初期毛主席与郭沫若唱和的诗作中已经用"西游"的范式来描述中国人民与世界人民反对赫鲁晓夫修正主义的斗争了。郭沫若的诗里痛骂唐三藏"对敌慈悲对友刁"——这是指赫鲁晓夫。而主席的诗里则指出:"僧是愚氓犹可训,妖为鬼蜮必成灾",正确区分两类不同性质的矛盾,指出苏共中央总书记赫同志不是唐三藏,而是白骨精,又把郭沫若搞了个五体投地。而后到了"文革"当中,每个红卫兵都已经相信与自己观点不同的另一派红卫兵是蝎子精或牛魔王了。还有的红卫兵战斗队干脆命名为"千钧棒""起风雷""孙大圣""金猴"了。

也许在这里光讲"西游"是不够的,还应该提到《封神演义》。"封神"也有助于人们理解和接受"文革"。"封神"讲的也是一次革命——是不是中国的第一次革命?至少是中国的文字记载上第一次出现"革命"这个八面威风的好词。而那次革命就是神与妖之战,圣主明君与神联合战线,暴君昏主与妖联合战线。妲己是玉面狐狸精,而姜子牙像毛泽东一样是捉妖的大师,毛主席自己也说过他是钟馗嘛。红卫兵小将就像孙悟空身上拔下的毫毛,转眼间变成了无数个孙猴子,个个抢着如意金箍棒,直打得妖魔鬼怪三魂出窍七魄生烟。不同的是毛主席有姜子牙孙悟空所没有的欲擒先纵欲进先退欲收先放欲捉先引欲灭先扶的伟大捉妖妙略。毛主席的阵法前无古人,后无来者,只此一家,再无分号,中国是几千年出一个,世界是几百年才一见。与毛主席比较,姜子牙不过是老成的方士,而孙大圣不过是冲锋队员。

　　许多善良的中国百姓议论:文化大革命是多么好啊,所有的坏人都一定会跳出来的。贴大字报的时候不跳出来,工作组一到也要跳出来;工作组掌权时不跳出来,工作组挨批时也要跳出来;这派占优势时一部分妖怪要跳出来,另一派占优势时另一部分魔鬼也要跳出来,两派斗得死去活来时更有更多的鬼魅要跳出来。部队支左时你跳,工宣队进驻时他跳,中央文革小组接见时这个跳,实行三结合时那个跳,前期不跳后期跳,后期不跳前期跳,前后期都不跳的中期跳。此轮不跳彼轮跳,今天不跳明天跳,明天硬不跳的明天的明天或明天的明天的明天的明天……横竖也得跳。总之这个跳完了那个跳,那个跳完了这个跳,你跳我跳他跳她跳,你想不跳也不行,最后不是全跳出来了吗! 正好,对所有牛鬼蛇神来他个一网打尽,天下大治,超英赶美,铁打江山,形势不是小好而是大好,其乐何如!

　　这是一个"跳妖"的季节!

　　这样章婉婉就属于前期大跳的那种类型。如果没有毛主席亲自发动和部署的无产阶级文化大革命,谁能想得到章婉婉会跳成那副模样,谁捉得住她那样的又积极又聪慧又善解人意的女妖!

　　反过来说,章婉婉早在五十年代就在政治上被处以了死刑。然而,她也是人呀,她也是吃了五谷杂粮就要发热,就要闹事呀。没有毛主席领导的文化大革命她能死而复生般地在"文革"初期折腾一个六够吗? 应该说,她也感谢毛主席!

　　说是六八年她被两派群众组织的大联合委员会宣布为"没有改造好的右派分子",她似是恍然大悟,迷途知返,从此心平气和,娴淑雅静,循规蹈矩,低眉顺目起来。两派先是武斗后是大联合时,她有时候成为两派争取的对象,更多的时候成为两派竞批的对象,她被揪斗得死去活来,然而她以柔克刚,最后还是平安过了关。而且——你服不服? 六八年她与秦经世温柔复婚,仍然是无瑕的天生的一对儿。然后她逆来顺受,百依百从,直如修炼出正果来了一般。

而那两个挟嫌报复的家伙即机关交通员和什么员，一进入一打三反和斗批改阶段就彻底翻了船。一个被查出来是富农的儿子，一个被揭露出来有现行反革命言论——他说他不相信刘少奇是内奸，他说中国共产党内如果有那么多内奸，中国革命还能取得胜利么？他还说江青讲话时不住地伸脖子像是王八探头。他被逮捕，公审，公判，判处死刑，缓期两年执行，以观后效。大家都认为这给章婉婉出了气，但章婉婉反应冷淡。"文革"中期后期她关心的只是居家过日子。她一会儿练气功，一会儿研读菜谱，一会儿用悬垂铅笔算卦，一会儿织出毛衣的新样子……她再也不跳了。她完全换了一个人。

　　（"文革"中有一个重要的经验，对方失败了不等于你胜利了。那时有一句名言："各有各的账"，许多人许多派就是千方百计地将对方告倒了，然而就在庆祝胜利的同时他们自身也被宣布为十恶不赦。真是英明啊，如果动辄了断一方好一方坏，天下将更加相斗不已了呀！）

　　杜冲对章婉婉"文革"初期的表现有一个粗鄙的评语："这就像发情，真发起来谁也挡不住，等发完了，性高潮过去以后，还不是天下太平？"他又说："麻烦就在这里，为了让天下太平，人们最好少发情，几千年来中国的道德精神就是让大家都不发情，都阳痿和阴冷。那么割光骟净岂不更好？好是好，牲口也就没有精神了，不能上阵打仗了，更不能传宗接代也不能改良品种了。全骟了，这一群也就完了。一个阉掉了的猫，它是连房顶也不敢上的，阉猫上房，它会被没有阉的猫咬死！不骟吧，就得闹腾。文化大革命就是让你们都发发情，一次把一百年的情五千年的情都发个痛快，愿意抡的抡，愿意撞的撞，愿意咬的咬，愿意操的操，连脓带血连伤带疤让你来一个哗啦啦大河奔流！然后该避孕的避孕该绝育的绝育该阉的阉该劁的劁该打针的打针该吃药的吃药，事情就好办了呀。毛主席发动文化大革命，代价是大了一点儿，然而，谁知道他老人家的苦心？"

　　……发情的季节！

那天杜冲发现自己说得太多了,临别时候他一再向钱文检讨说自己太放肆了,他还说了什么章婉婉这一辈子太不容易了之类的话,想把话往回扭一扭,当然,已经不管用了。他走的时候颇有几分老态。走了几步,他转回头来,跑了几步又与钱文握手,他说:"原谅我!下回大概你就该参加与我的遗体告别了吧?算了,我一定留好遗言,丧事从简,不搞任何仪式。与其让人们骂我,不如让人们忘记我。你说是不是,来了,走了,还有你什么事儿?"

杜冲还告诉钱文,六一年摘帽子后他离了婚,六五年又结了婚,他现在的夫人的特点是"比木头墩子多俩眼睛"。

杜冲的赤裸裸的语言撕破了一切脉脉含情的纱幕,扒下了最后一块遮羞布,毁弃了一切梦与诗的慰安、花与叶的点缀、云与雾的朦胧、山与河的矜持。但是你又不能不承认,杜冲终于改造好了,他已变得冷静、老谋深算,老奸巨猾,从此再也不上当了,不论你多么真诚多么伟大多么壮丽多么辉煌灿烂雄奇高耸仪态万方气象森严。

过了些日子,钱文接到秦经世的电话。秦经世首先感谢钱文出席了与章婉婉遗体告别的仪式。他说他已经从工作岗位退休下来转到了区委党史办,正在筹划办一个党史资料不定期刊物。他约钱文写一篇关于北京(北平)中学的地下党斗争方面的回忆录。他说:"我知道你忙,你简单口述一下,我们会派人去整理,整理完了你再过一下目,改改就行了。"说到章婉婉,他坚定地说:"一切污蔑不实之词全推倒了。我们正集资为她出一本纪念文集,请你务必写一篇回忆文章,现在百分之八十的资金已经到了位了。"从平实而又稳健的声音里判断,他也已经饱经沧桑,而且坚定诚恳,是个正派人。从他的话语里也可以听出他对章婉婉的始终不渝的爱情。于是钱文深信,杜冲说的有关他妻子的一切,说不定是不怀好意的活见鬼,是生活枯燥可怜的杜冲们臆想出来的低级笑话。

后来不再有关于章婉婉纪念文集的消息,多半是由于经济上的原因。这年头儿,出书也是一件奢侈的事。

钱文也就没有写纪念章婉婉的文字。然而,他只要一想起婉婉,他就沉重得想掉泪。真的也罢,假的也罢,一个女人为什么活得那样艰难!

时隔无多,传来了秦经世新婚的消息,说是他娶了一个年轻而且颇中看的媳妇,老了老了,也算走了一回桃花运。这些被伤害了青春的老"右派"们,有不少新娶年轻媳妇的,个别的还包了二奶。也算是一种弥补?这方面男人是多么优越呀。

只要还活着,季节的过渡就不会停息,各种残酷的与温馨的,荒唐的与枯燥的故事,人的猴的鬼的鱼儿的牛与蛇、狼与羊的故事就会继续敷衍推移下去。

第 二 章

  而钱文永远不会忘记离开北京的情景。他主动要求调离北京,远走高飞。那些激越的日子好像是高天飘落下了一个合唱队的演唱。自从他决定了离开北京离开故乡离开他已经熟悉过分熟悉的一切,他就开始听到了那赞美诗般的从天空笼罩而下的声音。合唱伴随着他的深思和决心,合唱激荡着他的幻想和追逐。那些日子他好像总在奔跑。虽然他已经碰了不少钉子,但是当真到了决定的关头,到了生命的小船在命运的急流中转弯的这一刻,回顾过往的那些挫折,他觉得不过是一点小插曲,一点笑料,一时走失而已。它们根本无法与他的浸透在细胞里的乐观与奋进,自信与勇敢相比较,更无法与他的潜能与他的灵魂里的火焰相匹敌。当他决定把自己的生活彻底翻一个个儿的时候,他突然发现自己仍然是那样的强大,那样的敢于做出决定。大踏步地前进,大踏步地后退,他想起了毛泽东的运动战的风格。毛泽东对他们这一辈人和上一辈人的影响是太大了。毛泽东的影响无与伦比。

  于是他听到一个女声领唱人生的奇妙多彩,一个男声领唱人生的自尊自爱、歌唱人的力量的蕴藏,一个童声独唱在抒发不可救药的诚挚、天生的忘我痴情、永远的等待和盼望。一个低沉的无调性呼喊在询问人生的秘密:怎么了?什么?为什么?男高音随编队的飞机启航。女高音抛起了一个又一个彩练,织出一条又一条彩虹。男中音骄傲地裸露着打铁的臂膀。也许对于工人的打铁的姿势的自幼的迷恋决定了钱文的人生选择？他一定选择，他只能选择普罗主义。女中音覆盖了所有收割后的土地，他想起了伏尔加河和童年马克西姆·高尔基。男低音正在铺设钢梁和铁轨。男低音用纤绳拉动巨船。男低音掘开了矿井和运河。女低音颤动着呼吸和血液的流转。女低音拥抱着红旗。他被拥抱得喘不过气来。几个声部同时歌唱祖国大地，歌颂青春，歌颂人的坚韧不屈，尤其是，各个声部都在歌唱毛泽东，他是青春、革命、坚忍和取得不可思议的成功的表象。

其实我们还年轻，我们有许多地方，我们有许多道路和方法。你不需要为了鼻子底下的挫折而断魂失魄。这里不亮那里亮，这里局促那里宽敞。传来了和声的回声，那回声告诉你世界是亲亲热热而又无际无疆。合唱变成了有节奏的敲击，似乎是大家一起用力。是锄头，是大锤，是镰刀的挥舞。然后休止，一声摧肝裂胆的高音把你推向云端，然后高音变成遥远的呼唤。钱文确实感受到了那来自天涯海角、类似大纛下吹响牛角、呜咽般响起的牛角号的悲声。随着这声音也许还可以依稀看到一种光芒的闪烁，好像夜间在大漠上看远方山巅后的雷电一闪一闪。然后是简单的与熟悉的旋律的循环往复，是旋律的滚动，每次都与上一次差不多，每一次都有所变化发展。那旋律你在上小学时已经学会，你在夏日平则门外的芦苇塘畔曾经吟唱往还，你入党的时候它曾经奏鸣在你的心头，后来便与你的生命同在，常常出现在你的醒里和梦里。人生有无尽的依恋有无尽的陈年旧味，不到三十岁你已经撕下了太多的日历，你已经常常被记忆压得泪眼模糊，于是你在心底与"天歌"一齐唱响。我的兄弟姊妹们啊，你哭了。

然而你已经决绝。那远方的呼唤已经无法抵抗。天赐的合唱中刚劲的号子似的吆喝奋起。你脱下累赘的服装，赤条条进入了负重的行列。一百二十多斤的麻袋已经扛到了你的肩上。你唱我和，你叫我应，你伏我起，声如金石，歌如潮浪，人民移山倒海。

于是在这样的雄健而又深情，甘甜而又凄美的声响中，钱文与北京的每一条街每一个早点铺每一株槐树告别,与每一座交通警岗亭告别,与每条马路边的泄雨水沟、每个胡同拐弯处的高悬在电线杆子上的路灯,与从 1 路到 32(即后来的 332)路公共汽车连同这一路车的态度不好的与还好的售票员与司机告别,与熟悉的与悦耳的自豪和毫无摩擦力的口音告别,与他的二十余年的对于这座城市的无数微小的记忆告别。他破釜沉舟,他背水一战,他不甘心虚度光阴,庸庸碌碌,他热烈地追求过政治,追求过主义,追求过爱情和友谊,追求过诗,如今,他忽然这样切近地与蚀骨地追求着祖国大地。只有离开了你的小我,你的雀窝,你的惯常的舒适与因袭,只有把地图上的遥远变成脚下的地面,只有把地理课上学过的地名写上你的户口簿,你才感知了你的伟大祖国的强大有力。你的故乡本来是何等的辽阔,你局限自己又所为何来?

他欢呼人生大路条条通胜利,通向为祖国建功立业的条条大路由你自己挑选,这就是幸福的真谛。他欢呼祖国的辽阔广大,大丈夫四海为家。他在天赐的合唱声中与自己的过去告别,他将再也不是纤细的温馨的梦幻的多情的咬文嚼字的旧钱文了。他要去的是茫茫戈壁,是巍巍雪山,是滔滔大河,是千军万马万马千军战天斗地的人山人海,是飓风和龙卷风拔地而起,暴雨和暴风雪铺天而降,是一望无边的铁路和公路,是别一个粗犷、强壮、威严和巨大的新世界。

毛泽东说知识分子要经风雨见世面,毛泽东喜欢说农村是广阔的天地,毛泽东还说知识分子必须与工农相结合与人民相结合,否则就一事无成。毛泽东的肯定和否定不容置疑,不容分说。是的,无论如何,毛泽东的声音是一个个雄健的音符,是天行健、君子以自强不息的强音。年轻的时候毛泽东歌唱的是万类霜天竞自由,是粪土当年万户侯,现在歌唱的是四海翻腾云水怒,五洲震荡风雷激,一万年太久,只争朝夕。毛泽东的生平和言论充满了有为者的阳刚之气。他和一些欧美人一样,他看得起的他要求的是强者,虽然也许他做的并不总是鼓励强健,因为他自己太强太强。他的呼唤强者的声音将长期震响在中国大地上,包括那些反对毛泽东的人也将受他的号召的影响。钱文已经弱够了软够了熊够了,在他决定离开北京以后,他相信自己从根本上不是弱者、不是满腹牢骚的鼻涕虫了。他将永远乐于承认毛泽东的力量毛泽东的影响。

远行,这是一次力量的证明,幸福的证明,是他的前途仍然广阔道路仍然通畅的确证。

所以他十分喜爱火车钢轮撞击钢轨的铿锵。天歌在获得了这样的打击乐的节奏以后变得更加辉煌。十四节车厢飞速推移,十四小节旋律反复回响。这种音响对于病态的苍白的知识分子疾病是一个很好的治疗。这家子那伙子男女老少你我他都随着火车日行千里,你想停下来也不行。人生就是运行,时间就是距离,等待你的是一个又一个新站。他尤其赞美火车的夜间行进,在沉沉的暗夜中火车头亮着直射远方的大灯,那白亮的光芒凶猛逼人。在寂静中它发出不管不顾的铿锵声响,那声响无法抵挡。它狂啸着激动着越过大桥和山谷,穿过丛林和隧道,绕过沼泽和湖泊,威严地坚持着自己的时刻表,经过一个又一个中途站。它是时间也是空间的主人,掌握着快慢也主宰着方向。最后它走到自己的最终目的地,它运送了那么多平凡的其中还有衰弱的人到他们想去或他们应该去必须去的地方。它帮助软弱的人实现了坚强的行走。它每分钟都在改变位置,都在改变下车人或乘车人的命运。夜气愈来愈冷,钱文不想睡觉,他站在车尾看无尽的铁轨在身后飞快退走,退去了再退去,被永远丢在后边。这也是一种启示。钱文冻得牙齿打战,他更加佩服火车的照行不误。

当钱文他们酣睡在硬席卧铺车厢里的时候,他还时时被到达某一个车站后检查车况的工人的锤头的敲击声所唤醒。他想象着手提桅灯深夜工作的检修工,他们对于过往的车辆和人身的安全承担着责任。他油然产生对于工人阶级的深厚敬意,他油然加固对于自己改造改造再改造的铁打决心。他回想起他最早拿起笔来写诗的日子,从那个时候起在列车上工作就是他最羡慕最神往的职业。有什么能与工作在列车上相比,瞬息万变,勇往直前,再无停滞和因循软弱。后来,成了右派,他仍然幻想过去火车上作司炉至少他还可以清扫车厢里的果皮纸屑,给远行人端茶送水。他仍然充满了对于祖国的辽阔河山的渴望。

钱文也喜欢各站的站名、地名,所有站名地名都使人思念悠久而心旷神怡。徐水,这里出产薄薄的豆腐皮和豆腐丝。保定,河北首府,有三宝,酱菜、铁球、春不老。还有百年老店马家烧鸡。邢台,就是顺德府,新型的解放区大学北方大学曾经设在这里,历史学家范文澜是她的校长。邯郸,古代赵国的国都,与他同命运的王模楷曾在这里劳动改造。然后是安阳,是郑州,是壮烈的黄河铁桥,即使是夜间,火车驶经黄河铁桥时发出的强音仍然惊心动魄。黄河,一听黄河的名字你已经热血沸腾。你不会忘记在顺城街北大四院第一次欣赏《黄河大合唱》的情景,那时是一九四八年,北平还处在国民党统治之下。洛阳和三门峡,你的牡丹你的龙门石窟你的水利工程你的故事使你的名字如此叫响。中州河南呀,我终于能够看一看亲一亲你!

还用说么,过了潼关就是古都西安。六十年代初期,他们必须在西安下车小憩和转车。古色古香红漆建筑的火车站,说还是蒋介石胡宗南的年代修建的呢。亲切舒适的车站旁的解放旅社——连那么小的旅社都命名解放,看我们生活在变化在运行在一个什么样的伟大时代!羊肉泡馍的釅辣使你吃得鼻涕一把,眼泪一把。钱文一家还是第一次邂逅羊肉泡馍,第一次就让你爱上了它。想起大西北的地方小吃,想起头上扎着羊肚子手巾的当地农民,钱文不由得涕泪交流。那是一种绝对命令,他必须为了中国的纯朴的农民献出一切。还有南门外的大雁塔,存放唐三藏取来的经卷的古代高塔,他们全都登临到了最高层。登高眺远,怀古思今,黄土高原上演出了多少动人却也恨人的悲喜戏剧,而他们的面前还有多少风云鼎盛!为什么他们过去没有想到让自己出来到广阔的天地走走!

第二天再走。宝鸡,西南和西北接合的地点,从这里往南去四川往西去甘肃新疆。五十年代有多少同志从沿海大城市调到宝鸡的国防大厂,叫做三线建设。然后是兰州,是金张掖和银武威,是蜿蜒无尽的秦岭山脉,是春风不度的玉门关,是嘉峪关。旧时代人们说一出嘉峪关,两眼泪不干,还说是一出嘉峪关先往关内方向扔一块石子,如果扔得进来,就说明你还有回关内的希望,如果石块没有过得了城墙,你今生就休想再到内地去了。呜呼!

而他们犹有豪情似旧时,出关万里,猛志常在!是漫漫的戈壁,砂石和石砂,荆棘枯草干旱和寒冷激发着他们的壮志。半夜过乌鞘岭的时候他们都冻醒了,两辆机车推着和拽着这十几节车厢和两千来名乘客走上了此次旅行的制高点。下一个火车站的名称是天竺,怎么这个地方与古代印度的名字相同!伟大的乌鞘岭,伟大的寒气逼人!伟大的天竺,伟大的暗夜中的狼嗥似的风声!这大风考验着也清扫着偌大的世界。同车的人悄声言语,说是乌鞘岭永远是八级大风!伟大的八级风十级夜呀,让祖国的儿子见识见识你!

还有,没完没了,你在伟大的国土上自东向西已经横向穿行了四天四夜,你眼前的风景愈益荒凉,愈益壮阔,愈益新奇,愈益前景无限。却原来祖国有这么多这么大片沉睡的土地,原始的荒漠也是这样新奇和壮美。星星峡,这古代新疆与内地的门户,引发起多少历史之思。地图上说星星峡因岩石上有星星花纹而得名。星星长在岩石上,这是怎样的奇异想象!哈密,果然到了哈密了,过去只有在吃瓜的时候才觉得亲近的地方!盆地吐鲁番,一堆堆的土丘边是一口口的坎儿井。大坂城,还是在平津学生大联欢的时候北京的进步同学就学会了老志成先生改编的这首回族歌曲:"大坂城的石路硬又平呀,西瓜大又圆呀……"世界上值得赞美的学问是地理学,地理与历史,空间与时间,它们是怎样相通怎样对应的呢?当你在生活中碰到难题,当你在选择中感到困惑,当你的努力频频受挫,用你的旅行来确证地理学的无与伦比的意义吧,用你在地理学上的新体验,用你的所在坐标的移动来寻求新的知识,新的可能性,新的境界吧。人生也可以说就是一次游览,你希望能够尽赏人生的风光,线路由你自己选择,你搭乘的专车就是你自己。那些个能够选择的人有福了。

　　有一些小插曲,令钱文在豪壮中有一些迷乱乃至惊慌。离京前他与东菊买了一些衣裳,他已经得知,边疆的百货要比这边贵。他买了一身双面卡中山服,一件中式丝棉袄,一条澳毛哔叽裤,一双三接头黑皮鞋。东菊买了一件紫红毛呢春秋衣,一副皮手套,一条毛线织的大围巾,还买了一件人字呢大衣。大衣并不太长,穿在身上刚好到膝盖,但是圆圆的大领子很有些别致。他们给儿子买了遮耳皮帽子与毛皮鞋。所有这些东西的规格标准都显然优于他们家已有的衣物,一次去王府井花掉三百七十多块钱,这也使钱文心惊肉跳,这倒真是破釜沉舟——他们把多年积蓄的银行存款全部提出来用光——购物回来衣袋里还剩大洋七毛四分。

　　买完东西回家钱文有点心神不定。从娘到党,从报纸到社会都教导人们要艰苦朴素,勤俭节约,应该是一分钱劈成两半儿花,新三年旧三年缝缝补补又三年。可他,他这是怎么了?夜里他睡觉做了噩梦,梦见他脱得赤条条被一只恶狗(狼或者虎?)追。醒后他颇觉丧气,觉得自己太不自觉,做了糟践劳动人民的血汗成果向资产阶级靠拢的事。

　　这时犁原给他出主意,说是由于他是前往寒冷地区,他不妨申请,请组织上给他发一点御寒补助费。钱文极不好意思,但还是做了。喜出望外,填了一大堆表格,最后批下来补助他四百五十元。他的感激可不限于钱。当他事后得知,给他批补助的女处长是中央统战部一位知名的领导同志的妻子时,再一想那位女同志端庄、清丽、身材适中、态度高雅的样子,他更是对党感激涕零,也深为党对自己是"有疼有管"最终其实还是"疼爱"为主而踌躇意满,肝温脾热,泪眼惺松。

　　离京前他还去看了一回牙齿。那时挂一次看牙科的号十分困难。他是自费去王府井大街一个牙科门诊部就诊的,填写病历的时候不知道是怎么回事,一阵兴奋,(事后自省,此兴奋肯定与党的女处长给的四百五十元有关,就是说他烧起包儿来了!)竟在"职业"栏填了"作家"二字。他自信是挺着胸膛以诗人的激情和浪漫远走高飞的,不管境遇如何,他自信自己是优秀的大有前途的诗人、作家,他从此要站着做人。但是鬼使神差地填完了"作家"二字以后,他就面红耳赤,心跳气短,直如偷了人家东西或者在闹市区当众拉了一泡屎一般。他恐慌到那种程度,连牙医用钻头对他的病牙反复磨洗他都没有什么感觉没有什么反应,牙医对他大为称赞,说他是神经最坚强的病人。

我简直是疯了。他想,我的体质本来属于敏感型的,每次检查牙齿,小钎子一敲,我就会惊叫起来。打一次针或者为化验抽一点血我也会冷汗淋淋,为此我还深感羞愧,觉得这是自己仍属于小资产阶级的铁证。而今天,当我疯狂地向一些不相干的人公然宣布自己是一名作家之后,我已经麻木了昏迷了晕眩了快嗝儿屁了。

奇耻大辱!

尽管是奇耻大辱,钱文回味申请补助的过程的时候仍保持着多年来从未有过的最美好的情绪。女处长长着一副长脸,对钱文十分友善,她的头发梳理得真叫整齐。如果没有这次远行,他也许永远不会与这位给人以深刻印象的、颇有来历——给人以大家风范之感的女处长打什么交道。共产党是讲男女平等的,革命队伍里有许多英姿飒爽的女同志。这大大增加了共产党的革命魅力。

钱文祝她和她的丈夫幸福美满,青云直上。她的出现是钱文远走高飞必有所成的一大吉兆。离京前他甚至于跑到金鱼商店买了一个小鱼缸和四条小金鱼。一条黑的,只有三叉尾巴,然而它的眼睛奇大。两条红的,很欢实,在鱼缸里还不老实,不断地弄出点动静来,以至于溅出些许水花。还有一条是红白相间的花色。后三条鱼都是四叉尾巴。钱文要了些碧绿的水草,放在水里,观之怡然。他宣布要把这一缸鱼带到边疆去,东菊和儿子为之欢呼不已。钱文感到了自己的"小资产",他知道一切小趣味都归了资产阶级。但是在走向新的天地的兴奋中,他不在乎养金鱼会受到什么评论。

钱文养过几次金鱼,从小他就喜欢养鱼养蝌蚪。大量写诗的时期,他喜欢注视着鱼儿寻取片刻的平静。鱼儿的无言与自得其乐,鱼缸里的自由,水的透明,草的柔顺,游泳的漂浮感,周边无物的感觉与随意感都令他陶醉。那一角自然似乎还能给他一些灵感,一些生活的启示。一九五七年那件事以后他再也不养鱼了。这次他兴致盎然地重新置办了鱼儿的活生生的世界,不远万里,他要把它带到远方去。《远离莫斯科的地方》,他喜爱阿扎耶夫这部上下两卷的长篇小说。他也喜爱苏联歌曲《到远东去》:"明天要出发走向远方,飞机大清早就飞走,那里流着黑龙江和那姐妹河……"对于青春,远与离都是令人神往的体验,没有远离又哪里来的亲近?远方与离别,期待与眺望,这都是多么美丽的诗的主题。现在,该他义无反顾地举家西迁,万里征途,向远离北京的地方进发了。

他的小金鱼引起了整个车厢的注意,他们的举动似乎出人意料。在拥塞的与匆匆的令人不耐烦的一块干燥的小天地里,出现了一泓清水,一点绿意,一些灵动,一派鲜活,一片生机。它们在火车里的出现是多么使人愉悦呀!怎么就没有别人想起来这样旅行呢?

在火车上他还认识了一位女同志,这位女士长得特别像一次就给他批了四百五十块钱的女处长,但是穿得更鲜艳一些。他们在餐车吃饭的时候结识。餐车很拥挤,每个小桌必须坐满四个人才给开饭。钱文一家是三口人,于是这位穿戴齐整举止优雅的女性就被餐车服务员分派到了钱文身边。她很友善地与他们攀谈,也许是长途旅行她一个人感到寂寞的缘故吧。

也巧,连续三次他们在一桌吃饭。在西安下车住了一夜以后,他们又转乘了同一次车去边疆。他们便又凑在一起打扑克,儿子太小不会玩百分,便玩争上游——连扑克游戏的名称也有点"总路线"——鼓足干劲,力争上游,多快好省地建设社会主义——的味道。

一次说起各自的工作,这位女同志问他:"是党员吗?"

钱文完全没有思想准备。这位女士怎么会问他这样的问题?好像在反映苏联卫国战争的影片中,一个游击队员得到了另一个游击队员的掩护,第一个游击队员身负重伤要把一件机密的任务交给第二个队员时,他才会这样问。也许他身上有点什么共产党的气味?也许这位女士正申请入党,积极要求进步?也许她是一个老党员,是专职的党务工作者,很在乎新结识的朋友是否是自己的亲密同志?总而言之,在完全没有准备的情况下,钱文无法回答。他不能简单地说不是,因为早在十五年前,他已经入党了,他是党员而且曾经是地下党的一员。他无法承认他已经不是党员,但也无法说是。他无法与一个萍水相逢的人交谈自己政治上的遭遇与处境,要他说过去是现在不是他实在张不开口。他不知不觉地点了点头,女士说:"我去年入的党,今年刚刚转正。"钱文的脸上出现了疼痛的表情,他借口肚子不好,离开了,从此他不敢再与这位女士碰面。他好像一个行窃中被人抓住手的罪犯,他面红耳赤,胆战心惊,他是罪上加罪,死路一条了。

莫非这也叫乐极生悲?

他的面前突然出现了无底的深渊,黑洞洞深深不见底,他甚至想狂叫一声。他好像是一个被诊断患有毒瘤症的病人,他自我感觉良好,他已经终于战胜了悲观和恐惧情绪,他充满了生活的热情和愿望。突然,人们问他:"你得的是什么病?"他喊道:"我没有病啊!"

他——已经没有希望了。

他转向小鱼。一路上小金鱼和水草都给穿越戈壁和崇山的漫漫征程带来了快活和熨帖。有时候钱文忘记了他们是在远行,忘记了他的处境未必美妙,忘记了奋力一击的庄重和风险。他分明觉得他们是举家漫游于无限神异的大地上,千山万水,千山万水。小金鱼也走过了千山万水,依然与在京中一样。

下车的时候,与那女同志最后见了一面,他们互道再见。钱文发现了那女士脸上的狐疑的表情。

　　她会不会写一封检举信,说我冒充共产党员?

　　一腔热情,一番豪迈,一种顽强奋斗的决心,就这样被现实轻轻一击,然后……

　　下车后他犯了一个错误。他发现鱼缸里的水太混浊了,他连忙从自来水龙头处接了一点新水,为了让鱼儿适应,他只倒掉了半缸水,换进一半新水。然而,第二天醒来后,他发现,不得了,全部鱼儿都死掉了。道理当然很简单,自来水是不可以直接倒进鱼缸里的,应该把水晒上二十个小时,应该把水里的氯全部蒸发掉。但即使是这样,也还应该考虑边疆与北京水质的不同。人会有水土不服的不适,鱼也会有。他太不负责任了。

　　这件事对于钱文的影响并不限于技术的层面。他的乐观浪漫付出了四条小生命的代价,这代价太昂贵了。小金鱼活着的时候是那样活泼美丽,轻盈飘逸,它们翻上沉下,摇摆屈侧。它们像是精灵,像是天使,像是传递着人生本来可以不那么苦不那么怒不那么呆不那么自己跟自己过不去的吉祥天意天启,某种欢喜自在的信息。它们似乎是一种境界,一种无心天心,一种自足自得。然而,他们一到新的地方立即死去了,它们死了就不好看了,挺起了白而凸的肚皮,原来没有人发现它们的肚皮是这样难看这样撅着的,它使你想起动画片里的地主周扒皮与苏联故事片里的沙皇时代的旧俄将军。它们的身体僵硬呆板,特别可怕的是它们的眼睛,死鱼的眼睛似乎带有某种恶意,某种冷嘲,最后是一个天谴人之罪恶的警告。钱文打了一个寒战,因为他依稀感到了金鱼临死时对它们的主人即对它们的死应该负责任的钱文的诅咒。美的毁灭。钱文不由想起了这个短语。他今后将生活在四条金鱼的咒语下。他思想上准备着最后审判的那一天,他准备承认自己的罪和接受上苍的惩罚。

　　些许的挫折扭转不了总体的新鲜经验唤起的巨大的欢乐。钱文知道自己的远行并不是完美的,然而,他无法平息自己的亢奋。他一直为边疆的新的感受而欢欣鼓舞,包括冬天,严寒,边疆的冰雪,是多么奇绝！所有的街道上都铺着一层又一层的雪,从白色黄色到褐色黑色的雪。落雪的季节也就是运煤的季节,这里是雪都也是煤都。孩子们在毡靴上绑着冰刀,直接在城市的大街上滑冰,整个边城就是一个大滑冰场。清晨起来,你看到的是窗玻璃上的厚厚的冰花,冰花比玻璃厚三倍,麦穗形与柳叶形的花纹完全遮住你的视线。于是你觉得你干脆是住在冰房子里,你恍然大悟爱斯基摩人为什么可能住在冰房子里,而冰房子为什么居然可能不冷。上小学时教师不论怎么解释,你也无法理解冬天住在冰房子里取暖为什么是可能的。到这儿一看,明白了,外面太冷,所以冰不化,冰是不良导体,所以屋里点起火来就会暖和。进入一个公共场所,门上挂着的棉帘子至少有二十五斤重,十斤是原重,十五斤是哈气在棉帘上化成水再结成冰附着于上的添加重量。甚至于打开水的锅炉房前也成了冰槽冰柱冰场。提着暖水瓶来打开水的人们总会在灌暖瓶时洒出一点热水,不等热水流走或蒸发,就冻成了坚固的冰,水槽变成冰槽,冰槽下淌乃成冰柱,地上则铺成了冰场。你在露天说一句话,立刻喷出团团白雾,即使你不说话而只是呼吸,嘴边也会白雾缭绕,一会儿你的胡子上下巴上就全部结上白霜。如果你戴上口罩,哈气从四面逸出,于是首先是眉毛上接着是腮帮子上与颧骨上都出现白霜,你好像是在化装一个老人。圣诞老人？哈哈,圣诞老人早就滚他妈的蛋啦。从远处看去,两个在户外谈话的人就像两个术士在斗法,分别出自两个妖口的烟雾你消我长,你弱我强,然后是两嘴巴的冰霜。

　　五十年代钱文读过一部长篇小说,题为《这里没有冬天》,作者冀汸后来出了事,说是胡风分子。来到边疆以后,钱文骄傲地想,这里才是冬天！这里才有冬天！这里才算冬天！北京的河北的陕西的山西的那点冬天算什么,更不要说上海呀武汉呀什么的了。那么点风那么点雪那么点冰那么点冷,那叫冬天么？不,那叫小儿科过家家的游戏！有颜有色、有威有貌的冬天在这里,而过去他根本不知道！过去的与今后的温室里的花花草草小白兔小家雀也不可能知道！当然寒带不会消失,冰雪永远雄伟壮丽刺激振奋。但是仅仅有这样的冰雪是不够的,还要有历史的轰轰、心灵的皓皓、搏击的飒飒与拥抱的恨恨,还需要有这傻气的与神圣的对于祖国对于大地对于人民对于毛泽东的忘我的向往与崇拜！这样,胸中才有辽阔,才有真正的春夏秋冬,才有真正的季节系列！

且让大雪飘扬得更大一些吧,边疆的雪。你于是知道了李白把燕山雪花写得大如席的缘由。飘飘扬扬,洋洋洒洒,弥弥漫漫,雪愈飘愈厚愈重愈大,风助雪威,寒发雪力,遍山遍野,地铺五尺,房铺五尺,窄窄的一面墙上也戴着几尺厚的雪帽。而一夜过后,向北的房门已经开不开了,风把雪丘送到了你的门口,雪丘已经齐门封门压住了门。你不会觉得骇异你只会觉得有趣,你用尽全身力气和全身重量,你像儿时做挤老米①的游戏,你把房门挤开了一道缝,你看到了堵着你的门口的"雪山",你也看到了雪霁后的湛蓝的天空。一道门缝已经使你的眼睛眩晕黑褐,原因是阳光下的雪太白太白。你一面挤门一面用手和木锨推雪,几番搏战,你终于把门打开了一些些,你采用无师自通的缩骨术,从窄窄的门缝中挤了出去,你跌倒在门口的雪堆上,你扑哧一声陷到雪堆里去了,你好像并不急于爬出来,你滚来滚去,你搞得满身满脸是雪,你自己变成了雪人。你叫起你的妻子和儿子,大家一起来清除门口的雪,与其说是在清除,不如说是在拥抱雪亲近雪耍弄雪爱也爱不够雪。等玩完了抬起头来,人人头上身上衣上是雪,家家房上是雪,棵棵树上是雪,一枝一杈上都是厚厚的雪,条条路上是雪,就连冒着烟煤的浓烟的屋顶烟囱也穿着洁白的雪衣。

---

① 挤老米,过去北京儿童玩的一种人挤人以取暖的游戏。称其为挤老米,或可能与当时日本侵略者的统治有关。在日语中,美国写作"米国",而二次世界大战时,"米国"是日本的敌国。

再抬高一点头，哦，那是视为神圣的南山和东面的博格达雪峰。博格达峰，终年积雪，在夏季，它是那样高远、神秘、静穆、庄严，如云中的神祇；而冬天大雪后的博格达峰，则变得那样丰厚、巨大、亲近，似乎下凡来到了人间！

如果说是遮掩，那么大雪是最大的遮掩了，它覆盖了一切，改变了一切，虽然亦当然不能彻底，那么就遮掩一次再一次吧。既然世界是那么不完美，既然不完美的世界有时也抖擞精神向你呈现一次两次那么伟大的奇观和壮举，就让我们在这奇观和壮举面前战栗和沉醉吧，即使这奇观壮举遮蔽了许多一时无法消除的缺陷，即使这奇观和壮举之后各种缺陷并没有消除而是原封不动地出现。谁能够在北国的勇猛和普遍的大雪面前念念不忘向雪提出使世界永远洁白的苛求呢？一个美人，她不也是在服装和皮肤的遮盖下才能呈现出她的妩媚动人么？你总不能用她的 X 光透视造影来代表她的形象。你总不能自己裸露着并要求一切人裸露出五脏六腑。奇观和壮举总是遮蔽着什么，能够大面积地遮蔽也是一种伟大和壮举，那就心悦诚服地歌唱这奇观和壮举吧。

来到边疆，钱文内心里充满了歌颂的真实的激情。他愿意歌颂，他必须歌颂，他热爱歌颂，他只能歌颂。不歌颂就灭亡。在灭亡与歌颂之间他当然选择歌颂。愿意就是必须必须就是热爱也就是只能，所以当然。远走高飞的目的正是唱起颂歌，他不一定能像某些作家那样去颂反右颂三面红旗颂八届十中全会，他怕自己颂不好，他不够资格，他没有那个水平。那么他就去颂祖国河山，颂边疆辽阔，颂民族团结，颂兴修水利，颂绿化荒山，颂改造沙漠。他愿意歌颂每一条山每一道河，每一条路每一座桥，每一棵青杨每一口坎儿井，每一个苹果园每一户农家院落。他愿意歌颂义无反顾的火车和通向远方更远方的道路，他愿意歌颂——比如说时差，从京城到边疆，时差两个至三个小时，他还从来没有做过这样遥远的漫游——日月推移，寒温易貌，万里迢迢，数不尽的河川丘壑原野山岭。多么敢想敢作敢当，他与东菊商量去边疆的事,只在电话里谈了十分钟就确定下来了。他们都渴望变化,渴望借时代之手一扫自己生活中的委靡和停滞,一扫灵魂里的霉斑和阴霾。他想了,他说了,他痛痛快快地做到了,他们把自己的一盘死棋重新下活了,这本身不就是奇迹和壮举吗?

他愿意歌颂每一座不同的乡村和城镇。质朴的平原和大河的两岸,拥挤的枢纽站和疏朗的小县,夜间匆匆经过的古城,即使是深夜也有形容严肃的旅客赶上赶下。渺无人烟的沉睡着的大片荒凉,砂石荆棘和洪水泛滥的痕迹,而最最奇妙的是经过了这些以后,你又来到了一个巨大的城市。这里的面貌全然两样,这里的气候也大不相同,这里的歌声和对话也不是同一种口音乃至同一种语言了,你能不感到一种特殊的满足?你能不得意于自己的敢于决定与决定了以后立即来了个天翻地覆!

这里居住着众多的少数民族,他们是不同的民族。一到火车站你就听到了旋律和节奏大大两样的歌曲。那歌曲里情感的奔放与沉重令你惊讶。你在人们的谈话当中听到了打嘟噜的卷舌音,你在公共场所看到了你从来没见过的自右向左横写的带许多圆圈和圆点的文字,你看到了众多圆拱形建筑。这里的楼房也是色彩缤纷的,楼房涂成了各种颜色,天蓝色、粉红色、杏黄色……这都是内地少见的。于是你接触到了身材叫人羡慕的服装鲜艳的少数民族人。男人戴着小花帽或洋礼帽,穿着条绒衣裤或者掩胸系带的长袷祥,他们身材高大胡须盖脸浓眉大眼轮廓分明。女人们一律穿着不同质料的或素或花或艳的连衣裙子,裙子里面穿着御寒的绒裤,裙子外面又穿着御寒的棉衣,棉衣上绗着一道一道的棉线,这样棉衣也就有了腰身有了曲线。她们戴着花帽或头巾,眼凹鼻凸,胸耸臀圆。男男女女都穿着高勒皮靴。从服装和身材看来,他们似乎比汉族更神气。这当然要歌颂我们伟大的多民族国家。

超出这一切又代表这一切的是他愿意衷心地歌颂共产党。只有在共产党的大手笔底下才有他的这一切。党重新安排着河山,党重新安排着每一个人的命运,党改变了一切,把一切翻了一个底!党改变了所有中国人的活法,党使那么多知识分子从书斋和温室走向了风风雨雨的大千世界。党使世界不一样了,使钱文和东菊,你和我都不一样了。党使你把一切洋相出足,经不住考验的人成为粪土,通过了试炼的成为顶天立地的巨人。翻天覆地,改天换地,惊天动地,战天斗地,今天的天是共产党的天地是共产党的地,普天之下莫非党土,四海之众莫非党民。没有党没有毛泽东他能有今天的见闻今天的心胸今天的意志今天的经历今天的豪兴吗?他能说走就远走,说飞就高飞,直走到飞到连时间也与原来相差两小时的地方么?他能见识这样的冬天这样的大雪这样的开阔这样的雄奇?是的,在共产党领导的伟大事业中他可能成功也可能失败,他可能有所作为也可能最终毁灭,他是共产党大手笔底下的一个小小的符号,一滴墨水,一粒微尘。离了共产党呢?他还能做什么呢?他还能想什么写什么活什么爱什么恨什么呢?离了党的认可,离开了与党一条心的清明与实在,他就是吃喝拉撒与老婆睡觉也吃不踏实喝不踏实拉不踏实撒不踏实睡不踏实呀!

决心下定就只有欢乐和进取了。然而有毒瘤,生命的毒瘤,社会的毒瘤,政治的毒瘤,神经的毒瘤,永远伴随他。他大喊一声我没有病啊,喊叫的结果可能是病情的加剧。他是为了成为党的一名永世歌唱党赞美党宣传党发扬党的合格的歌手才不惜远走万里的。背水一战,再求一搏,绝处逢生,同样是上吊也还可以换换地方。这次远行将怎样地改变他和丰富他强化他!这也是"我以我血荐轩辕",这也是一腔热血,肝脑涂地。如果失败,就以他的全家来祭奠这伟大的时代吧。

然而,他害怕回忆金鱼的死眼睛。他不敢忘记他将生活在四条金鱼的诅咒下边。

第 三 章

　　他来边疆前给张银波打了一个电话,张银波居然告诉他陆浩生书记愿意为他写一封信给边疆的一位领导同志,真是惊人。他把信取来了。陆书记的信写得亲切随意,倒像是他的老朋友似的。陆书记的信称钱文是"年轻的老革命",说是希望那边的领导对钱文"多多督促帮助",这词用得多好,呜呼!他现在可不是从前冒傻气的幼稚的钱文了,他知道生活不是靠高唱"路是我们开哟"就可以打开大路的,现在的路可是当真要打开了,路是书记的信开哟!世上诸种事物中,最最重要的,第一是领导,第二是领导,第三还是领导。这就是反右斗争给人们的教育。钱文从此再也不敢呲毛,不敢大意。他多幸运!张银波与陆浩生几乎是明着告诉他,事情不会总是这样,你钱文总有报效祖国的机会。你是有才能的,你做出成绩还不是可以再回来?哪里跌倒哪里爬起来,写出歌颂伟大时代的作品也就改变了各方面的观感了。现在到远处走一走看一看,很好,确实是一个锻炼一个开阔。人需要成熟需要砥砺,你原来就是偏于敏感偏于抒情太多了么。现在不是一个小桥流水悄声细语的时代,不是一个刘大白落华生徐志摩的时代,不是一个多情多感多思的时代,现在要的是冲锋号是大炮是大锣大鼓红旗飘扬广场上亿万群众一心支援卡斯特罗大胡子和胡志明伯伯。尤其是,现在要的是乐观,在伟大的共产主义革命当中,无产阶级失去的是锁链,得到的是全世界。立场站对了,就事事乐观永远乐观,立场错了,才向隅而泣,颓废消沉。要写农民写车间工人写靶场上的战士写欧阳海学习毛主席著作,从胜利走向胜利。陈毅老总都说了,《欧阳海之歌》是划时代的里程碑。什么意思?今后的作品就是瞄着《欧阳海之歌》写,不愿意这样写吗?请便,你对人民没有感情,人民自然也不会欢迎你。

张银波表示,我们也是在发愁呀,上哪里再搞一本几本几十几百本《欧阳海之歌》式的著作呀,搞不出这样的著作我们出版社的日子没有办法过呀。张银波当然是紧跟上面的精神不讲价钱,但钱文敏感地察觉,她的脸上呈现着一种无可奈何乃至哭笑不得的神情。

这次辞行是在陆书记的大客厅里。过去钱文几次到张社长这边来只是被安排在进门处的一小间接待室里,只是此次话别时候,他才被引到了正屋,有了登堂入室的荣幸。人生的许多事哪怕是好事,细细想来也令人心酸。这两位对他的态度也就够好的了,你还要怎么样?他们当然有恩于他。钱文想起"涓滴之恩也当涌泉相报"的名言,可他什么时候才可能回报这些他欠下的情呢?

陆浩生介绍说,一九五〇年他参加一个代表团去莫斯科开会,他认识了张敏锐同志,他们很说得来。现在张敏锐担任边疆自治区党委的办公厅负责人,他给他写了信。陆浩生要言不烦:"我说,有机会,要尽快帮助你解决重新入党的问题。"

钱文感动得几乎落了泪。入党,两个字,代表了一切。在党的时候不知道,开除了以后,全明白了。

不仅进了大会客室,而且书记与他谈了入党问题,而且,当面把信交给了他,而且,请他喝了一碗莲子羹,有冰糖,有金糕,有青丝红丝。

叫人怎么不歌唱?叫人怎么不发狂?却看妻子愁何在,漫卷诗书喜欲狂!

对他去边疆,犁原的态度与张社长陆书记不大相同,他给钱文饯了一次行,请钱文吃了康乐餐馆,要了赛螃蟹和狮子头,使钱文受宠若惊。犁原甚至于问他"经济上有什么需要没有",他连忙摇头,这使他觉得十分温暖。然后犁原出主意让他申请补助。但是犁原一直是唉声叹气,宛若钱文不是去开创新的前途而是去充军发配一样。开始犁原试图说服钱文不必急着去,不必带家属全去,不必转户口过去。后来看钱文坚决,便不再多说,然而他的心情十分低沉。他还嗫嗫嚅嚅地说了一些文艺界的事,这个电影那个戏,领导看了都有意见,左一个批示右一个动态,天天都是敌情,风声一天比一天紧。他显然觉得大事不妙,除了长叹他也没有什么办法。

他是一个大好人,但是他毕竟比钱文岁数大多了。这是第一次,钱文感到一个年龄地位成就都比他高许多、不可同日而语的人,其实也蛮寂寞蛮可怜的哟。

他连钱文式的奋力一击的精神头儿也没有了。

不管是社长是书记是院长,他们想的其实应该与他差不多,就是说面对愈来愈紧的形势和政策,他们也多少困惑着与等待着。这个判断使钱文温暖却也使他失落——如果他们也是困惑的与失落的,那么就是说他们也不能够代表党了,谁都摸不着底。到底是怎么了呢?

舒亦冰也请了钱文的客,他原来说是林娜娜也一起来吃饭的,后来林娜娜没有来。钱文有一点不解,他们究竟是什么关系?舒亦冰说什么"与娜娜没有联系上",夫妻联系一下有那么困难么?但他俩还是吃得很好。活到老学到老,钱文非常佩服舒亦冰的吃相,他吃得认真而且从容,有条理而又节制。舒亦冰吃完了,眼前一片洁净,而钱文这边已经是许多污渍。钱文甚至无礼地问了一句:"最近见到过周碧云吗?"舒亦冰只有摇头苦笑而已。对于钱文远行,舒亦冰表示赞许和寄予希望。他说了一句:"还是搞创作去吧,搞创作是坐轿的,搞教学是抬轿的。"

他觉得奇怪,这位温文尔雅的先生,竟然也有一些俏皮或者可以说是牢骚话。通过这次饯行,他觉得与亦冰的距离缩短了一些,然而,他也觉得更理解周碧云的选择了,和一个任何时候都谦谦君子,磨磨唧唧的人在一起，也许真的会期待一种火热，一种奔放，一种自信和一种进攻的精神的吧。人生永远不完满。

甚至赵奔腾也送给钱文一个笔记本，说是临别纪念。但赵奔腾的神气有些与众不同，他带着一种审慎的怀疑乃至嘲讽的目光打量着钱文。当钱文说到要去边疆的时候，赵奔腾开始是不信，后来是信了但充满疑惑，而再后来给钱文送纪念品的时候，毋宁说他的神态是在幸灾乐祸。他的小黑眼珠一闪一闪，他的嘴角似笑非笑，他的潜台词似乎是："怎么样？你没了路了吧？这北京再也不是你们这号人的喽！"也许赵奔腾暗暗还有些得意呢。当一个人认为别人失意的时候，他自己是很可能因之而得意的。

赵奔腾说："主要是抓住正确的方向，政治方向。只要方向对了，你是有才能的呀。"

钱文连连点头称是，心里觉得有趣。

钱文也奇怪，怎么一说走就来了这么多的人情味。他走了，便不再有什么"危险"，不再需要故意地贬低他冷淡他了，他就成了单纯的自己了。是这样吗？那么说，他其实是蛮可爱的，他其实很有人缘，其实许多人都是喜欢他的，他们只是碍于气候才没有对他表现出应有的与实有的热情。他知道了，人其实比他想的更好，他其实比他期待的更成功更可爱。

最难忘的是苗二进的家宴。他不记得自己特意通知过二进，但是二进还是组织了隆重的饯行。二进居住在一个大杂院里，他的欲倒的小屋热而拥挤，顶棚有几处已经脱落下垂。他邀来了费可犁和廖珠珠，尤其令人惊讶的是他邀来了久违了的祝正鸿、束玫香夫妇，甚至邀来了赵奔腾，此外是二进爱人刘小玲的几个同事。祝正鸿是钱文早期同事中"进步"最快或者庸俗点说是最为飞黄腾达的一位，听说他的官又要升了，听说市委、陆浩生同志对他颇为赏识。当刘小玲兴奋地向钱文介绍正鸿的晋升大喜时，祝正鸿连连声明并无此事。愈说无愈像是有，谁不知道正鸿的最可爱之处正是谦虚二字？祝正鸿满面笑容,轻松愉快地与钱文全家谈家常,连钱文的儿子也喜欢上了这位伯伯。比较起来,命运发生了戏剧性变化的费可犁倒是一脑门子官司,他见了老相识没有别的,只是谈文艺界问题的严重:"你不知道吗?你们文艺界的事你怎么会不知道?毛主席说了,利用小说反党是一大发明哟!是说李……李什么来着?她写的《刘志丹》是要给高岗翻案的哟!主席生气了!你们听说过吗?说是中国文联搞了一个化装舞会,他们互相的称呼竟然是女士们先生们。说是西蒙诺夫稿费太多花不完,他给自己盖了一所船形的楼,这不比旧社会的地主老财还厉害了么?唉,变修了变修了。说是萧洛霍夫下乡带着一卡车伏特加酒,比起咱们中国的刘绍棠下乡带馒头来,这不是大巫见小巫了么?我们现在养了这么多作家,写了那么多作品,并没有给读者增加多少力量嘛!唉,问题不小呀……"看看钱文无意与他谈论这个话题,他转而去与赵奔腾谈大学生的思想状况去了。"修正主义的苗子哟……"人们听到他们在说。赵奔腾一口气举了许多例子:有一个男生看露天电影时坐在大操场的地上手淫,他已经被开除学籍送去劳动教养了。还有一个学生交代问题时供认自己为了出名一直想暗杀外宾,他制定的头一个目标就是越南的胡志明……所有这一切都是修正主义的毒害哟!

  这时周碧云与满莎来了,他们二位一来,全室就只剩下周碧云的尖厉的嗓音与满莎的嘹亮的笑声了。满莎一见钱文就提开了意见:"哈哈,小钱,我读了你去年发表的那几首诗了,你为什么老是写黑夜,什么夜幕什么黝黑呀的,为什么不多写一点儿白天,写阳光写蓝天写惠风和畅不好么?就是写夜晚也可以写工地上的灯光写车间里照耀得如同白昼嘛,为什么要写夜里的小雨淅淅沥沥呢?哈哈哈哈,供你参考,反正我们的诗人应该是高举着火炬,把人的心灵照亮。鲁迅也说过,文学的油是从人生的油麻里提炼出来的,但是反过来用文学的油浸泡芝麻,就会使油麻更油嘛!"

  满莎的话热情洋溢,浓厚的江南口音,强烈的口腔与鼻腔共鸣,讲究的抑扬顿挫,都与以往无异,钱文听起来只觉得他像是在唱歌。只是说到激动处他不免眉飞色舞,显出了额头与眼角的许多皱纹,他也老了。他的心仍然与二十年前一样年轻,钱文见到他竟觉得他天真如幼儿园的孩子,真是永远的赤子之心啊。报纸上整天宣传赤子心,不会是白浪费版面的。满莎相信文艺这株东倒西歪的小苗亟须他这样的忠诚战士的指导,需要大家一齐关注和匡正。他一见钱文就把自己对于事业对于文艺对于同志的爱全倾泻出来了。彻底平反,不是右派也不是摘帽右派而是共产党员的费可犁也深知文艺问题的严重性并很有些为之义愤填膺了。文艺已经成为众矢之的!

钱文只能是连连点首,唯唯再唯唯。可真是好同志们呀!

周碧云是另一种亲热,她甚至当众搂了钱文一下,钱文感到她的头发已经有点不洁的气味。碧云大叫道:"你小子是有两下子,可是别翘尾巴!你小子老实着点儿,好好改造!我们对你小子一直是抱有厚望的!"

钱文哭笑不得。他奇怪二进和小玲怎么邀来了这么一拨客人,他们从哪里找出来的他的这些老熟人,不可思议。莫非他们事先对他做了社会关系调查?即使调查出来了,他的熟人为什么二进夫妇都请得来呢?再看一看,除了他与二进之外,在座的再没有摘帽右派了,费可犁已经平反,根本不算了,今天的客人来的都是积极进步正在进步至少是强烈要求进步的,从今天的客人的组成当中也可以看出这一对夫妇要求进步之心,改变苗二进摘帽右派身份之心,这要进步之心不是十分地与他共振么?这样的客人结构不是使他开心放心而又惭愧无地么?我们是在高攀着哟,唔!

刘小玲长得有点黑,整洁匀称,热情光明,给钱文留下深刻的印象。她的眼窝褐黑,眼珠较大,上嘴唇厚而且略略外翻,令钱文不好意思多看。她的浓密的头发上系着一条银白色丝带,并且,她用的发卡又多又新又亮,这也使她显出了自己的特色。钱文一看到她就想起二进在他们的右派改造生活会上读的她的入党申请书来了。他点点头,心里一股暖流漾起。

刘小玲的同事说是小玲为了准备今天的聚会,昨晚一直搞了大半夜,早晨五点才睡。这令人何等感动。窄小的房间里到处摆上了冷盘、菜、肉,加工好了的与有待加工的美食。各种锅碗盘罐占据了所有的平面,使人们说话走动时小心翼翼,免得打翻什么好东西。小玲当众往自己腰上系好了围裙——围裙也非常艺术,镶了荷叶边,并在正面用彩色丝线绣了一对鸟儿。东菊玫香不让小玲入厨,先为她的围裙喝彩。周碧云指着围裙上的双鸟刺绣大叫大笑,并唱道:"树上的鸟儿成双昂对……"她唱的是黄梅调。二进得意地说这是她自己缝制的,于是人们更是夸奖不止。

刘小玲主厨,她的一位同事帮厨。二进招呼大家入席,在一张圆炕桌周围,摆上小板凳。首先上来的是生拌白菜丝,大家叫好,选了那么好的菜料又切得那么细,用芝麻酱、醋、白糖和一点干辣椒丝调味,颇不寻常。然后是一种叫做辣块的生菜,用芥菜疙瘩作原料,不知怎么炮制的,吃起来辣得流泪,没放芥末却自来胜似芥末的刺激。别人虽吃而不懂,廖珠珠便为大家解释。这时引起了一片骚动,原来是端上了一小盘油炸花生米!怎么会有这个?费可犁的颜色都变了,不知是喜是忧是惧。从五一年统购统销,他们已经许久没有见过花生了,"大跃进"以来,更是对花生连想也不敢想。费可犁怎么敢不弄清来路就随便吃这样的战略物资?说过的,少吃点花生核桃杏仁栗子,可以换回国家所需要的战略物资。于是二进忙叫小玲暂停炒菜,过来向大家说明一下花生米的来源。周碧云开玩笑说:"坦白从宽,抗拒从严。"于是刘小玲娓娓道来,她的声音略嫌嘶哑,鼻音与气声很重,反而有一种说不出来的感染力。她提了一个名字,可能是为她提供花生的人,碧云眼睛蓦地一亮。可惜小玲说话声音太小,钱文又坐得远,没有听清。

于是祝正鸿哈哈大笑,拿起一个搪瓷勺先给自己舀了一勺,说:"有花生还问怎么来的?你们说能是偷来的抢来的吗?人民种的人民吃,你们不吃我吃!"一边说着一边又为老婆束玫香舀。

于是钱文佩服,祝正鸿这样的同志,就是应该晋升。

热菜中有一道藕盒,一道珍珠丸子,是用糯米裹着猪肉丸子蒸出来的。北方人没吃过这种做法的丸子,啧啧称奇。有一道鱼,鱼尾巴是炸成朝天撅起的,这种做法显然是模仿馆子里的松鼠鳜鱼。钱文虽然对于炊艺缺乏研究,但是他还是立即判断这种做法会耗掉这一家两个月供应的食油。他太激动了。

……具有非凡色泽和口感的滑溜肉片,放在盘子里还吱吱响着的葱爆羊肉,红辣香热的麻婆豆腐,最普通也最诱人的虾仁白菜汤,连一个醋炒土豆丝也清爽精致得令人雀跃……后来还有宁波汤圆和拔丝白薯!

最最出人意外的是晚饭快要结束的时候门响了,进来一对穿着崭新的褐色长毛绒领草绿色军大衣的青年男女,脱下大衣,他们的军服便更加明亮耀眼。那个子不高的女解放军看着很面熟,钱文怔了一下,甚至一开始有点紧张。可叹他不是逃犯不是间谍不是反革命,见到穿军服的人怕什么?接着他认出来了:是卞迎春。周碧云兴奋地喊叫,叫得大家捂耳朵。碧云热情地站起来迎接迎春,由于人多地方小,她蹭掉了两个茶杯,茶杯摔到地上发出清脆的响声,她痛苦地嗷了一声。束玫香说:"碎碎平安。"于是大伙儿一起喊"岁岁平安!"迎春皱了一下眉表达她对摔坏茶杯的遗憾心情,然后只是自信地与矜持地一笑。许多年不见,她完全换了一个人,长辫子不见了,她梳着齐耳的短发,肤色比过去白多了,脸好像也比原来长了一点——按说留短发应该显胖才对。莫非她原来还没有长成?女大真是十八变。她的酒靥不如原来明显了,她的微笑已经不是天真的与求助的了。现在她的笑容中包含着一种严肃和干练,她的到来给人带来的是一种分量感。才一碰面钱文就想起了赵青山在他的泥土气息的小说中爱用的一个比喻:秤砣虽小,能压千斤。她的到来使这间寒碜和狭小的并且有二位摘帽右派在场的房间,马上就增加了亮色。

她的爱人姓姚,小姚与迎春站在一起,像是两个发光体。大家都知道,他们是在中央部门做机要工作的,钱文或者是二进、小玲的面子可真不小!

迎春介绍自己的爱人说:"小姚,警卫连的指导员。"钱文马上想到了他的"进步",最初听说他是战士嘛。小姚的长相令钱文几乎叫起来,他长得太像高来喜了,一样的方脸、浓眉、厚嘴唇、大眼睛,只是因为头上戴着军帽,看不出他是不是有高来喜式的鬈曲的头发,他的个子也比高来喜高一点。他一句话也不说,只是紧紧地跟着迎春,为迎春脱大衣和找座儿,活像是迎春的警卫员。

卞迎春专爱这种娃娃脸式的男人吧!

二进和刘小玲又怎么认识的他们呢?

"对不起我来晚了,我加了一会儿班……"迎春说。首先是二进和小玲雀跃起来:"你来了就好,谢谢了。"大家站起来为他们让座儿。他们表示一定先请大家坐下她和他才会坐,大家则表示只有他们这样的贵客和稀客坐下了,别人才好意思坐。这样光为坐不坐的问题就又闹哄了几分钟。

小玲立即再次跑进厨房,一会儿,端上了热好的饭菜,她新炒了一个滑溜肉片一个醋熘辣白菜,请迎春夫妇吃。

然而迎春没有吃。她说她还有任务,但是她很愿意到小玲这儿来,愿意欢送钱文全家到边疆去。她英姿飒爽,声音清脆,基本上是北京话,只有熟悉她的人才听得出她的山东乡音。这与高来喜的永远不变的土腔也成为有趣的对比。钱文只觉得敬畏,干脆可以说是五体投地。

二进介绍说:"今天的花生米就是她支援的……"卞迎春挥一挥手,不让他再说下去。二进立即闭住了嘴。这一举动也为她增加了分量。

迎春和众客人一一握手,她一到来就成了全室的中心。钱文和她握手的时候有一种被领导接见的感觉。她的握手简洁有力,使与她握手的人心情一爽。她鼓励钱文说:"祝你成功!前途光明!"前途光明四个字反而使钱文听着不是滋味,但也是五内俱热。

她和那个不言不语的爱人只待了半个小时就告辞走了。

大家都觉得荣幸。苗二进更是兴奋异常。无疑,这一对夫妇的到来向众多的宾客证明了他和他的妻子的政治处境——他们仍然赢得了和赢得着党的信任、革命者包括革命的机要工作者的信任,简单吗?容易吗?这也表明了他和他的妻子与党永远一心铁心一心的政治倾向。赵奔腾本来已经告辞,显然他不想与这些人为伍,但是卞迎春的到来使他改变了主意,已经戴上的围巾,重新摘了下来。而这时刘小玲的热情才开始发挥,她侍候大家喝上了茶,她提议表演节目。她先给大家朗诵了马雅可夫斯基的诗篇,她拿出口琴吹了一段《杜鹃圆舞曲》,回过头来又朗诵钱文的诗。钱文拼死拼活地制止,硬是制止不住。不知道她这一切出于什么考虑。倒是周碧云一听刘小玲朗诵钱文的诗,干脆就打断了她,自己唱起新近上演的影片《冰山上的来客》的插曲,她唱道:"穿过千重岭啊,越过万道河……"一边自唱一面还指挥大家唱,可惜这个歌别人不太熟悉,只有钱文跟着唱了几句。接着她又唱:"戈壁滩上的一股清泉,高山顶上的一朵雪莲……"这个大家熟悉一点,于是三三两两地跟着唱起来。唱起来了吧,碧云却又不让唱了,她要求人们严格地按照这首对唱歌曲的男女区别来对唱,这可又让粗枝大叶的歌曲爱好者们为难了。

几首《冰山上的来客》的插曲唱罢,钱文的心已经飞到了边疆。

平常摆得挺匀称的赵奔腾今天也变得可爱了。大家依次都唱了一两遍以后,人们发现赵奔腾一直没开口,便要他出一个节目。他说自己什么都不会,愿意学一点狗叫。大家笑,他汪汪汪地吠叫起来。学了狗未能尽兴便又学猫叫春,学鸡,学青蛙,学鸽子,学母猪,大家一致认为他有搞口技的天才。

想不到的是夜色已晚,大家已经担心会错过最后一班公共汽车,虽然意犹未尽,但也只好纷纷起身告辞。这时候,苗二进发表了一段演说：

"同志们，朋友们，今天我们集合在这里欢送钱文同志和东菊同志远赴边疆，我们都很激动。我感到很幸运，有机会与钱文同志共度了一段难忘的时光，我们都接受了党和人民的考验与锻炼，我们都有很大的收获。我坚信，钱文同志是有光明前途的，他是热爱党的，他是从少年时代就参加了革命的，他又是有一定的写作才能的，我们预祝他在新的岗位上取得巨大的成绩！我们预祝他成为真正的人民的文学家，毛主席的合格的文艺战士。我们自己也要向钱文同志东菊同志保证，我们也要在改造思想努力工作努力学习的道路上做出我们的成绩，让我们十年以后，用我们各自的成绩来互相报喜吧！"

大家一面鼓掌一面穿大衣，外面的温度已是在冰点以下。然而满莎拦住了大家，"我还有一首诗，献给钱文东菊同志。"他说道。

> 朋友，你到哪里去？
> 我去远方，我去遥远的边疆。
> 朋友，你为什么要走那么远？
> 啊，在那里锻造我钢铁的臂膀！
>
> 亲爱的朋友啊，莫苦闷莫彷徨，
> 毛泽东思想指明了前进的方向，
> 快把那炉火烧得通红，
> 你要打铁就别再胡思乱想！
>
> 我们在战斗中胜利，在战斗中成长，
> 如今的敌人是我们自身的资产阶级思想，
> 勇猛地冲杀吧，军号已经吹响，
> 让崭新的无产阶级灵魂闪闪发光！
>
> 啊，亲爱的朋友，我的青春时代的战友啊，

我们对你有一千句叮嘱，一万个希望：
　　义无反顾，直前勇往，
　　一切听党，一切献党！

　　满莎朗诵时露出一嘴整齐而且特别洁白的牙齿，他由于长得黑而牙齿更显得洁白闪光。朗诵时他的嘴唇是矩形的，显得很有力量很卖力气，他的舌头红亮如火炬在口腔里翻滚，他的头一摇一摇，头发一跳一跳，他的皱纹深刻地伸缩着。他朗诵得热烈鲜明流畅一如既往，只是口音似乎更加黏着和特殊——人们已经好久没有听到他的朗诵了，字和字，上下腭与舌头，不断发出撞击摩擦舔漱品咂的多余声音。诵完，他热情地与钱文拥抱，二进也随之来拥抱钱文。掌声雷动，刘小玲感动得痛哭流涕。可惜在这个动情的时刻周碧云打了一个大喷嚏，多少对于庄严激越的气氛有些破坏。钱文想这样隆重的场面他是不该忘记的，他不能不努力改造。他说："今天的一切，我钱文不会忘记，不能忘记，也不敢忘记！"

　　周碧云也落泪了，刘小玲已经哭出了声，赵奔腾走过来猛拍钱文的肩膀，说是他也受到了深刻的教育。

　　此后许多年，想起这次饯行，钱文感动之中有时又不免感然。旧北京有句俏皮话，叫做"冷锅里冒热气"，以之来形容此次聚会是再恰当不过的了，虽然这样说他钱文显得太没良心。他与二进一家并无深交，他们怎么安排了这样盛大的家宴来欢送他！在那个年代，这么个请客法，他们简直是拼了老命，他们不想过啦。请的客人简直是匪夷所思，他们费了多少心思！这比准备那么一桌大菜还不容易，这是政治啊。那么多官运亨通正被十分看好的人被召了来，他们当中也多是与钱文少有联系者，他们热情欢送他钱文。是友谊？当然是友谊，中国人自来是重视友谊的，何况五十年代成长起来的那一批朋友。是过往年代的风气使然？也是的，一种事物出现以后，哪怕并没有站住脚跟，也还会不断重现，余音袅袅，三十年不绝。那时的人们相信一切，他们容易感动容易崇拜容易兴奋容易检讨自己，他们从根本上说与钱文当然是互相信任互相友善的。是一种温暖？他们被冰冻了而且正在被冰冻着，就更渴望温暖，渴望制造一种理由实现一种场合来热烈一番。是——慕名？是他们实际上对钱某人看重的表现？很可能，过去只是没有机会表现他们的看重罢了，某些状况下人们想表达自己的真实想法却多有不便，呜呼！也许是他们要求进步的具体表现？那时候他和他的朋友们是多么希望进步呀。是——什么都不是？世上的许多事情甚至你无法排除无道理的偶然。

　　然而他不用再分析下去，人至察则无徒，人至察当然无友。他不应该对一切美好的与善良的东西将信将疑，分析过头成病。人设法弄得太明白，就会使人间再没有单纯的善意。等到人间只剩下了谋略与对于谋略的分析对于猜测的猜测，人类也就不妨灭亡了。当人彻底背叛了上苍的时候上苍自然应该下决心将人类诛灭。他钱文怎么了，他就不能好好感谢一下二进和刘小玲吗？请永远地感谢他们，只有感谢，感谢二进和刘小玲，感谢祝正鸿和束玫香，感谢赵奔腾，感谢卞迎春和小姚，感谢周碧云和满莎，感谢小玲的那几个同事吧。同时，请后来的读者与我们一道为刘小玲而深深哀悼，祝这个天真（？）热情，那时已是即将灭亡的女子的亡灵安息吧。

　　钱文到达边疆的第四天，见到了自治区党委办公厅负责人张敏锐同志。钱文过去是从来不称呼别人官衔的，这回见到张同志以后一直是主任长主任短，不这样称呼就无法表现他的老实百姓的本色。短短四天他已经体会到一些外省与京城的不同，其一便是遇官必称官衔。不等张主任开口，光张主任的办公室也令钱文心悦诚服：干净、宽大、锃亮，带着几分威严。桌上有两部电话。大写字台上是一块以墨绿色绒为底的玻璃板，玻璃板厚重巨大，玻璃板下边压着种种便条、电话号码、表格。玻璃板上边摆着各种文件、文件卷宗、文件夹。办公室靠墙有保险柜和报刊架。另一面墙上是公文兜。高处是毛主席像。写字台后边摆着的是宽大的沙发旋转椅。钱文进了办公室被工作人员让到门口的沙发上,这样的座位很舒适但是矮人一头。张敏锐高高坐在转椅上,他看完陆浩生的信便走过来,坐到了钱文身边。钱文立即感到了荣幸。张敏锐说了一大套,说得钱文不敢相信自己的耳朵,什么好事都被张主任说到了!可以重新申请入党。可以管一点事。可以到处走一走。可以先发表一点作品。可以找个机会,见见宣传部长和主管文艺的书记。可以这可以那,钱文走出张主任的办公室的时候,直觉得腾云驾雾,好比刚刚当了一回新姑爷。

他下楼梯的时候迎面上楼梯的是一个女同志,他随便瞟了一眼,差点没有背过气去。

原来她就是火车上结识的,不止一回在餐车的同一餐桌上用餐的那位可爱的女同志!钱文一见她脸就红了,他做了见不得人的事,他回答人家是不是党员的提问的时候竟然点头默认!在豪情满怀壮志冲天乐观向上并且沉浸在受到党的关怀的温热之中的时候,在准备撒泼颂党坚决做一个新时代的歌手的时候,在孤注一掷远走万里只求放声一歌的时候,他竟然转不过弯儿来无法面对自己的政治遭遇政治现实,打死他他也答不出"不是"更答不出"原来是现在开除了"来。这样,他就陷入了更卑鄙更无耻更无地自容更无颜见任何好人的境地。那女同志似乎已经认出他来,要与他打招呼。钱文转过身去屁滚尿流,落荒而逃。走出大门的时候由于忘记了交还会客证而被警卫拦住,他又是一惊。

这件事他连东菊也没有告诉,他说不出口。他一会儿兴奋,一会儿沮丧,一会儿信心,一会儿担心,一会儿脸红,一会儿脸白。他愈来愈觉得自己即将会像金鱼一样地翻开眼睛,翻上肚皮死去。

第二天过去了,第八天过去了,第十天过去了,没有什么恶兆,只有好消息,说是要安排他到附近几个先进公社看看。他短期出差,搜集先进公社的先进人物事迹。他到处见到先进谈论先进,他感动得如醉如狂,浑身发烧。为了赶时间直接高效地为无产阶级政治服务,他抱着豁出去了的心情放弃了写诗而写了歌颂公社社员先进人物事迹的报告文学。他的报告文学作品立即受到了文学刊物负责人的肯定。接着传出来某位主管领导打算约见他的说法。到了时候领导临时有事,推迟了约见。他立刻敏感到,是不是气候不对了呢?报上开始下起了毛毛雨,文艺界的弦正在绷紧。不见也罢,总的开头仍然是很好,远走高飞以后似乎有更多的机会,陆书记的人情信,张主任的关照,都会有巨大的作用。钱文一直沉浸在期待的兴奋中。

就在这个期待的过程中,报纸上开始了对于《海瑞罢官》和《谢瑶环》的批评,开始了对于鬼戏的批判,开始了对于邵荃麟的"写中间人物论"的批判,又开始了对于夏衍的"离经叛道论"和"反火药味论"的批判。文艺批判的气氛愈来愈浓。钱文写的受到赞扬的报告文学作品在最后一遍校对对红之后,终于被撤了下来。没有人向钱文说明或者解释这个情况,钱文也觉得不必去打听。可以用他,可以不用他,可以拿他当年轻的老革命,可以拿他当阶级敌人,可以鼓励他争取重新入党,也可以永远将他打入另册。一切都明明白白,清清楚楚,顺顺当当,杀了他与救了他,踩死了他与抬举起他,同样合理,同样易于理解。

钱文明白,他尽管像一只飞蛾一样地胡乱挣扎,他尽管得到了那么多好人的帮助,他尽管使出了一切力量、用尽了一切心机、付出了一切代价,他尽管已经乐观再乐观、奋斗再奋斗、自我打气不止,他还是不行了。

活大该!

第 四 章

　　一九六七年一月,当钱文和东菊在距离中苏边境只有六十公里的一个农村读到载有刘小玲惨死的消息的红卫兵小报的时候,他们在无边的恐怖与绝望之中又升腾起了一点点兴奋至少是好奇——他们想知道往下会发生些什么。刘小玲之死是可悲的,但是她的故事居然能够在小报纸上刊登出来,她的惨死居然被解释为资产阶级反动路线迫害的结果,最后是苗二进的名字居然堂而皇之地出现在小报上。作为摘帽右派的苗二进居然可以大模大样地批判资产阶级反动路线,居然可以用"居心叵测""残酷迫害""是可忍孰不可忍""欠了人民的债"等言语批判工作组,直到批判"御用红卫兵"……这些事态令钱文觉得匪夷所思而又暗含着一点不敢兴奋的兴奋:莫非……当真……怎么可能……弄不好又是什么阳谋什么陷阱呢。

　　小报的标题是《刘小玲惨死纪实》,副标题是"颠倒是非混淆黑白的铁证"再一行字是"资反路线用心何其毒也"——两行字全部出自毛主席的名为《炮打司令部》的大字报,这篇大字报那时尚没有正式公布,但已经烈火燎原般地烧遍了中国。这张大字报传过来让钱文几乎一跳八丈。这张大字报令人们丈二和尚摸不着头脑。从反右以来,谁不汲取这个教训:领导就是爹,领导就是娘,领导就是天王老子,党不是抽象的,党就是你的书记委员局长处长科长小组长和他们所领导的积极分子。领导是反不得的,领导决定你的荣辱你的祸福你的升降你的明暗你的是非曲直直到你的生死存亡。钱文深信,这次文化大革命开始以后,许多人就是接受了反右的经验,一上来就死保领导,跟着工作组打那些活动分子的。活动分子和积极分子在外文里是一个词,在钱文看来,在中国,含义恰恰相反。什么时候都有一些敏锐好事胡思乱想喜欢独立思考之人,他们一有机会就要显派显派自己,就要显示自己比他那个具体单位的领导高明。他们就是活动分子,他们的头上长着反骨。反右以来毛主席引《三国演义》上的魏延为例大讲反骨之为害。这个说法使钱文老是觉得自己生理上可能出了毛病,活像是长了脑瘤或者骨刺。这样生理上右派分子们就是畸变者病毒携带者危险者和不可接触者。而活动分子们干脆说就是潜在的右派,他们在天下未定之时,可能是英雄好汉,在天下已定之后也偶可出出风头,但多数情况下极可能成为乱臣贼子。反右斗争当中狠狠收拾了这些活动分子,打断了他们的脊梁骨,虽然他们中的多数是响应党的号召才"鸣放"的。这样,反右以后,一切都顺风顺水,天下归心,言无二价,说吗是吗,于是才有了大跃进,放卫星,三年超英,五年赶美,亩产二十万斤水稻,钢产量立即达到一〇七〇万吨。

而某些单位的积极分子形象正好相反,他们老老实实,领导说一不二,有时说话大舌头和结巴——这样才更显出忠厚和驯顺,一般不注意穿衣和打扮,时而显得废寝忘食,且往往是形容丑陋者。这也是女为悦己者容,悦己的领导多半喜欢丑的不喜欢俊的,喜欢笨的不喜欢聪明的。家有丑妻,一直被认为是人生一宝,对于某些领导来说,身边有几个形容丑陋的积极分子,他们除了从一领导而终以外再无别的出路,也令人放心。他们簇拥着领导,却决不会把领导比下去。同时,他们多是不善于讲话却善于汇报者。在选择积极分子方面,一些领导充分弘扬了择劣选拔,逆向淘汰的传统文化积淀。

反右以后,积极分子们以保领导批活动分子为表现积极的不二法门。谁能死打向本单位领导挑战的活动分子,谁就能当上风光而又实惠的大左派,升官晋级,分房子坐车,全家光荣,鸡犬升天,一通百通，一顺百顺。不但组长科长是不能反的，左派积极分子也是动不得的。当上了左派人人羡慕，八面灵光！可毛主席的大字报，这个这个，怎么把一切都反过来了呢？毛主席怎么给了这些积极分子与候补积极分子硬是一个耳光呢？

　　毛主席太伟大啦！你能不喊万岁？你能不心悦诚服？事情的变化竟是这样离奇，这样出人意料，这样大气磅礴，声势夺人。那么，是不是要当真发生一点什么事情带来什么结果呢？李白诗云："大人虎变愚不测"，毛主席这神机妙算又岂是他钱文能闻出味儿来的！天若有情天亦老，人间正道是花枪！解放后政治运动多矣，怎么每次和每次如此不同，决不像某些作家甚至是大作家，老是自己重复自己，自己抄袭自己。无极太极，四象八卦，三十六妙计，七十二周天，一百零八星宿，变化莫测，存乎一心。呜呼，狂风暴雨之后，会不会是艳阳高照？白浪滔天之后，会不会是万顷碧波？血腥厮杀之后，会不会是气象一新？山穷水尽疑无路之后，会不会是柳暗花明又一村？一个人，一群人，从毛泽东到小孩子，八亿人都豁了命，都在那儿打呀打，冲呀冲，能不拼出一点名堂来么？

　　自从一九六四年底以来，钱文之只能继续冷冻、不能透风见亮的形势十分明朗，连"控制使用"都不可能，他再想辙再使劲也无法改变被人民被社会排斥在外的命运。钱文从此得了慢性胃炎或胃功能萎缩，他动不动腹泻不止，吃完菠菜一个半小时就能见到绿屎而吃完胡萝卜两个小时大便就开始发红。他去了无数次医院，吃了可以堆成一座小山的香砂养胃丸和人参养荣丸，维生素 U 和肠胃消炎片以及乳酶生和酵母片，没有多少效果。他没有东西可读，没有东西可写，没有任何会议通知他参加，没有任何事情等着他去做。他骨瘦如柴，比在权家店时还不成样子。在权家店劳动时盼着的是表现得好获得摘帽，如今还能盼什么呢？摘了帽的叫摘帽右派，摘帽右派也就永无摘帽之日了。人们窃窃私语说边疆压根儿就不应该接受他。他来了不久，已经成了人家这里的肌体上的一粒赘疣了。

一九六五年春天,钱文一家再次往远里走七百公里,到了一个小镇附近的农村,美其名曰"下乡劳动锻炼"。起码是离开了城市,目标大大缩小了。钱文等了大半年终于等到了这样一个差强人意总算能对付过去的安排,心情稍稍正常,肚子也稍微好了一点。眼不见心不烦,吃饭吧,干活吧,睡觉吧。

而等到文化大革命开始,"三家村"揪出来,北京市委改组,刘少奇犯了"资产阶级反动路线的错误",工作组撤回,特别是毛主席的《我的一张大字报》传来之后,他的胃病一吓一惊一振奋之下,反而痊愈了。

此后的事愈益离奇,他们简直不知道该怎样反应。刘小玲的惨死使他们感同身受,他们忘不了刘小玲为他们饯行的情景,忘不了刘小玲的朗诵。她的死令他们欲哭无泪,这个世界已经荒谬和残酷到这般田地了么!

可小报的出现又使他们升起了一点点希望。至少是增加了一点好奇心。

整个文化大革命正是这样,令人既惧既悲,且惊且喜。壮志豪情地来到边疆,还想最后一搏,大展宏图呢,如今一看,全他娘的揪出来了,来了个全部干净彻底。我是完全没了戏啦,你呢?彼此彼此。多少大人物也翻身堕马喽,谁也甭说谁啦。倒霉就都倒一倒吧,丢人就都丢一丢吧。老天爷他透着公平呀!毛主席就是老天爷呀,今天轮到你,明天轮到他,谁他娘的也跑不了!他也不用为右派的事儿特别负担了,现在揪出来的老哥哥比当年的右派惨多了,钱文几乎是幸灾乐祸地高兴起来了:那些在反右斗争中人五人六的首长们,甭整人啦,你们也尝尝挨整的滋味吧!甭抬不起头来啦,全都快一个鸟样子啦!右派是反党反社会主义,是两反,你们呢,你们是"三反分子",反党反社会主义再加上反毛泽东思想!我反动?你比我更反动!既然没个好,咱们也就不要比好了,咱们只能比坏,就是说我坏你更坏。这么一想,泪尽而喜,再想想来边疆时的豪情壮志,便觉得只能哈哈哈了！

真有两下子呀，除了毛主席，谁干得出来？调子这样高，斗争这样尖锐，批判得这样彻底，看来中国是要变一番模样啦。

可是，眼见全国闹得大乱，凡是有点良心有点本事的人全揪出来了，又不能不忧心忡忡，不寒而栗。如果连所有的党委书记所有的教授专家都消灭了，将来还有他钱文得救的那一天吗？靠谁来搭救他呢？全都一锅儿端了，按照毛主席的"五七指示"，大家都要学工学农学军，都要批判资产阶级，全国办成红彤彤的毛泽东思想大学校。到那个时候，连诗人作家学者教授的概念都没有了，连领导、政府的概念都没有了，全国一个是毛主席，一个是人民……人民粗手大脚，人民种庄稼，人民造火车，人民扛起枪，人民写诗写小说……全民皆兵，全民皆工，全民皆英雄，全民皆诗人，全民都胜过美国国务卿（毛主席早在四九年就说过，中国一个普通工人农民对于世界和历史的看法已经比美国国务卿艾奇逊高明万倍），那将是一副多么伟大多么神奇多么令没有改造好的人毛骨悚然的景象呀！

中国太伟大了，中国的创造无与伦比，如果中国不是全世界独一无二的天堂，那就哪怕是全世界独一无二的地狱！反正中国人的招数洋鬼子做梦也想不出来。上天或者入地，你都必须跟上！跟跟跄跄，咋咋唠唠，哭哭嚷嚷，疑疑惑惑而又喊喊叫叫，唱唱跳跳，跟啊跟啊跟。全国人民都跟喝醉了一样，都跟发了功岔了气一样，反正你必须跟着主席走一条史无前例的金光大道！

于是只有长叹。钱文重重地叹息，叹息完了又觉得抱歉。东菊已经向他抗议过不只一次了，说是她甚至在深夜也会被钱文的深重可怖的叹息声惊醒，惊醒以后她无法入睡而钱文照睡不误。这次是他自己警觉了，那么，在无意识的乃至睡熟的情况下，他又是怎么叹息的呢？

"我们又有什么办法？"他轻轻地说，他为与东菊坐在一起而又长久地无话而颇觉歉意。"想不到刘小玲就这样死了。"死了，说什么呢?

东菊在他出神期间再次拿起了载有刘小玲惨死故事的红卫兵小报,读了又读。小报十分煽情地叙述了刘小玲的故事。说是她在她所在的那所学校第一个贴出了响应毛主席号召的大字报,她指出了我们的教育排斥工农兵子弟,分数挂帅,智育第一,师道尊严,宣扬封资修、大洋古,脱离实际,脱离政治,搞资产阶级专政的种种问题。于是学校的走资派和工作组对她恨之入骨,抓她的家庭出身和社会关系上的辫子,组织师生把她斗了二十五天,让她喝洗脚水,吃垃圾纸,鞭抽棒打,七十二小时疲劳批斗,搞得她遍体鳞伤。连她的申请入党也变成她试图采用孙猴子钻进铁扇公主肚皮内的战术,钻到共产党内搞破坏的罪证。在她病危之际,医院竟因为她是"牛鬼蛇神"而拒绝给她治疗。死的时候她头大如斗,半夜惨叫,又高呼万岁,吐血如注……

他们俩看得胆战心惊,半晌说不出话来。

"太可怕了,你哪里想得到,"东菊说:"这都是什么事儿呀!让你没法相信!我们建国初期追求的目标,我们的关于幸福生活的梦想,就是这样的么?"

钱文突然激动起来。他说:"不行就是不行。我原来以为自己行呢,其实是压根儿不行,原来不行,现在更是越来越不行。刘小玲也应该明白,咱们不行,她更不行!都什么年头儿啦,她是什么份儿上啦,她还要入党,她还要贴大字报,你比党员还积极,你比产业工人还积极,你比党支部还高明,你不是头脑发昏吗?不错,文化革命是主席的号召,可够不够资格,自己应当心里有数,对自己就应当掂量掂量。那么复杂的斗争,咱们看得清吗?文化大革命会怎么发展,咱们知道?看不清的……苏联修正主义——现在叫社会帝国主义啦,不是毛主席指出来,咱们谁能看得清?看不清的看不清的。高岗、饶漱石、彭德怀、刘少奇、赫鲁晓夫、多列士、陶里亚蒂,这不卡斯特罗也够呛——咱们又看清过什么?不听毛主席的又听谁的呢?听刘少奇的还是听钱文的？不听毛主席的，听叶东菊的，听刘小玲的，行吗？你能不听毛主席的吗？"

钱文没有再说下去。说着说着他忽然觉得自己说的这些话被什么人说过，他是在全盘照搬别人的话。脑筋转了转，他想起在 S 大学教鲁迅的作品《风波》时候的事来了，《风波》里的人物说到张勋的时候，说他是"燕人张翼德的后代"，手执丈八蛇矛，谁能抵挡得住他？"你能抵挡得住吗？"

然而，他感到了安全。当他心高志远忧深思广的时候，他直觉到革命浪潮如泰山压顶，十目所视，千夫所指。他直如等待处决的囚犯，冰冷的枪口瞄准着他的太阳穴，只要十分之一秒钟，"嘎——咕"一声，他就会大脑开花，抽搐颤抖，四肢摊开，消灭在地上——其结果也只不过是臭一块地而已，甚至连一块地也臭不起来。人，蚂蚁般地死去了又死去了，拉着手风琴的和没有拉手风琴的，积极申请入党的和被开除了党籍的，一直到死还深情地歌唱着红卫兵的与一听到红卫兵的狂欢锣鼓便吓得屎尿流满了裤裆的，他们都可能或者已经死了，他已经听够了类似的以死为结局的故事。然后，经过火化，经过消毒，经过清洗，经过打扫拾掇，又有哪一块地变臭了呢？难道世界不是变得愈来愈芳香了吗？说的是金猴奋起千钧棒，玉宇澄清万里埃啊！说的是大浪淘沙，烈火炼真金啊！说的是荡涤旧社会的污泥浊水，建造一个红彤彤的新世界啊！说的是虎踞龙盘今胜昔，天翻地覆慨而慷，沉舟侧畔千帆过，病树前头万木春啊！

说来说去，你是"埃"你是"沙"你是"污浊"你是"昔"你是"沉舟"你是"病树"，而人家是"猴"是"棒"是"浪"是"金"是"红"是"千帆"是"万木"呀。想想这些词儿，你能不食消气化，嗝儿屁着凉吗？

而当他认清了自己的渺小与无力，认清了自己与千千万万蠕动着瑟缩着恐惧着糊涂着而又保命心切，顾家顾妻顾子心切的良民顺民绝无二致的时候，便深深地为自己的苟活而庆幸。一想到自己写过诗有过激情（哪怕是革命激情，反正他不够格）动过脑筋有过不安和不快有过眉头深蹙和动辄怔忡的"前科",用高来喜的话来说,至今也还没有"骟净",他相信自己确是罪该万死。他期待的只是掌握了真理也掌握了历史,掌握了群众也掌握了暴力的强人猛人们能宽大赦免自己,他期待的是恩如泰山威如泰山,叫你死你就得死叫你活你就得活的万岁万岁万万岁能偶尔手一哆嗦,让他们从万岁的指缝间溜过去。用他学到的一句维吾尔人的话来说,叫做饶了我那一小勺肮脏的血吧。当他干脆承认自己是傻瓜是弱者是胆小鬼是低能儿是胸无大志但求苟活但知听喝的可怜虫的时候,他可不是放下了惴惴不安的心! 他甚至从此连吃咸菜也吃出了味道,吃胡萝卜也不拉红屎了!

活着有多好,吃饭有多香!

而他熟睡以后,当深夜醒来或者半睡半醒的时候,他会突然面对巨大的黑洞,巨大的无物没有边也没有底。他制止不了内心的战栗。

然后,他最多是突兀地长叹一声罢了。

……他着实害怕血污,害怕一条生命被宰割时的抽搐和颤抖。在农村,他亲眼看过阉割动物的场面:一群小公牛,放牛娃夹紧它们的颈,兽医用利刃割破它们的睾丸皮,一挤,带着类似人吃东西时叭唧嘴的响动,两个包着紫色微血管网状纹络的睾丸就挤出来了,那牛犊居然没有哼一声。兽医用药棉棍蘸一点碘酒抹到了伤口上,然后把牛臀一拍,牛犊向前走去,也就齐了。下一个再如法炮制。事情简单得出乎意料,比人拉完屎擦屁股还省事。

然而他看到了刚刚被阉割完毕的牛犊的已经毁灭了的阳具残留部分的抽搐和颤抖。那抽搐和颤抖表现了无力与无望的痛楚,这痛楚甚至不但令钱文恶心,而且连自己的阳具也随之酸痛起来。钱文不由得痛恨自己:多么没有出息,这样的人还居然当了共产党员呢!

更不要说牲畜被宰杀时的悲鸣、溅血、瞠目、抽搐的样子了。一把钢刀,抹断脖颈,那压在屠夫的膝下的孽畜的眼珠子一下子凸胀出来,是惊恐也是仇恨,是完全的出乎意料,也未尝没有怨恨,恨极了眼珠子便凝固在那里,然后是——他觉得是长久的抽搐和颤抖。生不足畏,死不足畏,令钱文想起来便万分恐惧的是死于非命的生与死之间的漫长的过渡的痛苦。一旦想起这种过渡,他宁愿承认自己是一事无成的胆小鬼。

刘小玲的死又是怎么样的呢?她充满了生的愿望生的热情和投身新中国的社会生活的积极性。她临死时的抽搐是多么恐怖。一条命就这样消失了。死鱼的眼睛和肚皮应验又应验了。

……其实他最不希望的事是他在怀疑什么,他拒绝怀疑更拒绝不满,拒绝穷根究底,拒绝恐惧:他再也不想恐惧了,拒绝陷入黑洞,拒绝抽搐,拒绝翻上死鱼似的眼睛。他绝对不能把辉煌的殿堂的支柱拆移,他无法想象庞贝式的地震与坍塌。他面对黑洞感到的只有肃穆,只有虔敬,只有无奈与无望的清明的踏实——他只想知道所有这一切究竟为了什么,或者是什么都不为。什么都不为也不足大惊小怪,人生不能解释的事情本来已经太多太多,再加上中国的文化大革命也就罢了。他只想知道痛苦与不痛苦,意义与无意义究竟有没有不同。他只想知道天亮以后会发生什么或不会发生什么。他只想知道除了静静地躺在那里等待,还有没有别的等待的方法。

这一切感觉甚至于对东菊也说不清楚。他试过几次把自己的内心世界倾诉给东菊,东菊说:"没有那么严重。不要太多想。"这样说完了钱文便无法再说下去。

这次对于刘小玲的死的震惊,又不是语言能够表达的了。

而没有疑义的是等待的必须。所有的智慧和意志,同情和想象,勇气和怜悯,恐惧和希望,所有的勇敢和力量,都集中起来,凝结在一个词两个字里,他愿意用血写出这两个字——

等待!等待呀!

他们住在离城市不太远但已经属于农村的两间土屋里。房屋是用生土坯砌成的,歪歪扭扭。没有顶棚,每间屋各有一根裸露的房梁与搭在上面的稀稀落落的椽子。你躺在床上欣赏这梁和椽子时,会担心它们的瘦弱和稀疏,究竟能不能支应得住挡风挡雨的屋顶。

房梁和椽子都没有经过太多的加工,它们虽然剥掉了树皮,却没有锯成或锛成刨成方子或圆子。它们保留着原来在树上生长着的风姿。弯曲的木梁像是驼背的老人。各条椽子有的打着麻花,有的一头粗一头细,有的带着黑色木结,有的这一头是一根,另一头却分成了两叉,像是一个大弹弓的把儿。清晨醒来或中午小憩的时候,他很喜欢观赏这不同形状的保留着树林气息的梁椽,他觉得这里边多有趣味——说不定不规则的排列里隐藏着某种天机。

屋里按照据说是当地俄罗斯族的习惯粉刷成淡蓝色。当地人每年春天都要粉刷房屋,买一些廉价的石灰,掺上一些蓝颜料。给公家做事的人则干脆免费拿来办公室里的蓝墨水,掺到石灰浆里。再为了避免掉色而往灰浆里加上许多盐——或者按当地的习惯叫做咸盐,用家家必备的长把横刷子足足地刷它一遍。这样的带着石灰气味的淡蓝的里墙,显得相当可爱。

而从外面看,则是污浊的黄泥巴墙,东倒西歪,麦草暴露,牛粪和煤炭等污染了墙壁。屋顶也是起起伏伏,根本不平坦——估计这和梁椽的不规整有关,梁椽的承力极不均匀,顶子自然高高低低。远看这样的屋子,更像是儿童玩的黄土泥,似乎泥巴并未变干变硬,用只大手把房一捏,房屋就会随着变成任意一种形状。他一见到自己住的房子就想起"三间东倒西歪屋,一个千锤百炼人"的对联。或者更准确一点,应该把对联改作"两间东倒西歪屋,一个远缺锻炼人"吧。他来到这里的农村的冠冕堂皇的名义,就是"锻炼"。他将锻炼成崭新的钱文,那当然是几十年或几百年以后的事。

他们的外屋很小,除去一条通往里屋的窄路,外屋铺起了稍稍架高的地板,这大概就正像汉族农民的炕吧?看来原先的设计是全家人睡在外屋,而把稍大的里屋变成客房或者活动室。这里的许多人家都是这样的,全家挤在一个小小的炕上,而把大房间留给客人。可能他们认为把客人往里让得越深入,就越发显出待客的热情了吧。

然而钱文与东菊按照自己的意思住到了里屋,而让儿子住在了外屋。

外面是漆黑的夜,风声时大时小,房间里的铁炉已经烧得很热,炉壁透出了幽美的红光,靠近炉火也确实是热得烤人,从窗户缝里仍不断有彻骨的寒气逼进来,以至你无法断定这间房子之所以令人感到不适究竟是由于太热还是太冷。他们曾对儿子说过:"不要离炉火太近,你要知道白薯就是这样烤熟了的。"儿子问:"可这儿哪里有白薯?"是的,哪里有白薯呢?倒是有不少土豆。他们在灶灰里烤熟过土豆。吃烤土豆,这使钱文想起苏联。全中国都在批评赫鲁晓夫的"土豆烧牛肉"的共产主义。说是赫鲁晓夫在匈牙利说过,到了共产主义社会,匈牙利人将会吃到更多更多的一种类似"土豆烧牛肉"的菜肴。吃上土豆烧牛肉大概算不上什么共产主义,那么吃不上呢?天呀,你看他的思想是多么反动!谢天谢地,他们到现在为止还是吃得上土豆烧牛肉的啦。他没有不好的意思。

真是奇怪,为什么会让他到这边来,到如此靠近土豆烧牛肉的地方来。这边离苏联太近了,离苏联近就像离装扮成美女的白骨精太近一样,似乎有一种危险。当然,中苏边境阴森可怖,想到这条边界的森严有利于心理的平安。向这里迁移的时候他们经过霍城县的清水河子,人们说那里离苏联只有四十公里了。他用眼睛往雾气蒙蒙的那边看了看,只有几株白杨。在白杨的那一边会是什么样呢?他偷偷地听过莫斯科的华语广播,广播讽刺说中国儿童现在唱的歌是"老三篇,不但战士要学,干部也要学,老三篇最容易读,真正做到就不容易了……"①为此,苏联的对华广播特别播放聂耳的《卖报歌》给中国听众听。

那边至少还可以跳华尔兹舞,可以写爱情诗,可以在抒情歌曲里

---

① 林彪语录。"老三篇"指毛泽东的《为人民服务》《纪念白求恩》《愚公移山》三篇文章。

歌唱姑娘房间里不灭的灯光。那边的电影里也还有历史上的文化名人,有大海,有街头花园的簇簇鲜花,有漂亮的男女青年述说他们对幸福的向往。而我们这里一切有趣味的有生活的有美感的有灵气的东西全都成了革命的死敌。他在伊犁河岸眺望过下游,说是下游就是苏联了。下游同样是一团团烟雾。苏联的歌曲喜欢歌唱他们的雾,扎哈罗夫的"啊,雾啊,我的雾,弥漫的雾啊……"索洛维约夫·谢多依的"……穿破迷雾,通向海洋……"千秋万代的友好,镰刀与斧头的一样的鲜红的战斗的旗帜,转眼间成了死敌。逝者如斯夫,只剩下了团团迷雾。

这个白天,钱文和东菊在小镇的十字路口看到了法院的告示,这边刚刚枪毙了两个企图叛逃到苏联的人。是两个来自四川的汉族人胆敢叛逃去了苏联,百姓说他们是死催的。他们逃到苏联又被遣送回来了,据说,在被押解送回的时候他们高呼"打倒苏联现代修正主义!打倒新沙皇!打倒勃列日涅夫!砸烂勃列日涅夫的狗头!打倒……"他们"觉悟"了,然而已经晚了,等待他们的是漆黑的枪口,是五花大绑,是死刑布告上罪犯姓名上面的大红叉。

一个当地的半大小子——一个上过一年中等技术专科学校的少数民族农民告诉钱文,说死刑犯是拉着手风琴唱着俄罗斯民歌越过了国界。胡说,越境者才没有那个胆子,也没有那个素质。他们九死一生地跑过去,再必死无生地被遣送回来,哪里有拉手风琴的浪漫?连饭都吃不上的人会有手风琴吗?然而,这种荒谬的说法仍然使他的心坠上了铅,他没有办法想象这一切。苏联已被宣布为背叛了社会主义事业,一个向往国际共产主义的叛徒苏联现代修正主义的傻瓜(死刑告示上说他是富农家庭出身,一贯思想反动!)拉着手风琴唱着例如是《山楂树》(还是《纺织姑娘》?)冒死越界,先被那边审了一个六够(他以为那个蓝眼睛的姑娘在那边等待他么?)然后喊着打倒砸烂的口号押解回来,五花大绑,公审公判,游街示众,验明正身,嘎——咕,崩裂的头颅,满身的鲜血……他是怎样颤抖和抽搐的呢?

然后是遍身血迹的刘小玲。小报上说她死前发出了惨痛的呼喊。钱文和东菊读小报上关于刘小玲的报道读得全身冷战,他们的耳边似乎响起了那惨绝人寰的哀号。然后是毛主席十几次接见红卫兵,毛主席挥着巨手,《大海航行靠舵手》的赞歌唱得何等壮丽！是天安门前革命小将的欢呼与热泪。(人生能有几次这样的痛哭？)是满山遍野的打倒和砸烂。是到处不受约束不受节制的批判、揪斗、游街、殴打、自杀、他杀、大字报、大串连……人生得意须尽斗,莫使金鞭空对月。几千年历史的中国啊,你的哪根筋突然通过了高压电？

"小玲是太惨了……"他补充说。他像是在说废话。

"你又在大喘气。"东菊无可奈何。大喘气是相声里常用的语言,意思是一个人不把话说完整,一句话先说上半句,过上一段时间又补下半句。

风声忽然尖锐和凄厉起来,声音在颤抖,在撕裂,在切割,在呜咽哭泣。根据经验他们判断是一块破布被风刮到了树尖上,也许是一块纸头,那声音就更加可怖。还有些怪声来自他们的窗子,他们的窗户缝上已经糊了一些纸条,没有完全封死,为了多少流通一点空气。这样,由于冷热悬殊,冷气强有力地向室内挤压,有缝的地方、没有缝的地方、纸条糊得牢的地方与糊得不太牢固的地方、多少掀起来了一点空隙的地方,分别发出了各种不同的吹风挤风堵风抖风钻风的声响,而糊窗子的纸条也就吱吱叽叽嘟嘟咕咕地颤抖起来,如虫鸣鸟叫,如虎啸马嘶,如鬼哭狼嚎,如吹响了笛子后笛膜的颤动。当然,这是魔鬼的笛子啊！闻之毛骨悚然。屋里的冷热更加不均了,他们的脸烤得红烫,他们的后脑勺儿却被冷风吹得生疼,这一切到底是怎么回事呢？他们到底是来到了哪里呢？刘小玲,刘小玲到底又是谁呢？

"……毛主席有首词,说是'而今我谓昆仑,不要这高,不要这多雪',他老人家要把昆仑山砍成三截儿送到亚欧美三大洲,让全球同此凉热。"

"明天,我们给窗户缝上再糊一层纸条儿吧。"

"别说全球了,就咱们一间屋,都弄不成一个凉热!"

"太伟大了,太伟大了。这样伟大的人那真是几百几千年才出一个呀!"

"《介绍一个合作社》里说是全体社员过年的时候吃的饺子也是一个味儿的。那倒挺好的,以后过年,用不着各家包各家的饺子了,全国一个样儿,说多大个儿就是多大个儿,说吃韭菜全吃韭菜……"

"呀,太厉害了。我在北京时就感觉到,很多的人实际上并不接受反修防修的方针、千万不要忘记阶级斗争的方针……包括文艺界的一些领导,他们也是想不大通的。或者是坚持毛主席的方针,那就必须把他们全揪出来,搞一次文化大革命,或者就是并不准备当真实行那种反修防修、继续革命的方针。这回倒好,全都揪出来了,干脆全给你折(读遮)了,那就叫一网打尽!你不服就是不行,毛主席就是洞察一切!靠的是一帮中学生!大学生!毛主席老人家他怎么琢磨出来的?"

"毛主席?他老人家是真的老了……"

"连农民都反映:现在毛主席多么高兴呀!你看看纪录片!在天安门上接见红卫兵,他咧着嘴这个笑呀,全打倒了,就剩他一个人了,太痛快了……"

"嘘……"

"没有我们的事。我们坚决拥护毛主席林副主席无产阶级的司令部。我们还能拥护谁呢?"

他们看看周围,周围没有旁人。儿子在外屋已经睡着。没有人在一旁,他们也要时时表白自己是"好人"是要"革命"的,即使传播了一些不正确的流言蜚语,也立即有所批判有所认识有一个正确的态度。上有天下有地隔墙有耳,它们都可以作证:他钱文和叶东菊生是毛泽东的人死是毛泽东的鬼,他们虽然时有迷惑,但最终对于毛主席只有死心塌地四个字。他们和八亿中国人民的大多数绝无区别,他们是大大的良民。

"现在也挺好。原来以为到边疆来能干一番写作呢,现在明白了,干不成了,都干不成了,也就踏实啦。"钱文苦笑着说。

东菊唔了一声。

他们接着议论当地边陲小城的事,寒风中在党委大门前的停车场上静坐的红卫兵小将们要干什么呢?他们多冷呀。这里是边远地区,什么事都比内地慢个两拍。内地已经如火如荼地批判开了刘少奇的工作组的资产阶级反动路线,这里的有限的几个高中高师中专的小将们才学着样闹将了起来。他们坐在党委门前,要求党委主要领导人出来向大家检讨自己所犯的执行资产阶级反动路线的错误。这里的主要领导人死活不肯出来与小将们见面,派了一个三把手与大家磨磨唧唧。这里的各级领导基本上是带兵打仗出身,懂得服从命令,懂得一级一级向下压任务检查工作听汇报发指示发脾气训斥下属接待上级对上说一不二对下正言厉色对群众既关怀又鼓励又教育又高高在上白着眼看人说话官腔官调。这里的领导人也不知道应该怎么对付学生,而这些屁事不懂的娃娃好像是得到了毛主席的令箭,好像是毛主席告诉他们如今老革命们都不行了,都遇到了新问题了。"天下者我们的天下,国家者我们的国家,社会者我们的社会。我们不说谁说?我们不干谁干?"毛主席年轻时写下的这一段话恰恰说明了他们现在的心境。那么他们要说什么做什么呢?他们自己并不清楚。但是"革命无罪,造反有理"的口号天天喊得震天响。"金猴奋起千钧棒,玉宇澄清万里埃"的诗句整天被引用。杀杀杀,杀他个落花流水,斗斗斗,斗他个天翻地覆。在这个气氛中钱文忽然悟出了一个道理,人就是可以"为革命而革命"的,正如世上有"为艺术而艺术",也就有"为进步而进步""为斗争而斗争""为改造而改造""为造反而造反"。革命的气概使年轻人心潮澎湃,如龙闹海,如虎啸天,不上课,斗人批人,又叫又闹,红旗如火,歌声如潮,这是革命的气氛也是革命的目的也是革命本身。《大海航行靠舵手》与毛主席语录歌的曲调令少年青年人热血沸腾。胡乔木诗云:"大海航行歌四起,营地乐,胜家乡",这样的诗句钱文读了也只觉热泪盈眶。"下定决心,不怕牺牲,排除万难,去争取胜利"的语录唱起来像是船夫号子,像是搬运工在齐心合力地搬动一台大机床。你眼前没有机床也要拿起一个随便什么东西当机床搬。"抬头望见北斗星,心中想念毛泽东"的歌词以一种温柔伤感自恋自艾旷夫怨女的腔调装扮了其实对政治浑浑噩噩的孩子们的燃烧起来的政治热情。而"红卫兵"的称号带来的不仅是浪漫而且是特权,是生杀予夺舍我其谁的尚方宝剑,是一群燃烧起来的孩子——其中有不怎么懂事的小屁孩子,有跃跃欲试而又两眼一抹(读妈)黑的少年,有刚有点知识便觉得四面八方都不顺眼的青年人,有本来就觉得读书太枯燥太疲劳太缓慢太受约束因而早就望眼欲穿地等待着可以不读书不上课的那一天的顽童小痞子们,他们都欢呼文化大革命的日子。但这些人其实好办,他们只不过是跟着哄跟着玩跟着热闹热闹罢了。而红卫兵中最最可怕的恰恰是那些自以为有也确实有一点点头脑和多一点点志向、但毕竟天真幼稚的青少年中的优秀分子们,他们被燃烧起来了。没有谁知道自己为什么烧该怎么烧更没有谁知道不可以烧。然而,一下子就烧起来了,大火熊熊,势可燎原,没治没救,扑不灭躲不过降不了,烧啊烧啊烧啊烧啊……钱文有时觉得这干脆是弄假成真。也许一开头只是表现自己的积极,只是一种积极的习惯和不妨试一试的闲着也是闲着的无聊——北方的歇后语实在精彩:叫做阴天打孩子,闲着也是闲着,叫做管丈母娘叫大嫂子,没话找话。既然不上课了那么总要找一点什么事做做。而一旦积极了也就成了真的和真的一样了:积极很快变成了积极的原因,积极很快变成了积极的动力积极的加速剂,积极也就变成了积极的火种,积极而且变成了积极的目标。弄假成真之后一切语焉不详的理论、歌曲、口号、标语、红旗、大鼓、铜锣还有诗文乃至做激动状的与跟着别人掉下的所谓激动的眼泪,都成了事儿啦,都起到了扭转乾坤兴风作浪震天动地的伟大作用,精神作用发挥到了极致,主观能动性发挥到了极致啦。全中国烧起了无名虚火！没有一个人知道这火为何而烧，向哪儿烧，究竟要烧几时。

然而也还是不简单。一群中学生娃娃，莫名其妙地与党委领导作起了对，反正根据毛主席的指示你们领导必须承认你们是犯了执行资产阶级反动路线的错误——过去，资产阶级从来都是领导们专门给别人戴的帽子。现在，他们成了资产阶级了，是毛主席而不是别人给他们结结实实地戴上这顶帽子啦，让领导们也尝尝硬是被戴上帽子有口难辩的滋味吧。这可真是现世报！这可真是天网恢恢，疏而不漏。你必须向学生娃娃们低头认错，你必须承认娃娃们的大方向是正确的，你必须承认学生们不是右派而是左派。你必须承认你是资产阶级人家是无产阶级。这是天方夜谭或者笑林广记吗？这是真的！

钱文们在家里冻得瑟瑟缩缩，而学生们多半是在党委大门口的停车场上在寒风里斗了个热火朝天。毛主席对青年学生说："世界是你们的也是我们的……"钱文的感觉则是世界是你们的，早就不是我们的了。这么快就不是我们的了，如果不说是压根儿就不是我们的话。白天进城时钱文他们从党委机关门前经过，只见那位当地响当当的副书记与学生们见面，结结巴巴，黏黏糊糊，一句整话也说不出来。在这个边远的地区，书记副书记，本来是多么威风，多么前呼后拥，颐指气使，居高临下的呀！那时候，还不是天下的道理都在他这边！现在呢，突然就没了理了，连个吃屎的孩子也说服不了，连个学生娃娃也招呼不动了。于是你发现，他们是那样拙笨。

为什么，不为什么，为什么，不为什么，他们没有谈太多。但是他们从内心里仍然暗暗祝愿学生们平安，他们暗暗为做官当老爷发脾气瞎指挥有时候不怎么讲道理的这些小地方官们陷入窘境喝彩。革命小将的出现，乱批乱斗的出现，以及"停课闹革命"等等，毕竟使沉闷的千篇一律的生活出现了一些变数。特别是对于工作组的批判，更是出人意料——原以为五十年代反右斗争以后，天底下再不会出新鲜事儿了,一切都已经做出了铁的结论:党支部永远正确,工农兵永远最听党的话,形势永远有利于革命有利于人民而不利于反动派,革命永远胜利而反革命永远失败。知识分子们呢?知识分子们永远要夹起尾巴改造完了再改造,检讨完了再检讨。犯过右派错误——让我们说得婉转一点吧——的家伙们呢?认罪认罪再认罪,永远是罪该万死。而一些个青年人动辄给党支部提意见呢,那自然就是反党反社会主义堕入不齿于人类的狗屎堆历万劫而不复。更不用说工作组了,工作组是更上一级党委派来的,工作组就是党就是真理就是天经地义!这一切经过五七年的运动以后,差不多全明白了,也全成了宪法啦。只怕宪法还没有这几条家喻户晓、难以动摇、不得违反、反则严惩!

谁想得到毛主席他老人家的伟大,他硬是连下棋的规则都改了,他老人家硬是把士、相、车、马、炮全废掉,弄出来遍山遍野的小卒子,横冲直撞,扫了个不亦乐乎!他老人家连谁是资产阶级谁是无产阶级谁左谁右的规则都改了,把从来的戏路子全都改啦!听话的突然不怎么灵啦,捣蛋的突然有了谱儿啦。这怎么能不令人兴奋万分,五体投地呢!

同时,他们又暗自为这些娃娃忧虑,依据他们的人生经验——与五七年不同,他们已经有了一些经验啦——与地方官对立绝对没有好结果。不怕官,就怕管,愈往下,愈是书记说了算。你就算一时得了已,往后呢?能永远这样闹下去吗?上学,分配工作,定级别,定工种,分房子,领补助……你永远也翻不出领导的手心。何况是一些屁事不懂的孩子!你们瞎闹腾瞎喊叫几下就成了革命啦?贴几张大字报,"刷"几天课就成了毛主席革命路线啦?世上恐怕没有这么便宜的事。这些发昏章第十一的革命小将们啊!你们危险!

可如果连这点危险都没有,一切还有什么意思!

"但是我们要小心。不管小将们闹得多么凶,小将是小将,我们是我们。同一件事,小将们做了也许就是革命的,我们做了就会成了反革命。"他们时时相互提醒。他们知道,甚至在乱成一团,党委都瘫痪了的时候,到处也还悬挂着醒目的标语:"只准左派造反,不准右派翻天!"这个口号是清华附中的第一支红卫兵队伍提出来的。谁说中学生屁事不懂?中国的中学生,中国的幼儿园里日托全托的孩子们,也都已经精通政治策略与政治禁忌,已经懂得应该怎样从政治上装扮自己了。从"运动"一开始,连孩子们打架的时候都抢着声明:"向毛主席保证……"为的是取信于人。天!

"我感到最大的幸福是,早在一九五七年,我就被揪出来了。否则,这次……和这次相比,五七年那回真是绘画绣花请客吃饭温良恭俭让呀。五七年如果没揪出来,我们就会面对着各种难题:今天这样表态,错了,明天那样表态,又错了。还有,五七年不揪出来,现在我非成了走资本主义道路的当权派加资产阶级反动权威双料货不可,不被红卫兵活活扒一层皮才怪!"

听了钱文这一段肺腑之言,东菊竟然大笑起来。她说:"所以说我们还是有福气的……天太冷了。你把火再弄弄好不好?火是你的专利嘛。"

"治国安邦非吾事,自有周公孔圣人!但愿生儿愚且鲁,无灾无难到公卿!你们知道吗?这后一个对联据说是周总理童年时代他家里悬挂的呢。所以说是难得糊涂呀!"钱文念叨着打了一个哈欠。

东菊淡淡地一笑。于是他们不再谈政治。他们不再为刘小玲悲伤也不再为革命小将忧虑。他们更顾不得为那些先是叛逃苏修再是打倒勃列日涅夫最后受到人民的应有制裁的死催的浑球儿们揉心搓肺。死吧,死吧,该死的都要死的,谁也逃不掉。这就像是一场大地震大洪水大瘟疫一样,劫数到了,死神降临了,死亡变成了小菜一碟,轮到谁就是谁,轮到谁谁就必须把它咽到肚里。哭也罢闹也罢冤也罢恨也罢,你只能死得快些。而没死的就得活下去,没死的就有权利(也许还有义务)生活,没死的就有权利取暖、吃羊肉、喝散装白酒……没死的男男女女还照样得拉屎放屁打嗝儿唱歌跳舞亲嘴搂抱摸完了干说说笑笑毫无心肝把良心全部喂了狗。你老下了地狱我们是爱莫能助,你老升了天堂我们也只能是干瞪眼滴馋涎却是毫不嫉妒。这样一个寒冷的大风的夜晚,他们的话题绕了一大圈后,最后关心的只剩下了取暖和平安。愈是寒风大作愈显出了温暖的房间的珍贵,哪怕这房间狭窄矮小,东倒西歪。好像狄更斯的小说里就写过,在狂风呼啸的寒冷的夜晚,有一间烧着火炉的房间是幸福的。狄更斯在哪里写的钱文已经忘记,钱文是在修字号作家爱伦堡的一篇文章里看到他转引的狄更斯的话。在人们疯狂地厮杀,一个又一个倒在地上,这个挨皮带那个失去自由有家难归另一个不知下落生死未卜的天下大乱的情势下,他们能苟安于土房泥墙之中,烤火于自己的小家里,能不知足吗?如此而已,岂有他哉!

钱文拿起了通条和火钳。他关上炉子底下的风门。他用通条捅捅已经烧得有点乏的煤块。煤灰发出了刺鼻的硫磺气味。这里的煤炭很容易点燃也很容易保存火种,只是烧起来气味恶臭,叫人受不了。这种煤燃到高峰会出现黄色、赤褐色或灰白色的大量煤灰,这种煤灰比重不小,比烟煤灰重得多,不会自行脱落,这样热灰就把煤自动封存了起来。如果是一大块煤,自我封闭之后,甚至能维持两三天至四五天最多到一星期。几天没有人在家,炉子却不会完全变冷,那么,用火钳或者钩子拨拉一下火,灰白色的或黄色的灰粉轻轻落下,说不定还保留着一个正在缓缓燃烧的核心。在核心上部与旁边加几块新煤,不一会儿,金色的火焰带着呼呼的风声就烧将起来了。这个煤烧起来火苗金黄有声有色十分可喜。

钱文特别喜欢在冬天侍候火,这里有一个美丽的谚语:"火是冬天的花朵。"炉火如花,真是人生的美景。在北京,也烧过煤块煤球后来也见识过了煤气和液化石油气,它们的火苗是由蓝而红,由红而白地变化着的。而这里的无烟煤,火烧得愈旺颜色就愈走向金黄,金黄的火焰拼命向上,时分时合,伸腰摆舞,弄出了各种姿态,并且呼呼作响,像是安装了吹风机一般。听着这种蓬蓬勃勃的声音,看着这种鲜艳变幻的火焰，确是引人入胜。这也算钱文到边疆来的一大乐趣和一个收获吧。

然而这种煤的烟气又分外呛人。每天夜晚入睡之前，在收拾炉火的时候，总会有一些恶臭和直觉地令人感到毒性的烟气逸出。躺在床上，闻到这种恶劣的气味，钱文会在尚未睡着即将睡着的时候突然吓醒，重新披衣起床检查火炉通向烟囱的所谓拐脖处的喉挡。他会仔细地察看嗅寻，看烟囱系统的运行有什么蹊跷之处。他常常怀着深重的疑虑入睡，想象着一夜过去全家三口人被熏倒在床上，紧接着又为自己的担忧的穷极无聊而惭愧不已。

他们看了看表，其实才九点多钟，在农村，人们都已入睡。冬季夜长，夜长又能做些什么呢？坐在炉火边胡思乱想，胡说八道，时而心惊，时而凄惨，时而侥幸，时而摇头低头长太息以掩涕。他们来到人世间已经三十多年了，怎么愈盼好日子愈远了，愈努力愈什么也不明白了？说着坐着，脑子渐渐麻木，也不知道自己在说什么和要说什么了。好些事想也想不起来了，好些事已经说过了一百八十次了，好些事愈想愈觉得远。北京是远的，天津是远的，上学是远的，参加革命庆祝新中国诞生就更远。连"犯错误"、改造、开文代会、学习反修防修以及张银波、陆浩生、犁原、廖琼琼与刘丽芳……都变得那样遥远了。

钱文打开了一个杂牌子四"灯"电子管收音机，嘎啦嘎啦，杂音很大，调了调，出现了社论文件，读得恶毒蛮横，充满了恶意。再调调，出现了维吾尔族歌曲，歌曲里唱的也都是毛主席共产党，但调子多少还有点新鲜，有点民歌风味。他们一听，不由显出了笑容。听了一回，却又觉得大同小异而且吵吵闹闹。便又拧到短波，是苏联的怪声怪气的反华广播，原来的华人广播员都撤走了，只剩下了学过中文的苏联人了，他们讲起中文来，确实会令一方遭难。而电磁波的时盛时衰变成了吱吱嘎嘎的噪音，这声音的伴奏更显出了苏修广播的非法与鬼鬼祟祟。听了半天，一无所获，只是耳边留下了一大堆吱吱嘎嘎。

"我们该睡了。"钱文说。他明知道现在睡未免太早,现在睡的结果很可能是半夜醒来,辗转反侧,漫漫长夜,无边无际。但也顾不得那么多了,与其浑浑噩噩浮浮躁躁头重脚轻无所事事地醒着,还不如趁着糊涂先睡下再说。他知道这样糊涂麻木地躺下立即睡着并不成问题,那么也就不必为睡间醒来的无依无靠操心。既然睡下了就理当一直睡下去,夜半睡不着的时候你的任务与主题都是明确的,你知道那时你需要的不是别的而是睡觉。你的麻烦是没有睡着而不是别的什么,即使没有睡着你也有理由说是你在睡觉即将亦即正在睡觉。而如果到了夜九点还没睡觉,那你完全不知道应该说自己是在做什么。为了睡觉你知道你应该做些什么,心里数数,心里画圈,放松肌肉,调匀呼吸,随着意念漂浮,自己把自己的意识打乱,像打碎一面镜子,像打破平静的湖面,反正最后要什么也聚拢不起来清晰不起来。当然半夜你也还会胡思乱想,然而,你不会误以为自己醒来的目的就是为了胡思乱想,你不会以为这一段时间是为了胡思乱想而特意安排的,你不必承认自己胡思乱想。你更不会觉得自己活得空虚而且窝囊,你不会觉得自己应该至少对东菊说些什么,分析分析自己的与整个国家的处境,鼓舞自己和互相鼓舞。你从小接受的人生观恋爱观就是这样的,一要分析二要鼓舞,一要真理二要进取,一要理想二要乐观。但你现在苦于不知如何鼓舞分析真理进取理想乐观。你睡上一觉以后至少可以暂时放下分析与鼓舞的天职——你不会因为自己没有话说没有分析没有见解而羞耻。夜半醒来,你意识到的自己的"问题"是失眠,是属于神经科的病理问题。而睡前久久的相对无言、思绪如麻,你感到的则不是神经科问题,而是政治问题人生观世界观问题信念问题态度问题,至少是水平问题。一句话,那叫做思想问题。五七年人家就告诉你了,你参加革命早有能力有干劲,但是你有思想问题。你必须躲开你的思想问题。你会感到全面地苦苦支撑使自己不反动不发神经不自杀不跳出去闹腾是太吃力了,你所不敢正视的根本性精神危机使你只能逃避到入睡里去。

睡吧,睡吧,这像是一个咒语,何以解忧?唯有一睡。就是说,人也可以为睡觉而睡觉。这是他们对于一切回答不了的问题的唯一回答。

钱文把火捅开,加了几块大煤。又到外屋看了看正在睡觉的儿子,给儿子盖好棉被,把房门拉紧,把砖地上的小板凳、扫把、便盆、簸箕拾一拾摆一摆,再把桌上的语录本主席像摆放端正。想想一天过去了,一无所获,他们是又忧心又害怕,又庆幸又迷惑,又紧张又轻松——根本不用考虑上班的事儿了。他们只能苦笑着告别这一天又一天。

"明天咱们吃什么?"钱文见东菊对于他的"该睡了"的号召没有什么热烈反应,便没话找话地说。

东菊笑了。她说:"明天吃什么?明天再说吧。现在还太早。"

是的,下一顿吃什么呢?这变成了难题,也变成了唯一尚可一议的话题,在这一话题上他们的谈论是充分自由的。然而没有新意,没有材料,没有食欲,没有想象力。吃来吃去,好像把能吃的都吃过了,吃完了,可以不再吃什么了。

却原来自古中国人就常常生活在乱世,遇到这种世道,一面是英雄豪杰大显身手,建功立业,出将入相,一面是老百姓水深火热,啼饥号寒,生灵涂炭。在巨大的历史变动中,谁谁死了,谁谁废了,谁谁被屈枉了,谁谁满门抄斩,夷其九族了,谁谁早晨还是鸡犬升天,炙手可热,晚上就成了冤魂屈鬼,成了不齿于人类的狗屎堆了,都是小菜一碟,家常便饭,稀松平常,不值一提的事。在这种情势下除了活,活下去,一天三顿饭,还能选择什么呢?

正如李后主词里所写——人生长恨水长东呀!还以为四九年以后再没有这样的事了呢。四九年以后也还请不走屈原、李商隐、苏东坡呀。长太息以掩涕兮,哀民生之多艰。忍剪凌云一寸心?此事古难全!

于是从火上拿下了白铁壶。把热水倒入木架上的洗脸盆里。钱文开始擦洗。这里一年四季难有洗澡的地方,就靠自己在脸盆里擦洗。冬天天冷,就更困难。每次擦洗的结果都是水变得黑黑的,身上的污秽干脆是洗不完。换过两回水了,用右手拇指往胳臂上胸上一搓,仍然是泥巴橛儿,永远的没完没了的泥巴橛儿。老百姓说洗澡时候搓下泥巴橛儿来证明人是泥捏成的——关于女娲造人的传说就是这样被人民所接受的。最后只好带着没有洗净的、不但有泥巴橛儿而且还发散着某些味道的身躯,带着对于在这个地方讲究卫生的绝望,冻得哆哆嗦嗦地,惭愧地穿上内衣。

能够标志并从而探究洗的成绩的只有两盆黑水。见到粗粗地擦洗一下水就搞得如此肮脏,钱文不知道是该为它表明的洗的成效而高兴,还是为自己的臭皮囊的肮脏而悲伤。他已经没有兴趣快乐,正如没有兴趣悲伤。他只是在等待,等待那无可等待的等待本身。等待是等待的结果,等待是等待的前提,等待是等待的目的,等待是等待的全部内容。

这时,渐渐传来了由远及近的男子唱歌的声音。那声音的节奏与走路的快慢是一致的,你觉得他是在寒风中一面深一脚浅一脚地走着,一面强一声弱一声地喊叫着。那歌声嘶哑而且无望,深情而且憋闷,像是呐喊,像是召唤,像是哭泣,像是嚎啕,像是自己正捶着自己的胸。是醉汉,他们互相看了一眼。这里,人们醉了就唱歌。而如果不是演员不是音乐教师,不醉也就不唱歌。特别是那些单身汉、流浪汉或者与妻子关系不好不愿意回家的人,他们常常深夜醉唱。这边由于离市镇近,常常有深夜歌者光顾,你不知道他们来自何方。甚至于文化大革命这样伟大的运动也没有能使他们有所收敛,因为他们都是贫下中农天生的革命动力。简单地说,这里的歌曲的发声的特点是质朴无华的呐喊,是直抒胸臆的喷发,干脆可以说是喊叫。他们是在喊歌,是在哭歌,是在叫嚷,是要喊出心灵的焦渴,哭出胸中的块垒,叫出千古的郁闷。歌曲的旋律却又十分曲折有致,丝丝入扣,楚楚动人。每一波都是千曲百回,叫做九曲回肠,叫做滚动吼唱,每一乐段都重复前一乐段的一部分,却又都有些发展补充。他们唱得回肠荡气,入耳入心,绕梁三日。钱文一开始听了这样的歌,激动得泪如雨下,他甚至觉得一个能够这样地表达自己的情感的人是幸福的,不管他是醉汉流浪汉还是无家可归的人。后来,他简直不敢再听这样的夜唱,因为一旦听起来他就会激动得不能自已,他会因听歌而哭成一团,那未免失态。

"太压抑了。"东菊长长地叹息。钱文摇摇头,他想,也许他也应该像真正的本地人那样,喝上一瓶大曲,然后趔趔趄趄地走到大路上唱它一回。人生还是值得的,来边疆还是有收获的,因为有这样的醉后的歌。只是为了听一听唱一唱这样的歌,到人间走一趟,不也是可以的么。

"明天,我给你炒几盘肉菜——咱们的牛肉再不吃就要坏了,你也喝点儿酒,唱唱吧。"东菊好像知道他的心思,说道。也许这是对十分钟前钱文关于明天吃什么的提问的回答?那么,东菊就是更加大喘气了。大家都在左顾右盼地喘着气,一句话分两次说,次与次之间相隔十分钟呀。

"咱们能唱什么?"钱文悲苦地问。

"爱唱什么就唱什么。不行,就唱语录歌,也能痛快痛快呀!"

"凡是敌人反对的我们就要拥护,凡是……"钱文用一种夸张的、捯气似的节奏唱了一句,东菊示意他小声一点,以免吵醒儿子。

钱文抬起头来,满眼是泪。我太没出息了。他甚至怕东菊看到他的廉价的泪水。

深夜的歌者走远了,钱文的歌也没有唱起来。这时传来一阵响动,响声出现在他们家门口。嘈杂的人声使钱文蓦地一惊。怎么了?

第 五 章

　　刘小玲的死像章婉婉的"跳"一样,是"文革"当中的著名事件,很快,当然也就被人们遗忘了。如果记下每一个横死的人,活人就失去了生活的空间。现在把她们写进小说,成为一个章节,成为一个变奏或者回声,一个插曲或者陪衬,也不过是立此存照而已。事件写在纸上,就有真真假假,有有无无,对对错错,哭哭哀哀,疯疯傻傻……记录、延伸、夸张、变异,加上匠人的技巧与神经质的白日梦,并且有时空的混乱跳跃与幻觉现实的自由流通。于是血腥残酷的故事与一无所有的大虚空变成阅读的刺激,审美的契机,艺术的魅力。有误读,自然更会有误写误思,于是,真正的即原本的刘小玲等的遭遇反倒退到后边退到雾中去了。

　　天地不仁,以万物为刍狗。艺术不仁,以万物为素材。小说家不仁,他细致地有滋有味地描写一切本来不应该描写而应该以生命介入的过程。凡是热衷于描写荆轲刺秦王的故事的作家,没有一个人有荆轲的血性,更没有刺客的记录。写《少年维特之烦恼》的歌德也没有为失恋而自杀。弱者,伪者,你的名字是作家!事件一经写出,就完全变成了小说家言,不经之言。读者切不可刻舟求剑,胶柱鼓瑟,捕风捉影,锔碗的戴眼镜——找碴儿,无事生非,唯恐天下不乱。本小说牵扯到一些实际存在的地名和单位名,但所有的人物与故事,纯属虚构,如有雷同,不是巧合还是咋的?

　　曾经担任过钱文的改造队的副队长的苗二进的妻子刘小玲是一

个干练型、钻研型更是一个能量型的女子,她的身上没有任何多余的东西,她的言谈举止没有任何无意义的消耗,她有着用不完的精力和热情。如果不是早夭,后来的年代她说不定成为一个人物:官员、企业家、教授、劳动模范、人大代表或者政协委员……也许她会成为我们的一个重要的领导人。

南方人,普通话,说话快,口齿利,轻度近视,肤色黧黑,轮廓分明,身材适中,肌肉紧凑,举止灵活。她有一种"时刻准备着"的姿势,别人与她说话的时候她会注意地倾听,微握拳头,身体前倾,她的样子是随时准备为你效劳随时扑上投入冲锋陷阵。而她一张口,光是微微外翻的上嘴唇就让你感动不已——世上竟有这样热情、这样侠肝义胆的女子!

还有她的微尖的鼻子,她的嘴角向后撇去,增加了嘴唇的弧度。这样的嘴似乎令人想起某种禽鸟,太热烈也太外向,因而与众不同。你也许会怀疑她的祖上是不是有欧洲人的血统。在钱文首次与她见面的时候钱文还不知道"性感"这个词。在知道了这个词以后,钱文会想起业已惨死的她来——虽然她的热情从来不表现在吸引讨好异性,而是表现在一种政治进步的与决心做革命良民的积极性忠诚性上。求革命也如求爱,是一种全身心的奉献,全身心的契合,全身心的冒险。刘小玲的故事,是一个以身相许的殉革命之情的故事。

时过境迁,刘小玲身上有一些令人、特别是令后人不完全理解的东西。

那次聚会之后,一年过去了,钱文夫妇与二进夫妇没有联系,相互音信杳然。在政治形势愈来愈紧张尖锐的情势下,人们自动减少了非必须非公务的来往。信件在政治运动中往往与什么罪证有关,私人通信是愈少愈好,没了才最好。两年过去了,没有信件来往。三年过去了,"文革"如火如荼地搞起来了,他们之间什么消息也没有,突然,晴天霹雳,传来了刘小玲惨死的消息。当四人帮倒台,钱文一家回到北京,所有的一切都已经一去不复返之后,他们还是常常回忆和议论刘小玲。当初,一九六七年二月从小报上得知这个消息的时候,他们太意外也太紧张,他们自顾不暇,他们远远没有理解也没有消化这件惊人而又刺激人的事。

此后他们也常常想起那个心惊肉跳的冬天。钱文与东菊瑟缩在土屋的火炉边,火光时时照红着他们的脸,燃烧的煤块发出风声,沉闷凝重之中又孕育着许多鼓舞和幻想。室外的严寒、风雪、漆黑、荒凉与室内的憋屈、煤烟气味与人气、冷热不均、苟活苟安……成为对比,更与小报上刊登的首都的腥风血雨、革命狂飙、瞬息万变、慷慨激越成为对比。

抱着巨大的期望来到了边疆,然而,这是徒劳的,形势的发展是与人们的心愿相反相悖的。"文革"一开始,钱文反而感到:"又踏实喽您哪!"

然后又是一年两年……那时他认为必须长久踏实下去。斯人已矣,众人已矣,而日夜如常,四季如常,岁月无恙。后来,一切都不同了,八十年代他们确是重新焕发了青春,他们重温从曹操到毛泽东都描写过的那种"萧瑟秋风今又是,换了人间"的沧桑感和豪迈感。一年又一年地过去了,刘小玲的形影仍然萦绕在他们的心头,刘小玲的名字常常出现在他们的言语中。刘小玲的故事仍然时时引起他们的追忆、叹息、悲伤和无限的迷惑。涓滴之恩,也当涌泉相报,这是多么中国多么美好的语言。而他们始终欠着刘小玲在那种年月倾家惜别的人情。

"你还记得那天刘小玲穿的什么衣服么?"钱文一次又一次地问东菊。

最近一次谈论小玲则是他们都已年逾花甲之后,在一九九六年,在一个周末的喝新龙井茶的晚上,茶是朋友刚刚从杭州带来的。他们坐在意大利式紫红真皮沙发上,音响里播放着新录制的唱碟——陈佐湟指挥的中国交响乐团的建团演出:勃拉姆斯的第一交响乐。已经是初夏了,院子里的石榴花开得正红,树叶长得碧绿,高保真和立体化的音响效果极好。人们一个又一个地去了,世界还存在着,就像什么也没有发生似的。客厅里音乐仍然播放,花盆里绣球花仍然盛开,而走了的人已经听不见也看不见了。他们看不见我们我们也看不见他们了。风暴过去了一次又一次,再再不能过去的风暴也终于过去了。这不知道是让人欣慰还是让人失落。

"不知道怎么回事儿,我昨夜梦见了她,也许吧,是她——刘小玲。她说:'其实我很好,不要惦记我……'我立刻想到她已经不在人间,我说'是你么?真的是你么?'她闭上了眼睛,她的喉咙里似乎出了点儿什么声音。后来我就醒了,我才明白那怪声儿是我自己发出来的。"叶东菊说。

风暴终于过去了?是。风暴也许还在心里。等到心里也风平浪静的时候……咱们这一代人也就该过去啦。

"她很能干。她穿着黄色的小棉袄……我忘记了以后是不是梦到过她。只是六七年九月时候,我告诉过你,你翻出了一张我们与她合照的照片,我说她的脸相太苦太惨。后来我梦见她跟我说'再见',那天我有点儿害怕。她就是那个时候死去的。这是一种感应,要是过去就得说是托梦了。"东菊又说。

"可我记得她的棉衣是紫色的,她一身都是紫色的,只有领子是一圈桃红,露在了棉衣外面。"钱文说。

东菊想了老半天,她苦苦地回忆着,"不,不是这样的,她穿着褐黄色丝棉袄,脖子上围着一块绿纱巾,她的头发上系着一条发带,是天蓝色的,要不就是白色的……她戴着一副黑框近视眼镜,她一会儿戴上一会儿又摘下它。"

然而不,不是天蓝的。是——是什么?米黄的还是乳白的?往事如烟,烟消云散。

再说,她根本不戴眼镜。她的样子有点轻度近视,然而,她没有眼镜,她的略显凸起的眼珠正是她的一个风格,与她的嘴唇一起,这是她最为性感的一个地方,它们都显得太火热。本来应该有人吻她的眼睛吻她的唇。即使她戴过眼镜的话,这眼镜连同她,也已经不复存在啦。

"你还记得吗?"东菊问:"咱们离开北京,她给咱们饯行那天,她给我们看她的照相簿,其中夹着一张一九五〇年的旧报纸,是不是《中国青年报》?上面有她在天安门城楼下晃动鲜花的照片——当然不是她一个人,她只是作为群众、作为女青年之一,碰巧被摄影记者抓拍,摄入了自己的镜头。报纸锌板印刷的这个照片下面有一行字,我还记得是'万众欢呼毛主席……'她是万众之一。少了她万众就只剩下九千九百九十九个众了。她把这张报珍藏起来,视为她的光荣,报纸早在一九六三年就已经发黄了。她就是把自己与毛主席联系起来了。她简直像是扑火的灯蛾,她一次又一次地向着光明冲去,而冲的结果是烧毁了自身。"

钱文蓦然心动,因为东菊说的这个事他完全忘记了。然而,他相信事实正是如此。

钱文想说"我们也差不多",我们不也是引火烧身么?

然而还是有些个不同,差别在何处呢?

他俩接着谈论起苗二进。其实,苗二进也是这样的人,他很能干,很积极,直至戴上了帽子仍然热情澎湃,雄心勃勃,活跃奔突,"进步"不已。甚至于你可以说他们夫妻是很浪漫的,把革命浪漫化,把生活浪漫化甚至于把戴帽子改造斗争认罪劳动也浪漫化了。东菊和钱文说。

然而他们的美丽的浪漫害了自己也害了别人。钱文想。

那么,苗二进在廖琼琼的追悼会上露面而且带上了一个美国老婆,这究竟是怎么回事呢?他再也不会永远地保留对于小玲的纪念了。

不知道,怪了。你怎么想也想不明白。

于是一九九七年的这天晚上钱文给费可犁拨通了电话。他们谈冷空气入侵,谈医药费报销,谈老年人应该补钙补磷补脑,谈他们共同的熟人里最近又有几个突然作古。他们谈各自的急躁、缺乏承受力、健忘等症状，他们一致认为，他们已经开始有老年性精神衰弱、精神障碍的征兆。钱文更强调说他认为他自己已经开始了一个老年性痴呆症的过程。费可犁哈哈大笑，说："你这么聪明的人还说这个，你可真能寻开心……"钱文说："我们打赌，十年或十五年后，如果我被诊断为确是患了老年痴呆症，你赔我十万元人民币，反之，我加倍输给你！"钱文还说："我最最希望的就是传媒上能够发布出来，我老钱已经得了痴呆症。这样，许多对我不放心不服气不平衡不耐烦的人就会睡得着觉了。"

又是一阵大笑。

钱文话锋一转，"老费呀，我最近常常想起二进来，想起他的老婆阿克丽莎……"

"太丑了丑死人了，苗二进这个王八蛋……"费可犁一听苗二进的名字火就不打一处来。几十年的斗争过去了，许多人心目中都有一批"王八蛋"，许多人还在不断地与自己心目中的王八蛋斗争，可能还要再斗个几十年，斗到咽气为止。在给苗二进定性为"王八蛋"之后，他的描写也就充满了谩骂："三十多年前，我被送去劳动教养，就是他苗二进王八蛋干的好事。他就是杀良冒功啊，不把我们全送进去，他怎么保得住永远当积极分子？要不是……要不是××同志出来说话我不也跟廖琼琼一样下场了么？这样的人走到哪里手上也会沾上鲜血。他倒是有本事，走到工商处就把工商处的处长顶走了，顶走了不算他还整得人家开除党籍开除公职回乡生产，早就丢了命了。他走到税务科又把税务科的科长拉下了马。后来人家去了扫黄办，你猜怎么着，三个月不到他就以扫黄力度不够为名向上参了一本，结果，他当上了扫黄办主任。主任的瘾他也只过了半年，他早就该退休了，他退休的时候全机关放鞭炮庆祝，说是除了一害，获得了又一次解放，说是总算请走了一头咬群的驴。可惜了儿的了，他是有本事的，可一直没有机会正正经经发挥出来……"

费可犁对于苗二进的描绘令人寒战。早先我们不相信周围有坏人,现在,有的人不相信自己周围有好人了。

其实,那次费可犁与廖珠珠也应邀参加了给钱文的饯行,他们也吃了刘小玲一夜不眠准备的菜肴。

如今是一个人人觉得别人欠了自己二百吊钱的年月。

而过去呢,那是一个人人自我批评人人觉得自己欠了别人二百吊钱的年月。

"他原先的老婆……"钱文还是想把话题引到这儿来。

"唉,刘小玲死后不久苗二进就和章婉婉搞到一堆儿去了,不到一年他又和一个扎两只小辫的女造反派同居,把人家肚子都搞大了。这还了得,右派分子竟然向造反派进攻!他被另一派造反派揪了出来,以腐蚀造反派的罪名把他差点儿没斗死。一直到了一九七六年,唐山大地震那阵子,他和一个百货公司的售货员结了婚。后来,谁知道怎么回事儿,又蹬了人家了,来了个外籍老婆,说是他们俩周游了全球,连毛里求斯都去过了!"

"什么什么,他跟章婉婉?没听说过是章婉婉呀,你们别事事都往章婉婉身上扣好不好?"

虽然没有根据,钱文还是想替章婉婉说几句话。

显然,由于对二进的厌恶,费可犁对小玲也不会说一句好话的。可犁也正在烦恼中,恰恰是在政治风暴过去,生活变得正常之后,廖珠珠与他离了婚,移民去澳大利亚,走了十年了。他费可犁这位"老革命"也退了,变得一肚子牢骚,洒向人间都是怨。

勃拉姆斯的交响乐完了,音响设置自动变到了下一个唱碟,忽然,成了邓丽君。邓丽君也死了,猝死。她有一个法国男朋友。那个法国人说他并不知道邓丽君是"何方神圣",对邓丽君的回忆就是他们曾经走到街上拥抱接吻。他是在邓丽君死去一周年,接受香港电视记者采访的时候这样说的。钱文和东菊在深圳看了这个采访节目。倒是新加坡的几个年轻男女令人感动,他们专程去台湾给邓丽君的坟墓献鲜花。作为死亡,人人都躲不开这条道。刘小玲自以为她是殉了道的,她以殉道者的神圣与崇高热烈地迎接着死。她有丈夫也有孩子。而邓丽君只是突然的哮喘发作,她临死前不太长时间才有了一个看来对她一无所知的智商可疑的男友。谁比谁更不幸?谁比谁的命运更不可思议?

愤愤不平而又不得要领。他把费可犁的关于王八蛋的说法告诉了东菊。他们只能相对叹息,怎么这里也拉扯上了章婉婉?东菊轻轻说了一句:"哼,他自己又怎么样呢?可是可是……当然也不能怪费可犁……廖珠珠的脾气……"

立体声高低音喇叭里响起了邓丽君的温柔和俗腻的歌声:

甜蜜蜜……你的笑容是这样熟悉,

啊,在梦里……我哪里见过你?

刘小玲是太惨了。他们一致悲哀无比。在流行歌曲里,你不可能找得到真正的悲哀,而只有装模作样的撒娇,喷壶洒下的小雨和轻佻的寻求小费的欢喜。这,是幸福?

他们搜索往日的记忆,他们诅咒岁月的冲洗,他们的记忆中竟没有什么明晰的东西,他们的记忆没有为刘小玲留下足够的位置。他们将无法再次将自己的记忆告诉旁人,他们根本无法让旁人相信自己——如果连他们自己也对自己的记忆将信将疑的话。

一九六七年冬天……是一张质地恶劣印刷也恶劣的新闻纸,是一张红卫兵小报。它的报名是什么?"千钧棒"?不是。"丛中笑"?也不像。可能是"驱虎豹"?也可能是"缚苍龙""红卫战报""(保)卫(毛泽)东(林)彪"?说不准。事后想想这样的名称是多么可笑!"一月风雷"?对,怎么又像是"革命战旗"或者"赤色风暴"?那时候每一个普通的中国成人和孩子的生活里,充斥着多少假设的伟大牺牲和浴血冲杀!那呼风唤雨撒豆成兵殊死搏斗而又莫知就里的岁月!

是的,就是在那个名称不详的小报上,以毛主席无产阶级革命路线的名义,煽情地报道了革命造反派刘小玲同志(注意!是同志。那时同志是人的先决条件,如果刘小玲是同志,就不会有红卫兵去迫害她,就不会被医院拒之门外,她也就不会死掉)被走资本主义道路的当权派和执行资产阶级反动路线的工作组迫害致死的全过程。

然而这还不是最打动人的,事隔近三十年,回忆起来,最最打动人的是小报上刊登了刘小玲的三篇遗作,一篇是她的惹祸的大字报,一篇是她写的歌颂红卫兵的散文诗,第三篇是她临终前的遗书。三篇文章的文字都十分讲究,钱文有几次忍不住对东菊说:"她的文章简直像是得到了胡乔木的真传,华丽而又精到。"她的文章使他们俩悲痛震惊中拍案叫绝。然而,头两篇文章的印象却随着时间的冲刷而渐渐模糊了,那两篇文章写得再好,隔上一段时间也就与当时流行的众多的"革命檄文"区别不出来了:赤潮滚滚。东方地平线。飒爽英姿。荡涤污泥浊水。创造一个新世界。让剥削阶级的代表人物在革命小将面前发抖吧。沉舟侧畔千帆过,病树前头万木春。尔曹身与名俱灭,不废江河万古流。高举无产阶级的革命红旗,乘风破浪,奋勇前进……如此而已。

真正难忘的是最后一篇,在这一篇里,刘小玲说:"……我已得了重病,我已受了太多的折磨。然而,肉体的痛苦将不能改变我的坚定信念,遍体鳞伤能令我阵阵昏迷却不能动摇我对于无产阶级文化大革命的热情,皮带与木棍的抽打并不能妨碍我对于红卫兵小将们的尊敬与挚爱,死亡的阴影遮不住无产阶级文艺新纪元的曙光。因为我知道折磨我的那些人是不能代表真正的红卫兵的。他们是流氓,他们不是毛主席的红卫兵。我爱红卫兵,然而我不爱流氓。红卫兵是旧世界的掘墓人,是新世界的建设者,是全人类的希望。红卫兵是披着朝霞的旭日,是高唱着战歌冲杀的英雄,是毛主席亲自指挥的天兵天将,是人类历史走向转折的开路先锋,红卫兵必将杀出一个红彤彤的崭新世界……"她写得太好了,你无法不为临死前的刘小玲的政治激情所激动。在最后的遗言中她展望未来,她说:"经过这次无产阶级文化大革命,几千年剥削阶级留下的脏东西将会来一个大扫除,面貌一新的伟大社会主义祖国将更加清洁,更加无敌,更加万众一心,勇往直前,把一切艰难险阻踩在脚下。我们的教育将成为真正的培养无产阶级革命接班人的教育,我们的文化将成为开天辟地的把颠倒了的一切重新颠倒过来的文化,我们的八亿同胞,人人都将是李白,人人都将是华罗庚,人人都是劳动模范,人人都是麦贤得,人人都是雷锋。在我们中国将出现东方的文艺复兴,我们的人民诗人将远胜过荷马、但丁,我们的人民美术家将大大超过达·芬奇、米开朗基罗、拉斐尔、伦伯朗和提香。"她还说阵痛过去就是新生命,黑暗过去就是清晨,风暴过去就是永远的春光灿烂,痛苦过去就是万世万民的亲如一家光明欢乐。她说毛主席发动的这次文化大革命实在太伟大了。她说她早就为社会的不公正特别是为最底层的工农子弟不平,为领导人的脱离群众而痛苦,她想不到这一切毛主席都洞察透底,而且采取了史无前例的搞无产阶级文化大革命的办法,采取了自下而上地发动群众特别是依靠红卫兵小将的办法。她活着拥护,死了也永远拥护无产阶级文化大革命。她说革命是有牺牲的,你可能倒在敌人的枪口下,也可能被流弹击中,你可能死在刑场,也可能死于混入革命队伍的蟊贼的阴谋。她希望她的死使人们更加擦亮眼睛,提高警惕,使我们的无产阶级队伍红卫兵队伍百倍纯洁,纯洁得像水晶石一样,使人们更加珍惜无产阶级文化大革命的成果,更理解人们为了历史的前进付出了多少沉重的代价。最后她高呼战无不胜的毛泽东思想万岁,无产阶级文化大革命万岁,伟大的领袖伟大的导师伟大的统帅伟大的舵手毛主席万岁万岁万万岁!只要把无产阶级文化大革命搞好了搞成功了搞彻底了,她是死而无怨的!

人之将死其言也善,她在遗文中献出了她最好的一切,她的激情是那样充沛,那样美好,那样诗意盎然,那样超凡脱俗。当时不用说了,就是事后你一想起她的遗文,你也会激动起来,你会认定:只有懦夫、庸人、爬虫、市侩、痞子、下流坯们才无法理解也无法礼赞刘小玲的这种激情。只有混蛋、白痴、恶棍、窃贼、反革命虎狼才歪曲贬斥刘小玲的这种积极性。刘小玲还说:"我相信,随着无产阶级文化大革命的深入开展,小流氓们中的大多数会渐渐觉悟过来,我相信我的死能够唤醒他们,无产阶级革命派的战友们啊,我是爱你们的,你们要警惕呀!"

原来,伏契克式的文体,不仅出在捷克,刘小玲面对死亡竟做到了这样的壮烈和深情,这样的无与伦比的英雄主义!

然而这遗文毕竟是写得太精致太修辞太高尚太像作文了。以至于你想起来会感到迷惑,一个人弥留之际是这样写话的么?

也许这遗文经过了苗二进的加工和再创作?它的文字太不女性,而太社论化了。恰恰是二进,在思想改造的过程中学熟驾御了这种煽情而又高屋建瓴的社论文体。至少,刘小玲的进步,不是刘小玲一个人的事,而是他们夫妻合作的共同事业。

小报的第三版,占了大半版版面的是苗二进的长文:《愤怒控诉资产阶级反动路线,深情怀念亲爱的战友刘小玲同志》。二进也大摇大摆地在红卫兵战报上"同志"起来了,这在当时甚至令钱文有一点咋舌羡慕。苗二进的文章风格与刘小玲无异,字字血声声泪,激起人仇恨满腔。尤其是文中描写到他们的女儿,当年才十一岁的苗永红,她在妈妈死的时候一声也没有哭,一滴泪水也没有掉。因为那时组织上还没有对她的母亲的政治面目做出结论,她还不知道妈妈的问题是人民内部矛盾还是敌我矛盾。一直到了毛主席的《炮打司令部》出来,刘少奇派出的工作组被证明是犯了执行资产阶级反动路线的错误,各单位工作组哭爹喊娘,接受批斗,赔礼道歉,铩羽而逃,由革命造反派召开了盛大的刘小玲同志追悼会,苗永红久久地注视着抚摸着刘小玲名字下面的"同志"二字,才哭出了哀悼母亲的第一滴眼泪,第一声嚎啕……读到这里,谁能不心惊肉跳,谁能不周身颤抖!

这也是多么戏剧化修辞化的情节!

时过境迁,他们无意怀疑刘小玲事件和她留下的遗作的真实性,他们只是想到,生活本身也可以变得煽情化、社论化、戏剧化和修辞化的。生活变成了严谨的政治檄文以后,历史的面貌与真实的面貌也大大不同了。

刘小玲的名字就此消失,刘小玲的事情模模糊糊,刘小玲的遗书堪称"文革"范文。小报纸张早已发黄,历史似乎即将选择在刘小玲式的死者面前转过脸去。

个把月后他们在边疆又看到了同样类型的小报上赫然登出了《只许左派造反,不许右派翻天》的特号字大标题。内容是深揭猛批右派分子苗二进借为刘小玲平反之机为自己的右派问题翻案的"滔天罪行"的报道。报纸上还有批斗这样的闹翻案的右派的照片,无非是一个人被两名红卫兵扭抬着胳膊,按下了脑袋,形状像一个喷气式飞机,故而俗称为(练)"喷气式"。报道内容则是一连串政治咒语套语熟语:反动本能,蛇蝎心肠,刻骨仇恨,丧心病狂,处心积虑,野心仔狼,猖狂反扑,摩拳擦掌,错打算盘,时机妄想,破门而出,欲求一强,颠倒黑白,信口雌黄,混淆是非,丧尽天良,恬不知耻,瞪目说谎,狰狞丑恶,狐狸扮娘,腐烂透顶,妖精跳梁,恶如虎豹,毒如砒霜,痴人说梦,丑态难藏,自我暴露,破绽曝光,白骨成精,恶毒攻党,含沙射影,毒汁溅墙,阴谋诡计,策划急忙,铁证如山,天罗地网,人民铁拳,泰山压顶,无耻吹嘘,欲盖弥彰,铜墙铁壁,口诛笔戕,铁打江山,人民汪洋,擦亮眼睛,十手所向,油炸炮轰,粉身碎浆,无处逃遁,义愤填膺,体无完肤,匕首投枪,短兵相接,刺入膏肓,批倒批臭,婊子牌坊,司马昭心,路人皆详,以卵击石,碎壳流黄,右派得逞,工农悬梁,死有余辜,杀杀杀乓,苟延残喘,自取灭亡,胜利胜利,人心当当,金猴奋起,玉宇辉煌……

一九六七年看了这样的词眼钱文面色苍白,看了这样的字眼别人挨斗也如自己挨斗一般,看了这样的辞藻钱文又不免庆幸那被揪斗的毕竟不是自己。

而时过境迁以后,到了九十年代,家家搞房屋内装修成为潮流。钱文一家在一九九八年内装修过程中翻腾旧物,发现了这张批判苗二进等右派翻天的小报——却找不到前一张载有刘小玲故事与三篇文字的那张报了。钱文重看批苗二进等右派翻案的这么集中的达于极致的字词演练,他感到的是真正的语言的狂欢!钱文读了这样的文字兴奋得几乎要跳起来!翻翻几千年的中国历史,翻翻全世界的上古中古文艺复兴近代现代当代历史,即使是二次世界大战胜利的时刻,你也看不到这样集中的词语狂欢!尤其是中国,几亿人憋了几千年,少哭少笑,少吃少喝,存天理,灭人欲,鳏夫寡妇,忠臣孝子,阳痿阴冷,瓜菜代粮,尊卑有别,长幼有序。除了血流成河的农民战争时期,什么时候这样欢实过?幸亏,我们有文化革命,革命就是狂欢,串联就是旅游,批斗就是最最现代后现代的滚石乐、霹雳舞、即兴剧、意识流、黑幽默,革命就是大震荡大出气大过瘾大联欢!看啊,地无分南北,人无分老幼,全都闹腾起来了,全都欢实起来了,全都用一样的词。哭的哭,笑的笑,打的打,叫的叫,死的死,跑的跑,傻的傻,跳的跳,升天的升天,入地的入地,你趴下,我起跳,他趴下,你起跳,真混了个热火朝天!革命是人民的盛大节日,真是不错!闹吧,让你们闹个够!打吧,让你们打个够!骂吧,让你们骂出花儿来!杀吧,让你们杀个痛快!有冤的报冤,有仇的报仇,宰了人白宰,杀了人不用偿命!真是彻底解放!真是民主自由无序的极致!一切规矩,一切秩序,叫做一切条条框框全部砸个稀巴烂!这当然是亘古未有的创举,无可比拟的胜利,人类社会的奇观,革命加拼命的好戏。欢庆加欢庆,报捷加报捷,累累硕果加硕果累累,上海公社一月革命,东北新曙光,大西南春雷,大西北艳阳高照,毛泽东思想伟大胜利,南京长江大桥建成,红色卫星上天,语录歌狂唱,忠字舞狂舞,讲用稿日记稿修辞竞赛,砸狗头踏一脚气贯长虹。警钟永响,热泪长流,口号乱喊,拳脚劲舞。"大海航行靠舵手"泱泱大度,"敬爱的毛主席,我们心中的红太阳"(《敬祝主席万寿无疆》)情深意切,"您像光辉的太阳我们像葵花在您的阳光下幸福地开放"(《藏族人民歌唱毛主席》)一唱三叹。人人想跪在大马路上向毛主席像磕响头。为证明自己忠于毛主席,青年人恨不得把锅盖大的毛主席像章别在血肉模糊的胸口上。让长久以来万马齐喑的中国好好地闹一闹吧。

时间有时候是这样流动过来又流动过去,多重多层的时间一个接着一个,叙事如同小鸟,飞到这一年又飞到了那一年,飞到他的眼睛里又飞到她的嘴巴里。飞来飞去的小鸟,它的面貌是更清楚还是愈益模糊了呢?

也许还可以预想二十一世纪对于所有这些年代的回忆。到了二十一世纪后,进入了小康的中国人民多数沉入俗世,过上浑浑噩噩规规矩矩骂骂咧咧稳稳当当舒舒服服失落了这又失落了那的媚俗日子,找不到新的感觉新的爆发点之后,理想主义、英雄主义、道德信仰主义,渴望大鹏展翅碧鲸掀浪惊雷爆响的朋友们将怎样追忆判定二十世纪中期的中国?他们将怎样判断刘小玲的故事?人们将以为那是一个个什么样的季节?

也许那时会有人引经据典地羡慕生逢"文革"盛世盛事的前辈人?也许那时有人引用西方的新潮理论指出"文革"的前卫性波普性试验性与东方神秘性?"文革"岁月像是漫游的季节,你走到这里,他走到那里,天南通地北,大漠连海滨,手举小旗,足裹绑腿,背背军包(宛如改革开放年代的港澳旅行团),拉练的拉练,扒车的扒车,翻山的翻山,过河的过河,穿山洞攀铁桥翻雪岭爬索道,要票没票,要钱没钱,却实现了天下一家万域相亲四海之内皆兄弟也的好梦,真是读一小本书(《毛主席语录》)行万里路的奇观。你到这儿批斗,我到那儿瞻仰,韶山冲出了毛泽东,井冈山上红旗乱,浏阳河弯过了几道湾,红卫兵也不怕远征难,也乌蒙磅礴走泥丸。遵义会议奠定了中国革命的胜利,武汉的革命造反派正需要人们的支援,风景点的"四旧"呼唤着小将们去拆除破坏,有些邻国的游击队正等待着小将们去输出革命——从云南边境出走打游击的小将也大大的有。那才是真正的一九六七或六八中国旅游年呢！与那时的气魄相比,后来由旅行社组织的那些活动算是老几!

也许更加贴切的应该说是狂欢的季节！真是又唱又跳又叫！批判资产阶级反动路线时,各级党委门口光静坐的红卫兵就有多少！伟大领袖早就指出,人吃了五谷杂粮,就要发热,发了热就要闹事嘛。里约热内卢有一年一度的狂欢节,英国球迷一赛球就杀人打群架,美国有几十万人列队欢迎性感女星玛丽莲·梦露的盛大场面和加利福尼亚州的同性恋者大游行,德国有啤酒节,香港有兰桂坊灯会挤死多人的豪兴,埃及有向卢克索外国游客的机枪扫射,伊拉克有人民群众自愿用自己的身体即肉弹人墙来保护美国空军可能打击的目标——他们在一九九七年武器核查危机中,搬到了预计将成为美国空军打击目标的地方露宿,贝尔格莱德有NATO(北约)炸弹下的街头音乐会,以色列有不只一个少女愿意以身相许嫁给暗杀鸽派总理拉宾的恐怖英雄,日本有一九四五年天皇诏书无条件向盟军投降后的集体切腹自杀——人们跪在面向天皇皇宫的广场,一个忠心如火的国民剖开自己的腹腔,后一个人开枪成全了他的忠义,第二个人再如法剖己之腹,由第三个人结果掉他——第一个切腹的人有福了,他不必履行对于任何"他者"的义务,而最后一名切腹者太惨了,谁来拉兄弟一把帮他升天？我们则有史无前例的无产阶级文化大革命！毛主席六十年代发动了"文革",欧洲、美国,多少大学生佩服得羡慕得五体投地,美国伯克利大学成立了伯克利人民共和国,联邦德国的红卫兵斗死了教授！人生太寂寞,人民最伟大,人生太孤独,人民如海洋。人民创历史,人民最奇妙,人民最威风,人民,只有人民才是一切的一切……国民党整天污蔑共产党搞什么人海战术,没有人海哪儿来的伟大辉煌的历史行进？而人生这样的狂欢,对于一个特定的国家和地区来说,正是几十年几百年乃至几千年才有一次!

比较起钱文他们,倒是费可犁夫妇对二进夫妇更熟悉些。二十世纪九十年代初期,当钱文出访澳大利亚昆士兰州布里斯班市的时候,他与已经移民那里的廖珠珠又有一次关于刘小玲的长谈。他们是在布里斯班黄金海岸边上的咖啡馆里会见的。钱文点了意大利式的卡普琴诺,蒸气冲击形成的奶油泡沫与咖啡特有的香气混合在一起。廖珠珠点的是爱尔兰咖啡,咖啡里勾兑了威士忌酒与鲜奶油,给人一种特殊的香气。廖珠珠已经发胖,她说话已经只有四声而没有轻声——这是海外国语与祖国本土普通话的最大区别。再有就是她说话的声调与姿势都变得温柔,软软的。国内已是深秋,这里南半球正是初夏,号称冲浪天堂的这个海滨到了傍晚略略有点凉意。你坐在岸边,不时听到浪涛拍岸的轰然巨响,你觉得往事正在这轰鸣中被巨浪冲成粉末,冲过去了再冲过去。廖珠珠高高兴兴地抱怨着一切,中国、澳洲、社会主义、资本主义、历史、现实、大陆、台湾、费可犁与犁原……抱怨完了她又问候他们,含着泪。

"你,一个人?"钱文试探着问。

"有合适的我就嫁人。我现在完全想开了,只要有钱,有住宅别墅,有豪华旅游船,跛子瞎子秃子哑子艾滋病患者都成……他们娶我是划得来的,我做的饭是二级厨师水平,我的松鼠鳜鱼绝对能够得南半球炊艺金奖!你知道,我移民这里两个月就学会烤面包和蛋糕了,我都会做美式苹果排了!娶了我不用雇厨子也不用雇保姆了,连剪草坪和电脑记账我也可以包下来!而且,如果这位阔佬儿寂寞,我可以给他跳红绸舞、秧歌舞,我还会跳南美土风舞——什么?你不知道从解放到五一年我是省军区文工团的舞蹈演员?我在北京演出完了,刘少奇、彭德怀都接见过。我和他们握过手。我有照片为证。"

钱文笑了。他不怀疑。

"要不你也出来,出来起码不用怕什么政策变,也没有人动不动举报你。你先和东菊假离婚,然后和我假结婚,放心,我不会当真正的搅屎棍儿!哈哈!那你就可以取得在澳洲定居的身份,再过一个时期,你与我离婚,与东菊复婚,不就齐了吗?哈哈哈!全世界再没有什么人像中国人这么灵活,中国人在没有办法的地方一定能找出办法来!"

当然,只是笑笑而已。笑完了又有笑不出来的辛酸。

后来他们谈起了刘小玲,谈起小玲来廖珠珠就严肃了。她说她也不了解刘小玲的真实的思想,小玲是一个好人,好到了完美无缺的程度,就是说你几乎找不出她什么毛病,所以你老觉得不能完全相信她接受她。可你又弄不清哪些是她真实的东西,哪些是她做出来给人家看的——做秀。与原先别人讲的不同,廖珠珠说小玲的爸爸是国民党的一个要员,全国解放前夕,他在一个起义通电上签上了名便因脑溢血死掉了——也许是让国民党特务暗杀了。她妈妈——刘小玲从来不谈她妈妈,然而廖珠珠依稀听说她妈妈本来是一个戏子,当然,不是正室,是姨太太还是姘头,天知道。小玲会唱戏,眼珠子会滴溜滴溜地转,她的莲花指也非常漂亮,可后来她矢口不唱,只唱革命歌曲。红卫兵那样往死里整她,是因为她出身不好,爱人又是右派,领导上那么恨她也是因为她出身不好爱人右派而她硬是积极得比谁都强,比领导还革命,没挑儿没咋儿,没谎没编。总而言之,谁也不信她是真的那么革命,谁也找不到根据怀疑她是不是真正革命,包括她廖珠珠。然而,她硬是那么革命了,而且,你也可以说她为革命粉身碎骨了!

"有一年冬天我在北海公园无轨电车站碰到了她,那时我得了重感冒,那一年到处流行感冒。她和我打招呼,问候我,我就骂了几句感冒病毒,我还讲了住房子和看病挂号方面的困难。结果你猜她说什么,她温柔极了,我是说她的声音,她喘着气,带着鼻音,特别动人地说:'不要情绪不好,让我们想一想江姐在中美合作所受了什么毒刑,那么多革命先烈都为我们牺牲了,我们这点病痛又算得了什么?'"

钱文听了眼睛睁得老大。

"这是哪儿跟哪儿呀!从那次我再也不敢理她。说实话,我真害怕。然而,她可不是那种恶狗似的事儿妈和极左奶奶。她对人很好,我的生日,连费可犁这个鬼也没有想到我是生日了,可刘小玲来了,那时候还不兴吃蛋糕也没地儿买鲜花去,她来了,送我一个笔记本,本子里有吴作人和叶浅予的画……而且她还给我买了驴打滚儿,她知道我爱吃甜的和黏的呀!她比谁都能体贴人,爱别人。"

"那么苗二进呢?"

"哼,不了解……出来以前,我与二进见了一面。可犁早已经与他绝了交了。我其实也不喜欢二进,我向他告辞是为了表达我对小玲的一点儿心意。他非常谨慎,什么话也没有。这使我不太高兴,我就说,我本来不打算打扰你,只是想起了小玲,我老是觉得难过。结果不知道怎么回事儿,二进激动起来了,他说:'小玲死了,她是被迫害死的。为了给她争一个公道,我受了多少罪!可我没死呀,我没有被斗死,这并不是我的过错。没有死怎么办?活着呗!活着就得按活着的办法,我做了什么对不起小玲的事情了么?老朋友谁也不理我啦。我到底怎么了?你也要去外国了,你还不能了解我吗?不错,我也糊涂过,我也王八蛋过,费可犁他们那些个人就没有错过?你信吗?说难听的话,你们那位费可犁又准比我强到哪儿去了?毛主席说得好,各有各的账嘛!'……我也实在没的说了。就为了躲开这些我才来到了澳大利亚,可来到了这里,天天想的仍然是这些事儿!"

停了一会儿,两个人都沉默无语。珠珠又说:"我看看这边的人,我奇怪咱们中国人怎么活得那么复杂?我当然知道这里不是什么都好,这里也有白痴混蛋野兽……可是就是这里的坏人也比中国的坏人活得简单得多,这里的好人活得更简单,有时候单纯得我都可怜他们。有时候又可怜自己!"她语无伦次。

都过去了都过去了,几十年了,也该过去了。和珠珠一起喝咖啡,钱文想起了三十五年前与她姐姐廖琼琼一起在欧美同学会吃午餐的情景,那时反右运动刚刚开始,琼琼说什么运动"深刻",她赞美这吞噬了她的风暴。午餐以后不久,钱文依照曲风明特别是革命的群众的要求写了关于他与琼琼一道吃西餐的交代材料。黑啤酒、火腿、黄瓜丁儿和青豌豆,都是罪证材料。他真希望把他写的交代材料也收进他的文集,应该让后人知道这一段,哪怕后人不感兴趣也罢。廖琼琼呢?她写的是童话,她编织的是美丽的梦,而她死得像荒诞的"儿童不宜"的阴森森的噩梦。问题是她死得没有任何道理,你可以寻找而且说不定可以找到鲁若、萧连甲、刘小玲的死因,虽然那因并不足以致死,然而,你无论如何也理解不了廖琼琼的死于非命。钱文的眼泪涌出来了,他拼命想忍住这眼泪而做不到。他极其沮丧,就看他的廉价的泪水吧,冲这一点他也不是一个能成就大事的人。

他不好意思,便转头去看大海,白浪滔天,海竟然可以翻腾成白花花的这个样子,好像有什么狂暴的外力不让它平静下来。天色黄昏,太阳刚刚下去,随着凉意袭过海便变得混沌。海痛苦着,挣扎着,哭号着和自杀般地向沙岸冲打着。大浪一个接着一个,怒涛漫过来再漫过来,不肯休息。而这一切愤怒,一切冲击,一切壮阔都注定了徒劳,注定了无望。这里是南半球,这里的天空有不同的星星排列,这里的树木树干颜色浅而树叶颜色深,这里栖息着袋鼠和考拉树熊。这里有另外的生活,另外的命运,另外的世界。这里的大海使钱文觉得遥远,这一年和那一年,这一地和那一地,这一人和那一人,却原来都相隔着不小的距离。

他们转移了话题,他们转而谈对于中国共产党第十四次代表大会的预计。然后谈澳大利亚的羊毛织品,廖珠珠说:"我买一件毛衣送给你吧……"钱文连连推辞,他说他已经买了两件,结果有一件还是 Made in China。廖珠珠说,那她就请钱文给东菊带一些首饰,假的那一种,很便宜,很漂亮,又不占地方不占分量。

离开廖珠珠的时候钱文一片惆怅,虽然并不贴切,他还是应珠珠的请求给她的笔记本上题了字,他题了李后主的词:"小楼昨夜又东风,故国不堪回首月明中。"没有毛笔、墨、砚,也没有宣纸或者扇面,钱文没有办法写他所喜爱的毛笔字。最后分手的时候钱文有点想按西式礼节拥抱她一下,亲她一下,他本来以为珠珠会先过来拥抱他的。但是没有,他们轻轻地拉了一下手,就再见了。

　　回到北京,钱文也一直想给她写一封信,谁知一回来又忙起别的事来,时过境迁,竟也觉得对珠珠无信可写了。无可写之信,不写也罢。

　　但是他不会忘记廖珠珠讲小玲和二进的那一段话,他详细地向东菊转述了珠珠的话。

　　从澳洲回来,钱文很想拜访一次苗二进。至少,苗二进是一个很努力也动脑筋的人,苗二进从来没有做过什么对不起钱文的事,他与美国丑妇结婚,这也与他钱文毫不相干。他想多回味一下过往的年代,想想一些事情到底是怎么发生的,如果他不去回味,再过一些年头,也就更没有人能够说清楚真相了。人应该知道真相,知道真相的目的也许什么都不是,但是不知道真相确实令人痛苦。打听了一下二进的电话和住址,他终于没有去。其中一个原因是现在大家都在骂苗二进,如果他这时候去找二进,便变成了对众友人的背叛,变成了一种抵制舆论的姿态,干脆说像是别有企图别有选择。真是没有办法呀,你只能约定俗成人云亦云地行事。

　　后来又有一个场合谈起小玲,那是一九九五年了,钱文被一所大专学校请去给人文学院师生讲演。到了学校,钱文忽然想起,这不就是当初刘小玲供职的那所中学么?现在,在原中学基础上成立了大专部,很大一部分原来中学的教师也转到大专来了。他问接待他的校方人士,人们恍恍惚惚,都说是"噢,中学时候可能有过这么一个人"。当然,当初和刘小玲共过事的人差不多都已经退休了。另外,好像发达的人不愿意别人提醒他的贫贱出身一样,他们也特别不愿意与人们谈他们的学校曾经是中学这段历史。在讲演完之后,校长请他共吃晚饭,也算是一种礼遇吧。校长竟也是故人——赵奔腾。赵奔腾已经变得肥肥大大,说话粗声粗气,也算"气声"之一种,不过钱文没有听出什么性感来。而赵奔腾的脸孔,几十年没见,似乎变了样:从前他的脸给人印象是上宽下窄,一个倒梯形。现在呢,他的脸令人想起一张麻将牌,长方,平坦,刻上了一些花纹,产生了浮雕的效果。赵奔腾衣冠楚楚,西装虽然是化纤料子,但是十分平整,领带也打得标准,肚子上露出来的腰带,一看也是舶来品。晚饭中钱文谈起了刘小玲。赵奔腾长叹一声说:

"都过去了都过去了,再也不会有这么好的人啦。我是一九六四年到这所学校来的,我对刘小玲的印象很不错呀。你知道五十年代咱们上天安门接受毛主席的检阅的时候,不是有时候还打着世界各国共产党的领导人的画像么?其中不是也有西班牙共产党的领导人伊巴露丽的像吗?她被人称作'热情之花'。伊巴露丽同志怎么个热情法我们其实不了解,可刘小玲,那是太热情了,她绝对是热情之花。从打解放,她什么事儿也没落后过。你知道,破四旧一开始,她已经被揪斗得奄奄一息了,还是把自己的头发剪得短过了耳根儿。她临死穿的是草绿色的旧军服,红卫兵不让她穿这种革命的衣裳,她是宁可被活活打死,绝对不能脱旧军装。红卫兵不知道从哪里抄家,抄出来一件花旗袍和一顶西式卷边的白帽子,帽子还拖着两条花带。红卫兵逼着她穿这个衣帽,说是她的真面目就应该是那种资产阶级封建阶级样子。她死活不肯穿,为这,她挨了多少揍!她要是通融一点儿,也许还能保住命……可她也怪呀,我的姐姐早就认识她,我听姐姐说,她解放前也是最乖最听话的好孩子,今天去基督教的青年会,明天去国民党军方组织的什么什么社。她……噢,不说了,人已经走了那么多年,她还是太倒霉啦!她要是活着,现在是可以一展身手的啦!不过,不知道一九八九年,如果她还活着,她会是什么样儿呢?她会往哪边儿积极呢?也许先是那样儿后是这样儿?不说了不说了,这有什么好说的。现在动不动讲独立啦,可我们那个时候谁能独立呢?你喝水不喝水?你拉屎不拉屎?自来水公司是独立的吗?掏粪工人是独立的吗?全是扯淡!一九四九年中国的最大成绩就是中国独立了,中国的独立是靠人跟人组织起来才实现的。没有共产党就没有新中国,没有积极分子也没有新中国。那些被吹上了天的独立的知识分子,对新中国究竟有什么贡献?还不是空口说便宜话!"

钱文笑而不语。

为了陪客人,与他们一起同桌吃饭的有一个是在系里担任副主任的中年人,他戴着深度近视镜,头发像杂草一样的花白,驼背,有点未老先衰。他说:"我就是这个学校毕业的。我是刘小玲老师的学生。我早就听刘老师说起过您……"

赵奔腾接了过去,对于他的下属,他有一种不在话下的优越感。"现在的人的思想啊,唉,不好办啊。现在连幼儿园的孩子也懂得要给老师送礼呀,说个瞎话呀什么的。中小学的孩子作文,什么'日记一则'啦,全是自己编出来的好人好事……你现在说什么,也没有几个人听啊。有一个听的,谁知道真的假的,他也不过是利用一下领导,利用你为他解决个什么问题,解决完了,也就完了。有几个是从思想上真积极的?唉,现在有人是拿着领导当猴儿耍呀。上哪儿再找刘小玲去?唉唉唉,改革是好的,但是咱们的优秀的传统不能丢哇,你说是不是?"

为了礼貌,学院本来派了一位党委的宣传部长送钱文回去的,但是系副主任自告奋勇陪着钱文上了车。在车上,他们又回忆了一番刘小玲。系副主任说:"刘小玲的课是全校乃至全市有名的。每一节课她都充满了激情,讲鲁迅、讲柔石、讲萧红直到讲起王模楷的小说,她常常是讲得声泪俱下,讲得全班女生掉泪男生捂着脸,她讲课像是演戏,像是朗诵,像是登台表演……我从来没有见过这样的老师,上每一节课她都把心完全掏给你。"

沉默了一会儿,他又说:"开始提倡学习雷锋的那一年,我想是一九六三年吧,刘老师悄悄做了多少好事!我……我父亲是那一年死的,他是一个放羊的农民。刘老师知道了,她给了我六十块钱,说是让我给父亲办好丧事……"

"刘老师特别喜欢您的诗,她在课堂内外,都读过许多次您的诗……她谈您的诗也是眼泪汪汪的。"系副主任说。

系副主任告辞,两人互致谢意,礼貌再见了好几次。副系主任转身走了几步,又转过头小声说:"我不能不告诉您,您既然那么关心刘小玲的事儿。赵校长其实对刘老师的死是有责任的,不是主要责任,但是他不应该没事人儿似的……"

他的声音愈来愈小,最后几个字钱文是凭猜测估计出来的。

钱文沉默了。他在自己家的楼前伫立了一会儿。天已经很晚,灯光透过柳树的巨大树冠,花花点点地照在他的身上脸上。近处无轨电车打出的蓝色的火花时而在天空亮起。不知道从哪个房间的窗口传出来"有个姑娘叫小芳……谢谢你给我的爱,伴我度过了那个年代,谢谢你给我的温柔,我今生今世不忘怀……"庸俗的温馨与感伤销蚀着人们的心,让人心变得酸酸的。在这一小会儿,他已经技穷,他已经毁灭,他的一切高于常人的看家本领——超脱、豁达、幽默、大度、逍遥、隐忍……一切的一切都无济于事了。赵奔腾有责任,那么钱文呢,他有什么责任吗?他知道过去没有今后更不会有理解刘小玲与相信刘小玲的了。古老的中国再也没有天真的季节了。

那么什么是真相呢?谁能够讲出真相和知晓真相呢?他无论如何也不可能弄清刘小玲的真相了。你死了,你殉道了,你连真相都留不下。那么,反过来说,人们能弄清他钱文的真相吗?他的真相是什么?他自己能说得清楚吗?谁能理解和相信谁呢?如果他说了,众人相信吗?其实,她就是白死了。白死的人算不算白活了呢?从来没有经受过这样的政治风波的人,例如廖珠珠现在居住的地方的人们,他们的真相又是什么?他们的真相就是爱尔兰咖啡和岸边冲浪?赵奔腾的真相呢?他是忠诚的国家栋梁?他是平庸取巧的小官僚儿?他的手上也沾着鲜血?他多想知道真相呀,他能不能知道呢?如果,他不知道,那么他的儿子和儿子的儿子,在一切都时过境迁以后,还能不能知道真相呢?年轻人对于这些事情已经没有兴趣了。

年轻人现在忙着的是出国、赚钱、炒作、联手、从证券交易所出来立即参加张扬时髦学派的堂皇研讨,他们声称再谈论刘小玲之类的事已经是"白头宫女在,闲话说玄宗"了。轻狂和时髦已经遮蔽了一切。轻狂和时髦的背后,又会有什么样的真相呢?想到这里你觉得好难活下去呀。

　　一个老同志死了,一个劳动模范好人好事的榜样死了,会有许多革命的纪念活动,他的遗体将会放进烈士陵园。一个坚持不合作立场的人死了,一会儿是这一部分人一会儿是那一部分人也沸沸扬扬地炒作,把他树为楷模,把他当做标尺,衡量和剪裁整个世界。可是被革命的红卫兵杀死的革命的真心真意学雷锋的刘小玲呢?还有谁再记得她?她生活在一个鼓吹积极却又未必真的允许积极的季节里,她其实是白白地死了。我们经过了如火如荼的一个又一个季节,每一个季节都使上一个或下一个季节瞠目结舌,强烈的反差使人死亡至少使人疯狂,然而多数人还是活下来了,活到改革开放的年代,活得挺滋润。那冷血的人有福了。

第 六 章

让我们再回到一九六七年一月,回到那间燃烧着金色火焰的土屋里来。

嘈杂的人声使钱文的心剧烈地跳动,他面色苍白地看了东菊一眼。东菊立即把解开了的罩衣扣子重新扣好。她本来也要开始擦洗,准备入睡的,这么晚了会是什么事情呢?莫非是红卫兵来抓钱文?也许边远地区的人们少见多怪,会把他看成一个"大右派"?而且,从"运动"一开始,钱文就觉得自己会出点事,哪怕他一声不吭一动不动,这场火早晚会烧到他头上来。

东菊也有点严肃。她本能地把污水桶往墙角移了移。

这时,他们的门响了:哆哆。也许是鸡?邻居养的鸡在饿极了的时候——他们忘记了喂食的时候就会前来啄他们的门。

又是哆哆哆。然后是叫他名字。

他们听出了本地少数民族的那个半大小子的声音,他曾经向钱文讲过那个拉手风琴的叛逃者的臆想的故事。

钱文与东菊面面相觑。东菊走过去,决绝地掀起了脏而破的棉帘子,开开了门。钱文手忙脚乱地加穿衣服。早点推成光头就好了,据说北京已经有这样的经验,如果自己可能出事,就先把头发全部理掉,免得被革命小将们揪住头发推来搡去。

一阵寒冷的白气夹带着片片雪花送了进来。半大小子发音不准地说了一句,大约是"找你呢,客人呢,北京来的呢"的意思。钱文跟了出来,他与钱文拉了一下手,走掉了。两个站在室外的寒气与室内逸出的热雾中的穿军大衣的人像两个圆柱状的影子模模糊糊地进入钱文的眼帘,一个高些,一个矮些。钱文闻到了一股刺鼻的硫磺气味——家家房顶上都有不只一个烟囱,每个烟囱都腾腾地冒着煤烟,室外的烟味儿比生着炉子的室内浓烈得多。

"您二位是?"钱文狐疑地问道。

"我们可找到了您!"答话的是一个女音,似曾相识而又遥远陌生,那声音里有几分放肆,又有几分亲切。"我们可找到了您"?这话现在显得有点滑稽,有点可疑。样板戏《红灯记》里的日本宪兵队特务从叛徒王连举那里获得了党的秘密工作人员的接头暗号之后,以"卖木梳"者的身份,来到大英雄李玉和家里,在应该高举红灯的时候露怯地说了一句"我可找到你们了!"从而暴露了自己的特务身份,接着就是小英雄李铁梅把假革命真特务"你走,你走……"地推出去。

今天的不速之客却并不凶险,不像宪兵也不是特务。她说话有点像唱歌。她说话就像他们是熟朋友。从声音里可以判断出,来的人不是来揪斗不是来逮捕不是来整治他们的。钱文干脆学着当地人的口气,说:"外面太冷,房子里来!"当地人从来不用屋子的说法,而是说"房子"。

他们进了钱文的房子,又从外屋进到了里屋。一声微弱的叫声,跟进来的是一只猫。

"猫?!"由于没有准备,东菊喊了一声。

"真奇怪,它一直跟着我,它太可怜了。"进入"房子"的女子说,她开始脱下她的草绿色军大衣。从她的这句话里,钱文似乎找到了什么,他几乎叫了出来。

他浑身一激灵,他怔在了那里。可能么?

脱下大衣以后,她首先摘下口罩,露出了冻得发红的脸庞。她的大眼睛里眼珠子似乎在燃烧却又有些斜视,她留着齐耳的短发,头发有些蓬乱。她穿着这年月最时兴最"革命"的洗得发白了的旧军服,然而裤子却不是军裤而是一条黑布裤。她的年龄似大似小——像是与他们年纪差不多却又像是比他们年轻不少。她盯视着钱文的时候带几分傻气。过了最初的一瞬,他们差不多同时叫出了对方的名字:"钱文!""陆月兰!"

东菊恍然大悟,她惊异地说:"你找到了这里!"

"您看,这是谁?"她指着她的同伴,已经脱掉了军大衣的高个儿男同志,他样子比她年轻多了。他戴着长毛绒"三片瓦"的帽子,他按这边的习惯,虽然进了室内但不急于摘下帽子。他长着一副应该算是偏于老成的长脸,紧绷的下巴,只有一双眼睛显得有几分和善与嘲笑。就是这两只眼睛,使钱文觉得熟悉,觉得自己不该认不出来——又实在认不出来——对方是谁。他很抱歉。加上室内的污浊的空气——他擦洗完不久,他狼狈极了。

东菊却叫了起来,她说:"您是……我知道你是洪无穷!"

听到洪无穷这个名字,钱文也叫起来了。

"他现在叫洪无私,我现在叫陆红心了。文化大革命一开始,我们都改了名字。"陆红心说,"我们先给这只猫喂点儿吃的好不好?"

陆月兰或者陆红心,说起话来有点愣愣磕磕。

是一只猫。果然是一只猫。只顾了与不期而至的客人说话,却忘记了那个咪咪喵喵地叫着的小猫。而这只小猫似乎正在期待着却也是惧怕着人们的注意。它进门以后,匍匐在地,浑身发抖。而当红心一提到它,东菊与钱文一注意它,它立即飕地一闪,躲到床底下去了,倒像它懂得人话一般。

连毛色也没看清。

"来到这里,看到你们,我们就放心了。"月兰说,"在北京,说您什么的都有,有的说您被群众打死了,有的说是您跳了河了,还有的说是您顺着河游到'那边'去了,再不就是说您失踪了……您一下子走了那么远,人们觉得再也见不到您啦。太远啦,太远啦,太远了啊!"

钱文抬抬头,额头上显出了新添的皱纹。他想说:"……我还以为你早就情况不好了呢……"在北京的时候,他影影绰绰听说过关于月兰的事。他知道,这是张社长和陆书记的一块心病。

他没有说。他惊魂未定,他无法立即相信来的人是远在北京的陆浩生书记的女儿、已经不在人间的萧连甲当年的女友陆月兰,即现在的陆红心。她当真已经是红心了么?他也无法想象那个穿军大衣的高个子男人是洪嘉的异母同父弟弟洪无穷。洪无穷和他们团委的人一起生活了一段时间,他的亲生母亲苏红由于"托派"问题被逮捕了,他现在"无私"了……他难于忆起他们,他无法把现在的自己与北京的那个自己连接起来,也就无法接受在北京的那个钱文的老相识,更无法接受老相识的"士隔三日,刮目相看"。

已经三年了,他到达了边疆,又到达边疆的边疆。他很少往北京写信,也很少收到来自任何地方的信。中国人早就用"白纸黑字"来形容"铁证如山",而铁证如山绝对是贬义,从没有人用"铁证如山"四个字来形容一个人的功劳业绩美德善行,有了这四个字,底下就会是"罪不容诛!""难逃法网!""岂容抵赖?!"所以他收到了信包括自己的父亲或者东菊的母亲的信,都是及时销毁。是的,他收到的信里没有任何不妥的句子,没有不妥也不如销毁了更妥。怎样销毁呢?烧不是好办法,烟熏火燎,引人注意,没事找事,而且浪费。因此仅有的几封信他都用来如厕。他倒是不担心与屎尿亲密无间打成一片的信纸会被选出来研究阅读。他知道现在的革命其实是粗线条的,还没有进展到那样精雕细刻。当革命什么都要管都要革的时候,革命也会感到力不从心。

销毁了所有信件也销毁了他们在北京时的一切笔记日记,包括他的一切诗稿。他并无悲哀,而只是相信,从此他与在北京生活过的钱文一刀两断了。

这样,手边连北京来信都没有,他过去是否在北京待过,那里是否保有他的过去,也就没有太多意义,至少像是愈来愈没有意义了。有时在新闻片上特别是报道诺罗敦·西哈努克亲王与莫尼克公主的短片上看到长安街呀中南海呀王府井呀北海呀人民大会堂呀什么的,恍如隔世,恍如梦中一游而已。钱文有时与东菊研究,往事对于一个人到底算什么?比如说对于在塔克拉玛干大沙漠里服刑的劳改犯来说,往事又算是什么呢?即使一个此前是国民党的大官,骄奢淫逸,享尽荣华富贵,一个是社会底层的渣滓,饥寒交迫,尝尽了人间苦辛,等到他们两个人都来到了劳改队,再假设他们身体条件差不多,劳动的工种差不多,那么过去的天上地下之别对于他们又有什么意义?再假设他们都是无期徒刑,都不存在被赦免的希望,两个人的情况包括自我感觉究竟会有什么不同呢?

他自己就是一个例证。他们在北京度过了二十几年,他们颇轰轰烈烈了一番,起起落落了一番,他们怀着未了的壮志豪情来到了边疆,他们还没有试验任何的可能就任何的可能都不存在了——文化大革命爆发了。文化大革命怎么爆发的?他已经忘记了。他只记得起一九六四年冬天,在电影院看反面教材影片《北国江南》的情景。先批了一个六够,再看影片,他听到电影的音乐只觉得像是哭丧,他看到电影的画面只觉得阴阴森森。他不是在看电影,而是在看一个人怎样地被乱棍打死,他是在看一场文艺屠杀、文化屠杀,他是在看电影的尸体、文艺的尸体、文化的尸体、作家和导演的尸体。他觉得人们是来上坟的。他的最后的希望最后的幻想的火星,终于熄灭了。

然后文化大革命已经成为事实,愈来愈伟大,愈来愈扩张,愈来愈坚硬如铁,谁也不能改变,谁也不用想商量,就像他们一生下来就开始搞"文革"似的。"文革"即生活,生活即"文革"。不但反右以前的事,就连"文革"以前的事,都正在消失着。

这样,当一个寒冷的晚上,突然出现了与他们在北京的经历有关又与他们并无深交的陆红心或月兰,洪无穷或无私的时候,他觉得一下子无法接受。

洪无私说,他是六二年读完大学的,他被分配来到了边疆,可能像他这样的"托派"的子女,更需要在边疆的大戈壁上炼一颗红心吧。

钱文问到他的父母,特别是母亲的情况。无私说母亲已死于一九六五年冬季,他赶上了回大连与母亲诀别,他说:"死得好,幸亏她头一年死了。如果现在还活着,就麻烦了。"他的冷酷的语言使钱文吃惊。至于他父亲,他说他父亲一直还算太平。特别是整风鸣放的五七年,他父亲鸣的都是歌功颂德的好话,平安过关。今年夏天,文化革命一开始,他父亲就被工作组揪出来了,说是牛鬼蛇神吧,还有人说他是"托派匪徒苏红留下的苏联修正主义特务"……

东菊说:"那怎么可能,托派是不被苏联所容纳的呀,托派是主张不断革命的呀,就像我们现在是主张在无产阶级专政条件下继续革命呀……"

钱文吓得慌忙制止她:"怎么能将我们的继续革命理论与托派的不断革命相比?"钱文说。他转过头来又问无私:"后来呢?"再转过头向东菊解释:"至于说无私的爸爸是苏修特务,运动当中人民说什么的都有,反正托洛茨基是俄国人,赫鲁晓夫勃列日涅夫也是俄国人嘛。赫鲁晓夫是修正主义,托洛茨基基本上也就算他是修正主义吧,他更修正得邪乎!人家提出这个问题来也是正确的嘛!"

洪无私笑了起来,他说:"后来批判工作组的资产阶级反动路线,我爸爸也就算没事儿了……他现在每次给我来信,毛主席语录先写一篇子,学习毛主席著作心得一写又是两篇子,歌颂林副主席也是半篇子……勉励我改造世界观又是一篇子,最后一行说上一句'均好勿念'……唉!"

"你自己还好么?"

"我?我是我们单位红旗革命造反团三号勤务员。"

钱文听了肃然起敬,连连点头,却又恐慌莫名,牙关发紧,为自己也是为无穷肝儿颤不已。革命是真的改变人呀,庄稼汉成了元帅,钳工进了政治局,文盲写出长篇小说,丘八专管秀才,这些他都已经与闻。"红心"与"无私"之焕然一新,则是他从未料到的。他们的到来于是使钱文陋室生辉,毛主席既然是红太阳,这两位至少也得算是两枚革命的电灯泡,照得他眼花心跳。对于钱文来说,依钱文的固有性格来说,文化大革命,就像波涛翻滚的大江大河,又像一个身强力壮不好伺候的风骚佳人,他远望致敬,心向往之,顶礼膜拜,欲高攀之。他实在想去拥抱进入,畅游受用,享受政治高潮与阶级斗争的快感,却又自惭形秽,无地自容,只想抱头鼠窜——他深知自己早已不是浪里白条张顺也不是大官人西门庆,他早已在江河里没顶,从炕头上被潘金莲一脚踹了下来。无产阶级文化大革命、强人出没的浔阳江、荡妇潘金莲,这些玩意儿太迷人也太凶险,他只觉得是又爱又怕,又想去亲热又觉着离得愈远愈好。他舍不得离开瓷器活儿,却又明知道自己已经失去了金刚钻。听说无私是三号勤务员,他只觉得正气邪气双气逼人,他发抖。他掩饰说:"真冷!"

一声曲折的呐喊、歌哭,从窗外传来。那个在街头高歌的醉汉转了一圈,又回到他们这边来了。天这么冷,他会冻死的!

然后是红心讲述她的复杂得多的故事。文化大革命一开始,她爸爸就被揪出来了,旧市委,当然首当其冲。身为一家美术杂志的收发登记工作人员的她被叫去参加对她爸爸的批斗会,在"革命群众"鼓励下她当众打了她爸爸一个耳光。"我打他打得痛快极了,我恨他,是他害死了我的弟弟,"见无私要打断她,她挥挥手,"当然是由他负责。他整天一套套教条,他早就脱离了生活脱离了青年,我最恨的就是他永远正确的那个劲儿!当然,打完了他我自己哭了一夜……"她的两眼突然大放光明,亮得邪性,亮得离疾——离疾是一句土话,说的是眼珠呆滞而又敏锐,呆滞是说眼珠的活动失去了灵活性,敏锐是说对于特定视野内的刺激,反应十分强烈,眼珠子里烧着火。她离疾着两眼说:"无论怎么说,我看文化大革命搞得就是好,不好的地方当然有,过火的行为残酷的行为当然有,我也同情那些让人家整得太过的人。可是总的来说还是好,没有文化大革命,我爸爸我妈妈这样的人就永远当教师爷教师奶奶,永远教育我也教育你,一教育就教育一辈子,一领导就领导一辈子。而我们呢,就得被领导被教育一辈子。可现在好了,让他们也难受难受,让他们也尝尝被教育被革命的滋味儿吧!"说到这里她眼珠突然一转,令钱文一惊。她恨恨地说:"你知道吗?曲风明这个家伙文化革命一开始就自杀了!这真是天理报应呀!连甲地下有知,也能解一点儿恨呀!"

"你现在……"东菊试探地问。

"我现在很好!我拥护无产阶级文化大革命!我是坚定的革命造反派!我就是拥护主席思想,别人的谁的思想我也不尿!革命无罪,造反有理!江青同志说得真好!受压就要革命,这是毛主席说的吧?我也尝到了革命的滋味儿!别以为只有我爹我妈能革命,别以为谁是天生的革命前辈!考一百分儿难,革命还不容易!下决心,豁出去,不就革命了吗?我出来已经三个月了,我这是革命大串连,我去了大连,可惜是冬天……我去了广州……我更去了韶山,去了大寨虎头山,去了西安,看了华清池和捉蒋亭,去了兰州,上了五华山……这不,又到边疆来了!我来找你们,我来找洪无私来了……真是江山如此多娇,引无数英雄竞折腰!你只要下决心革命,你的面貌就大大不一样喽。你只要一口咬定了忠于毛主席,保卫毛主席,打倒刘少奇,批臭刘少奇,你就打遍天下无敌手啦!什么叫革命造反?关键是嘴要硬,铁嘴钢牙就是坚定的左派!没错儿!自己给自己定好了性:我就是响当当的革命派,是红彤彤的红卫兵战士!自己咬死了,不松口,那就谁也打不倒你!你们革了那么多年命,还没有找到我的这个窍门儿吧?哈哈哈……"月兰或者说是红心的笑声令人毛骨悚然。钱文想笑却不敢笑。这时她又加了一句:"我现在心可狠了!他们可怜过我吗?那些叛徒特务走资派三反分子们!"

"现在你父母呢?"

"我爹弄到山西审查去了。我妈妈在单位关牛棚。我由于打过我爹,早已经和走资派划清了界线,我是革命群众!"

"你们俩怎么碰到一起的呢?"东菊试探地问。

"我审问了洪嘉呀!"红心不无得意地说,"大串连串到洪嘉单位去了。我现在的一个哥们儿的哥哥是中央文革小组办事组的人员,他帮助首长起草文稿。有他一句话,又有我和父亲母亲划清界限的实际表现,我就是响当当的左派。唉,算了,不当左派也罢,当左派大家都盯着你,太麻烦!反正我是要革命的。你姐姐说,她也是一直要革命的……"她一面说一面指指洪无私。

无私摆摆手说:"算了,不用提她了,文化革命一开始,她先检举我,材料一直转到了边疆!"

"她写材料大概有瘾!"红心又是一笑,然后她恨恨地说:"哼,我审查清楚了,洪嘉这位大姐呀,她光写检举萧连甲的材料就写了十五页,她检举你钱文也写了十好几页!而她检举她原来的丈夫鲁若,她写了七十页,把自己的丈夫送到了阎罗殿!她一定是写检举材料写疯了!这回,她交代自己的问题,写了二百四十页的材料!写那么多材料有什么用?都是写给刘少奇的资产阶级司令部的,这叫瞎子点灯——白费啦(蜡)!哦,有没有凉水?我火太大了,我要喝凉水!不喝茶,不喝茶。那倒是,我喝了好几个月凉水了,带着泥沙的,带着小虫儿的,咸的苦的都喝过,不到死的时候,你吃什么喝什么不吃什么不喝什么,都死不了的!哈哈哈!"

东菊问:"你们吃饭了么?要不要吃点东西?"

洪无私说:"没吃。"

陆红心说:"今天一天,我们是什么都没吃。我们上长途汽车的时候时间太早,来不及吃东西。上午十一点了,到达可克达拉——就是歌曲《草原之夜》唱的那个'可克达拉改变了模样哎……'"

"可克达拉的意思是绿色的原野……"钱文用正确的发音重复了一下可克达拉,然后解释说。

"《草原之夜》是毒草,《克拉玛依之歌》也是毒草,现在都不让唱了,可我挺喜欢这两支曲子……"月兰似乎忍不住要唱,她刚刚哼出了一声就又止住,"现在歌儿一好听准是毒草!将来我们的文化大革命要是成功了,我就专让你们唱这些好听的歌儿。难听的歌儿才是毒草呢!一个歌曲,说念咒不是念咒,说喊口号不是喊口号,大家不爱唱也不爱听,你说这不是毒草是什么?"

月兰的话让人们哈哈大笑。

她接着说:"可克达拉那里的餐厅一个人也没有,说是那里正在放映电影。那个荒凉的地方,三个月才放一次电影,一次就连续放七个小时。遇到放电影的时候,整个可克达拉,什么都停摆了。下午,汽车抛了锚,在三台海子边上修车就用了两个多小时……这不,我们这么晚才找到了这里。"

钱文捅了一下火炉,煤炭立即劈劈啪啪响了起来,无私与红心好奇地睁大了眼睛。钱文说:"瞧,炉火也在欢迎你们!"

东菊立即全力开始了做饭烧菜。红心与无私继续介绍他们的奇遇,他们怎么在遥远的边疆城市相会,怎么打听到了钱文的下落,怎么下了来找钱文的决心,怎么不买票就上了长途公共汽车,怎么不花钱就住招待所,进了招待所还组织所有工作人员与客人学习语录,揭批刘少奇……他们一边说着一边帮助东菊择洗稻米。这里的大米供应很少,最好的情况下是一个月一个人供应三斤,最近已经有半年没有给过稻米了,但是东菊还是毫不犹豫地拿出了家里仅存的米。钱文抓住客人说话停顿的间隙,告罪说要出去下菜窖取白菜和洋芋——这里把土豆叫做洋芋。偏偏月兰要陪他去下菜窖,钱文解释说,菜窖口很小,一个人上下都很吃力,不可能同时下去两个人。月兰坚持至少要去看看,无穷说他也要去。一个菜窖也这样吸引人么?城里人真是没有办法。钱文这样想着认定了自己已经与城里人有所不同,不知是喜是悲。

钱文穿起了一件旧军大衣,老羊皮里子,补了补丁的褪色平纹布面子,铜制的带有"八一"字样的扣子脱落得只剩下了一枚。钱文用一根草绳把大衣系紧,戴上一顶长毛绒三片瓦帽子,他自知他的样子极像电影上的国民党败兵,但也顾不得许多。他似乎有意要把这副样子给两位朋友看看。他直觉地感到这两位似乎还都很脱离实际。二位远道前来的不速之客也都穿戴好,随着钱文走了出来。

钱文家的菜窖就在他们的房后。来到拱起的菜窖口,掀开用肥皂箱盖代替的窖盖,他把怀里揣着的手电筒交给月兰,请她打开手电,照亮了黑黝黝的窖坑。钱文像一个双杠运动员似的先用两手支持住自己的身体,把腿悬空荡入窖内,在红心的手电光束下他找到了窖壁预留的蹬脚用的坎坎,左脚一踩,右脚一蹬,三四下就下到了窖底。他抄起一棵白菜,举在头上递给了月兰,又抓起两揸土豆,举起来交给了无穷,再蹬着坎坎往上走,大功告成。

"这个窖……"月兰迟疑地问,她似乎不理解,甚至不相信钱文这里的生活。

"我挖的,儿子帮助我……我们劳动了三天,就挖好了……劳动创造世界呀!"钱文几乎是得意地说。

"哦,哦,哦……你们在这里的生活可真有意思。"月兰衷心称赞说,"哦,你们也能这样过日子。"

"这里的人都是这样的,整天忙这些家务。冬天吃的菜,要自己一麻袋一麻袋往家里背。一到十月份,各单位动不动停止办公,各人往家里背菜。夏天也有停摆的时候,是机关单位给大家分瓜。煤要自己卸自己码,剩下的煤渣煤面,要自己把它掺上黄土和上泥做成煤球儿,挖个菜窖算什么?你们瞧,人家家家都自己盖了小库房……"他指一指邻居们的一间间歪歪斜斜的小房子,"我太落后了,我还没盖。菜窖,当然是自己挖,除非你冬天不吃菜……"钱文没有再说下去。他也许不应该这样小儿科似的得意,他也许不应该在话里暗示对方一直过的是城市的养尊处优的生活。

东菊在那边是倾家招待,从北京邮来的粉丝、虾仁、最后的一撮木耳,全拿出来,该洗的洗,该泡的泡上了。还有一块钱文从生产队带回来的牛肉,已经不太新鲜,东菊也把它拿出来切成了不薄的肉片——这里的习惯不喜欢吃切得太薄太细的肉,说是那样的肉没有滋味。就在钱文他们去菜窖的片刻,东菊还拿出了一瓶奇台出品的"古城大曲"……

这一切像是真的,却又不像是真的。遥远的城乡,只像是共同来到了天涯海角。这本来是一个没有客人的时代。这种时候这种天气,城市的人们早已就忘记了作客、待客、请客、迎客、直到客气这些与"客"有关的词。已经从他们的生活中远远地离去了从而消失了的旧友——或者也谈不到是什么友不友而只是人生中的一个可疑的痕迹,突然出现。曾经有过偶然相遇或者相聚,人们曾经相识,没想到,竟然在这样的时候再相聚一次!

……如果没有公干没有"无产阶级司令部"的部署,如果不是以革命的名义就是说获得了革命的命令至少是自封以革命的名义自信是响当当的革命造反派,他们胆敢东跑西走?现在谁还认识谁更还有谁和谁是朋友哪怕是承认自己和某某人相识?再说现在还有什么饭可吃?连买玉米面也要排长队!谁知道呢?条条大路通向无产阶级文化大革命啊,革命的道路也是五花八门,令人目不暇给呀。

管它呢!反正他们对钱文十分友好,革了命也可以对没有资格革命的人友好,这倒给钱文一些鼓舞。

这二位到底怎么革上了命接下来也就慢慢淡忘了,事后许多年,钱文还回忆得起来的是那天的美味。上苍给了人吃饭的必要与习惯,这使日子变得正常了多少!

他们其实早在三个小时以前已经吃过晚饭。乡下冬天无事,天黑吃饭正是常规,今天吃完饭不过五点二十分——又没有什么可吃的。打从权家店回来,钱文就养成了一个吃饭速战速决的毛病,尽管他拼命控制着自己,警告自己如果连饭都吃得如此粗枝大叶,那就更没有什么事情可做可说可以体味了。那点简单的饭他使劲磨蹭也最多吃上十五分钟就了事。这回倒好,由于困窘和百无聊赖而丧失的食欲却因为不速之客的到来与突然的"集中力量打歼灭战"即不顾一切地做了一顿好饭而高涨了起来。已经吃过了的他与饿极了的他们一起吃得津津有味。月兰与无穷连连干杯。由于东菊饭做得多而且香气诱人,钱文甚至叫起了已经睡了两三个小时的儿子,其实打从二位客人进门的时候六岁的儿子就已经醒了,但他耐心地静卧着。他的这种表现使钱文感动得想落泪。钱文叫他,他非常兴奋,便立即穿衣起床洗脸洗手。他回答着客人的问话,硬是在睡了一觉以后重新上了饭桌。他也又重新饱餐一顿。他们的小饭桌很矮——这里时兴这样的饭桌,像是脱胎于炕桌,吃饭的时候大家坐在小板凳上,小板凳十分简陋,三块板,几个大钉子,就钉出了一个板凳。几个歪歪斜斜的凳子一摆,吃饭的乐趣随之弥漫了小小的房间。吃过了再吃一顿呀,小小的饭桌呀,睡了一觉起来吃呀。钱文为自己生活习惯的迅速本地化而惊异,在客人面前,他似乎又有些不好意思。客人却顾不得这些,他们正在狼吞虎咽。

可能是由于白菜粉条和牛肉土豆的香气的诱惑,也许是由于房间的温暖的软化作用,始终没有让人看清的床下的猫儿千娇百媚地啼啭了一声。

儿子立即跳了起来。他顺着声音去找猫,嘴里发着无师自通的叫猫的声音,"咪咪咪",然后又是本地民族的"皮什皮什",然后是他自己的语言"出来出来,我给你吃的……"

儿子不顾一切地从桌上拿了牛肉和米饭,放在嘴里嚼了一番,吐到手上,趴在床前,恨不得自己也变成小动物钻到床下去。钱文和东菊一开始还警告儿子不要把衣服弄脏,很快他们也明白,现在与猫儿比较起来,衣服是太不重要了。儿子惊喜地叫了一声,大概是猫儿开始吃他手上的东西了,至少是猫儿开始走了过来。

大家看不到猫,也看不到孩子的表情,但是不由得一起笑了起来。笑声甚至使钱文感到了不安,在天翻地覆电闪雷鸣的这样的时刻,他家里的气氛是太可疑了。

好的饮食永远是起着扭转乾坤的作用的,在吃过了米饭粉条牛肉土豆和炒鸡蛋之后,在喝了几杯古城大曲之后,世界变得怎样的不同了啊！各人的脸上都出现了红晕,严寒与大雪变得令人兴奋,远在边陲的渺茫感觉变成一种"看,我们有多能干,我们走到了这里"的自豪。烈火通红的斗争形势使他们感到了生正逢时的激越,而不速之客的到来,更使他们有一种天下一家、我们的朋友遍天下的温暖。洪无私讲了他初来边疆的一些新奇见闻。陆红心甚至表演了一段"对口词"《造反派的脾气》。她一个人演两个人,她的说话节奏像京剧里的"急急风",她说到"造他的反夺他的权罢他的官把他打翻在地让他永世不得把身翻!"的时候,别人没笑至少是没敢笑倒是红心自己笑得弯了腰,笑得咳嗽不止。然后又是一个段子,不停地喊叫"滚他妈的蛋滚他妈的蛋!"然后她又唱了《草原红卫兵见到了毛主席》,一面唱一面在小板凳上比划一些表现骑马的舞蹈动作,比划比划,又大笑起来。笑完,她说:"我现在是真正的大傻子啦!"她挥一挥手,她的眼睛里浮现出泪花。她说:"多有意思,多有意思呀!我们这是干什么呢?"

"干什么不干什么,这用不着咱们想它,反正大家听毛主席的不就行了吗?"无私说,"不听毛主席的听谁的？听刘少奇的还是听你的？"于是无私也大笑了。

钱文大惊:"怎么都是这个腔调？"

红心改唱起语录歌来,她采取的是一种当时还没有时兴的联唱法,几段语录连起来唱,一个没有唱完,下一个便开始:

> 领导我们的事业的核心力量是中国共产党……下定决心,不怕牺牲,排除万难……凡是错误的思想,凡是毒草,凡是牛鬼蛇神,都应该进行批判……我们共产党人好比种子……我们的教育方针,应该使受教育者在德育智育体育……马克思主义的道理千条万绪,归根结底就是一句话……革命不是请客吃饭不是做文章,不是绘画绣花,不能那样雅致,那样从容不迫……军

民团结如一人,试看天下谁能敌……各级领导同志,务必充分注意,万万不可粗心大意……这也和扫地一样,扫帚不到,灰尘照例不会自己跑掉……

她唱得极快,各条语录之间的连接天衣无缝,可以说是一口气差不多唱完了所有已有的语录歌。这使大家都兴奋起来,先是儿子,接着是无私,然后钱文和东菊也都跟着乱唱乱喊乱叫乱跳乱笑,最后叫得笑得大家都累得喘不过气来。

歇了一小会儿,东菊建议月兰唱一个歌,"你是学声乐的嘛!"她说。

月兰苦笑了,她站立起来,顺一顺方才疯闹时弄乱了的头发,她的眼睛又离疾了一阵,她唱道:

浏阳河,弯过了几道湾,
几十里水路到湘江……

唱完,她自己激动地叫道:"我从来没有唱得这么好过!我要早知道自己能够唱好,我怎么也不会从音乐学院退学!我如果是一个歌唱家……我也就不用这么辛辛苦苦闹革命啦……那个时候还没有这个歌儿,这么好听的歌儿可是我没给萧连甲唱过呀!"

"你确实唱得很好。"东菊含着泪说。

"你听这个调子,"钱文说,"我们的人民太苦了,他们就是需要一个毛主席,他们的心声需要向毛主席倾吐!没有毛主席,他们向谁哭去?"钱文也流泪了。

"再唱一个吧。"洪无私说。洪无私的声音也非常浑厚动人。

"咱们俩一起唱《西藏人民歌唱毛主席》好不好?"红心拉上了无私:

毛噢主呜呜席衣衣哟噢,
毛噢主呜呜席,
你像昂光辉的太哀阳,

> 我们像昂葵花啊,
> 在你的抚育下茁壮地成长昂昂昂。
> 你是灿烂的北斗,
> 我们像昂群星嗯,
> 紧紧地围绕噢在你的身旁昂昂昂……

然而她没有把这支旋律优美——几乎可以说是令人肝肠寸断的歌曲唱完。她突然不唱了,她说:"好歌儿唱上一百遍也让人心烦!"

"听说这个歌儿也有问题,说是这个歌儿是根据过去藏族的宗教歌曲改的。"洪无私说。

月兰冷笑了一声,那声音有一点可怖。

"他妈的!"月兰满不在乎地骂道。

"他妈的,哈哈,他妈的,阿姨说他妈的……"从床头回到桌边的儿子学着样重复着。

东菊先是一怔,后来见儿子也学起来,便摆手示意儿子不要再学。她不好意思太严厉。

"他妈的!"月兰又恶狠狠地骂了一句,"钱文,叶东菊,你们知道吗,我这一辈子还没有痛痛快快地骂过一回人呢……要就这么死了,多冤!"

她抓抓自己的头皮,把头发弄乱了,她攥紧了拳头,她忽然用一种刺耳的声音唱道:

> 你从前是这样,
> 现在还是这样,
> 哥萨克你,勇敢的鹰,
> 你为什么,为什么
> 你打破了我的平静……

"这是连甲最爱听的歌儿,可是我偏偏就是唱不好它,这也是命呀,连甲死的时候才二十几岁呀……还有这个……"

她满眼是泪,她夹叙夹唱:

> 让我们高高举起,这欢乐的酒杯,(这是《茶花女》呀)
> 那杯中美酒,使人心醉,(是张权和李光羲首场演的)
> ……(张权和她丈夫也都划成了右派了)
> 青春好像一只小鸟,(我压根儿就没有什么青春呀,小鸟也压根儿就没有飞来过呀)
> 飞去(这儿的几个半音我总是唱不好)不再飞回……

月兰站起来,踢开小板凳,一个人做跳华尔兹舞的样子,磕磕绊绊,嘴里说着愈来愈难以听清的话。举座皆惊,面面相觑。无私向她喝了一声,说:"行啦!"

月兰突然大哭失声。她两眼益发离疾,没有等到别人反应过来,她已经被小板凳绊倒了。她倒在了地上,牙关紧闭,嘴角上流出了口沫。

他们胡乱忙活了二十多分钟,月兰才好了过来。她说:"没什么,我累了,我要睡觉了。"她坚决不上钱文家的任何床,她在地上铺了一块毡子,又用一条棉被蒙头一裹,两分钟后鼾声如雷。

洪无私的谈兴很浓,钱文完全想不到他是那么关心政治而且知道那么多事情。他与钱文谈到斯大林的社会主义社会阶级斗争日益尖锐化的学说和毛泽东正确处理人民内部矛盾的理论,谈到托洛茨基的"扭紧螺丝钉"论,匈牙利事件中被枪决的纳吉和南斯拉夫的主张"新阶级"说的德热拉斯。德热拉斯因此被铁托关到了监狱里。还谈到苏区反 AB 团的斗争,与王明路线的斗争。他讲了他对于陈毅的看法。他反复强调毛主席关于走资派的理论是太振聋发聩了:"这个理论和马克思关于剩余价值的理论具有同等的价值!这永远是人民的思想武器,无产阶级的思想武器。这次中国的无产阶级文化大革命搞成功了,证明毛主席的理论的伟大,哪怕这次中国的文化大革命不成功,失败了,作为思想家与理论家而不是作为政治家实践

119

家,毛主席的理论的光辉也仍然是光芒万丈的,甚至是更光芒万丈!这里,我们不能仅仅以成败论英雄!"

钱文闻之一震,他的心头一阵热乎,也许是真的?也许真的无产阶级文化大革命是完全必要的非常及时的?也许真的无产阶级文化大革命能带来一个崭新的中国?也许世世代代革命家的理想这回是真的要实现了?那就太好了,那就太好了,多愿意这一切都是真的呀!

然而,他仍然忘不了那死鱼的眼睛,刘小玲的眼睛。

……亲爱的朋友,让我们把最好的祝愿献给月兰吧。那天她在唱了当初萧连甲最爱唱爱听的苏联电影《幸福的生活》里的插曲,又唱起他们曾经在一个剧场欣赏过(但并没有坐在一起,差不多正是那一次邂逅开始了他们的感情关系)的歌剧《茶花女》的著名唱段以后发作了类似癫痫的症状。后来,再没有这种情形发生。她去医院做过多次脑外科检查,没有发现任何异常。

客人走后几天,儿子对父亲说了一句话,钱文恐慌了一阵子。儿子说:"爸爸,我长大了要跟陆红心阿姨结婚。"钱文如同受到猝然的一击。他隐忍再三,没有发作。她同东菊讨论了这个问题,他们决定不动声色,让它自生自灭。但是这仍然给钱文的心里留下了一点伤害,他一想到不懂事的儿子的这句话,就隐隐觉得心痛。不管怎么说,陆月兰怎么可能被接受呢?

回到北京以后,月兰给钱文写过一封信,除了感谢的话,她说她是愈来愈喜欢钱文了。她说她唯一爱过的人是连甲,而在钱文身上,他发现了连甲的影子。钱文看了这封信皱了一会儿眉,就把它销毁了。

顺便提一下,这封不足千字的信里共有七处错别字。

也许比疾病和霉运更无情的是时间。钱文在二十世纪的最后阶段参加了张银波同志的遗体告别仪式。张银波早在八十年代就患上了脑血管疾病,她偏瘫了十六年。十六年中她克服了无法想象的困难,用右手也用左手写了二百多万字的文章,她回忆了她们这一代人的生活与心路历程:一二九运动,民族解放先锋队和地下党,延安,抗日战争的烽火,革命圣地的光焰,知识分子的磨难,一腔热血,一代英豪,一番用生命和鲜血换来的生聚教训,还有许多的难言的惶惑与隐痛。她真诚地想把这些告诉年轻人,想掏出自己的心。年轻人大致对于她的作品没有多大兴趣:都是陈谷子烂芝麻了。当然,那更是"白头宫女在,闲话说玄宗"。青年人提到她的名字的时候最好的也不过是说:"她倒是个好人。"一个瘫卧在床上的老太婆,一个连自己的大小便都安排不了的长期病号,一个靠共产党的照顾老同志的医疗体系勉强活下来的骨瘦如柴的事实上各方面都已出局的局外人。她一心想把自己的思考和经历写出来,一心以为自己还有不灭之火而薪尽火仍可传,以为青年人还需要她老人家的火种,以为她的泣血之作能够见证历史、启迪后人,做不到振聋发聩也还足以发人深省。她想把自己的最后一口气一口血留给她的世纪她的国家她的人民她的党。然而,人们不敢正视的是,她的这个心愿,其实实现不了多少了。

也许这是比死还残酷的死亡?

这个告别仪式上出现的钱文,年纪已经向七十岁迫近。他这时已经患有心脏房颤、胆结石、脑基底动脉供血不足、慢性咽炎、白内障和前列腺炎。他还不断地发表新旧体诗和杂文,但是已经有些性急的青年人多次宣布他是过时人物,或者用港式的说法,就是宣布他早已是"过气"的诗人了。

钱文参加张银波遗体告别仪式的时候看到了久违的陆月兰。当然,她早已经不叫红心了。却原来"红心"与当时表来表去而且献来献去的忠心铁心,磐石般的团结,万古长青的事业,海内存知己、天涯若比邻,最好的接班人和学生等等一样,也不过是一霎时的风头。好花不长开,红心不长在,今宵离别后,何日疯再来?

然后是俱往矣，神女应无恙，当惊世界殊。换一回人间，再换一回人间。

钱文不能忘记她的那一双离疾的眼睛，以及后来那神秘的包裹，那不可思议的云南故事。陆月兰的眼睛似呆滞又似过敏、似火焰又似冰窟一样冷彻骨髓，失去了一切希望。她莫非真的智力上或者心理上存在着什么障碍？或者是受了外界的刺激？听说六十年代她因为"里通外国"和"道德败坏"曾经受到拘留审查。七十年代末，她因为文化革命中的问题，受到变相的拘留和审查——她被强迫参加了"说清楚"的"学习班"，据说她与她那个哥们儿的哥哥也有些不清不楚的关系。在这个学习班上她当真发了神经，被组织上从学习班直接送到了精神病院，住了八个月院，进行了药物、针灸和电击治疗。八十年代末，她因为涉嫌参与"两乱"问题再次受到审查和帮助。这次没有什么拘留，她的神经运作也一直正常。搞了半年多，她也"解脱"了。

她的一个——第一个？——情人是萧连甲，他不幸一口气顶在那里，过早地结束了自己的生命。其实他如果忍耐过来，他应该是理论界的栋梁，说不定对于社会主义市场经济与社会主义初级阶段理论的阐发能够做出自己的贡献，对法轮功的歪理邪说的批判，萧连甲肯定也能做出出色的成绩。也许他能成为要人的智囊或某个部门的第二三把手，他的文字功力说不定能对党的文件起草发生一点什么作用。中国人太多了人才也太多了，少一株尚未长成的大树没有人觉得缺少了什么。

陆月兰的第二个男友据说是流氓。但陆月兰始终不承认他是流氓。陆月兰曾经指着一些人五人六的人问："您能告诉我谁不是流氓么？"被问者考虑到自己的身份，没有搭她的碴儿。

第三个男友是外国人？她在六十年代就敢和外国人在一起，她算是改革开放的先驱还是她自己才是不听招呼不知遵纪守法的流氓呢？

后来她的一个男友(她自称是哥们儿,什么性质的哥们儿呢?)的哥哥与"中央文革"有关系。她在"文革"结束参加讲清楚学习班的时候她的这个男友的处境要严重得多。而在她住精神病院的时候,他被定成了"三种人"(造反起家分子、打砸抢分子和"文革"中的严重违法乱纪分子),派到远离北京的地方,他的北京户口被注销了。月兰早就与他分道扬镳了。

再后来是那古怪的云南之行。

她一直没有结婚。最后一次恋爱是和一位知识分子,泡了两年,最后也吹了。听说她在八十年代初期向有关领导申请一个生孩子的指标,她的年逾四十、未婚而要求生孩子的事迹传到妇联,区妇联的一位宣传部长听了汇报吓得发作了心肌梗。反对精神污染的时候她的这个故事也被关心世道人心的好人们作为典型事例上报过来又上报过去,研究过来又研究过去。钱文后来一直有意识地与月兰拉开距离。

……人们没有想到张银波的遗体告别会来那么多人。人们在门口站了一个半小时才进到告别厅里。张银波对钱文是有恩的。也许钱文会因为没有帮助过月兰而感到一丝不安?从精神病院出来以后,月兰给钱文打过一次电话,她说她要练习写作,她说她经历得太多了,她要把一切写出来,她要求钱文当她的老师。钱文未以为意。也是真的,向钱文声明准备搞写作的新老熟人至亲好友至少有二十几个,他知道有这个愿望和真正进入写作是两码事。而且,他潜意识里觉得和这样一个每段历史都留有污点、两眼离疾、至今未婚而又念念不忘生孩子的女人打交道多半不会有什么好事。这样他就婉拒了月兰前来登门求教的要求。

一年夏天,钱文在烟台的一次作家活动中见到了张银波,钱文提到了月兰给他打电话的事。张银波皱眉说:"我这个孩子是个糊涂人!不要搭理她!"过了一分钟,张银波补充说:"她问题太多,只能给大家找麻烦……"母亲的话是严厉的。从此钱文和月兰失去了联系。如今,等到张银波也不在人间——这使钱文等人感到了一个巨大的时代的结束——的时候,他非常希望能见到月兰,和她紧紧握一下手。

他进了告别厅就寻找月兰,他不能相信自己的眼睛。早在七十年代末期,"文革"刚刚结束,还没有等到一个"人民内部矛盾"的结论,陆浩生就因心脏病而去世。而他们又没有别的孩子,这样,站在家属之首的位置上的那个老女人就一定是陆月兰了,只能是月兰。她老成了这个样子?

向遗体行三鞠躬礼并缓缓地边注视遗体致敬边绕行过去后,到了与家属握手的时候了。钱文再注意一下头名家属:第一个印象是,她怎么长着一张那么大的脸?差不多是长方形的,像是——像是一方书包乃至一面帘子,褪了色的布帘子。她已经有些发胖,肚皮悄悄地挺起来。她的头发稀疏得不成样子。她脸上的皮肤显得极为松弛,特别是眼睛下面竟显出了那么明显应该说是非常突出的眼袋——应该是用心过度、哭泣过度或者是纵欲过度的人才会长出那么巨大的眼袋的。她……哦,这一下钱文才明白,她也已经六十多岁了,如果当年她与连甲结合,现在不也抱了孙子了么?原来一生的度过就是这等方便,你千辛万苦,事业有成,你老了;你无所事事,挑挑拣拣,玩玩乐乐,神神经经,不也是老了么?老,老了,也不应该是这样松弛的皮肤与突出的眼袋呀!

他走到月兰的面前,他依例伸出了手,他悄声说:"您是月兰吧?我是钱文。"

月兰的眼睛没有"离疾",她淡淡地、几乎是居高临下地看了看钱文,这个可怜的女子从来没有这样得体地与潇洒地看过人。她也悄声说:"我认出来了。谢谢。"她皱了一下眉,好像有一点心烦。

己之观人正如人之观己。也许钱文在月兰的眼睛里也是一样地急剧地老掉了吧?她似乎不忍心多看钱文一眼。

我们是真的是已经出了局啦。钱文心里说。

我们现在又有几分勇气每天照一照镜子？
　　然而这不足挂齿。时光的公正使你不需要议论它。时光的法力甚至可以消弭一个成功者与一个一事无成者的心理差异。多么可笑！钱文居然也算是成就了一番事业。而且招来了那么一些人嫉恨他。所以，说到了儿他还是愿意向月兰表示深情的祝福。他不能不感到歉疚，虽然他也是饱经沧桑，还是比许多人活得快活得多。他面对那么多活得不快活的男人和女人，面对月兰，为自己并没有尽力为他或者她做了什么而深深地低下了自己的头。
　　笔者写到这里突然悟到，还是月兰更可爱些。如果打起初笔者就是以月兰而不是以钱文为主角结构全书，局面将是怎样的不同啊！
　　这就是古哲的名言：差之毫厘，失之千里。

第 七 章

在最初的《恋爱的季节》中上场的人物当中，最具有官"才"，不，应该说是官"体"，或者也不，更正确的说法应该是官"品"即为官的素质的应该算是祝正鸿了。有许多人由于各种可以理解的心理不平与碰到的实际问题而对于官员具有一种刻骨的敌意，但是你无法无视官员们的存在。有以整个统治集团即官僚集团为目标的伟大革命，但革命胜利后革命者又取代旧官而变成了新的哪怕我们承认是好得多的官员集团的成员。即使矢口否认，气急败坏，推倒了旧官的人变成新官是一个不争的事实。当然，您可以改变称谓，不说是官而说是"勤务员""公仆"，反正您摆脱不了所有的官，正像地球摆脱不了太阳与众星的引力。也有的人对官羡妒有加而又致力于保持距离——这是一种重要的操守。在一个政治挂帅，以官为纲即所谓官本位的社会里，如何对待官的吸引力很像如何对待性的吸引力，这是一种文明，也是一种阈限。大官就像大的性偶像，就是说高官的职位就像玛丽莲·梦露，它（她）吸引你，但是你常常不便公开承认。你不能放纵自己，你必须注意行为与道德的规范，你必须注意法律和礼仪的有关限制，你不可以当众发情，你不能见到吸引你的异性就上去既抱且啃，你不可以不分时间和场合地动辄进入性高潮，你不能由于情欲而随便对异性进行性骚扰，更不要说强暴。

官也是如此，你即使受到吸引了辗转反侧了君子好逑了也不可太露骨，不能由于想做官而不择手段，俗不可耐，官欲熏心，更不能为了做官而不惜伤天害理。你不能因为官迷而脱掉你的最后的三角裤。做官与做爱都要有所不为,否则就是下流无耻狗屎。所以愈是官场,愈是要有所忌讳。这就像例如美国的选美活动,正因为有如林的美女穿着夜礼服直到比基尼泳装出场,所以要特别强调参加盛会的男士必须人人服装正规,不但要穿黑礼服、白衬衫,而且要打黑或紫领结。正人君子冠冕堂皇绝无苟且之人才够资格参与选美盛举,正如正人君子全心全意为人民服务的老黄牛才能参与治国盛事。

中国执政党已经三令五申,伸手要官的绝对"不给"(给不给,这是一个很有趣的词,反映了不少观念与事实),但伸手要官之风愈演愈烈。食色官皆性也,禁绝很难,但也总该有点成色,若到了不堪的程度,社会风气之败坏可想而知了。我们确实应该像扫黄一样地扫腐败之求官风气。

世界上当然有真诚的独身主义者,也有官本位社会里的真诚的谢官者。但第一他们人数不多所以珍稀,为了生态环境应该好好地爱惜与保护他们。第二,他们代表着一种可敬的理想主义——自由主义,在蝇营狗苟、利(权)欲熏心的社会里起着一种清洁剂的作用。这种选择往往也是一种缘分,闹闹腾腾的人是做不成这样的选择的。第三,愈是这样的人愈不会专门地去仇恨或者鄙薄不同的选择,有时还不是选择而是命运和处境。真正的清高必然带来某种程度的超脱,而极端的党同伐异与吹打炒作本身流露出来的很可能是不大清高,干脆说很可能那是另一种熏心,另一种迫害狂,另一种弗洛伊德。

上高中之前,祝正鸿在家乡种过两年地,(继?)父死后,十三岁他就成了家里的主要劳动力。孤儿寡母,他们后来又混到了城市。这一顿吃什么呢?有时候已经到了下午四点半钟了,母亲还没有找到当下这顿饭的出处。到了五点,母亲带着他进了当铺,一件旧绸衫,当了几个钱,现去买一斤杂面。母亲还有一点旧物,好像是当年在江南开小店的遗留。后来他考学又考到了北京。农村的劳动与城市的艰辛,确实造就了他的健康和质朴,尤其是他从那么小就知道了人生的艰难、度日的不易和感情冲动的不足恃。（这实在是太关键了，毛泽东动不动把干部知识分子轰到乡下去，绝不是没有他的道理。）与赵林、周碧云、钱文……在一起，他相对话要少一些，梦要少一些，激动与大言要少一些，表达与表演的欲望比别人低得多。他爱读书，爱文学特别是诗歌，甚至也爱唱歌，但是他明明确确地知道那些不能够当饭吃。用一种完全莫名其妙的语言表达，他较少"小资产阶级"的狂热性。而例如钱文或者周碧云为什么属于"小资产阶级"，是否属于"小资产阶级"，那是即使马克思复活也说不清楚的。

祝正鸿给人的观感，确是与他的艰苦生活经历有关——虽然后来查明他的家庭出身是上中农或者小业主，并不是贫下中农。他见到人就会略略仰起头来，睁大眼睛，盯视着你，略带笑容，嘴也半张半闭，露牙齿而不露牙花上膛，显出一副赤诚和谦逊，得体和驯顺。别人说话他都认真地听，听完了，略略停顿一拍（这样显得决不伶俐乖巧而是厚重朴拙），他才做出应有的反应——或哈哈大笑或拍手称快或连连点头五体投地，或是长出一口气，似乎他业已悬念良久，焦虑困惑良久，听了你的话才把一颗突突乱撞的心放到了实处。

这种表情使每个说话的人心满意足，确认他是一个谦虚谨慎的好同志。钱文这号人就不同，他们很注意自己该怎样讲话，怎样雄辩论证或入情入理或婉转动听或及时插入或抢在头里，却从来不注意该怎样听旁人说话。祝正鸿无师自通地懂得：宁可自己的说话没有让旁人满意乃至自己没有得到机会说话，也不能让旁的人没得到机会说话或虽说话了却不满意。尤其是，他从来不和别人抢话抢路抢座位。同样的一个意见，别人先说了他没有轮到机会说，那他干脆从一个先知先觉发表高见的角色改变成一个后知后觉聆听高见后佩服赞叹不已的从善如流者。他天才地懂得，后一种人比前一种更受欢迎，更容易被接受。他说话的时候总要经过一个结结巴巴的过渡，是真结巴，不是假结巴。他似乎很费了一番力气才把一句话说出来——这就增加了他的话的分量——人们宁愿相信像挤牙膏一样挤出来的简单词句,却不愿意听取行云流水的连珠妙语——后者未免太容易,成本太低,自然轻薄。这种奇怪的思路与中华文化的扬德抑才、大智若愚直至反智弃智的价值传统有关,又与解放后的"黑黑的粗手掌大印"的阶级路线有关。如果那个时代我们修先贤祠,应该入围的恐怕是张思德、雷锋、时传祥,往后可能是蒯大富、张铁生和聂元梓,而不会像法国人那样去供奉伏尔泰、雨果、居里夫人。所以祝正鸿说话的目的是使人确信他不会说话,而不是使人认定他真会说话。他做什么的目的是使人们相信他拙于做什么用吃奶的力气去做什么,而绝不是驾轻就熟游刃有余地确实会做什么。

后来,钱文赵林他们也谦虚些了,那是历经坎坷的结果,他们费了老大的力气才打掉自己的虚骄之气。从目空一切大志凌云,到开始有点谦虚谨慎的意思,他们像是被扒了一层皮,他们经历了一个七窍淌血、四肢抽搐的痛苦过程。而祝正鸿,他的谦虚和朴实是一种天赋。他种过地,知道粮食从种子撒到地里到间苗到锄草到浇水到松土到收割到打捆到晒场扬场到装车到拉到家再售出去,再剩下自己的不够吃的口粮最后还要送到磨坊磨成面粉的全过程。这个过程叫做"土中求食",所以他的一般姿态是俯地俯身而不是仰天仰望。他随母亲进过当铺,知道为了多当一毛钱要说多少话而缺少这一毛钱人就会如何受瘪。他知道世上没有轻易的事情。他从小生活不富裕不稳定,他没有办法和那些深宅大院里出来的同学比——看看人家穿的什么吃的什么用的什么?他早就习惯于没有人把他放在眼里。而他从小就明白和谁也不要争,你是争不过的,愈争就愈倒霉。然而他妈妈又是一个极端要强的人,缺衣少穿的母亲常常说一些胸怀大志的话,动辄引用孔子孟子唐诗谚语鼓词直到文天祥正气歌。她常常读错一些字词,读错了也摇头摆尾,煞有介事,紧着一声长叹或者一阵冷笑:"自古是胜者王侯败者贼!""有道是家贫出孝子,国乱显忠臣!""儿童相见不相识,笑问客从哪里来?""叫做海内存知己,天涯是比邻!"几段词儿引完了她满眼是泪。

妈妈本来是一个女中豪杰呢。也许她本来可以做秋瑾、做刘胡兰的。如果妈妈成了烈士，他祝正鸿又会在何处呢？人生的假设足以令人昏昏。

祝正鸿从来不说自己的缺点，没有缺点还看不起你呢，何况再有了缺点？党支部愈是号召党员暴露思想，他就愈是不暴露——你让我暴露，无非是为了收拾我罢了，暴露了只能倒霉。而时间一长，他也就相信自己压根儿没有什么需要暴露的。反正他像一个学徒，谁也得罪不起谁也惹不起谁也不敢小瞧，叫做天生的谦虚谨慎戒骄戒躁，而心里隐藏着些许豪情壮志，至少他的一生不能让妈妈失望。他不像赵林钱文周碧云更不像萧连甲，那些学生娃革了一下子命就飘飘欲仙起来了，就以为几个毛孩子能拯救世界啦。祝正鸿也唱歌也念诗也看了苏联电影感动得流泪，但是他清清楚楚诗呀歌呀泪呀激动呀光明赞呀红旗飘呀都仍然不过是诗、歌、泪、赞、旗，苏联电影再好那个女模范女烈士轮廓鲜明的女明星也不会从银幕上走下来嫁给你，到时候守着你的仍然是从小就拉粗屎橛儿没有上过电影的束玫香。所以唱完了念完了流完了泪该怎么着怎么着照样吃喝拉撒睡套上共产党和人民的笼头为党和人民拉套——拉套云云他是从一个高级领导那儿学来的，要不他也不敢这么说这么想。而钱文他们城市学生娃唱着唱着就当了真，以为从此生活在高亢入云的歌里了呢。

祝正鸿的模样比较不那么小布尔乔亚，腿短，上身长，眼珠不转，说话时盯着人，厚唇常开，说话时哈着热气，走路时有点罗圈腿，这种腿像是出自矿工家庭至少也是山区背篓子的农民之家。一眼望去，人们就会认定该同志笃实厚重忠诚可靠有培养前途，连他的嘿嘿嘿的傻笑声也显得比城市人实在。他革命而不过热，理论而不空洞，谦虚而不做作，读书而不脱离实际，还有更重要的：老实，但绝对不糊涂，就是说，有时显得有点糊涂但绝不是真糊涂。他话不多，但是大多说得恰到好处。他是茶壶里煮饺子，心里有数。这不是一个煮饺子的方法问题，而是一个境界问题。他天生的厥执乎中，不为已甚，不显山,不露水,不冒尖,不往前蹿。所有这些优点,不经训练即已具备,不经考察即可确认。

这样,他不动声色而青云直上。科长而处长,处长而副局长,三十出头他就当上了副局长。送萧连甲住院那次看到祝局长前来医院视察,钱文认定,他们当中的人只有祝正鸿才是前途远大的。他甚至想,弄好了,祝正鸿是有可能成为未来的中央政治局成员的。他自己不灵,赵林不灵,周碧云不灵,萧连甲更不灵。但是祝正鸿灵。

唯一的一次风险是反右斗争中外调人员多次来找他写材料,几乎要求他写遍了他的老同事:钱文、萧连甲、周碧云、闵秀梅、赵林……这些年轻的革命家全翻了车。这使他不胜其烦,脊梁背上直冒凉气。而且有的外调人员摆出一副审案子的架势,完全把他看作与那些被揪出来的家伙是一丘之貉。再说他也读过胡风分子右派分子的诗和小说,他也说过他们的作品写得好什么的。这些言论再加这些关系,都使他惊悸有加。幸亏他的直接领导陆浩生书记对他的印象极佳,而他平素给大家留下的观感确实也大异于那些自命不凡的右派与准右派洋学生们。他还有一个有利条件,就是他在一次又一次的"交心"运动中咬紧牙关,一口咬定自己从来没有不正确的政治思想,从来都是只知道拥护党再拥护党第三还是拥护党。他硬是怎么挖怎么找也找不着自己的反动思想,连错误认识也很少。而一些傻帽儿一样的同志检讨起自己来恨不得把自己说成是蒋介石、黄世仁、铁托、张国焘、托洛茨基——在思想改造时期,谁这样检讨谁受表扬。偏偏反右那回不同,谁这样检讨就干脆定他一个反党反社会主义的敌对分子。这样的傻帽儿一个个翻身落马,他是又佩服(领导)又恐惧庆幸又进一步地匍匐在地。这样他平安地度过了反右大关,他在一身身冷汗后更知道了政治的非同儿戏,领导的决定一切,咬定牙关与时时审时度势时时调整自己的重要性。原来自从他革了命他就走上了悬崖,一步昏昏就会是粉身碎骨。

随着他的升迁和政治上的日益成熟,他的妈妈也变得日益政治化起来。与共产党员转业军人革命干部束玫香比较,身为家庭妇女、粗通文化、非党团员的妈妈却更政治。解放以来妈妈的脸愈来愈黄愈来愈长说话却愈来愈充满革命术语和革命锐气。对于反右,妈妈说:"不打疼了你,你改得了吗?江山易改,本性难移嘛。可共产党就是要移你的性,叫你脱胎换骨,共产党就是你的重生父母!共产党就是要让中国翻一个个儿!别人办不成的事儿,共产党都要办成!你不相信么?试吧试吧。你说你没反对党,我瞅着你就是反了,我说你反了你说你没反,这不就是反了吗?反了怎么办?该怎么办就怎么办!天下是怎么来的,你们年轻人不知道,我知道。那是人头换的,一百万一千万一万万人头换来的。你要夺天下,拿人头来!"

妈妈说起"正事"来脸上的表情特别丰富,不仅是眉飞色舞,而且是挤眉弄眼。这一点正鸿与她老人家是多么的不同啊。正鸿说话向来蔫不唧唧,叫做喜怒不形于色。而妈妈谈论起国家大事,一会儿神采飞扬,一会儿咬牙切齿,一会儿青筋毕露,一会儿泪眼惺忪。她的声调也是抑扬顿挫,极富表现力。妈妈真厉害呀。一番话说得祝正鸿周身冷汗,他不能不服。

"文革"一开始先干掉了北京市委,真是横空出世,晴天霹雳,手到天翻,令人目瞪口呆。毛泽东关于北京市委是针插不进水泼不入的独立王国的批示(一开始是批给市委副书记刘仁的)一到,整个市委全乱了套,一下子世界末日就到了。全市委有百分之八十的同志那几天两眼发黑。活像他们读到的不是毛主席指示而是自己的癌症诊断结论。那几天祝正鸿往往自问,毛主席真的有一个这样的批示吗?这样的批示不是误传不是做梦吗?会不会夜间睡着睡着忽然得到电话——那时只有局级以上干部家里才可以装电话——说是毛主席的指示又来了,说是北京市委压根儿没有反党呢?反了,没反,没反,反了,不就是一两个字的事吗?一两个字换一换不就天下太平,皆大欢喜了吗?

"你少说话!"妈妈警告祝正鸿说,"毛主席有毛主席的道理,毛主席有毛主席的兵法,你们懂什么？彭罗陆杨要干什么,你们知道个屁！江山能得就能丢,你能从姓蒋的那边儿夺江山,他就能从姓毛的那边儿夺江山。事出于必然,人防于未然,天下未定,斗的是敌人,天下已定,防的是功臣,这是不得不然。有时候江山丢在战场上,有时候江山丢在会议室里,有时候江山丢在一句话里。你们懂吗？你们趁早闭嘴！"

祝正鸿傻了,想不到妈妈是这么高,没有文化大革命还真看不出妈妈的水平！但他仍然觉得是大事不好心惊肉跳泰山压顶,一言一动不慎就会是粉身碎骨,万劫不复。而束玫香反而无所谓。束玫香对他说:"我看主席是老糊涂了……"这样的话祝正鸿连听也不要听,这样的话即使说在枕边祝正鸿也觉得是抱来了一颗炸弹,听了这样的话祝正鸿只想给老婆一个嘴巴。束玫香又说:"说北京市委是反对毛主席的,我死也不会相信。"祝正鸿再也忍不住了,他小喝(不敢大喝)一声:"你找死吗？你这个不可救药的糊涂虫！你你……"正鸿气得大大地结巴起来,"你这个傻瓜！你这个政治上的白痴！你要当反动派！"然后他给了束玫香一拳,他没有打嘴巴,打嘴巴太响。束玫香嘟嘟囔囔地不服气。她居然连起码的政治常识都没有,而她也算革了许多年命了。女人呀,女人什么时候才懂得从政治上看问题呢？

但是妈妈呢？祝正鸿想起自己的身世,他对妈妈更佩服了。

于是人人两眼发黑两眼离疾心跳气短左顾右盼但还要连连点头称是鼓掌喝彩一副热烈拥护衷心快乐天真活泼的样子。在所有的表态会上大家都抢着发言赞成拥戴,而且都表示自己的态度绝对真诚。说是主席指示说出了自己心里的话——谁也不敢落了后。连一向不急于说话的祝正鸿也在会上大声疾呼地说什么受到震动受到教育受到鼓舞擦亮了眼睛提高了觉悟丢掉幻想准备战斗。愈说愈热烈愈说愈拥护愈说愈兴奋愈说愈打心眼儿里痛快得没的说啦您哪！

局级干部揭批旧市委的誓师大会连续开到第三天了,到了中午吃饭的时候，进了食堂，他胃堵口臭，不想吃东西。但想到一批旧市委自己就不吃饭了，未免引人注意，倒像他是什么为反党分子殉葬的"金童玉女"。旧市委的领导彭真同志五一年给大学教授老一代知识分子动员思想改造，他在客客气气地讲了一通之后，临结束报告的时候，突然加温，正言厉色，说道："不要成为为旧社会殉葬的金童玉女！"他祝正鸿听之心惊，觉得这话字字千钧，泰山压顶，带有通牒和震慑的意味：我们正在埋葬旧社会，你们如果不改造思想，我们也埋葬你们。想不到讲话的人也迅即变成了被铁定埋葬的对象，"文革"一来，他老人家也成了殉葬品了。这正像七届四中全会上就批判高岗、饶漱石问题，少奇同志说过："帝国主义已经或者正在我们的党内寻找代理人，不这样提问题就不是马克思主义。"他祝正鸿读了这个文件也是心惊肉跳，五体投地，面如土色。过了若干年，毛泽东说他刘少奇就是睡在身边的赫鲁晓夫——这么说他老说的代理人不是别人正是他自己。这世间的事就应验得这么邪！当初，一九五四年，学习七届四中全会文件，他祝正鸿天翻地覆地震动了一次，后来一九六六年，又为少奇同志的遭遇而吓得地覆天翻一次。

那么，为了不殉葬不灭亡，他祝某人应该连连点甲菜再加一碟凉小菜甚至加上啤酒以示心情舒畅与毛主席一条心心连心才是。他这样点了菜却苦于吃不下，他边吃边看旁的桌上的同事们，发现他们点的都是乙菜丙菜，吃得小心翼翼，大气也不敢出。祝正鸿为之失色：殉葬是不殉葬了，但是，是不是太嚣张了呢？旧市委反党，而他是旧市委的干部，是领导上的红人，他有什么资格如此猖狂？他怎么在这样的历史关头大吃大喝起来？他的同事们会对他怎么看？

为了避免他的不得体的加餐被更多的人看见，他加速了饮食节奏，三口两口把压根儿就不想吃的东西吃了进去。吃完他瞪大了眼睛坐在那里，食物噎在胸口，压不下去，半天缓不过神儿来。运了好久的气，他才克制住自己没有呕吐。

几天后李雪峰同志吴德同志新班子到来，又是连连开会，掌愈鼓愈响,口号愈喊愈亮,热泪愈流愈盈眶。同时体会愈谈愈深,道理愈说愈透,情感愈表愈真。北京市委确是罪不容诛:这个是披着羊皮的豺狼,那个是画成美女的白骨精,这次是反党黑会,那次是影射攻击伟大的领袖。当你说市委的工作有这缺点那毛病的时候会有许多人与你争论,当你说市委的政治路线有问题的时候有人会不服,但没有多少人出来争,当你说市委干脆反对中央反对毛主席图谋不轨的时候,全没了词儿啦。所以说帽子小了没用,要戴就往大里戴,帽子愈大,人们愈是心悦诚服。于是愈是没有把握心里其实不信市委是那么回事的人调子愈高,他们更摸不着底,他们更觉得整市委会整到自己头上。他们觉得自己也已经与彭真刘仁一起没了顶,他们压根儿就是积极分子是领导的红人儿,要不他们也混不上局级干部。他们的落水已成定局,但是还要豁命挣扎,要豁命表态,要横下一条心把市委领导硬是往地狱里送,叫做决不心慈手软,哪怕能抓住一根稻草,也决不松手。

于是处以上干部学文件转弯子。毛主席关于北京市委的批示叫人胆战心惊,惊得不能不接受。便都作检查,转变自己的立场。这也是一大景观,学习和转弯子两个动词作此解释也是中国现代汉语语义学的最新发展。几十个人几百个人甚至更多的人集中到一起,看文件读文件讨论文件,你说我说他说她说一起说分别说小组说大会说,(这多像进步电影《一江春水向东流》里一个合唱的歌词呀,那个合唱唱道:"来来来来来你来我来他来她来我们大家一起来来唱歌来唱歌来唱歌来唱歌,一个人唱歌多寂寞多寂寞,一群人唱歌多快活多快活……"你再体会一下"说说说说说你说我说他说她说我们大家快来说都得说不想说也得说,一个人说话多窝脖儿多窝脖儿,一群人说话多快活多快活……")不清楚的说清楚了,不坚决的说坚决了,想不通的也得表示想通,就拼命地说自己是通的,再说下去,果然弄假通成真通,不是因为想通而说通,而是反过来,变说通为一举想通了! 真是奇妙呀! 真是能干呀! 于是不舒畅的多次重复着说以后也就舒畅了——既然大家都这么说你又何必为了不这样说而黔驴技穷,而四面楚歌,为了不这样说而进退维谷,而言不由衷,而不舒畅呢?通通通通通你通我通他通她通我们大家都来通大家通!畅畅畅畅畅你畅我畅他畅她畅我们大家都来畅谁能不畅欤?如果言之凿凿说自己已通的大家都是假通,如果说之切切讲自己极为舒畅的大家都并不舒畅,那么世间究竟有什么真假喜悲之辨呢?可不是一通百通,一畅百畅!

尤其是,这样学习了转弯儿了说了再说了之后,不安全的人感到了怎样的安全!你说的和大家一样,和上边一样,你还有什么不安全的呢?你说你是怎样认识了的,他说他是怎样认识了的,说得其实都差不多,谁也不用不好意思,谁也不用担心谁比谁走得太快或者太慢。用赫鲁晓夫的话来说,这也叫"对对表"嘛。所有的表都是十四点过两分,你还能不踏实吗?学习表态就是互相验证:谁长出了犄角?谁长出了六指儿?谁把眼睛长到了脑瓜顶上?谁露出了肛门和家务什?谁胆敢长出两个脑袋或者两只鸟?有俩头俩鸟犄角也不怕,一刀齐齐地砍下去就是了。没有双头双枪犄角的良民也要把话说到头里,小心快刀!你没有,你什么异象都没有,你一头,无角,每掌五指,一鸟,两层裤子不露痕迹,你与大家相比既不多什么也不少什么,你岂不是十分之十百分之百安全了吗?伟大的绝对多数,伟大的全体一致呀,没有比靠上你们更安全更快乐更幸福更合算的了!

在"靠"上"靠"住以前,则是惶恐无地,六神无主。从中央文件下来,祝正鸿没有睡过一天整觉,没有吃过一次尝得出滋味的饭食。莫名其妙的是,他好像患了尿频症,他一会儿一尿,尿出来的水似乎远比喝的水多。一个星期他就瘦了一圈。

在转弯子学习会上,他认识了一位已经养病多年的原区委书记老金,这位书记的资历很深,说是参加过长征。他身材高大,江西老表口音,声音洪亮。一开初他非常活跃,他大声发言,声称旧市委领导是反革命阶级敌人,声称他掌握了旧市委领导阴谋推翻毛主席和勾结苏修美帝的证据——尤为惊人的是,他说由于他拥护毛主席,旧市委领导已经决定通过下毒药把他置于死地。他精神兴奋,口角流涎,两眼离疾,气喘吁吁。说着说着他唱起了红军歌曲,唱完了又喊口号,他喊的口号也特殊:"打倒美帝国主义的特务××!""把日本汉奸××揪出来!"然后谈到了旧市委对他的迫害:压低他的级别,十七年没有提拔过他,苏联亚历山大洛夫红军歌舞团来华演出的时候发给他的票竟是第三十二排的,春节联欢的时候没有让他上主桌,他现在住着的仍然是三间半小单元房子。有一次他犯了心脏病,市委居然没有给他派车送医院。一个老干部居然有这么多麻烦困难,祝正鸿听了大开眼界。最后他一再表示拥护中央关于改组旧市委的决定,反复强调"堡垒是最容易从外部攻破的"。这让祝正鸿十分起疑,斯大林的原话是"堡垒最容易从内部攻破"呀,以此才好说明警惕内部的敌人的重要性呀,怎么变成了"外部"了呢?是口误还是另有机关?

主持学习的一位新派来的领导张志远大喜,如获至宝。他接着这位原书记的发言做总结讲话,他大声疾呼,声色俱厉,质问大家:"旧市委领导反对毛主席事实俱在,铁证如山,司马昭之心路人皆知,为什么在座的一些同志,至今仍然在观望等待,放不下包袱开不动机器,就是不揭发不批判划不清界线呢?"然后他对刚才的发言大加称赞,说是站对了立场,挪过来屁股,眼睛就亮了,鼻子就灵了,问题就看出来了,感情也就转过来了。毛主席呀毛主席呀,有人反对毛主席呀,过去王明就反对过毛主席呀,帝国主义、修正主义和各国反动派都反对毛主席呀!现在刘少奇王光美又反对毛主席呀……他由声色俱厉,到声泪俱下了!

新市委也是专案组的这位领导同样人高马大,声音洪亮,南方口音。他讲话喜欢把每一句话的后音挑上来,喜欢用反问的口气说话。"一些同志至今不肯揭发旧市委,你们以为你们可以蒙混过关的吗?你们自己与旧市委的问题牵连很深,你们以为我们不知道的吗?你们当中有哪些牛鬼蛇神乌龟王八你们以为我们不知道吗？你们以为表表态就行了吗？你们以为浮皮潦草地说一说就能够继续革命了吗？你们以为我们是小孩子吗？你们以为隐藏得很深中央就发现不了吗？你们……你们……我们……我们……"一连十几个反问让大家透不过气来。

由声泪俱下又变成声色俱厉了，他两眼一瞪开始点名："祝正鸿同志，我现在还是叫你同志的喽……你不揭发陆浩生，你说说，这说得过去吗？是你不了解情况吗？是陆浩生没有问题吗？要不然，是我们错了？我们不应该动员你揭发陆浩生？你说呢？你说呢？"

祝正鸿下定决心，低头不语，他知道这个时候说话的厉害，你只要开了个头，人们就会循循善诱地深挖细找地穷追不舍地在你身上搞什么"扩大战果"，说了一就得说二，说了三就得说四，然后从五到一百二百直到无限大。

然而他十分害怕，怕得透心儿凉，张志远点一下他的名字他就哆嗦一次：底下会是什么情景呢？把他揪出来批斗？什么罪名？三反分子？他恐怕够不上。现行（反革命）？他怎么了？弄到"牛棚"隔离反省？他最怕的就是这一着儿，而这一着儿谁谁想做就立刻能做，现在扣一个人比划一根火柴还方便。群众是想怎么做就怎么做，怎么做都是革命行动，现在揪出一个三反分子不比拃死一只蚂蚁麻烦。他知道，现在张志远一通儿点名——他点得太多了，反而影响了威慑力，如果只点一两个，被点的人不吓得把屎尿拉到裤裆里才怪！现在只要再有一个人公报私仇把他祝正鸿攻一下，他立即就可能被押到"牛棚"里去，要不干脆就会关进秦城监狱！

进"秦城"？只怕他的级别还没够上！要进"秦城"他起码得够得上"高干"，而他现在最多只能算是中级干部。

然而还是怕，怕从心中来，怕从远近一起来，怕成为殉葬品。殉葬殉葬，一个伟大的事业，一次伟大的进军，一场深刻的革命，殉上几十几百几千几万个葬有什么了不起！

怕什么有什么,正如毛主席所说:不要怕嘛,愈怕愈有鬼!毛主席说得多好,多俏!毛主席还说不要怕撤职、怕开除党籍、怕杀头——毛主席说得真叫到家!而他祝正鸿呢,就是一个怕字,怕的原因是心里有鬼——有什么鬼?有怕被揪出来的鬼!怕的后果如何?更加有鬼了!鬼在九百六十万平方公里土地上肆虐,鬼在上亿的中国人心里闹腾。然后伟大领袖告诉我们,不——要——怕——嘛,他讲得可真巧真高真帅真凉快真舒服!

就在学习会期间,会议室里出现了批他的大字报。写大字报的是他手下最驯顺的一位女处长,这位处长肤色黧黑,脸型与脸色都如一根香蕉,鼻尖略歪,眼睛一大一小,一说话就咧嘴,像哭,像笑,像装傻耍哆——她决不致力于表现自己的聪明与美丽,而是表现自己的憨实与丑陋,傻与丑都是忠的外化。也就是说傻与丑包含着一种内在的美善,而精明与美丽却很可能是有毒的、危险的——叫做糖衣炮弹。这位处长曾经多次在总结会上称颂他的"英明领导",她含着泪说祝正鸿为工作操碎了心,而她自己水平太低,达不到领导的要求,说到这里她泣不成声。她一面歌颂抒情一面扭动身躯,那语言那语调那姿势搞得他肉麻得起鸡皮疙瘩——但又是喜在心中,笑在脸上,即使你听出了某某人是阿谀奉承,听奉承话仍然是气顺身轻,益寿延年。在她扭动身躯的时候他甚至忍不住遐想了一下如果顺势及时"插"上会是什么景致。一个人能够丑得这样可爱这样迷人这样令人心动,也算是他们部门的一绝了。

曾几何时……现在这位处长竟然以"彭真的特务"的帽子向他身上猛栽!看到这顶帽子,他两眼发黑,同时想出了一千条一万条道理与她据理力争,他还想立即把他知道的女处长的有问题的言语行为写成大字报来一个反击——只要我是旧市委的特务,你就是特务手下的马屁精狗腿子!然而他还是忍住了自己。女处长说是处长,其实还缺正式的任命手续,她还只算是代理处长。而"文革"开始以后,批判了工作组的资产阶级反动路线以后,她干脆刷大字报宣布自己是"革命群众",宣布"自己已经解放了自己"。而他祝正鸿呢,却由于副局长的头衔而成了板上钉钉的"当权派",当时的气氛下,是当权派就是"走资派"。他如果反驳女代处长,那不成为"走资派反攻倒算革命群众"才怪哩。事情就是这样,不用争不用辩也不用辨,根本不用较量,谁有理谁没理谁输谁赢,早给你定好了。输赢在前而较量在后,定性在前而是非在后,身份在前而争论在后。一切的一切都是徒劳,都是出丑,都是自我暴露自我表演,都是在如来佛的掌心里翻跟头竖直溜儿,还以为自己多能呢!

于是他下了决心,一声不吭,一声不吭,一声不吭……

他想得很明白,他参得很透彻,他嘴巴咬得很紧……按说他修炼得也就相当可以啦,您还要怎么着!然而,然而,他还是禁不住地哆嗦,哆嗦……这时候只要有张志远的一句话……他可能被关起来,他可能从此再不能回家吃饭吃炒豆腐,他可能被开除党籍,他可能被取消北京户口,他可能被红卫兵殴打、折磨、审讯……他可能被挤兑得上吊抹脖子,就是说领导说一句话他就会彻底玩儿完。或者,或者,如果领导是另一种说法——不,他不应该考虑另一种说法的可能性。

然而张志远没有顾上管祝正鸿的事。那位勇猛揭发旧市委的老区委书记金某人在这个学习会上变得越来越热闹了。一天早上他正在刷着牙忽然大喊大叫起来,原来他从牙刷毛上发现了一根细铁丝,他说这是旧市委安放的窃听器和电台。从此他不断地在学习小组会议上揭发旧市委领导与美帝、苏修、港、台特务勾结的罪行。今天这样说,明天那样说,一天一个样儿。听他发言的人面面相觑,大气也不敢出。他们都明白,这时候谁要是敢笑,谁就会搭上身家性命。他们都很清楚,他们现在的存亡荣辱取决于他们的忍笑功夫。有人实在忍不住了,就赶紧去厕所,进到厕所里也不敢笑,再进入大便单间,才无声地笑一下,刚笑就莫名地大恐惧起来,也就满眼是泪了,也就自然而然地止住了笑。

过了几天,令人忍笑或曰笑极而泣的金书记又去找张志远,说是他发现他的秘书的左眼是假眼,而且那并不是假眼而是一架间谍用的照相机。张志远十分尴尬。据说是由于来后没有查出足够的材料来坐实旧市委的已经由主席钦定的罪名,张志远等感到压力很大。这时出现了养病多年的原区委书记,只有他的调子跟得上形势的要求,他的资格也老,身份也高,与女代处长之类的空洞喊叫分量不同。张志远和他的上级即新来的领导如获至宝,把查出旧市委滔天大罪从而赶上形势大立特立新功的希望寄托在培养老区委书记这样的典型身上。其实,一开始就有人小心翼翼地向新领导反映,这位老书记精神上似乎有点问题。新领导闻而大怒:这还得了!一个老同志,响应中央的号召,揭发旧市委的罪行,你们就说他有神经病,好生大胆!有神经病也是旧市委逼出来的,《白毛女》上唱得好,旧社会把人变成鬼,新社会把鬼变成人!可不是,旧市委把革命老干部变成疯癫,新市委把疯子变成真正革命的老骨干!那位向领导含蓄反映老区委书记精神有问题的人竟然被关到牛棚去了。从此,众人都坚定地认为该金书记身心健康,言语可靠,科学求实,代表了大家,是众人学习的榜样了。

祝正鸿自己与自己有过一次交谈,他问自己,你是不是当真认为金书记的话是靠得住的呢?他只觉哭笑不得——更觉得恐怖异常。他怎么敢这样想?这样想就意味着自取灭亡!

当然,他再怀疑和厌烦,也不会吭一声。几次揭批市委领导的小组会上,他祝正鸿连一次厕所也没上。他不无根据地认定,严肃的与关键的即决定命运的场合,上厕所是危险的。事情是有一点离奇。把老区委书记树立为文化大革命的榜样,这确实比把北京市委树立成敌对的靶子还离奇。旧市委是不是犯了严重错误,这不是仅凭常识就可以断定的,这得由文件和批示定。而老书记是不是有病,即使照头一面判断不出来,再多打几次交道便不难判明,这是用不着等中央的文件的。那么为什么没有一个人说出事实的真相呢?

是不是所有的人都不认为老书记有精神病而只有他祝正鸿生此

奇想呢？那么说,是不是他祝正鸿自己有了精神病呢？

他祝正鸿原没有精神病,但只是这个念头,就足以逼得他自动发狂！

所以说这是无产阶级文化大革命呀！无产阶级文化大革命如果都是常识范围以内的事,那还有什么稀奇,那还有什么惊心动魄,那还有什么史无前例！

这件事情的结局也很有趣,最后,张志远也不得不将老书记送走了,因为不久老书记就发展到半夜哭叫、耍刀弄棒的程度。他扬言旧市委派来了刺客,要要他的命。闹了一夜,第二天他发起高烧。太棒了。发烧当然与精神疾患无关。于是张志远宣布老书记得了肺炎,并从而住了医院。出院后说是老书记得了肺炎后遗的哮喘症,从此他老人家在揭批查旧市委的活动中便消失了矫健的身影。但同志们一致认为他是一个路线觉悟奇高的好同志——如果不是制造肺炎的金黄色葡萄球菌,说不定他能进中央。几个月后革命群众组织的一派揭发了他本人走资本主义道路的滔天罪行,转而说他在揭批查旧市委中的表现是"有意制造混乱,破坏党中央的战略部署",另一派群众组织则坚持认为他是"响当当的左派"是"好同志"。两派为争他是不是好样的而大打出手,死伤三十多人。最后老书记人什么时候死的没有人知道,只是"文革"结束后祝正鸿出席过他的追悼会,会上声称他是在"文革"中受到"四人帮的迫害"致死的。于是大家肃立,默哀,祝祷他的灵魂安息。

我们的党是多么的宽宏大量,多么的厚道随和呀,祝正鸿感动得热泪盈眶。

老书记得了肺炎走掉以后,张志远同志的工作路数从重点培养改为全面扫荡。他找祝正鸿谈了几次,与会上的声色俱厉不同,第一次谈话他就变成了春风化雨,循循善诱。祝正鸿则只是一味地感谢（领导的教育挽救）,一味地检查自身：唉呀,我的觉悟太不够太不够啦,我怎么硬是没有看出市委的问题呢,这不是说明我太差了吗？因为太差所以看不出问题,因为看不出问题,所以说明自己太差……他早想好了,当看不清形势的时候,最好的方法就是检讨自己,检讨自身除了说明自己谦虚以外不会出什么大娄子,检举旁人,没有把握可就把事情弄复杂了。

这样的谈话精彩之处不在内容而在谈话人的态度。本来谈话人掌握着全部真理,全部权威,全部材料、证据、工作手段,他事先研究了多少次早已研究透了你,他完全明晰对你的要求,知道你怎样做就符合他的要求就是表现好,怎样做就是不符合不好。而你呢,被谈话人呢,你是有问题的,而且是问题相当严重的,你已经被弹性绳绑住,愈挣扎绳子愈是捆得紧。你前景未卜,后果不明,下场如何,只有天知道。就是说你是病羊,他拿着草料也拿着针药和屠刀前来解决你的"问题"。你是长了毒瘤毒瘤业已扩散不得不躺在手术台上的病号,他是准备动手术开始动手术的外科医生、护士长和麻醉师,但是他态度温和,平等待你,慢慢商量,细声细语,送温暖,入情理,爱你救你帮你拉你推你耐心等待你。有时候拍拍你的肩膀,有时候拉拉你的手儿,有时候向你挥动草料、糖果,有时候给你止痛片、镇静剂,有时候刀光闪闪,有时候正言厉色,有时候拍响了桌子。反正最后你得听话,你得交代人家要你交代的,检举人家要你检举的。而当你做到了谈话人的要求之后,你更感到了极大的温暖。至少是暂时,你会得到许多安慰和允诺。

张志远的下巴上长着一粒褐痣,褐痣上长着一根汗毛。他与祝正鸿谈话的时候,可以看出他是怎样地要求自己做到苦口婆心,治病救人,热心耐心菩萨心,他说得情理并茂,说到动情处,下巴与痣与汗毛簌簌地抖个不住。他的这个样子令正鸿觉得好亲切,说不上为什么,他开始感到了一种由衷的温暖,真正的政治上的而又不仅是政治上的温暖。其实祝正鸿也熟悉这种谈话的技巧与过程,走向与后果,但是张志远给他的印象似乎有些特殊——

张志远说:"……无非是小资产阶级的温情主义,老领导啦老革命啦对你不错啦怎么能翻脸检举人家啦什么的。搞土改也是这样的嘛,乡里乡亲的,怎么好出来斗争地主揭发恶霸呢?可我们的人民的江山是怎么样打下来的?都看情面,心慈手软,还有什么革命?革命的胜利,那是人头换来的,你想向党向毛主席争天下,拿人头来!"

祝正鸿蓦然心动,这张志远似曾相识啊,这张志远的话怎么与妈妈如出一辙?

张志远讲起了他自己在革命中的经历,他含着泪说起一个烈士,"那年他才十六岁,他打起仗来特别勇敢,行军时候遭遇了日本鬼子,他左肩挂花了。他咬下袖子来包扎了一下,继续往前冲,他说同志们跟我来呀。他的右腿又中了一弹,他跌倒了,他爬起来继续往前冲……他最后一句话是:'我跟他们拼啦!'多好的同志呀!好同志呀!咱们的革命就是这样无数先烈抛头颅洒热血才换来了今天的胜利,我们能轻易丢掉革命的成果吗?十六岁的一个好同志就这样牺牲了,我们能不和革命的敌人拼命吗?为什么这么好的一个同志牺牲了?为什么我们的行军路线被鬼子掌握了?为什么我们受了那么大的损失?就因为队伍里出了叛徒!懂吗?叛徒!一个叛徒能毁灭我们一个班、一个排、一个连,也许是一个团一个师……你知道什么叫内部出了叛徒了吗?可叛徒是谁呢?领导上彻夜研究,一次就处决了他五个!依我看,这五个人里头有四个可能是也可能不是叛徒,但是非毙不行!不毙他们五个,就要牺牲更多的五十个五百个五千个……革命呀,生死的斗争呀,打一次离婚还会死个把人呢,何况一场天翻地覆的大革命!他陆浩生也许当年革过命,可今天,他已经是革命的对象了!你以为革命是光革人家不革自己吗?世界上哪有那么便宜的事!我们面临的是比以往的民主革命更复杂更深刻得多的社会主义革命,革命的敌人就在我们的身边要不就在我们自己的脑子里……再弄不好我们自己就变成了反革命!"

祝正鸿能说什么呢,他热泪盈眶了。他只想跪下向张志远叫一声:"我的亲爹!"

第 八 章

　　于是我想起了你,你这只可怜的没有来历的虎斑小黄猫。写者认定,在整个六十年代后五年与七十年代前五年,这只小猫是钱文生活中最重要的角色,是那十年的最主要的所指与能指。写者甚至曾经计划将本书命名为《养猫的季节》。养猫才是纲,养猫才有终极关怀、普遍深度、人文主题和道德激情,其余全是目。

　　你这只小猫果真是晦气的"十三点"陆月兰带到钱文这边来的么?也许你只是来自小说写家的偶动灵机?也许写者对于小说的太多的政治背景叙述感到歉意,他再也忍受不了他自己的夹叙夹议的宏大文体,他急切地需要你的渺小你的温馨你的软弱你的对于时代的疏离来平衡小说的趣味,来安慰变来变去的教授与副教授们的趋时心理,并装扮小说以或缺的亲切随意。渺小的肠胃呀,我怎么能整日地只给你以时代中外全席!也许你像灵隐寺的飞来石,你是天外飞来一猫?那么多的浮沉荣辱,悲欢离合,生老病死都只不过变做写家的作料、包袱和花式子——也许更坏,那不过是他们沽名钓誉的手段和巧言令色的口水,何况一只来历不明自己也不知道自己的身份为何的小猫!然而,你诞生了,带着先验的庄严。你是顽强与顽固的,你要求着自己的并承担着本系列长篇小说的某些不可或缺的命运与故事契机。什么都没有,还不能有一点渺小的悲鸣么?咪——噢……咪——噢……你开始了,你的叫声里充满悲戚!

　　当第二天你稍稍平静了一点以后,钱文抱起了你这双眼闪着惊惧的光芒的小猫。他的手立即接触到了你的薄如纸张的肚皮与细如竹篾的柔弱肋骨,他只要稍稍加一点力,就能把你的全部骨骼攥成一个小球。他非常难过,一只过瘦的猫竟然引起了他的那么恐怖的感觉,这是他从来没有遭遇过的。一个生命能够弱小软贱到这种程度,以至与死亡并无太大的区别,比死亡百倍地软弱、恐怖与无助,这是他从来没有遭遇过的。而且,显然来到世间并没有太久的小猫的眼睛上长着眼屎,你绝望地吃力地睁着眼睛,活像是一个六十四岁、出版不了诗集也混不上正处级待遇的老诗人,当然也就是一个牛鬼蛇神即被某杂志认定的不同政见者。你瘦得失落了体重,正像后来的诗人们胖得失落了诗之仙姿。你的目光等待的不是生活而是生活的惩罚,你的皮毛也不干净。污秽,瘦小,惊惶,恐惧……莫非你也是刚刚受到了批斗?你已经许多天没有吃上过残渣鱼儿。

由于惊慌,你的下体流出了一点液体。钱文本来是最怕牲畜的粪尿的,这次出于怜悯,他竟然没有把你抛在地上。他把你轻轻地柔和地放下。他把被你尿湿的手放在裤腿上擦了擦。他拿起一块干馍,咬下一口,嚼了嚼,带着温暖湿润的唾液喂给你。而你只是惊惧地注视着,你似乎无法理解钱文在做什么。你根本意识不到人可能喂养你,(用九十年代流行的一个其实不通的词儿)关爱你。在失落了体重的同时,你也失落了对于人这种崇高动物的信任。你变得躲避起崇高来了。

钱文开始抚摸你的毛皮。头两次抚摸使你的眼睛睁得更大了。你也已经不理解抚摸,而只理解折磨和虐杀——也许你以为钱文的抚摸你是为了寻找可以游刃有余的肌理——以便轻松地屠宰和剥掉你的皮。

对于你来说,这好比过了几天。对于钱文来说,这只不过是几分钟。抚摸了那么久竟然你还没有被屠杀和剥皮,所以你忽然感觉到了文理不通的关爱。猫和人一样,常常多疑又常常轻信。你甚至温馨有加地喵地叫了一声,像叫自己的慈娘。你的声音被堵了回去,被你自己。你已经受尽了顽童和陌生人的折磨,你无法信任钱文,现在你还完全没有赢得抒情咏叹的猫权。

又一次轻柔的抚摸。你略略一松弛,只觉得浑身都融化了。你无意中伸展了一下自己,你突然变大了,大而松软,钱文欢呼了一声。他继续抚摸你,并且轻轻地拍了拍你的脑袋。

于是你闻了闻又舔了舔钱文嚼给你的馍馍。你已经决定要下嘴了,你已经有五天没有吃到东西了,五天内你只是在垃圾堆上嚼过一小块烂纸。馍馍的味道使你觉得困惑。这是什么?这是能够吃的么?你不敢相信带有人的唾液气味的馍馍,你觉得那更像一个阴谋。当人们追逐你殴打你用石块砍你砸你的时候,你觉得正常并且真实,而当你得到关爱的时候,你断定这只是阴谋。猫的已经相当进化了的本能告诉你,宁可饿死也不可中计。你怔在了那里。

你没有吃。你又缩小了。你恢复了正在消失的那副样子,像阳光下的一只雪猫。

很可能人是不能够随便地表达关爱的。任何关爱的表示和动作,都会使关爱变得比当初真实和强烈起来。你的瘦弱和虚热,你的柔软和无助,一旦不仅是通过眼睛而且是通过手掌与手指传达给钱文以后,钱文就激动起来了。他是多么希望你能吃他嚼给你的馍馍呀。当你的小嘴靠近馍馍的时候,钱文的心也悬到了嗓子眼上,甚至钱文自己的唾液也开始分泌了。你没有吃馍,但是钱文自己的喉头翻了翻,似乎是吞咽了点什么。你还不吃,他吞咽的是彻骨的冷气。你最后一刻的拒食,使钱文只觉得是已经吃下的东西又被外力从口腔里夺了出来。他有点激动乃至是有点愤怒了。他一跃而起,从碗柜里拿出一条儿羊肉,他拿起羊肉在你鼻子前甩了甩,一股异香使你晕眩。钱文干脆把羊肉摔到了你的鼻子下。

于是昏天黑地的大嚼开始了。你在这一刻回到了你的茹毛饮血的野猫列祖列宗那里。你虽然弱小,然而仍然不能排除古久的洪荒密林中猛兽先猫的野性,那兽中之王的虎氏家族的基因。在你咬到第一口羊肉的时候，你的威胁性的嘶吼的声音开始发出，你的利爪也开始伸展——刀出鞘而箭上弦了。你的遗传基因通知你，获得了美食的时候也就是一级战备的关头，必须不惜一切代价地准备厮杀，保卫自己的食物，宁可流尽鲜血也决不把到了口的食物让给更凶狠的兽类。即使驯化、羸弱和困顿到如今这种半死不活的样子也罢，即使还远没有发育成猫的样子也罢，你仍然在瞬间显现出了食肉类动物的虎威。

狼吞虎咽，风卷残云，钱文好不痛快！你也伸出红红的小舌头，舔着嘴唇和鼻孔，发出愉快的呜呜声，再低下头东找找西找找，意犹未尽地嗷了一声。这一声嗷已经不再是微贱的而是威猛的了。

钱文又激动了，他看到了小猫的用食，他看到了一个可怜的小生命的起死回生，他看到了一只委琐衰竭尴尬的小猫蕴藏着的虎豹的灵魂。他连忙去找另一块羊肉，虽然，那个年月买肉是要肉票的，而且即使有了肉票也常常买不到肉而使肉票"过期作废"。钱文兴奋地用钝刀剁下了一条儿肉，忽然，他粗中有细，他又嚼了一块馍馍，他尽量把烂馍馍与肉条儿混合起来，他捏得两手脏乎乎的。你闻到了新鲜的羊肉气味，这一次的肉味比第一次的更清晰和鲜活，你怒吼了，然后来不及让钱文做出反应，你从怒吼变成了惨叫，为了一块羊肉你已经狂怒失态了。

你疯狂地继续吃下了那么多。你的肚子立即鼓胀起来。你开始觉察到了钱文的可爱与可以信赖了。取得一只猫的信任毕竟比取得一个领导的信任容易得多。你大大方方地东张西望。你用力闻个不停。你准备记下这个地方了。你继续伸伸懒腰摇摇尾巴。尾巴一摇，你就回到文明社会中来了。你用舌头舔湿了你的前爪，你开始洗脸——你更加融入了北半球文明圈。你急了，你东找找，西觅觅，你发出了短促的锐厉的叫声。

钱文不知道你要什么，你愈显不安。东菊判断："它要尿尿！"果然，你是决不随地便溺的淑女。钱文为你打开了门，你冒着严寒外出小解,小解完了还要掩埋自己的不雅的排泄物,蹬不动冰冻如铁的土了,便蹬下了些许积雪。你回到房间,你突然被疲倦攫住了,你就在钱文的破皮鞋上睡下了。你的鼾声如泣如诉,如怨如慕,乐而不淫,怨而不怒。你又显示了你的弱小与温柔,你盘成一个圆球,你细小的样样俱全的生命领略的只是人的善意。钱文已经十分喜欢你了。钱文与东菊讨论猫的花色品种,他坚持,这种虎斑黄猫是猫中的贵族,你就成了这个家庭中的最后的贵族了。

然而,你为这次饥饿后的饕餮付出了惨重的代价,你几乎死在了这次大啖上。你一下子吃了那么多肉,你的在饥饿中已经萎缩了的肠胃,却已经丧失了你的祖先遗留下来的耐饥复耐超饱食的消化功能。于是,在这顿饱食之后三小时,你腹痛如绞,头昏眼花,四腿软绵。你缩成一团,陷入昏睡,一天过去了,两天,三天四天和五天,五天过去了,你一动也不动,只是时而痉挛地痛楚地一抖。你无法自我清洁,你的毛色黯淡而且肮脏,你削瘦得只剩下骨架了。

钱文一开始仍然认为你是饿的,他认定了你是饿坏了,当然,骨瘦如柴,毛皮无光,簌簌发抖,不是饿还能是什么呢?于是他再次拿出自己的羊肉,他似乎已经下定决心,把一个月的肉票的定量全部献给你。然而,你对于一切食物都已丧失兴趣。你没有反应。钱文用肉条捅你的鼻子,你只有昏天黑地地躲闪。钱文是多么的失望啊。这时出现了惊人的机遇,却原来是那个本地的半大小子捉住了一只老鼠,他倒提着被他拍得半死的老鼠来找钱文,他说:"是一只羊!真主在上,这是给你的猫儿的一只新宰的羊!"他自己就像一只猫一样的兴奋。然而,猫儿甚至于对于一只活老鼠也没有表现出任何热情。你在老鼠面前,一点反应也没有。

"啊,天啊,你的死啦,你的猫死啦!"半大小子惊呼道。

钱文意识到了问题的严重。他抚摸这只可怜与可怖的猫。他摸到了小猫的凸硬的肚子,肚里只像是有几块石头。钱文发现了,原来问题不是发生于饥饿,而是发生于过食。你碰到了与钱文最崇拜的诗圣杜甫类似的遭遇。钱文懊悔不已,他立即把责任归结到了自己头上。五七五八年的事情以来,他已经习惯于碰到坏事就立即反省自身。看来五七五八的事情对人生也并非完全无益。他已经害死了四条鱼,难道又要害死一只猫么?他无师自通地弄了一勺菜籽油——那个年头儿吃的油更比肉珍贵难得。钱文把一勺油灌到了猫口里,他残酷地强迫那只猫喝下了一勺清油。而且他成功了,他挽救了你的生命。当你终于拉出了你的一条粗硬得惊人的屎棍儿的时候,钱文是多么高兴呀!

人,丑恶的与渺小的人,为什么有时候为自己做了一件好事而那样激动?是因为他们难得做一件好事么?

于是你与钱文结为生死之交,于是你养成了不但一只猫难以养成而且一个人也是难以养成的吃食上的节制——自我控制能力。非礼勿食,过量勿食,非洁非时都不食。当钱文好不容易买到了肉票所供应的羊肉,你立即自觉回避,走路的时候都绕着远儿,一定与并非指定为猫食也没有通过一定的程序将之赏赐给你的羊肉拉开距离。你已经知道了过食的危害,你更无师自通地知道取之无道的危险。你从钱文和东菊的神态与他们的言语中,也懂得了他们是在谆谆告诫你不要碰那些羊肉。挽救了你的性命的钱文却在担心你偷他们的羊肉,这使你感到了失落和悲伤,因为你同样需要尊严和信任。你干脆低下了头,你对那些肉连看也不看。于是他们惊呼了,真是猫中的君子——淑女,真是猫中的圣徒,真是清洁而没有了低级趣味!他们从来没有见过这样自觉自尊的猫!他们的夸奖使你得意,你的表现是更有出息了。饿死不偷食,憋死不(随地)便溺,痒死不在家里的家具上磨爪子,你已经是一只至善至美的猫女士了。

除去吃饭和睡觉,你把全部时间放到了清洁自身上,你如此耐心地舔湿了爪子,再用爪子洗净脸孔。你连尾巴也一段段地舔洗和咬洗干净。你嚼咬着打了绺的毛,清洁和理顺它们。你嚼咬着和洗涤着你的爪心的肉垫。你耐心地做完了这一部分再做另一部分。虽然你的身体的构造使你在做自身的清洁卫生工作的时候碰到一些难以够得着的死角,你仍然是耐心地一分钟又一分钟、十分钟又十分钟地做着。你的美容的坚决和耐心超过了人类,你的洁癖显示了你的高雅,显然你属于高雅而不是通俗的宠物。钱文便来帮助你做你的死角的清理,他沾湿了一块小毛巾,擦拭你的耳边额头,你们之间似乎更加默契了。

钱文常常是早上出发傍晚回来,当然,你不知道他是去下地劳动,是在永无休止地改造思想。漫长的没有钱文的白天使你寂寞,于是一到下午,太阳刚刚偏西,你就蹿房越脊跑到村口,你痴痴地张望着过往的所有车辆行人,你为这当中没有钱文而怅惘。然而,一只猫的耐心是人类所不能比拟的,你就这样趴在村口的房顶上,你望一望远方,你闻一闻近处,你不动声色地等着等着再等着,你是一个忠诚的守候者,友谊与忠诚的守候者。你像一尊石像,一守候就是五六个钟头。终于,时间到了,钱文回来了,他有时骑着一辆破自行车,有时是趔趔趄趄地拖着疲乏的步子。他扛着铁锹或者砍土镘。他穿着叫花子般的打满补丁的衣裳。他的身上充满着汗臭、植物毛毛和混合着牛马骡驴的粪便末子的尘土。你已经学会了辨别钱文的破车响动与他的脚步声,你已经习惯于在下工时刻闻到钱文身上的肮脏的臭味。你还没有看清他的形影,便从房顶上跳到了地上,不顾撞车或是被陌生人捕去的危险,你欢呼着扑向钱文,你又叫又跳,你跑过来又跑过去,你撒起了欢儿,你用你的小脸去磨蹭钱文的裤脚,去磨蹭钱文的鞋面。钱文躬下了腰,向你伸出了爱抚之手,你伸出小小的红舌,舔着钱文的手,你甚至露出一点点爪尖,痒痒地抓一下钱文,你掌握得恰到好处,抓他的痒痒而绝对不会造成对他的皮肤的伤害……你不知道该怎样表达你的欢欣!

而到了晚上,常常是你们四个"人"的乒乓球玩耍。你卧坐居中,钱文东菊和儿子各占一方,他们互相抛掷着拨拉着小小的乒乓球。而你活跃地东扑西挡,上窜下跳,不时地"断球""传球""击球",有时你还四爪"盘球""带球"。凡是你能得到的球你都志在必得,球到手后再决定传给哪一个人。却原来你也有一种支配欲,有一种以自身为中枢的野心。对于球的感觉激发了你的兴致,你的兴致带动了一个又一个的好球。球跳了,球滚动了,球出现了活泼的声音,球也像你一样地充满了灵气与对人的呼应。你对待乒乓球竟然比那三个人还要兴奋,而你的技术显然也更高超。你是名副其实的出人头地。你的精彩表演时时博得那三个人的掌声,欢声笑语,响彻在那黢黑的土屋里。这样的轻松,这样的物我两忘,人畜同欢,这样的童趣盎然的快乐的日子,人生一世又能有几次?

于是你在温暖中长大,你的皮毛放出了光泽,你的眼珠神采奕奕,你的身躯大了又大,你对这一家人的脾性、爱好、禁忌、习惯益发了如指掌,你做他们希望你做的,你不做他们不愿意你做的。你非礼勿食非礼勿溺非礼勿嬉非礼勿喵,钱文多少次看到你绕着他们的饭食和肉菜走路,跑出去很远很远大小便,发现了一件可以玩耍的东西例如一个线团或者一截绳头一张纸片,在玩耍以前你都看一看钱文或者他的妻儿,当你以为得到了认可的暗示至少是没有制止或者不快的表示,你才开始玩耍……钱文夸奖说:"世上哪有这样有教养的猫崽儿呀!他比我们人还要自尊自爱!"

而那一次,那是一个难忘的夜晚。那时候东菊带着儿子回北京探亲去了,钱文不敢造次,不敢在不请假未获准的情况下回北京,而要请假在那样的年月他不知道该去找谁,弄不好也许找出病来,在一个动不动揪人斗人打人糟践人的时期,人只能销声匿迹忍气吞声无声无息而绝对不能张扬招摇没事找事把别人的目光往自己身上引。这样他就一个人留了下来。

东菊和儿子走了以后,他才发现自己的心情不好。他独处边疆,自己不知道自己是干什么的。家人在的时候不明显,反正是起床吃饭下地劳动或者闷在家里假装有病或者有事,反正也没有人过问他的事情,走到哪里都是有他不多没他不少,活着没人讨厌死了没人心疼,他甚至于为这种处境而庆幸,可把我忘了吧,亲爱的各位领导和同志们战友们老大爷老大娘们！于是你的生活只剩下了妻儿,噢,当然,还有你,一只可人的虎斑小黄猫,据说是黄猫最珍贵,黄猫身上才能看出虎的高贵的血统。

但是现在他的妻子和孩子都走了,北京去了,到和他的过去联结在一起而和他的现在风马牛不相及的地方去了。妻与子一走,家也就不成其为家了,而没有家,他简直就失去了生存的必要与依据。

只剩下了他和你。除了你这只不能说话不能和他议论"文革"的形势与毛主席的真实意图的小动物以外,他再没有亲人了。

于是他全部心思放到了你心上。他一会儿想喂你点这个,一会儿想给你吃点那个,搅得你都倒了胃口。你刚刚出去一小会儿,他就会"皮什皮什"地叫个不住。你也明白钱文的无依无靠了,干脆,除了如厕,你就趴在钱文眼前,一动不动,随钱文要抱便抱,要摸就摸,要叫就叫。钱文叫猫用的是当地少数民族的叫法,他一叫你也就多情地叫上几声以为回答。而到了晚上,当钱文上了床以后,他是怎样的辗转反侧,难以成眠呀！于是你也就有意无意地跳上了他的床,你钻进他的被窝,你靠近他的肚腰,他的手抚摸着你的身体,你的身体温暖着他的枕席。你知道吗？甚至当他翻身时也是特别小心翼翼的,他害怕压着你。

英雄气短,猫狗情长。在严峻的岁月他好像有一种预感,他害怕失去你！

于是我们要说到那个晚上了,那是边疆的三月,那天起了风。三月的风天在边疆,也许比内地的冬季还要肃杀。然而,春天是绝对的和不可抗拒的,春天的火焰说烧就要燃烧起来,哪怕把一切烧成灰烬。是的,这里说的是你心中的春天,你身体里的春天的火焰。那天晚上你的眼睛睁得有碗大,那天晚上你不肯与你的恩主钱文同眠,那天你从鼻腔后部发出了奇怪的鸣声,你像火烧火燎一样地在房里乱转。你听见了,也许你没有听见而只是想着听见了一声声雄健的虎啸,那是上天的声音,那是春天的声音,那是宇宙的召唤。而你的恩主钱文由于不了解或者是由于自私,他仍然试图挽留你,不让你出门撒欢儿野跑,不让你告别你的童贞,他希望你永远长不大,永远做他的脚边的一只小宝宝。然而,你怒了,你发出了凶恶的令人胆寒的吼声。你开始从一个驯顺的可人意的小狸猫,变成了一个嗞嗞冒烟的炸弹。你用爪子磨抓房门,发出刺耳的噪音。忽然,你发出一记压抑的哭声,像人,像女人,像孩子,这声音使钱文魂飞天外,这个猫是怎么了?

当然,钱文立即明白了。他很孤单,他希望与你在一起,然而,你已经不是小崽子了,你不可能整天守着你的恩主。钱文从床上一跃而起,他一句话没说就打开了房门。他要放你到开阔里去。

你并没有立即像获释的囚徒一样一溜烟儿跑出房门。你的娴雅的风格不允许你那样做。你与钱文的情感使你做任何事情都有所顾忌,你做不到义无反顾的决绝。你仍然恋恋不舍地看着钱文,你最后——最后?也许正确一点说是你的少女时代的最后吧,你用你的小脸小鼻子蹭了蹭钱文的裤脚鞋面,你是在致歉还是在请求理解?你出了一点声音,好像是在唱"哎呀妈妈",当然你应该换成"哎呀爸爸"。你走到了院子里,青色的月光照在你身上,寒风吹动了你的皮毛,你的皮毛像波浪一样地颤动。你在院子的土地上趴了一趴,你的目的是不是想让钱文再看一看你呢?还是为了习惯一下夜色,扩大你的惊人的瞳孔?反正你呈现了一个定格。然后,一伸一跃一蹿,你从漆黑的杏树上一溜烟儿地跑到了房顶,你嗅到了那雄健腥臊的狼猫气息,你整个生命随之伸展舒张和活跃起来了,你不见了。

那一夜钱文觉得自己已经无法睡觉。他相信他面临着一个久违了的失眠之夜。他觉得自己已经魂不附体。他好像随着小猫跑到了户外,跑到了高处不胜寒的房顶,他也兴奋,他也迷惘,他也走失,走失在零下十几度的严寒里,走失在如狼似虎地嗥叫着的西北风里,走失在溶化着一切又遮蔽着一切的青白的月光中,走失在生命的欲望和为这种天赐的天生的天杀的欲望油然而生的愧疚里。他的眼前是一片房顶,厚厚的土泥和麦草抹成的房顶,俄罗斯风格的刷着油漆的洋铁皮屋顶,也有少数排列整齐似乎大有深意的瓦顶。他多么希望能够在那样的屋顶上沉思,来想象每一个屋顶下的生活特别是每一个屋顶下的愚蠢和罪恶呀!

但是他没能沉思,他挂记着那只小猫。对于他来说屋顶的方向比地表上的方向更难于辨认,一只猫的本能比一个人的本能更盲目和危险。生命总是燃烧,燃烧则充溢着破坏和毁灭的力量。生命呀,难道你的秘密你的精髓恰恰在于趋向着破坏和毁灭?年方三十有六,你已经亲见亲历了多少大火、多少毁损破灭呀!

也许这时他睡着了?睡着了也只觉是睡在寒风料峭与高低不齐的无边的屋顶上,他又冷又惊。他忽然跳了起来,他披上一件坚如铁皮的羊皮大衣,他走到门口,他推开对开的房门,他发现匆忙中忘记了戴眼镜。他重新走回卧室,找到并戴上眼镜,他向对面的一座屋顶望去,他望见了,他依稀望见了两只小猫,听到了两只小猫不知道是调情还是决斗的呜呜声。钱文当然判断不出这两只猫中是不是有一只是你,他伸直了脖子拼命往房顶上看,他深深地为人类的感官的不中用而遗憾,于是他"皮什皮什"地大叫起来。半夜这样叫猫,他也感到了不妥,而那两只猫没有哪一个有任何回应。他益发感到了自己的不妥,也许是感到了自己的多余。他回到自己的床上,他想给东菊写一封信,他想告诉东菊他也许会自杀。他觉得他可以了,活得可以了,死得可以了。不知为什么,这次他特别不愿意东菊带上孩子回北京,当然,他没有道理,没有说辞。他不可以老是那么自私,那么事事以自己为中心。

他似乎万念俱灰,悲凉中却又隐约感到了自己的滑稽。

如果东菊回来时发现他已经不在人间了呢?

他再也没有悲剧感了,甚至在考虑自杀的时候。

其实也未必是想自杀。上吊?割腕上的动脉?触电?无可无不可,没有痛苦也没有悲伤。钱文想,我只是再也找不到活下去的说辞了。

他掉到了汪洋大海之中,黑夜、寒风、屋顶、猫叫、欲望、焦虑——多么可笑呀,他一直担心从这一夜起他将失去这只猫,就是说这只猫将会迷失在高高低低质料各异而又无边无际的屋顶上,迷失在早春冷月的清辉里,迷失在靠近苏联的伟大祖国边疆,迷失在正在计划结束自己的生命的钱文那里。所有这些都是汪洋大海。我们迷失在海里了。他说。

钱文的周围是茫茫的大海,是淡淡的月光,是冷冷的雾气。这茫茫淡淡冷冷使他感到平静而神秘,这平静和神秘的感觉就是死亡。他的青春死了,他的希望死了,他的梦幻死了,他的情感死了。日复一日,月复一月,年复一年,他莫名地行尸走肉般地维持着,就是说,他的心终于死了。他已经活过了、爱过了、追求过了、胜利过了、错过了、改过了、悔过了、平静过了,也激动过了,他剩下的只有零了,只有死了。死了,他将化为月光,化为寒风,化为料峭的初春,化为寂静。是时候了,再无别的话可说。

一直到天光微现的时候,你回来了,你在钱文门前轻轻叫了一声,你的声音非常小,你知道你不该这时打扰他。然而,他还是立即听出了你,睡梦中的他一跃而起,开开了门。你进到房里,两眼如炬,你东张西望,想向钱文诉说什么又苦于开不得口。你毕竟具有猫的天真与赤裸,你兴奋地张望了一阵以后,开始舔自己的血迹未干的器官。

钱文从来没有看到过一只猫会有那样的目光。

无常。轮回。一只猫也进入——一定进入上苍为它设定的轨道,经受种种痛苦、烦恼、危难、诱惑和折磨。有了生,还能没有死吗?有了情,还能没有燃烧吗?有了欲,还能没有毁灭吗?

无非如此。没有哪只猫哪个生命能够摆脱肉身的俗气与毫无道理的轮回。太阳、月亮、星光和云朵下面压根儿就没有新意。这里有一种令人愤恨和绝望的宿命,这里有一种令人恐怖的无奈和无望。却原来所有的激情的困扰和不眠之夜,所有的梦寐以求与浪漫冒险,所有的生命的潮汐与画面的轮替,都不过是千篇一律的不可抗拒的定数,都由不得自己,都早已经安排就了轨道和结局,都是带着血腥和异味的恶俗。天地不仁,以万物为刍狗……我们都只不过是造物主的道具。钱文平静些了,好在猫没有走失。他不再想睡,便去给猫搞一点吃食。

于是你一连几天夜夜外出。钱文干脆为你挖了一个猫洞。为挖猫洞钱文把玻璃窗凿敲得稀里哗啦。钱文不再关心你。你也不再挂记谁。后来,当然,东菊回来了,她把孩子放到了北京。在东菊回来以后,钱文发觉自己无法向东菊叙述自己的精神危机——因为你?还是因为东菊她们的短暂离去?因为文化大革命还是因为文化大革命对于生命对于你其实是毫无意义?不难理解却又毫无意义。总之,他觉得黯然,他又忽然觉得自己理解了伟大领袖毛泽东为什么要发动文化大革命了,敬爱的主席七十好几了,四九年建国的时候主席才五十多岁呀。疯吧,闹吧,作(读嘬)吧,反了吧,生命该是何等的寂寞啊。

你继续按既定的轨道发展和变化。你的青春是何等的短暂!三月的寒风中度过了你的疯狂的多角初恋,鬼哭狼嚎,愁云惨雾。一只公猫和一只母猫对着看对着叫的情景真是美不胜收。你们保持着一米左右的距离,一对视就是几个小时,然后一个跑一个追,一个嚎一个叫,再找一个可以对视的地方再对视,就是不吃不喝不错眼珠地互看整整一夜。然后一切都过去了。

你平静了,发胖了,懒惰了。你的肚子迅速鼓胀起来。你的双目再不会有那离疾和狂欢的光辉了。你开始了母体的带有自我牺牲性质的生命孕育的千篇一律的过程。你吃得很多,吃完了动也不动地蜷曲成一团。甚至连乒乓球的滚动也已经引不起你的兴趣,甚至连钱文的爱抚也得不到你的回应。当主人买回羊肉的时候,你没有忘记作为一个多礼的猫儿的应有的自制,这时候你会忽地跑出门去,三下两下从杏树跑上房顶,你改在房顶上睡觉。聪明的钱文竟没有发现你已经差不多无法抵御羊肉的诱惑。他倒是对大肚子的你的照旧登高不误赞不绝口。

现在开始了你的生命的悲惨的一页了。不知道你从哪里学到了内外有别的道理,你在家里继续保持着猫中淑女的风度,翩翩浊世之佳女史也。然而你每天夜间出门寻找机会。怀孕之后,你感到的是疯狂的饥饿,你又不好意思在家里狂吃不已,你把希望寄托在吃野食上。你抓到了一只鸟,大约是一只麻雀吧,你兴奋地把那只可能是麻雀的鸟叼回家去,你回到家兴奋地把鸟抛起接住,松开嘴再叼起来,你弄得乒乓响。你要使你的主人看到你的光辉业绩。东菊和钱文发现了,原来是你在跳舞,你搞得鸟的羽毛满地都是,你得到的不是理解夸奖而是申斥。他们没有想到你这是得不到充足供应的结果。

从而你失去了揣摩人的思想的能力,你已经怀有身孕,你急需更多得多和更好的营养,但是他们人仍然按你幼小时的习惯,每次给你那么少的食物。长期得不到足够的供应是可怕的,饥饿政策培养的必定是危险的罪犯。于是你进行狩猎,从而尝到了追杀的甜头。你坚信捕捉活物是一个猫崽的天然需求和巨大快乐。你虽然彬彬有礼,你仍然是一只猫而不是一截雕刻完美的木头。又一天晚上,你甚至于从房檐的燕巢里捉住了一只燕子。你带着半死的燕子回家折腾,钱文一眼看到了燕子的黑色的剪刀般的尾巴。最悲惨的是罹难燕子的配偶,它冒着巨大的危险绕着它的伴侣的残羽飞来飞去。这一次你不但受到了责骂而且挨了打。钱文费了很大力气半夜大声给你上课:"听见了没有,燕子是不可以捉的,听懂了没有,你这个残忍的坏蛋! 燕子是最美丽最善良的鸟类,如果你再碰燕子,我要活活打死你!"

钱文相当沮丧。早在一九六五年,钱文一个人到达这边不久,燕子就在他的住房的房檐下筑了巢。农民纷纷说按当地风俗,这证明钱文是一个善良的人,燕子是决不在恶人家筑巢的,钱文也十分欣赏那一对黑亮的燕子。他后来还亲眼看到燕子在他房檐下的巢里生蛋孵蛋,哺育叽叽喳喳的雏燕。那光秃秃的雏燕,从早到晚发出一阵阵生命的聒噪……谁又想得到,他辜负了燕子的信任,他的房檐,竟成了燕子的死地!

钱文的体罚教育对于你收效甚微。你不爱吃嚼过的馒头,你不爱吃放在猫食盘里的肉,当然,这样的肉数量极其有限,根本不能满足你的食欲。你要自己捕捉,自己偷窃,你酷爱那种悄悄隐蔽,突然下爪,瞬间得逞,粉碎猎物的反抗和吞食猎物的刺激。哪怕只是捕捉一只苍蝇。从记录上看你还吃过一只绿头苍蝇。你用前爪打倒了一只苍蝇,然后吃掉了它。你没有尝出苍蝇有什么滋味,你的捉苍蝇吃苍蝇完全是趣味主义,为艺术而艺术,或者,更正确地说也许应该是为体育而体育,因为你的打苍蝇的姿势和心气恰如一个选手在竞技场上追打一只羽毛球。一个人与一只猫到底哪个更残忍,谁知道?你本来与钱文是相依为命一点即透的,为什么自从三月的那个寒风凛冽的晚上之后,你们之间就隔膜了呢?

匆匆地,匆匆地你一窝下了六只小猫。才刚刚六月份,钱文甚至觉得这时间不对,你本不该生养得这般匆忙。他请教了当地的农民,农民说,一只猫甚至于一年会下三窝崽,每窝大概三至六只。几何级数的心算使他感到恐怖,十年后,这只猫加上它的后代,将达到五百万只左右,就是说,全世界都会盘踞着他的这只猫的后裔。他必须接受。六只小猫睁不开眼睛,发出了和老鼠没有二致的吱吱声。此前钱文已经听到关于猫生养以后由于兴奋或是由于狂怒——由于陌生人去看它它便误以为自己的小崽是老鼠从而吞下自己的后代的故事,这使钱文又感到了一种莫名的恐怖。钱文为你的生养特地从黑市买了两块钱的羊肝,两块钱的羊肝你一天就吃完了,由于生育、哺乳和大量地吞吃生羊肝,你变了,你变得欲壑难填,你变得饕餮而且凶残,狡诈而且阴冷。你对钱文和东菊愈来愈冷漠了,他们不能满足你的食欲。没有足够的食物更没有足够的理解。他们给的馒头对你没有起码的刺激。每天夜间,你奶完了六个孩子,你就悄没声息地走上冒险之路。你已经不满足燕巢鼠穴边的机会,你开始袭击各家的鸡窝鸽子窝。你毫不在乎地咬断鸽子、小鸡和大鸡的喉咙,喝它们的血,吃它们的软骨,撕碎它们的皮肉,再把鸡毛弄得满地都是,在这些活动中你得到了一只猫儿的最大的满足。你蹲在房顶上欣赏鸡鸽主人在发现损失后的气急败坏,你奇怪人类怎么会这样无能,动作迟慢,视力低下,既不能爬高又不能钻洞,对于一只聪明的猫来说,人就是废物。一只彬彬有礼的猫儿就这样成了半夜杀手、家禽的死敌、邻里的公害,而钱文他们却没有察觉。

你依稀感到了这样做的危险,是吗?鸡窝的密封使你明白你是不受欢迎的客人。鸡窝的缝隙又使你认定那是一个属于你的世界。你的一些响动使鸡的主人一跃而起,鸡的主人拿着木棍和铁锨冲了出来,你完全明白他们是冲着你来的。你觉得好笑,因为人这种东西天一黑就变成了瞎子。你与他们近在咫尺,他们虚张声势了老半天其实根本看不见你,你就在他们的脚前跑来跑去。而你,愈是黑天双目愈是大放光芒,愈是黑天愈是觉得自由自在。鸡的主人吆喝着乱打着,和这样的人捉迷藏你觉得有趣。深夜出行,为所欲为,从各种柴缝门缝里钻过去,从各种屋顶上窜下来,从各种地洞里逃出去,如入无物之境,其乐也无穷。主人,恩人,钱文也罢东菊也罢,他们毕竟只是人罢了,他们其实与养鸡的人没有任何区别。他们永远体会不了你的深夜出行,擅入禁区,周旋游刃的快乐。非法性和隐蔽性正是这种快乐的无可替代之处。按照你的体会,造反不仅有理而且有趣。你在大嚼大闹大快之后,常常孤独地坐在一幢最高的房顶上,咂着嘴唇,追逐着尾巴,舔洗着脚爪和脚掌,欣赏着蓝蓝的月亮,体味自己的胜利,而且愈来愈坚信胜利与幸福只能依赖自身,只能由自身创造,全不用等待好心的赐予,也不必管威胁与非议。

猫的世界只能由猫做主,猫的生活只能由猫决定,你的文质彬彬与严守礼仪已经做到了超水平的发挥,你为了讨好主人所做的一切已经超过了一只猫所能够做的。你于心无愧。再好的主人——例如钱文也不可能跟随你上树上房,深夜狩猎,茹毛饮血,高踞屋顶,怡然月下……他们每夜躺在自己的床上,辗转反侧,唉声叹气,放屁打嗝儿,他们最常说的两个字就是江青,说得多了你也有了印象。他们一说江青你就会侧过耳朵去听,接着你听到了他们的哭哭笑笑的怪声怪气和一声又一声的潮水一样的叹息。然后他们无趣地睡下了……他们是多么可怜复可笑呀。

然而人是更加凶残和狡狯的,人对你的危险远远大于你的偷吃几只鸡的冒险,他"人"就是你的地狱。正当你高高在上地愉悦着自己的生命的时候,一家养鸡的人制定了对付你这不速之客的可以称为"边疆之狐"或者"边疆风暴"方略。人最容易萌动的就是杀机。你不知道,你毕竟入世太浅,见事太有限。你照旧在那一天深夜出行,你来到了一家鸡窝前,你突然发现就在鸡窝前弃置着一块羊肉——你就不想想,一块好肉怎么会放置在那里!你快乐地吃起了那块肉……

肉刚刚被你嚼了两口,你已经感到了事情有点不对劲。先是上腭后是下腭被狠狠地刺痛了,然而,你仍然没有警惕,你已经习惯于吞食带着骨头的活食,你张大了自己的喉咙,想干脆把肉吞下去。就在这时,接连几下的刺痛使你呆木了,你忽然明白,你中了计了,你的喉咙已经被鲜血堵塞,你的血管已经一个又一个地被刺裂被撕开了。你的动脉流出了汩汩的鲜血,自己的鲜血使自己窒息,鲜血流到了鼻孔里,鲜血流到了耳朵和眼球上,你的眼睛睁得老大,你知道,你完了。

孩子,你临终的时候想起了你的六个嗷嗷待哺的孩子。

羊肉里有七根针。这七根针刺破了你口腔和喉咙的黏膜、皮肉、静脉和动脉,刺破了你的气管和食管,卡住了你呼吸的通路,最后结果了你的性命。

你的死亡不光彩。你的身体因为恐怖和疼痛缩成了一团,再极度伸长,僵硬,固定在那里。你的尸体像是一条四条腿别在两端的破板凳。你的面孔因为痉挛和挣扎全变了形。你不像一只猫而更像一只缩小了的狐狸。你的皮毛立即污秽不堪,并且结成了一球球的疙瘩。

……那天清晨你没有按时回家,钱文十分惦记你。六个小猫吱吱地叫。说也巧,那天是你的孩子们一周月生日。它们已经可以开始吃点什么,于是钱文给它们用剩肉汤拌了米饭,它们不太爱吃但也多少吃了一点。天已大亮,你仍然没有回来。你本来每天都是天一麻麻亮就回家的。钱文觉得不妙。他自己磨叨。东菊说:"过会儿它就会回来的。"她老是把世上的事情看得那么简单。

然后是中午,然后小猫崽吱吱叫个不住,然后东菊也开始磨叨:怎么还不回来?然后是下午四点半,钱文听到一个邻居说是水渠支渠边发现了一只死猫。他觉得不祥,他不能决定要不要过去看一下。也许是他不敢去看,他怕当真是你。最后他来了,他已无法辨认,谁也无法辨认,比起活着的时候,死猫显得瘦长、丑陋、僵硬,一点可爱的劲儿也没有了。一切死了的生命都令人觉得它该死。他的心怦怦然。

然后是晚上,钱文说:"我怕是出了事儿。"东菊说:"不会的,一会儿就回来了。"然后钱文回忆,他模模糊糊地记起似乎已经有一次你晚归四五个小时,是不是有过这么一次?那天中午了你才回来,身上有伤。他只想到你可能是被顽皮的孩子捉住,你可能受了苦。他根本没有想到你会受到人的精心策划的算计。他甚至想到,是不是有过关于猫偷鸡吃的警告。可能有也可能没有。也许那真的不是你?一连十几天他们还做着你突然归来的好梦,他们总觉得不至于,他们总觉得你能够逢凶化吉,遇难呈祥。也许你再次遇险,被顽童捉住甚至被拴了起来,但是以你的聪明,最终还是能够摆脱羁绊。他时时听到你的叫声,他一天好几次突然跑到门外疯狂地大叫"皮什皮什",他甚至梦里也与你再次相会,在梦里他抚摸着你的皮毛,他叫着你。

一天过去了,两天过去了,许多天过去了。钱文也好东菊也好,都明确了,那只变形的难看的死猫就是你。

……于是他们把对你的纪念变成精心照顾你的孩子的实际行动。钱文用眼药瓶往它们的嘴里喂牛奶,钱文给它们点眼药水。钱文每天清扫它们的屎尿,眼看着它们成长。钱文自称是猫的代理妈妈。

然而你的孩子们的命运也都很不济。可能是你太聪明了,一只猫太聪明和一个人太聪明从根本上说是一样的,不祥。你占用你的家族的灵气运气占用得太多,于是你的孩子们大多都有点智力方面的困难,而且都是苦命。你的大儿子,一只小公猫又傻又脏,钱文给了一个朋友,但是那个朋友不久就把它抛弃到距离此地一百多公里的外县去了。你说它傻吧,一个月后,这只脏猫找了回来,找到了老主人钱文的家。这简直难以置信。钱文热烈地欢迎了它。

钱文与农民们讨论一只猫何以能够认路,农民们说是猫会观察星星来辨别方向。从此钱文心里常常出现一只孤独的小傻猫在房顶上夜观天象的镜头。他感到神奇——这也近于恐怖。

没几天,这只似乎善于夜观天象的猫就使他们难以容忍了。由于它随地便溺,臭气熏天。它尤其爱吃人的分泌物,由于边疆气候变化剧烈,人们常常会因呼吸道不适而吐痰或者擤鼻涕,而这只傻猫一听到有吐痰声或擤鼻涕声,就娇啼婉转着跑过来等吃。这种嗜痂成癖的习性令钱文发指。君子之泽,五世而斩,何况猫乎?后辈的面子毕竟有限。钱文再次把它装到一个书包里,骑上自行车走出去了好几公里,把它抛到了一个门口有军人站岗的重要机关的后花园里。回家路上他有点后怕,他怎么把猫"派遣"到机要单位去啦?如果拍下一张照片,也许会判定他是在做什么非法勾当。接下来它怎么样了呢?被收养?被处决?沦为野猫、冻饿而亡?

你的另一个儿子更加吓人，它的爱好是往灶火堆里钻，从十月份它就钻起灶火来了。它为什么那般怕冷？为此钱文用纸板把灶火坑盖死，当然，这有引起火灾的危险。最后，不是纸板而是你的这个扑火的儿子燃烧起来了。它差不多可以说是自焚身亡。

另一个儿子是一个聋子，它长得不错，略具乃母之风。但是它听不到唤它的声音。它被钱文给了出去，据新主人说，它没呆住，丢了。总之，来之于空冥，去之于茫茫，不明下落。

你的一个女儿看来身强力壮，它才一个半月大便早早爬上了门前的杏树——你当年就是从那里大胆地向前走的。它上了树却不会下来，钱文愈是接应它它愈是往远里跑，它最后冒险往下跳，摔折了腿。后来死了。

你的另一个女儿是个小贼，什么都偷，什么都舔，什么都弄脏。给它喂食的搪瓷盆子里，经常剩着小鱼和肉馅拌的食物，而它却经不住偷窃的诱惑，它最擅长的是钻到邻居家偷烤饼。当地习惯，一次烤出大量半发面饼，放置在悬挂在房梁下的木板上。所以悬空放饼是为了便于通风，也为了躲避老鼠的骚扰。但是此猫不知以怎样的技巧爬到了半空中的木板上。它吃得很少，但要把所有的烤饼糟蹋一个六够，为艺术而艺术。它屡干不爽，其乐无穷，足以把当地居民气死。后来它被钱文的邻居处以了死刑。不是阴谋，而是公开宣判，公开处死。这亦令钱文心怦怦然，钱文觉得实在对不起你。

你的最后一个女儿其实最像你，它本来有希望继承你的风范和智慧，而且，它比幼时的你更加秀丽。它是一只三色猫，白底儿，黄与黑的斑点。它叫唤的声音也极温柔雅致，富有人文色彩。它同样的洁身自好和善解人意。它是你的最后的纪念，是你给钱文留下的最后安慰。钱文戏称之为小公主。一天，它在廊子上晒太阳，突然从墙头上跳下一只大狼猫，狼猫向小公主扑去，把它扑倒在地，不知意欲何为。公主还十分幼小，不大像施暴的对象。但或许强者的威风全在于摧残弱者，面对弱者、未成年者，才有威风，如果是面对更强者，强者的威风何在？猫性正是如此。狼猫被东菊轰走了，小公主奄奄一息，瘫痪在地。

我们一定要救活它，东菊和钱文说。他们想尽了一切办法，给小公主喝牛奶羊奶，给它吃肝吃肺，给它吃生鸡蛋。果然几天后，它初步恢复，能够起身走路了，但走起来有点歪歪晃晃。

一天晚上，正在喝饭后的砖茶，钱文和东菊听到了奇怪的惨叫声。儿子说，是小公主钻进了他们夏季闲置在床下的锡铁烟筒里。他们急急地叫唤小猫，愈叫它钻得愈深，惨叫声也愈不忍卒闻。最后，小猫出来了，浑身都是毒性强烈的烟灰和为保护烟筒而抹上的机油。小公主匍匐在那里，只剩了捯气和抽搐的份儿，忽然它厉声惨叫如一小人儿，然后伸腿瞪眼死去。

在北京待了四个月刚刚回到边疆的儿子评论说："这只小猫儿什么都好，就是有神经病。刚养好了伤，它上哪儿不好，干吗要钻烟筒呢！"

于是好猫全家覆灭，从此断子绝孙。

虎头蛇尾是万物难逃的规律。这只天才的高品位淑女猫氏家族亦是如此。

第 九 章

揭发不揭发陆浩生？写不写揭发陆浩生的材料？

几天以来,祝正鸿只剩下了这一个问题,这一个麻烦,这一个兴奋灶。他整个人都成了这一个难题的载体了。

他的口腔——俗话叫做上膛的地方溃烂了,吃一点咸的、硬的、辣的、酸的,便奇痛无比。他只能喝凉粥了。他含了许多药片,没有效果。

他不能揭发。是陆浩生欣赏了他,提拔了他。一个同志受到上级的赏识叫做欣赏,这个词用得可真文,像是有点小资产阶级味道。解放区还有一个词就是爱人,用得那么洋里洋气,甚至可以说是酸溜溜的。他在郊区当卫生局长固然很不错,很有点土官的威风,然而,那样干下去,他的前途毕竟太受局限了。是文教书记陆浩生听了一次他的汇报,不久就把他调到市委来了。受欣赏就这样简单,一次会议,一份(书面)材料,一次与领导同志共同出差的机会,甚至一次共同吃饭的经历,都能使你获得或者失去欣赏使你上升或者完蛋。祝正鸿常常想,领导同志是太忙了,不利用这些偶然的机会,他们又到哪里去寻找他们的欣赏的对象呢？听汇报,看材料,从汇报和材料上你能对一个个的大活人了解多少呢？

他不能写陆浩生的揭发材料,陆浩生对他有知遇之恩,虽然解放后不大用这种词儿啦。但是他相信,对自己的恩人恩将仇报,是中国人最最不能原谅的无耻行径。

然而,他的拒不揭发有什么意义吗?陆浩生已经作为反革命黑帮人物被揪了出来,陆的老婆张银波也已经作为反革命文艺黑线人物揪了出来。两个都已经"全托"(由革命群众看管起来,失去了行动自由,也不准回家),都已经戴过高帽子游过街上过大报小报,连身上也贴过大字报,脖子里也灌过不知多少桶糨糊啦。他们的名字在各种小报上打着红叉,意为已从政治上判处了死刑。什么叛徒、特务、修正主义分子、三反(反党反社会主义反毛泽东思想)分子、堡垒内部的暗藏的定时炸弹、让我们吃二遍苦受二茬罪的走资派以及狗头、混蛋、毒蛇、白骨精、披着羊皮的豺狼、魑魅魍魉等名词已经与他们紧紧地拴在一起。(魑魅魍魉这四个字特别是第一、三、四三个字他祝正鸿过去连认识也不认识。牛鬼蛇神云云,他祝正鸿也很少见过更没有用过,现在,这八个字已经空前普及了。毛主席真伟大,教会了全国人民多少不常用的字和词!)

是的,写不写揭发材料对于被揭发的人其实毫无意义,但是对于揭发人,意义却大得不得了。一个站稳立场,一个划清界限,这就是革命与反革命,光明与黑暗,胜利与失败乃至生与死的关键所在。问题是我并没有要揭发你,我不是责任者更不是主动者,是毛主席党中央发动了文化大革命,是领导要我揭发,是毛主席亲自批示指出了彭真刘仁旧市委的问题,为旧市委定了性,叫做针插不进水泼不进的独立王国。如果不是毛主席党中央,凭我姓祝的打死我我也不敢说市委半个不字。我有那个水平吗?我有那个胆量吗?我有那个政治觉悟政治敏感性吗?没有的,没有的,完完全全没有的。说来说去,我不过是听毛主席的罢了,不听毛主席的听谁的?听彭真的?彭真已经自身难保,被红卫兵揪着头发按着脖子挂着黑帮大牌子弯着腰接受批斗。听刘仁的?毛主席的头一个关于北京市委的指示倒还真是批给刘仁的,但那只不过是策略罢了,刘仁已经逮走了,枪逼着,戴着手铐脚镣,谁知道他现在是活是死?听谁的听谁的听谁的?说来说去只能听一个人的,那就是毛主席。毛主席是全党全军全国人民的领袖,而且是全世界人民的红太阳,这不是偶然的,党史详详细细地讲了这个过程……那么,听毛主席的,这是我入党的时候就已经决定下来的了,是一九四九年新中国建立的时候就已经决定下来的了,是我们在参加国庆游行五一游行的时候,喊毛主席万岁的时候就已经决定下来的了,为什么到时候听不听成了一个问题了呢?

问题是良心。你的良心觉得陆浩生这位领导同志人很不错,作风好,正派,组织纪律性强,对你又好。但是你的印象你的良心在伟大的政治斗争里又值几个钱呢?你能判断谁是走资派谁不是吗?你知道这次文化大革命一开始刘少奇就要出麻烦吗?你知道彭罗陆杨四大家族吗?你知道曾经是"中央文革"成员的陶铸、王任重最后都要打倒吗?你你你,你什么都不知道,你能不犯错误吗?还是林副主席说得好,读毛主席的书,听毛主席的话,做毛主席的好战士。读毛主席的书好办,毛主席早就说过,世上最容易的事就是读书,读书比杀猪容易得多,你杀猪,猪会叫又会跑,而如果你读书,书不会叫也不会跑。毛主席他老人家讲得深入浅出,透着明白,句句是真理,一句顶一万句。那么听毛主席的话呢?说话难,听话还难吗?做决定难,被决定还难吗?叫你往东你别往西,叫你打狗你别轰鸡不就完了?从小父母老师不都是要自己听话吗?你说叫干什么我就干什么,你说不叫干什么我就不干什么,连这个都做不到吗?什么良心,什么不合适,什么不太好,全是旧观念,全是不革命,全是对党的背叛!为了革命,儿子有揭发老子的,妻子有揭发丈夫的,为了各自的立场兄弟姐妹更可以反目为仇,你没见过是怎么的?你当初是怎么教育李意与资产阶级划清界限的呢?那虽然只不过是与一般的资本家商人划界线,与现在的与旧市委划界线比较起来,那不过是小儿科,那容易得如同儿戏,然而,那毕竟是儿子与亲爹亲娘划界线呀。现在呢,陆浩生并不是你的亲老子呀,说不定张志远才是老子呢!我怎么对他有一种说不出的感情?当然现在不是认亲的时候。不错,陆浩生对你不错,所谓不错是指他坚持毛主席的革命路线,是指他站对了立场,如果他站错了立场,走错了方向,那还有什么不错?一个反革命对你不错,还不是为了让你跟着他反对革命,一个走资派对你不错,还不是为了让你跟着他走资本主义道路,一个叛徒对你不错,还不是为了让你背叛革命!那就不是不错而是太错太危险太可恶啦!

反正革命太不容易啦,土改是一关,知识分子改造是一关,"三反""五反"是一关。最让人心惊肉跳的是反右那一关,钱文、萧连甲他们不就没过了那一关?萧连甲连小命儿都搭上了。死这么一个萧连甲又怎么样?如果他祝正鸿死抱着陆浩生不放,死顶着文化大革命不转弯,他的下场又与死鬼萧连甲有什么区别!反右一关还没有过完,反右倾机会主义又开始了,连彭德怀都搭到里头啦!好险!其实他祝正鸿完全知道农村公社的那些情况,他差一点也说了出来,他已经说了一点点农村的情况,他差一点也成了右倾机会主义分子,全靠关键时刻陆浩生保了他!然后是三年困难时期,然后是饿死了那么多人,你气儿还没缓过来,好家伙,真刀真枪的文化大革命又来了!

一不做二不休,既然已经革命革到了这一步,那就只能继续革下去。既然你检举过钱文萧连甲周碧云赵林,写过无数人的揭发材料——当然也是人家找到门上来,写也得写不写也得写,多写一个少写一个又算是什么!你又何必为一个你也弄不清楚的陆浩生婆婆妈妈起来,于任何人无补却白白地把自己牺牲进去!于是他开始写揭发陆浩生的材料。勉强就勉强,发狠就发狠,硬着头皮就硬着头皮好了,他硬是一晚上写了好几大篇,写得身上炸痱子,写得头皮发麻。

一边写他一边想着张志远。张志远的笑容,张志远的关切,张志远的原则性,张志远的块头和张志远对他的期待。他开起会来是真厉害,有时候说话真如凶神恶煞一般。但是一遇到个别谈话,他就很温和很人情简直可以说是对人很体贴。他不明白南方人说的带着齿音的和鼻音与舌音不分的普通话怎么听起来那么顺耳。他对祝正鸿说:"都在一起工作,看清楚也难。不是毛主席指出来,我们还不都是稀里糊涂？烈火才能炼出真金，大浪才能淘尽泥沙，你不投身到伟大的革命洪流中去，你怎么可能提高自己？你怎么可能分清革命与反革命？我们写一个人的揭发材料并不是为了损害他而是为了挽救他。陆浩生已经陷到旧北京市委反党集团里头了，为了对党负责，也是对他负责，你怎么能包庇他呢？真金不怕火炼嘛，真正的革命者怕揭发？没有问题怕什么？真正的革命者连蒋介石的八百万军队都不怕，还怕别人揭发自己的缺点吗？他陆浩生如果将来提高了认识，如果他最后还是走上了毛主席的革命路线，他如果知道是你揭发了他，他应该感谢你，他应该感谢你帮助了他！"

特别是张志远说："正鸿同志，你还年轻，我们对你，我个人对你是寄有厚望的呀！你应该是个明白人，是个好同志的呀！"

他说得怎么这么好呢！

他说得实在是好得很呀！

但是张志远有一句话让他一想起来就冒凉气。张志远笑嘻嘻地说："他一个陆浩生算老几，反右以来，历次运动中，经我的手，已经整倒了七个副省级干部了！"张志远伸出拇指和食指中指，做了一个手语"七"的手势，样子是得意洋洋，其乐无穷。

夜十二点了，明天，上班以后，见到张志远他总算可以交代一下了。

偏偏这个时候束玫香过来了。结婚十三年了，他们已经有了两个孩子，一男一女。束玫香很少过问他的工作事宜。束玫香每天下班以后照顾孩子照顾婆母再照顾丈夫，她每天都是筋疲力尽，一躺下就入梦乡，她从来无暇过问祝正鸿的工作无暇过问政治。但是今天，她过来了。

见到她过来，祝正鸿不由得把自己写的材料盖了盖挡了挡。

"你在写什么？"束玫香问。

祝正鸿挥挥手，表示"你不要问"之意。

挥手之时，他的表情似乎有些尴尬，远不像过去正常工作赶材料熬夜时那样理直气壮于革命有功的样子。

偏偏束玫香要拿起来看,她一眼看出了祝正鸿写的主题。她说:"正鸿,你不能写这个!"

正鸿避开她的目光,顺手从窗台上的书丛里拿出一本《毛主席语录》,翻开来看。

"正鸿,我们可挨不起这个骂……"说着这个话,玫香的头发散下来了,她的样子使祝正鸿想起了日伪时期陆露明主演的影片《欲焰》——大劈棺。

祝正鸿严厉地瞥了她一眼,忧郁地摇摇头,他说:"你不要管。"

束玫香捋一捋头发,异样地盯视着他。他觉得不大自在,他压低了声音说:"你不懂。"

"懂不懂咱们也不能昧着良心说话。现在这都怎么了,简直全乱了套了。我看是毛主席太老了,他老人家就是糊涂啦……"

"又说这个,你简直是政治上的白痴!你活腻啦!"祝正鸿的火气往上撞,他费了极大的力气克制着自己。

"做人总得有个人味儿有个人样儿。人家陆浩生对你那么好,你要是揭发人家,你就不是个人啦!"

"放屁!危险!混蛋!"祝正鸿终于气急败坏了。

才喊完他就后悔得不得了,他马上想到,他的深夜喊叫将被邻居汇报到专案组领导那里,就是说他们家的半夜吵闹将被视为"阶级斗争的新动向",将被一批人从政治上分析过来研究过去。也就是说,当他痛骂玫香是政治上的白痴的时候,他自己也正在变成政治上的白痴。你没完没了地反对什么批判什么,你也就正在变成什么,这可真是讽刺呀!

妈妈为这吵闹而起来了。妈妈每晚睡前是要服用安眠药的,服用安眠药后有任何一点响动她都会起来。她似乎是很喜欢在服药后痛苦地起来,用她的起来来抗议对她的惊扰,或者用她的服药后再次起床来证明她的辛苦与警醒——"不管吃多少安眠药,我一夜夜都是睁着眼睛呀！"这是她最爱说的，令正鸿怦然心动的话。而玫香常常悄悄地对正鸿说，"昨天妈妈一夜睡得可踏实呢，我走到她的门边，听见她打小呼噜，打得可匀呢。"

正鸿不喜欢听束玫香这样说话，这样说是什么意思呢？证明妈妈说自己睡不好是扯谎？妈妈有这个必要吗？如果有这个必要，不是正说明妈妈的可怜吗？玫香怎么对妈妈就这样不厚道呢？她就不想想，妈妈一个人把他拉扯大，像俗话说的那样，寡妇失业的，容易吗？妈妈如果睡不好或者哪怕是睡得好而老是自以为睡不好或者爱说自己没有睡好，那也是情有可原，事出有因，值得同情的啊。

玫香对于他的反应十分敏感，玫香常常计较他的反应。玫香不止一次地说："我这个人就是傻，你不爱听什么我老是说什么。你说我为什么要说这些呢？她老吃不吃安眠药打不打呼噜跟我有什么关系呢？你以为我是故意挑她老的毛病是不是？我有那么坏吗？我干吗那么坏呢？我说这个，什么也不为，什么目的也没有，我只是随便和你说说，你哪怕听了只是一笑，我也就满足了。然而，从咱们俩结婚以来，就是笑一笑你也是舍不得给我的呀！"

玫香竟然流出了眼泪，然后更是没完没了地纠缠。他们开始讨论祝正鸿是否向玫香展示过笑容的问题，祝正鸿甚至被迫去回忆自己与玫香共度的时刻，回忆自己的表情，论证自己不但是向她微笑过而且大笑过。一说到大笑，玫香又挑剔起来了，玫香说："当然是大笑了，让您见笑了嘛。"于是，从研究人与人的关系到研究表情，又从表情研究起用词来了。

……你永远讨论不清楚，而且愈讨论愈坏。正鸿想起了自己刚结婚时住在机关的一间宿舍里的情景。后来，给他分配了单元楼房，他们与母亲住在一起。要不，他确是心神不安。玫香劝过他，不必不安。玫香的劝告使他更加不安。

……现在，妈妈起来了，面色青黄，睡眼惺忪，眼袋肿大如斗，脸比平日又加长了几分，她趿拉着布鞋，踢着蹭着走了过来，问道："怎么了?"

"没事儿,没事儿。"祝正鸿连忙说,"您要不要喝点儿凉开水?"

"喝那么多水干什么!几点啦?"

"十二点,刚过十二点。"

束玫香仍然给妈妈倒上一碗凉开水,她小声对正鸿说:"你不要写那个……"

"我吃了安眠药,我闭上了眼睛。"妈妈的话使正在离去的玫香停住了脚步,她没有像平时那样说"我一直睁着眼睛",而是说闭上了眼睛,这使玫香觉得非同一般。

"我看见你爸爸了。"妈妈说,说着她咳嗽起来。祝正鸿和束玫香都安静下来了。

"不是说朱进财,我是说你亲爸爸。"妈妈旁若无人地说,不管玫香是否听得明白她的话,她与正鸿说什么话的时候很少考虑玫香的存在,这也是玫香颇为反感的一条。但玫香还是想听一听她要说什么。

"你爸爸说他现在搞文化大革命呢,他说要听毛主席的。他个子真高啊,他说话是南方口音。他下巴颏儿上长着一颗痣。他说革命是很不容易的事儿,弄不好要掉脑袋!他说为人民而死,痛快!他说'临行喝娘一杯酒,浑身是胆儿雄赳赳'!我捉摸着他是让咱们好好地看几遍《红灯记》哟……"

由于妈妈对于李玉和的唱词的独特处理,玫香笑了。

正鸿可是一脸的严肃,他叫了一声:"妈,"他说,"您解放前夕对我说过,是要我找我爸爸,可是解放这么多年,让人张不开口……"

"我懂,我懂,"妈妈抢着说,"我这几天都在想,人家李玉和家,本来不是一家人,一个姓张,一个姓陈,一个姓李,为了革命,为了无产阶级成了一家人,还问什么谁是谁亲爹干什么?李铁梅是怎么说的?'爹,您就是我的亲爹,奶奶,您就是我的亲奶奶……'瞧人家说的!"

沉默了一会儿,玫香打了一个哈欠。她原以为有什么新发现新进展呢,却原来,妈妈是吃完安眠药睡上一小会儿再起来"务虚",无怪乎正鸿说她是政治上的"白痴",她一听务虚就犯困,就眼皮沉重起来了。

"你去看看孩子,睡觉去吧……"正鸿宽容地说。

在束玫香走掉以后,祝正鸿告诉妈妈,他忽然觉得有一个人像是他的爸爸,他说得十分含糊,毕竟亲爹不是那么好认的。他没有任何的根据,即使有一点根据,时过境迁,人家承认不承认也在未定之数。而且,他有时候甚至怀疑,妈妈的风尘识知己的故事,究竟是实有其事还是想入非非呢?是山寺月中的"筷子"还是钱塘江上的潮头呢?谁知道?

睡眼惺忪的妈妈眼睛忽然亮了一下,她站了起来,直视着祝正鸿,接着,她流出了眼泪。

"妈。"祝正鸿又叫了一声。

"现在是什么时候,"妈妈把手一挥,"现在就认一个家,爹呀儿呀的闹腾什么!现在要问的是阶级。亲不亲,阶级分,管他多少家,路线对头了就是一家!现在讲的是革命呀革命,共产党呀毛主席!你倒是可以问一下:'您爱吃六翅鸡吗?'那天晚上我给他做的是六翅鸡,江南有这么一种鸡,一个鸡有六个翅膀,煮的时候不放任何的作料,味道鲜美……不,还提这些干什么,四八年大炮响着的时候,我倒是想过解放后与他见面的那一天,我想了一天又一天,一个月又一个月,一年又一年,他要是想见咱们娘儿俩,他早就找咱们来啦,还能等到今天!也许他已经没有啦,为革命洒尽一身热血啦。也许,人家不想认咱们啦,咱们又能说什么?人家有人家的道理呗!记住,见面不见面,认亲不认亲,你也是革命的后代,是你爸爸他们抛头颅洒热血打下了江山!记住,你说的这个人要是你爸爸,你能想到是他他就更应该想到是你,他没有找你问什么,就是他不想认你!记住,红旗卷起农奴戟,黑手高悬霸王鞭,为有牺牲多奇志,不爱红装爱武装!"

说到这里,妈妈起身就回自己屋里去了,她边走边嘴里念着含含糊糊的诗句,却再也不回答正鸿的话。

正鸿半天不知道干什么好,睡觉?不想睡。吸烟?不想吸。写材料?不想写。待着?又不想待。

他猜测妈妈进屋以后还念什么诗,是"唯将终夜长开眼,报答平生未展眉"?还是"可怜无定河边骨,犹是春闺梦里人"?

毕竟是太倦了,不一会儿,他就身在玫香身边鼾声如雷啦。

他觉得他刚刚睡着,玫香把他推醒了。他吓了一跳,忙问:"出什么事儿了?"

他听到了出自妈妈房间的哭声。这证实了他的某种预感。他簌簌地抖起来了。

"你怎么了?你这是发作了……疟子?"

祝正鸿不言语,他披上衣服,一面发抖,一面走近了妈妈的住房,他靠着门听了听,果然,是妈妈啜泣的声音。他犹豫了好久,听到泣声愈来愈小了,便终于没有去叫开妈妈的门。

他回到自己与玫香的屋,玫香也没睡着,玫香说:"不对头呀,我说正鸿,这次文化大革命搞得太邪了也太狠了呀,我看将来不定怎么着呢,你可别一号召就往上赶!紧跟紧跟,怎么跟?谁跟得上?跟上干什么?你可别冒了傻气呀。"

正鸿牙齿咯咯地打着战,气恼地说:"你这是干什么?我的处境什么样你不知道吗?你是革命群众,我呢,算是个小当权派!说实话吧,一这么整市委,我祝正鸿也就算是灭了顶啦!什么时候隔离什么时候进监狱什么时候枪决,也许不是枪决而是让群众活活斗死,谁知道?你想过没有?饱汉不知饿汉饥,站着说话不腰疼啊。实话跟你说了吧,张志远和我个别谈话就已经好几次了,他让我揭发陆浩生,揭发也得揭发,不揭发也得揭发。我揭发不揭发,陆浩生都是旧市委的一员,可我呢,我上哪里知道我自己会被定成什么?什么叫正确?什么叫不行?你行还是毛主席行?听谁的?你能决定谁的命运?你决定得了你自己的命运吗？既然毛主席决定一切，我就得死心塌地听毛主席的，普天之下莫非王土，率土之滨莫非王臣。我现在才懂得什么叫恩重于山，什么叫谢主隆恩，什么叫罪该万死，什么叫奴才该死，什么叫生杀予夺。与毛主席相比，你我算什么？你我愿意不愿意算什么？良心不良心算什么？良心，那是资产阶级的一套！连一粒尘土都比不上，一粒灰尘还能迷一下主席的眼睛，我们呢？在天崩地裂的时候，翻天覆地的时候，我们比不上一阵风一绺烟一嘟噜屁！"

束玫香气得发抖，她辩不过他，她说："人不能坏了良心！愈说愈证明你才是思想反动，你刚才说的是什么话？你把伟大领袖毛主席比成什么了？你不是要揭发陆书记吗，那好吧，我来揭发你！你等着吧，在陆浩生划成三反分子以前，先把你划进去！"

"那也很好，干脆咱们都来一个大揭发，来他一个痛快的！"祝正鸿拿起一个枕头呼地扔到了地上。忽然，他一阵头晕，摔倒了，他的头撞到了一张小方桌的桌角上，想不到桌角会那样尖厉，他的头出血了。

一阵忙乱，束玫香找来了二百二十红药水和绷带，替他上了药，包扎好。伤口离太阳穴支脉近在毫厘，两个人都心惊肉跳。

祝正鸿在强烈的疼痛之中内心十分感谢这次头晕与受伤，生理的疼痛使他甚至感到了一些轻松。世界上毕竟还有许多具体的和要命的事体，用不着时时为政治选择而操心。滚他妈的陆浩生和张志远吧，滚他妈的文化大革命和路线斗争吧，刚才若是再偏一厘米，我姓祝的就玩儿完啦。唉，人啊，人就是这么薄薄的一层肉皮，一把小刀，一根钉子，一根尖木头，甚至一根针，只要扎的是地方就会鲜血喷流，疼痛难忍，直到嗝儿屁着凉。而人只要一见血，一真疼，其他一切矛盾就都不在话下了。

这么想着想着，忽然又一阵头晕，眼前的一切都变成了褐黑色了。耳边的声音也变得特别微弱。同时，他忽然有一种喜悦感，他想，我是要死了，我再也不用为政治为文化革命伤脑筋啦！

当然,他没有死,离死还十万八千里呢。他的心怦怦地跳了起来,跳得好像是有什么东西在胸膛里练习拳击,乒乒乒,乓乓乓,非把他的胸膛击穿不可。生命,活着,疼痛(这大概是活着的主要标志)还有烦乱,怎么活着就有这么多麻烦!

他想喊,他想骂,他想杀人,他想爱怎么着怎么着。好好好,陆浩生的揭发材料就是不写了,老子本来就没想写,管你张志远是党的化身也好,是毛主席司令部的人也好,是我亲爹干爹也好,老子就是不尿了,枪毙就枪毙,杀头就杀头吧,凭什么非得逼着我参加到这样一场莫名其妙的残酷斗争无情打击里?

他半天半天才出了声,他含糊不清地说:"我不写了。"

束玫香大喜,同时又怜惜地拿起他的手,抚摸着他的手背,说:"没事。没事。你休息休息吧。"

他们终于安静下来了,朦胧中他似乎又看到玫香拉屎了。是在乡下,是在青纱帐里,束玫香不见了,只有一个蝈蝈啼叫着,为了捉蝈蝈他的头一点一点。糟糕,他的头无论如何抬不起来了,他的头落到了地上了……

他觉得他只安睡了五分钟。他被一声惨叫惊醒了。

是母亲的声音,那声音像是一只狼。他跟跟跄跄地与玫香一起来到了妈妈房门前。又是一声沉闷的呻吟声,这低低的哀叹声甚至比方才的惨叫还令人恐怖,只这一声就足以令人万念俱灰,只这一声就叫人想到生活有多么痛苦多么艰难多么压抑多么没有价值。

"妈,妈,妈!"他们俩叫了起来。

隐隐听到的只有更加无望的呻吟声。

又叫了有三分钟,祝正鸿急了,他一猛劲,用肩膀撞开了妈妈的房门。由于用力过大,他又是一阵晕眩。

玫香打开了电灯。妈妈出溜在床边,面色潮红,红里发黑,嘴角上有白白的吐沫,身体已经瘫软。她的样子是试图穿衣下地,没有成功。还好,她没有落到地上。

正鸿赶紧跑过去,扶住了妈妈,对于正鸿和玫香的呼唤,妈妈做出了轻声的回答,这使他们放心了一点。

妈妈在医院里住了三天,医生诊断是脑溢血。抽脊髓化验的时候祝正鸿痛苦万分,他向医生提出问题,妈妈的身体相当坏,抽脊髓她是否受得了?医生态度严肃,说:"到了这时候了,受得了也得受,受不了也得受!"祝正鸿一下子就透心儿凉了。怎么就从来没有想到过这一天呢?

给妈妈注射了仙鹤草剂,又灌了许多药,妈妈始终没有醒过来。三天中正鸿陪了妈妈一个白天两个黑夜,妈妈一阵昏迷不醒,一阵又轻声说话,对正鸿的话语有时也能做出某种反应,断断续续,摸不清什么意思。到了这时候,正鸿最关注的是妈妈有什么话要说没有,他老是觉得妈妈这个人经常是话里有话,话外有话,声东击西,顾左右而言他。有时候他不相信妈妈和他说的话就是她心里想的,他也不相信妈妈有意要瞒他什么,骗他什么。他期待着最后一次的倾谈。

而现在她只剩下了一些模糊不清的词句,一会儿是江南吴语,一会儿像是天津话,一会儿又变成了北京话。一会儿是唐诗,一会儿是骂人的粗话(她过去很少说粗话的),一会儿又变成了呢呢喃喃。

第三天夜间,正鸿陪坐在病房门外的一条木椅上,睡得正实,他听见了妈妈的叫声。

他连忙翻身起来,他看到了妈妈的张开了一半的左眼。

"鸿儿……"

"妈!"正鸿兴奋异常,妈妈好了,妈妈醒过来了!

"你要掏大粪去!掏大粪,练红心!臭……香!掏,掏……你要革命!"

这样的话重复了又重复,祝正鸿听懂了,妈妈的意思是说,知识分子通过掏大粪才能改造自己,在沾上了粪臭的同时,却能使自己的思想品质灵魂变得清洁起来。他过去也听妈妈分析过这方面的事情,不知道是为什么妈妈对宣传掏大粪特别敏感特别入耳,没事老是琢磨。她老人家迷上了掏大粪。正鸿又想,宣传掏大粪其实是"文革"前的事儿,那时候确有大学毕业生申请去掏粪的美谈,那时候确实有在校大学生挎着粪桶挨家挨户掏粪。国家主席刘少奇还专门与北京的掏粪工时传祥交上了朋友,报上登了又登时传祥同志的照片。少奇同志对时老掏粪工说:"你是掏粪工人,我是国家主席,咱们俩都是为人民服务,只不过是分工不同。"少奇同志说得十分感人,只是——他觉得——不能十分令人信服。除了分工不同别的都一样吗?这样说很理想,然而,是不是,就是说这个"分工"太大发一点了呢?妈妈曾经仔细阅读了有关国家主席与掏粪工人的交往的报道,但是当时她老人家没有发表什么感想。想不到这时候她的心思竟然是放在这上头啦。

可惜的是,"文革"开始以后,不但刘少奇揪出来了,时传祥也没有逃出红卫兵小将的火眼金睛,时传祥居然也背上了这样那样的罪名。这一点妈妈大概是还不清楚或者是虽然有了一点了解但未以为意。大街上张贴的大字报上报道说,时传祥参加了保皇派的武斗组织,还有人说他已经被击毙了。

如果真是全民掏粪就可以建成社会主义,我祝正鸿宁愿天天掏粪。

妈妈的最后一句话是喊了一声"毛主席万……"她的"岁"字咽到肚里去了,然后她昏了过去。三个小时后,妈妈溘然长逝。

妈妈的最后一句遗言是"毛主席万岁",而妈妈是一个粗通文墨的,没有任何政治生活乃至社会生活的经历,虽非资产阶级却决非无产阶级的家庭妇女。这一点使正鸿非常感动。

在妈妈弥留的阶段,他们没有也不可能有什么正式的交谈。但是祝正鸿总觉得这里有什么大有深意的东西。掏粪,香臭,毛主席。妈妈没有谈林远没有谈朱进财也没有谈她自己。妈妈是多么的需要,中国人是多么的需要毛主席,需要一种新的意识新的标准新的希望新的理论。妈妈需要一种东西,中国人需要一种东西,一种光亮,一种能够把穷苦的无聊的卑微的伤痛的生活呼啦一下子照亮的光辉。穷苦没关系,卑微没关系,伤痛也没关系,掏一辈子粪更没关系,只要临终的时候能想到能得到这种照耀,那就可以含笑瞑目了,那就得到了足够的报答了。这种照耀是旧社会几千年没有提供或者没有充分提供过的,旧社会只把光环加在帝王将相身上。现在,正是文化大革命,正是毛主席把这种神圣的强大的压倒一切的光辉放射出来了!毛主席的思想号召语言就像无影灯,照得你五脏六腑都通明!毛主席的思想号召理论不容分说,自天而降,炫目震耳,人人有份儿。这可真是几千年来没有过的事儿呀。从四九年以来,有多少老太太、街道积极分子、家庭妇女、退休工人、摆摊儿的拾破烂儿的,积极起来确实超过了某些共产党的老干部,如果你经常列席街道上组织的学习会,如果你注意听老太太们的发言,你就会变成一个最坚定的革命者。真是不简单呀,想到这里,祝正鸿不由得热泪盈眶。

逻辑上虽然说不清楚,妈妈的死使祝正鸿下定了决心:他就是要死心塌地地跟着毛主席干革命,跟着张志远干革命,与旧市委斗争,与陆浩生斗争。他一面给妈妈换衣服一面向妈妈的遗体念叨:毛主席就是看得准,中央文革小组就是看得准,陆浩生他们就是有问题,他们抓阶级斗争其实是被迫的,是应付上边的。例如在六〇年批判右倾机会主义的时候陆浩生对文教体卫系统作动员,陆浩生是怎么说的呢?他说:"不批判是不行的,不批判我们无法交差。"他又说什么:"有的同志,家在农村,回一趟家,回来胡说八道一番,什么家乡饿死人啦,什么大跃进的成绩是假的啦,什么炼铁炼出来的都是死疙瘩啦。那怎么办,那就是右倾机会主义分子!你说你说的是事实,同志,你愈是坚持那是事实,你就愈没有好下场,是事实怎么样?不是事实怎么样?你不是太书生气了吗?你不是给大家找麻烦给领导找麻烦也给你自己和你的家人找麻烦吗?你为什么还执迷不悟呢?"

想一想,他这是站在党的立场批判右倾机会主义呢,还是站在右倾机会主义分子的立场教给他们蒙混过关呢?

祝正鸿想起了陆浩生说过的市委领导同志问他为什么不能包产到户的故事,这个故事想起来不禁令人毛骨悚然。这不是陆浩生的问题,而是更上边的大人物的问题啦。

还有钱文呢,钱文说了一声去边疆,他陆浩生怎么那么关心,比对无产阶级掏大粪的关心多了!听说五七年五八年他一直坚持反对把钱文划成右派。他是什么思想感情,还不是昭然若揭吗?

对,毛主席说得好,舍得一身剐,敢把皇帝拉下马。挨骂,挨骂算什么,共产党挨骂还挨得少吗?良心,共产党员只承认一种良心,那就是忠于党忠于毛主席的良心。别人,别人认识不认识决定于他的思想立场观点,我既然认识了就要冲上去斗争,不然,我怎么对得起妈妈?对还是错,不是我一个人能够判明的,也不是任何一个人能够判明的,因为判不明就不去做不去斗争,那本身就是最大的错,那本身就只能招来灭顶之灾,这倒是不判自明的。决心一下,一切障碍全给我滚开!决心一下,不是你死就是我活,还有什么可犹豫的!

果然,他对陆浩生的揭发喊嚓咔嚓就写出来了,态度鲜明,材料丰富,高屋建瓴,势如破竹,写得汗流浃背。

祝正鸿犹豫再三,连吸了几支香烟,最后还是没有写包产到户与有关钱文这两条。批判陆浩生就是批判陆浩生,何必再把一个老同事,"死老虎"钱文扯进去呢?他最后一刻,留下了这一条。他想,材料交上去,也可能被继续穷追不舍,到那时候,到专案组人员口里出来"钱文"二字的时候,他再补充这一条材料也不迟。关于问包产到户的事他最后也没写,这担的责任太大,而且他也说不清楚,那是一个可以这样解释也可以那样解释的事。更上边,牵扯到中央,他还是不要作(读嘬)死为好。一下子竹筒倒豆子,稀里哗啦倒干净,底下怎么办呢?

豁出脸皮去写了揭发陆书记的材料也就罢了,偏偏张志远要树立他这个转变立场提高认识的典型。他要召开各种大会小会,让祝正鸿宣讲,让祝正鸿批判陆浩生,而他张志远坐在后面操纵,挑毛病。

这一着儿可真损呀,出这种招数的人生小孩肯定不长屁股眼儿呀!祝正鸿难受万分。这种讲用(也算是活学活用毛主席著作的心得体会)他只觉得是自打嘴巴给大家听响儿。就是说,通过讲用,把他祝正鸿逼上绝路,让你永远别再想和陆浩生、和赞成陆浩生至少是同情陆浩生的一伙人修好。让你当众宣布:"我是一个随风转舵的小人,我已经检举揭发了陆浩生,我已经把自己卖了!"祝正鸿推辞再三,说是自己还没认识清楚啦,说是得了喉炎声带炎嗓子发不出声音来了,说是自己不敢见人,太惭愧了,还需要再提高提高再讲了……总之他嗫嗫嚅嚅,扭扭捏捏,就是不肯讲。张志远苦口婆心,春风化雨,我说你服,我打你通,一看二帮,耐心教育,反正你同意也得讲你不同意也得说。说急了,祝正鸿突然豁出去了,他说:"我妈死了,我没有心思在大庭广众下讲什么话。我妈说我是她跟一个老革命家结合的产物。我还要找我的爸爸。我的爸爸爱吃六翅鸡……"

"什么?什么?你说你的妈妈是……你妈妈是哪里人?"张志远的眼睛睁得老大,他完全慌乱了。

"我妈妈说,她学习了样板戏《红灯记》,她认为现在不是我寻找生父的时候……妈妈是喊着毛主席万岁的口号去世的。"

张志远深深锁上了眉头,他的样子好像是突然变小了变矮了,他也没有那么威风了。祝正鸿原来常常想,是张志远掌握着自己的身家性命,自己的一切都捏在张志远的手心里,他可以让你平安、进步、光辉神气,也可以让你低头、丧气、无地自容直至家败人亡。不管他的稀奇古怪的念头有没有一点点根据,就是说,哪怕他想的纯粹是痴人说梦,他也只想哭着抱住张志远的腿,叫一声"亲爹"!积十余年之经验,他深深体会到,政治运动一来,领导就是亲爹!

但是这一瞬间,张志远好像泄了气,他萎缩了,困惑了,衰老了。

"您看,志远同志,我已经尽了我最大力量,我可以写材料供领导上分析参考,但是您就别叫我去各种会议上去讲啦,那我……那对我来说是太难啦!"

张志远的鼻子,若有若无地出了一股粗气。

祝正鸿只觉得背后有一条冰蛇蠕动着,他一惊。他抬头看了看张志远,张志远的样子又变了,他既不膨胀也不收缩,既非循循善诱,也非泰山压顶,他的样子活像一块石头,他的眼皮低垂,他的脸部的肌肉与线条一动不动,他的面部毫无表情,直如一具雕塑。

十秒钟过去了,三十秒钟过去了,一分钟过去了,张志远一动也不动。

祝正鸿急躁起来,他如坐针毡,为自己说的不伦不类的话无地自容。然而,说出去的话,泼出去的水,他已经无能为力了。

病从口入,祸从口出,这是一切金玉良言中的最最核心的金玉良言。他从来都知道,都身体力行了的,但是今天是怎么了呢?莫非就像人们说的那样,毛主席有办法让每一个坏人跳出来,不想跳也得跳,从来不跳的也要跳,咬紧牙关的最后也得跳……毛主席怎么就那么有办法,吾辈怎么就那么不中用!

张志远开始玩弄自己的手指。他用右手搓弄着左手的食指,又捻又摸又弹,然后把左手的食指放到鼻孔前闻一闻,好像刚刚用左手搓过脚丫似的。

忽然,张志远拍响了桌子,"你混蛋!你要干什么?你破坏文化大革命!你转移运动的大方向!你干扰我们反对旧市委的斗争!为什么自己写的材料却不可以说?你革什么命?能写不能说,这是什么两面派逻辑?谁不知道你的那点儿算计,又要投文化大革命之机,又怕将来翻过来你吃不了兜着走,你三心二意,你糊弄毛主席,你东拉西扯地胡说八道些什么?谁信你的鬼话?现在什么时候?现在什么主题?你在编造什么样的谎言?谁能信你!"

张志远说话的时候眼睛一会儿大一会儿小,眼睛收缩的时候眉骨便突出出来,特别是他的嘴巴,当他表示愤怒的时候,他的嘴抿了又抿,牙床错过来又磨过去,再一撇一噘,这种嘴巴使正鸿想起动物园里的狮虎狼豹,原来人的嘴巴也可以显示这种食肉动物的残酷和威风。张志远的目光也变得犀利起来,直射得正鸿不敢正视。

就在张志远盛怒地大义凛然地对他批评帮助的时候,突然,他伸出手来握了一下,甚至于可以说是捏了一下祝正鸿的手。

祝正鸿大惊,他的上身如乱箭钻身,又疼又热;他的下身如冰水浸泡,麻木呆板。箭钻完了是火燎,冰冻完了是抽筋,他的血液一阵又一阵地向头部潮涌,他的上身特别是脊背麻酥酥地颤抖。他首先从生理上就彻底垮了。

我完了,想不到就这样完啦。然而,他依稀看到了妈妈的容颜,听到了妈妈的声音:"你要掏大粪去!"他流泪了,他也拍了一下桌子,他说:"好吧,我要和旧市委斗争到底!志远同志,你说吧,指到哪里我就打到哪里!"

……临离开张志远的办公室的时候,张志远再次握住了他的手,他拍了拍他的肩膀,搂了他一下。张志远转过了脸去。于是,祝正鸿也把脸转过去了。张志远说:"你应该相信我,我说的一切都是为你好。"

祝正鸿不敢判断,然而,他觉得张志远的声音哽咽了。

后来,祝正鸿并没有到大会上去宣讲,而只是在人数有限的场合讲了讲他提高认识,与旧市委划清界限的一些体会。

这段时间,祝正鸿的体重减少了七公斤。他想起了早在运动初期一位工农出身的老干部的话:"毛主席的领导,就是触及灵魂!你想睡踏实觉?你想不掉肉?没门儿!"

两个月后,祝正鸿被定性为革命的领导干部,而根据"最高指示",要成立革委会,实行革命群众、革命的领导干部与解放军代表的三结合。他参加了革委会的工作,说是张志远提名他担任政工组副组长。有人分析说,他这个政工组的职能范围超过原来的组织部加宣传部。就是说,如果他真的当成了副组长,级别虽然不会明确提升,然而他的实际地位却不知道要比早先显赫多少。祝正鸿警告自己不可翘尾巴,他仍然是谦虚谨慎,小心翼翼。与领导人个别谈话的时候,他立场态度都很鲜明,毫不动摇地跟着毛主席司令部走。由他来讲什么话或指导下属的时候,他是全部照本宣科,全部官话,无一字无来历,无一字无出处——他的一切"提法"都有中央文件可循。在其他场合,他则一声不吭,绝不显示自己是如何如何革命。即使如此,他仍然时时感到了周围人的异样的目光。本来嘛,别人都成为审查对象乃至成为革命对象,而他呢,那么早就被结合进了革委会,成了文化革命中的幸运过关者了。谁能没有想法呢?

……果然,一九七八年后,他又成为众矢之的。市委的干部够不着王、张、江、姚,够不着林彪、叶群,也够不着陈伯达、王、关、戚……他们憋了十几年的火,受了十几年的罪,他们能够出气的对象恰恰是祝正鸿之流的没有像他们一样受迫害的人。一连许多年,祝正鸿抬不起头来。

……他常想,像中国的文化大革命这样的事件,就是马克思复活了,也没有对付的办法。有一次他把他的这个看法告诉一位同志,那个年轻人大声说:"如果马克思生活在中国,如果马克思赶上了无产阶级文化大革命,说不定,老人家早被打死了!"

他听着太刺耳了。他转过了身去。

第 十 章

　　这确实是一场翻天覆地的运动,而人们确实是充满了对于翻天覆地的渴望。中国人的不平和愤懑,屈辱和痛苦确实是太多了,而不平而愤懑而屈辱而痛苦的几千年百余年的积累、压缩、增温与变形,最后必然召唤起嗜血的天翻地覆。中国的几千年的文明史与百余年的战争史、奋斗史、失败史与革命史等待着这天翻地覆的一页,准备着这翻天覆地的一页。活着干,死了算,小车不倒尽管推,活着也好死了也好,只要能把中国翻一个个儿,再翻一个个儿就好。

　　人们又恐惧又兴奋,因恐惧而更加兴奋,因兴奋而更加恐惧。在文学圈子里,那些在作家、评论家、编辑、研究员成堆的单位里感到局促的没有文学资本的革命者工作者,那些平日处于最底层的工作人员,打字员,管理员,采购员,校对,出纳,工人和最末流的小编辑与常常被退稿的末流作家业余作者,以及各种怀才不遇怀忠不遇者,对于运动是又惊又喜又怕。他们看到过去那些高高在上令他们不敢正视的大作家大领导大学者一个个被揪出来,斗得屁滚尿流,人仰马翻,丑态百出,真是痛快淋漓,通体舒泰!一位新中国建国时期从欧洲回国的老女作家,过去是汽车来汽车去,总理宴请,主席接见,《光明日报》头版登照片,《人民日报》八版发头条,今天出访东京莫斯科,明天招待阿尔巴尼亚,英语说得比中文还好,表态表得比党员还棒……就这样一位光听名字也让人大气不敢出的老太太,如今被揪出来批斗了好几次。作家协会的一位行政领导按照讲稿揭发她的资产阶级生活方式,狠狠地批道:"×××腐化堕落,一个人有十几双丝袜子,八九个半导体收音机,不但喝中国酒还喝美国酒,不但喝豆浆还天天喝牛奶!是可忍孰不可忍!"

批斗会上,展览着老作家的半导体收音机和丝袜子,使这样的批斗会具有一种通俗的生活气息和诱人魅力。

发言的这位级别不低、资历不浅的老哥,在作协工作,整天服侍名满全球的作家们,今天联系他住最好的医院,明天联系她住最好的饭店,今天安排他在颐和园听鹂馆宴请苏联作家代表团,明天安排她陪日本友好人士到天桥剧场看歌剧。活儿是他的,体面是资产阶级的,他确实是受够了资产阶级知识分子的气,如今到了出气到了喝牛奶唱斗争的时候了。"文革"一开始他就本能地感到自己扬眉吐气而资产阶级知识分子屁滚尿流的日子终于等到了。这样的日子,反胡风即肃反时有过一小次,反右时有过一中次,然后六十年代资产阶级知识分子的尾巴又渐渐撅得老高,让他老大不得劲。现在,终于好日子又来了,他也又有事做了。

东北地区土改的时候,常常深夜听到动员令,积极分子们高喊:"翻身的时刻到了,有仇的报仇,有冤的报冤啊!"那怒吼混合着惨叫的音波,震彻了关东大地,至今仍然在人们的头顶上回旋。身受资产阶级知识分子专政的老同志,回忆着在东北搞土改的情景,把批判稿念得文情并茂,字正腔圆。他一面读一面想,不要以为转几句文词儿是你们资产阶级反动权威的特权,我这不是照样读出了铿锵有力的好文章!("铿锵"二字的读法是他到作协工作后学会的,过去他是念"坚将"。)谁知道前面几个"喝"字他都读得准确无误,最后一个"喝牛奶"他却读成了"唱牛奶"。喝字算什么?他早学会啦。连"铿锵"他都读对了,还不懂得个喝!千傻万笨,不认得爹和娘也认得吃和喝呀!可失之毫厘,差之千里,他硬是在批判大会上"唱"起牛奶来了。

牛奶一唱,不要说听众,连被批判的老作家与他老哥自己也几乎笑出了声。他连忙痛心疾首地狂呼："坚决打倒资产阶级反动权威！""坚决把×××批倒批臭！""不获全胜，决不收兵！""敌人不投降就叫他灭亡！"

群众乃又笑又喊，先笑后喊，愈喊愈怒，怒乃止笑，义愤凛然起来了。

这一天陪斗的有犁原和张银波。因为张银波曾经出版过女权威的文集，而犁原曾经主持过老作家的七十大寿庆祝活动。提起文集和大寿，革命群众的怒火更是不打一处来。他们说，一位工人，一位贫下中农，他们老了，过生日了，谁给他们出纪念专刊？谁给他们祝寿？他或她一辈子说的话多了，为什么不给他们出文集？再说群众是真正的英雄，而我们自己则往往是幼稚可笑的。为什么你们这些幼稚可笑的资产阶级文字出了全集，而无产阶级的英雄话语默默无闻？这难道是公平的吗？

讲得真有道理呀，真是造反有理啊，真是马克思主义的道理千头万绪，归根到底就是这么一句话呀！

犁原同志是愈听愈佩服，不住地点头称是，一张嘴两瓣唇，吧唧吧唧就是理呀，中国是道理愈多粮食愈少呀。我们的产量如果和道理增长得一样迅速该多么好！犁原挨斗，脑子却闲不住，他胡思乱想着。

张银波从运动一开始就与陆浩生同时被揪斗无数次，戴高帽子游街按脖子撅屁股都成了家常便饭。她被斗得麻木了，在运动的各种花样中表情全无，宛如呆瓜。

红卫兵小将们注意到了两名陪斗的牛鬼蛇神表情的区别。犁原眼睛转来转去，一亮一亮，脸上似笑非笑，似绷非绷，而张银波活似一块木头一般。于是小将们断定犁原的认识更差，便大喊了一阵打倒犁原枪毙犁原砸烂犁原的狗头之类。

当天中午，吃午饭的时候，犁原只听得处处在谈论"唱牛奶"，他不由得长吁一声，叹道："真荒谬啊！"

一声"真荒谬",被汇报上去了,于是犁原被革命群众定为现行反革命,三批两斗,脑袋上挨了皮腰带一铁头,鲜血流个不住。犁原本来想辩白一下,他想说:"我是说我自己荒谬呀!"但他硬是没有说出口,他觉得那样说未免太油滑,那不是他的性格,他从去延安就没有用油腔滑调的方法欺骗过党,欺骗过群众。甚至打破了脑袋了,他也只好认罪等死。反正既然选择了革命,就不能拒绝为革命献出一切,就不能怕革命的千难万险,九九八十一难。除了唉声叹气,认打认罚,他是无路可逃啦。

第二天,他的头上包扎着绷带又被拉去给一位著名京剧女演员陪斗。女演员谭云兰风华正茂,她常常出现在犁原的客厅里,传播一些梨园消息。谁让犁原多才多艺,与戏曲界也有不少联系呢。斗漂亮高贵当红行时的女戏子,那真是人民群众的千载难逢的盛大节日。许多革命群众带上自己的配偶,带上孩子带上亲友来看斗女戏子。女戏子谭云兰梨花带雨般地哭泣着上了台——所谓台是四张桌子一个叠一个搭得老高。这位女演员唱做念打俱佳,她能从四张叠在一起的桌子上倒空翻折下来。这次的斗争台面设计显然与她的这段功夫有关。至于犁原,鉴于他文弱书生,一把年纪,便让他伫立桌旁侍候。

谭云兰轻身上桌,下边哄的一声,真不知道是喝彩叫好还是喊口号打倒。上到桌上才显出了她身材的苗条,革命群众特别是革命男性仰脖看得目不转睛,瞧人家那腰身,瞧人家那脖子,瞧人家那胸和臀,再顺着裤脚往上想象一下!这样的女戏子不除,社会主义道路谁能坚持得住!自下向上近看女戏子,人们革命的积极性自然激扬,便先让谭云兰交代她解放前十三岁时给国民党省党部委员唱堂会的问题。她刚一说话,底下的怒吼响成了一片:"低头,低头,低头!"还没有喊完,"抬起头来"的喊声又如火如潮地响起来了,有一个男声喝道:"狗贱人,让我们看看!"下面笑成一片,嘘成一片。一个戴着特别宽大的红袖章的红卫兵头头模样的人怒声喝道:"无产阶级革命

189

派的战友们,同志们,我们要严肃一些!"接着他领着大家喊口号:"坚持毛主席的革命文艺路线!坚持延安文艺座谈会的正确方向!誓死保卫文艺旗手江青同志!头可断,血可流,毛泽东的文艺方向不能丢!"

根本不允许她交代完,批判发言便开始了。发言提到此女人与犁原过从甚密,而犁原是文艺黑线的线上人物,此女便是文艺黑线在戏曲界的代理人。批到这里,打倒周扬,打倒四条汉子,连打倒犁原的口号也响起来了。犁原颇有受宠若惊之感,他自己从来没有想到过犁某是这等重要,重要了半天人家承认的汉子只有四条,他不在数。

批到这里喊到这里,忽然群众提出一个问题:"你丈夫死了这么多年了,你迄今没有再婚,你意欲何为?你这个腐朽的资产阶级分子,在生活作风上是如何腐朽的?你是如何腐蚀无产阶级的干部与文艺工作者的?你对领导都有哪些不要脸的思想?你有哪些不要脸的目的?不要脸的手段?"

斗争发展到这一步,底下乱成一团,人众是又笑又喜又恨又怒,怒了便吼,喜了便叫,笑了便跳脚儿。吼了半天,女戏子没有交代自己的不要脸的思想勾当,大家便狂怒了:我们这样千辛万苦、无微不至、苦口婆心地帮助你,你却拒不接受帮助!一位脸上长着一大道黑记的女同志痛心地说道:"为了帮助你,我们花费了多少时间!我们耽误了工作,耽误了家务,耽误了娱乐,耽误了学习……我母亲生着重病,我没去看护她,我丈夫得了癌了,我也顾不上,不就是为了把你从泥水潭里救出来吗?你这个死妖精……"

犁原抬头看了她一眼。发现发言的女人长得实在太丑了,太可怜了。这样的人不恨死模样标致的谭云兰才怪。而世界上呢,丑人总是比美人数量大得多,这样,无产阶级文化大革命便实是顺乎人心,合乎潮流的了。

不知道是不是犁原的抬头引起了什么人的注意,也许是他的不

"严肃"的思想被人侦察了去,天网恢恢,他正在胡思乱想的时候,只听得一声断喝:"犁原,快快揭发:她到底做了哪些不要脸的事?"

犁原大惊,连忙低头认罪,一副活死人赖死狗的架势。

"犁原,听见了没有?说你呢,王八蛋!"

脸上长黑记的丑女人竟然挤了过来,照着犁原就是一个嘴巴。

犁原由于自己是腹诽在先,挨打在后,便觉得人家革命群众打得有理。

犁原连连摇头,声明自己不知道女演员的什么"不要脸的事"。

"都什么时候了,你还包庇这个糖衣炮弹!"黑记女伸手又向犁原脸上捆来,被人拦住。那人说:"要文斗不要武斗……"

黑记女哈哈大笑,她说:"我告诉你们吧,这个长得像梅兰芳的犁原还是个童男子呢,他和臭戏子什么关系不是司马昭之心路人皆知的吗?"

这里,怎么能用司马昭之心……的成语呢,这二者缺乏共同性呀。犁原好生别扭,想给她讲讲这个成语的正确用法。

"说,你跟犁原这个老白脸儿是什么关系?"群众的怒火又向女戏子身上转去。

犁原刚才为了成语用法问题分了心,这才听清楚他们在说些什么,不由大怒,他厉声喝道:"你们不能瞎说,我与谭云兰同志的来往是光明正大、清清白白的!"

人们笑成一团,笑完了更加狂怒,你犁原竟敢这样不老实!你竟敢反攻倒算,猖狂反扑!你这个走资派和反动权威如果是清清白白,那么难道我们革命群众是不清不楚的吗?真真是岂有此理!同志们,阶级斗争无时不有时时有,阶级敌人无处不在处处在呀!同志们,是可忍孰不可忍呀!同志们,敌人是不会自动缴械的哟!唉哟嗨,唉哟嗨!什么清清白白,你清清白白为什么不正经结婚?哈哈哈!谭云兰这样的水性杨花的戏子能清白吗?

"我们是清清白白的!"谭云兰在高桌上哭道。

"清白？你那样清白为什么往屁股上擦粉？说呀，你自己承认的呀，往脸上擦粉已经是臭资产阶级了，往屁股上擦粉，这是什么阶级？"一个也小有姿色的女人说。看来，她是剧团的革命群众，说不定是捞不到戏演的三流配角。

"不要脸的臭婆娘，你给我跪下！"黑记女子喊道。

谭云兰犹豫了一下，她似乎拿不准应该跪还是不应该跪。

只听得下边随声附和起来："跪下！跪下！"

这个时候任何折磨人的办法，只要有一个人提出来，立刻就能得到响应。平日做不成任何事情的小人物，如今可以任意颐指气使，兴风作浪了，而平日的人五人六者，大气也不敢再吭，平日的秩序和维持秩序的人，全都变得一文不值，全都变得不堪一击，这该是多么痛快的事情啊！真是比过年还痛快呀，比做梦娶媳妇还喜兴呀！犁原这样想着，悄悄冷笑了一声。他的脸都气歪了。

就在这个时候，他看到，谭云兰在喊声中徐徐地跪下了。她的下跪仍然保持着京剧的风格，她先跪下了右腿，她跪得极其美丽。

"不要跪呀……"犁原听到了一声如泣如嚎的呼喊，这撕肝裂肺的哭号声使他心惊肉跳。他这才明白，那声音出自他自己的嘶哑的喉咙。我怎么敢这样喊叫？他吓坏了。

"把那条腿也跪下来！"黑记丑女人喝道。

可能是谭云兰听到了犁原的呼喊，也可能是黑记女子的声音相当单薄，威力有限。谭云兰不但没有跪下另一条腿，而且，她缓缓地重新站立了起来。

黑记女子狂怒了，革命对象居然敢于不听革命动力的，这不是反了天是什么！她冲过去跳起来要打女演员，但女演员站得太高，黑记女子够不着，她便疯狂地去晃荡底下那张桌子，想把女演员摔下来。犁原与她近在咫尺，便用身体去拦她，以免女演员发生不测。于是一场全武行大打出手了……结果是，女演员从四层高的桌子上跌下，跌断了双腿。犁原被打得遍体鳞伤，脑震荡，昏迷不醒。混乱中，有一些群众因挤、跌、撞、碰受伤,长黑记的女子的脸不知道被谁抓破了几道。这次批斗会被定为现行反革命文艺黑线对抗红卫兵运动的暴乱事件,犁原被定为文艺黑线现行反革命暴乱分子,苏醒过来后,他被一个莫名其妙的机构宣布以现行反革命暴乱罪判处死刑。犁原自己十分奇怪,一辈子胆小如鼠,唯唯哈哈,听到斗争加紧的消息恨不得屎尿齐流的自己,怎么在听到判处死刑的那一瞬间反倒平静下来了?似乎命中注定,事出有因,没啥稀奇,早该轮到了。他想起给他进步书籍看,给他讲革命道理,带他走上了革命道路去了延安的老师来了。这位教师因"特嫌"的问题被处决,恐怕连法庭也不必上,连宣判的形式也不要走一走,这么说,现时的一切都已发展多矣,进步多矣。无产阶级文化大革命,他是打死也想不明白的,不明白就是不拥护,不拥护就该杀,历史不相信温情,不杀他犁原更杀哪个,哪个政权哪个朝代哪个历史时期不是以杀人始,以被杀终!

闻听死刑判决后,他甚至莞尔一笑,觉得世上诸事天公地道,天经地义,有刘胡兰被杀就应该有王实味被杀,有戴笠飞机坠毁就应该有叶挺、王若飞的飞机失事,那么有瞿秋白、方志敏、胡也频、柔石……的被处决,就应该有他犁原之类的被处决。大哉,快哉,乐哉,妙哉!

于是他全身发飘,似乎已是死人,各种重量各种烦恼全失去了,只剩下了薄薄一层躯壳。

判处死刑后不久他就被稀里糊涂地释放了,内中原委他一直闹不清楚。有一种说法是,他的被判死刑的消息传出后,他原来为之做过秘书工作的一位老领导为他说了话。另一种说法是,毛主席说对待文人不要杀,毛主席最喜欢讲人头不是韭菜,割了一茬长不出第二茬的道理。解放战争中杀了王实味,毛主席一直不开心,故此次文化大革命,毛主席特别注意不得开杀戒(如这一版本属实,那么犁原的不死既应该感谢毛主席,也应该感谢王实味了,犁原想)。最后一种说法是判处犁原死刑的消息传到了革命文艺旗手江青同志那里,江青同志立即指出公检法那批走资派是要杀人灭口。公检法提出关犁原的无期徒刑,江青同志又及时指出,他们关犁原的目的是为了保护文艺黑线免遭革命群众批斗。如此这般,犁原只有被释放一条路了。

释放之后,犁原只觉得自己已经是另外一个人了。殴打昏迷,这是死了一次,判处死刑,这是再死了一次。双死一生,他想起就冷笑起来。

出狱后他无精打采,再说出了狱了他也不相信自己再次有了生的权利。他总觉得四面八方都是针对他的已经射出或正在射出或即将射出的正义的子弹,他的饮弹而亡,只不过是下一秒钟之事。他忽然理解了张银波,那次陪斗唱牛奶的资产阶级权威之时,他很奇怪张银波怎么能达到那种身如槁木心若死灰的庄子所提倡的人生最高境界。现在不用纳闷儿也不用羡慕了,他也已经达到了古井无波的至人之境啦!

然后他就被搁置起来了,他也被看作死老虎了。他渐渐轻松起来。家里的几件好家具抄家的时候曾经被拉出去展览过,再拿回来后,绿丝绒沙发面已经划破,欧式硬背椅挤活了一条腿,只有大藤椅还算完整无缺。而他的由表亲代为照管的花草,也已经砸烂的砸烂,干枯的干枯,不成样子。他自己在家,无书可看,无会可开,无文章可写,他一辈子从来还没享受过这样清闲的日子。清闲了便东想西想,想来想去都是久远以前的事。那时候他还是李进宝,他那时候还不认识犁原这个莫名其妙的四不像家伙。他想起父亲喜爱的一件古玩,那是一只陶瓮,瓮耳朵上、瓮肚子上与瓮底都雕刻着鱼形花纹。瓮里放上水,瓮底的小鱼便活了起来,晃晃悠悠,缥缥缈缈。他想起父亲吟诗时候的情景,他最喜欢学着父亲的样儿吟的是《梁父吟》。他更思念儿时养过的蛐蛐儿,他并不喜欢斗蟋蟀,他可怜一些蟋蟀在相斗中折臂丧腿。他读《水浒》的时候最怕读武松单臂擒方腊,读《隋唐演义》的时候最怕读罗成盘肠大战。不要说真实的血腥了,就是纸上的这种描述他也受不了。他养蛐蛐儿的目的一个是听叫声,一个是冬天多给蛐蛐儿一点温暖,让蛐蛐儿多活些时间。他按照旁人的指导,曾经把蛐蛐儿放到一个小葫芦里,把葫芦别在自己的腰上,结果蛐蛐儿到了三九天也没有死,如此看来多少蛐蛐儿冻死在霜降节前是大大的不幸。可惜的是蛐蛐儿过冬后再也叫不出声来了,偶然叫一下,如同吹撒气的哨子一样,令人惨不忍听。

他想起许多旧戏的戏文,特别是想起了那些解放后不让演的戏的唱段:"我好比,笼中鸟,有翅难展;我好比,南来雁,失群孤单……我好比,老蛐蛐儿,歌喉难展……"他自己加了一句。他想起一些老电影片子,阮玲玉和胡蝶,王人美和周璇。他也想起许多名伶,谭鑫培和奚啸伯,梅兰芳和程砚秋,白玉霜和小香水……他们是死得其时,免受"文革"之辱。总之他什么都想,就是不想参加革命后的种种经历和见闻了。真奇怪,从前,参加革命后,只觉得过去种种比如昨日死,今后种种比如今日生,与旧社会那一套霉的烂的酸的臭的再也无缘了。怎么让文化大革命一冲,埋葬已久的旧事又都活起来了,而革命的经历却正在离他而去呢?

一九六九年底他去了"五七干校",两年多后他犯了肺气肿和疝气,干校军宣队对他很照顾,不但明确了他是"五七战士"即他是革命者,而且一次就给他批了六个月的假,让他回北京治病。这样,他又获得了在北京无所事事的机会。

他多年收存的许多书报都被红卫兵抄走了,想不到的是一九七一年九月林彪摔死以后,竟然给他退回了一些。其中最使他激动的就是《唐诗三百首》与《古文观止》。过去,他喜欢的是李白和杜甫,这一阵他特别欣赏起王维来了。"晴山起苍翠,秋水日潺湲。倚杖柴门外,临风听暮蝉。""田夫荷锄立,相见语依依,即此羡闲适,怅然歌式微。"他还想起了"行至水穷处,坐看云起时。"这样的诗句他背诵起来,吟咏起来,有一种旧友重逢之感。

他一次又一次地在睡梦中见到自己的姥姥,他的姥姥是在他八岁时去世的,他早已经把她的面容忘得一干二净了。然而,从干校回京就医期间,他常常梦见她,他敢保证他在梦中见到的姥姥与当年的姥姥的真实面容一模一样。姥姥带他到庙会上去买芝麻酥糖,去听戏,看耍猴儿的与独角木偶戏……做完梦他都奇怪,怎么那么久远的旧事他竟没有忘记。他本来以为早已忘光了的,却原来旧事贮存在记忆的某一个小小角落里,一旦处于某种气氛下面,旧事就会复活,栩栩如生。

梦完姥姥以后,他思索一个问题:"我是不是活得太久了?"从与姥姥一起看独角戏,到现在,已经过了多少个十年了,怎么我还是我呢?那么多烈士牺牲在青年时代。那么多病号死亡在中年时期。这次文化大革命开始不久,他就听到了一会儿是作家老舍自杀、一会儿是钢琴家顾圣婴自杀、一会儿是翻译家傅雷自杀的消息,显然不是一个人选择了死亡,也许他们的选择是正确的,他已经活得太多太累太长太没劲啦。而且活着就要想那么多麻烦的事情,什么路线斗争,什么文艺黑线,什么两个司令部,什么"破门而出",什么动机、本能、计划、用意、配合、矛头、实质、倾向、动向、呼应、揭发、批判……特别那个该死的正确与错误、革命与反革命、马列主义与修正主义的区分,多么累人乏人熬人!

该死就死吧。他想象着自己长眠床榻,无喜无悲的景象,感到了前所未有的平静。胜利、进城、特别是调到北京来以后,犁原虽然时时为赶不上形势于是不断地要转弯子所苦,但他还是生活得充实而且忙碌。他自己常常觉察到自己的重要,有几个像他这样的既有才华又有党性、既有职位又有真才实学的专家兼领导、干部兼学者呢?中央的精神,书呆子们预测不到也理解不了,更贯彻不下去。顶牛是没有前途的,不顶却又是不可能的,于是他们一批又一批地成了祭坛上的猪羊。而书生们特别是作家诗人们的心思,又有几个高层人物能解得开?有的革命的领导人最怕的不是书生不革命反革命,反革命就镇压,那是我们的强项,一个书生反革命绝对不比一个地主一个土匪头子一个会道门坛主反革命更危险。怕的是书生革命,书生一革命,就一百个不顺眼一千条看不惯一万项是意见,成事不足,败事有余,做得不多,说得不少,而且动不动自以为是救世主,悲天悯人,晦气败兴,涣散军心。不整他们能行?说是整他们吧,有的领导人能带兵,能把农民凝聚起来搞土改,能发表形势大好愈来愈好的国际国内形势报告,但是他们一谈起文艺来就土得要死粗得要命强硬得吓死人,字还认不全却个个专门去纠正作家诗人的错误倾向。让他们来领导文艺,不是消灭文艺就是消灭党的权威。而诗人作家们呢,阴一套,阳一套,说一套,做一套,话里带话,笑里含哭,正话反说,反话正言,除了周总理谁能打得动他们?谁能教得乖他们?太乖了又不行,太乖了就没有文艺啦。只有他犁原,上通领导下达同行,苦心孤诣地把党的政策指示弄通弄圆,对文人的心愿至少口头上给一些理解和尊重,让这些真心诚意地拥护革命参加革命的知识分子与现实的革命少一点磨擦,多一点亲近,他做的不正是天经地义的大局所需吗?

所以,他一直忙碌着,开导着,帮助着,参与着,传达着,汇报着,分析着,总结着,计划着,研究着,阅读着,审定着,检讨着,辩解着,思索着,害怕着。他一直自我感觉是他正在承上启下,苦口婆心,东奔西跑,释疑解纷,在推动我国文艺事业的健康发展当中起着巨大的作用。这可以从他家的每天晚上高朋满座宾客盈门上得到验证。"文革"开始,把他们的一切工作通通说成是黑线专政,他只能嗤之以鼻,他根本不信这种大而无当的惊人之论。但他毕竟还是要人,还是"黑线骨干",骨干是基本事实,是无可争辩的,至于黑还是红,日后才见分晓。只要是骨干,那么也就还是要人。甚至被斗得一塌糊涂的时候,他的虚荣心仍然得到了些许满足。可是自从判处死刑又草草地被放出来以后,他的什么重要性都没有了,似乎世界上有没有他这个人根本无关宏旨了,这是他不想则已,想起来就百思不得其解的。眼看着一个个的京剧演员、芭蕾舞演员都受到中央首长的重视成了大人物,而作家却一个个前窝养的伺候后娘的晦气样儿,他真是哭笑不得。他无法想象一个国家能够把所有的作家消灭,哪怕是为了装饰门面,总要弄几个作家给人看看,将来写这一段历史的时候也好说话。而中国的文化革命硬是做到了消灭作家,除去一两个、两三个以外。却果然,作家消失了也就消失了,中国照样伟大,两弹照样上天,大庆大寨照样热火朝天!绝了,中国算是绝了!

怎么首长变得这样小气和没有自信啦,他们只敢和唱戏的跳舞的人员打交道,见了作家就吓得退避三舍了!而没有作家的创造,没有语言的艺术,没有诗人的头脑和怀抱,至少如果没有文字的本子,又哪儿来的无产阶级文艺!比如苏联,如果没有高尔基,只有乌兰诺娃,那成了什么事儿!中国的这些个被"文革"抬起来的首长们啊,你们实际上是多么怕作家!你们根本不认为自己有与作家对话的能力嘛!

犁原最初这样想那样想,往往想得跺脚出汗,觉得再想下去一定发疯无疑,要不就是想下去再犯一回"错误",再判一次死刑——恐怕得当真吃几粒枪子儿。就这样,稀奇古怪的日子一天天、一月月、一年年过去了又过去了,仍然是一样的稀奇古怪,仍然是工人不做工,农民不种田,学生不读书,作家更不要想写书。全国八个样板戏,书店里只有一套书,名目花样翻新,生活每况愈下,而这就是伟大的无产阶级文化大革命,人人革命,个个革命,就是不知道革谁的命谁革命谁不革命。人人忠心,个个忠心,就是不知道怎么算忠心谁真忠心。"文革"以来,犁原几次想,他也是真心的忠于毛主席呀,不忠于毛主席还能忠于谁呢?可是,眼前不是延安时期,他见不到毛主席,听不到毛主席,摸不着毛主席的底呀!连底都摸不清,你还怎么样"誓死捍卫"去!

然后大家在革命和忠于毛泽东思想的名义下斗得血肉横飞你死我活。世道如此怪诞,而毛主席说是形势大好不是小好,一切都是愈来愈好。于是犁原又悟出了一个道理,凡是说形势大好的时候,一定是有什么事不大妙了。淮海战役的时候从来不说是形势大好,也从来没有一首歌曲唱什么"淮海战役就是好,就是好,就是好……"因

为是我们胜了,胜了好不好还用说吗?他腹占一首打油诗:

  形势大好好好好,革命无罪无无无,
  好了半天全无底,妙就妙在都糊涂!

  他独自纳闷儿的是,五十年代新中国的形势是那样好,那么好的真正大好的形势那么快就没有了,好日子昙花一现。怎么一个时代,一个国家,一个党,一场革命,说衰败就衰败,说乱就乱到了这般田地!莫非我们这一代人就都是时代的牺牲品,历史的牺牲品?

  而惊讶的结果是更大的惊讶,糊涂的结果是更大的糊涂。他也就慢慢习惯了这一切。反正走到哪里也是一个样儿,反正你不习惯也得习惯。毛主席很喜欢用习惯这个词,他知道人们会对他的领导他的章程不那么习惯。他说,你们的这些问题都是一种旧习惯罢了,时间一长,旧习惯换成了新习惯,不习惯换成了渐渐习惯,天下也就太平啦!好在毛主席的政策,管饭,有饭吃就死不了。

  而且,毛主席是这样,一不做二不休,批个胡风你不习惯,我干脆再反一回右派,一划就划他五十万右派分子,什么民主人士,什么科学家文学家,什么老干部老专家,你翘尾巴,你想与共产党分庭抗礼,就划你们是敌人,铁锤砸西瓜,就是让你们哭爹叫娘,喊冤鸣屈,叩头告饶,魂飞胆裂,自打嘴巴,丢人现眼。哈哈,就是让你们老老实实地给我脱胎换骨,革面洗心,吓破你的狗胆,看你还敢不敢向无产阶级叫阵!遇到这种局面,他老人家是何等的快乐呀!一到全国鸡飞狗跳,天翻地覆慨而慷的时候,不是去横渡长江就是去做诗填词,这真是他老的狂欢的节日呀!革命是人民的盛大的节日呀,更是领袖的狂欢节啦!革命人民欢庆胜利之日,当然就是反动分子受难之时嘛!马克思主义归根结底就是一句话呀,人类历史就是在大风大浪中发展的呀!老人家要的就是有声有色哟,要的就是一边喊万岁一边哭又叫哟,要的就是广场会场刑场统统全速运转,而就是不喜欢冷冷清清哟!

他犁原也就乐得冷冷清清啦。林彪事件一出,弦呼啦一下子就松下来了,要不,也不会那么容易请到半年的假。干校回来,倒也闲散,他居然从闲散的生活中得到了乐趣啦,他居然在闲散中想起了那么多旧事啦,他居然在闲散中与失落多年的少年时代的他接续连结上啦!

他又腹占了一首诗:

便爱浮生日日闲,非牛非鬼亦非仙,
少年慷慨成春梦,老大无聊续断编。
敢有余情思故友?更无恶胆话河山!
求医治喘延残喘,消疝消气保平安。

写完这首诗他想起廖琼琼来了,李秀秀已经向他报知了信息:廖琼琼在"文革"初期去世。自打他为琼琼的事找陆浩生帮忙碰壁,他已料到了这个结果。他想了许久,才写下了如下的诗句:

思君不见念知音,今世何缘得识君!
人海扬波掀骇浪,文坛起变恨愁云。
无能相救徒添悔,有泪长流枉费神。
梦里依稀悲逝水,醒来亏有病缠身!

写完他吟咏了一番,一则泪如雨下,一则苦笑不已,一则自惭形秽。他常常想,幸亏他有这么两个病,这样回到北京,知道自己是来治病的。否则,他不是完全无事可做,完全没有理由再回北京了吗?

他又想,如果病治不好,就死了也不错,也不足惜。他怎么会活了这么多年!童年,少年,抗日,延安,解放战争,牺牲,壮烈,胜利,精神,政策,运动,界线,升了,降了,揪出来了,不算了,自杀,病危,追悼,学习,他太累了。

他还想,他的旧诗写得不好,旧诗写成了这样子,死几个个儿又要什么紧啊。这也是怪事,写旧体诗对于他本来是小学时代的爱好,那时热衷于背诵唐诗三百首,果然,像俗话所说的,"熟读唐诗三百首,不会吟诗也会诌"。于是他写下了咏海河、咏国画、咏螃蟹及给一些同学的赠答诗。后来,革命了,他读的是艾青,是马雅可夫斯基,是艾吕雅,是田间和臧克家。当然,他也喜欢绿原和鲁荻,这后两个人在反胡风运动中变成了胡风分子,他犁原为这做了检讨。他已经几十年不读旧体诗,更不做旧体诗了,现在是怎么了,经过了一番天翻地覆的"破四旧"以后,他离一切旧东西都更近了,他离一切新东西反而远了。

中国的事时时令人叫绝。

夜深了,他把两首诗写到了自己的小本子上。他打开收音机听语录歌和样板戏,语录歌他听得索然,他在想这个玩意儿实在是个怪胎,将来子孙后代恐怕会以为我们这一代人有神经病。京剧他可是内行而又内行,他在延安还唱过戏呢。样板戏里头,他不喜欢戏剧性强的也是最流行的《红灯记》和《智取威虎山》的唱腔,他喜欢听的唱段,恰恰出自没有戏的《海港》和《龙江颂》与作为武戏的《奇袭白虎团》。方海珍午夜独唱的那一段"咏叹调"使他想起了不少西洋歌剧。方海珍的做派唱腔的全面男性化也让他暗笑,却原来女英雄的特点是向男性靠拢。李炳淑演的江水英用来对大队长进行说服教育的那一段"咏叹调""面安安安安安对哎依着,公字闸啊啊啊啊啊,啊,啊啊啊啊啊……"更是感情丰富,催人泪下。特别是唱到"忽然间红旗展全民振奋,毛主席派三军来救江村,东海上开来了救生快艇……"假嗓唱着唱着变成了低美的真嗓,犁原听到这里,泪水哗哗地往外流……如果不是李炳淑而是谭云兰唱这一段呢?他又想念起谭云兰来了。也是李秀秀告诉他的,谭云兰在那次挨斗时从四层高的桌子上跌下来摔断了腿以后,硬是打上石膏把腿治愈了,她现在正坚持练功,各方面已经基本上恢复到伤前的水平了。

从谭云兰他想到那个脸上长黑记的丑女,没有她,本来局面不至于发展到那一步。无产阶级文化大革命,毛主席发动领导,所以大气磅礴,高屋建瓴,天马行空,神龙出世。从政治哲理政治艺术的角度上,应以惊世骇俗出神入化名之。但运动又是江青在那里操作,于是大气磅礴的运动中不时出现一种小家子气:狗肚鸡肠,酸溜溜怄气儿,噘起嘴不忿儿,神经兮兮,疑神疑鬼,装腔作势,驴唇不对马嘴,张嘴不知所云,最适合黑记丑女一流人物上场。天可怜见,给这样的人一点机会吧!一个女人长成那个样子,已经够惨的了,又自认为是革命骨干,受到了资产阶级专政,能没有一个机会露露脸,闹闹事吗?

　　写诗的这个晚上,收音机里播送的恰恰就是《龙江颂》,犁原跟着江水英的唱段哼哼唧唧,泪眼迷离,似喜似悲——喜的是他毕竟还是一个文艺家,连对于样板戏的欣赏,他也是与众不同。悲的是,他毕竟是被彻底废黜了的一个文艺家,而一经废黜,他也就当真一文不值了。其实,他既热心于革命又热心于京剧,让他去参加样板戏的创作,他的贡献不会比汪曾祺小嘛!只是,哪里会有这样的机会呢?江青那种白痴兼疯子,又怎么可能容忍他这种真正革过命而又通斯文的人呢!解放初期,有些农村干部发过这样的牢骚:"老革命不如新革命,新革命不如反革命。"他们是看了那么多新革命"反革命"当上了人大代表政协委员才说这种话的。他犁原现在也明白了,江青那样的人就是宁愿用汪曾祺那样的摘帽右派也不愿意用他犁原这种革命者呀,这还不简单?不革命反革命的人到了革命的领导人面前只剩下了觳觫抖颤、五体投地的份儿,他们给你干活是奴才伺候主子,这样的关系多么单纯,这样的姿态多么让江青之流过瘾!而真革命的人,比如丁玲,比如周扬,比如田汉,比如夏衍,还有张银波犁原等等,他们与江青是同一阵营的人,他们的革命资历大多超过至少不逊于江女士,他们不仅有工作权而且也有发言权建议权乃至批评权申诉权,弄一个几个有这权有那权的人和江青一道工作,江青如何容得下!解放后周扬和江青合作过一次,批完了《武训传》,去山东寻找农民起义的英雄宋景诗的事迹。事后谈起与江青的合作,周扬是叫苦不迭呀。真是小人啊,这叫什么共产党啊!简直比封建还封建呀!

俱往矣,所有好事坏事,俱成过眼烟云矣,想来如同隔世。所以他最近是愈想愈觉得自己活得过长了呀,怎么记住这么多事忘不了!

过去每天都是要看书的,看经典的少,看时文多,各种好文章坏文章狗屁不通的文章他都要看。现在,经过抄家,书已大部散失,报纸已无甚可看,从头一版到最后一版,多少政治谩骂政治讹诈政治吹嘘政治骗术政治空论呀。看看看看什么呢?十几年来,二十几年来,他又读了些什么呢?

他学会了在自己的绿绒面沙发上静静地坐着。沙发也被红卫兵拿去游过街,证明"文艺黑线们的资产阶级生活方式"是如何腐朽。回来后发现丝绒面与沙发靠背上各剐了一个大洞。看来,红卫兵们的破坏愿望得到了某种满足。他坐一会儿,再起立散散步,走几步坐下,坐一会儿再站起来,就这么着能过一下午,心里倒也怪澄明的。自从参加革命以来,还没有这样无所事事地过过日子了。

干校病休回来后,居然街道上退给他一些他的被没收的书。其中有《道德经》《庄子》《七侠五义》《雾都孤儿》和《梅里美小说集》。这几本书他是看了再看,他感谢上苍,使他整个"文革"期间也有东西可看。

> 子有大树,患其无用,何不树之于无何有之乡,广莫之野,彷徨乎无为其侧,逍遥乎寝卧其下。
>
> 不夭斤斧,物无害者,无所可用,安所困苦哉!

这几句话他背诵下来了,他奇怪,庄子究竟有过什么样的经历呢?没有某种经历的人,他怎么可能写出这样的苦味的哲理!

在宾客盈门的时代,那时候他家是谈笑有鸿儒,往来无白丁啊。那时候他不太喜欢少儿文艺出版社的编辑李秀秀这个人,她的消息太多,舌头太长,而且,她是哪壶不开提哪壶,她专门在犁原急转弯后向犁原提出问题:"您原来说……"反胡风的时候她问犁原对于路翎的《洼地上的战役》的看法,反右派的时候她问犁原关于丁玲刘宾雁的问题,犁原几次下决心对李秀秀下逐客令,话到嘴边他硬是说不出口。他这一生可以拒绝为旁人转信,拒绝为旁人说项,拒绝出席某个会议,拒绝作者让他写评论吹捧的暗示或明示……他就是拒绝不了客人。他是一个没有妻子,从某种意义上说没有家庭的人,他的精神寄托,他的重要性,他的信息,他的威信,靠的就是他的门庭若市,客人就是他的上帝就是他的依托也是他的奴仆——他要找一本什么书,他缺少一个螺丝口灯泡,他需要一种进口药品,他买旧家具……靠的全是他的客人。发表什么见解,得到什么内部消息,发泄对谁谁的不满,乃至制造一种什么舆论,他也是靠这些客人。他的一些想法一些对于书对于人的评价常常变成文坛的舆论,他的宾客盈门在这当儿起了很大的作用。

他不好意思当着众宾客把李秀秀赶走,但他对李秀秀从来没有好脸儿。遇到李秀秀穷追不舍地向他提出问题,他显现出一种厌恶和蔑视的表情。以致当客人走后他自己暗自后悔,与其这样,还不如干脆告诉秀秀:"您以后甭来了!"同时他也惊异:怎么李秀秀一个女子脸皮有这样厚?她打探一切,传播一切,她究竟要干什么呢?她追问一切搅和一切,她从中得到了什么乐趣呢?她长着一副猴儿似的脸孔,她的眼睛小得像老鼠眼睛,她的嘴巴一说话就噏成一朵喇叭花,她说话的时候眉毛鼻子人中和下巴颏子都跟着乱动。她眼看着一个又一个的初学写作者发表作品,名扬各地,人五人六起来,自己只不过是一个最底层的初审编辑,而她仍然孜孜不倦地跑着问着说着传着,她自己连一篇正经的文章也没发表过,她到底是图什么呢?

等到"文革"开始以后,所有的有成就的,有级别和地位的,有名声的,矜持的和高雅的,说话得体应答恰如其分的贵客,所有令人愉快和给人以启迪的宾朋一下子都不见了,而唯一的仍然时不时来一下的客人就是李秀秀。甚至经过了两年干校,一九七一年底,他回来休病假,李秀秀也立即赶来看望他。李秀秀几乎成了他与社会与生活相联系的唯一管道了。他的习惯是,他绝少去看望任何人,他向来是坐在家里等人拜访。

　　李秀秀活得并不轻松。她也被当做什么修正主义分子、三反分子、小狗腿子被工作组揪出来了。她被戴了高帽子,游了街,挂了反革命修正主义分子的黑爪牙的黑牌子。批判资产阶级反动路线的时候,她也搞过一次自己解放自己,但很快革命群众分成了两派,两派为了证明他们的真革命性,第一个行动不约而同地选择了揪出李秀秀来。

　　与全国各地一样,所谓保守派热衷于反复强调"只准左派造反不准右派翻天"的经典口号,以此为据宣布李秀秀是"漏网右派",无权参加文化大革命。接着所谓造反派又提出李秀秀是文艺黑线的小爬虫和变色龙——这后两个称号最早是陈伯达用过的,这显示了"文革"的文学性直观性和"文革"中人的虫格化。于是保守派宣布李秀秀是跳梁小丑和文学败类。于是造反派宣布李秀秀是反革命两面派。于是保守派说李秀秀是黑线人物犁原的忠实走卒。于是造反派拿出了撒手锏,干脆宣布李秀秀是文艺特务——既然周扬是特务,田汉是特务,那么给他们传递信息的李秀秀也是特务无疑。石破天惊,造反派在证明自己是真革命方面比保守派占了上风。宣布完了也就完事了,两派忙于打派仗,斗李秀秀不过是走过场。

　　李秀秀笑嘻嘻地来到犁原这里讲述自己挨斗挨批的情况,讲得照样眉飞色舞人中乱颤小嘴乱噏。犁原奇怪,这么一个小人物怎么会被批得这样不亦乐乎?李秀秀自己解释说原因就在于她的热心她的嘴:"不论什么消息什么谣言,其实说是谣言的也不见得真是谣言,都是从我这儿传出去的。两派群众组织把我臭了一顿以后,他们的头头儿还整天让我给他们提供情报呢!"李秀秀面有得色地说。

　　"什么?"犁原无法相信李秀秀的话。

　　"当然,他们不说是让我提供情报,他们说是让我交代问题,交代什么问题呢,一上来就露了馅儿:'李秀秀,最近又听到什么反动消息了?李秀秀,最近又有什么人散布不利于中央首长的谣言了……'"她学着群众组织头头的口气,一边说一边开怀大笑,"犁原同志,您说,这不是要我提供情报是什么?"她笑得更畅快了。

"秀秀同志你别笑啦,他们会杀了你的!"犁原忧心忡忡地说。

"不会!他们对我挺满意。每次我把消息告诉他们以后,他们都表扬我,说什么我的情况是危险的,但是对人民是忠诚老实的,如实地向他们交代了问题,所以我是有希望的,是可以教育好的,我的前途是光明的啦!"

"那……那……那……那比如,你到我这里来,是不是回去还得向他们汇报呢?"犁原紧张地问。

秀秀鼻子嗯了一下,扭了扭头:"哪儿能呢,您说。我哪儿能那么傻呢……您知道吗……"于是她说开了各种消息,什么样板团的待遇啦,什么于会泳指导排练样板戏的时候发了脾气,他让一个角色改变走台的路线,演员说改了以后走不了,于会泳说:"你走不了我走!"说完就拂袖而去啦。还说什么江青给外宾送了什么样的衣服啦,什么两位新贵政治局委员的公子小姐在机场路上为超车大打出手啦,什么林彪写了关于叶群初婚时确系处女的证明材料啦……应有尽有。

秀秀讲的最有趣的故事是北方某省对于"小驴踢灯论"的批判。说是那个省的一个生产大队的牲口圈失火了,查了查说是由于饲养员把马灯放到了一头刚下驹的母驴跟前,马灯被小驹踢倒,引起了火灾,死伤了不少头牲畜。正赶上一位首长去该省视察,听说了这件事,立即指出"小驴踢灯论"是反革命修正主义的阶级斗争熄灭论在该省的具体表现,必须从阶级斗争的观点去查火灾事故的真正原因,必须揪出阶级敌人反革命纵火犯,而为此就得全力肃清"小驴踢灯论"的流毒。这样,小驴踢灯论批倒了,揪出一个瘫痪多年的老地主,说是他给牲口圈放了火,把他枪毙了。

犁原最初听到"的确凉"这个词也是从李秀秀嘴里。李秀秀兴奋地告诉犁原,现在有了化学纤维了,叫的确凉,穿上是的确热,但是做成的衬衫不起皱,容易洗,又结实。她自告奋勇要给犁原买一件,她让犁原把自己穿衣服的尺码告诉她,犁原撇一撇嘴,不以为意。

李秀秀这次还给犁原送来了新版大字本的严复译《天演论》。"是毛主席让出的,林彪不是完蛋了吗,现在毛主席让出一点书。"秀秀说。

犁原苦笑。他说:"毛主席也太辛苦啦,全国只剩下他老人家一个编辑啦。"

"是的是的,听说毛主席还指示出了章士钊的《柳文指要》。说是我们这些人也快回去了,出版社还是要办的么。回去,回哪儿去呢?"

"那就回去再编你的儿童文学嘛。"犁原不经意地说。

李秀秀突然哭了起来,"都喜欢听我的消息,可是都瞧不起我,没有一个人喜欢我,我知道我长得丑,文字功力也不行,我太傻,心也太热……还不如干脆把我枪毙了呢!我这样的人对于社会主义有什么用,对于文学界有什么用啊!"

李秀秀的动情使犁原极其狼狈,以至于尴尬。他早已习惯于文学青年众星捧月般地看望他,围拢他,倾听他,他从来没有想过他的客人们自身有什么情况有什么问题,他与众宾客的交谈从来不涉及任何国家大事以外、文坛以外的事件。她这不是神经病吗?怎么跑到这儿哭起来了?尤其是一个女人。

他站起身,给李秀秀倒了一杯白开水,皱着眉头坐在对面,不知道跟谁生气好。过了片刻,看秀秀仍然抽抽搭搭,他干脆拿起当天的报纸,心不在焉地翻阅起来。李秀秀仍然哭个不住,犁原于是出声读报,愈读声音愈大。他似乎意在证明李秀秀并不存在。

李秀秀去了一次厕所,回来后稍稍平静了些。

李秀秀把她去看望张银波的情况告诉了犁原:"好几次你和我说话的时候提到张银波,我就想办法打听她的下落。听说她去年就下了五七干校了,可昨天我见着她了……"

"什么?"犁原悚然心动。

"听说陆浩生病得不轻,张银波特地赶回来的。我去了她家,她根本不理我。"

"怎么回事儿?"

"我向她问好。并且代表您向她问好,她听了一句话也没有,干干地坐在我的对面,居然一个字也不说。我说您很惦记她和陆浩生,她一声也不吭,眼皮也不动一动。我说您在运动初期出了事儿,被抓了起来,还判了死刑……她忽然说了一句:'代问好。'一次会面,她就挤出了这三个字,她可真节约呀。我从来没见过这样的人啊,她过去也是这样的么?她怎么对人这么冷淡呀!"

犁原有些吃惊,但也觉得不难想象。张银波本来就不是一个善于寒暄的人。张银波的悲剧在于她极热情极有思想,但又极讲纪律讲原则极富党性,她对待一切文件、政策、提法都丁是丁,卯是卯,买油的钱决不打醋,十万个认真再认真。她从来不懂得什么叫虚与委蛇,不懂得几面对付。处于她自己想不通的处境下,她唯一的选择便是一声不吭,必要时,她可以成为一个哑巴。

他长叹了一声。心里说:"革命革到了这个份儿上啦!"

"我实在没有见过这样的人,像一块干木头,我们这儿的话是比木头墩子只多俩眼睛。可是吧,你要是说她太干巴吧,她的头发比我的还黑亮黑亮的,她一张口,牙齿也是特别的洁白,她也五十多岁了吧?她一定是来自地、富、资产阶级家庭,无产阶级的后代绝对不是这个样儿。"

李秀秀意犹未尽,又补充了这些。

犁原冷冷地一笑,觉得李秀秀净在那儿没话找话。李秀秀是个好人,但也是个没意思的人。

李秀秀说完张银波的事儿,底下又走了话题了。她还想再形容形容张银波,一时又想不出什么词儿来。她倒也觉得高兴。过去,张银波这些人都是领导,工资都在二百块钱左右,而她李秀秀一个月才挣五十多块钱。张银波这类社长,出门已经常有汽车坐,出差能报销软席卧铺,甚至于还可以坐飞机……如今,她竟然可以在犁原面前随便说道评论她们,她感觉到一种快活。没有文化大革命,她有这份儿平等么？只是犁原的冷笑使她非常受打击。李秀秀觉得今天犁原的表现比张银波也强不了多少。

"您,一天一天的,一年一年的,就一个人这么过？"李秀秀问,她忽然摆出了一副一不做二不休的样子。

犁原无反应,无表情,好像什么也没听见。方才李秀秀的哭已经使他有一点警惕了,他最讨厌的就是这个话题,他最讨厌的就是未婚女同志与他谈这个话题。如果李秀秀赖着不走……这个念头使犁原头大如斗,不寒而栗:那我就找派出所去！他下了决心。

"我劝了谭云兰多少次了,我说你应该去看看犁原同志,人家那么关心你,人家为你差点儿没搭上性命。人家对你是有恩的。唉,现在的人哪,没有搞文化大革命那几年,谁不抢着到您这儿来,一搞大革命,都不见了。"

"天不早了,你可以回去了。你知道,我的假也快满了,我该回干校了。你呢？你也该忙自己的工作了吧？有事,还是多找组织吧。"犁原含含糊糊地询问着,拒绝着,又像是对秀秀教育着。他最后靠打官腔来救自己。

李秀秀捂着脸跑掉了,犁原把屋门关了又关,插了几道销,又上了几道锁。

第二天李秀秀没到犁原这儿来,谭云兰来了。犁原很高兴。

不久传出了犁原和谭云兰要结婚了的传闻,到处说得口水四溅的就是李秀秀。

李秀秀八十年代发表了她的第一篇作品,讲述一个女子的无望的爱情,虽然文字过于雕饰,故事也显得俗气,但是由于她自己宣称是写她对于犁原的感情的,小说轰动了一阵子,被两家选刊选中,并被评论为写了人性的觉醒表现了观念的现代性。

据说犁原一直与谭云兰保持着纯洁的友谊。谭云兰年轻时结过婚，被欺骗了。解放初她嫁了一位老干部，老干部五十年代就死了，她一直没有再嫁。"文革"以后，她自愿到外省京剧学校教徒弟去了，她很少再上舞台。她独自一人，在犁原死后不久死去。她死了三天才被人发现，有人说她是自杀的，但省戏剧学校及省宣传文化部门的领导坚决拒绝这种说法。他们认为这样说是给新时期省里的文化工作抹黑，是别有用心，唯恐天下不乱。省报在悼念文章中强调，谭云兰同志虽然在"文革"中受到了四人帮的残酷迫害，但她一直是以大局为重，注意维护党的权威，珍惜革命的文艺成果，并且孜孜不倦地教育青年文艺工作者，她是一个德艺双馨的模范人物。

第 十 一 章

　　两地一心,在犁原倾心《庄子》的时候钱文也迷于《庄子》。许多年后,钱文仍然很欣赏"逍遥派"这个"文革"专用名词。逍遥,本来出自《庄子》,这个词首先是好听,其次是美丽,一见到它就觉得受用。逍——遥——,阴平——阳平——,飘摇、招摇、娇娆、妖娆、萧条,还有迢迢,寥寥,悄悄,萧萧,这些词的发音都好得不能再好,而最好的是逍遥。庄子的用意也好,他的北冥南冥,翼若垂天之云,怒而飞,御风而行,吸风饮露,游乎四海之外,乘天地之正,御六气之辩,以游无穷,周与蝴蝶,则必有分矣……都那么自由,那么畅快,那么广阔,那么无束无拘。作为一种想象,作为一种风格,作为一种境界,他是钱文的梦。小学时候,他半懂不懂地读——不,只能说是看——过一点《庄子》,他对逍遥二字一见钟情,他看着这两个字有一种长大了才说得出来的不饮而醉的感觉。

　　然而这与毛泽东的斗争哲学是背道而驰的,与夺取政权巩固政权的斗争是背道而驰的,与文化大革命的横扫一切牛鬼蛇神的使命是背道而驰的。打江山的人逍遥不了,坐江山的人更逍遥不了,吃皇粮的,有一官半职的都逍遥不了。他钱文选择了革命,也就是选择了使命,选择了奋斗,选择了匆忙,选择了终生的浴血奋战。选择的结果……他成了"文革"中的逍遥派,而且在如火如荼的文化大革命中出现了那么多"逍遥派",这不是东方哲学东方政治的奇迹吗?这不是南辕北辙,画虎成犬,龙种下出了一窝窝跳蚤么?在史无前例、风雷雨电、山崩地裂、瞬息万变的大革命运动之中,在震动世界、触及灵魂、要死要活、人人发狂的伟大的无产阶级文化大革命当中,最后那么多的人在其忧如焚的同时其乐逍遥,不上班,不斗争,不学习,不汇报,饱食终日,无所用心……这是后人能够相信的么?

他也想起卢梭的一条理论,在某种情况下会形成一种特殊的平等乃至民主,因为,除了君临天下的唯一人物外,大家都变成了一个样儿。想想看,刘少奇揪出来了,朱德被说成是大军阀,彭、罗、陆、杨揪出来了,省委书记们全部打倒了,文艺界的四条汉子揪出来了,各地的文联主席、作协主席、党组书记、著名作家著名评论家全都无例外地揪出来了,不分左派右派,不分老(解放)区新区,不分老党员新党员非党员,不分积极分子中间分子落后分子,也不分级别高低待遇好坏,不分谁是政协委员人大代表,全都变成了一个鸟样儿,我是乌龟你他娘的是王八,我是资产阶级你狗日的是修正主义,我反党你该死的反社会主义,我是败类渣滓你是狰狞丑恶,我坐喷气式你戴高帽子,我是公安六条规定的不准参加文化大革命的几种人,你是专政对象,谁也不比谁好,也就是谁也不比谁坏,真是天下大同物我无间天赋人权平等博憎齐善恶而同祸福,还有什么不平?还有什么不甘?还有什么不服?还有什么不满不快不宁不肯罢休?

钱文胡思乱想:革命(狭义的,即专指夺取政权)恐怕也要有自己的规律的吧,当最多有百分之一的人口是革命者的时候,革命是伟大的悲壮的,理想的崇高的,是有可能赢得另外百分之十、二十最多是三十的人口的敬佩与追随,拥戴和崇拜,从而带动大多数后知后觉者,观望者和困惑者,随大流者和易兴奋者,风卷残云,翻天覆地,从事最后的斗争,团结起来到明天的。而当百分之三十、五十直至九十的人口宣称自己是革命者,或被宣称被要求成为革命者的时候,革命自然就大大地贬了值,革命变成了过日子的唯一出路,成了非如此不可的饭碗、规章、条文、套话,成了混世混事保头颅和饱肚腹的招牌;那些自封的和被封的非革命不可者当中,就会有百分之三十至九十的毫无革命气味的稀里糊涂者、谁来给谁纳粮者、打着革命招牌谋私利者,如果不是更坏的投机者和骗子的话。这样的俗人,一旦没有书记处长天天管着他们,他们不去逍遥,难道要让他们去真的革起命来?

试图让所有的鱼儿化作飞龙,结果江河湖海里堆满的是鲫瓜子。要求所有的鸟儿翱翔为雄鹰,结果雄鹰为了从众也变成了灰家雀。指望六亿神州尽舜尧,结果并不是舜尧而是侏儒的大量繁殖吞没了东西南北。以最华美最高超最超前的思想理论治国,造就出来的却是成吨的乡愿和成千吨的唯唯诺诺。寂寞啊,伟大的导师!

人人革命的结果必然是除了反革命的都革命,也就是除了革命者只剩下了反革命才不革命,这样,既扩大了消解了革命也扩大了并且消解了反革命,最后,是取消了革命。真逍遥假逍遥,一起逍遥起来……

早在一九五七年就被打入冷宫的"右派分子"们,当初,不叫他们革命了的时候,他们是何等的孤苦伶仃,向隅而泣,浑若丧家之犬啊。等到文化大革命一声炮响,看到那么多比自己幸福百倍、崇高百倍、神气百倍、煊赫百倍——有的干脆就是当年批判自己搞臭自己的"左派"天之骄子们纷纷落马、游街、挨打、喷气式、抄家、关牛棚、坐正式的监狱、跳楼上吊抹脖子服毒拧开煤气开关,其命运还不如当年的右派们呢。那么,在震惊和恐惧的同时,右派们会不会因了自己的处境不再那么孤单而感到某种卑劣的幸灾乐祸的安慰,并从而变得逍遥一些,心安理得一些,或者用后来行时的一种说法,叫做变得比较能够自我认同一些了呢。

当然,这种境界也不是一蹴而就的。

"文革"开始,钱文一再地诚惶诚恐,心惊肉跳,谨小慎微,时时刻刻觉得什么事即将发生,而且北京也一再传过来什么大字报上点了他的名,什么会议上批了他的诗之类的消息。他已经拟好了检查交代材料和检举材料,从运动的第一天他就思考一旦被关进牛棚,他到底检举谁。他已经不像反右时候那样幼稚了,检举的要义在于既要应付运动,又要明举暗保,不能做缺阴德、搞得生孩子不长屁股眼儿的事。日复一日,年复一年,他却始终没有等到什么大事情。"文革"已经将钱文遗忘,也就是说钱文已经被"文革"排除。钱文的政治智慧还表现在他的饮食与大小便上,运动一开始,他自觉地减少了饮食。一听到口号声锣鼓响,他立即进厕所。请想一想,万一这响动着的革命小将是冲着他来的,而他膀胱里直肠里屎尿充裕,那能不出洋相吗?从厕所出来,他要抢先披一件上衣,他必须有所准备,也许被揪去游街批判六个小时一天一夜,穿得太少了,冻死岂不是活该!中国人的政治智慧已经细腻到了什么程度啦!

更大的智慧当然还多,但那就比较一般啦,不如上面的细节感人。比如运动一开始钱文他就含笑烧掉了所有的字纸,其中有诗稿,也有他在大雁岭权家店劳动改造时候与东菊之间的通信,那个时候他们写的信也许未来完全可以当做抒情散文来发表的。甚至于,连宝宝襁褓时期他们为他记的"婴儿日记"他也一把火送走了,不用说,给婴儿记日记是资产阶级的事情,有哪个贫下中农玩儿这个?最可贵的是,他焚烧这些字纸的时候并没有任何遗憾,往事已经太多,包袱已经太重,感受已经如磐,生命已经陷入了泥沼。烧了好,烧了好,何必留下那些啰里啰嗦的痕迹?人生自古谁无死?世间最烈是"文革"!请问,"文革"都碰上了,世上还有什么难舍难离之物?世界应许给我们的,或者说是我们奉献给世界的绝对不是两只小麻雀的卿卿我我,甜甜腻腻,而是铁与血的劲舞,剑与火的狂欢!到头来,一场大火唯灰烬,三生有幸是无痕!"文革"这一天一到,最舍不得的也得舍得!一不做二不休,你珍惜什么就糟蹋什么,你愈是心疼就愈是证明了这样糟践的必要,就更要发挥出爆破轰炸的天才天赋,这才算打垮了你心中的最后的土围子。何不就此解脱,来他个干干净净!六根除净,烦恼不生,舍弃一切,才有未来。色即是空,空而后色,一穷二白,白茫茫大地真革命!不破不立,不止不行,不杀不生,置之死地而后生。文化大革命不就是一次全民族的受戒典礼吗？光明光明,光而后能明,不光何以明之？痛快痛快,痛而后快,不痛何以快哉！不痛死你整死你压死你你能够成为新人么？世界能红彤彤么？天翻地覆,桥断水倒流,夤缘时会,浑水摸鱼,这才叫收获了一个小小的果子,于是拉大旗做虎皮的小丑这才吧唧吧唧嘴,挤眉弄眼,装腔作势,声称自己一贯正确了！他忽然明白,林黛玉为什么最后要焚稿断痴情了。林黛玉烧了自己的诗稿以后,会感到一种轻松,一种新生的吧！她从而走得舒服一些了吧！可恨那个越剧《红楼梦》,王文娟演的那个林黛玉,烧稿子时候竟是哭哭啼啼的！真是周扬反革命修正主义的文艺路线呀！真是中了俞平伯大概还有斯坦尼斯拉夫斯基的毒呀！在反革命修正主义文艺路线的专政下,中国文艺能有什么希望？还不是陈陈相因,拾人牙慧,酸腐霉变,像蚯蚓般自吃自的或相互吃同类的排泄物！没有毛泽东的大手笔,中国文化还有什么前途！

毛主席教导我们说,现在的形势是天下大乱;伟大领袖又教导我们说,大乱才能大治。江青同志教导我们说,乱透了就能大治了。唉哟嗬,呼呀哈,乱吧,闹吧,折腾吧,咱们中国怎么老是乱不透呀！大恐怖才能带来大希望,大破坏才能带来大兴奋,大惨烈才能带来大痛快,大混乱才能带来世上最美丽的新乐园！既然钱文只是一个弱者一个政治上的白痴战斗里的胆小鬼历史的渣滓……那就夹紧你的尾巴闭紧你的鸟嘴,睁大你的眼睛张大你的嘴巴,看伟大的领袖伟大的导师伟大的统帅伟大的舵手导演的大戏磅礴好戏连台险戏惊魂悲戏断肠吧！今生何幸,小子何德,躬逢其盛,与知其欢,高山仰止,景行行止,虽不能至,心向往之,心战栗之,心破碎之,灭我方知革命伟,挖(换)心更道人民奇！

他惊奇于学生娃娃一瞬间便成了革命的主力。他惊奇于毛主席在天安门上一次又一次检阅红卫兵。他惊奇于所有的党组织在一夜间瘫痪,所有的领导头一天还是党的化身第二天清晨便成了人人喊打的过街老鼠。他震服于出来个一月革命又出来个革命委员会,他震服于一下子那么多红卫兵小报红卫兵战斗队,一下子那么多民主自由同时乱杀乱砍乱批乱斗……中国,搞科学不行,搞医学不行搞商业不行搞工业也不行,可搞起革命来世界第一,天下无双!不似政变,胜似政变,自上而下,胜似自下而上。那规模那气势那代价都超过了一次武王伐纣,超过了卢沟桥事变和八年抗战。这不绝么,毛主席造共产党的反,学生打倒老师,工人打倒厂长,文盲打倒知识分子,娃娃打倒成人,真是移山填海,江水倒流,太阳从西边升起,真是奇观大观!古往今来,南北东西,上哪儿去找这样的政治家去?不服行吗?不喊万岁行吗?不五体投地热泪盈眶叩头如捣蒜你还能怎么着?然后是保守派造反派无尽厮杀,然后是毛主席一次次视察大江南北,然后是庆祝最高最新指示的发表连夜游行,连"火宫殿的臭(豆腐)干子好吃"也作为特大喜讯而掀起了湖南长沙的午夜游行狂潮火炬照耀如白昼!多少湖南的而且不仅湖南的革命造反派的战友为了湖南风味臭干子而热泪盈眶激情满怀热血沸腾!天上望见了北斗星,心中想念毛泽东,地上闻到了臭干子,心中相信文化大革命!多么抒情多么动人多么温馨多么垂涎三尺三!这段歌词不比所有的"我的心太软"还心软,不比所有的"丑而温柔"还温柔,不比所有的"爱的寂寞"还寂寞!它比所有的流行歌曲加在一块儿还动情!"文革"当中只要一提到毛主席就鼻酸就眼热如点了辣椒油就柔肠寸断千般思念万般挂牵呀!然后是所有的电影所有的戏剧所有的刊物全部停顿,而人们毫无感觉,毛主席导演的大戏已经超过了所有剧场影院里可能出现的节目,有革命这场戏就再不要任何别的戏了!还有群众组织开除共产党员的党籍,还有所有的领导职务改称勤务员,还有最红最红最红的红这种修辞方式……这样的场面你一生能碰到几次!

  然而,大兴奋也容易带来大疲倦,大希望也容易带来大虚空,大哄大嗡过去以后,留下的是实质上的冷冷清清。政权换人换名换口号都没有带来任何真正的新意,只不过是更多的动荡,更少的秩序,更多的浪费生命,更少的有意义的工作。而唯一的与钱文有直接关系的事件——即他从一开头就做好了准备的,叫做时刻准备着迎接着的被批被斗,竟然一再地没有发生。他能够不寂寞吗?

(此后钱文听到过不止一个这样的故事:一位干部,或者是教授,或者是演员,总之是一个知识或半知识分子,由于运动中一直没有人搭理而耐不住失落,自己跳出来贴大字报揭发自己,批判自己,自己写材料交代自己的反动思想反动言论,最后被斗了一个不亦乐乎乃至一命呜呼,才算了事。也有后来后了悔的,然而,拉屎容易缩屎难,悔亦晚矣。其实主席早说过,反动派是消灭一点,舒服一点,消灭得多,舒服得多,彻底消灭,彻底舒服。)

中国人——中国的有志之士而不是草莽小民——最怕的是什么呢?是艰苦吗?中国人连死都不怕,还怕苦吗?是动乱吗?乱世英雄起四方,有枪便是草头王,舍得一身剐,敢把皇帝拉下马,趁火打劫,浑水摸鱼,直到文化大革命中创造的新成语叫做乱中取胜,都说明了至少是一部分有志之士的对于乱的癖好。砍头只当是风吹帽,全世界再也找不出第二个国家有这样的豪言壮语,这样的英雄逻辑!刑场婚礼,气壮山河。杀身成仁,舍生取义,中国人死得何等轰轰烈烈!重于泰山,死得其所,碧血丹心,二十年后又是一条好汉,几个短语短句表现了怎样的勇敢和镇静!中国的一些有志之士其实最耐不住的是寂寞和冷清,中国是世界上最热闹的国家,在什么都缺的那些年代,中国从来不缺少热闹。三亲六友,七姑八姨,天地君亲师,四维八纲,五伦六艺,四世同堂,五世其昌,谁是我们的敌人谁是我们的朋友,这个问题是革命的首要问题——还不知道谁敌谁友就已经革起命来啦——反对的是冷冷清清,追求的是轰轰烈烈,阶级敌人再加阶级弟兄,我家的表叔数也数不清,冷眼向洋看世界,热风吹雨洒江天,中国人从小就最不愿意孤独,中国人从小就是睡大炕睡通铺长大的,中国人的生命意义全部存在于与他人的关系之中,不被表扬还能不被批评吗？不被嘉奖还能不被惩罚吗？不能三妻四妾还能不被阉割去势吗？不能流芳百世还能不遗臭万年吗？这才是中国的有志之士的心理模式,思维模式。

寂寞中钱文倒是没有走上自我生事的路。经过五十年代的伟大洗礼,他早已就不是有志之士了。他只祝愿人们忘记了他,他恍然大悟,自己毕竟是死老虎,用高来喜的话说,早在五七年就骟过了的,或者是差不多已经骟净了的。六十年代初死灰复燃,八届十中全会再加文化大革命等于又被骟了一次。这样的死老虎,或者更正确一点说是死老鼠,不是反而消停了么?

感谢命运,感谢生活,感谢伟大的党!

大乱避城,小乱避乡,钱文为自己的侥幸而热泪盈眶,为中华五千年文明总结的全身避祸的经验而五体投地。这真是中华文明的精髓,是世界上的其他地方所没有的。可不是吗,小乱,指土匪绑票之类,当然是常常发生在乡村,故而小乱应该避乡也。大乱云云,则必指政治性的动乱,而所谓的政治性动乱必指权力争夺,"权权权命相连,不但要忆苦思甜,更要忆苦思权","文革"中创造的这些狗屁不通的套话,倒是很坦率地告诉了人们一些东西,吃果果,赤裸裸!权力争夺当然是发生在权力中心、首都,起码是大城市。乡下在那种情势下反而是太平无事的了,故云大乱避城也。中国人的学问都放到应付乱世上了,还有心思做别的吗?他住在边远一角,听到各种张三投河、李四自尽、王二麻子上吊、教授抹脖子、专家拧开煤气开关的消息,钱文惊恐筛糠之余,禁不住产生了几分得意!死鼠一只,花岗糁子粥一勺,地、富、反、坏、右五类分子中的一名,缩脖塌腰,低眉顺眼,伶仃单薄,屁滚尿流,却能保其项,全其臀,虚其心,实其腹,与妻儿团聚一堂,痛享天伦之乐,每天呼吸循环,消化排泄,早出晚归,有穿有住,二便正常,三餐无虑,养猫养鸡,麻将扑克……借问天堂何处有,钱文近指自己家,在如今的中国,钱文过的是怎样美好的日子!

苏联不是爱讲什么幸福吗,电影《库班的哥萨克》译配中文对白的时候不是更名为《幸福的生活》吗？而《幸福的生活》的主题歌曲，当年钱文周碧云祝正鸿常常一起合唱的三声部曲子，一上来不是这样唱的么："不在那遥远大海的彼岸，不在那汹涌波涛那边，我们的幸福和我们在一起，就在我们亲爱的祖国……"钱文是何等深刻地体会到这歌词的奇妙呀！

从文化革命开始，钱文变成了三不管的人。没有人承认他是革命干部革命群众是文艺人是人民或者干脆说是一个人，也没有人明确他不是革命干部革命群众不是文艺人不是人民或者干脆不算是人。没有人通知他不得革命，更没有人与他串连革命商议革命发动革命。同样，虽然身在农村，也没有人承认他是农民或者公社社员——因为很简单，他并不从生产队领取口粮，虽然记了工分却不参加分配。这样，去不去农村劳动，也渐渐地无人过问。钱文趁机多在家休息休息，但也不敢休息得太多。反正他不敢革命也不敢反革命，不敢积极也不敢消极，不敢瞎忙活也不敢大休息。

但毕竟是前所未有的，空前绝后的逍遥。逍遥的他养猫。在猫的悲剧发生，猫氏家庭全部毁灭之后，他把精力转到了养鸡上。他养了十只母鸡一只公鸡。养鸡与养猫不同，养猫是情感性的，人需要猫儿的娇小媚顺灵气与依偎，捕鼠云云，倒在其次。养鸡就更农家化得多了，曰蛋曰肉，谁能免俗，谁能无欲？

第一只是大来航鸡，浑身雪白，冠子虽鲜红巨大，却蔫蔫地疲软耷拉，毫不英武，显然并非公鸡。它下蛋不算太勤，但个儿极大，洁白圆润均匀，望之优雅，抚之神怡，适合做静物写生的对象。它的高贵的形象令钱文另眼看待。第二只是小白鸡，冠子大且挺拔，像公鸡，它像洋土杂交的种，脖颈部长着些许黑毛。它的食欲特佳，什么都吃，最要命的是它常常跑到厕所觅食，两条腿上动辄沾满粪尿，臭气熏天。它的性格也比较乖张，十分脱离群众，排斥同类。他吃起食来不许身边有任何同类与之共享，它吃食前与吃食过程中不断啄咬五米内的同类，咬起来奋不顾身，令同类生畏。许多大鸡洋鸡都让它三分。它个儿小劲儿大,不愧为"生产能手(爪)",每天一至二枚蛋,蛋不大,形状浑圆,表皮粗糙,如劣质乒乓球。公鸡过来踩蛋,它不高兴时跳起来去啄公鸡,决不随便接受性侵犯,公鸡也只好知难而退。第三只是个纯黑的鸡,买来时气息奄奄,骨瘦如柴,经过钱文精心喂养,渐渐有了相貌,有了声气,只是一直不下蛋。钱文后来听信了别人的说法,当地人说那鸡已坐下了不育病症,不能下蛋的了。钱文忍痛将它杀了,杀后才发现它肚子里已有两个整蛋,还有一串蛋黄如珠——它必也是个下蛋能手——能爪——无疑。人间鸡间,同样地需要知音知蛋,伯乐伯忧。万事失误多半出在缺乏耐心上,可叹。第四只鸡又秃又笨,叫食时别的鸡都来了它不来,别的鸡吃饱了,它来了,来了先乱蹬一气,把所有好吃食蹬到地上,再就着灰土胡乱用餐。尤其可恶的是它到处乱下蛋,它曾把蛋下到墙头上,邻居看到了告诉钱文,他才把蛋收回来。钱文收回了笨鸡下的蛋,忽然又嘀咕起来,是不是过去它还下过很多蛋,被邻居捡走了呢?不能说无亦不能说有。他又叹息自己的渺小卑劣,如果邻居压根儿不告诉自己此鸡下了蛋,不是自己一枚蛋也得不着吗?这边远农村,为了谁的鸡在谁的窝下了蛋,嘀嘀咕咕,争争吵吵还少吗?钱文早先还以为自己多么伟大多么清高呢,其实,把一个伟大人物放置到最底层,让他过最底层劳动人民的生活,让他处于最底层农民的处境,他的思想境界一定比农民好吗?我看大大的不见得!

不管怎么说,研究鸡的贤愚不肖,鸡的各自性格风度智商做派行为方式生活方式,还是极有趣的。鸡也罢猫也罢,都是别一个世界。世上之人多多囿于自己鼻子底下那点经验那点思虑之中,哪里知道世界的辽阔与各有千秋!鸡之不同,各如其貌,何况人乎?想通过一场运动把全中国的人都教育过来统一起来,最后连亲密战友林彪也叛离了。毛主席老人家实在是太辛苦了啊。

钱文的公鸡是豪气满乾坤的大芦花鸡,听它打鸣确是人生享受,听之精神抖擞,斗志昂扬,闻声思舞,不爱红妆爱武装,不爱庸庸碌碌生,只爱浪浪漫漫死。那比悲悲切切的神童鲁贝尔金诺·鲁莱第的意大利拿玻里民歌独唱好听多了。惜哉它之不能征战也,堂堂仪表,伟伟身躯,遇到前来进行性侵略的别家公鸡,每战必败,逃之夭夭,就这样还动不动被别家公鸡啄得满冠子满脖子血。于是它只能眼看着别家的臭公鸡脏公鸡强暴自己的"妻妾"而不闻不问。钱文遇到这种情况只觉血往上涌。倒是他自己时不时地拿起扫帚冲上去,驱赶入侵外敌,赶完了又笑个不住。虽胜犹败,钱文无地自容。

最后他决定给此只令主人蒙羞的银样镴枪头芦花公鸡处以极刑。公鸡无勇,其为公鸡也乎?

只是这个鸡宰过之后,做成了辣子鸡丁,钱文一口也没吃。

淘汰了芦花公鸡以后,一群母鸡变成了寡妇集体。初时还好,时间一长,各种怪事就都出来了,母鸡跳到母鸡身上假踩蛋,公然的同性恋。还有牝鸡司晨,早起乱打鸣,其声恐怖,公然的性变态。这些都令钱文懊恼。人不应该过没有人性的生活,鸡也不应该过没有鸡道的生活呀!他几次想引入性入侵者,对这群母鸡实行性开放政策。偏偏别家的公鸡已经被他打怕,不肯冒险逐欢。要不就是因为芦花公鸡已经下了人肚,其他公鸡的入侵没了对手,性入侵失去了挑战性,造成了入侵的别家公鸡的性冷淡。钱文的一群母鸡不得不过着索然守寡的日子,他只好再花钱买了一只小公鸡。此公鸡太小,一下子放到性饥渴多日的众母鸡中,招架不住,有时竟被母鸡啄得团团转。其狼狈不堪之状,也令钱文哭笑不得。

自养鸡大业兴旺发达以来,钱文一家营养无虞,每天是煮鸡蛋卧鸡蛋炒鸡蛋煎鸡蛋蒸蛋羹,更多了便腌咸蛋煮茶蛋……钱文全家尝到了劳动创造世界劳动创造幸福的欢欣。

离钱文住地不远有一个兵团农场,农场接受了一部分知识青年前来再教育。据说一次劳动休息期间知识青年们观看公鸡踩蛋,被知青中的一个积极分子汇报上去了。为此领导们彻夜研究,以对革命接班人高度负责的精神做出了几项防止精神污染的重要规定,其中一项是知青生活劳动处所必须与家畜家禽保持足够的距离。这个故事很快传遍了方圆百里,使长久以来没有文艺节目可看也没有消闲读物可读的人们得到了一种欣赏口头文学传奇的快感。

此后又传出来一个反动笑话,说是这个农场某领导为了避免鸡踩蛋对于知识青年的不良影响,下令宰鸡。恰好他本人也嗜鸡,他在三个月内吃了许多鸡,有一次他吃着吃着鸡想起了知青,便叫一个女知青来喝他吃剩下的鸡汤……

农民们听到这样的故事,一个个哈哈大笑。一人问道:"除了吃鸡汤,没有吃鸡脖子么?"

"鸡脖子,鸡脖子……"众人重复着,笑得直不起腰。人民群众是多么快活呀,他们似乎对农场领导天生地不喜欢,也对知识青年并无好感,钱文甚至觉得他们的笑声里包含着幸灾乐祸的成分。

农民们也喜欢议论那些被打倒了的大人物。人们普遍认为,这些人原来享受着高级待遇,吃香的,喝辣的,四方吹捧,八面威风,享够了荣华富贵,如今再打倒再抄家再坐监再枪毙也是值得的了。至于批斗游街,戴高帽子,农民们根本不认为是问题。他们说:"那有什么?把他们的工资给我,我情愿让红卫兵斗死!死了家里人也不愁吃喝啦!"他们又说:"挨一天斗就能挣这么多钱,天下哪有这么好的事儿啊!"

一位因盗窃罪被劳改过的农民说:"劳改有什么不好?天天有饭吃,不但有咸菜而且有时候有酱豆腐,过年过节有时候还见肉呢,比在生产队里强多啦!"

钱文不敢再听下去了,他觉得尴尬,他哭笑不得。

他又不能不佩服中国农民的求实的逍遥。

母鸡不断地闹趴窝——孵蛋,这也使钱文备受困扰。喂了又喂,养了又养,好不容易到了春天,好不容易下开了蛋了,好不容易进入了下蛋的高潮,没有一个月,趴窝了。一趴窝,据说前后得四五个月不下蛋,这岂不赔了本儿?邻居们告诉他,遇到母鸡思雏,可以用浇冷水的办法强迫母鸡改变中枢神经兴奋点,中断趴窝反应。浇水一次无效还可以再浇两次三次。钱文又觉得这样做太不符合鸡道主义。钱文的悲哀在于他动不动推己及人,乃至于推己及鸡,他想如果是一个女人,想生孩子了,你能用什么冷水浇头的方法去中止生育过程吗?人已经活得够残酷的了,在力所能及的情况下难道不应该帮助鸡活得快活一点吗?人就不可以积点德修点好吗?这么一想,全完了。

钱文下不了手,而东菊一直是有工作的,她照旧在学校教书,有一段还被相好的老师拉去参加了一派群众组织,也就招致了另一派组织的攻击……她们的被攻击也极有趣,她们不是被说成错误或者反动,而是被说成"王光美",大概是因为这几位女老师穿戴比较整齐,头发也梳得又光又美吧。看来不把女人改造成母大虫丑八怪是达不到无产阶级文化大革命的最高目的的。总之她忙,她不管养鸡的事。

于是,热心助人的邻居干脆代他们动手,遇有趴窝思雏之鸡则冷水猛浇之,使之一心向蛋,再无邪念。其他母鸡一浇冷水也就罢了,恓恓惶惶地过上几天,便回心转弯子开始重新下蛋。人是真恶呀!看来不论御鸡御民,妇人之仁是没有意义的,该怎么下手您就怎么下手,您才能达到事有所成人有所为,钱文的那点人道主义鸡道主义,除了说明钱文是一个窝囊废以外,什么也说明不了。由此也可见知识分子无用之一斑。秀才倒是会吃鸡蛋,可他们不仅是造反三年无成,养鸡也不会有成的。幸亏毛泽东看透了秀才冷淡了秀才躲开了秀才制服了秀才,中国才庶几做出了点事情!浇吧,无产阶级革命派的战友们,让我们给趴窝的和将要趴窝的母鸡们狠狠地浇冷水吧,浇他个痛快淋漓!搞他一个鸡类的泼水节!

只是那只相貌高雅的大来航鸡,长着钢筋似的神经,顽固地坚持着它的抽象的鸡性论,锲而不舍,百浇不挠,怎么受治也不改其求子停蛋的初衷。钱文制止了邻居的进一步迫害,为它的趴窝做起了准备。他不放心自己的鸡蛋，便跑到市场上买了十只蛋，多了他怕孵不出来。他先检查了一只蛋，把蛋打开，果然，是有胚的，然后，他把其余九只蛋放置到大来航的肚子下边。从此他变成了大来航的助产士。他为来航准备了精饲料和洁净水。他定时把饲料和水拿到来航趴的专窝旁边——早拿出来只能被别的鸡吃掉，咕咕叫着，请来航用膳。来航对饮食十分冷淡，偶尔出来用一点，多数情况下不吃不喝，无声无息，只是静静地趴在那里。一只鸡竟能为了后代而绝食静"坐"，钱文总是担心它会因为只有支出没有摄入而体力不支。钱文不敢造次，他听说如果惊扰了正在趴窝的母鸡也可能导致中途停趴，一窝等待出世的小鸡便将变成臭蛋。毁几个蛋不足惜，但想到若干正在出生的雏儿夭折，钱文于心不忍。可惜的是钱文自己不会趴窝孵蛋。

　　钱文始终不相信不理解一个椭圆形的光光的静静的蛋，怎么可能变成毛茸茸、吱吱叫、有头有身有翅有腿有嘴有目、能吃能拉的活生生小鸡儿呢？也许别的农家的鸡蛋能够孵化出来，他的这只来航鸡能行吗？这样马马虎虎地放下九只蛋，能变出活物来？生命如斯，未免太简单，太轻易了吧。

　　也许大来航会变得不耐烦起来？也许夜半会受到黄鼠狼的袭击？也许它趴得不匀，蛋受热不均，会造成怪雏？也许那十个蛋中恰恰是他打开的那一只是受了精的蕴含着伟大的生命的，而其余是只能腐化不能孵化的？也许会突然变天，一阵暴风雨会把鸡窝毁坏？也许这只大来航终于在功亏一篑之时坚持不下来了使九只鸡蛋的事业半途而废？总之他忧心忡忡，他放不下心来。他痛感到生命的脆弱，他不愿意有意无意地犯下伤生害命的罪。

　　到了第二十九天了，人们说鸡雏快该出来了，恰恰东菊带着儿子又回北京探亲去了。他养猫和养鸡的关键时刻都恰好赶上妻儿不在家。他早晨只顾了送他们上长途汽车，他们要坐三天长途汽车再坐四天火车才能到达北京。他的心飞到了漫漫的公路与铁路上。他想象着妻儿路上的七天生活,衣服?食物?睡眠?当然,他们买不起卧铺票,硬座票是三十多块钱,而硬卧是五十多块。他知道每天最乏是凌晨时分,那时甚至会疲倦地钻到座椅下面去,而座椅下面是尘土,是果皮垃圾,甚至是黏痰……到了北京当然就好了。这里坐公共汽车一律一毛,而北京是四分、七分、九分、一毛一分……他也真想回一次北京喝一回啤酒酸奶,吃一回烤鸭薄饼。啊呀不好,忘了让他们多带一点手纸了,路上遇到尴尬情况,需要用纸怎么办?

正这么想着呢,他依稀听到了一点点叽叽声。什么声音?虫乎鸟乎?

忽然明白了,小鸡!

他的心狂跳着,他走到了来航鸡专用的趴窝前,他打开窝"门"的时候只觉得喘不过气来,他实在承受不住蛋而鸡的诞生的激动——那其实就是盘古开天地的激情呀,盘古的故事应该就是来自鸡雏破蛋壳而出的伟大事变的启发吧——他也尤其害怕看到几只没有生命迹象的蛋的存在——那应该说是生命的领地变成了死亡的领地——那也太悲哀了。与应该出现生命的地方出现的是死亡这样的悲哀相比,甚至右派左派这样的事情也显得没有什么意思,那不过是人类吃饱了撑的自找麻烦罢了。

于是他看到了盘古的开天辟地,看到了上帝的创世,看到了众神众生的诞生。已经有四只鸡雏在大来航身体周围吱吱鸣啼,有三只蛋壳正在从鸡雏身上脱落,那蛋壳倒像是雏儿的披肩,还有两只蛋正在被啄破,被啄下的蛋皮上带着血污。蛋壳是破碎的与肮脏的,蛋壳是丑陋的和枯萎的,然而,小鸡鲜活美丽。最有趣的是,小鸡一旦破壳而出,伸展开身躯,就显得比一个鸡蛋硕大得多。你无法想象如何在一只有限的蛋里包藏起那么大那么活的生命,你无法设想把一个生命从蛋壳外再披回到蛋壳中,却原来,不仅是魔鬼,一只鸡雏也不可以再要求它回到装载它限制它的瓶子(蛋壳)中。

这是一次洗礼,面对生命的诞生,面对古老的鸡生蛋或者蛋生鸡的悖论,钱文感到了庄严也感到了平静,同时它不知道怎么样去形容大来航母亲为自己的"子女"所做的奉献。孵出九只鸡雏(早知这样有把握,当初多放它五六个蛋就好了)以后,大来航骨瘦如柴,形象全无,就是说一只鸡为了爱也不害怕走形。而且,此后一个多月,大来航也很少吃喝,它做的只有一件事,找到吃的东西就咕咕叫个不住,把一切食物无私地交给她的孩子。

物极必反,乐极生悲。小鸡很快长大了,最高纪录曾经达到十三只母鸡七只公鸡。钱文人立鸡群,俨然觉得自己成了鸡场的主人、世界的主人,成了老财,成了地主至少是个富农。有一次他一天捡了十五只蛋——有两只母鸡早晚各下一蛋即当日每鸡二蛋,其余母鸡是各下一蛋。养鸡已经成为钱文生活的意义生活的乐趣了。诗人鸡人,似乎天生相通。人一辈子本来可以胜任多少角色呀!

天嫉钱文养鸡方面的巨大成就,天灭钱鸡。在得到十五蛋的第四天,黄鼬光临了,小母鸡一死一伤。钱文气急败坏,亡鸡补牢,采取了大大加固鸡笼鸡窝的措施。又一周,一只小公鸡打蔫儿,立即有邻居指出,该鸡患了鸡瘟。这次钱文没有手软,当即把此鸡宰杀。吃了此鸡之后,钱文腹泻不止。又三日,另两只鸡——从辈分上说是一老一少——呈鸡瘟状,钱文给它们喂四环素和消炎片,它们不吃,钱文一只只鸡填塞,喂完了病鸡再喂好鸡。未见效果,此两鸡又一命呜呼了……如此这般,最后只剩下了又秃又傻的那只小个头儿鸡,这只鸡的生命力着实惊人,它应该属于抗瘟良种,不可多得。可见上苍也是搞平衡的,丑人自有丑人福,丑鸡自有丑鸡运。大来航太漂亮,小混种太强悍,它们都是首当其冲,鸡瘟一来便一命呜呼。而秃丑笨鸡一枝独秀,经住了严峻的考验。钱文甚至计划第二年开春购买最好的公鸡与之交配,再用它的蛋孵育抗瘟英模良种鸡雏。然而,谁想得到,此鸡在一枝独秀后的第二个月,它竟然因去不雅的地方——粪坑觅食,堕入大粪坑中,溺死了。一个抗瘟英雄死得如此不堪,钱文想起来痛不欲生:天亡我也,天辱我也,天地不仁,以万物为刍狗,天地不尊,以粪坑为生命陵园。亡就亡吧,为什么偏偏如此糟践一只顽强执着的鸡! 鸡而抗瘟,是其罪乎? 天何意哉? 天乎天乎!

钱文受到的打击实在太大了,好端端的十几只各具个性的鸡说没就没了,它们究竟造了什么孽,犯了什么天条,要这样被上苍赶尽杀绝! 这里头究竟包含着什么样的逻辑,什么样的秘密呀! 过去他一在房前出现,就有许多鸡围上来,咯咯啾啾,叫个不住,向他要食要水。而他,也从鸡们的期盼中意识到了自己的重要性。现在呢,一片虚空,众生皆空!

一年后他还在梦中看到自己的鸡,他也想念自己的猫。钱文生不逢时,冤孽深重,少年曾气盛,长大徒胆虚,无福无德,祸延猫鸡! 真是死者早已矣,生者常恻恻,一人不得道,鸡犬下地狱! 呜呼痛哉,呜呼愧哉,呜呼恨杀我也!

于是他不再养任何活物。生命是太牵肠挂肚啦,生命是太悲苦太罪孽啦。唯愿长寂寂,岂敢苟生生!

钱文并且思索,虎头蛇尾,莫非就是万有的共同规律? 鸡如此,猫如此,中苏友好何尝不如此? 作家诗人的大作和生平何尝不如此? 他钱某人何尝不如此? 文化大革命会不会也如此?

这样规模的养鸡,从此成为绝响,成为历史拒绝的泡沫,对于钱文是今生不再了。呜呼!

第 十 二 章

　　喂猫养鸡的生命的生驻坏死的故事令钱文黯然神伤,而且还有人啊。这期间钱文常常参加农民们的丧葬、婚礼、婴儿满月和儿童的割礼。生老病死变成了一定之规的礼节,生老病死都非常容易非常平常。一位青年参军走了,他的父亲说:"只怕他赶不上给我送终啊。"钱文觉得可笑,因为说这个话的是全村最壮的一个中年人。没过三年,他病了,黄疸性肝炎,没有钱去镇上治病,飞快地死了,死了四天服役的独生子才赶回来。回来后那一家的哭声震撼了全村。三天后,村里的小流氓们眉飞色舞地向钱文描绘头一天半夜他们看到的这位回家奔丧的青年与村里的一位傻姑娘在大队部依墙做爱的"皮影戏",说是他们二人的动作全部被油灯投影到窗帘上了。

　　而农民从来不讲什么什么不能承受之轻。农民承受的砍土镘、抬把子、麦捆、秸秆、铁锨、麻袋都只有难以扛动之重。春天浇水平地,夏天打垅挖沟,秋天收割搬运,冬天运柴运煤,这就是人生,谁也改变不了的人生。在农民的人生包括死亡面前,知识分子的一切烦恼无非是吃饱了撑的而已。

　　钱文再也不敢饲养活物了,生命使他感到的是无穷的哀伤。他的兴趣便转入了有机化学产业——发酵制造酸奶。在边疆,常常令他兴起思京之叹的一个是啤酒一个是酸奶。那些年当地没有"正规"啤酒,倒是有制造土啤酒的,因为这里出产啤酒花。很可能是俄罗斯族的习惯,影响了本地民族,他们用啤酒花、麦麸、蜂蜜和做面包用的鲜酵母做那种介于俄式饮料喀瓦斯与德式啤酒之间的所谓啤酒。把原料放入大玻璃瓶子里，瓶口用橡皮塞住，再用木榔头将瓶塞砸实砸死，放到烈日下暴晒，以热促变，土啤酒乃告成功。成功后将土啤放入冷水中降温——边疆的井水即使在盛夏也是很冷的。饮用时再把橡胶瓶塞取出，外取瓶塞的时候会发出乓的一声巨响，如打开法国香槟然。这种工艺似乎保留着先民的古朴，这个过程稚拙有趣。

当地的俄罗斯人大致上是十月革命后逃过来的"难民"——即白俄，谁知道当初他们的祖先是公爵还是将军，后来他们定居在这里，看水磨，养蜂，捕鱼，做小生意，为居民粉刷房子，反正不肯务农。也许他们的上辈经历了十月革命的暴风雨，也许他们的上辈有过令天昏地暗、日月无光的惨烈故事，反正他们在中国是逍遥自在，自成一格。即使"文革"高潮中，小镇桥头总会看到一位胡须黄黄的俄罗斯老头儿在那里卖蜂蜜和洋葱、莫合烟和莫名其妙的药品，这也正是边疆小镇的宽松之处吧。

六十年代中苏交恶时，苏方放宽了对于十月革命时期的逃亡者后代的政策，他们大多回返到俄国去了，其中知识分子则宁愿意去澳大利亚或加拿大。总之，白俄们的聚集时期也就一去不复返了。

许多白俄居民走掉了，但他们的生活习惯包括饮食习惯还保留在这里。制造土啤便是其中之一。斯人已去，风范犹存。用这种土办法制作的啤酒，其味甘甜顺畅，无往而不适，喝起来也很迷人。但是它毕竟太轻飘太可口，太可口的东西显得幼稚，初级，没有质地。这种土造啤酒缺少的是真正啤酒所具有的那种苦涩和专注，凝聚和忧伤。而且此种土啤的制作工艺复杂，钱文不敢轻易尝试。

酸奶的制作就容易多了。钱文做酸奶是无师自通。他先用一点点和面用的酵面，置放于一小杯煮沸消毒又晾凉了的牛奶中。二十四小时后，一小杯牛奶就变成酸酪了。钱文过滤酸酪，把带着生面味儿的面团淘汰，然后以此酸酪为酵母，将之掺入到更多的煮沸消毒再晾凉的牛奶里，搅拌均匀，二十四至四十八小时后，酸奶即大功告成。钱文饮之喜欲狂:营养、细柔、新鲜、活性、微醺、洁白、清凉,不但抚摸着口腔也抚摸着灵魂。他们已经很久很久得不到这种抚摸了。在全国变成了炼狱的时刻,在人们的神经变得粗粝如荆棘之时,在什么都废黜什么都变成了非法的时候,在你要死我要活有今儿个没有明儿的时刻,钱文得享自酿酸奶之乐,钱文之妻儿得享酸奶之美味与营养,这是奇迹! 什么叫神仙,这就是神仙,什么叫逍遥,这就叫逍遥,什么叫知足,这就叫知足。知足常乐,能忍自安!

　　家庭酿制、手工酿制的吸引力与刺激性还在于每次与每次的酿制结果不尽相同——叫做不可预见性,叫做陌生感,这正是一切工业化标准化生产所不具备的。温度湿度不同,空气含菌状况不同,容器清洁程度不同,有时候用的容器也不同,给正在酿制的牛奶加盖、密封的操作也不同,再说牛奶每次的质地成分也未必相同,乃至操作者的情绪不同,各次的搅拌、指法与呼吸不同,都会引起成品的微妙差异。有时做出的偏甜,有时偏酸,有时较凝固,有时较稀薄,有时多酒味,有时无酒味,有时极白有时偏绿乃至于蓝,有时极芳香,有时不香,个别时候还会有一种奶的腥气直至臭味。遇到最后一种情况,钱文便把酸奶倒到和面的盆子里,用它当酵母发白面或玉米面,蒸馒头窝头。这样做的馒头窝头口感很好,更细更松也更营养。

　　然后钱文从做酸奶发展到全面做饭。比较起来,东菊比他更忙碌,她到了此地仍然教学生,虽然一会儿是停课闹革命一会儿是复课闹革命,总还要去应应卯。于是钱文负起了天天做饭的主要责任。他的做饭常常失败,做饺子的时候放多了五香粉,味道很怪。炒菜时他常常在菜快要做熟的时候发现锅太干了,便加放一点水,岂知一放水炒菜便变成了煮菜,味道一塌糊涂。在他认真地做了饭又做失败了的时候他特别不欢迎批评,愈是做坏了他愈需要表扬和歌颂。还好,东菊深知他的这一心理,不论他做的饭如何恶劣都能甘之若饴。也有特别成功的时刻,本地是很少有鱼的,一旦从沿海地区运来了点带鱼,菜市场里就会排上长队。得知菜市来鱼后,朋友们奔走相告,生怕错过机会,但是朋友们谈到来鱼的喜讯的时候,也会开玩笑说:"只不过,人比鱼多。"是说鱼一来,排长队的人数超过了到货的鱼数。这样的苦况中,如果排了两个小时的队买到二斤带鱼,又是何等的快乐!钱文做鱼,舍得搁油,煎炸完了再炝锅,葱姜蒜辣椒花椒糖料酒酱油和醋,他都大放特放,结果收效极佳,东菊与宝宝边吃边夸奖,皆大欢喜。于是钱文也深信自己会做鱼,一有鱼就处于兴奋状态乃至癫狂状态,做之其乐无穷,食之其乐无穷,后来发展到闻鱼之腥味而其乐无穷,想到鱼而其乐无穷。只是在吃完鱼,收拾完洗刷完鱼盘子之后,闻着房间里的残余的鱼腥,钱文会感到突然的失落,觉得悲喜交集,觉得与弘一法师临终前的感受相通。子非鱼,安知鱼之乐?安知鱼儿被吃之乐?子非我,安知我不知烧鱼之乐?天下者汤锅,"文革"者炉火,小民者残渣鱼儿也。

做饭也会带来不快,问题不在于他的做饭成绩,他深知自己不是一个好厨师。他自从一九五七年以来,养成了遇事反省的习惯,反求诸己,三省吾身,他差不多都做到了,他不害怕没把饭做好。他最苦恼的是饭做好了却不能按时吃,有时候是因为有客人,有时候是因为东菊的一点工作没有做完——如写班主任总结报告等,有时候他认为是毫无道理,例如东菊正在洗脸或者正在擦皮鞋……反正菜烧出来了,摆在了桌子上了,他认为那是转瞬即逝的最佳机遇,早了菜没有烧好,晚了菜就会丧失掉那最初最美最新鲜的色、香、味。错过了最佳机遇,他会面有愠色,他会埋怨不已,错得太多他会大发雷霆,再严重他会因此而歇斯底里。人做什么多了就会变成相应的什么,他深信这一点。做饭操心的就是饭,他变成了大师傅,写诗操心的就是诗,他成了诗人,革命操心的就是革命,他成了革命者,改造操心的就是改造,他是正在改造的右派。三教九流,宁有种乎?

为吃饭时机问题,他与东菊之间出现了多次不愉快,他明白,他已经没有更多的事可做,更多的脾气可发了。

还不是因为他会做鱼,在家里形成了他会做鱼的舆论。他爱做饭了,他自认为也被认为是渐渐会做一点吃的东西了。他就希望诸事服从他的做饭,他就要干涉旁人。天下皆知美之为美,斯恶已,天下皆知善之为善,斯不善已。他悟了吗?

渐渐地,东菊也对执炊来了兴趣,亏她办得到,她竟然买到了新版的《中国名菜谱》与《大众食堂菜谱》。这事也不简单。那是在林彪的事情出来以后,全国召开了出版工作会议,使除了一个人的著作再也不敢出别的书的全国出版界出了一点新书。说是毛主席亲自指示可以出严复译的《天演论》,章士钊的《柳文指要》和《金日成文集》。还说是作家姚雪垠得到了毛主席的特许,他的《李自成》也可以出版了。姚先生真是天之骄子!此外还出版了《赤脚医生手册》《新华字典》与上述两本烹调书。钱文看到两本烹调书以后,对领袖感激涕零,难以言表。久违了,这不讲阶级斗争而讲吃喝的奇书!

钱文最得意的是从奇书中学到了制作奶油炸糕的本领。从前——现在已经要说"从前"啦——在北京,位于东安市场的"东来顺"所做的奶油炸糕,是他们最爱吃的小吃之一。他们无法想象那种松软细腻、明丽乳黄、质地介于固体与粥状体之间的食品是怎样做出来的。尤其是那种炸糕的形状,大圆球(或圆饼)上附着着一两个小圆球,活像是一种冬季戴的绒线帽子,算是绝了。他们到达边疆之后几次用纯正奶油酥油试图做炸糕,全部失败。读了菜谱才知道,所谓奶油炸糕,根本不用奶油,它是用纯蛋黄混合上面粉、油和水,搅成糊状,再用圆勺子盛起,放入烧热了的油锅中炸成的。由于糊状物一下子倒不干净,先倒下来的势急,在热油中迅速凝固,结成大球,余下部分势缓,积累到一定程度再离勺而下,于热油中结成小球,便出现了球上有球的奇特形状,外焦里嫩,外坚里柔,金黄乳白,妙不可言。全部窍门儿和精髓就在于奶油炸糕无奶油,叫做名不副实是也。

当他们执着于奶油时,他们做不出来,当他们不用奶油而做奶油炸糕的时候,他们成功了。会者不难,难者不会。"文革"的做饭伟业中,他们又创造出了自己的新纪录!他们三人吃得高兴陶醉,物我两忘,幸福得喘不过气来。

吃完了,继续自我欣赏与相互欣赏这次奶油炸糕的伟大胜利,这是毛泽东思想的伟大胜利,这是文化大革命的伟大胜利,这是批林批孔的伟大胜利,他们争着说,不知道怎么样表达自己的喜悦之情。那时候边疆小城的一个饺子馆的开张也悬挂着庆祝毛泽东思想伟大胜利的标语。庆功之后,钱文看一下锅里的油,回到了现实,叹道:"可惜的是,小半斤油一家伙就没了!"

"没关系,咱们想办法找人帮忙从北京给咱们捎肥肉来。现在他们都是这样,在北京买肥肉馅儿,炼出油来,放到一个铁盒子里,油浮在上面,油渣带瘦肉沉到底儿上。托列车员带过来,且能吃一阵子呢。"东菊说他。

"可咱们不认识列车员呀!你说的就好像那个故事,老鼠集会讨论怎么样防备猫的袭击,一致认为最好的办法是给猫的脖子上戴一串铜铃,那样猫一过来众老鼠就会听到警报,及时躲避。可是,谁给老鼠挂铃铛去呢?就这个问题解决不了。是啊,认识列车员就有肥肉炼的油可吃了,可是,谁又认识列车员并且有这样的交情呢?"

钱文的故事使大家笑个不住。东菊说钱文的故事文不对题,钱文说正是比喻恰当。东菊说他是吃奶油炸糕吃高了兴了,废话也就多了起来。"别看现在闹得欢,小心秋后拉清单。"不知道是由于太高兴还是由于高兴不忘晦气丧气,钱文莫名其妙地嘬嚅着去收余油,没有漏斗,他要全凭手的准头把剩余的油通过细细的瓶颈倒入油瓶。多次做饭,钱文练出了这项绝技,能把一个大铁锅里的油倒成一个细流,让它百分之九十九流入瓶内。谁知吃奶油炸糕这次,他不知道是由于太兴奋了还是太心疼油了,他的锅沿碰倒了油瓶,油瓶倒在了地上,一锅余油洒在地上不算,原来瓶里的少许油也流出了一半。

乐极生悲,天杀我也!谁让你这样猖狂!谁让你这样快乐!谁让你这样疯傻!这是什么年头儿,你倒是美了个够!你哪里有快乐的权利!

钱文面如土色,因美食而舒畅的肚子开始痉挛起来。

东菊说,她听说,油泼在地上还是可以收起来,因为油与污秽尘土的比重不同,各种脏东西都会沉淀下去,油浮在上面应该还是干净的,还是可以用的。于是展开了挽食油于既倒(读到)的抢救活动,总算略有成绩。

到了"文革"中后期,一九七四年春节,钱文一家回到边疆的大城市以后,正是家家耽于烹调的高峰期,愈是没的吃就愈是重视吃。各家经常是互相邀请,彼此作客,分享佳肴,交流感情,切磋厨艺。一九七四年春节,这应该说是他与东菊炊事上的一个顶点,今生今世也难于逾越了。光为菜谱二人就研究一次又一次,最后东菊还把菜谱写在了纸上。他们邀请了十四位客人,大桌子,小桌子,大椅子,小板凳,直到床板全用上了。东菊做了滑溜肉片,干炸小丸子,海米烧油菜,还拌了白菜心粉丝配红绿青椒丝,自制沙拉油(自己用蛋黄和菜籽油打出来的)拌土豆丁儿;钱文做了烧带鱼和奶油炸糕。那次,他们做饭做疯了!万般皆伪劣,唯有吃饭真!宾客们齐声喝彩,掌声笑声不断。他们那天共喝了四瓶二锅头酒!在物质极端匮乏,政治极端压抑的年代,只要有一小片自由,只要有一小点物资,只要有巴掌大的一点空间,只要爪子离开猎物片刻,就能创造出多么快乐的生活!人是多么顽强!人是多么无耻!人是多么苟且!人是多么愿意生活!

饭后,他们俩累得躺了两天。他们想起了刘小玲为他们饯行做的大菜来了。真不容易呀,他们叹息。

……那时节,有多少渺小的快乐和细微的关怀,有多少友朋的善意和邻舍的情谊,有多少人生的庸常的趣味和零星的享受,像石头缝里生长着的草,滋生着,成长着,碧绿着,挣扎着,点缀着。此后新的历史时期的大好光阴里,钱文等人"伟大"起来即人五人六起来以后,反而享受不到了。却原来那也是昙花一现,今生难再的好日子!

多么奇妙!差不多从一九六七年到一九七六年这九年,他们过着十分渺小的生活,人如尘土,命若飞蓬,过了今天,谁知道明日?这也是上天的一种特殊的恩赐,是一种机缘,是一种运气。钱文常想,他这一辈子是太炎热了,他从小就革起命来了,不久又成了革命的"对象",加上诗人的头衔和活动,此后他愈来愈成为一个公众人物一个文化人物一个政治人物啦。他的悲剧在于总是有事做,总是忙碌着。他一会儿成为这些人的宠儿,一会儿被目为异己,一会儿被视作希望,一会儿又因为失了别人的望而被诅咒被攻击。他常常被注视被讨论被研究被哄抬或者被歪曲,他似乎是一个符号,一个皮球,一个话题,却并不是他自身尤其不是他自身的全部。他常常遗憾于自己缺少平常人的身份、经验和心理反应机制,然而,毕竟在"文革"开始一年后的九年中,他多少地找到了自己的生活。他虽然犹犹豫豫,他虽然放不开胆过这种没有人管理没有人监督没有人布置验收没有人批评表扬的属于自己的生活,虽然他仍然渴望着组织上的召唤渴望着接上与全知全能的领导的关系,但是他毕竟尝到了一个断线风筝的带苦味的甜头,却原来人也可以不拴着一根线而生活。他毕竟可以揭开一个人五人六或者候补人五人六的雾障,放下一个人五人六或者候补人五人六的架子。你知道了吃喝拉撒睡的重要,你知道了人总是要活着,而从活着的角度看你和其他的凡人本没有多大差别。你承认活着本身就具有某种意义,并不是说意义必须听从外力的制约。你终于可以注意到日出日落,旦复旦兮,阴晴雨雪,天时变兮,春夏秋冬,四时行兮,酸甜苦辣,五味察兮,鸡狗猫兔,禽畜怜兮,生老病死,人世忧兮。茫茫人海,踽踽独行,人生本来就不是一个编制完美的计划,一章配器精当的交响,一场敌我分明的大战。人生本来就会有许多困惑,许多尝试,许多等待,许多无奈和仓促的决定,许多孤注一掷的冒险——这还是好的,而更多的时候是得过且过的苟且。这不太美妙么?是不太美妙。这调门儿太低了么?是调门儿不高。然而这是生活,这是人生,这是平凡,这是你自身。你承认了这一面,你正视了这一面,至少是一面,然后,有可能谈其他了。

真是难解呀,生活应该是一个有目的有意义有程序的步步为营步步作业呢,还是一种随遇而安,因人而异,梦想、咀嚼、自慰、温习、怀疑、平静的或永远不得平静的过程?生活需要主题吗?什么是生活的主题?谁来掌握生活的主题?也许你最后的最后也只能说这么一句话:"我还是不明白,我还是不明白呀!"

这是悲剧吗?消灭悲观与悲剧的痴心,就不可悲吗?

那么,这十多年,钱文被社会生活排斥在外,被史无前例的无产阶级文化大革命排斥在外,这究竟是一种大悲哀还是一种大解脱呢?是命运的恩典还是惩罚?是一片空白一个黑洞还是一种机缘一个奇遇呢?也许我们还可以设问,世界上究竟是要做这个那个,自以为能够做这个那个,而又被认为是不但做不成这个那个,而且做的事情恰恰相反的有为之士即人五人六多;还是并没有一定要做这个那个,也不认为自己一定能做成这个那个,只是悄悄地活着罢了的百姓凡人多呢?圣人不死,大乱不止,老子几千年前就告诉我们了。让我们再问一句,世界上那么多伟人、救世主、教主、活佛、英雄、豪杰,那么多秦始皇刘邦项羽拿破仑希特勒,他们究竟是为平民百姓带来的太平快乐温饱富足多,还是战争屠杀混乱恐怖多呢?东周列国、楚汉交兵、三国演义、两次世界大战,可谓英雄辈出……世界上究竟是伟人多的国家人民幸福还是伟人少的国家人民幸福?风流人物的业绩背后连带着多少普通人的颠沛流离,家破人亡!究竟是伟人主政的国家人民日子好过还是普通人主政的国家人民日子好一些?如果老百姓对伟人的态度多一点保留,如果伟人也去搓一搓麻将,养养鸡,酿酿酸奶,逗逗猫,如果伟人的自我感觉降低那么一点点,老百姓是受到的损失更多还是获得的益处更多呢?世上有不杀人不压倒对手不要求普通人为他或她认为正义的事业付出代价的伟人么?世上真的有把普通人看得和自己一样重要一样有价值的伟人么?敬爱的刘少奇同志对掏粪工时传祥说:"我是国家主席,你是掏粪工,这只是社会分工的不同……"他说得多么真诚,多么理想!钱文丝毫不怀疑少奇同志讲这个话的美好情操和良苦用心。共产党不是说要消灭体脑、城乡、工农之间的三大差别吗？共产党的领导不叫总裁而叫书记（原文即秘书），不也是志在废除官员只保留秘书吗？现在,"文革"开始了,所有的头头儿不叫书记又叫勤务员了,如果今后中国的所有领导都叫勤务员,那么,今后勤务员就成了最神气最权威最受人尊敬最受人羡慕的官气十足的称呼了。后来,刘少奇又被说成是"党内最大的走资本主义道路的当权派"了,这又是一种什么样的分工呢？这一切都是来自一些多么伟大的理念呀！多么可惜,多么遗憾,伟人的伟大与平凡的现实之间总是留着那么大的距离,请问,如果伟人与现实不存在距离,伟人还能显得那么伟吗？

反正不论过去与今后钱文对于文化大革命的谴责有多么强烈,也不论当时钱文想起国事来是怎样的忧心如焚,在"文革"中的一大段他确实过上了奇妙的珍贵的难得的也许是对他的后半生意义重大的不平常只因为太平常的日子！此前此后,钱文接触过多少人五人六呀,其中有真诚的与忘我的革命家,他们从小生活在革命队伍里,他们对革命无比忠诚,他们的一言一动一思一念都高度的革命化了。然而,他们并不是总是成功的,例如胡耀邦同志,他其实是多么需要一点普通人的生活经验普通人的视角和智慧呀。还比如毛主席,如果他多一点庸常的心态,多一点对于平凡的世界的俯就而少一点天马行空的大手笔,对于他本人,对于中国人,该是多么大的福气！

还有风光呢,不是这一段日子,他钱文怎么可能享受这样的土地,这样的风景！沙漠里的绿洲,农家栽种的果园,蜀葵、波斯菊和玫瑰,这里的农民说,花朵乃是来自天堂。没有比在葡萄架或者南瓜架下面小坐,听着羊儿咩咩,看着燕子双双飞翔,喝着奶茶更惬意的了。田间是烈日、尘土、大树与浓荫。雨后的大片苜蓿地,绿而蓝,蓝而紫,芳香如新收获的番薯。水渠,牛拉的高轮车,代步小毛驴,冬天大块大块地降落的雪。特别是那阳光灿烂的家乡河,河水奔流,汹涌澎湃,昼夜冲刷着黄土河岸,时而土壁砰然坍塌,沙洲上有野鸭栖息,河边草地上有放牧的牛羊,对岸的篝火缓缓升起,远处的浮桥依稀可辨,顺流想象,那端就是国界。这是多么奇妙的地方!不犯"错误",怎么可能驾临到这一方宝地!放逐方知天地阔,挥锄更感边疆亲!

　　他珍惜养鸡养猫酿奶执炊的经验,他珍惜远地的风光,他也珍惜一醉方休的记忆。对酒当歌,人生几何?何以解忧,唯有杜康。曹操的诗写得多好。劣质酒,呛人的莫合烟,羊肉菜的既膻且鲜与煮得很烂的土豆与洋葱的甘甜浓拙的气味,还有各族同胞特别是体力劳动者的各有特点的汗气人气,混合在一起,使你知道——使你嗅到真正的人间,民间。这样的民间,恰恰是那些整天民间长民间短的知识分子们根本摸不着门儿的。人们按照一定的礼仪劝酒敬酒,一个劣质酒杯依次传递,而且这里的特点是边饮边唱。钱文不能断定饮酒对于声带是否有不良作用,反正饮酒对于唱歌的情绪作用极佳。也许这里的人民,是用情唱歌而不是用声带唱歌的吧。你到了这里才发现,为艺术而艺术是完全行得通的,因为你可以随便唱而没有人会注意你在唱什么。你可以唱爱情歌曲,你可以唱革命现代京剧的样板戏唱段,你可以唱英文或者法文或者日文歌,你可以唱少数民族语言的歌曲,你可以唱救亡、起义、战斗、送别、调情、狎妓、颓废、宗教、悼亡任何一种或几种歌曲。无论什么类型的歌曲,在酒后也就丧失了它们原有的区别。你在这里唱什么都会一样的痛苦,一样地从内心深处向外倾吐、向外发散向外宣泄。无论唱什么都一样的绝望一样的兴奋一样的多情而又豪壮、沉闷而又千回百曲。这里的民歌旋律是滚动性的,每一乐段似乎都来自前一乐段,重复前一乐段又添加了变化了一点唱法。这样的歌你觉得特别容易学但是就是学不会学不准。这样的歌唱起来就没有完。这样的歌就像人生,不断重复不断变化,变来变去还是那个又苦又甜的调子。这样地唱起歌来你觉得伟大如毛泽东彻底如文化大革命也无法将文艺搞得整齐划一,你拿艺术当武器,当教科书;我拿艺术下酒,拿艺术销愁,在"文革"中照下照销不误。而酒是通向艺术的天梯,酒是歌曲的火种,酒使你回忆起应该回忆的,使你遗忘掉应该遗忘的,并且兴奋起应该兴奋的。喝了酒以后你成了艺术家,你得到了那么多平日得不到的刻骨铭心的体验。你喝了酒以后成了感情丰富的、善良的、充实的与富有想象力的好人,你品尝到了爱恨悲欢怨怒也体验到了爆炸和疯狂,你感觉到了无奈却也感觉到了毕竟没有白活一趟的满足。你还可以乘酒兴说一些废话、大话、空话、傻话,当然也许会说一些巧话、智慧的话和带血的通神的恶毒的飓风一样的发疯或者闪电一样的发光的话。你可以发牢骚,你可以借机攻击你不喜欢的人,你也可以借机阿谀奉承,讨好与你共处酒乡的某一位人士。你还可以乘酒讲一点黄色笑话,发泄一下你的贮藏得太多的力比多。钱文把《东坡志林》上那些荤故事改头换面,用当地少数民族语言全部讲给农民们了。

喝着的时候,钱文爱听当地少数民族农民唱俄罗斯民间歌曲,因为这边曾经住过大量白俄,接下来俄罗斯族也没有走净,许多农民会唱俄罗斯民歌。这种歌曲令钱文想起中苏友好的五十年代,想起自己喜爱的那些塑造了他们这一代人的感情的歌儿,但本地农民唱的是另外的更民间的曲目,唱法自然也与苏联红旗歌舞团或者庞雅特尼斯基民歌合唱团的唱法不同,它更质朴也更混合,把俄罗斯的与本地少数民族的唱法掺和在一起。如遇故人,似曾相识,唤起回忆,面目全非,熟悉却又陌生,亲近反而遥远。钱文只觉得没有想到,他的五十年代之梦竟在这里找到了呼应。友谊牢不可破也好,苏修亡我之心不死也好,往事不再重复,却毕竟没有消失,你中有我我不知道,我中有你令人依依。

醉了以后有一种特殊的清醒,在总体的晕晕乎乎之中,你获得了某一部分的特别清晰和敏锐。你的视野可能受到了限制,你的眼睛有点发直,然而,在某一部分,你看着什么都像从高级相机的取景镜框中看出去一样,你觉得那个世界更集中更明丽而且轮廓凸显,富有立体感。你明明灰头土脸,低人一等,前途渺茫,心情黯淡,然而喝过酒以后,你叫起来,闹起来了,你吹起牛来,你大笑起来,笑着笑着忽然你五尺高的汉子嚎啕大哭起来了。人之大患在有吾身,酒之大用在无吾身。你忽然忘记了过去未来却获得了当下的瞬间,你忘记了你现在是在什么地方,周围是一些什么人,你更忘记了自己是什么人,有什么麻烦,有什么痛苦,有什么一年复一年就是实现不了的愿望。你只剩下了一种兴奋,一种晕眩,一种血液的充溢和奔流,一种心房的撞击,一种疾风的吹拂,一种力量在推动着你前进和旋转,而你又原地不动。啊——啊——啊——你的声音忽然响亮起来了,你的细胞饱满起来了。你说话,拉长了声音却忘记了内容,叫做得意而忘言。你要笑却笑成了起伏低回的仰天长啸。你要与某人辩论,却与那人紧紧地拥抱在一起。你要站立却变成了摇摇摆摆的舞蹈。你想大哭一场,你发出的却是无人懂得的断断续续的信号。你想演说,于是你口若悬河滔滔不绝。然而你并不知道自己究竟要说什么。你要分析,你要判断,你要声明,你要语出惊人醍醐灌顶,却只剩下了一团活力一片混沌。你顺手一抓就是一个结论一个命题,说什么就是什么说什么就不是什么。你说自己是大好人,然后连忙说不是。你说科学已经发明了生男生女的自我控制法,然后说生男生女都是天意,人不要变更天意。你说某人是一个英雄,接着就说他其实说到底是一个恶棍。你说你要拥抱这个世界,而这个世界压根儿就在你的怀抱里,天地人,日月星,然后你说你只是一粒灰尘,或者连灰尘也算不上。边说边不忘歌颂文化大革命,你说文化大革命实在好,好啊,好啊,你哭起来了。

然而说酒真的令人忘记一切又是不对的,酒使人忘记了许多,又提醒人不可忘记那最重要的:一个是政治,一个是生命安全。也许这两者是二而一一而二的事儿。其实并没有多少人真的关心政治理解政治,人们之所以个个关心政治还是由于政治是安全的首要因子。那个时候,威胁人的安全的不是车祸,不是结核菌,不是癌细胞,而是政治。人们喝了酒说话大胆多了,包括发了些牢骚。然而,喝了酒,政治上却更敏感和自觉了。钱文和农民们开怀畅饮的时候也不会忘记批判刘少奇与歌颂毛泽东主席,批判苏联勃列日涅夫和歌颂阿尔巴尼亚的恩维尔·霍查和穆罕默德·谢胡。有多少次再多喝一点以后所有的歌曲与谈话都不见了,所有的长啸与哭闹都不见了,全体喝酒的人只剩下了高呼毛主席万岁万岁万岁万万岁。是不是在歌颂什么批判什么的问题上,人喝了酒比不喝更清醒,喝多了比喝少了更明白呢？在那个时期,钱文坚信,自己即使睡着了也不会为反右运动鸣冤叫屈,醒着不闹事,醉了也是顺民,睡着了更老实。钱文听说过,斯大林肃反的时候枪毙了一些红军将领,其中不少的人在刑场上高呼斯大林万岁,这个消息传到斯大林那里,斯大林很不高兴。斯特朗的《斯大林时代》中写到了这一情形,《文汇报》转载了《斯大林时代》的部分内容,无怪乎毛主席要亲自起草《文汇报的资产阶级方向应该批判》这篇社论了。

　　有一个经验钱文始终觉得有趣。是冬天,午夜过了,钱文喝得酩酊大醉,他在凛冽的寒风中骑自行车回家。朋友们都劝他不要走了,而且女主人在午夜一时开始切肉剁菜,准备最后一道食物:羊肉蔓菁热汤面。吃完这道面,众宾客横七竖八地一躺,天亮再见可也。钱文不肯,他担心东菊会担心他,在整个世界坍塌成了碎片的时候,唯一支撑着他钱文的东西就是东菊了。他声言他必须回家,同时他拒绝任何人送他,全室的男人都比他喝得更多,让一个喝得更多的人送喝得较少的人,岂不是更危险？他声称他一点也没醉,他现在仍然可以把毛主席语录用汉语和少数民族语言从"领导我们事业的核心力量是中国共产党"背到"军民团结如一人,试看天下谁能敌",然后他开始背诵。其实他已经背得前言不搭后语,但是没有人听得出来,闻语录只觉得他是清气凛然而邪魔自散。人们酒意冲天中与他道再见。他一上车就想到了危险。他知道从这一家到自己家中间要经过一小段国家公路,沙石路失修多年,坑坑洼洼,而且即使在深夜也常有载重大卡车疾速通过——说不定那个开卡车的司机与他一样,是在喝了一瓶头屯大曲后发的车。其余都是弯弯曲曲的乡村小土路,时不时地有一道小渠横亘在路上。他出门的时候自言自语,告诫自己:"我醉了,我现在骑自行车回家,我要小心,我不能出车祸,出了车祸就什么都完了。万事都还没有一个结果,我不能因酒丧失了结局。"

……"这是一条狗,这条狗叫起来很凶,然而,他是用链子拴着的人,笑话,它是用链子拴着的狗,他不可能跑过来咬我。混蛋!你这只耀武扬威的狗崽子!……这是什么?这是月亮。笑话,我还不知道月亮?今夜的月色何等好啊。喝了酒,月亮就会更圆。今夜鄜州月,闺中只独看,可怜小儿女,未解忆……未解忆下定决心不怕牺牲啊。"他检验着自己,想到了牺牲二字,大惊,觉得不祥。

"然而我不要牺牲,牺牲太多了!我要保持平衡。我要紧紧把握住自行车把……不要摇晃,不要倒在大路上。我们倒在大路上,意气风发斗志叮叮当当!啊,我多么希望就此往大路上一躺啊,星星月亮,我们客人,红柳沙丘,我们陪伴!① ……我要努力,我要清醒。瞧,我骑得多好!……这是小沟,妈哟,怎么屁股颠得跳了这么高!……注意前轮,只要前轮没有陷到车辙里,后轮不打紧——杀了驸马不打紧,奴的终身靠何人?② ……什么?是鸟叫?是黑影?是魔鬼?是歹人?你他妈的!"

钱文判断清楚了,"是汽车。是像一座楼一样的汽车。靠边,靠边,再靠边吧。我不能去撞你!……你总算是开过去啦,咱们哥们儿无冤无仇啊,是不是?你何苦非轧死我不可?……到了二队的苹果园啦。契诃夫写的是樱桃园,而这里是月光下的苹果园。多么长的土墙啊。多么安静的没有管理好的苹果树呀。这个果园的原来的主人,在土改中没有被枪毙吧?……哈哈,这里就是小黄猫常常迎接我下工的墙头了。它会不会突然跑出来接我呢?也许它没有死?也许屈死的它会显示一下自己的灵魂?"想到这里,钱文只觉得毛骨悚

---

① 电影《阿娜尔汗》主题曲歌词。
② 京剧《四郎探母》中的唱词。

然,他几乎大叫起来。

钱文明明白白地到了家,一到家,他把自行车往地上一扔,自行车劈里啪啦地倒在了地上,他根本不在意。他几乎是爬着进了屋,进了屋就嚎啕大哭。他倒在了地上,丑陋,肮脏,昏迷,不可以理喻。后面的事他就不知道了。

钱文此前没有那样喝过酒,此后也没有。多么奇妙的突然一醉的日子!醉后尤知生命的可贵!醉后犹能精细地保护自己!

不但有酒,而且有烟。"文革"的开始解放了钱文,什么尼古丁,什么气管炎,什么健康的生活习惯,什么呼吸器官的保护,有了"文革",这些全滚他妈的蛋!毛主席就是伟大,和尚打伞,无发(法)无天,自由意志,大气磅礴,天马行空!世俗的庸人紧赶慢赶也望不到他的项背。万类霜天竞自由嘛,不自由,毋宁死嘛。他老人家才是我们的榜样,什么都看不起什么都不信什么都不尿什么都不在乎!他老人家算是世界上最自由的人啦。毛主席教导我们,要五不怕,不怕丢官不怕开除党籍,不怕坐牢不怕老婆离婚,第五是不怕杀头呢。说得何其好哉,除了他老人家谁说得出这样好的话哉!离了婚正好再结一次,坐了牢到时候再出来,杀了头呢,二十年后又是一条好汉嘛!

开始时想的是不妨一试,不必把自己管那么严。人生苦短,人生已经有许多人在管着自己了,何必再自己管住自己呢。于是他买了一包价值一毛二分钱的三级香烟"绿叶牌",一吸,还真有那么点内容,内容介于有无之间。人的呼吸其实觉察不到什么,有乎无乎,呼乎吸乎,未可测也。人之知有呼吸固老师教导之结果也。如今有了烟,使无名高地有了名,无形空气有了形,似香似臭,似清似浊,似青似褐,似厚似薄。有一点草味,有一点树叶味,有一点藕味,有一点土味,还有一点花味,可能还有一点粮食味道。也可能什么都没有。万物生于有,有生于无。有之以为其利,无之以为其用,最能够解释老子的这个精义的就是吸烟。烟不顶饥不解渴,看不清抓不着,佛讲六如,如梦如幻如泡如影如露如电,还应该加上如烟,烟就是梦幻泡影露电，就是佛法。吃饭喝水是求生存，吸烟才是为艺术而艺术。吃饭喝水是形而下，吸烟才是形而上。吸起烟来煞有介事，扬着头，背着手或者伸出手，叉着腰或者托着腮，手呈兰花指或者拈针指或者满手指。舌头抵着上腭或者齿龈。烟从左手倒到右手或者从右手倒到左手。跷起二郎腿，歪头枕着椅背或者踱来踱去，皱起眉，自言自语，忽快忽慢，忽而像发作了精神病，忽而像病好了胸有成竹自信而且骄傲。噗噗地往外吐（烟），慢慢地往外吹，深吸一口贪婪地吞咽进去，吸一口停一停，再把混合了水气和人气的白烟吐出来。吐成柱，吐成彩带，吐成圆圈，吐成字，吐成一片氤氲。用食指自上而下弹弹烟灰，用无名指自内而外弹弹烟灰，用中指自外向内弹弹烟灰。叼着烟作深思状，咬着烟作凶狠状，嘬着烟作油滑状，吧唧着烟作贪婪状，闭上眼作享受状，歪着脖作神秘状，垂下拿烟的手作万念俱灰状，举起拿烟的手作以烟为旗以烟为丹柯的心即点燃自己的心脏状，右手用大拇指和无名指夹紧烟、左手包住右手、再用双手托起下巴，作悲观厌世绝望状。用烟头的火星烫一下手心作自戕和苦行状。不想吸了把烟蒂远远一抛以示潇洒倜傥青春意气，还剩半支就把烟顺手掐灭以示豪爽大方不黏不滞，不吸了拼命拿烟蒂向墙壁上石头上捻搓以示苦恼困惑纠葛和沉重的分量，不吸了轻轻擦灭准备下次再吸以示谦恭节俭谨小慎微。吸与不吸，都是一种技巧，一种舞蹈，一种气功，一种表演，是史无前例的运动中，孤独与寂寞中的自己与自己的对话和抚慰。不仅仅是手指，不仅仅是嘴唇鼻孔，还有全身的各部，面容、脖颈、四肢、腰背，眼神与心跳，都随着吸烟的感觉而摆出了各种姿势各种造型。吸烟使你获得了自我欣赏的片刻悠闲，你在这一刻只属于自己，你变成了你自己的模特儿。你反观自身，咀嚼自身，怜爱自身，叹息自身，厌恶自身。于是你笑了，你哭了，你流出了眼泪，你喟然长叹。

吸烟使你在无事中找到了一点事，无可食之时找到了一点"食品"，无可思考之中找到了一点思考，光阴冻结之时找到了一个过程,感觉冻结之时找到了一点感觉。无事之事,无物之物,无形之形,无趣之趣。如生如死,如喜如悲,如爱如恨,如醒如痴。你在茫然中寻到了一点线索,你的思想感觉由于附着在青烟上而成为有形可触的了。吸烟是麻木中的一点神经,冷漠中的一点悲凉和悲凉中的一点疲倦,疲倦中的一点温暖。不是吗,冰冷的季节里一点红光也带来温暖的想象啊,安徒生的卖火柴的女孩就是在火柴的微光中看到了此岸与彼岸的一切的。吸烟是黑暗中的一点火光,是"破私立公""狠斗私字一闪念""灵魂深处爆发革命"后的一点——最后一点灵魂的空间。

吸烟还因为"文革"开始以后,差不多所有的人与人间的来往都停止了,而你,钱文其实耐不住独居的生活。还因为,"文革"以来,饮食愈来愈简单,一顿饭,十分钟就吃完了,从饭食来说,你已经用餐完毕,多了你不需要,也不再供应了。然而,从时间上你感到不满足,你不甘心这么三下两下就解决一顿饭。你需要延长用餐,你需要填补供应不足带来的空缺。吸烟还因为缺少谈资。由于吸烟,你可以与人交换对于"海河"与"古车"、"解放"与"战斗"、"凤凰"与"红山茶"、"牡丹"与"彩蝶"以及用报纸还是专用烟纸卷莫合烟的比较烟学研究心得。

在百无聊赖的吸烟里,你还可以进行意志的体操,你要培养自我控制的功夫。你可以点着一支烟立即将它熄灭,因为你要试试自己可不可以在想吸的时候偏偏不吸,不想吸的时候硬吸。你可以突然决定三天不吸,因为你要考验自己的对抗一切随波逐流的惰性的力量究竟有多大多强。你想知道你将被外在的诱惑所左右,还是你归根结底能左右外在的诱惑。你想弄清楚究竟谁是你的主人,是你自己还是外在的什么。你希望在一个无奈的,喷烟吐雾的,穷极无聊的乃至于有一点堕落的钱文之外再找到一个钱文,这个钱文坚强,铁腕,严峻,自己敢于与自己作对而且无往而不胜。你又不肯戒烟,因为戒烟也是一种逃避,也许是另一种形式的屈服和不自由,另一种形式的对于外在力量的投降。钱文不想听命于感官的诱惑,那太没有出息。但钱文也不想听命于小儿科的卫生常识,那太束缚自身。最令人惊奇的是,这一切你居然都做到了,你居然做到了吸而不瘾,停而不戒,召之即来,挥之即去,吸吸停停,随心所欲,不为之累,不为之役。钱文自己也感到惊奇,因为他再也没有看到第二个人以他的方式吸烟,他赞美自己的理性与意志的力量,他又觉得自己有些不对头,他的这种做法会不会类似于——例如希特勒?无论如何,他是诗人呀。诗人应该是散漫和感情用事的,诗人应该是想的说的和做的脱节的。然而,今天,容得下诗人的性格诗人的放肆么?是什么力量把他造就成今天的这个样子呢?

在这段时间钱文还常常打麻将牌。这也是天意,阴阳五行,生辰八字,走到这儿了。过去和将来,他再也不会这样打麻将了。过去,如果有人预言他将在公元一九六七年六八年大打麻将牌,他是死也不会相信的。他不知道过去有什么人像他对麻将如此反感。他可以休息,可以睡懒觉,可以跑步,可以下棋,更可以读书写字。然而,他最痛恨的就是麻将牌,他以为打麻将是绝对地浪费时间消磨生命。麻将牌就是穷极无聊,昏天黑地,打嗝儿放屁,斗室封闭,原地踏步,愚昧无知,扼杀生机,碰碰运气。麻将牌扯住了整个中华民族的后腿,那么多人打麻将绝对是中华民族不发展不进步的重要原因之一。他之要革命有许多重要原因,其中有一个就是,他要消灭掉让多少可能有为之人坐在八仙桌四面打麻将的氛围。而新社会之优于旧社会的一个重要标志,他过去以为就是不让人打麻将牌。"文革"一开始,破四旧的时候全国有多少副麻将牌被没收被捣毁呀,又有多少人因家中有牌而吃了拳头挨了耳光。然而,在轰轰烈烈的"文革"开始一年之后,出现了一种高压与无政府状态并存,热烈与冷淡一色,激动与疲倦齐飞的奇特局面。在这种局面下,打麻将之风如火之燎原,势不可当。有一个说法,叫做"祖国河山一片麻"。

钱文的住地附近有一个养路队,时间久了,他们与养路队的工人们渐渐熟悉起来。其中有一位上过高中的湖南人,他自制了一副麻将,他与他的妻子连同这副麻将便成了钱文家的常客。他脸孔白净,眉清目秀,并无工人阶级的粗犷气而略带文弱。他的妻子更是端正青春,大眼睛长辫子,样子讨人欢喜。湖南籍朋友用梨木削成整齐的矩形方块,打磨光洁,镌刻细腻,刷上彩漆,制成了一副土造麻将。毕竟是土造,幺鸡像是一只小鸟,九条像是九根蚯蚓,幺饼不圆,像一个活动着的单细胞。这些不规范不确定处反而使麻将显得更加亲切可爱,更加生气贯注,更加富有个性与时代气息。领导上提倡文艺作品要有时代气息时代特色已经提倡了好久了,用心亦良苦矣。直到今日,从这副麻将上钱文对于时代气息云云突然顿悟!一九六五年先是批判《北国江南》《早春二月》《舞台姐妹》,后来转入批《海瑞罢官》"三家村"。一九六六年初夏红卫兵运动,毛主席十几次接见红卫兵,破四旧抄家戴高帽子游街,血腥气中开始了一个红彤彤的新世界的诞生。一九六七年一月革命,革命造反派夺权,然后是军管,然后是分化成两派,文攻武卫的结果是大打出手,大打出手的结果无不是当权派和部队支持的一派大获全胜。造反派的坏头头进了班房,造反派的群众靠乱七八糟的"特大喜讯"自我安慰过日子。很快,一切都疲沓了。上边号召大联合和办学习班,毛主席指出现在轮到小将们犯错误了,然后是工人阶级上来了,各大单位进驻了"工宣队"(工人毛泽东思想宣传队),毛主席把巴基斯坦朋友送的芒果送给了工宣队,于是各地组织参观芒果,原物或蜡制模型。天网恢恢,各有定数。于是,自主席号召办学习班始,土麻将的时代到来了。

这也是天意,这也是定数,痛恨麻将牌的钱文在六七年底六八年初成了麻将的积极分子,这也是现世报。只是他在奉承湖南朋友的梨木牌做得好的时候显示了他的马克思主义修养,显示了他毕竟是从小就接受了马克思列宁主义的。他说,看到这副自制牌,他就想起了马克思关于劳动与劳动对象的关系的教导,想起了马克思关于到了共产主义社会劳动将成为乐生的第一要素的教导和马克思关于人化的世界的命题。

嘴里讲着马克思，手上摸着二条五饼红中四万，码了再推，倒了再码，中心五，扣八张，亮四打一，亮四不打，全带幺或者断幺，曹操打鼓，西北铁路，孔雀东南飞，全求人或者不求人即门前清，七小对，碰碰和，十三不靠，算番，推倒，提溜，叫嘴子，多么无心多么无思多么快乐的日子！万物皆备于牌，有限的牌类，无限的选择，呆板的不论怎么样别出心裁实际上终于也突不破的规则，千变万化，万变不离其宗。辛苦经营着的十三张牌，乱七八糟的时候左右逢源，渐成气候的时候苦苦等待，你默祷，你乞求，你许愿，你抱怨，你咒骂，然而你唯一的选择就是耐心等待再耐心再等待。而所有的关于"手气"关于"牌运"的议论和追究，都是十足的白痴心态。

却原来并不是人人都一定要有所作为，不是人人必须有所作为，不是人人可能或时时可能有所作为，却原来在不能够有所作为的时候平平安安地不作为无作为，不怒不恨不怨不哀不急不躁不疯不狂不歇斯底里，这也是修炼这也是境界这也是幸福！却原来麻将牌是中华民族的伟大创造，是中华民族传统文化的精湛瑰宝，是中华国情的启蒙教材！万岁呀麻将，快乐呀"文革"！年满十八岁还玩不好麻将的人都是或即将是乱臣贼子，他们一律不具备中国人资格！

他们关上门玩麻将的时候有一个奖惩规则颇可刺激牌兴：连续三把不和就要戴一项自制的报纸糊的高帽子。四个人都戴过这样的轻如鸿毛的纸帽子。钱文看到湖南夫妇戴帽子的时候觉得忍俊不禁，而轮到自己或者东菊戴帽子的时候硬是有些恼火哩。就从这种纸帽子的戴与摘中，钱文品味了多少人生多少政治多少浮沉！

戴帽子与摘帽子确实是快乐的游戏，只有中华这样的文明古国才会在二十世纪六十年代大玩这样的全民游戏。许多年以后，得知钱文居然整个"文革"过程中没有戴过高帽子也没有游过街，朋友们都觉得不可思议，有的说这是奇迹。钱文自己呢，他想来想去是因为打麻将时的报纸帽子已经应了景，已经应验了他的高帽之灾，也就是解脱了他的高帽之难。即使戴上的是纸帽子,也是如坐针毡,强颜欢笑,故作镇静,万般无奈。而当哪怕是纸帽子"摘"下来时,则是消食化气,去痔平瘤,舒肝养胃。感谢你麻将战中的纸帽子,它帮助钱文在惊涛骇浪中保持了平安!依照我们中国人的逻辑,命定的灾难躲是躲不过去的,抗更是抗不住的,抗的结果只能是灾难的扩大与更加严重。但是人们可以顺着命定去对付它敷衍它消解它,你戴上了报纸做的轻便纸帽,你戴上了命运帽幸福帽顺民帽自愿帽尖高帽,你走过了戴高帽的过场,齐啦!你已经偿还了你应该偿还的高帽债了!至少在戴高帽问题上,你不再欠命运什么啦,万岁,万岁,万万岁!仅仅是为了没有戴高帽子,钱文就觉得生活是这样美好,命运是这样厚爱,麻将是这样灵验,幸福是这样无往而不在无往而不胜!

除了麻将,他们与湖南工人阶级也常常交换一些读书的心得。工人夫妇显然过去没有读过许多书,他们读了巴金的《家》《春》《秋》,读了《西游记》和《儿女英雄传》都津津有味地与钱文夫妇交流,边交流边不好意思地批判,他们说:"当然,这些书都是四旧啦。"他们自觉地不自觉地为破四旧运动留下面子。他们还读了茅盾的《腐蚀》,徐訏的《风萧萧》,还有《小五义》和东德作家安娜·西格斯的《死者青春常在》,更有一批批的在历次运动中被批判的毒草小说集。钱文夫妇与工人夫妇经常交换自己看到的书籍,虽是旧书,钱文他们早已读过,如今再读这些经过破四旧的没收与焚烧幸存下来的书,只觉得分外亲切珍贵。却原来这也是一个读书的季节呢。

到了七十年代后更出现了一批内部读物,被称之为"白皮书",因为除了一张白皮这种书什么装帧和颜色也没有。这是根据毛主席的指示作为反面教材印刷发下的。书的封三上印有"内部书刊不得外传"字样。钱文在此期间读过的白皮书计有美国费正清著的《美国与中国》,有美国小说《海鸥》与《爱情故事》,有苏联元帅朱可夫与华西里耶夫斯基的回忆录,有苏联吉尔吉斯作家青季思·艾特玛托夫的《白轮船》等。毛主席的政策就是好!

亲爱的读者,你们说这究竟是一个愚昧的压制的灾难的季节还是从来没有过的自由的解放的平静的恬适的季节呢?季节并不是由哪一个人规定的,在中国,没有比物极必反更重要更深刻更美好的真理啦!毛泽东是辩证法的大师,他总是把祸兮福所倚,福兮祸所伏,物极必反,坏事变成好事这样一些辩证法挂在嘴上,他老人家怎么就不想一想辩证法怎么和文化大革命开玩笑?

　　时间和季节永远不可能是单纯诅咒的对象。它不但是一页历史,一批文件和一种政策记录,更是你逝去的光阴,是永远比后来更年轻更迷人的年华,是你的生命的永不再现的刻骨铭心的一部分。它和一切旧事旧日一样,属于你的记忆你的心情你的秘密你的诗篇。而怀念永远是对的,怀念与历史评价无关。因为你怀念的不是意识形态不是政治举措不是口号不是方略谋略,你怀念的是热情是青春是体验是你自己,是永远与生命同在的快乐与困苦。没有它就不是你或不完全是你。它永远忧伤永远快乐永远荒唐永远悲戚而又甜蜜。隐私里还有隐私,故事里还有故事,忧伤与甜蜜里还有忧伤与甜蜜。在"文革"中你度过了三十五岁生日,四十岁生日。你度过了一段时光,你的重要的时光。谁知道你有什么梦什么遐想什么叹息什么眷恋呢?为了读者,为了销路,也许这一段边疆之行里本来应该铺陈几段艰难时期的浪漫蒂克?本来不必让已经历尽凶险政治的中国读者再到你的书里去翻阅那些个政治贫嘴政治套话,也许本来应该多写一些花中的雾雾中的花,巫山云雨,瞬间恩情,白色雪莲与红色玫瑰,奥斯曼染眉草与凤仙花染指甲油。你可还记得那个住在沙漠边缘的白衣女子?你可还记得那个说话有点像鸟叫嘴也确实有点像鸟的可爱的残疾姑娘?也许你本来应该致力于写红粉知己慧眼识英雄,风流尤物上门投怀抱,还有数不清的异域风光和大胆的情歌情话?在中国已经被政治的洪涛席卷的时候,不是本来可以有几个精神的与梦幻的绿洲出现——哪怕十分廉价——的吗?

　　在已经写出的小说背后,一定隐瞒着别一个更有趣的小说故事。

第 十 三 章

然而你没有权利沾沾自喜。你大讲"文革"的逍遥和狂欢的时候甚至丧失了起码的郑重与诚实。赵飞燕因了跳掌上舞而得宠,那是七八百年前的事了,你的狂欢也不过是手掌上的舞蹈。你根本不敢向掌外看一眼,不要说是看一眼,就是想一想你也就跌下了万丈深渊。当你想到那些你从来不敢想的事情的时候,你脚下的地面倏地裂开,你只是一味地向下坠落着坠落着,除了黑暗只有虚空。你坠落着等待那落地的一刹那的砰然撞击,你等待着自己的粉身碎骨,而即使是粉身碎骨也是好的,因为你终于可以在生命的最后时刻接触到那坚硬的地面。你会磨擦出一点火光,你会溅出沸腾的血液,你会感觉到那真实的疼痛然后在疼痛中消亡。然而你等不到,你无法达到地面以结束你的恐怖的等待,你无法不永远陷入绝望的希望与希望的绝望之中。你其实不过是选择了苟活,你明明知道一批判三家村身为领导干部的才子邓拓便是自杀身亡,而老舍在"文革"开始时跳进了太平湖,你知道傅雷夫妇双双自杀,你知道一个国际钢琴比赛获奖者傅雷的儿子傅聪早在五十年代就跑掉了,而另一个获奖者顾圣婴在"文革"开始后不久自杀。你还知道马思聪的出走和容国团的厄运。所有的消息都传到了这里,有些消息很可能来自莫斯科广播电台乃至美国之音的广播。这些消息的传来本身就带有一种反动性不可不杀性。低声传播的消息永远比大声谈论的消息更恐怖。说话中突然降低声音本身就具有一种摧毁一切生机的力量。你不敢想不敢听也不敢说,你甚至与东菊说了这些也不忘记加以批判。你说当然,苏修说这些是别有用心。你说自绝于人民的人什么时候都是有的。你说唉,他们为什么这样反动?岂止此也,钱文听到过苏修电台的乌兹别克语广播,那是一篇小说,题名《父亲》,述说边界这边的人排队买生活必需品,一个小伙子问一个美丽矜持的姑娘:"你的父亲是做什么工作的?"姑娘不答。良久,一辆拉着牛鬼蛇神游街示众的卡车经过,姑娘指着一位受折磨的老人说:"父亲,就是他!"真够刺激的。

接下来还有显然是苏修支持的所谓工农革命广播电台每天开播,通篇的露骨的策反和大量政治谣言。最可怕的是这个以颠覆中国政权为目的的电台的开始曲竟然是郑律成词曲的《中国人民解放军进行曲》的旋律。只要用眼睛的余光往这类事情上一瞟,你就魂飞天外。你说你听到了这些敌台广播的消息,你已经觉出了自己是死罪,用"文革"中大家爱用的一句话说叫做死有余辜。一个死有余辜的人卖弄自己的快乐和自由,你不觉得勉强吗?

你在一个批斗会上听到一个领导者斯斯文文地说自己:"我的罪恶是滔天的。"你甚至觉得十分可爱。人民已经学会用怎样的语言来描绘自己了呀。用这样的语言描绘自己的人具有怎样的灵魂和神经!

于是你快乐了,你的快乐建筑在恐怖与绝望上边,也许当真,勇敢和希望正是幼稚和愚蠢的孪生姐妹,而恐怖与胆怯呢,那才是黄金难买的美德,才是一种成熟一种阅历一种深沉一种通向释迦牟尼/老子/耶稣基督的路径,至少是一种保护自己的钢盔铁甲。

如果你不承认自己的快乐是勉强与虚伪的,那就更可怕,因为那只能证明这一切是疯狂,是全面的与有意的疯狂。你见到了工人不做工,农民不种田,老师学生都不上课,所有的领导机构瘫痪而所有的文化被废黜。钱文见到过多少天真烂漫的小红卫兵在那里进行莫名其妙的政治辩论,互相吵骂厮打,互相争夺左派的桂冠,声称己方得到了无产阶级司令部的支持,直到抢夺了武器互相屠杀。而屠杀一经开始,一见血,眼珠子一红,斗争自身便已经成为目的,斗争自身便成为激情,斗争之外并无其他的理念。一九六八年一年,这里全面武斗,或者用毛泽东的话叫做全面内战。钱文亲眼看到了两派红卫兵组织的战争。枪林弹雨,炮声隆隆,时而听得见冲锋号哒哒地吹个不住。一堆高中学生天然生成冲锋队员、敢死队员的性格,一个人倒下去,十个百个冲上来,人人是董存瑞,人人是黄继光,可惜打的不是国民党也不是美国军队。得到军分区支持的一派胜利了,派别斗争的烈火焚烧着失利一派的战旗。战旗燃烧的场面过去他只在苏联电影《坚守要塞》上看见过,而那部片子是描写德国法西斯对苏联突然袭击的。他看到的红卫兵战旗的燃烧大体上与苏联士兵的战旗被烧毁的情况相像。一样的悲壮一样的激烈一样的严峻,如诗如歌如梦,噩梦。人们选择悲壮和庄严的死亡似乎比选择快乐和有意味的生活更得心应手,事出必然。我们有必死的激情必死的决心必死的道德传统。饮弹而亡在所有的影片中都有一种浪漫的悲壮美。失败的一派红卫兵组织旗帜开始起火,火焰熊熊,火舌伸展收缩,舐吮灵活,浓烟改变形体,如泣如诉如怒如花,旗帜变成火炬,旗杆折断,断杆残旗益发美丽,断杆残旗也仍然燃烧,烧光了还在烧,无可燃烧了还在烧,远比人们预测的要烧得长久。生命倾心于燃烧的战旗,与战旗共存亡也许是生命的辉煌涅槃。旗帜燃烧着燃烧着,到了最后一刻还在坚持燃烧,它不甘心烧成灰烬。战旗至死火方尽,军号犹鸣血渐干!《坚守要塞》里的旗帜燃烧的场面是何等的悲壮,而这次派斗里的旗帜的燃烧与一派红卫兵的灭亡是何等的突兀!他们的心情是一样的么?就义者一定需要为自己的选择负责么?歌颂壮烈的人欣赏这燃烧的战旗时将得到怎样的满足!

钱文间接认识的一位也是湖南人的教师,在武斗的当儿恰好抱着自己的棉絮走在大街上,他是去弹棉花么?边疆的十月家家户户抱着自己的又脏又臭的棉花去弹松软,他们以为他们都有属于自己的温暖的冬夜。然而这位湖南老师的冬夜突然中断了。他在金秋的武斗中中了流弹,他在地上爬行了二百五十米,血液流淌了二百五十米,最后发现他的尸体的时候,他的十个手指深深地抠在柏油路面里,他的身体还是柔软和温热的。如果半个小时内他得到救助,他也许根本死不了。他死前两个月才回乡完了婚,他娶了一个农村大姑娘,说是当地的有名的美人儿,还是劳动模范呢。

钱文又见过多少四十岁的五十岁的六七十岁的男同志和女同志为自己没有跟上毛主席的革命路线而咧着大嘴哇哇哇地嚎嗨!他们当中有高、中级干部,有受过高等教育乃至有教授之类的头衔的高级知识分子,有光荣的人民代表、政协委员,有早年的战斗英雄、劳动模范,更有高级领导人的妻子。他们哭得返璞归真,他们哭得悲悲切切,无依无靠,像是两三岁的被爹娘痛打了屁股蛋子的孩子。在伟大的无产阶级文化大革命中我们大家都成为了毛主席他老人家的不肖的"赤子",成了老人家的糊涂的不孝婴孩啦!特别是那些从少年时期就参加革命出生入死翻天覆地的人,那些打倒了日本打倒了老蒋,呼风唤雨吆三喝四乃至颐指气使的人,那些打下了天下所以坐住了天下所以威风八面说一不二的人,离开了党离开了主席,他们还能有什么还能做什么呢?离开了党离开了主席他们与一个光腚的婴孩一个襁褓里的赤子又有什么不同?他们本来就不是政治家,是中国的现代史硬把他们拉到政治斗争武装斗争里去咧。他们一直正确一直胜利,他们的对立面一直反动一直灭亡,这回突然说自己犯了错误咧。而且错误老大,是违反了毛主席的路线咧对不起毛主席咧是成了资产阶级司令部的人咧。除了哭,除了拖鼻涕,除了做检讨表忠心,他们还能做什么呢?他们就是把毛主席共产党看作自己的亲爹亲娘啊,比爹娘还亲呀,在"文革"中屡犯错误,那就要硬是把裤子脱光了让爹娘照着光腚狠狠揍了又揍呀。爹呀娘呀,举起藤条打吧,孩儿的两扇屁股就交给您老人家了,只要能给您老人家出气,打烂了它孩儿也是心甘情愿的!孩儿再也不敢违背您老人家的路线啦,孩儿后半生就做一个无腚之人吧,孩儿活该! 只要不赶出家门,无腚,孩儿也要在你膝下承欢呀! 爹娘的藤条打得好打得好,打得实在是妙哇! 哭得愈凶愈是说明孩儿是乖子孝女而绝对不是忤子逆女呀。孩儿不怕打不怕疼不怕皮开肉绽不怕双腚烂得招了蛆,孩儿怕就怕被爹娘赶出家门呀!

岂止这些个领导,那些学富五车的教授先生博士大师们,他们早也盼晚也盼,流血牺牲,以身殉道,不食嗟来,拍案而起,仰天长啸,为民立极,反帝反封建反国民党独裁专制不就是为了埋葬旧世界建立新世界吗? 俄国十月革命的时候他们的知识分子们包括高尔基一个个往外跑,咱们这儿一九四九的时候可是一个个从外边冒着危险回来呀。终于,新世界建立起来了,新世界要求他们改造改造再改造,脱一层皮再脱一层皮再脱胎换骨,他们也是如婴孩赤子呀。数学家华罗庚,他著文谈学毛泽东哲学思想的体会,说是就如孩子在大海边捡到了贝壳,欢欢喜喜地拿给妈妈——党——看呀! 老子说:"专气致柔,能婴儿乎?"能! 绝对能! 他们也是大呼小叫地向着伟大领袖哭爹喊娘!

钱文还看到,在他们那个边疆小镇,在一九六八年革委会成立后,为了整顿交通秩序,组织了一批工人纠察队员,人们过马路的时候,戴着红袖箍的队员要大家排起队,手拉着手,再由工纠队员拉住排头的手,庄严郑重地一起横穿马路。那场面是何等的可爱何等的天真无邪! 却原来,经过"文革",伟大的中华人民共和国已经变成中华人民托儿所了! 伟大的古老的中华民族迎来了自己的又一次童年! 好好学习,天天向上! 我爱北京天安门,天安门上太阳升!

人们朗诵毛主席语录如念咒语,打派仗给人的感觉是弄假成真,一开头不过是做游戏,也不怎么的,后来玩儿起命来啦,还真起火,真想把对立面消灭他十次八次! 斗争是斗争的催化剂,革命是革命的导火索,甚至假的革命也能玩儿成了真的拼命,假的逗嘴也能斗成真的杀人炮火。问题不在于你是否认定别人当真反对毛泽东思想,问题是你自己是不是真的那么热爱那么了解那么珍重毛泽东思想,你自己是不是真的那么痛恨反对毛泽东思想的人。别人你不了解,你自己的情况你还不了解么?莫非这也是假戏真做或者假戏做真?连陆红心即陆月兰与洪无私即洪无穷也都摆出来为毛泽东思想不惜肝脑涂地的架势,真是士隔三日刮目相看呀。小小一个陆月兰也演出了那么多有声有色的大戏!革命的烈火让你不烧也得烧,烧起来也就不能再不烧!谁烧到半截子不想烧了,谁就必然被旁的纵火者玩火者观火者活活烧死!于是你烧我烧他烧她烧大家一起烧,同仇敌忾杀声震天尸横遍野!听清楚了没有?史无前例的无产阶级文化大革命!

所有的疯狂所有的无奈,所有的快乐所有的吵吵嚷嚷与热热闹闹后边,难道不是有一个基本的事实——利害在起作用?权权权,命相连,已经深入人心。有心煽动,有意迎合,头羊在前,群羊随后,鞭劲哨急,势如海潮,雪崩地震泥石流,谁能阻挡?谁不拼命?说是历史就是这么拼出来的。

为了什么?这究竟是为了什么呢?不应该怕流血,不应该怕斗争,不应该怕代价,但这一切牺牲一切愤怒一切激情是多么做作呀,这莫非是全民演出的一场奉命革命大戏?解放以来,钱文见过的事也不少了,镇反肃反,取缔一贯道,批判《武训传》,反胡风,反右,反右倾,每次都有明确的目的明确的对象,有头有尾,有说辞有步骤有标准有政策原则,怎么就是这次文化大革命,大海茫茫,糊里糊涂,全不知道个所为何来所需何事,全他娘的一锅粥了!

虽然发生了那么大规模的攻坚战、阵地战,生活仍然一如既往,陷于完全的停滞。人们形容六十年代后期和七十年代初期的中国形势说:如同是一群螃蟹钳咬在一起,谁也动不了窝儿。一九六六年"文革"乍一开始,还颇有新意,颇有刺激,事出意外,令人目不暇给,你不能不佩服毛泽东主席与中华民族的政治想象力。一年多以后,派仗一经开始,就没了新戏啦。好话说三遍,神仙也讨厌。你证明只有你最革命,别人都反革命,他证明只有他最革命,也是别人都反革命,这样的文章这样的论证竟然那么多人乐此不疲。"文革"搞上三年,也就令人厌倦得很啦。然而停滞也罢,困惑也罢,厌倦也罢,时光依然不慌不忙地流转,四季仍然井然有序地更迭。

而且,都说这个边疆小镇是一个适合生活适合养老的地方,这里的土地肥沃,电线杆子埋到土里经常会发芽。奶油酥油,甜菜蜂蜜,瓜果桃梨,应有尽有。这里的手抓羊肉、抓饭、大半斤、小半斤(押面条)、烤羊肉、烤包子、薄皮包子、奶油面片、炸馓子和各种烤饼——叫做馕的,令人销魂。这里的奶茶喝起来从早到晚,无尽无休。即使在最最艰难的年代这里从黑市上也买得到你所需要的某些食物。一九六〇年困难时期,内地的一家孤儿院便因饥饿迁到了这里。这里的人民乐观快活幽默,爱唱爱舞,钱文劳动所在的一个公社生产队到半山的旱田收割春小麦,由于是年雨水大,丰收,在山上的工作天数比预计的增加了一天,而社员们的干粮吃完了,队长决定前一个晚上谁也不吃饭,改为在半山上举行歌舞晚会。歌舞代替口粮,这不符合科学更不符合逻辑,但是他们就是这样做的,唱了歌,跳了舞,就可以解饿。

此后,当钱文回首往事的时候,也许他会依依于在边疆的游泳的经验。那时,那边少有正规的游泳池,钱文便在水渠里游,在窑坑的泥水里游,他游泳的同伴是一些光着腚的顽童。

到了边疆的首府以后,钱文终于找到了一个四面环山的人工湖。那里水质清冽,来自雪山,湖平如镜却又冰凉刺骨。俯视湖波,既可以见到山石的与人的——自己的清晰的倒影,又可以见到水底的石沙。那里阳光灿烂,无遮无拦,初次去玩,太阳晒一会儿就会周身脱皮。那里的天空碧蓝如洗,那种晶莹和纯洁使你想匍匐在地,赞美和感动。那儿的石头山光秃秃,形状怪异,反而具有一种原始的庄严。最最奇妙的是,钱文经常是一个人骑一辆破自行车到那边游泳,带着伊拉克蜜枣窝头作为午饭,一个人一待就是一整天至少是大半天。

钱文常常给自己指派一个横渡人工湖两个来回的任务,每个单程约四百米,从有路的湖岸游到更荒凉更杳无人迹的彼岸去——再回来也许还要再回去。他的远非完美的游泳技术和经验以及他的毋宁说是偏于懦弱的心理素质,使他的横渡略带几分冒险性。横渡开始了,他有些兴奋,也有些紧张,他的耳边只剩下了自己划水的声响,由于四周石山的回声,那水声显得非常之大,听来稍嫌恐怖。他的心里只剩下了一个问题,这次能够到达彼岸吗?怎么还不到呀!莫非这次要出点事情?一下,又一下,又一下,每一下都不可或缺。抬头看看好像离岸近了些了,又好像原地一动未动,莫非这次他游不动了?最后,好不容易到了,气喘吁吁的他立即又考虑再怎么游回去,再多游一个来回了。

　　这里有一个冥冥中的命令,他必须在这里锻炼自己,必须给自己提出带一定危险性的指标。他甚至找到了一个可以跳水的地方。每年八月中旬(此前或此后水位不合适),他攀缘而上,站在离水面五米多高的一块岩石上,他静看平静的事先经过他勘测的水面,他突然一激动,腾空跳起,两眼睁大,转体一百八十度,眼看着世界翻转了过来,眼看着头顶上的水面离自己愈来愈近,他分明感到了这一段时间(够不够半秒钟?)的进展过程,最后最后,砰的一声,一块石头似的,他落进水中去了。水色发黑,鼻孔略呛,微微有点酸鼻,耳朵里也嗡的一声灌进了水。他开始上浮,水变成墨绿色,而后绿色,而后黄绿色,天蓝色,最后噗的一声,头露出来了。他无恙,他愈益强壮和勇敢了,他得意洋洋。

　　这种独处大自然独自快乐逃离尘世逃离喧嚣和带几分挑战性冒险性的经验也是此生难再的。特别是边疆秋早,立秋刚过,雪山上流下来的水刚刚不那么刺骨了,风一下子就凉起来了,到了下午,石山的影子也很快就拉长了。穿着一条小小的游泳裤,半裸着他的远非完美的、幼时便未发育良好、长大了又备受侮辱和折磨的身躯,伫立在山水之滨,目送白云朵朵,飞鸟只只,沐浴着已经显出强弩之末的颓势的明烈阳光,体味着开始变凉变爽利的秋风,咏叹着四时有序却略感匆忙、山水无间却略感荒芜、人生易老而毕竟犹未老大,钱文的心情充盈而又散淡,悲伤而又平静,了无挂碍而又不胜依依。

世界确实大而奇妙,祖国确实大而美好,生活确实波澜壮阔,虽然常常忧心忡忡,但也常常妙趣横生,任你倒行逆施,我自其乐无穷。钱文转了一个圈,又喜上了乐上了。依据当时的形势,钱文实在想不出更好的命运安排的任何别的可能性。

话说一九六八年打了一年仗,一九六九年零零星星仍然枪声不断,到了秋天,武斗基本停止,到处是埋死人的上坟的哭亡灵的。两派都说自己的人死了是烈士是永垂不朽,令城市为之凄然。秋末的一个黄昏,钱文和东菊在小城的一个公园里穿行。这个所谓公园的地方,无非就是树多一些、草多一些、鸟多一些罢了。这里地方不大,没有任何安坐设施更没有娱乐或者服务了。门口设有一个标有"售票处"字样的窗口,但窗口已经用破烂三合板钉死,小角屋——原来公园管理人员售票的地方——尘封多年,满室的老鼠和杂草——更像一个废墟。入门处设有铁栅,看来是验票收票用的,也已经东倒西歪,一派断壁残垣景象。这种景象使人想到"文革"几年后的中国,谁也想不到十几年前还是欣欣向荣的新兴的中华人民共和国转眼间破败成了这副模样。天呀,也忒快了!园内有一处苹果园,园内有一个工人懒懒地劳动着。这年头儿的城市里居然还有人干活,这就是边疆的落后之处啦。苹果园之外就都是高可参天的杨树了,杨树的排列倒是很有讲究,整齐而又密集的杨树林留出了笔直的通道,留出了圆形的与方形的空场。你甚至从大规模的杨树排列中参悟到古代的兵法和阵法。莫非这个公园仍然没有被完全遗忘?只是再也见不到一个游人或者行人或者第二个工人了。无疑,这儿也早就不需要再收票了。

边城秋早,还没有进入十月,已经是满地黄的和半绿半黄的树叶了。

边城风大,即使不刮风的时候,混合着树枝与树叶的味道的也是浓郁的尘土气息。

然而钱文他们愈来愈喜欢在这个公园走一走了,这里有一种废墟的美,荒芜的美,破败的美,无奈的美,也许是病态的美。这里有一种穷愁潦倒的风情,一种百无聊赖的忧伤,一种转瞬沧桑的叹息。这种情调恰恰是别的精雕细刻、一尘不染、美轮美奂的公园所没有的。在这里走一走,于自己的难以表述的心情,既是一种寄托又是一种逃避,既是凭吊哀悼又是舒展排遣,更是给无所事事的人生涂上某种凄清的色调的消遣。

白杨树细密高直,遮住天空。性急的新中国的首批建设者种树也爱种长得快而没有太高的经济价值的那种。白杨洒下的树荫使公园的光线更加暗淡沉重。离开道路走入树丛,闻到的是一种类似酸梨的气味。钱文不懂,杨树与梨树之间是不是有什么亲近关系。鸟叫声畏缩而且细碎,是不是天冷得太快天黑得也太快了,鸟儿也收敛萎靡起来,摆出一副无可无不可的死活随缘饥饱无惊的模样。行走在这里,钱文与东菊相视而笑,也许是苦笑。

钱文甚至信口吟起一首诗:

> 他寻求着什么,在遥远的异地;
> 他抛弃了什么,在自己的故乡?

他甚至想起了莱蒙托夫的《帆》。莱蒙托夫的后人与他只不过是隔了一条边界。

东菊甚至随口唱起了一首歌:

> 天上旭日初升,
> 湖面微风和顺,
> 摇荡着渔船,摇荡着渔船,
> 做着我们的营生。

她唱的是尘封多年的周璇的歌,影片《渔家女》的插曲。

周璇永远唱得纯粹。后来她疯了,后来她死了。

在这个凋落的芜园里,在这个秋天的黄昏,也许有许多魂灵出没。

朋友,你在哪儿?

走出树丛,天一下子又亮一些了,东菊叫道:"你看!"

钱文转头按她指的方向看去,她看见了踽踽独行的一个老女人。什么?

是她?是她?是她?是她?东菊说:"这个人怎么有点儿像张银波呀,怎么那么像呀,我吓死了。"

或者是两个人长得一模一样,或者是张银波突然出现在破败的边疆公园,二者几乎是同样恐怖。

他们走了个面对面,对方对他们的毫无感觉的神情使钱文不敢贸然相认。人走过去了,钱文只是看着东菊,东菊说:"没错啊,没错,是她。"东菊在一次看内部电影(苏修的供批判的片子)时遇到过张银波,按理说,钱文对张银波熟悉得多,但是此时此地,钱文完全失去了辨认的能力。

老女人已经走开十几步了,钱文壮壮胆子叫道:"张——银——波——同——志——"

老女人迟疑了一下,收住步子了。显然,她听见了什么,然而她还是没有转头相望,她停顿之后,又迈动了脚步。

"请问,您是不是张银波同志?我是钱文。"

叫了一声后,钱文的胆量突然大增,他跑向前去并且叫着。他的叫声惊起了几只麻雀。

老女人转过了身,当然,她是张银波。但她仍然呆立着不动。

钱文拉住了张银波的手,那手是冷冷的,而且没有任何反应,她的眼神只是勉强地闪了闪,好像多么不情愿似的。

钱文有一点怕起来。

张银波居然出现在这里。刹那间钱文的脑海里出现了法捷耶夫的《青年近卫军》里的句子："是什么风吹来了您,书记同志?"张银波居然别来无恙,张银波的头发居然还是乌黑的,脸上也没有增添多少皱纹,只是她全身显得瘦瘦,瘦瘦得像是纸贴的一个人形。尤其是她的嘴,瘪进去不少,显得一下子衰老和丑陋了许多。这位书记夫人,这位张社长,几年未见,她的上半个脸大致如旧,而她的脸的下半部分,判若两人。她有过一些什么可怕的经历呀?在边疆,钱文甚至听说过她在运动初期吞食安眠药片死去的传闻。她怎么会出现在这个边远的地方呢?她怎么会一个人孤零零地走过这个荒芜的公园?她怎么一点也不像一个老延安一个领导,一个"高干"层的人物了?

他们俩再次与张银波握手,张银波的手仍然冰凉,没有任何握力,没有任何反应。她的目光是空洞的,她的嘴动了动,没有人听得清她是在说什么。

他们也就降低了调门儿,胆怯地问候了一下陆浩生同志。

"是的,对了,你们在这里,××说过的。××××红心的事。我总要来的,没有××××。"张银波看也不看他们,也不回答他们对于陆浩生的问候,而是自言自语般地喃喃有声。她仍然速度极快地说着话,如过去那样。她的口齿却益发含混,"我来是为了不幸的红心。"

"月兰?"他们同时惊叫了一声,同时感到了不祥。

"红心。"张银波坚持叫她的极革命的名字,"死了,是死了吧。"张银波冷淡地说着,目光空洞,声音呆板。

"啊……"钱文惨叫了一声,刚叫出声来,发现不应该在这里乱叫,又赶紧以一种超常的努力把自己的惨叫镇压回去。他的声音以惨烈始,以噎闷终,更加令人毛骨悚然。

按照边远小城的习俗,虽然张银波态度冷淡,他们俩还是将张银波邀到自己家中,请她吃了晚饭。张银波说,谁也不知道怎么回事,"文革"以来,红心的情绪似乎特别高涨,根据她的了解,红心从来没有像"文革"时期这样兴奋起来过。她打了她的爸爸以后,马上被一派造反组织选为小头头儿,来过一次边疆并且与钱文见面。过了一年,她又来了,本来是为了外调一个当权派的历史问题,但来到这里她就舍生忘死地参加起此地的文化大革命来了。不久,"文革"的武斗升级,她中了弹,身亡了。她死在一九六七年,那时张银波与陆浩生都处于"隔离审查"的"监护"下,他们没有及时得到女儿遭到不幸的消息。直到今年,一九七〇年,张银波总算得到了一个"人民内部矛盾"的结论,这才获得工宣队批准,专门跑了来,来到女儿的死亡处所,想进一步弄清有关细节,并且她希望能够视情况为女儿讨到一点点公道。因为与女儿同属一派的一位"战友"说,她并非中流弹而死,而是对立面组织的狙击手瞄准之后特意予以射杀的——红心的积极性战斗性都很强,辩论中常常把对手驳斥得体无完肤,她招引了对立面人员的极度仇恨。

"红心的表现很好,直到临死,一直背诵着毛主席语录……"张银波说,无喜无悲。

钱文是一身冷战。

"凶手……"东菊问。

"没有人承认。死了的并不只是红心一个人。全国武斗里死的多了。唉,红心的脾气……她能有什么好下场?这边单位说是给我报销路费,这,大概就是所谓善后处理的全部了。"

张银波不停地说着"红心"这个名字,使钱文既别扭又痛苦。

"简直不能相信。月兰怎么会这样,她能够变成一个热衷于大辩论的人吗?应该再查一查。"钱文说。他的潜台词是,都什么份儿上了,还称呼她这个红彤彤的名字做啥。

"白查。"张银波的回答极其简单。

"您?"

"后天走。"

"您今后的工作呢?"

"待分配。"

"您看今后的文艺工作……"

"一切重新开始。过去的都不算,都是修正主义。"

"陆书记……"

"继续审查,等结论。"

"你们……"钱文想问问陆浩生现在是否能回家,他们老夫老妻是否能在一起,又不知道怎样措词好。

"见过。"

见过?那就是说陆浩生现在仍然没有得到自由?

"犁原同志……"

"解放了。"

"他的工作……"

"不知。"

钱文想张银波也太精练了,不知道不说不知道而说不知,等待不说等待而只说待或只说等。这哪里像口语呀。过去,张银波也不是一个啰嗦的人,她说话办事都以直截了当而给钱文留下印象。但仍然与现在有不同。同时,钱文与东菊关心她与陆浩生,问了那么多问题,她对于钱文的生活情况到现在仍然是不闻不问,见到钱文他们的孩子一点表情也没有。至少,她也应该问问她的女儿上次来边疆来钱文家的情况呀,此后,月兰还写过一封信来表示感谢呢。钱文甚至于找不到向张银波述说他们来边疆后与月兰见面的情形的茬口。你说是月兰死在武斗里,我们至少应该一起回忆一下纪念一下死者呀。世界上有这样交谈的吗?有这样做客的吗?这是什么意思?她不认为她与钱文是老相识吗?如果不相识,她又何必来到他们家?是个性如此,还是怕沾上钱文?她毕竟已经是待分配的革命领导干部,而钱文呢,不是牛鬼蛇神,恰似牛鬼蛇神……莫非张银波也是这样警惕着的么?

也许不能怪她,反过来想想,如果他们两人的处境倒换一个个儿,他会不会也警惕地对待对方呢?

长时间的冷场。只要钱文和东菊不问问题,张银波就硬是一声不吭,呆呆地坐着,眼珠不动,脖子不转,两目平视,面部无表情,对她的周围毫无兴趣。她的这种样子使钱文暗暗称奇,他没头没脑地想起了毛主席的一段教导,那是在《纪念白求恩》中所说,叫做:"脱离了低级趣味的人……"这位原张社长,真是一点低级趣味也没有啊!

　　她果真是张银波吗?钱文暗想。怎么空有张银波之躯壳,却完全找不到那个热心帮助他的老同志老相识的心?

　　钱文想起了比干被挖掉了心脏的故事,又想起了德国的民间故事"冷酷的心",这个故事被东德拍成了电影。他觉得特别恐怖。

　　钱文只能盼着她快一点告辞了。

　　"那个,"钱文终于坚持不住了,便没话找话地说,"红心……"他让步了,也叫了红心这个名字,"来我们这里的时候,与一个原来叫洪无穷后来改名洪无私的人在一起,我们早也就认识他……您听说过他吗?"

　　张银波好像没有听见,她不做声。她脸上的肌肉微微动了一下,似乎是点了点头。

　　她的这些反应的"时间差"使钱文迷惑了,他不知道她要表达的是什么意思。怔了一下才想起来,莫非她知道洪无私其人?他有一点兴奋了。他问:"洪无私现在怎么样?他好吗?"

　　"嗯。"

　　"您是说……"

　　张银波干脆不回答了。她站起来,点了点头,作欲走状,但也不告辞,不道谢。钱文松了一口气,赶紧相送,明知无意义,还是忍不住礼貌地说:"请代问陆书记好。代问犁原同志好。有事儿请来信。"

　　张银波微皱了一下眉,嘴嗫嚅了一下。她摇了摇头。

　　钱文冷冷地笑了。他嘘一口气,说:"我们还是送您一段吧。这儿的社会秩序倒也还可以,不过天太晚了,我至少得送你走过公园。"

"谢。"张银波说。东菊向钱文示意,她不想送了。

张银波对东菊不送与钱文对她改称你都不在意。她出门的时候向东菊道了"见",她竟然连"再"字也省略了。

于是钱文送张银波走。正是月圆时分,满路满树满屋顶的银光,向月的部分与阴影部分对比相当强烈。钱文觉得自己像是走在一幅黑白分明的木刻里。喧嚣的世界显得寂静平和。冷风飕飕,北国边城的秋夜如冬。

"您……冷了吧?"钱文又用了您。

张银波没有回答。她只穿了一件夹罩衣,好像已经冻得发抖。

钱文把自己身上穿的一件棉坎肩脱了下来,给张银波披在身上。张银波嗯唔了一声,扭动了一下身子,接受了,又是说了声"谢"。

夜晚人静,四只脚走得很急,没有说话。

在这里与张银波相遇,钱文五内俱热。许多往事重新唤起,许多原以为永远地失去了的东西似乎又靠近了自己。他好比一个断了线的风筝忽然看到了地面,瞥见了若隐若现的一根游丝。他好像一个失去了记忆的人忽然恢复了一点记忆。他并没有准备去拉紧这根线,他无意挣扎着向距离遥远的地面靠拢。他知道去拉紧一根细细的丝,只能把它拉断,而一个失去了记忆的人去拼命追忆,只能破坏掉残余无多的一点平衡和灵性。他完全明白,不合时宜的回忆也就等于自杀。然而他仍然忍不住去尝试验证一下地面与游丝的存在,能证明那确实是存在的他应该就心满意足了,那已经超出他期望的了。

然而,他与她无法谈话。他们在一起待了一个晚上,然而他们的语言根本不通。她不是曾经诚心诚意地帮助他么?她不是一贯以正直和痛快爽利著称的么?

伟大的无产阶级文化大革命啊,破旧立新、不破不立的文化大革命呀。

他怎么能和张银波比呢?社长,书记夫人,老革命。她能不珍惜她的这些桂冠吗?她能与他摘帽右派,牛鬼蛇神推心置腹吗?闹来闹去,还不是他钱文自作多情!

然而他不该这样想,张银波究竟经历了什么,你知道吗?就在你酿酸奶和拾鸡蛋的时候,你知道张银波正在做什么吗?尤其是月兰……没有这种经历的人,能了解她的心情吗?你还要和她谈什么呢?你还要她帮助你的什么呢?

他们走得比下午初见面然后到钱文家来时快得多,但是,公园显得大,路也显得远了,怎么还在公园里没完没了地穿行呢?树影给人一种阴森森的感觉。这里还有城市和乡村么?这里还有人家么?这里还有史无前例的无产阶级文化大革命么?一层层的树木呀,怎么也看不透呀。

穿过了公园,张银波念念有词地说了几句话。那话活像是:"红心死了也好。我觉得她太不知道自己该干什么了……"

钱文不能相信自己的耳朵。

张银波示意不要再送了,她拿下了钱文的坎肩,还给钱文,她转过头,正视着钱文,毫不含糊地说:"钱文,你反正得明白,你得死了心,你是不可以再写的。"

她转身走掉了。

什么意思?其实钱文从"文革"开始以来压根儿就没有想过写作的事,但是不是别人而是他的应该说是"恩师"的张银波在此种情况之下这样斩钉截铁地明说,这样主动积极突兀地宣判他的文学死刑,他仍然为之脸红了一下。他觉得自己的喉咙里突然被一团棉纱堵住了,堵住的目的是为了防止他偷吃比如说是某个盛大宴会上的菜肴,而他根本没有癞蛤蟆想吃天鹅肉般地向那菜肴垂涎的意思。他早知道自己已经被排除在盛筵之外,他怎么可能冲击盛筵?难道没有资格与闻盛筵的人向刚刚恢复了与闻盛筵的候补可能的人问个好也是不得体的么?莫非张银波认为他邀她到家里坐而且拿出了半个月的定量肉食给她吃(她倒是没有怎么吃,她原来饭量就不大,看来,现在更小了),是为了走她的后门以恢复写作么?

或者,按照党的教导,党的原则(其实,自从"文革"开始以来,党的教导党的原则他也不知道飞到哪儿去了),她这样说是为了"向他负责",免得他不死心,自寻烦恼,自找苦吃,就是说她的目的是"爱护"他?

要不,张银波这样说是为了忠于党,是执行党的政策?张银波这样说是为了和党的调子一模一样?

钱文怔在了那里,他忽然得出一个估计:张银波在接受批斗的过程中肯定涉及了他钱文的事儿,就是说,有人批判了或者是她自己检讨了她对于钱文这个有问题的打入另册的人的同情。她真心诚意地接受了批判,她是不会耍两面派的,她不会虚与委蛇凑合对付。如果是别人,需要批判时照批不误,需要友好时照友好不误。而她呢,说了就要做到,否则,怎么解释她这一晚上的尴尬狼狈呢?

张银波是太纯正了,她是真听党的话啊。

一个纯正的人左起来,天!

回到家里——钱文是疾跑回家的——钱文隐瞒了张银波最后对他说的话。就让那一团棉纱堵在他自己的喉咙里吧。东菊无法谅解张银波的表现,说是没有见过这样的人,她一再想干脆下逐客令等等。东菊认定,她就是为了从政治上与钱文划清界限而一百个不搭理他们。为此,钱文和东菊争了好久。钱文不住地向东菊解释,张银波是一个极好极好的人,是一个诚实到极点了的人。她真心地愿意帮助钱文,真心地与人为善并助人为乐,但同时她真心地接受党的教导接受不忘阶级斗争的吓人的理论。她不会讲客气讲通融讲权宜,她认真地讲党性讲原则讲纪律。你可以责备她有点迂,你可以责备她太不懂人情世故,但是她的本质是极好的。钱文表示坚信,过去,现在,将来,张银波都是钱文的恩师。

东菊听了只有苦笑。

在后来的岁月,钱文多次与张银波打交道。有一次张银波轻描淡写地说:"我那一年见到你的时候,我什么也不敢说呀,那个时候我怎么可能鼓励你拿起笔来呢?工宣队还让我写过你的材料呢……"

很简单,包括最善意最真诚最纯洁的张银波,回首往事的时候,她也不会像感受旁人的不公正一样地感受自家。

钱文点点头,挥挥手,这件事就这样过去了。

然而,钱文还是忍不住想:谁让你鼓励我写作了?难道作为故人,在遥远的边疆巧遇,就不能拉个家常?张银波同志,张银波大姐,张银波老师呀!

那天深夜,钱文睡着睡着烦闷而醒,他想起与张银波的见面,不由得长叹一声。

"怎么了?"东菊问。

"没什么。"钱文觉得无从说起。

"月兰真的死了吗?"东菊问。

"那还有假!张银波是她亲生母亲呀。你知道,月兰有点神神经经,她什么事儿都做得出来……再说,现在死个把人还算个事儿啊?"

"我只是觉得那不可能。你听我说……"

"唉,你也太主观了。当马克思列宁主义受到破坏的时候,主观唯心主义乃至于迷信什么的,就抬头了。"钱文叹道。

"反正我不信。现在的事儿,我很难相信。"

"倒也是。"钱文睡着了。

……一九七一年夏天,钱文接到本小城一个素不相识的人的来信,说是他受朋友辗转委托,要将一个自云南发出、经列车员带到本自治区、又经别人带到此地的包裹交给钱文。钱文按照信上开的地址去了,对方是税务局一个干部,矮个子,秃顶,小胡子。他对钱文一无所知。他用南方口音给钱文讲了一通,愈讲钱文愈糊涂。他说什么张同志与他的在云南工作的弟媳妇的舅舅相识,然后那位舅舅又与昆明军区的什么头头儿认识——钱文想反正这年头儿认识的人愈多愈好——然后怎么样怎么样包裹到了列车员手里,又到了长途公共汽车的乘客手里,最后到了税务局的他手里,现在应该传到钱文同志手里了。他告诉钱文,现在不认识几个交通部门的人士,还真是活不下去。他自己是收税的,中国人最恨的就是收税,他的住房玻璃就被人砸烂过。

钱文将信将疑,他提出一些疑问。收税的同志说:"反正包裹上写的收件人是你,地址也是你的地址,你还有什么不放心的呢?再说这里边都是好吃的,没有毒品也没有违禁品。你为什么要拒绝呢?"

"发出人是谁呢?"

"你看呀!"

然而看不清楚了,恰恰在发件人的地方,磨损得过于严重,怎么看也看不清楚了。

只好拿走。拿到家里,他大声叫道:"快来呀,天上掉下馅儿饼来啦!"

他们打开用歪歪扭扭的毛笔字写着某地某处钱文同志收字样的灰白包袱皮,一分为二,里边放着一个掉了颜色的锡铁皮饼干筒和一个包得方方正正的油布包。用螺丝刀起开扣得严丝合缝的筒盖,内装猪肉馅炼就的肉末和猪油。那个年月大家都是如此,买一些猪肉馅,炼到半熟,肥肉末成油,瘦肉末自然沉淀在油下面,油便起着保护作用,再托列车员带到边疆,供给在边疆工作的亲友度困解荒。当然,这种运输只能在冬天进行。此次,给钱文带东西,虽然是冬天,但由于辗转太久,油、肉已略有变质味道。好在在那个供应极端匮乏的年代,人们对于食品新鲜程度不会要求过苛。看到白中发黄的油及油底的渣滓肉末,钱文东菊一致欢呼,全身都滋润起来。再打开油布包,更妙了,内有腐竹、香肠、粉丝、一点蘑菇和几个松花变蛋。等不及吃饭,钱文一家三口一人吃了一个变蛋。虽然蛋也有些发干了,但毕竟保持着基本味道未变,舌头才一舔,一种久违了的异香奇甘便透过舌尖辐射到全身,兴奋、满足、渴望、回忆统统活跃起来。钱文感觉到,这就是马克思说过的"物质的微笑"啊。他恍惚记得马克思说过这样的话,在哪里说的,就什么问题说的,钱文全不记得了。但是此刻的心情,除了借助于马克思这样的伟人的伟大语言,他是再也无法表达了。

然而,在物我相通的微笑中,钱文仍然按捺不住纳闷儿的心情,谁呢?谁呢?是什么仙风从云南吹来了这美好的一切呢?这几乎像是儿时读过的童话了。

微笑之中,同时出现了一种野性的,原始的,不管不顾的冲动。我们已经好久没有吃到自己想吃的东西了,我们的肚子太亏了,我们缺少起码的营养,天上掉下来的也好,神仙送来的也好,垃圾堆里捡到的也好,只要不是偷的抢的,它们合理合法地来到了我们口边,如若不吃,断无天理!

这是怎样的幸运,怎样的惊喜!这个世界不但是美好的,而且是愈来愈美好了,美好得像是梦!

更美好的是边吃边分析这给他们带来快乐幸福的人是谁。钱文最初想到了米其南,小米在他们离别后不久,也奉调去了南方。说是一位领导同志说了,要把北京清扫得像水晶一样,像白玉一样,他呀米其南呀当然是在被清扫之列。但是米其南去的不是云南而是江西呀。再说离京后钱文与米其南虽然通过一次信,但那时钱文还不住在这里,米其南并不知道他的这个地址。渐渐地随着阶级斗争的气氛愈来愈严峻,他们俩也就自动停止了通信来往。中断联系后钱文又搬了三次家了,为了邻居的不友好的目光,为了与东菊所在的学校拉开一点距离,也就是为了与两派恶斗不已的红卫兵拉开距离,还有一次是因为他们住进去后隔几个月房东就要求涨一回房租。话又说回来了,"文革"之中,这里的房东犹自这样起劲地收着房租,这在伟大祖国也难找到第二个地方了。总之,想来想去,好吃的不是米其南送的。米其南的字也不至于写得如此难看呀。米其南是一个像女人一样仔细的人,他若寄来点儿东西,绝对不会让你糊里糊涂的。

他们又推测了一些人,推测一个否定一个,想起一个叹息一番,生死未卜,祸福难知,各人的命运都在未定之数,谁又能有闲情逸致给他们寄松花蛋!谁又能手眼通天地把松花蛋在伟大祖国神圣领土上转上半圈给弄到这边厢来!

经过一圈巡礼以后,钱文不得不再次重复自己的厚颜无耻的结论:咱们在"文革"中的日子过得还真不错,真幸福!

人逢喜事精神爽,在判断不清楚是不是喜事的时候,只逢喜食也算,也是精神爽,而精神一爽,天上掉馅饼,当然也就是喜事了。在"文革"中我们活得很好,如有神佑,钱文对于上苍感激涕零。他们一面吃着自天而降的喜食,一面大唱特唱起革命现代京剧样板戏来。儿子先道白:"谢谢妈!"紧接着便唱:

临行喝妈一碗酒,
浑身是胆雄赳赳……

儿子唱得有点急,有点急行时脚步拌蒜的意思,但唱到"困倦时留神门户防野狗,烦闷时等候喜鹊唱枝头……"忽然唱出了点味儿,惹得钱文大鼓其掌。于是儿子又接着唱:

小常宝控诉了土匪罪状,
字字血声声泪,激起我仇恨满腔……

于是钱文唱起了猎户李勇奇的唱段:

早也盼晚也盼望穿双眼,
怎知道今日里,打土匪进深山,救穷人脱苦难,
自己的队伍来到面前……

唱完了钱文感到意犹未尽,又唱起了他最爱唱的《沙家浜》里郭建光的唱段:

听对岸,响数枪……

由于分解着唱出"听"字,有时候钱文把它唱成"七星垛为安恩,

细细义昂十五漆昂……"他觉得很有趣。

他唱得最动情的是：

这几天多情况,勤瞭望费猜详……

唱到这一句钱文常有一种泪流满面的感觉。真真是多情况勤瞭望费猜详啊,他现在算是怎么个情况呢？北京现在是怎么个情况呢？那么多朋友、老师、领导,他们是怎么个情况呢？中国现在是怎么个情况呢？毛主席现在到底是怎么个情况呢？还有刘少奇、周恩来、林彪……他们都在干什么呀！那么多文艺家都怎么样了啊？他可以往哪里瞭望呢？真像是生活在隐藏在芦苇丛里呀,比芦苇丛还密不透风没有一点照亮儿的火啊。明天会怎样,猜想也猜想不出来呀。

又过了两年,林彪事件发生以后,钱文的断线风筝的命运突然改变了,他被召回到了自治区的首府一个闲散的文艺机构里。他得到机会与洪无穷见面。这次无穷是以业余文学积极分子的身份来找他的。破四旧过去了五年,改了名字的人纷纷又心照不宣地改了回来。洪无穷与钱文一见面,告诉他的第一条新闻就是陆月兰没有死！死的人叫路红心,那时候改名叫红心的多了去了！巧的是此位路红心原名是路悦岚,而且她的双亲也是老干部。路红心在"文革"派斗中异常英勇,中弹牺牲后没有来得及说出自己的父母的地址。这样三传两找,找到了张银波头上了……天下的事真是无奇不有。

据洪无穷介绍,并未在武斗中丧生的陆月兰在来西北边疆串连后不顾中央禁令,乘兴又去了西南边疆——"文革"真是月兰她们的盛大节日！她革命兴起,非要越过边界输出革命,她确实越过边界多次,最后以女革命家的身份回到云南,在云南过起了另一种不可思议的生活。她真心与自己的犯了走资本主义道路错误的父母划清界限,不知道别的革命干部革命群众信不信,反正月兰是死心塌地地相信她父母是绝对的走资派。她对洪无穷说过,她的父母就是走资派走封建派走法西斯主义派。"他们对我从来不讲民主！我就没见过他们为了人民赴汤蹈火。谁知道是人民为他们服务还是他们为人民服务？"月兰曾经对无穷这样说。这样，多少年她也不与父母联络。

清理阶级队伍运动中，月兰的身份受到怀疑，不久前她才回到北京。

……这么说，莫非那一包食品是月兰从昆明托人捎来的？月兰为什么要给他们捎吃的呢？而月兰又是个什么人呢？她怎么又像起极左分子来了？

直到一九八〇年，刚刚回到北京的钱文在一个场合见到了月兰。那时的月兰已经年过四十，她的样子仍然天真烂漫，仍然傻气十足，仍然风风火火，仍然看起人来直愣愣地离疾着不错眼珠。只是，她的脸上已经出现了不少的纹络。随后月兰来了一次钱文家。钱文问她关于捎吃的东西的事，月兰想了想，她说："也许吧，我早忘啦。""那可谢谢你啦。"钱文说。月兰大笑，她说："那有什么可谢的，是不是我寄的还不一定哪。人民的东西咱们凭什么不吃？不吃白不吃！"

月兰给他们讲了自己在云南的经历。输出革命的宏图受挫后，她去到了边境地区的一个少数民族山寨，她嫁给了一个新丧妻的少数民族头面人物，她在当地补课搞起了"红海洋"，到处设立毛主席语录牌，她还教给当地人民唱样板戏，背诵"老三篇"等，她还被评上了先进人物。如果不是清理阶级队伍"一打三反"时把她当做可疑人物立案审查，她也可能至今还在那边过着另一种生活。但她紧接着又说："不行不行，其实老是革命，我也就慢慢地烦了。我这个人就是没有长性啊！"她发表评论说："唉，'文革'搞得真有水平，毛主席搞得多棒！三年内结束就对了，后来的麻烦主要是因为时间拖得太长了！唉！"

那天陆月兰给他们唱了好几个云南民歌，唱得钱文的儿子都傻了。

陆月兰这一生的高潮也就是"文革"了，如果没有"文革"，她能走那么多地方？她能体会一下革命生涯么？她能痛快那么几年么？革命方知毛主席亲，革命方知自己有用，真正压在最底层的小人物，谁心里没有几星革命的火花？所以毛主席一再论述，人民是要革命的。人民要革命，这真是太对啦！

月兰还说她现在有了新的男朋友，是一位哲学家，她向钱文借西洋哲学书籍。刚刚从边疆返京，惊魂甫定，哪儿会有西洋哲学书籍？钱文只好抱歉一番。

她走后，东菊叹息良久，钱文也不知道说什么好。

往后的年代，钱文有两次在梦里见到了月兰。梦里的月兰的脸变成为白色的长方块，闪闪地发着青光，梦里的月兰一会儿这只眼睛，一会儿那只鼻孔，一会儿是左嘴角，一会儿是右嘴角，还有这只眉毛和那只眉毛，不断地凸起张开和忽闪忽闪地动。动了一阵她又没完没了地哭泣，她哭得伤心至极，哭得钱文也哭泣起来了。醒来后钱文只觉得心惊肉跳，眼角腮边全是泪水。她为什么要活着？她为什么要生在老革命家庭？她为什么要与萧连甲恋爱？即使萧连甲没有死，她能幸福么？她的革命是游戏么？转眼，大家都老了，最后，她连个伴儿都没有。她太天真，太没有保护了啊。

往后的年代，在儿子已经结婚，钱文已经年过五十的时候，儿子——大名是钱远行——告诉父亲说：

"爸爸，您知道吗？那次那个陆月兰来，我一下子就爱上了她了……"

"什么？她比你大二十多岁啊！"钱文大吃一惊，却原来，儿子并没有忘记。却原来，他钱文不愿意儿子提到她，他内心里认定月兰是个不祥的人物。

钱远行叹了一口气，他说："爸爸，您真的老了啊。"

"……她，她现在住在安定医院啊。"

"这个世界暂时还容不下陆月兰这样可爱的女子。爸爸，您对她的印象怎么样？您注意过么，她是用什么样的目光看着您啊。"

钱文敬谢不敏，他摆了摆手。

第 十 四 章

洪无穷撇了撇嘴,他忽然转过身来,对钱文说:"老钱,你只有一个办法,就是给江青同志写一封信。"

"我怎么……"钱文不知所措,他感觉自个儿像一只足球,突然被一只不知就里的大脚踢到了万丈高空。

"现在您是不能'用'的,眼看着您一天天老大起来,对不住,您已经不是五十年代咱们在一起的时候的那个钱文了。我都快四十了!您不能就这样永远地冻结起来,永远地待在冷宫里。您不是没有本事,您是可以为党为国家做一些事情的——而且,我要说实话,我觉得真正忠于毛主席的革命文艺路线,忠于江青同志的文艺工作者并不是那么多。把信寄过去,万一江青同志批一下,一切问题就迎刃而解了。其实人生也就是那么几个关头,到时候该拼一下也就得拼一下,要不然,说蔫也就蔫巴了,再搁上几年,您自己也不相信自己能弄出点什么来了。在北京,我知道,连板儿团的创作班子里也有您这种情况的,就是说反右当中发生过问题的。为什么他就行?江青同志看中了呀。他的才能发挥出来了,也不算妄活一辈子。他国庆节还上了天安门,看礼花呀,到外省去,他也是披着军大衣,代表江青同志讲话呢。我想,比如说您写一批歌颂文化大革命的剧本或者小说,也许诗歌更好……您只有通过创作才能改变形象。您的历史您的革命资历对您是有利的,您说明一下……这样……"

"我的信怎么可能到得了江青同志那里?最多拿到群众来信来

访办公室,然后转到边疆,自己出丑,弄不好了还要自找苦吃……"

"这样……"洪无穷又嘬了嘬牙花子,给钱文一种小孩学大人的感觉。然后,他走近钱文,诡秘地说:"我有把握把信直接——哪怕是间接,反正最后一定送到江青同志手里。"

钱文一副听不懂的傻样子,满脸疑云,他的心噗噗噗地跳。他这只足球晕眩在空中了,不仅是足球,大风大浪大雷大闪都在向天上轰。他隐隐觉得,他快要堕落于无底,他快要粉身碎骨了。

无穷再次降低了声音,他摆出一不做二不休的姿势,他说:"我与中央文革小组办事组的同志有联系。"

钱文的样子更是大惑不解,不敢相信了。

"我说的是一位联络员,一位女同志,她差不多每天都能见到江青同志,也常常见到毛主席。"无穷用上唇包住了下唇,似乎是在下决心把自己的嘴巴控制住,然而,他还是耳语般地说了:"这位联络员同志,她知道你。"

嗡的一声,一股暖流猛地撞上了心头,足球疯狂地旋转如飞,狂风大作,白浪如山。热气立刻从钱文的脖子从多层肮脏的领子中冒开了,钱文的眼睛也立刻睁大了。

无穷的声音低到了若有若无的程度,恍惚中钱文听到了一个名字:"卞——迎——春。"

"什么什么,你是说卞迎春?"

钱文也不知道自己是怎么回事,提到这个名字的时候,他的两滴热泪挂到了眼角上。

卞迎春?中央文革?江青同志?毛主席?我的青天!我的亲娘!我的十八辈祖宗!刘小玲设宴欢送我们的时候,卞迎春夫妇也来了。他们没有吃饭,但是来了,这也是了不得的恩宠!

无穷点了点头,他在狭小的,污黑的红砖铺就的高低不平的地上来回踱了几步,忽然,他豪情满怀地哈哈大笑起来。他的笑声使你感觉到他只不过是暂时来这边一下罢了,他好像是从天上来到了地下,狭小的房屋,歪斜的墙壁,已经不再会是他的栖身之处,他大概快离开这里了。

令钱文哭笑不得的是,他和家人陆续从边疆农村回到首府城市之后,他的第一件事就是奉命帮助新兴作家洪无穷去修改剧本。世上的事说变就变,洪无穷忽然一家伙写了两个剧本,两个剧本都在上海出版的《朝霞》文学月刊上发表。自从一九六六年全国各个文学刊物统统被批成黑帮刊物从而关闭以来,到了七十年代,"一月革命"的发源地、革命的意识形态专家张春桥姚文元的发迹地上海突然创办了文学月刊《朝霞》。多么好的刊名,旭日初升,朝霞满天,千钧霹雳开新宇,万里东风扫残云,万岁,乌拉,说得好啊同志们,茅盾、巴金、老舍、曹禺、赵树理、梅兰芳和周信芳,《人民文学》《收获》《作品》,美国和苏联,托尔斯泰和巴尔扎克,以至于贝多芬和柴可夫斯基……全是沉舟,全是病树,全是尘埃,全是残云,全是封资修,全是大洋古,全是身与名俱灭,而《朝霞》才是千帆万木江河金猴千钧棒新宇东风……东方的文艺复兴人类文艺的新纪元,您上哪儿找这么漂亮这么舒服的当口儿去!

而且据说《朝霞》的主编是王洪文的秘书作家萧木。当钱文看到了创刊号的《朝霞》的时候怎么能不天旋地转激动万分热泪横流五体投地口涎三尺?他是又羡慕又恐惧,因羡慕而更加恐惧,因恐惧而更加叹服赞美。过去整天说什么开辟文艺的新纪元,那毕竟只是预言预见而已,当然是科学的预见预言啦,再科学也还没有看到新纪元。现在,意味着钱文之流的一页已经彻底掀过去了的新纪元当真开始了。新纪元就像上帝像天使像天国像绝对理念像先烈的英灵像令人猛醒的惊雷,这种伟大的东西本来是不能看见只能向往的。可现在硬是让你看见了,你能不伏在地上痛哭失声么?你能不一面自打嘴巴一面求饶么?你能不战栗叩头如捣蒜么?创刊号的《朝霞》封面用了一种过去在中国的出版物上没有用过的极鲜艳的洋红色,单为这个红色也令读者们服服的,服了老半天服了个没脾气啦。人的这个思想趣味也真有意思,当你得知《朝霞》的主编是某某人,是要人,而这个刊物是一花独秀的无产阶级司令部的文学期刊以后,你立即从封面到封底,从第一面到最后一面,看了又看,愈看愈好看起来。而且愈是看着不习惯难以接受的地方,愈是感到人家新,人家跟你不一样,人家是天字第一号的新纪元。你能抵挡么?鲁迅早就在《风波》里写道:"你能抵挡么?"当然不能,谁能就让谁化为齑粉!包括那个鲜艳的红色,也使你五内俱热自惭形秽地认定,从此无产阶级的文学刊物将会大放光芒,如明媚的艳阳天,如鲜红的太阳,而资产阶级的文学艺术定必黯然失色乌七马八直到销声匿迹直到进入(与他钱某人一样)历史的垃圾堆。在全国的几百万知识分子一个个被无产阶级文化大革命冲击得灰头土脸哭爹叫娘的时刻,能在《朝霞》上赫然出现姓名发表文章,那是政治特权文化特权的表征,那是光阶级耀民族的荣誉,那是红彤彤的新世界的通行证。钱文看这本刊物直如从地狱里看天堂,从坟墓里看花花世界,直如太监看皇帝驾幸三宫六院。当钱文知道边远的这里出现了一位无产阶级文学新星——他的老相识洪无穷的时候,他怎么能不无限羡慕、啧啧赞叹呢?

　　钱文心中有三个洪无穷。在五十年代,洪无穷是一个孩子。不论他对待他的母亲苏红的"托派"历史问题如何立场坚定界线分明,钱文还是时或感觉到他的处境沉重可怜,新中国对于这个孩子未免太沉重了,你怎么好要求一个十一岁的少年与他的亲娘划清界限!而无穷硬是做到了。那时候洪无穷长得瘦削,矮小,爱眨眼睛,有时头发长了没有及时理。他不免在他的这些革命无比所向无敌的大哥哥大姐姐面前显出一种畏缩,显出一种拘谨。偶尔活泼一下,像那次野游中那样,立即招来了冷眼白眼。他的那次生病,给钱文留下的印象是沉重的。他总觉得自己似乎愧对无穷这个孩子。

　　"文革"初期突然与月兰一道造访的洪无穷,更像一个漫游者。他温和而且好奇,对一切事物不抱定见,他的对于钱文来说是过浓了的眉毛下边,长着的是一双爱思考和常走神的眼睛。虽然他说他也造了反革了命,然而他更像是看看而已的旁观者与思考者。特别是与月兰相比,他是多么的沉静啊。从这第二个无穷身上,钱文看到了无穷父母的沧桑经历在他身上的印迹。毕竟是从小就经受过试炼,经受过磨难的人啊,他想。

而现在呢?为了他的小说和剧本,他已经去过两次上海,到《朝霞》编辑部参加改稿会,以及具体修改稿子了。从上海回来,他判若两人。他一下子有了激情有了期待有了主见更有了优越感。他的头似乎突然膨胀变大了,他的眼角向上挑了起来,他的眉毛常常扬起竖立,他的呼吸变得粗重,他的嘴角一下子有了那么多变化和表情。他说话的时候常常出现思忖和掂量的表情——他意识到自己说话的分量了吗?在这个地区,毕竟是他而再没有别人在《朝霞》上发表了作品,是他而再没有别人见到了无产阶级司令部直属的文艺尖兵,文艺指挥员啦。

在认真地读了刊登在《朝霞》上的作品包括洪无穷的作品之后,钱文又窃想:图解,直奔主题,政治套话,梗着脖子就这么写啦,何等的幼稚,何等的拙劣,何等的生硬啊。这样的天使不下凡,不是更好一些么?

然而从反右运动以来,他已经习惯于和一切常识一切标准拧着干了。你说煤球是黑的,站对了立场激发起阶级感情硬是觉得它雪白雪白。毛主席不是也讲这个感情变化吗,农民的脚上有牛屎,然而牛屎不脏,讲卫生的知识分子才脏。大跃进搞得全国饿饭,然而必须高歌三面红旗的伟大胜利,高唱人民公社就是好就是好就是好。革命中的世态正在向常人常理常识挑战,他必须心里藏着明白,嘴上跟上时代。小时候听指鹿为马的故事,觉得不可思议,现在算是明白了,也就是彻底糊涂啦。

所以,他完全能够接受,《朝霞》上的作品就是文学的新纪元,就是胜过曹雪芹、施耐庵、罗贯中、李白、杜甫、巴尔扎克、托尔斯泰、高尔基、萧洛霍夫、丁玲、艾青、孙犁,而洪同志就是这样的东方文艺复兴的代表人物。

而且他更加明白什么叫做大喊大叫和扫清道路了。不大喊大叫,不扫清道路,不废黜文坛,《朝霞》上的这种货色,再过十年也上不了市!

每打倒一个人,就有成十成百成千的候补者补缺者兴奋起来紧张起来,欢呼雀跃一拥而上……不然,政治军事科技文艺,长年累月都是一样的名单一样的排名顺序,除了体育和舞蹈还算有一点经常性的替换外,别的方面哪有洪无穷之流人物的份儿!不搞运动,不搞文化革命,还不得把青年人一个个等死急死憋死耗死!

文艺黑线摧毁了,洪无穷等雄心勃勃地开始露出头角。特别是当无穷去过北京以后,他的动作的韵律里已经充满着政治的使命感与自信了。别人傻呵呵地向他问一些首都和内地的事,他干脆假装听不见,他开始有了大人物的那种深沉,不是装相,而是水到渠成。显然他认为在边疆已经没有人可以与他谈政治了。他给钱文出主意,只怕是给钱文的一大恩惠呢。

钱文接受帮他改剧本的任务的时候吓了一跳。他小心翼翼地对待着无穷,他干脆把无穷看作他无法高攀的上海《朝霞》的一个人格化代表。士隔三日,刮目相看,中国人早知道这个道理,何况是与《朝霞》与北京挂上钩的新生力量!如果他能在改剧本的过程中有一点微末的贡献,他算是戴罪立功——虽然他确实不知道他至今到底有什么罪。而如果有丝毫差错,那么他就会就只能是万劫不复了。他谨小慎微地提一些纯技术性的意见,关于标点,关于修辞关于语气和句式。后来,胆子大一点了,他又出了些关于情节线索和节奏安排的主意。又后来,他依照"文革"的思路对于一些涉及人物塑造直至政治倾向的重大问题也斗胆发表了意见。例如,洪无穷的英雄动不动犯心脏病,苦肉计是他爱用的拔高人物的方法。钱文则提出,动辄犯病有损英雄形象——他有批《北国江南》的记忆,《北国江南》里的女书记动不动犯目疾,便被康生讽刺为那是一个"瞎了眼的共产党员"!他发表这一类意见的时候好像是在帮助一个人下棋,他内心里实在无法苟同那弈棋的规则,但是他毕竟心灵智巧,对于新的规则他是一点就透,他完全可以按新规则与人对弈或助人对弈。他不敢也不必思量新规则本身是否合理,因为只要一深想,他就会认定新规则全是狗屁。然而,既然狗屁成了规则,他就有足够的能力跟着一起狗屁——他如果狗屁起来不比任何狗屁差,他可以做到比一切狗屁更狗屁。他真诚地革过命,他真诚地扮演过罪该万死与脱胎换骨,那么,他也可以真诚地从过去深情地眷恋过的文学面前转过脸去,真诚地以有罪之身与别人赛狗屁。

他的有些小意见得到无穷的喝彩,大部分意见都被无穷反驳回去,被反驳了他更放心,更踏实,反正我该说的也说了,听不听是你的事。听了我的意见,万一出了什么差错,我是有责任的,不听我的意见,是好是坏都没有我的事儿。

有几条关系思想格调的狗屁意见让无穷叹服。无穷高高在上地叹息:"您确实是有本事的人,只要方向对了,您的前途一定是大放光明啊!"(这里似乎有一个潜台词,你如果能够像我一样地具备正确的方向就好了。)

钱文点点头,作感动和感谢状,他心里喊道:"不就是让我卖吗?不就是让我无颜无格地跟跟跟吗?好!我他妈的吗也不论(读ㄒ)了。可是,我卖得出去吗?谁要我?哪怕是临时利用我一下也行,谁利用我呢?"

钱文曾经向他们的临时领导老蒋表示,自己的历史包袱沉重,没有资格帮助无穷修改剧本。老蒋是一个老延安,老文化工作者,本人也写过发表过一些作品,他的一个小歌剧在解放战争时期到处演出,红极一时。"文革"一开始他就双料俱全地成了当然的走资派和资产阶级反动权威,他被斗了个一塌糊涂,屎尿都拉到了裤子里。他挨过红卫兵的无数耳光。由于他姓蒋,平时同志们称他作"老蒋",而老蒋又是蒋介石的别称,红卫兵的大巴掌正好在他脸颊上表现出革命小将们对于国民党的痛恨。他挨的打超出了一般黑帮。他最最悲惨的经历是一九六七年二月关在"牛棚"到郊区农场劳动的时候,他受到了人道主义待遇,春节放假回家。阴历二十八晚上,正赶上两派武斗,他的家正是武斗的主战场之一。他回不去家,便在深夜走到自己原在的单位,请求当时占据机关大楼的一派革命群众组织的负责人员允许自己在机关里胡乱呆一宿,混到天明再设法回家。结果他被一个神神经经的自己的丈夫已经被定成敌我矛盾的女革命积极分子赶走了。这位女同志深度近视,长得像吊死鬼,名叫小刘。说是小刘轰赶老蒋的时候右手做兰花指状向前用力一推,像是表演革命样板戏。钱文估计小刘同志由于丈夫的事情已经吓破了胆,便更要积极求进步斗敌人,她好不容易得到了一个显示自己的立场坚定的机会,能掉以轻心?原来自己被损害了的人损害起处境比自己还不如的人的时候更加狠毒,更加下得去手。身为阶级敌人家属,小刘却受到了革命群众组织的重用,就因为她对待各类牛鬼蛇神心狠手辣,决不留情。他们都有一个潜台词:"我心疼你,谁心疼我呀?""你难受,我知道,我难受,谁知道?""你不下地狱,难道让我代你下不成?"

在真刀真枪硝烟滚滚的那年腊月二十八日,被驱赶到街头的老蒋是怎么过的,没有任何人知道。有人说他躲进了人防工事,也有人说他躲到了公共厕所里。他自己也从来不说,他说是为了维护党的形象,他不想谈这些不愉快的过去——他只知道感谢党最后还是"解放"了他。

老蒋同志好不容易在一九七二年得到了"解放",就是说他革了一辈子命,唱了一辈子《东方红》,歌颂了一辈子共产党,在战争中还挂过彩,最后终于得到了承认,他的"问题"属于"人民内部矛盾"啦。一"人民内部矛盾"他的银行存款也就解冻了,他的扣发的工资也就补发了,他立即宣布所有的存款所有补发的工资一律作为党费上缴。然后他被委派为这个不伦不类的文艺机构的临时负责人。那位半夜把他赶走的小刘同志立刻受到了他的重用,成为他的心腹。其他人认为是咄咄怪事,怎么谁整老蒋整得狠老蒋就喜欢谁呢?人们愤愤不平。钱文却完全理解:从个人恩怨上来说,那位女同志是他的对头,从党的原则上来说,她是他的好同志。老蒋完全应该赞成她理解她同情她,他们受的教育是一样的,他们的价值标准是一样的,换一个个儿,老蒋碰到类似情况,他也不会对阶级敌人手软的。钱文甚至进一步想,如果是他钱文主事儿,他最最信赖的会是什么人呢?是萧连甲那种骄傲自负爱动脑筋的理论家?是杜冲那种看透一切含笑不语的老狐狸?是曲风明那种深文周纳的刀笔吏?是哑巴吃饺子心里有数的高来喜?是一心做着文学梦的米其南和他的朋友们?是神神道道的陆月兰?是捡了个棒槌就当真(针)的洪无穷?都不是,最最贴心的只能是小刘!

从老蒋的言谈特别是表情中,钱文捉摸出一种对洪无穷的敬而疑之的态度。《朝霞》《学习与批判》("批林批孔"中上海出版的理论刊物)"一月革命"的发源地上海……风头正健,无穷已经贴上去了,正是锐不可当,谈起戏剧来他只承认一个主题——反走资派。但是老蒋显然另有权威来源,谈起走资派来他总是支支吾吾,他强调的是正面的歌颂,是大写英雄人物而且英雄人物一不能有缺点二不能死,因为据说江青同志批评了写英雄人物的缺点与牺牲的作品的修正主义性质。老蒋没完没了地讲如何认真贯彻"三突出"的创作原则,讲英雄人物特别是主要英雄人物的高大完美,对走资派问题却是唯唯诺诺,态度模棱。钱文心里明白,老蒋的"(政策)精神"的来源是地方的主要领导,地方的党政军实力人物,与无穷的精神后台上海造反派——中央文革小组调子并不一样。

钱文告诫自己,小心小心再小心。与十几年前相比,钱文已经是另一个人了,中央文革必须拥护,地方实力,更是不可掉以轻心,在一个山高皇帝远的地方,一个科长也不可得罪!

一九七三年,通知各地要排一台戏剧进京参加调演。一开头钱文不懂得调演二字,后来才明白那是奉调进京演出的意思,这个词让钱文十分讨厌，愈讨厌钱文就愈警惕：当今文艺是江青旗手领导的文艺，是奉命奉调听从差遣指到哪里打到哪里让怎么打就怎么打的文艺。他对讲民兵的几句话很感兴趣：叫做召之即来，来之能战，战之能胜。全国全党全军全民，大家都能做到这样该多好！那时中国将无敌于天下！他过去理解的纯洁的浪漫的梦一样女神一样的资产阶级文艺已经一去不复返了，已经进入了文化的垃圾堆里去了！

又一批那么令钱文梦魂牵绕的东西进了垃圾堆了……凡是温柔的，美丽的，洁净的，暖人心头的东西都免不了进垃圾堆的命运……你喜爱什么，就注定了要糟蹋什么。我们生活在一个怎样严酷的时期呀，让我们的心坚硬些，再坚硬些吧。

钱文看得明想得清，不敢大意。在讨论无穷的剧本的时候，钱文几乎是有意识地与自己作对，他奉行严厉的狗屁主义，凡是令他有点感动有点人情味的东西，他都提出来请作者考虑：那里头有没有资产阶级的人性论？人情人道人性，这是世界上最最要不得的东西。凡是具有生活气息的剧本片段，他也都踌躇再三，皱眉叹气，他也不能不提醒作者，这里边会不会有非英雄化和温情主义和平主义？风景、爱情、内心活动、挫折、幽默、比喻、双关语……一律是阶级敌人的武器。而凡是生硬的口号，劈头盖脸的教条，不着边际的上纲，不合情理的矫情，他一律指出这才是出新，这才是路线斗争，这才是文艺的新纪元。讨论完一天剧本，他简直不敢再回想一下。我已经是什么人了啊？我都说了些什么呀？他问自己。他深信自己的大脑已经能够为无产阶级司令部而工作了——虽然无产阶级司令部不会要他——他的大脑可以为无产阶级司令部工作得很好很出色，然而他的心却是一个无底黑洞，他不敢扪心自问，他已经找不到自己的心，他的心时而麻木时而流血时而不知去向时而硬如石块。他睡着睡着会惊恐地狂叫起来。

东菊一次次地问他，你到底是怎么了。他一次次地解答，我没有什么事儿。他是认真想过的，他必须接受文化大革命，接受江青同志的天才指挥——他还不配,他只是心向往之而已。他没有矛盾,他没有犹豫,他没有不安,在光芒万丈的毛泽东文艺路线面前,他只不过是一粒沙,一块破布,一股酸气,一块臭肉,一个无耻的瘪三,一个下流的跳蚤。除了向着光明向着太阳向着无产阶级司令部他没有别的二心,说怎么写咱们就怎么写,说怎么改咱们就怎么改,你说我听,你打我应,你横我跪下,你胜利我庆贺我流泪我大笑我唱歌我兴奋得满地打滚儿。我的亲爹,我的亲娘,我的祖宗!

参加讨论剧本的还有一些剧团里的专业编剧,这些编剧都有过一些创作实绩,"文革"以后是成天吃饱了琢磨剧本,而又多是几年过去了空空如也,没有谁能交出什么账来,更没有谁的剧本能被排演——行话叫做"立"到舞台上。好在江青同志提出来了,十年磨一戏。然而小小的洪无穷的戏半年就"立"起来了。于是人们怀着一种不快的心情参加对于无穷剧本的讨论,说的话一般说来是不咸不淡,酸不溜丢。其中一位老先生年龄比钱文大个十几岁,毛笔字写得很不错,读过许多旧小说,懂许多旧戏。其他专业编剧多是演员出身,老先生与他们相比,便有一些知识学历上的优越感,谈起剧本来常常摇头摆尾。他提了一条意见,属于在情节里安排一场误会之类,洪无穷完全不接受。老先生忽然上了劲儿,对自己的意见颇为坚持。别人一声不吭,一老一少争得面红耳赤。钱文便发挥了一点辩才,他支持无穷,不赞成误会法的运用,他忘记了自己的身份,忘记了克制自己,他带嘲笑意味地说,那种误会的安排"太幼稚也太陈旧"。钱文已经吃够了说话的苦头,话一经说出,就像水一经放出一样,似乎有自己的冲力,常常失控,常常令说它的人懊悔不已。无穷听了连声说"是啊是啊",老先生生气了,一下子闭紧了嘴。到了下班时间,老先生说:"明天我不来啦。"钱文自觉方才的说话有所不妥,便笑嘻嘻地说:"别价呀,您不来可不行,您见多识广,姜是老的辣呀。"

老先生把嘴一撇,他说:"我有什么辣的?我既没有当过婊子,也不想立牌坊!"

钱文知道他的意思,又不想琢磨他的意思。他明知那人是在骂他,他又觉得自己还不至于如此卑劣。但也事出有因。像他这样的非驴非马的人,确实令人难以理解。多年的逆境已经使他习惯于遇事先反省先检查自身了。至于侮辱,侮辱算什么?不侮辱你,又侮辱谁去?这位老先生,一生碌碌,三代人住一间半房子,除了这次"文革"以外,所有的运动他都要做检查交代问题,名为编剧,编了十几年了没有编出一个能用的剧本。但他也有优越感,这种优越感支持着他的精神不致崩溃。这个优越感之一可能就是许多比他有本事的人都划成右派了,都送到大沙漠边缘的劳改农场改造去了,他始终没有划上过,他始终待在他那一间半房子里。他能不优越一下吗?如果剥夺掉他的辱骂"右派"的权利,他还怎么活下去?

但是钱文的脸还是一直发烫,他的心跳也明显地加速了。

当晚,东菊问他他是不是有什么事儿,说他有点儿心事重重的样子,他坚决否认。他说完笑话又唱歌,表示情绪高涨状态良好。东菊便也真的相信了。

同时,他也不拒绝接近前景未卜的与他们这一代人颇为不同的洪无穷。毕竟是老相识老朋友了。洪无穷至少有几分聪明,而聪明人面前的危险总是比机会更多。无穷与月兰在"文革"如火如荼地开始以后到过他边远小镇的家,这使他感到愉快与光荣。从内心里,他还是喜欢无穷这个孩子。他请无穷在家里吃了一顿饭,用最好的金华火腿招待他。他非常谨慎却也是深情地告诉无穷:无穷在无产阶级文艺思想照耀下取得了创作上的初步成果,这使他钱文非常激动非常羡慕。然而,他的写走资派的大胆笔触仍然使他心惊肉跳,作为一个犯过严重错误打入另册的人,他劝无穷慎重一点,如此而已,岂有他哉。也许他说得太过时太反动,他准备接受无穷的批判帮助。

洪无穷宽大为怀地一笑置之。他对钱文的话的不以为然,也不以为意,全表露出来了。

钱文想换一个说法,他想按无穷的思路说点什么,也许无穷易于接受。他说:"写文化大革命好是好,太困难了,现在也是一样,特别是在咱们这里,你知道人们对'文革'是怎么看的呢?恐怕不是都赞成吧……"

想不到这几句话使无穷激动了起来。无穷脸立马就红了,他冷笑了一声,他说:"无产阶级文化大革命,全党全国全军到底有多少人理解,多少人支持?毛主席的革命路线,到底有多少人理解,多少人拥护?我写批判走资派的话剧,中央领导同志看了会高兴的,可咱们这儿呢?无穷的顾虑,数不清的清规戒律,一片小脚女人!老钱,如果没有文化大革命,新社会与旧社会,共产党与国民党又有多大区别!咱们已经变修了,修得马上就成了苏联了,幸亏咱们有毛主席!全世界有没有一个当权者自己革自己的权力系统的命的?除了主席再无第二人!可人们呢,都在那儿观望,在那儿探听,在那儿捉摸,畏首畏尾,患得患失,都怕自己的既得利益失去一点点,毛主席他老人家,太困难了!"

洪无穷交叉着手指紧紧地压了一下,他的脸上竟然出现了一种钱文从来没有见过的凶狠的表情。这使钱文一惊,也使钱文尴尬,因为无穷所说的打探捉摸,患得患失,当然也包括他在内,他不可能像无穷这样激动无畏。曾几何时,他钱文已经是一个前怕狼后怕虎,不问是非,但求自保的窝囊废了。而无穷已经有少数毛主席路线的知己的自我感觉了,他少年时代受过的严峻的政治考验对他也是留下了痕迹的。这一点钱文很敏感。这使钱文羡慕,畏惧,也感到不祥。

至少在纯技术的问题上,乃至在一部分结构的调整上钱文对于无穷的剧本修改还是起了一点点作用的。"做有用状",钱文想起了这么个词儿,觉得哭笑不得而又不得不厚颜苟活下去。

脸皮薄的人已经死得差不多了。这是一个厚颜的季节。淘汰嘛,首先要淘汰掉那些小资产阶级的面子尊严真诚和种种痴爱痴情……供淘汰用的黑名单愈来愈长了。

改剧本用了大半年的时间,最后,剧团与新成立的文化局的领导人带上一干演职人员浩浩荡荡进京演出。这是一件大喜事,边疆的工作人员大多来自内地,得到机会公费旅游,出差加回家探亲,采购,实在是极威风极幸福的事,一切人等都在想办法活动参加剧组光荣进京,参加剧本讨论的人也纷纷入围。钱文从一开始便知道自己自然没有资格与闻其盛,但宣布了人员组成后,那位用最恶毒的语言骂过钱文的老先生却勃然大怒,见人就为钱文打抱不平,他说:"改剧本,钱文出的力最大,为什么不许钱文进北京?如果说钱文划过右派不好去,为什么让人家参加讨论?这样做符合毛主席革命路线吗?"

钱文几乎是要哀求他,不要再说这件事了,不要再抖搂臊儿啦,这样说下去他并不可能被允许进京,这样说下去的唯一结果只可能是臭气烘烘最后连参与剧本讨论这样的事也只好把他排斥在外。他甚至于不无恶毒地考虑,老先生是为了维护他而提出这样的问题吗?抑或是为了寒碜他才瞎起哄呢?

意外的是,临出发前夕,突然宣布已经参加组团的五个人另有安排,不去北京了。剧团讲了一套去北京是为了革命,不去北京也是为了贯彻毛主席的革命路线的颠扑不破的道理。先说叫去接下来又不让去了的人中就有这位老先生。大家知道,这五个人是"政审"没有通过才被临时取消了去北京的资格的。钱文始终不明白,为什么事情偏偏要怎么恶心你怎么做,你就不能先审查再组团吗?你就不能早一点下通知吗?那些动不动摆出"审"别人的架式的人,他们究竟从哪儿获得了决定生死的权力?他们除了神神经经地找别人的茬子以外究竟还会为人民做点什么?演戏演得好的去当演员,演得不好但是有文化有聪明的便去当编剧或导演,演得不好又没有文化没有聪明但是有资格和一些经验的人当领导,不能演戏、不能编剧、不能导演、没有革命资历也没有工作经验当不了领导的人呢?去审查别人去了。呜呼!

然而更使钱文感到意外的是,临时撤下来五个人并补上了三个人并没有引起不安。凡是没有被裁撤下来的人都深感荣幸,感恩戴德,精神抖擞,只觉得是党的阶级路线大长了无产阶级的威风,大灭了资产阶级的志气,觉得自己得了脸是三生有幸。他们同时也暗自警惕,一定好好表现,一定努力工作服从领导永远忠于毛主席的革命路线珍惜自己的不被裁撤的令人艳羡的命运。新补上的三个人更是喜从天降,高呼毛主席的革命文艺路线万岁万岁万万岁,深切体会到报上说的全是真的,毛主席的革命路线就是生命线幸福线胜利线成功线,资产阶级的路线不用说就是混蛋线死亡线黑暗线失败线,就是让我们受二茬罪吃二遍苦的黑线。

而那被淘汰下来的五个人——包括动不动优越一下的老先生呢?全傻了,全蔫了,全服了,全热泪盈眶,心跳气短,面红耳赤,匍匐觳觫,罪该万死,谢主(不杀之)隆恩,舞蹈叩拜,山呼万岁起来了。谁心里不明镜儿似的?谁不知道党眼里不掺沙子?你没有砟儿,你不是带把儿的烧饼,能不让你去么?有砟儿没砟儿别人不明晰,自己还不明晰吗?你参加过三青团,你说过落后话——这年头儿,落后就是反动——你爱读胡风分子路翎的书,能够因为你而影响全团的清洁吗?你不服你要咋着?

老先生从此与钱文友好起来,他忽然悟到他的自认为政治上比"文革"中揪出来的牛鬼蛇神或历次运动中戴过帽儿的人优越,也不过是春梦一场,自作多情罢了。他非邀请钱文到他家吃酒不可。

老先生的炊艺堪称叹为观止,他做的高丽肉、虾米白菜、拌萝卜皮、清炖羊肉与糖醋鲤鱼令钱文手舞足蹈。他烧出来的菜不知道比他炮制出来的剧本强多少倍。喝着喝着被无产阶级文艺队伍淘汰下来的另四个人也来了。老先生岁数大玩意儿自然多,领着他们喝了个酩酊大醉,他们喊着:"何以解忧,唯有杜康!""一年三百六十日,但愿长醉不愿醒!"他们唱起了梅花大鼓《宝玉探晴雯》京韵大鼓《大西厢》和单弦牌子曲《风雨归舟》。他们学一些著名话剧演员演戏的做派和口音,他们谈论阮玲玉、王人美、周璇、李丽华、周曼华、陈云裳、陈燕燕、白虹、白光、顾丽君。同时,每隔十几分钟,他们就纷纷表示一次,这次不让咱们进北京是组织上对咱们的最大爱护最大关怀最大温暖,咱们决无不满,毫无不满,咱们满意得不能再满意了!咱们太幸运了!而如果咱们稀里糊涂地进了京,后果不堪设想,至少就没有这次温暖和谐的聚会了。人生得意须尽欢,莫使金樽空对月!而钱文这时候也明白了,最最拥护领导的英明决策的正应该是他钱文,没有这五个人,他钱文多么孤单,现在……真是让人受教育啊!

……话剧进京演出的情况平平,但洪无穷回来后精神大长,显然又上了一层台阶。他到钱文家来吃饭,吃完饭,他提出了让钱文给江青写信的建议。

无穷从北京回来对一切守口如瓶,这大大显示了他的成长和分量。只是对钱文,他才讲了一些消息。一个是曲艺调演时有一个省请了原来旧曲艺家协会的一位领导兼专家担任他们省团的顾问,被认为是一次严重的"文艺黑线"回潮事件。为此首长很生气,要求全国各地狠抓黑线回潮的问题。钱文听了深感庆幸,幸亏他没觍着脸皮进京,否则后果不堪设想。一个是一批黑画正在批判。一个老画家画了三个柿子,一个青椒,一棵白菜,无穷问钱文:"你知道黑画的用意吗?"钱文摇头。无穷解释说:"他是说自己'三世清白',也就是表达对自己在肃反运动中受审查的不满啊。"说是另一幅画画的是三只小老虎。钱文更不明白三只小虎有什么麻烦,无穷解释说:"三虎为彪嘛。这是为林彪翻案嘛。"

说得钱文瞠目结舌。

无穷讲了许多板儿团(即演出现代革命京剧样板戏的剧团)的故事,他们走到各地如何受到尊重,他们的人员得到了许多特殊待遇照顾。无穷讲到,有一些现行反革命分子恶毒攻击样板戏,他们已经受到了严厉的制裁——可能枪毙了,无穷说。

洪无穷解释说:"一个新生事物就是会受到许多阻挠许多干扰,你必须力排众议,你必须义无反顾,无坚不摧,战无不胜,你必须压倒一切反对者而不被反对者压倒。还是季米特洛夫的话,老钱,这话最早还是你给我讲的呢……在新的风浪面前,不做铁锤,便做铁砧!老钱,你也要拼一拼,你不能坐待革命来找你呀!"

于是他提出了由钱文给江青上书的建议。

钱文激动了只有两分钟。他微微一笑,他表示感谢洪无穷的好意。同时他决定,这不可能,这不是他可以做的事。江青的名字引起的他的巨大的恐惧感,他决定宁可一辈子待在冷宫一辈子当"铁砧"挨铁锤的打砸,也不能去玩火,去贴靠,去叫卖。他已经够无耻的了,他总不能无耻到给江青写信的地步呀,你看看江青讲话时脖子一伸一伸的那个样子!

无穷还讲了一些别的事:什么周恩来下令逮捕攻击江青同志的四个地委书记……

说到周恩来的名字的时候无穷的目光有些闪烁,钱文探询地看着他。无穷说:"总理呀,总理,总理对于文化革命的认识可有一个过程呀!"

钱文愕然,悚然,却又不能不同意他的话。无穷就是初生牛犊不怕虎,看问题就是尖锐呀。

然而危险。世界上有这么轻而易举的奉旨革命?他就这么轻而易举地成了无产阶级革命派?人们为了得到无产阶级、左派的帽子,老命小命儿都豁出去了,哭爹的,叫娘的,卖爹的,卖娘的,流血的,自打嘴巴的……就是这样也还是得不到无产阶级、左派的桂冠呀。而他们年轻一点,看社论看得仔细一点就成了事了?上面的斗争,就更危险,你有几个脑袋敢玩这个?认为在中国政坛上,一个写诗唱戏的人能成事,那是痴人说梦!小孩你不让他玩火,他不信,等烧到指头,才明白。钱文自己不也是这样么?想当初,他比洪无穷自信得多也严肃得多。洪无穷,危险呀!

在洪无穷告诉他的北京花絮当中,最令钱文震动的莫过于王模楷的近况了。说是王模楷到了外省,"文革"一开始被斗了个死去活来,但是他现在奉调回京,在一个写作班子写批判文稿。"说是江青很欣赏他的才华,叫他戴罪立功。他现在跟着写作班子走到哪里,都享受高干待遇,住单间,省革委会主任向他敬酒。那一年国庆节,他还披着军大衣,上了天安门观看焰火呢。"

"所以说,你还是要给江青同志写信呀!"

临走的时候,无穷思索再三,又说了一回卞迎春的事。他说卞迎春是少数几个能够接近中央首长的人之一,属于中央领导身边工作人员——他们从一些大人物的讣告上已经知道什么叫身边工作人员了。他的样子颇为神秘。他问钱文:"她怎么会认识你呢?"

钱文刚要张嘴,突然控制住了自己。她果真是一个大人物么?她果真是一个神秘人物了么?如果是,那么她向无穷问起钱文来是可以的,是上边的人关心百姓乃至关心一个摘帽右派。但他向无穷讲述卞迎春是不可以的,是放肆,是僭越,弄不好是自取灭亡。他不是不知道,自从"文革"开始以来,凡是随便谈论过江青的过去的人,都被灭了个差不多了。

他为难地说:"这个这个,也谈不上认识,过去的事儿了。"他挥挥手。

无穷一笑,哼了一声,走掉了。

这天夜里,钱文与东菊有一次长谈。钱文像是发作了疟疾,他说起话来牙齿都打战。他说:

"看来,前一段我与这个洪无穷靠得太近了。给江青写信?我能去找这个不素净?电影上看到她我都起鸡皮疙瘩。毛主席到底是怎么了?最后要靠老婆靠侄子靠外甥女,孤家寡人,谁都是敌人。你看那些新闻纪录片,毛主席老成了那个样子了。什么叫阶级斗争一抓就灵呀,一杀就灵,一镇压就灵!中国到底是个什么国家呀?排成一队念语录,训练得都成了傻子,你看那个学习毛主席著作积极分子,战斗中脑神经受到了损害,两眼直不棱登,除了喊毛主席万岁啥话也不会说了,难道现在要培养的人就是这个模样?太可怕了!"

"不会老是这样的……"

"不会老是这样？当然。一百年这个样儿也不过是一个短时期，二百年这个样儿也不过是一个短时期。二十年三十年五十年都只不过是历史的一瞬。但是我们自己呢？我们自己能有几多年？再过二十年我们就六七十岁了，我们什么时候才能等到正常一点儿的日子？从小我们就等，等到了日本投降，等到了解放区的天是明朗的天，等到了一个运动又一个运动，等到了把我划成了右派把你开除了公职，等到了不死不活地到了这般地步……而我，还要和洪无穷这些人打交道，还要按照'三突出'的原则帮他修改剧本！"

"洪无穷真的那样想么？我看也不一定。现在的人没有提着脑袋革命的了，现在是等着立功，等着飞黄腾达革命。谁让现在江青是旗手呢？剧本？你再也不要干这个去，下次要再找你，你就说不行。"

"说不行？你敢说不行？给你脸你不要？"

"好好好，你去了一言不发还不行吗？一言不发算什么罪？没有想出点子来嘛。"

"而我是个贱骨头！不用脑子，不说话，不分析问题，眼看着一年大一年一年老一年，让自己的脑力像一把刀子一样锈掉，让自己的大脑萎缩小脑萎缩神经麻木，我觉得受罪，我觉得要发疯，我实在受不了呀。我宁愿去给江青当走狗当奴才给中央文革当孙子，哪怕给无穷当幕僚，哪怕天天挨批天天低头喷气，只要让我写字儿，让我编词儿，让我打比喻，让我找韵脚，哪怕只让我校对标点……内容我不管，内容由领导定，今天歌颂林彪也行，明天批判林彪也行，可至少让我修修辞推敲推敲字、词、句和标点符号呀。东菊，我告诉你，我现在没有脸也没有心了，但是我还有脑子还有知识记忆，就把我当工具用还不行吗？改造来改造去，我早已经就是驯服工具啦，还有什么不放心的吗？"

"你不要说下去了……"东菊搂住了他，东菊怕听他的这些刺激的语言，东菊早就对他说过，冷静一点，不要急。

钱文推开了东菊，他笑了，他说："唉，也就是说说而已。除了说说,我们又能做什么呢?如果文化大革命要搞一百年,那也不是你我的事情。如果党要亡国要亡,单凭你我,我们能怎么样呢?混吧,混一天说一天,其实再过一百年日子仍然会是很麻烦,内心仍然会是很痛苦,理想仍然会是很遥远……我只是难过,中华人民共和国才建立了多少年?怎么这么一副模样了?"

东菊叹了一口气,她渐渐发出了均匀的呼吸声。她睡了么?"然而我们要活下去,不论生活是多么痛苦",这两句话像是《万尼亚舅舅》里的台词,是苏尼娅对万尼亚舅舅说的。五十年代为了看列斯里导演、中国青年艺术剧院演出的《万尼亚舅舅》,钱文在小经厂实验剧场票房前排了两个小时的队。在最后一幕,路茜饰演的苏尼娅说:"我们会休息的。"她寄希望于天国,也就是说希望已经不在人间,她说:"休息呀!"幕布就这样徐徐落下了。

各种国家,各个时代,各种人,都要活下去,都要为了活而打起精神,都会从激动变成平静,从痛苦变成麻木,从爆炸的前沿变成沉默的角落,从火变成冰。然后,那就不是人人可以等到的了,平静仍然会变成激情,疲乏仍然会变成热泪,耐心会开出报答的花朵,冰雪会融释,会流出一道澎湃蜿蜒的大河。而世界,仍然要存在下去,维持下去,仍然会有许多自找苦吃又给别人苦头吃的傻子,仍然会有许多疑问和热情,仍然会有自以为是的志士,苟且偷生的蛆虫,显赫一时的白痴,泪眼惺忪的诗人,欺世盗名的废物,装腔作势的蛤蟆。与此同时,一千次奋斗当中也许会有一次成功,一千种念头里边也许会有一种实现,一千部小说中间,会有一部还多少有点内容,一千次思念之后,会有一次邂逅。大河永远奔流,四季永远更迭,日月永远经天,奋斗绝无休止,主张层出不穷,小说写罢还要写,思念弥天铺地,英雄才子能工巧匠美人佳丽勇敢者多情者狂热者牺牲者苦行者慈悲者代有所出,大狗小狗一起叫,大猫小猫一起闹,雄鹰飞灯蛾也飞,骏马跑乌龟也跑,即使一只蟋蟀也要哀歌到生命的最后一息。

休息噢!

第 十 五 章

就在钱文差不多睡着了的时候,他听到了东菊说:"你写诗吧。"

"还写什么诗,诗的时代已经过去了。"钱文冷笑着说。

"你总要做一点事儿。我怎么觉得现在正是写诗的好时候?自己想写什么就写什么,不想写什么就不写什么。你其实很自由,谁现在会管你?什么事都不做是痛苦的。可又做不了很多事,也不要等着别人给你事做。你最好做你自己的事。你写点儿什么,留下来,放到抽屉里。反正事情不会老是这样子,老这样还行?我看纪录片,我相信老人家不会活太久了。"

钱文吓了一跳。他想把话题转移开,他说:"我想把院子里那个炉灶拆了,再修一个,要用砖砌成面大底窄的样子,那形状像一个花瓶,那是很俏的。主要的是,我看我们也得盖一间小房。"

钱文想了很久,他的困难其实不完全在于现在他即使写了什么也没有地方发表,不发表也还可以积累,他并没有那么急。问题是他的脑子完全乱了,他的心完全乱了。他无法接受文化革命以来的这整整一套,也无法否定"文革"的这一套,否定了"文革"就会牵扯到主席,牵扯到包括钱文献身给它的伟大中国革命……与否定那么多相比,他宁愿意相信"文革"的总体追求还是有道理的,各种毛病和代价都是大事件过程中的泥沙俱下。说下大天来,毛主席的这个坚定劲儿令你衷心赞美。卑贱者最聪明,高贵者最愚蠢,永远站在被压迫被剥削的劳苦大众一边,不能让社会主义的官员变成骑在百姓头上的老爷。这些,没有人比他老人家更彻底。你既然矢志于为无产阶级为底层群众献身,你就应该与许多当权派斗,与高高在上的知识分子斗,与官愈做愈大脾气愈来愈大的死官僚们斗,你就得在无产阶级专政条件下继续革命,你就得永远高举批判和决裂的旗子。逻辑就是这样的。身为毛主席却领导了这样一场史无前例的斗争,是了不起,也是困难。世界上有几个当权者能像毛主席那样说话,说当权派们是"以其昏昏,使人昭昭",是官做大了脱离了群众,说八级工资制其实与旧社会差不多……革命的逻辑实在伟大,他相信世界上再没有什么别的领导人像毛主席这样,是掌握了绝对权柄的头号人物,同时又是一个永远革命继续革命的伟大的革命家。

主席本来可以选择按部就班,然而他确实是九万里翻动扶摇羊角的展翅鲲鹏。他可以选择守成,他已经是功勋盖世,然而,他始终认定,万里长征只走了第一步。他本来可以少冒风险,颐养天年,然而,他爱的是大风大浪,厌的是闲庭信步、是蓬间雀、是漫天雪下冻死的苍蝇!

"毛主席实在不容易……"他温柔地想着,眼睛里含着泪,快要——也许是已经睡着了。

"你该写点儿东西……"

他朦胧地听到了东菊的声音,那声音遥远而且神圣。一阵大风吹得他东摇西摆。他是一块破布。他是一纸风筝。他是一块泥巴揉成圆球又抻成长条,擀成薄饼又挤成疙瘩。他是一只喑哑的哨子,贮存着风声浪声吼声,却发不出自己的任何一点声响。他飘飘摇摇,上上下下,没有依傍。他是要写的,他终将会得到机会写一艘在暗夜的狂涛上震荡起伏的船,他听到了浪涛扑向船体和舷窗的声音。他知道在下一分钟或者下下一分钟,船体就要断裂。像狄更斯说的那样,现在是升入天堂的时代,是降入地狱的时代,是文明的时代,是野蛮的时代,是最坏的时代,也是最好的时代。浪花一次次地打湿了人们的衣衫。海水汗水血水涌流在一起,到处泛起了红黄绿黑白的泡沫。

到处是骚乱，是狂吼，是嘶鸣，是嗥叫，是爆炸，是大笑和哀泣，是一片沉寂。像两层楼一样高的大鼓，由踩着高跷的长人抡起木槌敲得心肺欲裂。船四处漏水，水汹涌澎湃，水上漂着燃烧的油，活人变成尸体，尸体变成树叶，树叶变成鱼雷。一幢幢的高楼在坍塌，一排排的大刀在抡砍，山野里的野兽狼奔虎突到处是咬断气管和骨骼的喀喀声。船体发出钢铁挤压和断裂的声音，奇异的噪音使你一跳八丈。一艘小船驶来了，小船进入了浪心和火海。一匹白马奔来了，他看到了扬起的马鬃，白马冲进了废墟和漩涡。一只大鸟一只小鸟又一只小鸟飞来了，它们发出了春天的鸟鸣，一刹那，就变成了庄严的合唱，东方红，太阳升，中国出了个毛泽东。一切背景退去，天底下只剩下了一条健壮的臂膀，臂膀在拉风箱，唉哟，唉哟，快哟，快哟，红哟，红哟，热哟，热哟。当，当，当，当，嗷，嗷，嗷，嗷，红旗在追赶红旗，汽车在追赶汽车，山峰在追赶山峰，炮弹在追赶炮弹。有侏儒匍匐在地上，用十指挖出一道沟，爬行如鳖龟。有董存瑞在碉堡下面点燃了炸药包。巨人顶天立地，伟人改地换天，伟大领袖说：上次是你操我的娘，这次我要操你娘。放屁，文不对题！人的肢体也在分解，一只手掌和一只胳臂，一根肠子和一截阴茎像魔术师手里的棍棒一样地满天飞舞……

我就是要写，就是要像赵青山说的那样，愈是看到黑暗愈要拼着命地歌颂光明，愈是看到自私愈要描绘雷锋，愈是感到痛苦愈要抒发欢欣鼓舞的喜悦之情，愈是发现道德败坏愈是写出国人的崇高伟大直上青云，愈是黯然无望愈要意气风发斗志昂扬我们走在大路上！就他妈的这么写！我急了眼豁了命白的就是黑，草包就是诸葛亮，猪八戒就是大美人儿，地狱就是天堂！你赵青山能写我也能写，你摘帽右派能样板我也能样板，你王模楷能披军大衣上天安门我也能披能上——只要让我披和上，你方海珍能唱四海翻腾云水怒我也能唱，你郭建光是大青松我也不是屎壳郎，你江青是旗手是文艺新纪元的创始人我钱文也他妈的是脱胎换骨改邪归正死跟死摽踢也踢不走踹也踹不掉的癞皮狗——当然,您说是忠勇雄鹰也成。从阶下囚到座上客相距只有一步,从右派到左派相距只有半步,从保皇派到造反派相距只有零点八厘米厚的嘴皮子,从向隅而泣到叱咤风云相距不到一毫米。革反一念间,左右一念间,死生一念间,祸福一念间。做李白做普希金大概没有那么容易,做一条文化大革命的汪汪汪咬人的狗又有什么难?我就是忠定了,服定了,诚定了,英雄主义和癞皮狗精神发扬定了。你的话我就是听定了,不配听也得听,不让听也得听,不信我真听就更要听,活着是你的人死了是你的鬼摇尾巴是你的狗。你杀了我我谢恩,你鞭打我我感谢最大关怀最大爱护,你割掉我的双卵子用大葱爆炒了下酒那是我的荣幸,你借我的人头祭旗那也是时代的使命事业的需要。你让咱批谁咱就批谁,你让咱捧谁咱就捧谁,你让咱们说鲜花臭咱们就说鲜花臭,你让咱们说大粪香咱们就说大粪香。万岁呀万岁,亲爱的江青同志我的好姐姐我的亲大姨,我爱您我爱您我活着爱您死了爱您烧成了灰变成了土也还爱您这辈子爱您下辈子变驴变马结草衔环也还是爱您呀!

从这一天钱文天天奋笔疾书大唱颂歌,真唱了两下子他就败下阵来了,却原来做赵青山做王模楷做徐老六写样板戏写"半夜想起毛主席,好比吃馍长气力"也并不容易,并不是人人都办得到的。他一旦拿起笔来还是立刻想起了那些纯朴的善良的多情的与湿润的字眼,他一旦拿起笔来还是立刻涌现了青春、河流、海棠花、笑靥和……特别是月亮。他要写打麦场上的麦秸垛。他要写瓜地里弯弯曲曲的渠沟。他要写深夜醉汉的歌声。他要写冬天去煤矿拉煤的套车的马,那马喷着大团白气,甩着颈铃。他要写孩子们的摇床,异域的摇篮曲令人心碎。他运足了气,咬紧了牙关,涨红了脸庞,他没有写出几句雄心壮志冲云天,革命的意志能胜天,众人的干劲冲破天,敢教日月换新天,共产党领导咱改地换天这一类登天体诗句。他不可救药,他要写的是人生,是普通人的生活,是女人的花头巾,是男人的马靴,是一排排白杨,是子夜的鸡啼,是送葬的哀歌,是青纱帐里的野合,是混杂着炊烟的烘烤麦饼的香味。他不可救药,他无计可施,因为他不论赌多少咒发多少誓,他的心硬是硬不起来,他的话硬是假不起来。也许他已经不可能等到那一天,也许这样的日子要延续五十年一百年五百年,人算什么？五百年对于历史不过是一瞬,历史为了一个微小的进步从来不在乎一百年或者是五百年！也许他不得不闭锁自己的嗓子,也许他不得不阉除自己的睾丸,也许他什么也等不到,也许后人无法理解他们这些野蛮和愚蠢的行径,也许他们就是白活一场白受苦一场。历史上这样糊里糊涂地活而又糊里糊涂地死掉的人不知道有几百万几千万几万万,死于屠杀死于饥饿死于暴政死于瘟疫死于株连死于什么名堂也没有的从来就是不计其数不计其数,这里边加上个钱文或者减去一个钱文没有丝毫的意义,他不过是一只蚂蚁,历史的巨靴一下子踩上去,蚂蚁不会发出一声呻吟,巨靴也不会感到一丝污浊,而"这一个"蚂蚁就再也不会有了。他没有希望没有转机没有盼头没有一定得到公正得到发挥得到价值得到机遇的道理,正像那些死者疯者坐牢者上吊者也未必个个都有肯定如彼的道理一样。截至现在,他读到的听到的学到的看到的都是各色人等的牛皮哄哄大言不惭自欺欺人,而他所经历的恰恰是那些能不够儿的人五人六所根本不敢正视的⋯⋯

⋯⋯几十年后钱文反省的时候常常自己审问自己:"你之所以没有听洪无穷的话给江青写信是因为你的正义感你的良心你的是非观念么？"

"是的,我一上来就对她反感。虽然我也有堕落的思想和情绪,我毕竟还有自己的良知。"他自答。

"然而你反感的并不仅只是江青,你对背语录没有反感么？你对划右派没有反感么？你对大炼钢铁没有反感么？你对批胡风和路翎特别是批吕荧没有反感么？有没有反感并不是主要的。有反感的事情你同样可以接受,可以'搞通'自己的思想,可以理解的执行不理解的也执行。你反感,哈哈哈,你反感不反感算得了什么？"

"照你这么说,我也可能与江青合作,就是说,我也可能成为那种极左匪徒?"

"我没有这样说。我只是怀疑,如果你当时多一点儿'信心',如果你不是因为头上有帽子哪怕是理论上已经宣布摘掉了的帽子,如果你有相当大的把握可以受到江青和姚文元的赏识重用,或者是,尤其是你设若已经受到江青的重用,你会怎么样呢?"

"然而这样的假定是没有道理的,我的人决定了我的遭遇,我的遭遇反过来又决定了我不可能是另一种人。不要说我了,就是赵青山不也没有陷进去?"

"你不觉得你的说法已经有点儿有气无力了么?你不觉得你应该再往深里想一想么?而王模楷,你不觉得王模楷本来比你更成熟也更深沉,更清醒也更谨慎么?难道你怀疑过王模楷的良知良能么?难道你怀疑过王模楷的政治品质么?你无论如何也不会想到他能受到'首长'的重用,他会披上军大衣上天安门城楼呀!"

"然而,我们已经知晓,那是一个误会……"

"也许世界就是由于误会才发生的,也许文化大革命本身就是一场误会。你能肯定什么就完全没有误会么?"

赵青山两次都是在深夜接到卞迎春的电话的,说是首长最近要见他。

已经睡得五迷三道的赵青山直如醍醐灌顶,直如烤在了大火上,党的信任党的恩情像洪水像热浪像火山烈焰一样地吞没了他,他幸福、温暖、火烫、兴奋,挂了电话以后立时就是泪流满面。这个电话机也是党的特殊关照给他以特殊恩宠的象征,本来只有正局级以上领导干部家里才可以安装电话的,他赵青山并没有这样的级别,但是三个月前卞迎春给市革委会打了招呼,说是首长近日要召见青山,青山需要电话。接到了卞迎春的指示——当时叫做是"无产阶级司令部"的人的指示,当天下午电话局的人就来了。青山大喜。电话而由报纸上已经频频出现姓名的经常代表最高首长乃至主席讲话办事的卞迎春亲自操办,这个面子这个风光这种荣耀这种恩宠您还上哪儿找去？紧急安装电话,说明市领导已经知道了他赵某人的分量,承认了他赵青山的重要与伟大。电话安装的效率与他的地位成正比。

而电话安装上以后,黑漆盘拨号电话机在他家的存在,时时提醒着他自己他的家人和前来他家的野心勃勃的工农青年业余作者他赵某正处于何等的恩宠何等的荣耀之中。他对于业余作者的教育翻过来掉过去掰开了揉碎了集中在四个字上:"听党的话!"不听党的话,丁玲、艾青、萧军、胡风、路翎、吴祖光硬是当不成作家;听党的话,我赵青山就是中国的大作家就是东方的文艺复兴就是历史的新纪元。曹雪芹后头有鲁迅,鲁迅后头就是赵青山啦! 写得还不够? 写得不够不行怕什么? 党的关怀党的安排如此,谁能改变? 谁能不服? 谁能抵挡? 谁不服谁抵挡就让他化为齑粉！党说你是作家你就是作家,党说你不是作家你就不是作家,党说你是大作家你就是大作家,党说你不是大作家你就不是大作家。明白了吗? 这个黑油油的电话就是他的地位他的身份的明证！电话铃一响,心里那个舒坦哟,眼里那个明亮哟,耳里那个嘎崩儿脆哟,身上那个滋润哟,嘴里那个甘甜哟,血脉那个通畅哟,那个舒服超过了娶媳妇超过了日娘儿们哟！

许多年后,赵青山已经偏瘫,他仍然常常回忆起"文革"中家里的电话接通,拿起话机听到电流蜂音的那一刹那,想起电话局试线拨通了他的新电话,属于他的电话的铃声第一次在他自己的私宅里清脆洪亮地响起的那一刹那。那响动了的不仅是电话铃而且是他的每一个细胞每一根神经每一具器官和他的整个灵魂。霎时间他的身体变成了一个交响乐队,铙钹齐鸣,钟鼓猛擂,管乐器弦乐器簧乐器和打击乐器组成了踌躇意满的和声,天使与众生,宇宙与鬼魂,草木与虫鱼也与电话铃声回应歌唱。有这一刹那,不枉活一生！

然而深夜召见的通知仍然是使赵青山两腿如筛糠。他后来深深地懊悔,自己为什么那么没有出息,如果他胆子再稍稍大一点,他的前程也许是另一种样子。召见通知立刻使他想起了首长的军服，首长的一探一探的脖子，首长的令人起鸡皮疙瘩的话语：我是向你们学习来的……首长的说话像是五音不全的唱歌，首长的声调像是母鸡打鸣，首长的打扮不军不民，首长的头发不男不女，首长的表情不人不鬼。还有那些个事件：武汉"百万雄师"包围冲击无产阶级司令部，大树特树毛主席与毛泽东思想的绝对权威的杨成武、余立金、傅崇碧于一夜间倒台，堪称文化大革命马前卒的王力、关锋、戚本禹从炙手可热的新贵突然变成了阶下囚，两派"革命群众组织"打着相同的捍卫毛泽东思想的旗号，动用了重机枪高射机枪掷弹筒炸药包相互屠杀。特别是文艺界，今天上吊明天抹脖子，这个拧开煤气那个跳进大湖，黑帮遍地，敌特满天，《三上桃峰》事件说是某一出戏为王光美翻案，曲艺调演事件说是黑线人物又要回潮。他赵青山亲眼看到过大作家被红卫兵的皮带头打得头破血流，亲自处理过自杀即自绝于人民的作家艺术家，亲眼看到过德高望重名震中外的大家砰然跪在了英姿飒爽穿旧军服戴红袖标的红卫兵小将毛孩子面前，他还亲眼看到听到老作家向红卫兵检举另一个老作家。这些血腥气乖戾气甚至是游戏气令毕竟政治上是平庸而又平庸的赵青山一想便寒战不止。

  卞迎春的名字前半年开始出现在毛主席参加的一些政治大典的新闻报道里。没有人知道她是何方神圣。她的名字常常是排在党和国家领导人的最后，但是在新闻纪录片上，一位站在毛主席身边的年岁不大的女同志被知情者说成就是卞迎春。赵青山为安装电话事首次接到卞迎春的电话，卞迎春的声音朴素无华，带一点山东口音，山东味儿中遇到新革命名词立即变成了广播员式的标准普通话，一听就是贫下中农根正苗红，参加了革命进步神速。接到电话后他火燎火烫地说不出话来。三天以后他又接到卞迎春电话，让他写一个自己的简历和对文化大革命的认识以绝密件形式自己送到钓鱼台第×收发室。他问了一下是不是交给他所在单位的组织通过机要交通送去,卞迎春说:"怎么送来什么要求我对你讲得很清楚,你不愿意听我们的就算啦。"

整句话都是山东口音,然而"听我们的"四字是标准的书面型普通话,微带一点点南方口音……天呀,这是她老人家——啊啊,她不老——这是她新学的话,是直接从首长嘴头上学的话,说这个话的时候带有首长的味儿!

赵青山一身冷汗,牙齿打起战来,他说:"是,是,我觉悟太低,我对不起首长。我我我我马上就写,我明天早上十点送到。我我我我……没有车号,啊,有自行车牌照号……是是是是是,我跟单位要一辆车,是的,没问题,当然他们会给派的,当然当然当然当然……我明天十点能见到首长么?不是不是,首长没有时间也没有必要接见我,我知道,我是说见一下您,您就是我的首长,我希望您给我一点指示……"

没等赵青山话说完,卞迎春的电话早就挂上了,同时不知哪儿来的电话立即响起。赵青山本以为是卞迎春继续刚才的谈话,结果他只听到一个陌生严厉的河南口音警告说:"以后与首长通话自觉一点精练一点,哪儿那么多废话!"

一个女人的声音可以这样威风这样肃杀这样严厉,你听到这样的声音,你感到这样的声音足可以杀死一个大活人,当时赵青山尿都吓出来了。

这是谁?谁在监听他们的谈话?或者,她是卞迎春的秘书,在记录他们的电话?他暗道了一声惭愧羞得满脸通红。

第二天他正在写小传和认识时听到了敲门声,他不知道为什么心情紧张得要死。他急急忙忙地收拾了一下这些事关党国大事的机密文件,他涨红着脸去开门。门开了,是一个披军大衣的人,那个年头披洗得干干净净的军大衣是大有来头的表现,赵青山开开门看见了绿了变黄黄了又变白的军大衣,大衣前襟潇洒地垂下了两条弧线,扣子与扣眼遥相呼应,大衣兜的边缘像两条装饰线。这身大衣使赵青山倾倒,如醉如痴,他向着大衣点头哈腰是是是不止。他不敢仰视穿大衣的人是谁。

"老赵你好。""大衣"说起话来了,声音和气亲切,似曾相识。

他抬起头来看,他怔住了,是王模楷。他与王模楷过去素无来往,王模楷在文坛红里透紫的时候他只是一个在文化馆的无人问津的小刊物上发剧本、偶然在报屁股上发千字文的农村业余小作者。一九五八年他走红文坛的时候王模楷正好被逐出文坛——他直觉地判定,正是由于王模楷钱文之流被废黜,才给他扫清了道路,轮到了他叱咤风云。他们虽然各走各的路,毕竟在某些场合碰过面。他早就判定王模楷与自己是两路人,王模楷是知识分子革了命,先当党员后当干部再当作家最后当右派。他是贫下中农子弟,是党先医治了他爹的羊癫疯她妈的癞痢头并且手把着手把他教成了作家,然后他成了党员成了干部有了城市户口成了代表成了反右积极分子,如今成了经过"文革"以后唯一留存并继续写作的作家。几个月前赵青山听到了有关王模楷的传言,说是首长看中了王模楷,把他借调到北京写唱词儿来了。

他不敢相信,这太不可思议,简直是离奇,全中国的作家不论怎么排队,也轮不到王模楷。

王模楷的军大衣标志着他的新的身份,他的旧双面卡中山服洗熨得极其清洁平整,他的脸白白净净,他脸上公然做出了沉思的表情,蹙眉闭唇,下巴微翘——一个摘帽右派按理说是不敢做这样的非劳动人民表情的。他应有的典型表情本来是微张着嘴,浅哈着腰,不尴不尬地假笑着,低眉顺眼,收住下巴。嗯,他终于又显出自己的贵族派头来了——这些地富出身的城市知识分子!

然而王模楷的气色并不好,他瘦削,苍白,两眼看着脚底,他说话之前凸起嘴巴又凹进嘴巴,他的样子怪难受。

这年头儿是真怪了。无产阶级的最终胜利?文化革命搞了一次看来还要搞第二次第三次……反正我是最忠心是无产阶级的,谁能相比？

王模楷嗫嗫嚅嚅，先简单说了一下自己，他说："领导……说是用我的一技之长，我其实惭愧极了，愧对领导也愧对同行。我本来就不够格儿。"

赵青山赶紧摆手制止他，并且自己做出一种诚惶诚恐屁滚尿流的样子，连连说："我这个人觉悟太低，觉悟太低。光凭朴素的阶级感情，根本适应不了当前的路线斗争形势……听说您上了天安门，我太高兴了，就跟我自己上了天安门一样，党的政策像阳光普照！"

说到这儿他忽然打了磕巴儿，谈政策谈阳光普照似乎也并不得体，似乎这是暗示王模楷的今天是宽大政策的恩赐罢了，是普照的结果，稍稍不那么普的话，他王模楷无论如何也不会有份儿的，这样说话岂不得罪了王作家！谁知道现今王模楷是什么背景？天啊，他汗流浃背，连连说："我向您学习我向您学习，我也恨自己，那么不争气，辜负了党的期望党的培养呀！"

王模楷细声慢气地说明了自己的来意，说是卞迎春要他来看看赵青山，说是首长一直对赵青山寄予厚望。首长早就想找他，所以至今还没有找，是鉴于文艺黑线的白部长、犁原也很重视赵青山，他们企图用赵青山这样一个出身贫下中农而且始终没有离开过贫下中农的新型作家做门面，掩盖自己在文艺战线实行黑线专政的反革命罪行，首长才决定再看一看……

说到这里，赵青山脑门儿上的汗珠已经落到地上了。

王模楷说："首长明确地向我讲过，像我这样的人，仅仅是文字上略有可取之处罢了，为了建立无产阶级的新的文艺队伍，可以调动一切积极因素也可以化消极因素为积极因素为无产阶级服务。"王模楷苦笑了一下，"上天安门我哪里够格儿，不过您站在那儿向下看，您更感觉中国太了不起了，人民太了不起了，毛主席太了不起了。新的文艺复兴是属于您们的，我再羡慕也是没有用了啊。"

两个人的说话似乎都不太自然，两个人都觉得应该谈得更亲切更知心一些。结果,说得检讨不像检讨,汇报不像汇报,也不是外交辞令,又不是社论文件的翻版。两个人不尴不尬地对望着,不知道该怎样使谈话继续下去。

王模楷皱了皱眉,好像决定不了底下的话说不说,他低下头,犹犹豫豫地说:"是这样,一九六三年我就去外省了,在那边的一个文工团帮着写点儿唱词儿什么的。'文革'一开始,对我冲击得很厉害。忽然说是首长指示把我借调过来,我当然很感激,但是我也感到很不安……"

"那好呀,您能发挥更大的作用,受到党的信任,这真是可喜可贺呀。"不等他说完,赵青山连连表态。

王模楷摆一摆手,他忧愁地说:"您知道,我不能问为什么首长突然想起了我,服从组织分配就是服从组织分配,没有为什么不为什么的问题。可是,我一直心里打鼓,寝食难安,我觉得这里可能有点儿什么阴差阳错的事情,也许是把别人的成果安到了我的头上。一九五七年四月,发生过一起冒我的名发表文章的事件。接下来不久我就揪出来了,这个事儿当然也就糊里糊涂过去了。我老是不安,会不会是因为首长喜欢那个假王模楷的作品,结果我沾了光了呢,那我反而成了冒名顶替的假王模楷啦。对于这事儿,我没法张口。您见到领导,能不能代我表示一下这个意思呢。我可不愿意欺骗领导。"

"那怎么行?您的事儿,我怎么能妄加猜测,妄自掺和,岂不等于我向上边进谗言?王大哥,我可不是那种人呀!我算老几?我有几个脑袋?那儿,哪儿有我说话的份儿!"

"您就说是我委托了您,因为我自己不好说。"

"那也不合适吧?对不起您啦。我劝您还是珍惜党对您的信任,做好开创社会主义文艺新纪元的工作。您遇到的是好事儿啊,上哪儿找这么好的事儿去!您就不要七想八想了。"

王模楷惨然一笑,告辞。

赵青山满腹疑团,觉得知识分子出身的王模楷酸得令人牙倒。

觉得这人实在是不配得到首长的信赖,这样的人绝对不能成事儿。说是秀才造反三年不成,岂止是三年,三十年三百年也成不了!岂止是造反,秀才写小说写诗也搞不成!苍白,你的名字是秀才!

要不,王模楷是来试探他的,前来试探他对于王模楷得到宠幸的态度。好险,幸亏他没有上套儿。

套用样板戏上的词儿,现在的事儿暗道机关太多了,比威虎山上的暗道机关还多。幸亏他一直装傻充愣。他心里明白,王模楷这流人,对于农村里出来的他不会真的看得起,他们认为农民傻得很,那就傻下去吧,傻了才能保住自己,傻了才能套出你的真话,傻了才能自打嘴巴让人呱呱呱地听响儿让人舒坦,有权有势的人都是宁放过一个傻子不轻饶一个能人。我这辈子没有别的诀窍儿,一个忠一个傻,忠就是傻傻就是忠,你看古往今来,都说是愚忠,哪有说聪明忠的?聪明了,谁还能忠?他送走了王模楷,心里七上八下,身上冷一阵热一阵。

到处都有对手,到处都有危险,到处都有机会,到处都有首长的关怀,哪怕是来自误会的关怀。君恩浩荡啊。好像是下棋,你不知道棋的规则。好像是打牌,你不知道现今的牌理。好像是吃饭,你不知道哪一杯酒是毒酒,哪一杯酒里有仙丹,而举杯祝酒的时刻到了,间不容发。

那么他自己呢?他随时可能粉身碎骨,他随时可能飞黄腾达,他进入生命中最微妙的时期了,却原来,光写得好光歌颂还是满足不了党的要求!

他坐着市革委会政工组派的汽车前往钓鱼台,他被审问了十几分钟,与内部通话数次,才允许他放下了送来的小传与"认识"。

送完了赵青山又嘀咕起来,抛开所在单位,抛开地方领导,他算老几,直接与卞首长联系?现在是特殊时期,现在也许这样做行,但单位与地方领导能不挑眼?能不吃心?他赵青山几个脑袋,敢开这样的玩笑?他长期写农村题材,他常常下乡,他听到过一个县委书记在餐桌上说的话:"有大作家大教授,送到我们县来,一个科长就管住了他!"

可不是,一个科长就可以宣布一个作家不是作家,一个艺术家不懂艺术,一个文艺人压根儿就不是人,而是"披着羊皮的豺狼""画成美女的白骨精""露出了尾巴的狐狸"什么的。

不简单不简单,《辕门斩子》里杨六郎唱得好:"戴乌纱好比那囚人的帽,穿蟒袍好比坐狱牢,穿朝靴好似绊马索,束玉带好比那捆人的绳……"他怎么变得这样六神无主,心慌意乱!家乡的人说得好,你要这要那,你不想想你们祖先的坟头儿上有没有这根草,可能不可能冒这股青烟!家乡的人说得更好,没有受不了的罪,可有享不了的福——坟头儿上没有的东西,抱到家里来,还不是得染恙,得折寿,得引祸,得烧包儿烧死!

自从下迎春出现在赵青山的生活与心目中以来,赵青山一直沉浸在幸福与恐惧的晕眩里,他是愈幸福愈晕,愈晕愈怕,愈怕愈幸福愈珍贵愈天旋地转想入非非成神成佛,说不定成鬼——偏偏这时候出现了王模楷这样的晦气鬼,这样的晦气鬼只有挨斗挨揍挨整的时候才心安理得。想到这里他狠狠啐一口吐沫,我日你资产阶级知识分子的祖宗八代!

无论如何,政治是太复杂太可畏了,不像文学。他是真心拥护延安文艺座谈会的讲话的,他是真心歌功颂德的,他是真心上山下乡与老农用一个马勺吃饭用一条被子御寒的。他发明了倒过来写作法,看到自私的人就写雷锋,看到尸位素餐的官僚就写焦裕禄,看到吃了枪药的服务员就写好货郎,看到瘟疫流行就写全民健身,看到干旱洪水就写风调雨顺,看到饥馑就写掉在蜜缸里觉不出甜。他真心真意地这样写下去,他珍惜党交给自己的这一管笔,别人做不到的他做得到,别人写不出激情的他写得出,这还不行吗?"文革"以来,他还到处讲话批判刘绍棠、流沙河,批判完刘绍棠带馒头下乡他就去出席县里为他举行的便宴,问题不在于刘绍棠吃馒头他吃米饭和溜肉片还有侉炖鱼,问题是他吃是为了接受党和人民的鼓励,把一管笔献给无产阶级贫下中农,而刘绍棠是吃了馒头跟着资产阶级走。讲完了这些他也觉得不好意思,因为别人不说大家也都知道,他走上写作道路是学的刘绍棠的样儿,连有些套话也是学着刘氏风格……可谁让你刘兄走错了路了呢,就别怨我赵二哥口角无情啦!

从安装上电话他就等待首长的接见,听说首长喜欢深夜工作,从此他不敢大睡,最多是和衣而卧。一天过去了,两天过去了,一星期又过去了,他望着喑哑的电话,急得腿肚子转筋。

又过了五天,忽然接到卞迎春的电话,说是首长让他去造船厂写造船工业的路线斗争。赵青山吓坏了,他对造船和路线斗争可以说是一窍不通。然而他知道这玩意儿的厉害,他一句话没说就接下了任务。什么叫打鸭子上架?为了革命鸭子就是可以上架,鸭子也可以上天,可以入地,可以像雄狮一样地怒吼狂咬奔突搏杀。革命就是要干那不革命的时候干不成不可能去干连想也不敢想的事。他要求给以更多的指示,要求与卞迎春面谈。卞迎春答应了,到了约定的时间又说是没有时间了,只是给他送来了首长最近的几次讲话摘要,讲话的内容都是谈文艺战线上的阶级斗争,读得赵青山汗毛倒竖,心跳气虚。死也得写活也得写,造船工业上的路线斗争我赵青山写定了。我不写谁写?我不干谁干?我不上谁上?这是考验呀,好比敌人的一个碉堡,首长问:"青山同志,你能不能端了它?"他当然要说:"请首长放心!"然后扛上炸药包匍匐前进。他虚火上升,嘴角子上起了六个燎泡,下巴颏子上长了一个疖子,痔疮也犯了,大便一次满裤子的血,用赵青山自己的话说叫做和来了一次月经一样。就这样他用十三天时间写出了题为《乘风破浪》的散文诗。原先打算写报告文学,实在没有材料没有体验。为了支持他写作,造船部门的"左"派组织了几十个人向他汇报,有两个汇报者竟然称他"首长",美得他如吸了一口鸦片一样熨帖,当然他同时连连摆手声明自己只是首长麾下的一个小兵。汇报的架势也令人过瘾,他是当然的中心重心球心，一切调门儿由他定，众星捧月，笑脸包围，言语顺遂，斟茶倒水，打个喷嚏也有呼应——他一皱眉人人前倾聆训，他一捧腹人人眉开眼笑，他一提问个个连连点头同时细声细气地解释，他一哈欠大家面面相觑同时自动悄息。好哇，敢情就是妙哇，舒服哇，敢情就是舒坦哪。他想起《敬祝毛主席万寿无疆》这首歌儿来了："我们有多少知心的话儿要对您讲，我们有多少热情的歌儿要对您唱，千万颗红心在激烈地跳动，千万张笑脸迎着红太阳……"啊，多么壮美，多么动人，多么稀罕，多么满足，这是生命的酣畅，感情的泛滥，道德的升华，政治的铺排！他感到的是一种生理的愉悦和满足，享受和沉醉！他只是一滴水，他这滴水领了首长给的任务来到了造船厂听了汇报，他已经明白了大海的风光！原来以为文学好文学有滋有味有名有利，现在他明白了，文学失去了政治的撑腰失去了权力的支持失去了有组织的推崇，他那个文学是孙子，见到谁都矮三辈儿！文学是夜壶，谁想呲谁就呲！文学是黄泥，怎么捏鼓怎么是！文学是毛，必须依附在一张老虎皮上！

啊政治，啊权，权，权，无怪乎"文革"以来整天宣传"权权权，命相连"，无怪乎连忆苦思"甜"还嫌不痛快，竟然改成忆苦思"权"啦。

在造船厂听汇报舒坦是舒坦，只是对写作裨益甚微，所有的汇报都是一个格式，标语口号加豪言壮语，伪民间文学体的杜撰的顺口溜加甲乙丙丁一二三四的中药铺，迹近离奇的几个事例，一边倒的热烈反映。这些玩意儿怎么可能写到作品里去？他又不能说什么，连大作家阿古写抗美援朝也是靠听汇报，为了国家和文学事业的利益，你总不能让年高多病的阿古去前线扛爆破筒！他在市文代会上谈体会的时候早就激动地说过，现在的无产阶级文学是历史上从来没有过的，一切条条框框，一切禁忌规则包括所谓艺术规律之类，其实多半都是陈规陋习，多半都是为资产阶级垄断文艺领域服务的，都是资产阶级编出来吓唬劳动人民的。而无产阶级为了创造自己的文艺，"我们百无禁忌！我们反其道而行之！我们要让规律为无产阶级服务！我们要创造崭新的无产阶级规律……"

当初怎么吹的，如今就怎么治自己。设好了套儿自己钻，挖好了坑自己跳。他现在尝到反艺术规律之道而行之的滋味了，又舒服又空虚，他写不出造船业的路线斗争来。然而他的情绪高涨，知遇之恩使他熊熊燃烧，天降大任于赵青山的意识使他血满肉胀勃然而起。他激动得整夜睡不着觉，对无产阶级司令部的感情他必须表达出来。他选择了散文诗，他选择了强烈的抒发和独白。他袒露胸臆，哭爹叫娘，歌唱五星红旗，歌唱镰刀斧头，歌唱熠熠生光的毛泽东思想，尤其是，他用象征的欲显反藏、含而弥露的方法不指名地歌颂了首长。他说首长像巍峨的青松，像洁白的雪莲，像璀璨的明星，像永不熄灭的火炬，像智慧的探照灯。他咬了咬牙，他豁出去了，他干脆说远洋万吨轮的船长、舵手和船员们，一想起首长的指示，一看到首长的照片，不用电罗盘也立刻辨明了方向，战胜了风浪。他说工人和技术人员一想到首长的目光就爆发了冲天的干劲，赶超了世界先进水平。他说老工人想起首长就变得年轻连灰白了的鬓角也重新变得乌黑，青年人想到了首长就变得成熟自信，进退有据，不躁不慌。病人想到了首长就神清气爽，细菌病毒无地自容。技术员想到了首长没见过万吨轮的他们第一次的设计图纸绘制得比荷兰、英国专家搞出来的还棒。他说首长就是诗就是交响乐，首长就是画就是药就是破冰船，首长就是希望就是力量就是温暖就是母亲无比慈祥。他激动得不能自己，写完初稿婴儿般地哞哞哞地大哭了一场。士为知己者用，女为悦己者容，赵青山为了首长不惜上刀山下油锅，白刀子进红刀子出，碎尸万段烧成灰他也要喊首长万岁我爱首长！

他的报告散文诗两天内在六十五家报纸和刊物上发表，他的妻子早晨去买蜜麻花的时候也听到喝白（豆）浆的人在议论他的新作。为电费计算方法与他争执过的对门邻居特意敲门向他致意，还送给了他两个猪蹄。当他拒绝猪蹄的时候邻居面红耳赤流出了眼泪，嘴里不停地糟践自己说："我是个糊涂人，我是个粗人，我不懂事，我没觉悟,我小的时候吃凉药吃过了量,我知道我是不配送猪蹄儿给您老人家呀……"

无聊!

去他妈的!

有点儿意思!

哼!

他的惊人创作带给他的不仅仅是快乐,他也感到莫名的恐慌。他毕竟搞了十几年文学了,他毕竟读过鲁迅茅盾赵树理老舍孙犁柳青刘绍棠从维熙茹志鹃李準,更不要说托尔斯泰巴尔扎克法捷耶夫。他毕竟接触过一番文学,他的散文诗的成色使他恐惧,色厉内荏,意尽辞穷,语空气虚,声嘶力竭。得意了五天以后,他忽然想到只要首长多少识点货,只要首长舍得拿出十分钟的时间掂量一下他的伟大新作,就会毫不犹豫地下令立即将他枪杀!

作品大轰大嗡地发表了,猪蹄、蜜麻花也吃了,只是口疮照长,燎泡照样六个,疖子迟迟不缩小,内外痔奇痛钻心。他干脆住了医院。医院得知是他老,立即给他腾出了单间,召开了医疗会议,请来了外院专家会诊,制定了三套医疗方案,顿顿给他吃小灶。

住了院也不得安生。居然是卞迎春而不是医生通知他赶快出院,让他回家等首长的召见。卞迎春居然连他得的是什么病也不问一下就让他出院!万一他做了开膛破肚的手术呢?万一他昏迷不醒不晓人事呢?万一他长的不是痔疮而是毒瘤呢?他大气也不敢出就出了院。他想起了自己的一次登六十五家报刊的新作,完了,我算是完了,我算是恶贯满盈啦。他想。

终于在出院后第九天得到通知,说是中午十二时半首长要见他。他不敢吃饭,怕嘴里有不良气味,他早在十二点过五分就到达了地点。他站在收发室前等了十好几分钟。他这样想着那样想着,收发室的人打了几个电话,然后告诉他:"你先回去吧,首长现在没有时间。"

他怔在了那里,他马上想自己有什么言行上的问题没有,是不是首长对他改变了看法,不再想接见他,而是即将把他送到地狱里去?会不会是王模楷在首长面前说了他的《造船曲》的坏话?首长问王模楷:"你看小赵的散文诗写得怎么样啊?"王右派说:"您让我说实话还是假话?"然后然后,就把他卖了。只这么一想就觉得胸口一闷一涌,头晕如眩,耳边嗡的一声,他的感觉是立马就要吐血。

　　……他没有见到首长,他已经吓破了胆。不服不行,农村的人就是不行,土里求食的货,撅腚拉锄的货,祖祖辈辈吃不饱瓜菜代的货,怎么可能去见大世面?

　　一连五天,不再有电话也不再有任何来访者。这年头儿本来谁也不敢串门。赵青山茶不思饭不想每天分析他被拒于钓鱼台大门外的原因。觉悟太低,这并不是他对王模楷说的客气话。卞首长叫他写个东西送去,他竟然提出来先让市领导看看……显然,首长不高兴了。多悬!他的《造船曲》其实也是冒牌货,别人看不出来王模楷看不出来吗?这个死右派狗右派狼心狗肺的地、富、反、坏、右派!他来得阴阳怪气,全是知识分子的花花肠子。座山雕说得好,这样的人就是"丧门星"!到时候我也不客气,就你那天对我说的话我也可以上纲上线批你一个不言传!这年头儿,谁怕谁呀?他赵青山写了那么多农村新气象新人物反面文章正面做可他的心是诚的他的笔是真的,为什么写完了《造船曲》他自己也觉着自己假呢?如果连他赵青山也假起来了,这世界上还有真诚歌颂文化大革命的作家吗?王模楷肯定更假。而如果王模楷如今给无产阶级司令部效力是假的,他一定比别人更能判断他人例如他赵青山的假。世上的事以假混真易,以假骗假难。万一他给我在首长面前上点眼药……我就完了。一批又一批作家像受到机枪扫射一样地跌倒在地,与其说他们是倒在党中央面前不如说是倒在自己的同行同志手下。从古至今,同行是冤家,徐老六早就告诉过他,当作家,用不着怕领导也用不着怕读者,最可怕的就是作家同行。脸黑鼻子红,秃头脖子短,满脸皱纹,比他赵青山还农民得多傻忠得多的徐老六早就明白这一点了……这样的掏心窝子的话王模楷是永远不会对他说的,说下大天来,亲不亲,阶级分呀!

　　第十天深夜,赵青山睡了个一塌糊涂,他连续几天不好好入眠,他太累了。睡着了脑子里也是乱七八糟,直如塞进了乱草一般。一阵电话铃声把他吓了一跳,开头他还以为是出了什么事,是失火还是地震?怎么这么乱乎!电话再响了一次他才明白,是电话。他穿着小裤衩哑着嗓子拿起电话,一听声音就是一身冷汗:是卞迎春,让他现在去见首长。他不敢多问连声是是是,说是半小时后到。他看了看表,已经是夜一点二十七分。他穿好衣服就往楼下跑,对睡眼惺忪的老婆的说话不予置理。叫一声苦也,这个钟点不要说汽车找不到,自行车存车处也已经上了锁,他从哪里把车推出来?咬咬牙,一不做二不休,他干脆偷车贼一样地跳入存车处的栅栏好了。他刚走到楼梯口,忽然又听到自己屋里的电话铃声大作。他连忙再掏钥匙再赶回自家,发现电话铃已经不响,再一看是老婆把电话摘下不接以图睡觉。他当时真想一刀把比自己大四岁的文盲老婆结果了,无怪乎吴起杀妻方有作为,善良淳厚如赵青山对比他大四岁的真正贫下中农出身的文盲原配夫人也起了杀机,这真是怒从心头起恶向胆边生,量小非君子无毒不丈夫!他抢过电话连声喂喂,对方早已挂了电话。赵青山叫苦不迭,他对着两棒子打下去也醒不过来的丑老婆乱骂了一句,回头再走。走在楼道上耳边时不时响起电话铃声,他想赶紧再跑回去,再一听电话铃又没啦,直弄得他心慌意乱。下得楼来他才发现楼道口停着一辆又黑又大的吉姆汽车,不由得心花怒放。过去一问,果然是接他的。他磕磕绊绊地上了车,只觉得渺小的自己被吞进了黑色的巨型怪兽肚膛里,他是心惊肉跳。车厢里有一股香气,座位上包着一层紫色天鹅绒面罩。他感到高级舒适,飘飘欲仙,不是怪兽,这汽车又像是登天的仙梯,是安乐的摇篮。从"文革"开始报上就经常批评经营安乐窝的思想和行为,敢情不让你经营正是为了他们自己经营。赵青山忍不住想,他生怕自己的不正确的思想发出声音,他紧张地四顾,他似乎是要搜寻逃逸出他的嘴封条的错误思想的零件。

被带到首长的办公室的时候他只敢看工作人员的脚后跟。他又闻到了一股香味,就像是在吉姆车里闻到的一样。他进入一间很明亮的办公室,他看到门口的沙发与办公桌后的伏案工作的女同志。他自动保持距离站在沙发前,叫了一声"首长!"

首长没有抬头。他站在离首长三米远的地方,大气儿也不敢出。过了约一分钟,首长抬起头来,他瞥见了一位相当年轻,长着非常黄的面孔和一脸的严肃神态的女同志。他只是迅速一瞥而已,他不敢再看,连忙微微低下头,他又叫了一声:"首长!"

"我不是首长,我们都是为首长服务的。"

他听出了她的河南口音,立即意识到这位就是警告他少废话的那位严厉的女同志。她现在说起话来比电话里更加富有威慑力,她的声音听起来当真非常立体,他的耳膜还有心尖心瓣似乎都在随之震动。他可怜巴巴地说了一声"是!"他的声音嘶哑颤抖,有气无力。

"跟我来!"严厉的女同志说。她把赵青山带到了卞迎春同志的办公室。他看了一眼迎春,但见她精神奕奕,飒爽英姿,旧军服上系着武装带,两眼放光,确实不同凡响。他只觉得五体投地。

"坐下!"卞迎春似乎是这样对他说。由于紧张,他的听力大大下降了。

卞迎春简单地向他交代了几句话。他连连称是,说"好!""一定的!""就是!"他想卞首长的意思是说让他见到了大首长以后注意少说话,多听首长的。这是当然的了,他前十天已经这样考虑过了。卞迎春还有一句很特别的话,是一句"争一口气"之类的话,他没有听清,他不敢问。但是这话使他听着温暖,他流出眼泪来了。他想说:"党就是我的爹娘,首长就是我的太阳……"话在他的胸腔里奔突,话撞得他的心口怦怦怦地响,话憋得他的嘴巴肿胀疼痛,气都喘不出来了,"文化大革命……"他终于出了点声,但是卞迎春未以为意。卞迎春已经站起来,示意他跟着自己走,他的热烈的话语憋在了自己身体里。

他跟着卞迎春下了楼梯又上了楼梯,走过了好几个楼道又好几个屋子,走过了好几道警卫岗哨。警卫人员向他们俩敬礼的时候吓得他一趔趄,两腿拌蒜差点跌倒在地。他们来到两扇对开的包着皮革的大门前,卞迎春向门口的警卫招手致意。警卫连忙给迎春推开门,只此一点赵青山就羡慕钦佩得五体投地。他想如果是别人根本休想走到这边来,来了也只可能受到警卫的盘问而不会得到警卫的伺候……唉,什么叫光荣,什么叫地位,什么叫待遇,什么叫信任,什么叫威风,这些都是具体的,不是抽象的,革命也是具体的不是抽象的,人生也是具体的不是抽象的啊!

他们经过了外边的小办公室,卞迎春与对面坐着的两个穿军服的男同志悄声说了一句话,一个男同志悄悄推开里间的办公室进去了。这个男同志走起路来身不摇头不晃脚底无声,保持绝对水平飘进内室,直像京剧台步一般,令赵青山失色赞叹。

过了大约两分钟,赵青山已经心神不定了,那个男子又平飘了过来,向卞迎春做了一个手势。卞迎春推门进室。赵青山呆立在那里,那位男同志轻轻把青山往屋内一推。

我确实像一个白痴。赵青山想。

可能是外屋太亮了,赵青山只觉得里间屋又大又暗。他的脚下很软。远远地看见了一张大写字台,大写字台近处有不止一个台灯。他瞥了一眼,看到了首长的大背头。他的心猛烈地跳了起来,真的呀,事情就是这样的呀,能福能祸,能威能恩,能杀能生,这就是首长的含义!哪怕显得确是白痴也罢,莫要造次,这是到了什么地方啦!不算龙庭也算凤阁!一句话不对了斩立决,杀无赦,车裂凌迟,夷九族……现在不同了也差不到哪儿去。他进了门后,不敢再往前走,而

317

是立在靠门口的地方。

没有人理他,就像他没有进来一样。卞迎春同志走近了首长,坐在了首长身边——有你的,卞首长——两个人就谈开了,她们说话很快,声音也忽高忽低。赵青山不敢乱听,也不敢不听。他忽而听到了"很坏""太坏了""可恨""全是反动派"这么几个字,赵青山心惊肉跳,两腿打战。忽而,他好像听到了一些名字,里头有"犁原"有"金敬迈"有"张永枚"还有"王模楷"……他还听到了四个字,清清楚楚:"天津黑会"。他更害怕了,不是王模楷已蒙殊宠,还刚刚代表无产阶级司令部去看望过他吗?怎么王某又与黑线人物犁原挂到了一起?金敬迈是《欧阳海之歌》的作者,"文革"前夕似乎很红过一段,陈毅同志也说过话的,说《欧阳海之歌》是划时代的作品呀,当时的印象是今后小说就要照《欧阳海之歌》的样板来写啦。后来说他还在中央文革小组的文艺组工作过。又后来大街上的大字报上登着他与王力、关锋、戚本禹一起出了事,现在首长提到他是什么意思呢?还有张永枚?张永枚的《骑马挎枪走天下》写得太好了,编成了歌曲也好听。被首长提到是祸还是福?是吉还是凶?天!天津怎么了,他也听说过有的作家倡议在天津开会纪念延安文艺座谈会讲话发表三十周年。他听见了只作没有听见,这年头儿与文艺界打交道比与克格勃打交道还要复杂危险。他简直站不住了,便轻轻移动脚步,站到了一个大沙发边,他靠着沙发却不敢坐下,因为大小首长都没有发话。就在大腿接触到了沙发扶手,心里一阵踏实之时,他向二位首长处眺了一眼,不知道怎么一下子换了角度,他面对面正好看到了大首长的脸。在特定角度的灯光照耀下,他看到了一张雪白的脸的平面,周围暗淡,一张脸亮,这脸自身便没有任何明暗的区别,也就没有起伏没有对比没有反差没有一点立体感。天呀,首长生气了。首长的脸突然拉长了,首长的嘴一嘬,露出了牙齿。首长的眼珠一闪一闪,由于面部上方有透过台灯的绿罩照射出的光线,首长的眼珠也是绿的了。首长的嘴角连续嘬动,愈来愈尖。首长的脸上眼上嘴上充满杀机。他的心一阵阵紧缩,他身上一阵阵寒战。他不敢再看,连忙低下头去,全身充满了犯罪感。

首长突然提高了调门儿,她的声音劈裂如撕开一张卡片,她分明是说:"做好思想准备,最多不外乎是杀头坐牢。杀头痛快,关起来苦一点,但也没有什么。革命无罪,造反有理!"

他不能相信自己的耳朵,当真是这样说的么?谁杀头?谁坐牢?谁思想准备?是说赵青山么?是让赵青山做好杀头的思想准备,还是首长自己已经做好了被杀头的准备?谁敢砍首长的头?不可能,是说给他赵青山听的。他赵青山立马要杀头坐牢么?一股热乎乎的水缓缓挤出,洇湿了他的阴囊,流向大腿,膝盖弯,小腿,针织内裤湿漉漉的,他喘不过气来了,他吓坏了。

他不知道两位首长谈了多长时间,最后总算等到了卞迎春叫他。他走过去,他叫了一声:"首长好!"

"我们想让你管点儿事……"首长嘴里吐出来的金口玉言似乎是这些。他听不大明白,什么叫管点事他也一下子领悟不过来。当然就是说让他也当领导。他的内裤更湿了。后来首长似乎还说到斗争,复杂,出身,信任……

首长的话没有说完,显然两位首长都觉察到了他的异样。底下的事他就记不起来了,他晕过去了。

……许多年后,他仍然心情激动地感谢自己那一泡热尿。那才是前世积德修好的果报,那才是起死回生化险为夷的圣水,那才是老天爷的恩典,他个人的天才。混到他那个份儿上,谁能干干净净囫囫囵囵地离开首长,谁敢说半个不字?住到窑子里你说你没有失身,可能吗?进了最高司令部你说你没入围没结盟没下水,谁信?我胆小,是的,因为我不是野心家,因为我不是虎狼虫豹,因为我自幼本本分分谨慎谦虚!什么叫大智大勇?勇于怯懦,勇于尿湿裤裆,勇于在斗红了眼的无产阶级司令部里稀泥软蛋,才是大勇!智于白痴,智于心慌意乱,智于智力发育不全,智于无智无能无尤无疾,智得跟傻瓜一模一样,那才是大智!

在其后的一些年代,他为了"说清楚",为了整党"登记",他多次叙述过自己进无产阶级司令部的经过。他干脆以清晰和自觉的记忆来描绘这个哭笑不得的故事,他干脆把这说成是自己的一次对于四人帮的有理有利有节的成功抵制,他干脆把这个故事神圣化崇高化英雄主义化。尽管不止一个嫉恨他的人不忿他的人想以此来整倒他,他们尽管也提出了许多疑点,但是他们无法驳倒他,甚至后来从卞迎春那里搞来的外调材料也无法推倒他对自己的美化。卞迎春叙述了他见到首长的丑态,他解释说那是他的觉悟他的策略他的原则他的智慧。凡是敌人反对的我们就要拥护,凡是敌人拥护的我们就要反对。卞迎春愈是觉得他丑,就愈是证明他的策略取得了完美的成功。大智若愚,大勇若怯,大诚若伪,至美若丑。最高的技巧是无技巧,最高的花样是没有花样。像他这样,真就是假,智就是愚,勇就是怯,忠就是奸,无差别,无胜负,无计划,无水平,而无往不克,无事不妥,无坚不摧。没有几千年的中华文明,没有中国人民的政治经验贫下中农的政治智慧社会最底层的人混上来的绝技绝巧绝智,能有他的水平他的奇迹?! 他一口咬定自己没有犯任何错误,他一口咬定自己与四人帮进行了原则性的胜利的斗争。再有多少心怀恶意的人也拿他没有办法。

那些人咬住他的《造船曲》不放,他却硬不接受。当时就是那个精神,那个政策,我当时不那样写才是活见鬼呢!

第 十 六 章

在相当失望的情况下打发走了赵青山以后,已经是凌晨三时半了。首长沉默了一小会儿,忽然笑了起来,她说:"不管怎么说,赵青山人还是老实的么。"话说到一半,首长打了一个哈欠。卞迎春也感到了困倦,她向首长表示要走。首长睡眼惺忪地叫住了她,递给她一个破破烂烂的信封。首长边打哈欠边含含混混地说:"给你的信,不知怎么拿到我这儿来了。"

迎春一惊,她哪里还有什么私信?自从到了首长这边,父母的信也暂时停止了。还是一年半前她回过一次老家,给了她父亲六百块钱。她父亲早已从学校退休,但还种着几分自留地。经过她的苦口相劝,父亲把自留地作为资本主义的尾巴退掉了,他有时候给与自己有亲戚关系的几个孩子补习补习数学,再抽抽旱烟遛遛大街,打发着自己的余年。至于她母亲,多年来一直是痴痴呆呆,半睡半醒,但是饭量一直很好,一粒粮食也省不下。母亲面色也堪称红润,不知道是一种什么病。

半年前在一趟首长的专列上,从事机要电讯工作的卞迎春偶然与首长相遇,首长问了她几句话,她都一一回答。此事使她十分忐忑,因为他们的纪律规定他们不可以随便见首长更不可以与首长说话的,叫做不得干扰首长的工作。回到自己的交换室她等待着局长批评自己,她准备着写书面检查。想不到的是,匆匆而来的局长根本顾不上听她的检讨,局长只是气喘吁吁地通知她即刻到首长的车厢里去。

　　……这是一段难忘的经历,她在首长的车厢里待了三个小时。专列飞速行驶,由于天气炎热,打开了一条缝的窗子吹进了沿途的清风(那时候中国还没有空调),挑花窗帘被风吹扬得起起伏伏。时高时低的噪音具有一种进行曲的鼓舞性节奏,就是后来人们爱说的"催人奋进"的进行曲节奏吧。卞迎春听到这样的节奏也觉得很精神。人逢喜事精神爽,从一进首长的专列她就觉得精神爽起来了。她专心与首长谈话,不敢左顾右盼,她只是感觉到有许多树木许多电线杆子从车窗侧面掠过。她感觉到了许多标语写在农舍的土墙上。伟大的导师袖伟大的领袖伟大的统帅伟大的舵手……毛主席的革命路线……把无产阶级文化大革命进行到底……万寿无疆……标语上说。真叫热乎呀。首长问她是哪里人,她回答了。首长立即讲起了那个地方的历史上的许多故事,那里出过状元,出过遐迩闻名的烈女,出过名僧名道名寺名观。卞迎春的父亲毕竟是学校的老师,卞迎春的知识毕竟不是一般农家人能够相比的,她勉勉强强地对答了几句。首长很高兴,首长说:"想不到你是个才女呀。"首长问她的家乡农民的生活情况,首长问六〇年乡亲们的生活是否很困难。迎春说困难是有的,然而这是翻身解放当家做主以后的困难,是前进中的困难,是探索中的困难,是走向新台阶提到新高度过程中的困难。而且这个困难是在党的精心领导组织下边一步步克服的,损失减少到了最低限度,因此人民对党是满意的是感恩的。首长很高兴,但首长很清醒。首长说:"大概没有那么简单,你不要只说好听的,乡亲们有什么骂娘的话你也讲一讲嘛。"

　　卞迎春解释说,她到北京学习和从事机要工作已经差不多二十年了,她听不到家乡农民骂娘的话。她说:"我也是'官僚主义'呀,别看我不是官,如果有骂人的话,也不会叫我听见的。中国这么大,有几个人骂娘又怎么样,没有人骂娘只有人歌颂拥护那是办不到的也是稀奇古怪的,那不就成了阶级斗争熄灭论了吗?"

她的话使首长极快乐,首长甚至伸出手来做给她鼓掌状。首长说:"我早就说过,我们的一个普通工人、农民、战士,他们的理论水平,他们的辩证法水平,往往比美国的总统高明,比美国的国务卿高明,也比我们自己的戴着大大高高乌纱帽的高级干部和那些留洋的教授高明。卑贱者就是比高贵者更懂得革命的道理。一穷二白的人就是比官愈做愈大的人容易掌握真理嘛!"首长叫了一些茶点来,首长请她一起吃东西。她推辞,首长皱起眉头来。她只好细细地咬了奶油饼干一口,她在饼干上留下了细细的牙印。首长歪起头看着她,看得她脸红起来。首长兴致特别高。喝了茶首长问她会不会下象棋。她斗胆说会。首长与她一连下了三盘棋。第一盘她巧用马后炮赢了,令首长啧啧称奇。第二盘和第三盘她拼命战斗终于还是输在了首长手下。首长大笑。首长挥挥手,她立即离去,没有多啰嗦一个字。

第二天,她又被叫到首长这里。

一个星期以后,她变了工作。两个月后,报纸上开始出现她的名字。三个月后,开始有人叫她首长了。

五十年代她与高来喜的分手给她造成的伤害远远比她反映出来的要深重。问题是直到高来喜无情无义地要求与她分手之后过去了半年,她仍然无法相信这样的事当真会发生。高来喜上学靠的是她爸爸的资助。他们从小在一起玩过家家,那时候她只有四岁,但是她已经感觉到与高来喜成为一家人的快乐和一步步向前走的诱惑的不可抗拒。他们一起迎接解放,他们一起相信从此只有光明和正义,德行和善良。他们又一起被选中到北京学习接受机要工作训练。卞迎春很快在训练班入了党,而高来喜还只是团员,高来喜后来又调离了机要部门,为此她好心疼来喜。她一直怕来喜有自卑心,怕来喜觉得配不上她,她为此安慰了来喜许多次向来喜海誓山盟了好几次。他们已经抱吻过好几次,卞迎春已经好几次激动到那种程度,融化到那种程度,她只想早一点把自己给了来喜,早一点与来喜两个人做成一个人。那时他们俩都住在集体宿舍里,太不方便,要不他们早就那样了。卞迎春早就把来喜当做自己的男人,把自己看作任凭来喜耕耘的土地了。她相信来喜就像相信自己,她不相信来喜会变成陈世美因为她不相信自己会变成潘金莲。她也无法相信来喜处于这种不无欠缺的政治条件下会背叛她这样一个更受组织信任的共产党员。高来喜对于她就是她的家乡,她的童年,她的亲人,她的向往,她的生命。高来喜再对她讲一百次他爱上了一个绰号叫做刘巴的女子她也不相信高来喜会当真绝情地要与她分离。她已经是早就是长在高来喜口腔里的一颗牙齿,长在高来喜胸腔里的一颗心。而刘巴呢,刘巴最多不过是高来喜在嘴里嚼嚼就吐出去的话梅。这件事的发生,使她处于迷迷糊糊的状态,她好像吃错了药,喝多了酒,做开了噩梦。这件事的发生和地球出了轨,太阳灭了火,宇宙塌了方一样的不可思议。她准备好了足够的安眠药片,她只能用死亡回答命运的变故,她只能用自杀对付叛变,她只能用荒唐抗拒荒唐。她想象着她自杀后高来喜的惊愕,懊悔,捶胸顿足和刘丽芳的罪恶暴露在大庭广众之前。她知道作为共产党员,自杀了是要被开除党籍的,但是刘丽芳、高来喜也会因为事情的败露而被开除团籍。她那天已经拿出了安眠药,却没有找到送药下腹的水,那天晚上由于市政施工停了自来水。

就在这个时候反右斗争深入了,传来了高来喜被群众揪出来了的消息。她一下子明白了,高来喜与她的感情上的变故,是他整个人从政治到生活全面蜕化变质的一个方面。高来喜已经变了,已经从一个追求革命的青年变成党和人民的敌人了。他对她和她们家的忘恩负义是他对人民对党忘恩负义的一个方面,她对这样的人还有什么留恋呢?

这样想并不能使她轻松,原因是他们俩的情义根深蒂固。高来喜的叛变太像她自己叛变了自己,她的家乡,记忆,值得永远珍重的一切突然反对起了她自己:温情变成了绝情,纯朴变成了蛮横,诚实变成了欺骗,青春变成了被遗弃的垃圾。这无论如何是不可能的,在梦里她有时还会回到过去,回到家乡,回到圈门、戏台、河流、沙洲、炊烟和各种牲畜的鸣叫里。一梦到家乡她也就回到了高来喜的怀抱,她会在深夜哞哞地哭,哭了好半天才把自己哭醒。

高来喜毕竟给她的伤害太大了,她学会了一个词叫做创巨痛深,过去她读不懂这个词,现在,她懂了。她憋住了一口气,她的工作愈来愈好,她的表现愈来愈积极,她认真钻研所有的中央文件和《人民日报》社论,她在所有讨论会上的发言都是理明情重,理透情深,以情动人,以理服人。她在小组会上的发言特别是批判右派的发言常常感动得自己和别人一起热泪如注。既然反右斗争使她认识到高来喜的背叛是政治性的,她就要从政治上把损失了的找回来。当然,不论怎么发言,她矢口不谈自己曾经想到过自杀。虽说她的老父是教员,她毕竟从小生活在农村,她知道有些话是不能说的,因为它是实际有过的想法,就更不能说了。

只是在专列上的奇遇——说奇其实也不奇,她已经学习过恩格斯的论断:偶然就是几条必然性线段的交叉点,偶然是必然的形式,必然是偶然的内容和本质——之后,她又痛痛快快地梦见了一回高来喜。她梦见自己在家乡在圈门口,高来喜从坡地的一户人家处向她跑来。高来喜挥动双臂向她呼喊,只是她没有听到他呼喊的声音。那户人家究竟是谁她也忘记考虑了。这时不知从什么地方出现了一群羊,羊愈来愈多,羊也是无声地张着大叫的口,这使她觉得蹊跷。羊多到了遮挡住高来喜的程度,她着急了,她也叫了起来,然而也发不出声音。这是梦吗?她想。无论如何,这不要只是梦呀,老天,不要让它只是梦吧,多好的圈门,多好的羊群,多好的来喜。来喜老是一张娃娃脸,一脸的喜兴。

这次梦醒以后她没有哭,她笑了,她迷迷糊糊地觉察到高来喜早晚还要回到她的怀抱。她已经一次又一次地胜利了,高来喜已经一次又一次地输了,输得不可收拾了。她是赢家。然而,然而,高来喜还是太可恶了。没有她的爸爸,他能念上中学吗?不念中学,他能当干部他能来北京吗?

想到这里她笑起来了,她吵醒了她的丈夫。她的丈夫从警卫战士做起,现在也已经是副营级干部了。她的丈夫长得太像高来喜了,然而,天杀的,他硬不是高来喜。

"笑什么?怪吓人的。"丈夫迷迷糊糊地说。

"我梦见了一条狗。"她说。

丈夫没有再说话,他翻了一个身,又睡着了。

她相信自己的预感,她觉得这个梦必有应验。在专列奇遇以前,她也有奇异的梦,她梦见的是大山上滚滚落下了无数石头,她兴奋地在石头中奔跑。

丈夫鼾声突然大作,像拼了老命一样。她忽然又有一种预感,她已经没有多少机会和丈夫厮守在一起了……她已经不是原来的卞迎春了。

……她看了看信封表面,奇怪,群众来信来访办公室转来的高来喜给她的信,怎么会落到了首长手里?怎么会由首长交给她?她忽然大怒,高来喜到这时候还在给她添烦。她哼了一声,当着首长的面,看也不看信,就把信封撕了个粉碎。她解释说:"年轻时的一个同乡,后来堕落了,是资产阶级右派分子。讨厌!"最后的"讨厌"二字是她到北京后学会的。

首长说:"不要这样粗暴嘛,即使是敌情,也要看一看嘛,看完了再处理嘛。你们原来是情人?哈哈哈……我也有过不止一个情人嘛,哈哈哈……"首长边说边拿起面前的一件公文卷宗,扔给了卞迎春。

卷宗封面上写着"来信摘要,0788号"的标题,下面是一行小字:"高来喜致卞迎春,请求给予宽大处理。"

最要命的是在这里,在首长面前,她看到了"高来喜……请求……宽大处理"几个字,一下子不能自持,几乎流出了眼泪。

幸亏首长闭目思考,没有注意她。

她打开了卷宗,内写"……高来喜在农村被疑为反革命集团成员,该高之岳父因与旧北京市委关系密切在六六年被游街抄家批斗,后畏罪自杀,自绝于人民。该高自称与卞迎春同志同村,有过共同上学的同班之谊,并有共同追求进步参加革命的同志关系。该高声称自己虽然在五七年犯过严重错误,但仍然一心跟着党走一心进行脱胎换骨的改造,该高请求迎春同志给予教育指导帮助……"

此文上方有信访办领导批写的一句话:"请卞迎春同志处阅示,并报首长办。"首长两个字那里画着一个粗粗的红圈,是红铅笔画的。这证明首长,而不是首长办——即首长的秘书班子——已经看过了。首长无批示。这种对公文的处理是最耐人寻味的,画了一个圈,看过了。是"没意见"所以画了圈?是同意还是觉得事情太小不需要表态?还是……那就需要你去琢磨了。奇怪的是,明明写的是首长办,怎么首长自己亲自看了它,又亲自把它交给卞迎春呢?明明主送的是"卞迎春同志处",即信访办认为此信连卞迎春本人都不必送,交由卞的手下工作人员处置即可,怎么却是先到了首长那里?

迎春暗道一声惭愧。太放肆了,怎么可以当着首长的面撕信?看了卷宗,她知道原信已经复制,稍稍平静了一点。级别愈高愈喜欢用铅笔批文件了,反正是怎么方便怎么舒服怎么来吧,规矩不是限制首长的。她不能掉以轻心。她看到,首长闭着眼,但又不时睁开眼看她。她又想到,高来喜这小子,也还是有点讲究啦,他的"群众"来信上并没有写他与卞有过感情关系,没有写两个人曾经海誓山盟订就了终身,这就有分寸啦。但是,首长怎么说那是她的以往的"情人"呢?

且慢,会不会他小子写了,但是搞摘编的信访办秘书故意省略了这一段,首长有意要探她的虚实,要探她是否说实话呢?险呀,险!

卞迎春一身冷汗。

这地方不是咱们凡人呆的呀!你有几个脑袋,敢在这儿耍机灵!

她稳了稳,平静地说:"此人与我有过恋爱关系,后来他全面堕落了。他是自取灭亡,这是不依人的意志为转移的客观规律。我现在不认识他。"

首长啊了一声。首长说:"愿意改造还是好的嘛。何必……交给你的秘书去办吧。不是情人也还可以做朋友嘛。其实我这个人从来都是与人为善,我是最宽的,特别是对年轻人,一定要给出路。列宁说过的,上帝允许青年人犯错误。我受不了的是那些做官当老爷的王八蛋!他们是资产阶级,他们是毛主席的叛徒,他们恨我,他们痛恨毛主席的革命路线,他们得了势,我们都要杀头!"

"是。"迎春说。她如释重负。她内心紧缩。她心里感到了一阵温暖。高来喜也有向她下跪的这一天!你坑得我好苦!一步错步步错,早知今日,何必当初!她已经泪如雨下了。

但她也感到了泰山压顶的肃杀。她已经猜到了结果。她当然要把信交给秘书,本来就应该交秘书去办的嘛。她同时必须把首长说的话传达给秘书。当然,一句"愿意改造还是好的嘛",够高来喜这个挨千刀的受用不尽了!再说由卞迎春交给秘书而不是由秘书交给卞迎春,这也不是一个味儿。让高来喜想想吧,她卞迎春是什么境界什么气候,你后悔么?她似乎看到了高来喜扑通一声给她跪下,她似乎听到高来喜哭爹叫娘地呼喊,他叫着:"天宫娘娘!我姓高的该死!首长英明,我高来喜该死!"她似乎看到高来喜叩头如捣蒜,磕得头破血流,满地是血。

大姐我总算等到了这一天!你这个负心的白眼儿狼啊!记住,最后救你的小命儿的仍然是我!你就后悔去吧,你就向隅而泣去吧,你摸摸良心吧!

她猜想不明白的是首长的激动和紧张,以首长的身份,她还怕什么吗?她难道不是代表毛主席的吗?她动不动把杀头、坐牢、充军挂在嘴边,有这么严重?她们到底是在做什么呢?

她回到自己的住处——她已经很少回家也很少与爱人联系

了——只觉得六神无主,心慌意乱。她偷偷哭了一番,不敢出声,怕被警卫和勤务人员看见。按照她给自己定的规矩,她入睡前不论时间多晚都要读十分钟至半小时毛主席著作。她不由得翻开了《中国农村的社会主义高潮》,她再次读开了《谁说鸡毛不能上天》。每一句话都使她热泪盈眶。世世代代,多少帝王将相,英雄豪杰,专家大师,骑在人民头上耀武扬威,荣华富贵。而她和她的乡亲们,动辄连肚子也混不饱。谁为他们说过一句话?谁为他们做过一次主?谁敢想一想自己也同样是个人,也能有当家做主上台发威的那一天?何况像她这样一个弱女子,这样一个被忘恩负义的情郎抛弃了的丢人现眼的女子,她除了混日子坐月子伺候老头子以外还能有什么前途?她就是一根鸡毛,她还不如一根鸡毛,她最多是一片破碎的树叶,一粒沙尘,她这样的人再活一千年再多一亿个也没有出头之日!然而现在有了毛主席,有了文化大革命,有了无产阶级司令部,有了首长,她上去了,她上了天啦,她扬眉吐气,高高在上,天高地阔啦!

毛主席说:

> 这当然是一个严重的问题。几千年以来,谁人看见鸡毛能够上天呢?……"鸡毛不能上天"这个古代的真理现在已经不是真理了。穷人要翻身了,旧制度要灭亡,新制度要出世了。鸡毛确实要上天了。在苏联已经上天,在中国,正在上天。在全世界,都是要上天的……

毛主席讲得真痛快呀!上天,上天,上天,我卞迎春就是要上天!什么叫革命,革命就是有冤的申冤,有仇的报仇,情债要用情来抵,血债要用血来还!翻身啦,有冤的申冤有仇的报仇啊!过去高高在上的老爷太太们就是要拉下来,打翻在地,再踏上一只脚!过去的鸡毛枯叶碎土烂泥要上天,上天,再上天!现在,天是鸡毛的天,地是烂泥的地,痛快呀,解恨呀,劳动人民敲锣打鼓贺新春贺胜利呀!天下哪有这样的事儿?可咱们有毛主席,这样的事儿硬是办成啦!毛主席,我为您什么都能贡献出来,我愿意为您流尽最后一滴血!现在许多三忠于四无限的人是假招子,是骗取您老人家的信任,是为了自己捞好处。然而,我卞迎春是真的,我就是永远跟随您老人家啦!

于是冤屈的眼泪变成了喜泪,她干脆嚎啕大哭了一场。手捧着主席著作《中国农村的社会主义高潮》感动得幸福地大哭,因为这个哭是不怕警卫人员看见的,愈有人看见就愈光荣。

读得,喜得,哭得都很兴奋,也很有些辛苦。她一下子吃了三片眠尔通,才如躺针毡地躺下。躺下后只觉得像是躺在大船上,床儿似乎在摇来摇去。她是头晕了么?噢,可不是么,鸡毛上了天,能不晃来晃去么?

她过去常常笑话那些大城市来的人,那些知识分子眼镜先生动不动闹什么失眠,她曾经对一位严重失眠患者说:"睡觉有什么好琢磨的,我是坐着也能睡,躺着也能睡,站着也能睡,走着也能睡。十个小时也能睡,十分钟也能睡。乡下人除了抡锄的时候不睡,吃饭的时候不睡,别的时候你让他睡多长时间他还不给你睡多长时间?"

失眠是痛苦的么?也许失眠是特殊地位的一个标志呢。

高来喜呢?她也听说过一点,那个姓刘的娼妇最后还是甩了他,现世报!说是他靠岳父的势力打了那个×养的,哼!时候到了,一个也跑不掉!

说是后来困难时期干脆动员他到公社里当一个小干部去了,好吧,啊?"文革"以来,他的岳父也倒了霉啦?活该!你为什么有眼无珠?你为什么昏了心?你为什么坑人害己?是的你起过誓,你说过谁变了心谁不得好死。我听了这话立即捂住了你的嘴,把你搂到了怀里。

天下的事儿就是没有万全,好事儿都归了你你就该长癌该减寿了。爱情上我失败了,我让人家甩了,人家不要我了,我没了脸了,我都不想活了,没良心的东西!革命事业上我成功了,我现在也是跺跺脚地面就颤悠的人物儿啦。老干部不喜欢我,但是他们是走资派,他们愈是恨我,首长愈是疼我。以后?谁知道以后?以后杀了头又怎么样?有首长对我的爱护,杀头也值!可首长的脾气首长的话语我老是捉摸不透!我不行了,吃了那么多眠尔通,我的头开始晕眩起来了,一二三,三二一,一加二加三等于……咩咩咩,哞儿……

在安眠药的作用下睡觉是可怖的,她脑海里一片乱糟糟,像走马灯,像扬场后自天下落的谷糠,像猪圈里被猪蹄造烂了的湿泥,像电影里的日本鬼子进村,噔嘀嘚儿噔嘀嘚儿,噔嘚儿噔嘀嘚儿……

最后她清清楚楚地看见了杀头,她看见自己与首长被五花大绑,插着标子,她看到了穿着铠甲戴着头盔的刽子手。然而,就在刽子手举刀的那一刹那,她分明看到,被杀的两个人不是首长和她卞迎春,而是王模楷与高来喜!

她惊醒了,看看表,五点十五分。三片安眠药,只管了两个小时的似睡似梦似醒。

她考虑高来喜的事,秘书根据她和首长的脸色,最多把信转给市里,最多加上"请酌处"三个字,表达一个倾向和关切。酌处就是妥善处理的意思,比妥善处理轻飘一些,既有关切又似全不在意。这样,高来喜眼前的大难就会过去,高来喜就会像供奉观音菩萨一样地从此感念她的恩德。然而,然而,她仍然觉得意犹未尽。

她想起一个主意,以她的名义送一本线装本毛主席语录给来喜。像高来喜这种已经基本回乡务农的摘帽右派,对于那种版本的语录,别说见过,想也不会想到过。只此一本语录,姓高的收到了就能愧死羞死感激死高兴死。你虽然无义,我仍然有情,你收到了这本线装版语录,你是咚咚咚地往地下磕头,你是哇哇哇地哭着满地打滚儿,你是叭叭叭地抽自己的嘴巴,你是干脆一刀割断动脉……那就有点儿意思了。

那么,在这本语录上她能不能签名呢?不能,当然不能。她是首长身边的人物,怎么能给高来喜那种身份的人签名?

她只消用一个这里的公用信封,她只消运用一下机要收发,这个分量就够高来喜、他的村他的乡他的县他的地方领导激动一大阵子热闹一大阵子啦。闹不好他们得开几个会。王八蛋!

她设想着她送的线装本语录传递和到达高来喜那里的情况,她设想着不同的可能,她一会儿冷笑一会儿又觉得安慰,她终于又睡下了。

第二天她把高来喜的"群众来信"给了秘书,秘书表示可以转给市里,但不一定加什么文字。她沉吟了一下,没说什么。说话河南口音的秘书问卞迎春还要不要有什么其他表示,卞迎春冷冷地说:"你看着办。"

却原来一夜的胡思乱想全等于零。线装本云云,他高来喜也得配!

赵青山尿了裤子狼狈万状地回了家,想不到的是回家就和老婆吵闹起来了。老婆平常对他在外面的活动就有许多不放心之处,这次更是要抓一抓:对他半夜出门凌晨回家起了疑惑,他一进门就被劈头盖脸地骂了一顿。赵青山的老婆是解放前他十四岁时父母做主给娶进门的,对他一直像大姐对待弟弟一样。他们一共有四个孩子,三男一女。解放后她也参加过识字班,曾经学习到能给娘家写信的程度,五八年"大跃进"的时候她还参加过花木兰突击队,负责做诗。当时村里的口号是一年培养三个郭小川,三年培养三个郭沫若,五年培养一个李白。他们花木兰队每天的指标是做诗十五首。队里想起了赵家娘子。赵娘子声称自己不会做诗不知道啥是诗,队干部说你在枕头边问问你老公不就齐了?后来,她每天拿着青山拟就的诗稿来花木兰队交任务。所谓她们队集体创作、赵娘子执笔的诗有两首登在了《人民日报》上,有一首选到了《红旗歌谣》里,有一首配了曲在群众中演唱。当人们问到青山那诗是否你赵同志捉刀时,青山回答说:"文字上我是起了一些作用,但是思想感情生活都是我家里的,说是她的创作她是当之无愧的。"

自从生了第四个孩子,娘子其实不过三十六岁,她随着青山迁到了城市,她忽然宣布自己老啦,学会的字儿都忘了。她与赵青山恩爱全无,除了操持家务只剩了一件事:对赵青山防患于未然。她不懂政治,但是她深知预防为主、把麻烦消灭在萌芽状态的道理。只要有女同志来找青山,不分老少美丑,头十分钟她躲起来不沏茶不倒水。十分钟后她躲在另一间屋里开始出响动,叹气,呻吟,拍掌,顿足,哭泣,满二十分钟再不走她就开始骂人。一骂人农民的优势就显露出来了,她骂得是高屋建瓴,势如破竹,气宇轩昂,铺天盖地。荦荦素素,男男女女,她没有不会骂的更没有不敢骂的。她当真是做到了敢于斗争,敢于胜利。一骂,她就大获全胜,女客仓惶而逃,再不敢登赵家的门。

赵青山大部分时间在家写作,老婆对于赵夫君的写作还是支持的,虽然做不到红袖添香,但也不断地送茶送烟,冬天还时不时削一个心里美水萝卜给夫君吃了败火。但是每逢青山出门去开会,到了下午五点没有赶回来,她就紧张万分,直到气急败坏。她的特点是爱生气不爱说话,赵青山回来稍稍晚一点她就冷锅冷灶,罢工绝食,摔盘打碗,张口就是他娘的,×养的,×痒的,日他先人,窑子里生的,要不过都别过,乌龟头子王八壳子下贱坯子往大姐眼里揉沙子你不安好心你恨不得大姐早死了称你的意……遇到这种情况一不能解释二不能问为什么,一解释一问她就会躺到地上打滚叫儿女全过来叫街坊四邻全过来。人一来她就要细说从头,她怎么嫁到赵家来,当年赵青山怎么窝囊,她教了三年才把赵青山教成了男人,她怎么白天受累晚上受压,怎么给赵青山和他弄出来的儿女做吃做喝洗背心洗裤衩儿,怎么自己发着烧给赵青山捶背揉脚,怎么宰一只鸡自己只吃鸡爪子而把两条鸡腿儿都给了赵青山——这些虽然略有夸张,但基本属实,不容否定。于是弄得赵青山成为罪人。

而赵青山恰恰不是她想象的那种人。他从小就受到家里村里"万恶淫为首"的教导,他从小就爱听《秦香莲》这出戏,他欢呼包黑子的虎头铡铡掉了陈世美的头颅,他想象世界上那些虽然老婆年迈色衰但没有停妻再娶的人,一定觉得铡掉陈世美的大头与小头是很过瘾的事。他也爱看《金玉奴棒打薄情郎》的故事,读完了他还替金玉奴不平,那么坏的郎君竟然打一顿就了事,起码应该割掉两根脚趾头,如果不是割掉那话儿的话。他无师自通地认定一个男人的道德水准取决于他对女人的态度,黄世仁之所以成为黄世仁并不完全在于他的剥削,他之最最应该枪崩之处在于他已经好几个媳妇了还要强奸喜儿。南霸天之所以是南霸天也在于他威逼吴琼花就范。日本鬼子之可恨不仅在于侵我国土,更在于淫我妻女。美国大兵之成为中国人民之死敌只消看看沈崇事件也就板上钉钉,确定至极。而他赵青山当然不想成为黄世仁南霸天日本鬼子美国大兵,关键在于他对女人的态度。女人,又叫女色,就是说那些勾引男人的女人无非是一些花里胡哨的颜色,是狐狸精蜘蛛精白骨精。贾瑞就是看了这些精流尽了自己的精才一命呜呼的。至于绝不勾引男人绝对与男人一样地战天斗地的女领导女同志,那是让你看了只知惭愧只知萎缩而绝无邪念的,那就是正经女同志,那就不是狐狸精而是他的阶级姐妹他的榜样了。

对于自己的娘子,他深深地可怜着她。生儿育女,洗衣做饭,端茶倒水,容易吗?即使对家里喂过的老黄牛,小毛驴,也应当讲点情义。他赵青山别的做不到,还不能不做对不起老婆的事情么?可怜人啊!不知道情,不知道爱,不知道享福,只知道受受受,她生下来就是为了活受。到了城里,六十年代初的困难时期也过去了,他家里常常有鱼呀肉呀的荤腥,但是婆娘根本不吃。出自对于她的健康的关心,赵青山问她:"从前你是吃荤的呀,怎么现在像是胎里素的样子了呢?"

她答:"从前咱们家人口少,供应的肉也多,现在拉家带口的,有肉还不是尽你们吃,我一个老婆子,吃肉干什么?"她说这个话的时候还不到四十岁。

而且这成了真的了。不论赵青山买到了多少不要肉票的肉,不论赵青山怎样死说活说地劝她吃肉,她吃上一口就往上翻着打嗝儿,吃上两口就开始吐酸水儿,再吃一口满胸起疙瘩,她抓得满胸是血。从思想认识道德自律,她的克己奉夫奉子已经变成了生理反射机能了。

赵青山有一个棒打不变的信念,他一定忠于他的娘子,他会像忠于党一样地忠于自己的婚姻,他会像入党宣誓的誓词里说的那样,永不叛党,同样,永不叛妻。他不能公开地这样说,因为他知道这样说也会犯错误,怎么能把老婆与党相提并论?他甚至也不能对妻子说,老婆只知道为他和孩子们受受受,却从来不知道也不需要他的好话。他说一点带感情的话,老婆就会说:"你正经点儿!"就像她是别人的妻子而他要向人家表达情感似的。

然而他是坚决的。他看到打扮得花里胡哨的女性从心里就认定人家是坏人。他事实上已经给自己树立了坐怀不乱的柳下惠式的标杆。他的精神愈益放在了写作上,放在了向党表忠心上。(政治与道德方面的)表现还是女人?二者不可兼得。既然他赵青山把功夫用到了好好表现上,就别再搂住女人不撒手啦!为此他甚至感谢他的妻子,她的决绝保护着他不受狐狸精们的骚扰,使他表现得好上加好。

赵青山对待文盲妻子的态度被普遍传为美谈,人们从这当中发现了他的优秀品质,发现了一个根正苗红的贫下中农知识分子与资产阶级知识分子之间的区别。然而娘子永远不能清楚他的心迹。甚至连首长的接见都引起娘子的怀疑,看来女人只能是风纪纠察上的天才同时又是政治上的白痴了。

这时电话响了。

他伸手要接,略迟了一步,娘子接了过去。只听了对方一句话,叭,她把电话挂上了。

青山知道,来电话的是个女同志。他的娘子蛮横到这般地步,那可是要坏事了。他实在火了,他大喊了一句:"你知道什么,我都快坐班房了!"

娘子一怔,她的家乡是不兴说班房的,她们的方言是"大牢",是"坐监",而绝无班房一词。但丈夫的神情和他的稀奇古怪的用词使她产生了不祥的预感,起到了某种震慑作用。

"今天是批判我,我吓得都尿了裤子了,你还废这些个话?你闻不见臊味儿吗?你没有脑子,也没长鼻子吗?"一边说他一边脱裤子。果然,一阵奇臊,如同几十个尿褯子在明火上熏烤。

他的臊裤战术还真起了一点作用,娘子糊涂在那里了。他喝道:"还不给我找换的衣裳!"

娘子看到他那个狼狈的样子,顾不得再防范——她天生判定,男人变坏必然是在顺风顺水的时候,如果男人倒霉,那反倒是锁在保险柜里一样的平安无事了。她不但为丈夫找出了内衣内裤,而且立即打来了一盆热水,拿来两条毛巾,给丈夫擦洗。青山清洁更衣,她就去给丈夫做早饭。头一天剩的热汤面,黏黏糊糊,热开了,娘子又给他往面里边卧了一个鸡蛋,由于汤太稠,鸡蛋入不到热汤里,未能成形,而成为了腥糊糊黏糊糊黄糊糊的一片。赵青山不想吃,又想若是不吃娘子会更起疑心,会以为他有了外遇吃了私食儿。再说,他毕竟是贫下中农出身,把那么好的粮食鸡蛋剩下,岂不心疼?他便勉勉强强地硬是把面与蛋压到了胃里,他咽下去后,又一阵阵向上翻,几乎再呕吐出来。

电话铃又响,娘子不敢捣乱,赵青山接过去了。一个女同志说:"祝局长要与你说话。"

祝局长指的是祝正鸿。"三结合"以后,他在革委会里担任政工组的副组长。林彪事件以后,各种机构开始正规一点了,最近传出来,政府与各职能部门即将恢复,他已被内定为文化局长,呼啦一下子,大家就以"局长"称之了。过去,他们在市人代会上见过面,彼此并不熟悉。听到他来了电话,赵青山知道这是另一彪人马,虽然没有首长显赫,但掌握着本市的实权,管他管得更直接更实在也更具体。他自然不敢造次。他立刻调整了音调,使自己的声音温柔顺从。他同时立即判明,刚才的电话也是未来的局长让秘书打来的,这就是"格儿"不一样了,当了局长,电话不能自己拨,先让手下拨通找到要与之讲话的对象,局长再出来,好哇,真好哇!

他这么想着分析着,同时立即明晰了局长来电话的意图。肯定,他去首长那里的事局长已经知道了。好悬!

他想着,祝局长的声音出现了。结果局长的音调更温和,局长说:"我们的无产阶级大作家在忙什么呢?"

赵青山略略一琢磨,他明朗地说:"唉呀,昨天深夜首长接见,我是屁滚尿流呀!这不,我还没睡觉呢。"

关键时刻赵青山显示了天才,他用屁滚尿流四个字向直接领导地方领导汇报了自己被高级首长接见的情况。真是再老实也没有了,再轻巧也没有了,你可以以为屁滚尿流不过是一句成语,不过是一种夸张的形容词儿,其重点在于突出自己的谦虚老实嘛。最主要的是,他的这句话为自己定下了调子,首长是伟大英明的,首长是倾城倾国的,而他,不过是一个屁滚尿流的小角色,无大用更无大害。你是权倾一朝的大首长也好,你是盘根错节的地方实力也好,我一个编好人好事的穷小子——安装了一部电话就已经把老伴儿烧出神经病来的人,对你们都是忠忠忠,服服服呀!农民别的不会干,还不会装傻充愣,摆肉头阵吗?为什么一说告诉市里下迎春就那么不高兴?为什么刚从首长那儿回来,臊裤子还没换好电话就追了过来?我姓赵的几个脑袋,你们可以这样那样,我敢呲毛吗?我敢耍滑吗?我敢玩儿花活吗?我现在总算明白了,作家作家,也不过是摆在案头的文竹,挂在马脖子上的铜铃,绣在烟荷包上的一朵喇叭花罢了,用你你也就自以为有用,不用你你算废物。放到历史书上,给大爷解闷,倒还算有这么一壶,真红火起来了革起命来了人民的盛大节日了一天等于二十年了用大炮发言有武器批判了,你那管笔还不如用来点火的一根烂柴火！抬举你你算是人五人六,你他妈的还当了真了呢,不尿你你就算三孙子,三孙子也没人要！搁到人民面前,领导面前,革命面前,这委那委这小组那小组这办那办这处那处面前,你能从谁的裤裆里露出来？一个科长,一个红卫兵,一张小报,想捻死你还不就像捻死一只蚂蚁？

你以为你是谁？

只听祝正鸿在电话里哈哈大笑。他说:"好好,对不起,打扰你啦,你先睡觉吧。我们以后再联系。本来我想去看看你……"

最后一句他有意轻描淡写。

赵青山连忙说:"不不,我现在就去政工组那里向您汇报,不跟您谈谈我是睡不着觉的,我心里不踏实,还睡个什么觉？不见您我是睡不着觉的。我现在就去,骑自行车二十分钟以后到。"

祝正鸿坚持到赵青山家来看他。他坚持要到局长那里汇报,争了一会儿,愈争愈融洽快乐。祝正鸿说:"再不许叫我局长啦,手续还没有完成嘛。你也别客气啦,我想认认门儿,看看你住的情况……"

赵青山便没有再推辞。他从局长或副组长的话里听出了一点味道,"看看住的情况",什么意思？是不是要给我解决住房问题？

他连忙告诉娘子大搞卫生,向她说明局长(男)马上就到,而且说,局长可能给他们分房。娘子虽然不懂得文化大革命,就是说既没文化也不革命,但是完全知道住房问题的厉害。他们家六口人,住两间房。他们老俩和小四住一间屋,小四的床就支在他们的双人床顶上,他们是上下铺。另外三个孩子,两男一女,十五岁一个十三岁一个十二岁一个,跟他妈一样高啦,在那半间屋里住三层铺。不但床上有床,床下也有床。先是老大住上铺,老二是女儿住中铺,老三住下铺。后来女儿渐大,月经都来了,不愿意夹在中间,便由女儿住上铺,一哥一弟住中铺和下铺。后来又觉得不方便,改成女儿住下铺兄弟俩住中铺上铺。女儿每天睡觉都要爬进爬出,爬进去以后就用床单把四周围上,夏天闷热时你无法想象女儿怎样在这个小空间入睡,冬天你担心她会因供氧不足而憋死。

但是就是这样的住房也是六四年由于陆书记的特批他才得到的。他原来住在一小间筒子楼里,一幢楼,并列的一小间一小间房子,房前一个窄过道,各家都把蜂窝煤小炉灶放在这个过道的自家门前,楼房两端是男女厕所。他们六口人住在一间小屋里,他现在无法想象原来是怎么住的,当然,那时孩子还小。那时他们还没有床,几条板凳,一排铺板,他们一家就像在农村睡大炕一样,睡这个大通铺。真是温暖亲热,谁也离不开谁。中国人那么好扎堆儿,肯定是从小睡大炕睡通铺睡的。

赵青山碰到的问题很复杂,因为他撞在政策上了。他是干部,是吃商品粮的,他妻子是农村户口,是凭工分吃队上发的口粮的。而他的子女,根据政策,只能随母亲而不能随父亲。就是说,他的四个孩子也都是吃生产队的口粮的,没有城市户口,不算北京人北京孩。六〇年以来,城市粮食供应紧张,卡这个城市户口十分要紧。有时办一个城市户口比调动一个工作或者提升一个级别还难。陆书记批示的那次,算是格外垂恩,照顾性地破例处理,批准他第一把老婆的户口改成城市户口。用他老婆的话叫做从前是土中求食,如今也变成吃"皇粮"的了。第二,让他挑一个孩子可以改城市户口。这可要了他的命啦。四个孩子,老大最大,嫡长子,过去皇上传位也是尽大的,似乎这一个城市户口指标非他莫属。可老二是女儿,女儿那么娇,如果没有城市户口,上学嫁人挣钱吃饭将来都是问题。别看赵青山出身于五代贫农,他又如火如荼地写贫农爱贫农歌颂贫农树立贫农的光辉形象,想到唯一的爱女将来嫁一个贫农,他实在是不忍心,一想到这儿他就会眼泪汪汪。老三又聪明又英俊,他看得出来,老三是人才,老三将来能接他的班,能成为大作家,要不至少能混成个司局级干部。小四呢?谁个不疼老小!他曾经设想,如果是写小说遇到这样的四个孩子择一个上城市户口的情节该怎么发展下去?他想,如果是在小说里,主人公会想,有本事的人走到哪儿都会脱颖而出,农村是一个广阔的天地,在那里可以大有作为。就是说在小说里,不会考虑把城市户口的指标给老三。可现在不是写小说,小说原稿上笔尖一划拉什么问题都明晰啦,实际上呢,他难受得如热锅上的蚂蚁,心被撕扯得破破碎碎。他想起他写过的旧社会的故事了,一户贫农有三个孩子,遇到了灾荒,只能留一个,舍另外两个……他写得感天地而泣鬼神,强迫一个人在自己的最爱之中舍弃一爱两爱,实在是惨无人道。糊里糊涂的他又想起二桃杀三士的故事,中国人怎么那么损?但是,但是,他这样想未免太反动了。他看看周围,没有人发现他有反动思想,他也说服自己,他绝对没有反动思想,刚才想过的不是思想而是疲劳的乱七八糟。

唉,小说呀,我算明白你们这些写小说的啦,呸!

想到这里他实在羡慕那些右派,哪怕是二类处理,保留公职监督劳动,一月只发十八大块,可人家有城市户口哇,人家的右儿右女右爹右妈都有城市户口,都天生吃皇粮,祖祖辈辈皇粮。而他呢,又是共产党员,又是党的嫡亲儿子,白部长说的,又是无产阶级作家,又是这啦那啦,可他的子女没有城市户口!

他的地位他的觉悟还不允许他对此放一个屁!

他又想,其实说了归齐他还是积极得不够,表现得不够,阶级觉悟路线觉悟都不够。如果他够一点,再够一点,再多一点,如果他能上去一点,再上去一点,再多多上去一点两点三点,等他真正成了某个领导某个人物,还不是一切问题都会迎刃而解?

他后起悔来了,为什么不在首长那里表现得坚强一些?为什么那么没有出息?就冲他这个住房和户口条件,他干什么都有理,他怎么表现都不过分,首长让他管点事,还不明白?要赏他一个前程!他不是王模楷,他用不着烧包儿。无产阶级失去的只有锁链,无产阶级需要的是全世界!

胡思乱想着,头晕脑涨着,心乱如麻着,他迎来了祝正鸿同志。

祝正鸿一见到赵青山就用双手与他握手,四只手握在一起不能分开。

"唉呀,太高兴了,听说首长已经接见了你啊!"祝正鸿开门见山,有意地傻呵呵地笑着,他的傻笑中有一个潜台词:"别以为只有你是贫下中农出身,我也是咱们的农家子弟,我也是劳动人民的红苗苗!"

"早就应该来看你呀,我要向你检讨呀,我的觉悟不高呀,我也犯过为旧市委效力的政治性错误呀。在毛主席、江青同志面前,我是有罪的喽……"

祝正鸿似乎说得太过了,他边说边挥动着两只大手。他的手像是农民的手。他的手的动作极笨拙,攥完拳头又放开,像是在操作什么打谷机。他的声调浑厚诚挚,像是求助,赵青山甚至想起旧社会的乞丐。当乞丐沿街乞讨的时候,他们的声音也是极动人的。只是祝正鸿的眼珠太亮太亮了,那明亮的眸子上似乎闪烁着带有嘲弄意味的光芒。这光芒使赵青山不敢与正鸿对视。

赵青山连忙谦让,他说:"这次文化大革命是太深刻了,我的认识比毛主席的要求差着十万八千里。首长接见我,我的表现是屁滚尿流,不堪造就。我对不起首长,我的心情十分沉重,我请求市领导处分我。"

祝正鸿赶紧说:"你怎么能够这样说呢?你太谦虚了也是不对嘛……"

赵青山看见祝正鸿听了他的谦词以后眉头一皱。这眉头一皱的时间非常短,才皱完就换上了一直保持着的微笑表情。赵青山还是一惊,他分析是祝正鸿以为他的谦虚是耍滑头,是拒绝向市领导报告他与首长接触、谈话的情况,是不肯"交底"。赵青山一惊,又涌出了几滴尿。他连忙从头讲起,无一疏漏——他自信首长对他讲的,他与首长的联系无一是对现在的市领导不利的,他尽可以全盘托出。当然,有一点不能讲,他不能说卞迎春告知他首长要见他时,他说了报告市里,然后他觉察到了卞迎春的不快。他第一没有把握,二,他有几个脑袋,敢说上头的好好恶恶,是是非非?同时他必须自圆其说,他必须讲明白自己为何没有事先报告市领导。

他早有准备。他必须硬起头皮说假话。他首先推后了卞首长最初给他打电话的日期,这样方显得他被召见是猝不及备之事。他还诈说他最初接到卞迎春的通知后,曾经给祝正鸿同志打电话,打过三次,结果没有找到正鸿同志。当然,正鸿同志太忙了……他准备好了进一步的故事,比如,如果正鸿同志问他那三次电话都是谁接的,那么他的"小说"就得继续合情合理地编下去。反正是写小说的人,编一个打了电话而硬是没找到自己要找的人的故事,还不是易如反掌?

好在祝正鸿看来并不在意。他赵青山说什么,祝正鸿也就表示信什么,或者更精确一点表达,是赵青山说什么,他祝正鸿也就没有表示不信什么了。

当赵青山说到王模楷的来访的时候,祝正鸿轻描淡写地说:"王模楷已经回去了。"

赵青山没有听明白,脸上显出茫然的表情。祝正鸿说:"听说,王模楷已经回到边远地区去了。"

赵青山更听不明白了,紧接着他是一惊:不可思议,头几天还奉首长之命来"看"他,怎么今天就说是走了呢?犯什么事儿啦?失宠啦?政策变啦?其实到了首长那个份儿上政策也就是管别人的而不是管她的了。那么那么……同样令人吃惊的是王模楷的情况,为什么祝正鸿知道得那么迅速,他是从哪里找到的消息来源呢?不论是卞迎春还是首长,都没有向他透露有关王模楷的变故,是故意不谈吗?派遣王模楷来"看"他,究竟是谁需要看谁呢?这里边有什么奥妙吗?是的,他赵青山虽然谈不上是个老几,他一眼就觉出来了,王模楷根本不是无产阶级司令部的人,无产阶级司令部的人有那么文质彬彬的么?有那么忧郁沉思的么?有那么欲言又止的么?无产阶级司令部的人,或则是颐指气使,高屋建瓴式的,或则是重复套话,做到完全的无我境界的。而颐指气使也罢,谨小慎微也罢,都是以大有来头作为自己的招牌的,他们一举一动都要摆出代表无产阶级司令部的样子。

"我看王模楷……"且慢,谁知道到底是怎么回事?赵青山把到了嘴边的话重新压了回去,他改成,"王模楷,这个,啊哈,这个,那个,唉,哈哈,啊,好哇,好哇……"

赵青山又叫了几次"局长",祝正鸿都予以制止。赵青山说:"谁不知道,您马上就是我们的局长啦。"祝正鸿连连摆手,他说:"人事上的事儿,最后一秒钟还会变化的。你应该明白,人事上的安排,愈是传出来得早,就愈容易有变。你这个大作家不会没有体会吧?"

赵青山似懂非懂。现在到了最最关键的时刻了,赵青山必须向祝正鸿提供一点什么,赵青山必须向祝正鸿汇报他被首长接见的情况。要从他被接见的过程中挖掘出别人那里没有的第一手材料,而这个材料,不能是众人皆知的,不能是大概其靠不住的,不能是有利于首长的政敌的(如果首长有对立面的话),不能是首长不愿人知——可能似乎很像是不愿人知的,也不能是无关痛痒的。那么,他赵青山应该说些什么呢?太虚太浅了,好像他在应付市里,他会开罪他的直接领导他的直接"组织"——那当然是他开罪不起的。太深太重了呢,他好像是在泄露什么不该泄露的东西,万一传出去开罪了首长,他可就死无葬身之地了。

到了这时候,他想起了"轻如鸿毛""人微言轻""抹掉一只蚂蚁"等说法。他不由得叹了一口气。

他说:"首长很辛苦,看起来斗争很复杂,首长好像也有好的与不好的两手准备吧……唉,我的水平太低,完全辜负了首长的期待,除了写几篇反映好人好事的小说,我是什么也不懂,什么也干不成,我是除了屁滚尿流还是屁滚尿流啦。"

祝正鸿听他没完没了地说什么屁滚尿流,便哈哈大笑起来。他拍打着赵青山的手,笑着说:"老兄,你太谦虚了。唉呀,想不到咱们的大作家是这样谦虚谨慎,毛主席的教导你是时刻不忘记的呀,谦虚使人进步,骄傲使人落后呀!你今后一准儿是进步再进步还要进步的啦,我一定要向你学习的啦。其实,说老实话,我是很尊敬作家很羡慕作家的,我当年也喜欢过文学呀,我一直订着《人民文学》还有《文艺报》啊。"说到这里,他看到了赵青山惊愕的表情,便补充说:"文艺黑线主要是周扬呀四条汉子呀他们的问题,至于作家们,汲取了教训,转变了立场,恐怕最后还是要团结大多数的。你更不要说了,你是方向好的路子正的受到各方面肯定的好同志喽,你是有特长有贡献有自己的作品的喽。我们,我们这些万金油干部,我们只是因人成事,听上边的指挥就是了。我们的水平更低呀!"

赵青山想不到,祝正鸿比他更放得开。他也稍稍开朗了一些。

祝正鸿点了点头,他们交换了一下两个人的年龄、籍贯、学历等情况,似乎两人有什么相似之处,彼此套了套近乎,然后闲谈起文学来了。关于《朝霞》上的小说《金钟长鸣》,关于电影《春苗》,关于新型长篇小说《虹南作战史》,特别是关于赵青山的反映造船业两条路线斗争的新作。这显示了祝正鸿对于文学近况的熟悉与态度的灵活,他不抱成见地主要让赵青山给他谈谈看法。赵青山则尽量全面地发表了自己的看法,对一切文学新作包括自己的作品,都采取一分为二、鼓励为主的态度,既讲新生力量大有前途,也讲作品结构还有待完善。然后话题进入赵青山的房子问题,祝正鸿表示,市里已经初步决定,破例给赵青山"补"一套单元房,二居室,这边的房不必交回。具体地点有三处请他挑选,如此这般。

祝正鸿上纲说:"几千年来,作家队伍都是依附在大地主大资产阶级上面的,如今无产阶级要组织自己的作家队伍,要爱惜自己的作家队伍,为无产阶级效力的作家理应受到更好的照顾,这不仅是为了你个人,更是为了人民。同志,人民需要你,人民等待着你!"

赵青山大喜过望,眼泪都快流出来了,他便又从自己的父母辈讲起。他的爸爸的羊癫疯,他的妈妈的癞痢头,全是共产党给治好了的,没有党别说当作家写小说上主席台被首长接见,就是一天三顿饱饭也混不上。他感谢党的关怀,感谢党的恩情,他与祝正鸿四只手紧紧地握在一起,半天半天不撒手,他感到无比的幸福。祝正鸿告辞了,一不做二不休,赵青山提出了他的孩子的户口问题。祝正鸿认真地听着,答应设法解决。答应是答应了,但从祝局长脸上的照例微笑的表情上,赵青山判断他只是官腔,他没有得到为他解决户口问题的授权,他的口气与谈他的房子问题时完全不同。

　　没有办法,没有别的办法,没有户口,没有房子,再安一个电话又能有什么用!他想了又想,打开抽屉,拿出纸笔,给卞迎春写一封感激首长的信,向首长报告自己正在写作反映农业合作化斗争的长篇小说《遍地光明》的情况,强调说,他的小说中将会突出表现毛主席的革命路线与以邓子恢为代表的右倾机会主义的斗争。他保证,长篇小说将在一个月内完成,不辜负首长的关怀。他愈想愈是感激,他写信写得热泪盈眶。然后,他给白部长打电话,要求与他一谈。白部长"文革"开始后也在秦城关了几年,最近"解放"了。赵青山直觉地认定,白部长在未来也还会是个人物,有些事儿他一定能够得到白部长的指点。听说犁原也解放了,但是在首长那里刚刚听到犁原的名字,他不能造次,他还要看一看。

第 十 七 章

祝正鸿从赵青山家走出来,怡然亦复怅然。作家再伟大在领导面前也像一只小瘦猫,卖弄一下皮毛和爪子,嗷嗷地叫两声,噜噜地响着肚皮,目的无非是让你摸摸它的肋骨,蹭蹭它顺顺它突起的皮毛,再揪揪耳朵捏捏鼻子,喂它点食儿。可偏偏赵青山又有那么大的名气,这不是,首长也见了他!让他祝正鸿看着眼热。那年他到南方一个省出差,住在一个县级招待所里,同室的一位推销员说:"作家有什么了不起?他们思想太复杂,一搞运动他们都是癞蛤蟆!"

他的话使祝正鸿觉得刺耳。大实话常常比假话更刺激。祝正鸿从小还是喜欢文学乃至崇拜作家的,他自费订阅过文学杂志,他也试着写过一点散文和诗,都没敢拿出去。听了推销员的话,他一面为这位推销员的粗鄙少文摇头,一面又不能不承认,他说的是事实。

然而瘦猫也是有希望的,如果领导摸摸它的话。如果瘦猫背后有一只老虎呢?你能掉以轻心么?这些作家的特点在于成事不足,败事有余。他们自己做不成任何事情,能够靠他们收购粮棉、征兵、大养其猪、取缔一贯道和推广双轮双铧犁么?不行的,一样也干不成的。五八年一位著名党员作家在河北省当县委书记,搞"跑步进入共产主义",调子极高,煞有介事,结果一切搞得一塌糊涂——比官僚还官僚,比白痴还白痴。作家当了官,比真正的官官瘾还大,作家有了权,比真正掌权的人还弄权,因为他们动不动激动,带感情,给个鸡毛就是令箭。再说他们从来没有权,突然掌了点权,能不烧包儿吗?但是他们一旦背后有了势力,他们挑毛病弄是非往上点眼药可是行家里手。对他们也不能掉以轻心。

张志远告诉祝正鸿首长接见了赵青山,"你该去看看他。"张志远的指示就这么几个字。张志远一点,祝正鸿心领神会,他去看望赵青山明里是关怀照顾与赵共同学习首长指示,暗里是摸底,是去摸首长对赵说了什么,有什么不利于市革委会的话没有。而且,赵对首长又说了些什么,有什么不该说的没有。常有这样的说法,叫做不该说的不说,不该做的不做。这话表面上是同义反复,说了等于没说,实际上是省略了何谓不该说不该做这一最重要也最不方便明说的命题,这个同义反复显出了自己的隐蔽和分量。此时无声胜有声,最精彩之处就在于让你自己明白什么该说什么不该说,什么该做什么不该做。怎么去明白呢?在赵青山见过首长之后,祝正鸿立即出现在赵的家里并带来了给赵青山增分住房的关怀,这就是提个醒:市革委会是巨大的存在,这个存在虽然没有中央文革的势头与招牌显赫,却比中央文革更经常也更管用:比如房子。这也就是告诉赵某人要想想什么该说什么不该说,什么该做什么不该做。妙哉妙也,不言之言,不教之教也。而交谈的结果是令人满意的,根据祝正鸿的见识和经验,赵青山在作家里就算是谦虚谨慎,注意待人接物的了。他那副笃实忠厚,愚直中透露着农民的狡黠的样子也使祝正鸿觉得熟悉。孺子可教也,赵青山有戏!(而凡是精明在外,口若悬河的知识分子型作家,到头来只有死路一条,这也是祝正鸿早就悟出来的了。)

这回赵青山是行了,瘦猫可能变得肥一点再肥一点。首长那里也许暂时不至于有什么差池。知道屁滚尿流就好,屁滚尿流比张牙舞爪强过百倍。当然,不能大意,谁让他是作家?作家当然危险。两处两室一厅的单元房,叫做二加二,比局长们的住房条件还好。可他自己呢?他才住着一套房子,在妈妈没有过世以前,又是妈妈,又是老婆孩子,回到家连个转身的地方也没有。不久前妈妈走了,才稍稍好一点——这样想真是不孝,罪孽。"权力与财富的再分配",毛主席最近讲的这个话是再明白也没有了,听了这个话再不清醒,再闹小资产阶级爱呀自由呀理想呀幸福呀正义呀那一套,就该统统枪毙。却原来那么多旗帜那么多主义,那么多原则,那么多思想和热情,那么多歌曲和诗和梦,那么多文学和艺术,那么多流血和气壮山河……最后都得落实到权力和财富上。

用我们党的话来说,叫做"先务虚,后务实"。务虚就是讲口号,讲理论,讲思想,讲路线。务实就是讲职务,讲级别,讲汽车,讲房子。这些年他接触了多少干部,多少领导,多少造反派保皇派呀!不管他们怎样的意气风发,海阔天空,最后,真正心连心肉连肉的是……是务实的呀。

看今天,转了那么多腰子,最后谈到房子的事的时候,伟大作家赵青山,东方无产阶级文艺复兴的代表人物赵青山同志,感激得差点没有给他呼噜噜呼噜噜摇起尾巴来。

你是托尔斯泰又怎么样?你是贵族,你有房子,你住好房子住了一辈子,你有属于自己的庄园和农奴,然后晚年才有伟大决绝的出走。如果你压根儿没房没食儿,你早就冻饿而亡,嗝儿屁着凉!你若早就是伟大的底层人,是诗人们为之哭泣和歌唱的流浪汉,你压根儿就没家没业,你还哪儿去走走?从此个桥洞走到那处房檐?你出走了谁在乎你?无非像旧社会《平明日报》上的一条消息:"昨夜大风突起,全市冻毙十七人……"

用林彪的话呢?争来争去,争的是"镇压之权"。

为什么要镇压之权呢?

有了镇压之权、也就是分配生命的权力,还没有分配权力和财富、分配房子的权力吗?

到了老百姓那里,权权权,命相连。我们要想无权的苦,忆有权的甜,摆掌权的难,鼓起夺权的勇敢。

文化革命,就这么着一家伙把背心和裤衩全扒光啦。

他现在有了权了吗?他到赵青山这边来,宣布给赵青山增加一套房子,两室一厅。这好像是他有了再分配那套房子的权力。然而,他只是执行而已,现在别说是二室一厅,就是一室无厅,或者半间屋,也得比他大得多的领导也就是勤务员批条子,尤其是,他并没有权力给自己哪怕是多分一间房子呀。

自从听了老张同志的教导,检举了陆浩生以后,他就成了"革命的领导干部"了,他就从被审查被革命的可疑人物变成了审查旁人革旁人的命的领导——虽然是不太大的领导——干部了。他首先获得了行动的自由,他可以每晚回家,可以每晚吃玫香给他炖的排骨汤——革委会连续分排骨,排骨炖萝卜,不但养人而且补肾。"再分配"一点这样的排骨也是自然而然,天公地道的吧。他每天晚上还要与想象中的妈妈讨论国际国内政治形势。遇到头疼的事,他就想妈妈如果在,会是什么主意。肯定,依妈妈的意见,他的表现应该比现在还要紧跟,还要激烈,还要誓死效忠中央文革小组。妈妈说过:"孩子你要记住,是毛主席司令部的人,你就要给他当孝子贤孙,提马桶刷饭盆,咱们都干。不是毛主席司令部的人,咱们对他是六亲不认!没有毛主席……"妈妈一说起毛主席就满眼热泪,从前不也是这样的吗?妈妈是憋着一股什么劲儿呀,她有机会就要发表最左啊左的意见。在祝正鸿听说上面酝酿让他担任革委会政工组副组长的时候,他想起了妈妈,他以为也许妈妈会为他终于快要成为无产阶级司令部的一员而欢欣鼓舞的,但是妈妈说过:"我不爱听什么官不官,我爱听的是你去掏大粪,你去下乡落户当农民,你去喀喇昆仑山放哨!你要到反修防修的第一线去,你要与帝修反斗个一万年!毛主席说得对,减少一百年也还有九千九百年!那样,你才能真正地改造自己!一颗红心是铁打的!哪怕是牺牲了生命,也才是你爸爸妈妈的好儿子!"

闹得祝正鸿五迷三道,妈妈是不是说过这样的话他也辨不清,而且还有爸爸。妈妈她老人家也不想想,他下了乡或者去了喀喇昆仑谁管动不动犯心口疼的她老人家?掏大粪倒还切实可行一些,自从文化大革命一开始,妈妈最念念不忘的就是要他去掏大粪,妈妈至死留下的遗言也还是要他去掏粪。当真?可大粪并不能保证一个人思想改造得好。总而言之,言而总之,权力与财富的再分配也包括分配你是终生改造还是终生要旁人改造。妈妈是什么人呢?他坚信,妈妈的人生经验社会经验政治经验都远远超过他,妈妈只是没有得到机会罢了,得到机会妈妈照样可以进上层,在中国,能够进政治局的女人何止妈妈一人!妈妈照样可以生杀予夺,势如破竹,照样可以当旗手,登高一呼,应者云集!王侯将相,宁有种乎?旗手导师,宁命定乎?

像妈妈这样的普通的中国人蕴藏的政治积极性政治能量政治心计是太多太大了。几千年的惨烈的政治斗争,几千年的改朝换代,使政治在中国哪怕是家庭妇女哪怕是小业主哪怕是三寸金莲那里也生了根。在中国,蹬三轮的、卖腐乳的、磅地的、剃头的,更不要说唱小曲儿的啦,说到底他们都是政治家!苏三、李师师、李香君和赛金花……所有名妓都是政治家。魏忠贤、李莲英、所有太监也是政治家。只有书呆子才会对政治一窍不通!(要不主席说他们书读得愈多愈蠢!)历史造就了中国的政治,政治的中国,历史造就了中国人的政治兴趣,政治热情,政治才干,政治心计,政治眼光,政治冒险欲望。听说湖南有一个乡,光从这个乡出发参加革命后来成为党政军要员的就有十几名二十几名。这些人待在乡里,最多也不过教教小学,开个小店,买几十亩地,娶两房姨太太罢了。其实别的乡也是一样,全国每个乡至少能出十名高干,全中国就有候补政治局委员中央委员几十万,候补专员县委书记县长上亿。(不斗行吗?)这之中,妈妈虽然不一定是最杰出的,起码不是差的。惜哉妈妈未尽其才也,惜哉妈妈只能遇到机会在儿子这里演习演习其政治姿态政治雄辩政治激情也!

祝正鸿在每一次批判大会上发言表态,有张志远和妈妈精神的鼓舞,他硬着头皮硬是成了无产阶级司令部的人。他有权看内部文件,新市委的领导都认识他。最后,押了半年,令他时冷时热,像疟疾一样地发作了半年——当然,一个人得到了提升,他立即成为了那些没有被提升的人的公敌,他的就任政工组副组长远远不是顺利的——他得到了政工组副组长的职务,比他原来的职务实际上高得多,虽然不长工资,不分房子。他取得了继续革命的权利,取得了继续吃革命的饭坐革命的车的权力,他走道能大致上挺起腰来了——也不能挺得太直以免人家说你翘尾巴。他很快乐,他毕竟是在人人罪该万死的年代开始了扬眉吐气的新一页。

于是他今天布置批判刘少奇,明天布置反骄破满,批陈整风,投石问路。今天批判《三上桃峰》,说是一出戏为王光美翻案,明天批判"无标题音乐",说是黑线回潮。今天批判林彪,而且林彪不是极左而是极右,右得不能再右了,明天又批判孔子了,就因为林彪讲过韬晦和中庸之道,陈伯达题过四个字"克己复礼"。

他还学舌般地传达文件让大家批判"文艺问题方向解决了"的谬论,就是说党成立五十多年了,中华人民共和国成立小三十年了,"文革"也搞了七八年了,方向还没有解决,永世不得解决,更不准说是解决掉了。永远向左转,向右转,向后转,再向左转,再向左转,这是一种什么样的操练呢?什么时候才能迈步呢?

不工作还好,一工作就如入五里雾中。

管那么多做什么?反正当政工组长比进牛棚强。

然而他又总觉得有异样的眼光看着他,特别是他不敢看那些过去的他的领导,他们现在大多因为旧市委的问题还处在专案组的审查之下。他们的命运太不一样了,这种不一样使他紧张而且尴尬。遇到周围没有什么人的时候,他总是主动地与这些至今尚未得到一个"人民内部矛盾"的结论的老领导打招呼。有的人对他的招呼莫名其妙,茫然无以对;有的人是一怔,然后半信半疑地打量他;有的人是面红耳赤,转过脸去;有的人是公事公办地回他一个点头;还有的人对他的打招呼反应出一种受宠若惊的表情,然后庸俗乃至油滑地点头哈腰地连说:"祝组长,请多指导。"

几乎没有一个人友好地与正常地回答他的好意。这使他嗒然若失。

人是卑劣的么?人是不允许别人比自己的处境好太多的么?

比如早晨他去看望了赵青山,他为什么那么急于告诉赵青山王模楷的事呢?连一个与他八竿子打不着的王模楷,他也要嫉妒么?

反正王模楷的上天安门让人人气不忿儿,反正打从王模楷奉调回京,人人都等着他再垮台的那一天。这不是,大家都预见到了。

噢,不光是王模楷,所有的今天把这个揪出来,明天把那个打倒的消息都会令一些与他们无仇无冤的人感到快意,感到某种与紧张共生的兴奋。看到听到处境比自己好的人碰到了比自己糟糕得多的麻烦,谁个能不感到庆幸乃至解恨,至少是一种看客、一种看戏、叫做不看白不看的乐趣呢?

所以说,人民要革命。所以说,你们要关心国家大事,要把无产阶级文化大革命进行到底!所以说,百分之九十五的干部,百分之九十五的群众,永远站在革命这一边。阶级敌人不过占百分之一、二、三,还有百分之二、三、四,哪里去了呢?

然而他是张志远,是他的——其实他毫不怀疑,那就是他的生身父亲。在那次豁出去说了六翅鸡以后,他试探地再次与张副书记谈起自己的母亲,他假装是谈自己的历史,他说:"妈妈告诉过我,我的爸爸是四川人,姓林,后来去了江西苏区。我姥爷那时开小店……"张志远打断了他的话。张志远谈起了最近干部群众的思想动态。然而,祝正鸿看得出来,张志远有点不安,脸红一阵白一阵,忽然喘气忽然咳嗽,说的话不流畅,停顿和节奏不对头,好像在读一篇通通用错了标点的文章。只是在谈完话时,张志远紧紧握着他的手不放,深情地看着他,说:"向你妈妈致以哀悼。"他又拍一拍祝正鸿的肩膀,他几乎是搂了一下他,忽然放低了声音,问:"你们生活上有什么困难没有?住的情况怎么样?有什么问题需要我帮忙吗?"

祝正鸿不假思索地坚定地回答："没有,我们,我是说,我们一切都好,我们什么困难都没有,什么问题都没有。"

张志远的官腔使祝正鸿不满,他不再说话,他已经后悔自己的孟浪了。什么时候?管他亲生干生爹娘做什么?文化大革命期间,伴领导如伴虎,岂可掉以轻心?

从此,他与张志远的联系就一下子少起来了,他的表现也没有起初那么积极了。开会表态的事找他也少了。

不久他依稀听说张志远和第一把手之间有了矛盾,而他们的矛盾只是为了一个标点符号。他们在审查写作班子的一篇大批判文章时为"毛主席的革命路线是我们的生命线,幸福线,胜利线。"还是"毛主席的革命路线是我们的生命线,幸福线,胜利线!"而争执不休。第一把手主张句号,根据是两报一刊社论里的同样句子是句号;而张志远主张惊叹号,根据是无产阶级司令部的一位大人物给张志远的信里,同样句子标了惊叹号。人们窃窃私语,不明白一个标点有什么大不了的,何苦争执不下?祝正鸿一声不吭,这年头儿还理解不了这个,恰如彭真同志批评过的:"怎么这些干部笨得像猪?"这句话最后,可以用句号,也可以用惊叹号,这本来就不是什么问题。现在,两位领导的意见不一致了,这就是问题之所在。问题就在于问题本身,就在于二位领导的意见不一,互不相让,就在于有人赞成这个领导的意见有人赞成那个领导的意见,谁是句号派,谁是惊叹号派,势如水火。还有一些傻×,莫名其妙不知就里。哈哈,这就是路线斗争!哪怕一个主张八两(当然老秤,即二百五十克),一个主张半斤(不分老秤新秤,都是五十克加二百克),也会成为路线斗争!

在这个微妙的时刻,他得到了张志远的指示——"你该去看看他",他不辱"父"命地去过了。

他与赵青山谈完话,做完人情,也得出了有关判断之后,他回到办公室。进办公室后立即见到了秘书的惊恐不安的目光。秘书本来是一个低眉顺眼,远看辨不出男女来的人,今天,她的一只杏核一样红肿的眼泡鲜明地引起了他的注意。秘书通知说,马上要开干部会,有重要文件传达,秘书强调说:"听说,有事儿。"秘书一面说话一面喘气。

如果秘书说的是"事",不儿化,那就是有工作有任务有安排不得闲之意,如果是"事儿"呢,如果把事儿化了呢?这个"事儿"里就有几分凶险了。

他一惊,从秘书的目光里他看到了某种灾难的预兆。他问:"嗯?"

这一声"嗯"已经足够了,他不可以再多出一个声音。

秘书说:"张……"

这一个含糊不清的"张"字,也已经够了,太多了,出了格儿了。张字还没有说完,她的针眼出血了,鲜红的血液与乳白色的脓汁从"杏核"里流了出来。祝正鸿惊呼了一声,他挥手让她快去医务室清理一下。

祝正鸿一时没有听清,只像是被谁从背后推了一下,什么什么?张?张志远?当然不会是张春桥也不是张君秋。张怎么了?这年头儿,一切好事儿都靠不住,一切坏事儿都说有就有,说来就来。稳住,你一定要稳住,他不知就里,但是本能地告诫与鼓舞自己。就像走着走着路突然被什么绊了一下,他需要的是调整自己身体的重心和保持平衡,而不必去管绊你的是石头还是木桩。

……张志远突然被"隔离反省"了,据说查林彪集团的过程中有什么事牵扯到了他。隔离二字的蛮横与方便使祝正鸿吃惊。现在把一个干部隔离,比吃一枚糖球似乎还顺当。这件事给祝正鸿的冲击超过了旧市委的改组。对于旧市委来说,他祝正鸿是一个无足轻重的人物。市委的主要领导人与他没有直接的关系。而现在,是张志远,是他窃自认定的生身父亲……

直到晚上下了班,回到家里,他一放松,才觉出,自己垮了。

嗡的一声,头顶晕涨,耳膜嗡嗡,两眼发黑,上身发热,下身冰凉,祝正鸿的感觉直如犯了脑溢血。

而且登时他的横膈膜疼痛起来了。腰肚上好像楔进了一块板子。

他犹豫再三,还是没有把消息告诉玫香。他只是声称太疲劳了,低头不语。

他预见到,很可能上边让他写揭发张志远的材料。这使他感到要发疯。先是五七年把那么多熟人当右派揭发批判,后来把整个市委当反革命集团批判……他硬起头皮,再硬起心肠,他咬紧牙关硬是怎么指怎么打怎么骂,让怎么看就怎么看,让怎么说就怎么说,他自己已经不算是一个人了。可刚批完陆浩生他就知道自己错了。他无法"妥善安置"自己的良心。这次呢?这次是不是他也还要如法炮制呢?先是推托,再是应付,然后他犹豫踌躇,半推半就,犹抱琵琶半遮面,像是第一次卖身的妓女,不情愿,害怕,想临阵脱逃,但是胳臂拧不过大腿,他最后还是得让人按到床上三下五除二一捅到底哗哗流血。再以后呢?揭发了一次就会有第二次,揭发了两次就会有三四五六七八九十次,千人日,万人入,向一个人揭发了就得向十个人一百个人一千个人做揭发老领导揭发恩师直到揭发亲爹哪怕不是亲爹但曾经误认为是亲爹的表演,像一只狗一样地咬完了这个再咬那个……正如陈伯达的词儿,他将成为变色龙,小爬虫,(现在变成变色龙与小爬虫的正是陈伯达自己。)或如鲁迅说的,他将成为丧家的乏走狗,如毛主席说的,成为政治骗子……中国的伟人在有关人会堕落到何种地步的预见性上真是一个赛似一个。而且,揭发者人恒揭发之,批判者人恒批判之,打报告者人恒报告之,操人者人恒操之……到那一步,你不揭发他他就揭发你,他不揭发你还有他他她她揭发你,人人离不开揭发过来批判过去的命运。

横穿祝正鸿的腰腹,隔断了祝正鸿的上半身和下半身的那块楔进去的木板,带来了愈来愈无法忍受的疼痛。在听了关于张志远的问题的传达的当天晚上,他的病急性发作,他被送到了急救中心,后来转到了医院。他被诊断为肠梗阻。他被送上了手术台。

在闻麻药的一瞬间,他含泪想道,冤冤相报何时休?就这样死了罢,死了大家都踏实啦,反正早晚也是个死。

原来这就叫视死如归。

手术后第三天,他从麻醉状态下醒过来才一天半,政工组组长来了,除了看望他以外,让他口授揭发批判张志远的材料。

三天过去了,五天过去了,几次来人催,他就是不写。他一口咬定,他没有发现张志远的任何问题,他没有得写。最多把我也隔离起来,他横下了一条心。

其实,从一开始玫香就知道了张志远的"事儿",这样的"事儿"不但是转瞬传千里,而且是愈保密传得愈广愈快。玫香支持他再不要转向揭发了。出院后正鸿郑重地回忆了一下妈妈关于自己的生父的说法。长这么大,除了解放前夕妈妈向他说的那一点儿以外,正鸿从来没问过什么,他怕旧事引起妈妈的伤心或者不安。这次,他是想认真想一想了。如果妈妈在,她老人家会说什么呢?

　　上穷碧落下黄泉,两处茫茫皆不见……
　　来如春梦不多时,去似朝云无觅处……

妈妈的反应或许是白居易的诗。

祝正鸿只觉得毛骨悚然。

……不到半年,张志远的"问题"就解决了,说是弄清楚了,没事儿。这么大的一个干部,说隔离就隔离,说没事儿就没事儿,祝正鸿只觉得不寒而栗。虽然没事儿,张志远已经不可能回到揪他批他一个六够的市委来了,他外放到南方一个省做省长。祝正鸿长出了一口气。

祝正鸿又错了,说张志远的问题解决了的是中央的专案组,这边,没有人说什么。而且,一切迹象表明,这里仍然是以张画线,凡是揭发过张批判过张的干部都得到了重用,凡是被认为是包庇了张的,全靠了边儿。令祝正鸿惊异的是,自从张志远的事情出来以后,自从他住了医院而拒绝了写张志远的揭发材料以后,他的文化局长的任命就泡汤了,新的文化局长已经走马上任,当然,不是他。政工组只剩下了几个人处理善后,这个机构即将撤销了。他这个前政工组副组长也就靠边站了,一切会议不再通知他,一切工作任务不再分配给他。他去上班,没有人理他。他去找领导,领导说:"你多休息休息吧。"说完了转过头去与旁人谈别的事情去了。没有任何手续,没有任何说法,政工组也还没有正式下文撤销,理论上他还"是"政工组副组长,然而他其实已经什么都不是了,职务不动也可以夺你的权,他没了戏啦。最妙的是他不知为什么也就底虚起来,不敢再多问一个字了。不再有人找他请示工作,不再有任何文件传阅到他这里,不再有人给他送家乡土产,不再有人给他打电话,不再有人给他开车门倒茶水。后来,他干脆要车也要不着了。他给车队打电话,车队说:"现在没车。"

他明白了,又"再分配"了一次。

半年后,一九七二年,运动进入整党阶段,革委会正式取消了名义,市委市政府恢复了,他被分配到卫生局当公共卫生处处长去了。

他只觉得谢天谢地。他本来以为自己也要被隔离的。自从张志远出了事,他也不再与想象中的妈妈讨论政治了。如果妈妈在,她的高调门儿咏叹调也会收起来的。这也很怪,他对此毫不怀疑。妈妈会回到自唱自叹的唐诗宋词古典文学中去,一定又是"山寺月中寻桂子",又是"妾住在横塘"起来,俨然一个飘飘欲仙的隐士,或者更正确一点说是仙姑,道婆,当然,祝正鸿是大孝子,不会想象他娘亲是巫婆。中国人在大潮来了的时候都是政治家,而在大势不妙的时候,又都是灵山秀水归客乃至谈狐弄鬼的天上人物。达则兼济天下,穷则独善其身。邦有道则智,邦无道则愚,其智也可及,其愚也不可及。从误入尘网到采菊东篱,谁不会玩这个游戏呢?

那么,他的爸爸的故事到底是实有其事还是妈妈的出色想象力结出来的果实呢？

　　他的房子仍然很狭窄,他不再关心文艺呀意识形态呀路线是纲阶级斗争是纲还有养猪也是纲什么的了。但是他还是有一个心病,他惦记陆浩生,他听说陆浩生的问题仍然没有解决。

　　一九七五年邓小平主持中央的日常工作以来,气候有点变化。听说张银波重新筹办出版事宜,听说电影《创业》顶住了棍子而且受到了毛主席的保护,听说犁原奉命重新筹办文学刊物,听说一批老干部重新出山。但是陆浩生的历史问题始终找不到证人,没有解决的希望。

　　他委托一个朋友帮他找到了陆浩生现在的地址和电话。"文革"开始以后,他们夫妻双双揪出,也就被从原来的高干小楼赶了出来,他也就不再知道他们的去向。想不到这回一问,打听出来他们就住在他家附近,步行不到十分钟的距离。这使他惭愧异常,这使他觉得自己是欠了账。怎么会鸡犬之声相闻老死不相往来了呢？可又怎么往来呢？去一趟写一份交代加揭发材料？去了以后先说："书记,对不起,我过去写了今后也得写您的材料,您看我揭发点儿什么好？"

　　他约好了,去看望陆浩生。

　　他想给陆浩生带点礼物,他找了几本上海出的《朝霞》《时事手册》和《赤脚医生手册》。上海人是灵,给他们一个火柴盒他们就能在里面翻跟斗,就有了广阔空间。他还觉得缺了点什么,在家里搜了搜,找出了半只金华火腿,还是当政工组副组长那几年外地来办事的人送的。他闻了闻,味道尚无大的变化,金华火腿并未"变修",便用一张旧报纸裹了裹,给陆浩生带上。裹报纸前他细心地看了看版面,确定报上没有主席像也没有林彪像才敢用——有前者,用来包火腿是亵渎,有后者用来包火腿是反动。至于毛主席语录,所有的报上都是连篇累牍,顾不得那么多了。

　　他满脸愧色地见到了陆浩生。陆浩生住的楼道里充溢着酸腐的大白菜混合着蜂窝煤燃烧不充分的味道,已经是夏天了,大白菜早该吃完了,但楼道里的气味不变。全楼共用的垃圾通道蒸腾着陈年臭气,楼道也肮脏得很。奇怪呀,这样的楼房里不会有人烧蜂窝煤呀,怎么楼道熏成了污七八黑的呢?祝正鸿想起北京刚刚盖所谓单元楼房的情形来了。五十年代,说是有了这样的公寓房——那时公寓二字听起来也很有些"反动",革命的住处只能说是宿舍或者营地的——说是每家都有自来水、下水道、暖气、后来还出来个煤气管道。对于只知道小胡同小院落小平房的北京人来说,那时觉得住进具有水电卫生煤气设备的单元楼房就是梦一样的苏联电影一样的生活啦。

这才几年,梦想实现了。

梦想一经实现,就开始发霉啦。

陆浩生的两间小屋堆放得杂乱无章,进门处的一间小厅里劳动着一名木匠,木匠后背上的细密的汗珠令祝正鸿直起鸡皮疙瘩。满地刨花木片,还有一碗发着恶臭的鱼皮鳔胶。祝正鸿想不到,书记这里也是忙于打家具。各打各的衣柜、写字台、餐桌……那也能叫做"把无产阶级文化大革命进行到底"吗?他最近听到一个反动怪话,说是各人都在搞斗批改,斗是"逗"孩子,批是"劈"木材,改是"改"毛衣。可你又在哪里呢,我的那个或者正确地说是你的那个"文革"之底?看不见您呀,底!过去,谁家里不是从公家库房里搬两张木床,一张办公桌,一张一头沉,再从山货铺买一张小炕桌,做几把小板凳完事。怎么搞革命搞得纷纷打衣柜,打床头柜,打椅子,打饭桌,打茶几,乃至打起简易沙发来了,这不是"变修"了吗?而陆书记家,当他们搬到小小的两间单元房,再打起家具来之后,除了更脏更乱更挤更味儿以外,居然一点领导的味儿老革命的味儿也没有了。他不禁喟然叹息。

"陆书记,您也在打家具呀?"祝正鸿见面的第一句话就是这个,不然,说些什么呢?几年不见,提拔了他又被他多次检举批判过的陆书记,已经满头白发了。时间过得真快呀。

你他妈的算个什么人呀!

祝正鸿吓了一跳,他的耳近旁似乎有人向他低语,他四下看看,当然,并无一人。

"啊,你好,祝……老祝同志。"陆浩生对他的有关家具的问候就像没有听见一样,他似乎只是在考虑怎样称呼祝正鸿。过去书记都是叫他小祝的,现在临时改口称他为"老祝",恐怕也是表示敬意的意思吧。

你他妈的缺德不缺德?

"我是说您在打家具呀。"祝正鸿仍然找不到话题,他便顽强地重复他的对于打家具的关注,怕书记听不明白,他用手指着前厅的木工说。

"唉,我的问题,我的问题,我的……"陆浩生仍然是答非所问。

"谁呀?"他听到了响动,控制不住自己,他叫了一声。

门帘一掀,从里屋出来一个年轻人。真新鲜,单元楼房,有门,却挂着一个既灰且白的破门帘,像是农村,像是窑洞,像是《红灯记》里的布景。年轻人自称是陆浩生的外甥,他回答了祝正鸿的关于打家具的问题,看来他在屋子里听着祝正鸿的谈话。他不是有任务来监视陆浩生的吧?祝正鸿脑子里一闪。他介绍木工活介绍得很详细,详细得令祝正鸿讨厌,他甚至不等那人介绍完就转过头去,劝陆浩生:"您不要着急……"不知道那个年轻人是什么心思,他似乎对提出了疑问又不认真听他的介绍的祝正鸿怒不可遏。他一下子提高了五倍音量,大叫道:"我准备用水曲柳,用透明漆,背儿和里儿不是用三合板,是用五合板……"

祝正鸿吓了一跳,除了斗争会上,他好久没有听到有人这样大声说话了。

而陆浩生全无反应。陆浩生似乎与他的外甥不是生活在同一空间同一时间里。

终于祝正鸿恭恭敬敬地听完了外甥的木工活计介绍,而且表示十分拥护,绝无异议,外甥才走出到外间小厅,与木匠继续大喊大叫去了。

经过九年"文革",中国人的音量都大大增加了,胸腔共鸣腹腔共鸣与肺活量都增强了。是嘛,主席说过,新生事物是要大喊大叫的。也就是说,不大喊大叫的一定不是新生事物啦。祝正鸿想。

陆浩生气色还可以,只是举止有些老态,说得严重一点,看来有些憔悴。祝正鸿先判明,陆浩生见到他十分激动,而绝无不满抱怨的意思。当然,这与他现在的处境有关,等到他官复原职,他未必能原谅我。祝正鸿想。陆浩生见到祝正鸿似乎有一腔话,"我的问题……"他含含糊糊地说,话还没说出来,他咳嗽起来了,他咳嗽得无依无靠,一副老病并且贫贱交加的可怜相。这样的领导祝正鸿也见得多了,头一天没做"结论"或者叫做依然被"挂着"的时候,二目无光,耷肩缩颈,连脸上的线条都是愁苦的,可怜巴巴的。第二天宣布他是"人民内部矛盾",立时神态正常,面带喜色,有说有笑了。重新走上领导岗位以后呢,二目炯炯,姿态怡然,大声咳嗽,鼻子眼儿里出的气也比被审查时粗重有力得多。尤其是咳嗽,只要听一听一个人的咳嗽,你差不多就能判断他的近况,乃至他的级别,他的资格,他在文化革命中的结论了。

那么你自己呢?你能大声地无愧地咳嗽么?

"陆书记,"他叫了一声,"您知道,我也揭发过您,批判过您……"

"那当然,应该,应该,执行了反革命修正主义路线,就要批判,有好处。"陆浩生这几句话说得很清楚。

其实我没有什么尴尬的。那些亲手打死了人的人,那些逼死人的人,那些捏造旁人的罪名的人,那些打自己的父母打自己的老师抢抄别人的家将抄出来的财物据为己有的人……他们都活得很好。

活得很好的人一辈子也不会忏悔。

一辈子也不忏悔所以才能活得很好。

他们无怨无悔。

祝正鸿突然大声咳嗽了一下,这声咳嗽使陆浩生为之一震。

陆浩生说,现在他的问题大部分都弄清楚了,只是他在一二九运动之后,投奔边区的路上曾经被国民党设的路卡扣过十一个小时,路卡误以为他是另一个他们正在搜捕的人,经查清他并不是他们要捕的人之后,便释放了他。现在的问题就是这十一个小时,他找不着人证明他如何度过了这十一个小时。

又问了几句,祝正鸿明白了。这十一个小时的问题,完全是陆浩生自己挖找出来,自己制造出来的,没有人知道他被哨卡扣过,他甚至说不清那扣他的人是民团,是乡勇,是军人,是宪兵还是警察。不能说他是被捕过,没有什么捕,他也没有坐牢。他只是被盘问了一番,打了一个盹儿,还随着扣他的人吃了一碗臊子面。吃臊子面的情节引起了重大疑惑,你与国民党匪特什么关系,会给你臊子面呢?这样的诘问使陆浩生也感到可疑,是啊,我与他们什么关系,他们给我吃臊子面?我是不是叛党投降了?我是怎样出卖革命的呢?我那时已经是地下共产党员了。地下党员怎么吃了敌人的臊子面了呢?

"我说不清楚呀……"陆浩生一副有口难辩的样子。

最令人哭笑不得的是,这十一个小时的问题陆浩生早在延安就交代过审查过了。为这十一个小时,革命者们已经用了四五千个小时来帮助他启发他教育他盘问他批判他(他已经承认这十一个小时是他的准叛变行为)最后又宽大了他了,就是说,早在延安已经郑重做出结论:"陆浩生同志主动交代了自己政治历史上的重大问题,经审查后,组织认为无变节降敌行为。"

但是"文革"一开始,没等组织审讯,他陆浩生就写起这方面的交代材料来了。开始,无产阶级革命造反派说他是避重就轻,是为了给彭真刘仁打掩护才没完没了地穷扯自己的不是问题的历史问题。后来,造反派如获至宝,发现这回还真抓住陆浩生的小辫子了——总不能捞了半天鱼硬是一条也捞不到,总不能批斗了一个六够从市委班子里抓不着一个真反革命——好吧,他们宣布,陆浩生过去的历史结论不作数。为这十一个小时,他们可以断定陆浩生为党工作的上万个小时都不作数。为这十一个小时,他们可以永远地镇住陆浩生。为这十一个小时他们能够永远证明自己的革命造反正确,证明他们的火眼金睛,阶级斗争一抓就灵。这十一个小时也使没有类似的十一小时十小时九小时八小时问题的人意识到了自己的纯洁与堪当重任,意识到党的信任重如泰山。总之,这十一个小时的问题如果泡了汤,整个文化大革命就会被否定,无产阶级专政下继续革命的学说就会被推翻,无产阶级和贫下中农,就会受二茬罪吃二遍苦红旗落地神州变色。

祝正鸿遇到这样严肃的问题,也只好说几句相信群众相信党的套话。同时他强调,对这十一个小时的审查完全是正确的适时的必要的,烈火炼真金,十一个小时连接着四海翻腾五洲震荡。他暗示,陆书记上边有什么老关系没有?了解您的,现在正管着事儿的,可不可以请某位首长为您说几句话?

陆浩生撇了撇嘴,一副为难的样子,然后他说:"如果有人想为你说话,会说的,如果说话不方便,那就更不要去活动为好。"

祝正鸿点头称是。

他发现了陆浩生这一类人的弱点,大学生,一二九,延安,革命干部,组织生活,政治学习,批判斗争,他们的生活太单纯了。多年在一条单轨上运行的干部生涯,离开了领导与被领导,离开了在领导与被领导系统中的一定的位置,他们孤独无依,寸步难行,六神无主,还不如失去了娘的孩子。

陆浩生让正鸿看他的小小三屉桌,桌上堆满了宣纸:自从五年前对他解除"监护"以来,陆浩生等待"审查结论"期间,每天以毛笔蝇头小楷恭录毛主席著作。他已经抄完了主席的全部诗词,老三篇,《在延安文艺座谈会上的讲话》《实践论》《矛盾论》《将革命进行到底》。陆浩生说:"我的精神力量就来自对毛主席的著作的抄写,每天抄七八个小时,我已经抄了五年了。"陆浩生给他看这一批充溢着墨香墨臭的"书法"的时候,陆书记满眼是泪。

祝正鸿觉得惊心动魄。

知识分子"忠"起来,哪个工农也比不上,工农毕竟要实际得多。而知识分子的忠,无边无际,又像抒情,又像浪漫主义,又像童话,又像黑格尔的绝对理念,又像为忠而忠,甚至像是表演。

"我也写了一些检查和历史交代材料,你看,这是底稿……"那也是一批蝇头小楷的手稿,祝正鸿的目光瞭了一下标题:"关于我的反动出身","检查我的怀疑三面红旗的反动言论","深挖细找我的路线错误的阶级根源与世界观根源","我从十三岁至十六岁时的一些经历"……

祝正鸿的感觉是惨不忍睹。一个老革命,一个老领导,一个神气活现的好同志,怎么一旦落入这种境遇就会变成这样!

"我只盼着有一个结论,我只盼着能允许我恢复组织生活,只要是党还要我……"已经年逾花甲的陆书记竟孩子似的哞哞地哭起来了。

陆浩生哭起来的时候喉咙里发出一种刺耳的声音。陆书记的嗓子本来是不坏的,但是他讲起话来爱激动,一激动就发出一种混合着假嗓的嘶哑和锐利的噪声。过去,祝正鸿是在听陆书记的报告时候听到过这种声音的。陆浩生做报告总是特别投入,他最喜欢用的比喻就是"搓澡"。一个运动进入了后期,陆浩生做报告了,他列举了运动的巨大成就以后,就会说:"对于人民来说,这是一次荡涤污泥浊水的运动,是一次洗手洗脚,洗头洗澡的运动。我们的身上不大干净呀,手脚不大干净呀,脑子不大干净呀!有的朋友,有的先生,有的同志,这个这个,洗澡的自觉性不怎么强哩,怎么办?我们的干部,我们的积极分子帮着搓澡嘛……"说到这里,不等听众听清,他自己已经笑得转音转气的了,已经笑得又打呜儿又尖叫又像吹哨又像拉风箱了。一笑,他的口齿更加不清,他的方言也更加难懂了。讲到精彩之处,他的嘴巴会变得奇大,眉须扎煞,上体晃动,如醉酒一般。由于祝正鸿听他的报告多矣,才勉强听得出他的搓澡论:"……搓澡的同志,热心有余,温柔不足,也是有的,搓得痛啦,搓得破了皮啦,搓得临时出了点血啦,个别的搓得有点脱臼啦,这也是有的啦。哈哈哈哈,痛了,我们再贴一帖止痛膏药嘛。出了血,上点二百二嘛。脱了臼,还可以再正骨再打石膏嘛。但是不洗澡是不行的,同志们,由于怕痛就不洗澡不搓澡,那是不可以的,那就害了你们……"

陆浩生讲新闻问题的大笑大叫也使祝正鸿难忘。他在解释为什么我们的报纸不刊登美帝国主义的反华议论的时候,他说:"同志们,依了资产阶级右派的意见是不行的,那样的话,我们的报纸,我们的电台,就变成了艾森豪威尔的喇叭筒啦。而人民是不答应的,把人民的报纸,人民的广播变成艾森豪威尔的喇叭,人民是要抗议的,哈哈哈哈……"他于是大笑不止,笑出了眼泪,笑得没有刮净的胡须上沾满唾液的银星子。

祝正鸿还想起陆书记讲反胡风问题,他说:"有的民主党派的朋友提出对胡风的事要公审。主席说了,公审可以,可公审了我们就要开杀戒了,什么罪名,怎么个判法,不能含糊的。还有许多胡风反革命集团的成员,我们的政策是要化敌为友的,公审完了,也就得把他们统统带上法庭,把他们的罪行公布在光天化日之下。那样,人民会起来打死他们的,哈哈哈哈……"

陆书记讲话有他的独特风格,诚恳,大气,浑厚,激动,放得开,有时候似乎还颇憨直。他是一个经常的做报告人,他管文教宣传,再合适没有了。

可现在呢?眼前的这个悽悽惶惶啰啰嗦嗦抖抖颤颤的糟老头子,就是当年做经天纬地的报告的陆书记么?

祝正鸿尽量劝慰了陆浩生。他暗示说,他现在已经不在政工组了,革委会已经不存在了,他现在只是卫生局的一名处长。他特别强调说:"我的觉悟与表现也很差,至少是不够。好多事情我是糊里糊涂。慢慢学习吧。不管怎么样说,您一直是关心我帮助我的,我很感谢您。我一直不安,当初对您的揭发,我有不实事求是的地方。"

听了祝正鸿的话,陆浩生的目光里有一点欣慰,但更多的是失望和反感,他急躁地说:"怎么能这样说呢?这样说是不对的。文化大革命的案是绝对不能翻的,你对我的批判是正义的,是革命的,对此,我们谁也不能动摇。"

祝正鸿一怔,他的嘴角不为人注意地一撇,倒吸了一口冷气。他忍了忍,才没有说什么义正词严的话。好劲!正是啊,你这儿松一松,他那儿就攻一攻呀!

在他准备告辞的时候,张银波回来了。祝正鸿热情地与张银波打招呼。张银波警惕地望着他,磕磕巴巴地所答非所问地与他说了几句话,同时对祝正鸿显出了一种她身上少有的点头哈腰的神情。只是在祝正鸿正式告辞的时候,张银波的脸孔放松了一下,隐约地露出了一点笑意。看得出来,张银波对他的态度里显示出那么一种视祝正鸿为"非我族类"的意思,再说得干脆一点,张银波的敬而远之的态度里,流露出来的是对祝正鸿的厌烦。

生活就是这样,我们的字典上没有"忏悔"的条目。记住,永远不要承认自己做错了什么事情。

刹那间,祝正鸿甚至于想,他的拒绝揭发张志远是走错了一步棋。既当了婊子,就永远不要企图让贞节烈妇们给你立牌坊,至于谁算婊子,那全看谁战胜谁了。

他的经历可真像那个脍炙人口的相声了:猴吃麻花,满拧!

既然已经臭名昭著地揭发了自己的恩公自己的老领导陆浩生了,何必再去顶着不揭发张志远呢?揭一个也是揭,揭两个也是揭。这能赖我吗?而且,如果我对了呢?搞政治,你能当一辈子童贞女么?如果,伟大领袖亲自发动和领导的文化大革命就是被证明十分必要和及时的呢?你怎么有把握认定你的拒绝比毛主席的发动更正确更道德?

让祝正鸿比较一下吧,比如陆浩生与张志远,哪一个更正派,哪一个更忠厚,哪一个更与人为善?如果让他从中选择一个,做领导或者是做爸爸,他愿意选哪一个?

张志远是个王八蛋!他突然骂起来了。

也许他本来应该揭发的恰恰是张志远。不是张志远被挤走以后,那么多同志拍手称快么?

再找不出比侯宝林那个相声更精彩深刻的了。你请客,来了一些人,你说:"怎么该来的都没来呀?"来的客人不爱听了,走了一部分。你说:"怎么不该走的都走啦?"没走的客人不爱听了,便又走了一部分。你着急了,你说:"我说的不是你们!"最后留下的客人也吃心了,大家都走了,空荡荡,白茫茫,真干净。

这就是文化大革命。这就是祝正鸿。这就是世界。这就是人生。

第二天他没去上班,他起床以后径直去了医院,他对医生说了这儿不舒服,说那儿不舒服。他最后被留下住了院。经过反复地检查,确定他有腹腔手术后遗症和心房颤抖,肝脾肿大,消化不良,慢性支气管炎初期等症。医生要求他加强对毛泽东思想的学习,同时同意他再次住院观察和治疗,注射丹参和肝精,服用复方甘草合剂和板蓝根汤剂。

按他现在的级别,在最好的情况下,他也得住个四人一间的病房,但由于他这是第二度在卫生部门工作了,院方对他还是另眼看待,帮他找了一间依托在楼梯转弯处的小房,这间房子不太正规,原来是医疗器材的贮藏室,院里改造了一下,成了一间特殊单人病房。这间房说好就是好,说差就是差,祝正鸿住进去,有单人病房的清静方便,却不必承担住单人首长病房的名声——甚至可以解释说,由于房间不合规格——面积小而且房顶是一个斜面,不宜病号,只好委屈卫生局内部人员将就一下。

他的病床旁的小柜上放满了精装赤面圣经纸全一册《毛泽东选集》,袖珍精装全一册《毛主席语录》《毛泽东诗词》和《为人民服务/愚公移山/纪念白求恩》——"老三篇",他也放上了《红旗》《朝霞》等杂志。但他真正读的是赵青山的新作《遍地光明》。听说这一本三十多万字的大书是赵青山用一个多月时间写出来的,他非常佩服。人家毕竟是作家,虽然内容全部是批判单干宣扬农业合作化,一切结构故事都符合中央文件和两报一刊社论,但毕竟有一些农村的生活细节,读了令他发笑,令他共鸣,又使他担忧:这些细节万一被抓住辫子当做丑化农民来批怎么办?例如描写一个农民,家里来了客(读且)也让人家帮着择豆角,虽说这是写的中农,他倒觉得这不限于中农,这总是有一点拿农民寻开心的味道。还有一些农民喜欢讲的俗语俚语,他读起来也觉得有趣。作家这个玩意儿,没有还是不行的,那些指导赵青山管理赵青山掌握着赵青山命运的人其实哪一个也赶不上赵青山,呜呼!世界上,究竟什么叫本事,什么叫运气,什么叫权力,什么叫公平呢?揪住这些抽象的概念不撒手,就只能自讨苦吃,成为姥姥不疼舅舅不爱的怪物——也许这正是知识分子不能成事,书读得愈多愈蠢,而赵青山之流也只能是诚惶诚恐地仰权贵而长跪,仰权贵而穀觫的奥妙所在吧。

人在医院小住大概也是一种乐趣,一种经验,一种生活方式。他住了医院,也就心平气和,声微力弱,全面收缩起来了,他愈住愈像一个真正的病人了。吃得少,睡得多,话少,发呆多,时而哈欠,时而咳嗽,时而呻吟,时而苦笑,他自觉自己确已进入了一个生命的新境界。而医院对他的态度是一切由这位特殊病人做主,一切听他自己的。你说病就是病,你说吃药就吃药,具体药物选择医生与你商量,医生提供咨询。你说吃流食就吃流食,你说半流食就半流食,你说今天回家住去也可以回家住去,理论上你仍然是病人,仍然在住院。

也许这一段住院更重要的是检查,虽然是在"文革"期间,医院还是进口了一批新的超声波与放射性同位素检测仪器。这个消息传得很快,于是众位医院的服务对象有病没病,这病那病,都以受到先进仪器的检查为荣耀、为神气、为幸福、为地位和"行情"的象征。几个干部碰到一起甚至会交流:"你照 B 超了吗?""你做同位素扫描了吗?"祝正鸿当然不能免俗。他的位置使他不能进入接受进口仪器检查行列的前排,但他住在医院里可以候补等缺,只要仪器得闲,比如约好的人物到时未能前来就查,人物要求改期,祝正鸿立即被拉去上床上"台"接受检查。就这样他也对自己的准特权感到满意。他是该查的都查了,该有的病都有了,该证明的都证明了,他很满意。

过了一段医生同意他的要求:回家休息。医生根据他的意见证明需要再休息两个月。

可悲之处也许不在于他的为有病而有病为住院而住院,可悲之处在于,所有的领导、同事,该来探访的都来探访过了,该送营养品的都送来了营养品:麦乳精、糖姜片、茯苓饼、蜂蜜,甚至他还收到了四筒婴儿代乳粉——这也算是难得的营养品了,可是没有一个领导或同事表示对他恢复健康恢复上班的期待,没有人说:"最近真忙啊,你不在不好办啊,早日恢复健康早日回来上班吧!"也没有人问:"什么时候来上班?"或是"你估计还要住多长时间院?"不,人们说的是:"多休息,不要着急,多养养,好好检查一下吧。"

两个月飞快地过去了,在恢复上班前一天——是个星期天,祝正鸿结束了自己的体弱气微状态,他决定与全家一起去和平门烤鸭店吃烤鸭。

第 十 八 章

　　一九七五年夏天,离京十二年后,钱文与东菊回北京探亲。东菊这个期间回来过,钱文可是第一次。钱文不敢在堂堂"文革"期间擅自回京。最后,到了一九七五年八月,钱文作为"没有改造好的右派分子"被扣了六年的工资补发了,也就是到了后来被称为大刮"右倾翻案风"的那段时间了,钱文总算弄清自己勉勉强强又算人民啦。也就是说,文化大革命这一个难过的关,除了扣工资扣得恼火了一阵子以外,他竟然嘛事没有地度过了。便兴高采烈地请了个假,回京探亲。

　　离开北京以后才更感到北京的可贵,一个从小生活在北京的人,在远离北京的边疆,从纪录影片上看北海白塔与万寿山、昆明湖,看天安门广场与人民大会堂,唱一首首歌颂北京的庄严伟大深情的歌曲,那个滋味是很浓酽的。

　　在边疆,北京是一个既近且远,既热且凉,既酸且甜的话题。此次回京前他也听人们讲述北京。由于参加洪无穷的话剧剧本的修改,钱文和演艺界的人有了一点接触。他听到一位女歌唱家谈北京。女歌唱家是民族唱法的后起之秀,在北京集训本来是为了作隔绝几十年后的首次访美演出,后来由于演唱节目中有《台湾同胞我的骨肉兄弟》一曲,被美国的审查官员枪毙,她没有去成美国。但是她毕竟在北京住了一段,也算是开过了北京的"洋荤"。她回来集中描绘了北京饭店东楼的豪华与先进技术。说是大玻璃门人一走近就自动打开,而人进入之后即自动关闭。还说是厕所的抽水马桶神乎其神,拉完屁屁,不必用纸揩,而是自动升上一股温暖的清水,把屁眼儿冲洗得干干净净。还说是本来楼还要多盖几层,会盖很高很高,但是一位老建筑工发现盖高了到了上层能一眼望到中南海,这样外国间谍就能洞悉居住于中南海的领导们的活动。老建筑工给总理写了信,总理决定不再往高里建了。我们的人民觉悟就是高,实在高。还说基辛格参观故宫时拿了一个元代宝物九龙杯,这个杯子只要倒上酒,就能看到九条龙翩翩起舞,如果酒里下了毒,酒杯立即变成黑色,云云。问题是酒杯不是旁人而是堂堂对华友好的基辛格博士拿走的,考虑到既要坚持原则追回我们的镇(故)宫之宝,又要给鬼子朋友留下面子,维护反修反霸结成最广泛的统一战线这个大局。乃令一魔术师在告别宴会上施展绝技,声称他能把故宫的国宝九龙杯变到基辛格博士的公文包里,再隔着基博士的公文包把酒杯取出来。如此这般,九龙杯完璧归赵,国威大扬,美国人五体投地,稀屎拉到了裤子里。又说亲王到江南钓鱼,事先把大量鱼儿放入鱼池,饿上五天,到时候争着咬钩,钓鱼比在鱼池捞鱼还要方便。如此这般,钱文听得如醉如痴,只觉一肚子酸甜苦辣咸,惊喜疑晕菜,不知今夕何夕,不知怎样反应才好。

  在边疆钱文也极喜引吭高歌,他学着温柔激切并略带娘娘腔的男高音唱"灿烂的朝霞,升起在伟大的北京",唱少数民族歌曲"伟大的北京我们为你歌唱,你是各族人民的心脏",唱"雄伟的天安门壮丽的广场"。也学着纯朴甘甜的才旦卓玛唱"北京有个金太阳金太阳",学着托儿所的孩子们唱"我爱北京天安门天安门上太阳升,伟大领袖毛主席领导我们向前进"……唱得他也是越发觉得北京伟大、崇高、遥远、激动人心、令人沉醉、如诗如梦、如歌如画、可望可唱可思而不可即。

  现在呢,历时十二年,钱文又回北京啦。

  在回北京的火车上,钱文百感交集。十多年前,他举家远行的时候还有那么多豪情壮志,还希望通过自己的破釜沉舟能够有所作为。转眼,十二年莫名其妙地度过了,他与东菊都已年逾四十。这十二年正是他们的最好年华。放眼四周,茫茫一片,国家更加混乱,运动更其没了底,个人更看不到前景,是非完全摸不透。这十二年,他钱文究竟算是干了什么?国家究竟发生了什么?大家究竟干了什么?人生还能有几个三十岁到四十多岁的十二年?

想起来他真可以说是欲哭无泪。

然而他仍然改变不了自己的无可救药的乐观。他来到了边疆,他大大扩大了自己的视野。他走过了世界第一的蔚蓝的高山咸水湖泊,那湖泊里的片片白云的倒影比棉花还洁白。他走过了长满骆驼刺和芨芨草的沙漠,夏日旋风大作,黑沙被风卷起,变成了矗立在天地间的一个个笔直的沙柱烟柱,威严雄强,如魔如幻。他在雪山雪谷中走过一整天,空气稀薄,白雪皑皑,山坡上长着密密麻麻的原始枞树林。他去林场搬运过木材,住在原木钉成的伐木人的房子里,与雄鹰为伍,饮雪水而食麋鹿,燃篝火以避狼豕。他在麦场上扬过场,金色的麦粒如瀑布般垂落有致,他已经会分辨陕西 134、乌克兰 84、无芒 4 号冬麦与红星 5 号春麦。他曾经睡在大渠侧的荆蒿丛中,数天上的鲜亮欲滴的星斗。他在严冬住过地窝子修大渠,和农民们一起挖土方,大会战,一起学习《愚公移山》。他赶过牛车,马车,也曾骑上马在牧区徜徉,一走就是四五天,穿山越岭,跨河过谷,拥抱着大西北的草原。他饮过冰凉的坎儿井水。他在瓜地吃过举世无双的哈密瓜。他尽情地爱恋了亲热了自己祖国的千山万水边疆的千山万水,他体会到了大自然的强壮和阔大无边。这些都是死守在北京死守着大城市的户口的人所不可想象的。他想起了一则寓言,说是为了惩罚一条鱼,法官决定把它抛到水里。他只能感谢毛主席,是他老人家的政策,哪怕这政策中包含着专横,更是他老人家的思想,哪怕这思想里包含着虚幻,使生活在六十年代的钱文获得了这样的机会,这样的空前绝后的可能。经风雨,见世面,行万里难行之路,读从来未读之书,经过去与今后难经之事,长了智慧,长了经验,好好坏坏开尽了眼,千金难换,千年难得,他是多么幸福!

许多事情都不可以做了,但是钱文仍然能够学习,能够按照毛主席的教导做到与当地人民打成一片。他疯了一样地学习少数民族语言,半年后开始在各种场合开口,包括用这种语言在会议上发言。一年后他已经开始拿着大厚本的民族语言书籍阅读。他跟着收音机里的广播学发音,他跟着小孩纠正自己的发音错误,他一连多少天不讲汉语。"文革"开始以来,他背诵了全部少数民族语言语录,接着背诵下了"老三篇"。他找到了大量该语种的旧书,其中不少是在苏联中亚的一些加盟共和国出版的。他结合着语言学习当地的文化、艺术、宗教、民俗、工艺,连表情都愈来愈本地化和民族化了。此后许多年中他与外国朋友交谈的时候,他戏称自己是在边疆读了比较语言学的"博士后"——大学预科二年,本科四年,硕士研究生三年,博士研究生三年,博士后又读了四年,便是他在边疆生活的年头总数。他做到了成为各民族农民兄弟的朋友,他可以任意推开一扇门便进去与农民们交流。他当之无愧地是民族团结的典范。他学会了唱那么多民族歌曲。虽然歌曲的内容也都是"人民公社好""毛泽东思想闪金光"之类,但是加上了民族特点民族旋律民族形式,他就感受到了新意,感受到了激情,感受到了一个粗犷和痛苦的灵魂。他甚至半开玩笑地说自己已经变成了"胡人"了。他至少是试验了再创造一个更大气,更实在,更坚强也更开阔的钱文的可能性、换一个活法的可能性。

尤其令他高兴的是他新结交了一些朋友。边远地方的人怎么说也还是好结交一些。除了农民,他还与许多少数民族知识分子成了莫逆,他们的命运同样是令人哭笑不得:这个挂着,那个押着,这个等待结论,那个帽子拿在群众手里,这个扣了工资,那个停了公职。他想起了毛主席写给日本朋友的鲁迅的诗句:"万家墨面没蒿莱,敢有歌吟动地哀。"然而没有心事,没有惊雷,他们一起喝着酒,一起研究毛主席诗词的少数民族语言翻译和出版问题,一起吸着莫合烟与阿尔巴尼亚香烟。他们知道他们唯一能够做的就是耐心等待。

有一个最好的朋友,汉族人都叫他老夫子,少数民族人士叫他"代尔维希",意为游方大士。妙的是此公竟是红色新政权革委会的工作人员,在把原来的文化文艺机构彻底砸烂以后,这位游方大士跟随着一批内地五七干校的优秀毕业生前来接管权力。他的样子与众不同,高大的身材,驼背,黑框眼镜,被纸烟熏黑了的牙齿和手指,和善的面孔,肋胀的服装,系错了的扣子,给人的感觉绝对不是红色政权的战士而是标准的现代孔乙己。

游方大士学问极好,他给钱文讲了许多语言学古典文学和历史学方面的知识。所有翻译上的难题,到了他那里就迎刃而解。连当地的民族知识分子也对他佩服得五体投地。他身体也很特别,大冬天零下三四十度,他常常是敞着棉衣的前襟光头走在大街上,别人早就戴上了貂皮狐皮至少也是栽绒的"三片瓦"帽子。他又嗜酒,喝多了便从酒席上走开,走到院落里一阵呕吐,吐干净了回去继续喝。顺便说,不论什么酒瓶子,他都不用工具,牙齿一咬,瓶盖子就起下来了。

老夫子不大讲卫生,为此他常受妻子的责骂直到体罚。最妙的是有一次,老夫子的妻儿去内地探亲,老夫子诗兴大发,独自要写歌颂边疆风光的诗。妻子从内地归来,见他把房间糟蹋得如同垃圾堆和厕所——不是夸张,冬天烧火墙,先弄一些烟煤块放到外屋,老夫子天一黑干脆在煤块上撒尿——登时揪住他的耳朵跳起来骂。第二天钱文见到夫子的耳朵烂兮兮的涂着红药水,贴着橡皮膏,知道他又受到了老婆的惩罚,便向其慰问。老夫子不但不发牢骚,反说老婆昨天一闹,他得到了灵感。他说他看到了老婆揪着他耳朵跳骂的情景,立即想起了一个熟语:莺歌燕舞,他说他的老婆的表演美丽动人极了。他说他的诗就是在莺歌燕舞的欢乐中结束的。

想起这些来,钱文便觉得走一趟边疆就是好,就是好,成绩是最大最大,损失是最小最小,他不但说话想事摆脱不开"毛文体",甚至也摆脱不开"林彪文体"了。十年生聚,十年教训,正是在边疆,他变成了个真正的成人。他经过了如饥似渴如火如荼地追求革命的少年时期;他经过了红旗飘飘凯歌阵阵地覆天翻百废俱兴的五十年代;他经过了当头棒喝,天崩地裂,洋相百出,丑态毕露的突然转折;他经过了拼命盲目疯狂改造只求一线生机的挣扎期,冷水浇头——不肯死心——再砸下来——再徒劳地争取自己命运的转机的无数循环;他经历了破釜沉舟,奋力一击的举家远行;他经历了大时代的恐惧,紧张,闲散,困惑;他经历了希望,失望,渴望,绝望,盼望,无望,绝望之为虚枉正与希望相同;他经过了各种胡思乱想,胡言乱语,自嘲自贬,佯狂佯喜,疯疯傻傻,哭哭笑笑。他置之死地而后生,置之生地而后死,不知道已经历炼了多少轮回。在一九七五年坐火车回京的时候,他已经平静多了,他开始体会到了什么叫"挫其锐,解其纷,和其光,同其尘"。那多情的和幼稚的,咋呼的和可怜的青少年时代!他知道了激情的宝贵更知道了激情的不足恃,他知道了自己应该努力做也相信自己能够做一些事,他更知道自己有许多事做不成,做不成了他也尽了力,而且他是这"做不成"的可贵的历史见证。一个作家,一个诗人,未必是最好的实行家,但至少应该做无愧于历史的见证者。他知道了理想通向现实绝非阳关大道,更知道理想一旦实现立即开始走形,他知道事物绝不单纯,判断殊非易事,自以为是与轻信大言同样是白痴遗风。他开始质疑和摒弃滔滔雄辩与煽情火爆,他明白愈是说得太好太精彩太漂亮太伟大的话,愈是与现实拉开了距离。他再不能轻举妄动,枉费心机;不能急躁尥蹶儿,悲观失望;不能不甘寂寞,钻营出丑;不能颓废堕落,自我毁灭;不能饱食终日,无所用心。他要做到不发狂,不傻帽儿,不乞求,不躺倒。愈是在逆境,愈是要耐心,要点点滴滴,长期积累;要努力学习,读书深思,贯通明理,充实自身;要锻炼身心,准备未来;要好好生活,好好体验,享受生命,无忧无惧;要接触实际,亲近人民,力所能及,多做好事,不做坏事,努力阅读和理解社会人生生活这部大书;要诚实友善,广交朋友;要有所不为,洁身自好;要开拓自己的生活与精神空间,野象八窟,悠游自在;要有原则也要懂得妥协,懂得静观其变,不往枪口上撞,也不往人堆里、宅门里钻,尽人事,听"天命",不虚度光阴也不给自己提出根本达不到的目标。心安理得,持久韧性,管好自身,苦中作乐,难中求存,于不正常中求正常,于扭曲中求人性的复归,于荒漠和疯狂中寻求知识与安身立命的真学问。正如南斯拉夫影片《瓦尔特保卫萨拉热窝》里的主人公所说:"谁活着谁就看得见!"

这样想着到了郑州,到了郑州感觉就完全不一样了。到了石家庄就好像到了家一样。钱文到达北京是回家似的感受,是回家而不是朝圣。对于一个并不需要趋奉追逐表演的人来说,家园就是圣地,圣地就是家园。他只觉得处处令人惊喜。公共汽车上的京腔,四分七分九分一毛——毛三一毛五的计票价标准,夜晚骑自行车的凉爽,九分钱一杯的散装啤酒,槐树的巨大树冠和剪得整整齐齐的柏树与松树墙,放暑假时盛开着粉红色绒花的绒花树——说是那就是苏联小说中的"金合欢",早点中的油饼、豆浆、炸糕、蜜麻花和无肝的炒肝,一切都给他一种别来无恙的亲切,一种依然故我的熟悉,一种贴心挨肚的友善,一种终将平静下来的抚摸。虽然那不过是一九七五年,虽然无产阶级文化大革命据说还在如火如荼地进行,而"全党全国"的路线斗争阶级斗争据说还激烈得很红火得很——而且北京正是这一切的一切包括世界革命的中心。

钱文这次回京是空前的平静,他一下子似乎歇下来了。北京人还是热衷于政治,他听到各种对江青不利的传言,感到痛快和共鸣。他深信江青的日子已经不会太长,此后的日子起码不大可能更坏。但远在边疆的他听首都的人说这些也感到了很大的距离,如听山海经。他的兴趣是游玩(那个年代还不时兴旅游一词)、买东西(那时也还不兴说购物)和吃。

他和东菊去颐和园,早五点即起,五点半出发,六点十五到达了动物园,排队等 32 路汽车,六点四十上了车,七点二十就到了。一人两毛钱,买好了门票,一进门就闻到了那么新鲜的空气。他们在谐趣园里一坐就是两个小时,这久违了的精致和奇巧,幽雅与温柔。

他们吃了一包香草饼干,两毛二;两根冰棍——钱文吃的是奶油的,东菊吃的是小豆的,每根一毛;喝了两瓶一毛五一瓶的北冰洋牌汽水。质量都好。喝汽水的时候他们发出幸福的喘息声,这使钱文回忆起苏联小说家费定的《城与年》,他描写男主人公基利尔与女主人公丽莎维塔一起在乌克兰集市上喝冰马奶的场面,然而他们的爱情没有成功。在一个世界被撕成两半的时代,没有什么能够完整地保存下来。有情人皆成眷属,没有那么容易! 到了共产主义也未必能够消除所有的失恋、离婚、误解、迷失和与真正的心上人失之交臂。所以钱文和东菊就应该算是世界上最幸福的人啦。踏遍青山人未老,汽水仍然很好。他们喝完了汽水立即打起嗝儿,把在边疆吃的羊肉味儿都打出来了。他们回到北京才发现,连他们出的汗尿的尿都带着羊肉的膻味儿。

他们吃冰棍的时候拼命吮吸,北京话叫做嗍噜或者缩捋,咂得嘴巴舌头叭叭作响,像是一连多少年没有吃过冰棍似的。就连饼干他们也咀嚼得清脆悦耳。北京北京是伟大的北京我们为你歌唱呀,北京的汽水、冰棍、饼干,与边疆的同类物品是无法比较的呀。几年来由于供应的困难,卖一回饼干也会招引一些人去排队,一买就是三公斤五公斤,东菊有一次买饼干心切,买多了,结果饼干发了霉,而北京到处都有饼干。什么是天堂,北京就是天堂嘛,北京有个金太阳,金太阳嘛!北京的这些天之骄子们啊,你们还是身在福中不知福吗? 怎么会这么乐? 他们发现,绕了一大圈,费了很多事,找了很多麻烦,谐趣园仍然是谐趣园——一个北方皇家园林中的仿苏州园林建筑,一个老百姓喜欢歇息的地方,这里还是更适合一面看荷花荷叶小蠓虫一面吃冰棍喝汽水与吃饼干。巨大未必总是能够取代渺小,雄奇未必总是能够取代温柔,战斗并不一定能够取消爱恋,奇志并不一定排除舒适。他们发现,人生能够常到谐趣园这样的地方来玩绕池绕荷绕桥观赏楹联并且有奶油小豆冰棍吃确实算得上是幸福,算得上是芝麻开花民主自由遵纪守法平安快乐。天下本无事,庸人自扰之。而且人生的快乐非常多,坐火车经过冰达坂也是幸福,吃烧羊腿喝薯干做的散白酒也是幸福,在苹果园里又吃又喝又哭又笑又唱也是幸福,甚至打入另册而每天都能回家,能吃肉甚至能回北京这也是幸福民主自由快乐恩情浩荡心情舒畅从胜利走向胜利呀。

他们去逛了王府井百货大楼,五十年代百货大楼建成的时候他们曾经怎样地庆祝过,自豪过,幸福过!那时候他们以为,这样的百货公司除了北京只有莫斯科才有。绕了一圈再来到百货大楼又是何等的熨帖!虽然大楼已不显大,而楼宇也年久失修,一身灰土。不管怎样,这里仍然是全国最好的百货大楼。据说尼克松偕夫人曾经在这里购物,那个晚上百货大楼的货架子上放满了琳琅满目的商品,尼克松走后商品才陆续收起来,以备细水长流地供应市民。钱文在这尼克松购物的地方买了一双塑料凉鞋,一块八毛四分。东菊为邻居买了一批花头巾,花了二十多块钱。东菊又买了几盒蛤蜊油,每盒六分——边疆冬季风大,这种物美价廉的护肤品是最实用的。钱文买了许多的确凉衬衫,这年头儿穿的确凉也是时髦先进有路子不一般的表征呀。他们在食品部发现了红烧猪肉罐头,每听六毛四分,真是令人狂喜,钱文决定一气买二十听,自己吃不了可以送朋友。售货员姑娘白了他一眼,略带教训意味地说:"一人就卖一罐。"钱文于是明白,售货员的那一眼是判断他究竟是不是盲目流入城市(简称盲流)的外地人。他羞愧莫名,深感自己错了,错误错误,正未有穷期。从年轻时候就是这样,只要自己一高兴,准得犯错误。毛主席教育得好,尾巴只能夹着。他何年何月,才能做到见红烧肉而不喜,戴牛鬼蛇神帽子而不惊呢?看来改造思想也是一代又一代的事业啦。他从这件事中也发现了自己的落后与"老土"。但他毕竟厚颜买到了两听红烧猪肉罐头,既然做得到见红烧肉而不敢喜,又岂可受售货员教育而不惭愧焉？而且,后来售货员姑娘居然还善意地向他介绍:"四鲜烤麸罐头也不错,一个人最多可以买三罐。"这大概是由于他虽然打入另册远居玉门关外,毕竟还保持着地道的北京口音,故而受到售货员的青睐的缘故吧。这样,乌拉,他们又买了六听四鲜烤麸——截至那时,他们还弄不清楚烤麸到底是什么东西。他们问了姑娘一回,恍恍惚惚觉得烤麸也有蛋白质。钱文开始埋怨不该不带儿子来,如果儿子来到,可以多买一听红烧猪肉和三听四鲜烤麸。好事总成双,他们又发现了午餐肉,为什么叫午餐肉,晚餐吃行不行,他们不知道,反正是肉就行。售货员说最近两年午餐肉成为最受欢迎的罐头食品。就在这个时候东菊发现了更新的大陆,她指着一样东西叫钱文看,钱文不知道那是什么。原来,她发现的是酒药,是做醪糟用的酵母。东菊想多买,因为边疆没有这玩意儿,但也有限制,一人两包,每包含酒药二十四块,可以做十二回。他们都佩服得五体投地,明白了什么叫无微不至的关怀:可不是么,中国人口那么多,不限制,一人多买十包,十亿人就得买一百亿包,你让工人怎么生产去嘛。现在呢,公平合理,有药大家用,有肉大家吃,谁也别撑着,谁也别太饿了。真好啊,多么好!

　　他们在百货大楼的乐器部研究了老半天。现在社会上不注意读书,不论学习成绩如何难逃一个下乡再教育。相反,如果体育上艺术上有特殊本领,倒可能被什么体育工作队、文工团之类招工招去,起码可以在城市有个工作。这样,"小四门"(体育、音乐、美术、劳作)比数理化还有用。儿子看起来不像体育上能有多少发展,也不像能跳舞或者绘画的样子,于是瞎猫碰死耗子,钱文和东菊研究培养儿子学器乐的可能性。这两人都不懂器乐,但毕竟钱文能辗转找到器乐演奏家教儿子。那么让儿子学什么呢？犹豫再三买了一把小提琴,又加买了一把二胡,居然还买了长短不一的两只笛子,似乎钱文的家是一个器乐之家。

　　他们进了一回电影院,看了阿尔巴尼亚影片《第八个是铜像》,

居然是倒叙的结构,而且主人公是一个从落后到转变的人物,看来海内存知己,天涯若比邻的阿尔巴尼亚的文艺也比咱们宽泛得多呀。这玩意儿在中国是不行的,现在规定的是一切作品的主人公必须是高大完美的英雄。看来,恩维尔·霍查同志和穆罕默德·谢胡同志实行的文艺政策可够呛哪!他们在文艺上是不是也有修正主义呢?这部片子只把钱文东菊和儿子三个人看得如醉如痴。

他们看了朝鲜影片《卖花姑娘》。一个《卖花姑娘》,已经使他们叹为观止,他们全家在影院里哭了个够。同时钱文也明白,这样的片子没有树立顶天立地高大完美的英雄形象,没有突出劳动人民的反抗和斗争,相反大搞人性人情人道"三人主义",拿到我国,也摆脱不掉挨批判的命运。

他在早点铺里排过几次队。我们的人民真是了不起,为买几根油条半锅豆浆排起了几丈长的队,你排我排大家排,何等的纪律严明,井然有序,令人羡慕!而卖油条的更是了不起,没等你报完要买的东西,他就把你想要的全部交到你手里了,然后一边报着数一边算账,一边算账一边收款,一边收款一边找零儿,硬是不等你反应过来就轮到了下一个。排队的速度与走步一样快,中国人的原始智商与效率举世无双。钱文没准备好零钱就轮到他了。他报了油条和豆浆,他突然发现了炸糕,他怔在了那里,那不就是黄米面豆沙馅油炸糕吗?他梦里吃过许多次,不等咽下去就醒过来的,那勾魂夺魄的宝贝东西不就是这个样子的么?他一高兴买了六块炸糕。想到我钱文今生在北京又吃上了油炸糕,他怀疑自己这样爱吃炸糕内中是不是含有反攻倒算的反动激情,他怎么想起电影《红色娘子军》里的南霸天来了呢?南霸天跟着还乡团回到家乡后得意洋洋地向人民反攻倒算,他说:"想不到吧,我又回来了!"反正他吃得泪汗口水淋漓交加,感天动地,死去活来。

他还去了天安门中山公园西单商场。他在蒜市口发现了一家卖豆汁的,在东华门发现了一家卖灌肠的。在天桥发现了一家卖爱窝窝和驴打滚的。他吃得掉下了热泪。童年已逝,豆汁依稀,驴也打滚,人也折腾,窝窝谁不爱,四海可为家。却原来天崩地裂,血流成河,人仰马翻了一个回合又一个回合以后,人照旧是吃喝拉撒睡,豆汁炸糕之属仍然如故,只不过更加惨淡而已。小时候吃豆汁是在摊贩那边,酸溜溜的又臭又香的豆汁和炸得焦焦的套环以及切得细如头发的辣与不辣的两盘咸菜丝。那时吃起来是多么兴奋,多么销魂!驴打滚也不是随便就能吃上的,你要向大人哀求,你要思想斗争良久,吃还是不吃?吃了驴打滚也许就得放弃许多其他的好东西。这样驴打滚到得口里就像是仙肴神馔一样。而现在呢,一切的一切都黯淡了,偷工减料了,马虎从事了,唉!吃到了童年的口味,他更怅惘于自己的年齿老大。转眼,四十好几了,半生潦倒,一事无成,何颜面对家乡父老做的豆汁驴打滚,爱窝窝油炸糕?

逛天坛公园的时候他更是热泪盈眶,站在祈年殿里他不知道自己是在祷告着什么,反正他为自己的国家的古老、贫穷、艰难、激烈、混乱、奋斗而不得法不知不觉地掉下泪来,也为他自己的左冲右突硬是看不到前途而一筹莫展。

莫非人生本来也就是如此,所有的希望都会变成失望,所有的梦境都会在清晨消散,所有的亲人都有一日离你远去,所有的伟人都会遭到小丑们的攻击,所有的悲伤又都变成了一种日常生活的调料,所有的善心都会显得幼稚,所有的牢骚都会引人厌烦和十足无聊,所有的激情都会不知所终,所有的旗帜都有起有落有高有低终于褪色,所有的真诚都愈来愈含蓄,所有的记忆都渐渐可疑,所有的愤激都被证明是自身的神经衰弱。而所有的人,一代又一代,总是经受着烈火的煎熬,自欺欺人的引导,左右为难的选择,头破血流的碰壁,达到最终的辩证的澄明、和解、平静、自得其乐,你的并未停息的奋斗也逐渐变得从容,于是埋下你骄傲高贵的头颅。

本来还想去北海公园,那是他们最常去的地方,是他和东菊恋爱的见证。他多么想到那里去回忆去重温去品味去悼念那过往的激越和光明！然而没去成,北海不开放,说是在装修,说是以后不对外开放了,改成中央领导们散步的地方了。他微觉怅然,更觉青春旧事北海都在离他远去。北海后门的沙沙作响的杨树林,进水闸门的哗哗作响的流水,漪澜堂前鱼儿从太液池里跳出的泼剌声和夏天的垂柳荷花,都已经不再与北京的平民有关了……原来怀旧就是永别,重访就是埋葬。雕栏玉砌应犹在,只是朱颜改,不仅亡国之君的后主才有这样的体会。旧地重游就是从此罢手,依依不舍就是早晚也得舍个干干净净——大千世界本来就不是永远属于你,也许从来没有属于你,所以本没有什么怀念重温留恋难舍的原由。北京也在离开他,本来压根儿,你怎么就注定了该在北京生活？你正在变成"胡人"！你生下来的时候脑门子上写着北京人了吗？人民本来就应该到时候换换防,北京的上海的到时候都应该赶到边远荒漠地区去,而山里的沙漠里的农民牧民到时候就是该到北京来坐一坐,享享福主主事。他完全想得通,似乎早有思想准备,连最不可思议的事都叫他碰上了,世界上还能有什么事儿让他惊奇呢？十几年来,出了什么事他都觉得应该至少是早已可能,觉得也没有什么不自然的不自在的。别了,北海公园。你说中国那么大,十亿人都到北京来逛公园那怎么了得,反正过去能到北京逛北海公园的也是十亿中国人中的少数,叫做一小撮,那就干脆把北海留给首长们好了,像江青同志那样,她要不代表劳动人民去北海公园散步,你想让谁去那边散步呢？

他也想到在边疆草原上的见闻,一批五十年代毕业的兽医和牧业专家,他们辛辛苦苦地活说死说,只图个把家从牧区迁到农业区,为的是孩子能够就近上个中学。生活在农业区的人呢,奋斗了几十年只图能调到小小的县城。他钱文已经是天之骄子了,他还有什么可怨天尤人,老觉得别人欠了自己五十吊钱的？

到北京以前他和孩子和东菊一起计划,到了北京我们上哪儿去？那时东菊就令人垂涎地提出了烤鸭店这个目标。使他们不辞劳苦坐硬座车一连坐八十几个小时的动力里,就包括了吃烤鸭这个项目。

在北海公园不再能够进入,豆汁炸糕不过如此之后,吃烤鸭变成了最佳梦想最高目的最伟大的举措了。

吃一次烤鸭也算得上一件大事。钱文在北京生活了近三十年,统共吃过一次烤鸭,那是在东安市场的森隆餐馆,这个餐馆兼营中西餐又卖烤鸭,很特别。钱文是直到告别北京的时候才下了决心来森隆吃烤鸭的。他与东菊点了半只鸭子,由于是首次,还颇有些激动,蘸酱擫葱卷饼的动作有点手忙脚乱。而由于激动和手忙脚乱吃了却没怎么尝出滋味来。吃完烤鸭,他只是感觉到自己又成长了一步,又提升了一步,他已经是一个有一定收入有一定社会地位有相当自主能力并且享有相当的(令人骄傲而且满足的)民主权利的成人——公民了。他的青春年华已经离他而去。当了革命家也罢,当了布尔什维克也罢,当了著名诗人也罢,当了地、富、反、坏、右也罢,或者什么也没当也罢,最后都要成为一个有责任有主意有谋略有心机并且会有兴趣有能力有勇气吃烤鸭的五尺高的汉子的。

吃烤鸭在那个年代是一个标志,是一个坎儿。一九六三年冬季,他跨过了一个坎儿。

"文革"以来吃烤鸭并不简单,提前半个多小时就要去排队,座儿少人多,吃饭时间又太集中,都在十一点五十到十二点半来吃午餐,又都在五点半到六点半来吃晚餐,这怎么得了?而中午一过一点半,晚上一过七点半,工人阶级立即下班了,你还吃什么?为吃烤鸭,钱文一家三口就排了两次队,头一天是近六点到的烤鸭店,那个队已经长得吓人,而人排队等鸭是相当残酷的。已经许多年没有吃过烤鸭了,已经很久很久肚子里缺少油水了,已经饥肠辘辘,馋涎欲滴了,已经到了烤鸭店的门口,已经进入第一道风门了,更重要的是已经闻到了丰满温厚圆润肥嫩香气袭人的烤鸭味道了,然而你需要排队等待,而且,你没有把握一定能等得着。你还是心存侥幸排在了那里,你急躁地看着前面的人,这可与清晨去打豆浆不一样,那个队伍是刷刷刷地向前行进,这个队伍则钉在了地面上一般,十分钟不动一动。

他开始与东菊讨论还要不要再排下去的问题。

排是一定要排的,他来以前已经听亲友说了,说是吃烤鸭的队其实比看牙齿的队排起来方便得多。钱文已经在北京看了一次牙齿,他是清晨四点钟开始在口腔医院挂号室前排起队来的,那时天色微明,给人以黎明即起,闻鸡起舞的朝气。那时已经有十几个人排在了那里,他们互相看一看,脸上显出欣慰的微笑。他们的脸上有一种幸福感,强壮感,坚毅感和成就感。没有这四感的人是战胜不了睡懒觉的诱惑的。而牙被钻洗磨补以后,那四感更加洋溢,还要加上一种健康感。

可这次在烤鸭店前的排队却使钱文感到委屈。看病,磨牙钻牙补牙拔牙,本来就是麻烦的事,是崇高正义的事,本来就不轻松不舒适不是享受。为了拔牙人们不惜流血牺牲,不惜打麻药针,不惜疼得发昏,何况排队乎?为了治病而受一点苦费一点事大概是应当的吧。而吃烤鸭呢,这是享受呀,这是奢侈呀,这是花钱找乐儿呀,这是"资产阶级"生活方式呀,怎么却要苦成这个样子!

坚持下去还是转移阵地?三个人三种不同的意见。儿子说咱们走吧。钱文说再等十分钟看看,如果十分钟后队伍还是这样长,咱们就走。东菊说,按说在这里排队太不值了,但是如果就这么饿着肚子离开就更不值。从家里出来,坐汽车,倒车,走路,找地儿,排队,咱们已经花了一个多小时,也花了好几毛钱了,如果空腹而返,岂不是完全的浪费?然而他们的争论并没有继续下去,因为从店内走出来一个服务员,她倒是吃得胖胖的,想来她吃烤鸭毋须排队,至少,她有机会每顿饭喝鸭汤。她向队伍吆喝道:"后边的别排啦别排啦,后边的排不上了,您不看看表,都几点了?"她的潜台词似乎是:"你们怎么这么不自觉呢?"

钱文听了她的批评拔腿就走,东菊却提出一个疑问:"你看,谁也没动窝儿嘛。"

是的,服务员要排队的人离开,排队的人置若罔闻。这是怎么一回事呢？其可能性为：一，服务员说的是放屁，是骗人，是为了驱逐顾客减少自己的劳务而制造夸大其词的谎言谣言。或者二，排队的顾客们是聋子，是麻木不仁，是馋疯啦，是故意与属于国营社会主义企业的北京大烤鸭店过不去，是莫问收获但问耕耘，是为排队而排队，如徐志摩、戴望舒之为艺术而艺术。三，烤鸭店是实行人道主义政策的，尽快地动员排队的顾客放弃吃烤鸭的念头，彼此两便。但如果你就是决心悲壮地坚持等下去，不惜代价地等下去，以等待拔牙的决心等下去，那么烤鸭店会在最后一分钟宣布放宽政策，赐给苦苦地等待的人以吃鸭的宠幸，那么坚持不计代价地等下去的人有福了，像死刑犯在绞刑架下突然得到元首的大赦一样，他们也会在被驱逐五次或者十次以后突然听到宣布——请入席，香喷喷的鸭子就在这里！

所有这些分析都合乎逻辑但又都太离奇。那么，四，人们没有把握他们听了服务员的话离去后会是怎么样。也没有把握不听服务员的话硬是不离去会是怎么样，人们对一切都不相信，所以对一切都可能相信——即他们相信一切都可能发生。他们对一切都怀疑，故而对一切都不一定怀疑，因为包括怀疑本身也是可疑的。人们常常吃不到自己想吃的东西，所以也就是常常在吃的经历中得到意外的惊喜。这样，不排队就是排队，吃就是不吃，离开就是不离开，听服务员的话就是置之不理。

最后，也是最实际的，不排队他们又去干什么去？干别的一定比排未必吃得上的烤鸭队更有效果或者更有意义吗？

这些思度大概只用了一分多钟，忽然，钱文火了，他喝道："我不吃了！"拔腿就走。

钱文突然感到了受辱，突然感到被称为"后边的"乃是奇耻大辱，被胖姑娘连连呵斥与驱逐乃是奇耻大辱。与为吃烤鸭而受这样的侮辱相较，钱文宁愿回到权家店山区一天喝两顿玉米糁子粥。他大步离开了烤鸭店，他也根本不考虑东菊的任何其他建议，而是变颜变色地径直往（东菊的母亲）家走。

钱文的突然强硬使东菊与孩子不满,东菊一个晚上再不理钱文,第二天也不回答钱文的任何说话。钱文呢,强硬完了却强硬不下去了,因为他完全没有想到自己还有强硬的一面,他自己对自己的反应没有思想准备也不好理解自然也就无法坚持下去。他不是已经一切淡然处之,漠然处之,超然处之了么?他不是什么都看开了么?他不是已经不屈不挠地接受了别人不可能接受的许多许多了么?那他突然又火什么呢?

他的火,甚至东菊都不理解!

是的,他没有理由火,他没有权利火,他也没有材料去火。吃烤鸭本来就是扯淡的事儿,你有什么资格吃烤鸭?对人对己,他都回答不出来。不要说解放以前,罪恶的国民党统治时期,就是解放以后,形势大好的那几年,全中国全北京,有几许人占百分之几的人吃烤鸭?人人吃起烤鸭来,这不是要吃垮革命传统吃垮社会主义吃垮艰苦奋斗的作风又是干什么?猖狂呀,翻身解放当家做主,你他妈妈的竟然人人吃起烤鸭来了,周总理请尼克松在那里吃是必须的,那是革命外交工作的需要。再说烤鸭店是一个国营商店,是一个有书记有经理有党支部团支部保卫科政工科的单位,就是说那是组织,而你是个人。服务员是代表一个商业单位一个无产阶级专政的细胞来说话的,在烤鸭店做烤鸭同样要突出政治突出毛泽东思想挂帅,而一挂帅他钱文也就没有了一点脾气。你发脾气吗?不,不,不,绝对不!烤鸭店的人包括那个轰他们走的留短发肿眼泡的服务员是劳动者,也许是红卫兵无产阶级革命造反派始终站在毛主席这一边,而你只是一个享受者消费者,更不要说你自己的政治问题历史问题了。而社会主义的最大魅力在于为劳动者说话,把劳动者抬到了崇高的地位。那些辛辛苦苦养鸭运鸭洗鸭拔鸭毛烤鸭切鸭送鸭的阶级兄弟阶级姊妹,他们她们又能有几次机会端端正正坐在桌旁痛痛快快吃一餐烤鸭呢?他们吃过咸鸭蛋松花蛋吗?吃烤鸭的人考虑没有考虑过为他们提供吃一次烤鸭?你们换一换嘛,毛主席的说法叫做把颠倒过来的再颠倒过去嘛。你钱文去烤去切去填去养一回鸭子嘛,或者干脆把你挂在炉里烤烤试试!你已经改造了十好几年了,你毕竟还没有养过鸭子啊,不养鸭子却自以为有权利吃烤鸭,糊涂呀,反动呀,你也太差劲啦。个人和组织,消费者与劳动者,一小撮与大多数,谁听谁的,还用说吗?

而且他粗野,他没有礼貌,他独断专行,不讲民主,他……更重要的是发火的结果是他没有吃上烤鸭,而且也没吃上别的什么好吃的,火气一旦过去,对于烤鸭的扯淡性欲望便再次百倍地凸现出来了。

于是他做开了检讨。检讨吧,遇事常思己过,闲谈莫论人非,批评与自我批评是社会主义的发展动力,苏联《共产党人》杂志的一期社论这样说。最后他取得了东菊的谅解,重新获得了排队吃鸭的动力。他们商定当天四点半就去排队,烤鸭吃不到,绝不罢休。

千辛万苦,世上哪有可以不付出代价的事情?他们吃上烤鸭了。吃上烤鸭后也就忘记了排队之苦了。他们的幸福感成就感更加洋溢。而看到那些来晚了排在后面,很可能吃不上的人,他们就更加得意洋洋,居高临下,甚至他们有点希望那些人排不上队了。如果今晚所有来排队的人都吃上了鸭子,那他们的早排队不就没有意义了吗?

就在他们吃上烤鸭以后,儿子用手指着对面说:"那个叔叔没有排队。"

东菊马上教育儿子不要随便用手指指人。女性大概总是这样的吧,她们首先考虑的往往是事物的形式方面。而钱文不由得回了一下头,他看见了,那个不排队而能大模大样地坐到一个临窗的桌旁的是祝正鸿。

他的本能反应是立即低下了头。然而祝正鸿已经看见了他,祝正鸿兴奋地旁若无人地走到这一边来与他们打招呼,然后招呼服务员把两张桌子并起来,他与束玫香愿意与钱家一起吃饭。

祝正鸿的到来使钱文一家的烤鸭宴规格立刻提升,服务员的态度发生了巨大变化,从代表组织代表劳动者来管理个人消费者变成下级工作人员向上级领导讨好和周到地伺候了。这使钱文深深感到烤鸭店毕竟是一个可爱的舒心的店。而且，祝正鸿的亲切态度使钱文受宠若惊，祝正鸿那真是好同志呀。他们要了一升价值三毛六分钱的冰镇啤酒。

付款的时候两家争了个一塌糊涂，还是东菊取得了胜利：东菊早有准备，占据了有利地形。之后祝正鸿诚心邀请，热烈邀请钱文一家到他家做客。

在祝正鸿家做客的经验也是十分愉快的，他们一上来不谈政治，不谈"文革"，不谈两个阶级两条路线两种制度的斗争也不谈反右。他们只谈吃谈健康和防病，谈孩子，谈边疆风光和北京的市政建设。仅仅为一个拌粉条，他们就研究了十分钟，细粉和宽粉，粉条和粉皮，绿豆粉、豌豆粉、土豆粉、白薯粉的成色和品质，泡、发和煮，黄瓜丝和鸡丝，熏豆腐干和海米，山西醋和镇江醋，辣椒油辣椒粉辣椒糊和炸辣椒，紫皮蒜白皮蒜大头蒜独头蒜和鲜蒜糖蒜……他们谈得滔滔不绝哈哈大笑。

在祝正鸿家吃饭的经验使钱文发现了一些人们的变化，这些变化定然与文化大革命有关，与祝正鸿这几年的经历有关，但是他不想多问。祝正鸿明显老多了，四十几岁年纪，看报要戴花镜，鬓角上出现了白发。他发胖了，气色也不太好，官气在若有若无之中。老友就是老友。钱文乘机问了问当年的革命同志们的近况。说是李意在五九年反右倾机会主义的时候受了一回批判，后来虽然平反了，但是李意死活再不愿意搞政治了，他去到一家中学教语文，连个小组长也绝对不干。别说，听说他这些年过得还算太平，有两个女儿，都长得很漂亮。他的妻子袁素华，因为得了一种皮肤方面的怪病，就在一九六六年"文革"开始爆发的时候办理了提前退休的手续，专心操持家务，抚养照顾女儿，李意所追求的幸福的小家庭还真实现了。但是李意的父母情况很惨，"文革"一开始就被斗了个不亦乐乎。他们家解放前帮助过地下党，而"文革"中由于对刘少奇和北京市委的批判，地下党的重要人物几乎都被打成叛徒之类,这样李意父母参与革命支持革命的事迹就被说成是别有用心的特务行径。三斗两斗,两人也就糊里糊涂地死了。周碧云是运动一开始就被闹轰了一大阵子,说是脖子上还被挂过破鞋,嘴巴被革命小将扇得肿得老高,牙齿被打掉了三个,游街高帽更不在话下了。但自从批判资产阶级反动路线之后,她就没事了,她现在仍然是像过去一样的积极,每年七一都痛哭流涕地作检讨,不但在单位积极参加运动斗私批修,拥军爱民,而且在家属院里搞向阳院,普及革命样板戏。说是挨打挨得最厉害的是凌函栋,原因不详,但是腿都打脱了臼。说是赵林在运动高潮期间一直在国外,他的情况没怎么听说。说到这里祝正鸿好像想起什么来,他告诉钱文说:"你还记得林娜娜吧?她的父亲在文化革命开始以后自杀了。"祝正鸿似乎苦笑了一下,然后用钱文听不大清楚的语调说:"闵秀梅,不好,她丈夫常打她……"

比较有趣的是祝正鸿向钱文讲了高来喜的故事。现在的卞迎春已经是全国知名的大人物了,高来喜在被打断了腿以后,向卞迎春求援,还真起了作用。"卞办"的批件一到,什么麻烦也没有了,公社出钱为高来喜治病养伤,还调他去了农业技术站。

钱文点点头。他说:"真想不到啊,在烤鸭店见到了你们。看到你们健康快乐,心广体胖,令人高兴。"同时他心里想,中国人这一点是很感人的,恋旧,叫做眷眷有故人意。

他们碰杯。

"我的事儿就不说了,"祝正鸿又是一番苦笑,"俗话说得好,谁难受谁知道。"

"平安就好。"钱文说。

"活到老,学到老,跟到老。反正学习毛泽东思想是一辈子的事情。咱们还差得远啊。"

祝正鸿突然说了几句"正确"的话,有点像后找补,钱文想。

与祝正鸿的见面鼓舞了钱文,他增添了勇气,觉得不妨借此次返京的机会会一会老相识。然而时间已经不够了,他们已经到了该离去的前夕了,他们忙于购买食品物品。钱文硬是抽时间去了一次犁原同志家,他们只谈了十五分钟话,犁原照旧是一副忙忙碌碌的样子,只是头上添了白发。说是他参加了一次向毛主席反映情况的重要活动(他自称非常重要)并且取得了胜利。江青放风批判影片《创业》,他们不服,在邓小平同志主持日常工作之时,他们的告状信送到了主席那里,主席作了"此片无大错"的英明批示。他现在奉命参加筹办改版的中央级文学月刊,他说,这两年恢复了几本文学刊物,大家都很慎重,刊物上都印有"试刊号"字样,后来毛主席有批示:"……不要怕嘛,把试字去掉。"犁原说:"除了毛主席,没有人敢讲这个话。毛主席是我们全国出版事业的总编辑,是中华人民共和国的总编辑。"犁原还说:"现在嘛,就是要大江东去,不要小桥流水,要金戈铁马,不要儿女情长,要叱咤风云,不要轻歌曼舞,要载歌载舞,不要悲悲切切,要巨笔如椽,不要精雕细刻……"

　　钱文想起,这个话早在六十年代他离京前就听张银波讲过了,他们一恢复工作,就又都讲同样的话了。钱文关切地问王模楷的故事,犁原小声说:"咱们这个人事制度!纯粹是阴差阳错,花田八错,李代桃僵,张冠李戴,乔太守乱点鸳鸯谱!六十年代有个叫王模楷的人——是不是故意冒名我就不知道了——写了一篇猛批黄秋耘的《杜子美还家》的文章,登在一家地方思想理论刊物上。不知道上边什么时候发现了它并且很欣赏,于是查这个王模楷,查到了咱们那个小说家头上。由于上边保密,不说为什么查、查什么,所以也就发现不了此王模楷不是彼王模楷,据说后来上边也未必知道两个王模楷的事,但是王模楷本人一再要求回外省继续改造,就让他走了。王模楷走以前来看过我一回,听说王模楷回去以后处境还是从此大有改善。你知道,我说的也是传闻,上边不会承认自己弄错了人的,地方上也就更不知道王模楷是什么背景,他们也不敢随便得罪了呀。唉!"

钱文看了犁原一眼,犁原表情挺认真。是的,老了,老多了,有点憔悴,眼睛上堆着眼屎,鼻孔里有稀薄的分泌物,嘴角上也沾着没吃净的食品,脑门子上有一个疤,那是挨打的纪念。然而犁原还是犁原,犁原不是张银波,只要有机会,他还要领导文学,他照样贯彻上级的精神,也照样不无牢骚和保留,他永远是了解情况,滔滔不绝。钱文临出门前,犁原说:"有冲动了,你也不妨写一点,写完,放在抽屉里好了。我们中国,抽屉文学不是太多了而是太少了,总不会老是这样的。"他最后一句话说得很轻很轻,也很亲切隐蔽。钱文甚至感到了一阵热乎,他的心怦怦跳了起来。他临别的时候与犁原紧紧握着手,半天舍不得松开。

火车离开北京站的时候,钱文感到欣慰,却又微觉怅然。北京火车站。现在还是北京,是崇文门,是北京体育馆路和龙潭公园,是跳伞塔,是长辛店和丰台。转眼北京已经属于回忆,属于已经结束的一段往事了。他是丰收的,因为火车行李架上堆着他们带的大包小包,饼干,蛋糕,十五件的确凉衬衫,二十条花头巾,炼好了的猪油和肉馅,松花蛋,咸鸭蛋,奶油糖,红烧猪肉与四鲜烤麸罐头,油茶面,可可粉,代乳粉……北京对于他们已经首先是买东西的地方了。

他在北京看到了许多新的锻炼身体保养身体的方法,敢情北京人的心思在这个上头,从早晨起来喝凉水到喝自己的第一泡尿,喝鸡血和甩手,倒着走路和拿大顶,却原来北京的人都愿意活着,都活得有来道去(趣)。却原来活命哲学是批不光批不干净的,活命的愿望并不是来自某一种特定的哲学呀。

他也听到一些政治方面的传言,太猖狂,太过分,太无法无天的人早晚会恶贯满盈,一个人的威信超过了其他一切,那么随着这个人的变化形势也会发生很大的变化。然而,不变化又怎么样呢?他能挑选吗?他能因为自以为是生非其时就和后人换一条命吗?他只能活下去,他只能挑选适合自己的养生之道练下去。就说是做历史的见证吧。见证,也是活人的事。

他还见到了一些已经相距遥遥的老熟人,听到了更多的故人的消息。死者长已已,生者渐漠漠——恻恻的结果也不过是漠漠罢了。故城还是故城,故家还是故家,故人还是故人,日子还是日子。经过了那么多伟大和疯狂,牺牲和奋斗,革命加拼命,自杀与他杀,歌曲与朗诵,大智与大勇……一切仍然是一切,只是房更旧,人更老,街更挤,队更长,需要登记到购货本上才能购买的货物品种更复杂。而我们也不年轻了,我们付出了什么,我们得到了什么,我们指望些什么呢?回忆起烤鸭店的美食与巧遇,还有几分温馨,而已。

许多年后,钱文已经年近古稀,他回忆起这次吃烤鸭的经历,发生了一个有趣的小小歧义。他清楚地记得,他的两次排队,先苦后甜,与祝正鸿巧遇是在新开张的和平门烤鸭店。但是一次和朋友们谈天,一位老北京说:不可能,和平门烤鸭店是八十年代才正式开始营业的,你一九七五年七八九三个月,怎么可能在那里吃鸭子呢?钱文大惊,便见人就问和平门烤鸭店的建成与投入运行时间。他先问祝正鸿:"咱们那一年吃烤鸭的时候巧遇,是在哪一家烤鸭店呢?"祝正鸿说:"在全聚德呀。"他说得倒轻巧。"是啊,然而是哪一家全聚德呢?前门?王府井?和平门?""和平门吧。""一位朋友告诉我,和平门烤鸭店是八十年代才正式营业的呀……""那就是前门吧,要不就是王府井……"他竟然这样无可无不可,使钱文彻底绝望。于是他问一个亲戚,亲戚怔怔忡忡,说:"不是早就有了吗?那儿压根儿就有一个烤鸭店呀!"

钱文听了简直大怒,他没有向祝正鸿发火却向自己的亲戚叫起来了:"那怎么可能,你想想现在的前三门大街是哪一年建成的?原来那边是顺城街嘛,哪里是现在的样子!"

亲戚没词儿了。

他问一位老外事干部,外事干部说:"文革那些年,我根本没有什么外事活动参加,等到去和平门烤鸭店请外宾吃饭,已经是八十年代的事了。"

钱文干脆去了一趟和平门全聚德烤鸭店。他倒是获得了许多关于烤鸭的知识。说是和平门烤鸭店始建于七十年代,是根据周总理的指示建立的。很可能是由于尼克松访华前后中国外交面临新的形势,周总理指示修了北京饭店东楼——当时首都的最高层建筑,国际俱乐部,友谊商店(只收外汇券,国人不可进入),还有就是这所餐馆。北京自己在烹调方面少有建树,过去北京的馆子卖的是鲁菜,鲁菜到了北京,发展得比较成功一项佳肴就是所谓北京烤鸭。而北京的烤鸭店分两个体系,一个是挂炉,一个是焖炉。其中日渐兴隆的属挂炉,挂炉的代表店是全聚德,而焖炉的代表店是便宜坊。全聚德总店原在前门大栅栏,分店在王府井,店面都不算大。新中国建立后我们的朋友遍天下,海内存知己,天涯若比邻,八方宾客云集北京,招待外宾们吃什么呢?总要有个北京的东西好在饭局上言说言说,于是水到渠成地北京烤鸭便成了北京代表菜。随着形势变化,总理渐渐觉察到前门与王府井的分店跟不上发展的需要,提出再修建一个大规模的烤鸭店。周总理日理万机,无微不至,事必躬亲,此即一例也。

和平门烤鸭店的有据可考的历史证明,此店的正式开业是一九七九年十月一日。

钱文不甘心承认自己记忆有误。他问,那么,非正式营业是自何年何月开始呢?他又问:"在没有以全聚德的老字号正式命名以前,会不会以别的招牌先营业过一段时间呢?"

这么一问,连和平门烤鸭店的公关工作人员也二乎了。

这是一件小事,与任何人或集团的利益、观点学术派别无关,与阶级斗争或意识形态的斗争无关,与科索沃战争与反腐肃贪无关,然而,也是人言人殊。

第 十 九 章

　　回到边疆,似乎还沉浸在在北京的日子里,那熨帖的感觉在他们身上滞留了很长时间。远离北京以后,再谈口腔医院和烤鸭店,谈8路公共汽车和103路无轨电车,谈驴打滚和零打的啤酒,就像谈故事谈梦境谈海市蜃楼的花絮一样动人,迷人,令人含泪而笑,令人感到了一种找到证明的清晰与踏实,以及一种可望而不可即的距离。地裂天崩而东单无恙,前门无恙,王府井无恙,昆明湖万寿山无恙,这似乎使钱文的心又回到了实处。是的,我们是北京的,不管在边疆连续待多少年,不管我们是多么真心热爱边疆,我们还是有那么多快乐,趣味,回忆和琐屑的事物存活在那个被人人羡慕和向往的,太阳升起的地方。

　　而每打开一听罐头,开始享用一种北京的吃食或者使用一次北京的塑料包,也带来节日似的气氛。这次在北京,赶上举行法国工业设备展览,这个展览对于不懂工业设备的大众来说,最激动人心的是奉送印刷精美的彩色道林纸宣传品和一个彩印大塑料包。钱文虽然不懂法语也不懂工业设备,还是与闻其盛,看了展览,更重要的是有了塑料包。回到边疆后,再看这彩印提包,真好比是去了一趟巴黎,真有说不完的关于开洋荤的回味。不仅在于购物、滋味和营养,而且在于牵连,在于有那么个东西,那么个城市,那么个地图上的点点令人们梦魂萦绕,难分难解,有所向往,有所回忆,这本身就是充实,就是幸福,就是伟大的中华人民共和国一日千里与他们息息相关。

钱文与东菊双双超过四十岁了,他们的生命很可能已经过去了或者达到了一半。他们需要现在,需要未来,需要期盼和计划,他们也同样需要过去的温习,需要在回忆中探求自身,抚慰自身,证明自身的存在。哪怕这里有一点庸俗和无聊,毕竟是他们而不是别人吃上了买自北京王府井百货大楼的午餐肉、罐头猪肉和四鲜烤麸。四鲜烤麸是多么好吃呀,如果不是供应出了问题,他才不会去买那玩意儿。这么说,物资的匮乏也会带来新的体验,新的人生经历,我们算是活得赶上了点儿!

更令人激动的是他们家里的再一次有机化学工程:做酒酿。他们连续做了几次,都发酸了,不甜。他们注意了洗涤容器,他们在发酵过程中封闭了容器的盖子,他们没有发现自己的操作上有什么不严格的地方。他们只好在做好的酸而不甘的制品里放上白糖,白糖也是买自北京的,这里只有甜菜制作的乳白色砂糖——本地叫做沙子糖。而北京的白糖是雪白的面儿糖,是凭购货证限量供应的。也许是自欺欺人,也许是心理作用,即使是喝一碗馊酸中含着酒香,醇醪中透着馊酸的大米(没有糯米)制品,他们仍然感到了快乐,感到了优越,感到了从虚妄的、可疑的、被骂了个狗血喷头的、被抹杀被歪曲被嘲弄被侮辱的青年时代中抓到了一点类似不合格的醪糟一般的东西。从这馊酸的所谓醪糟中,他们寻到了一点他们的红红火火的青年时代的证明——我们竟然那样扬眉吐气地活过:

> 太阳一出来,
> 赶走那寒冷和黑暗,
> 毛泽东给我们,
> 带来幸福和温暖!

为什么他们对于革命的追求,对于新中国的欢呼接下来变成了可疑的虚伪?阴谋?投机?变成了可笑可鄙的单相思!事情究竟错在哪里?一个青年人,也许可以说是少年人,倾心革命,莫非他或者她是挑选了自己不能承担不能负责不能分辨的历史重担？是太火热的激情？是青春不能负担之重？他从来不认为错全在旁人而自己纯白如玉，命薄如纸。与控诉、怨尤、牢骚或者装腔作势的愤激相比较，他更愿意寻找自己的历史责任，他相信历史对他要负责，他也同样要对历史负责。十余年来他一直在扪心自问，我错在哪里？

最可怕的是儿子的器乐课。请了老师来家，招待了酒饭，送了头巾作为纪念品，开始学奏提琴。太可怕了，不准确的小提琴声音足以令人发狂，以"踩鸡脖子"来形容还是客气了。与老师研究，老师认为该把提琴的质量根本不合格，以这样的提琴培养孩子，其实是在消灭孩子的音乐听觉。钱文傻了眼。两个星期就在这种声音的折磨下渡过了，显然，儿子的琴没有一点进步。钱文急得如同热锅上的蚂蚁，亲自出马给儿子补音阶课，他这才发现，儿子这一代人对于C、D、E等调性毫无概念，怎么讲也讲不通。改成二胡，更可怕了，那种声音比杀鸡严重得多，是彻头彻尾的"拿脑浆子"。总共不到一个月，儿子的器乐前程，彻底破灭了。

但愿生儿愚且鲁，无灾无难到公卿？

然而，你错了，钱文。你以为你已经宠辱无惊，你以为你已经超然漠然木然，你以为你已经心平气和随遇而安什么都够用于是不再寻思不再探求不再苦恼不再希冀不再失望也不再流泪，你以为你只要只求活着，你以为你的低调已经使你处于永远的不败之地，你的绝望已经使你不再有任何愿望从而也就不再有任何波澜，你以为你的和光同尘槁木死灰濯其泥而扬其波已经明穿通透老到至极以不变应万变游刃有余，你以为你已经脱凡离俗微笑旁观怡然自在悲天悯人如在云端也就是如入粪壑，无忧无虑无嗔无喜，齐是非，同善恶，平悲欢，一生死。

然而，你不是这样的，过去不是这样，现在不是这样，将来也永远不会是这样。

只一个批判右倾翻案风就让你紧锁双眉心上压上了大石头。刚有一点整顿有一点生产有一点文艺节目,学校里学生开始上课,火车多跑出了一点正点率,火柴刚刚不再限量供应,夫妻长期两地分居的开始解决一两对儿的调动事宜,就受不了了,就又批上了。只要糖球儿在眼前一晃,只要人民有一点盼头有一点喜欢,只要老百姓觉得哪个领导还是办实事至少是说真话的,立刻就是当头棒喝冷水浇头狗血喷头大呼小叫咬牙切齿如丧考妣,非让你来个透心儿凉不可,生怕老百姓得到一丝活路,非和老百姓的心愿对着干不可。

于是又批开了唯生产力论,老夫子问钱文:"咱们还有生产力么?"钱文心想,自从大跃进引起了大饥荒以后,生产力就成了一个犯禁的话题了。于是批三项指示为纲,说是阶级斗争是纲其余都是目。那么,人们窃窃私语,老人家不是讲过以粮为纲乃至以猪为纲么?于是追谣辟谣,愈追谣愈多。老夫子说:"无根之言谓之谣,古人认为谣是天意。"人人都知道了江青接见了美国记者成了红都女皇,人人也都知道梅花党要炸南京长江大桥,而李宗仁夫人是梅花党。还说是在上海发现了毛主席当年走失了的小儿子,更有指名道姓说某某人就是毛主席当年丢了的那个孩子的。不说不知道,一说吓一跳,世界上的事怕就怕琢磨,一琢磨,不像他也就像得不能再像啦。于是又传出来东北一个傻小子把歌词"心眼儿里热乎乎"唱成"屁眼儿里热乎乎",抓起来,毙了。于是又说,一个死囚献出了判断胎儿是男是女的秘诀:用一根丝线拴住一根铅笔头,在孕妇的太阳穴上令笔头自由晃动,横晃是男,纵晃是女,一时间到处是巫术般的铅笔头荡来荡去。更可怕的谣言是说周总理病了,江青去"探望",趁着医护人员不在,江打了周三个耳光。

这样的层出不穷的真真假假的谣言,曾经大肆流行过,那是在一九四八年,全国解放前夕,国民党统治已经风雨飘摇的时候。

从北京回来,他们发现补发的工资并没有用完,钱文和东菊一商量,跑到商场买了一台上海造十四英寸黑白电视机。他们看了些新闻节目。当他们看到毛主席接见外宾的镜头的时候,他们注意到了老人家举步维艰的双腿,张开了合不上的口,耷拉着半天抬不起来的头和时而睁开时而闭上的眼睛。他们非常难过,毛主席老了就好比他们自己老了,毛主席衰弱了就好比他们自己衰弱了,毛主席糊涂了就好比他们自己糊涂了。几十年了,一辈子了,他们的一切与老人家息息相关。好也罢,赖也罢,光荣也罢,耻辱也罢,笑也罢,哭也罢,耀武扬威也罢,丢人现眼也罢,全离不开他老人家,老人家是他们的生活包括个人生活中最重要的不可须臾忘记须臾离开的因素。而现在,老人家怎么已经到了这一步啦?

也许快了?

他们悄声相视,不敢出大气儿,不敢再说下去。

然而仍然有绝活儿,横空出世,批起《水浒》来啦,《水浒》一部书,"好就好在投降",老夫子没完没了地重复"好就好在投降"六个字,作努力学习领会欣赏品味状。钱文感到,他是在推敲这六个字是否通顺雅训。就算是话语的表达上已经不如年富力强时候也罢,反正这次批《水浒》算绝了,旁敲侧击,声东击西,指桑骂槐,若领神机,无中生有,闲中发力,蓄势待发,咄咄进逼,神龙见首,了无痕迹,能放能收,挥洒如意,天马行空,独来独去。能玩到这一步,算入了化境——这里的"玩"字决无贬义,而是指一种行为变成艺术,再从艺术变成游戏般的驾轻就熟,举重若轻,行云流水,虎变难测,花样翻新,奥妙无穷,得心应手。这样的政治想象力前无古人,后无来者,他完全同意林彪的天才论,完全同意世界几百年才出一个,中国几千年才出一个的模糊数学公式!

于是十亿人运动于天才的股掌之上,一批《水浒》,完了,中国人民中国共产党员寄予最后希望的邓小平,主持工作不到一年,又靠边儿了。

于是传出了关于邓小平被批判的消息,在这个时候批邓小平就是批人们的心尖子,就是批人们的最后的希望,就是批共产党的被糟蹋了不少但仍然不容抹煞的人心。怎么能这个时候批邓小平!于是发生了"四五"天安门事件。儿子在操场的自来水龙头下洗菜,他听到了广播。他吓得放下了菜不管,跑到家里报信儿,连忙打开收音机。当然,是广播员夏青,"文革"中的所有最高指示都是由他播报的。他的声音激动,严肃,刚亮,绝对,又是高屋建瓴,泰山压顶,狗血喷头,体无完肤。

却原来还有声音,还有人民的意志,却原来人心没有死,民心不总是痰盂,却原来人民也有绝活儿,叫做"水能载舟也能覆舟"!钱文与东菊谈起来,不由得攥紧了拳头。

第二天上班,人人颜色苍白,面面相觑。最知心的朋友之间,相互交换了一个眼神,那眼神似乎是在说:"终于发生了!"与此同时,又人人低眉顺眼,做出一种傻乎乎一切听喝的样子。

照例是学习,转弯子,表态。开头五分钟说话的人有点打磕巴儿,一经起了头,学习会也就有了自己的轨道自己的惯性,于是人人都说处理得好,挽救了许多无知青年。老蒋谈得最诚恳,他说一开始对批邓也是不甚理解,后来对照邓的议论与毛主席的指示便找出了问题,明白了不批邓就不能捍卫无产阶级文化大革命的道理。

于是大家都依样画葫芦地说一遍。小刘谈得很积极,她好像为有个事需要大家表态而颇感兴奋。对于她来说,没有比紧跟表态更能胜任愉快的,也没有比这样的考验更能使她脱颖而出的了。她讲得眉飞色舞,边说边咂摸吸吮吞吐自己的舌头。她的舌头小而灵活,红而湿润,给人以一种甘甜感。钱文发现,大家都爱听她的表态更爱看她的舌头。

钱文还发现,发生一点别人一时不容易想得通而又需要人们正确表态的事件,对于小刘等一些人,对于有过多的人口过少的硬任务的中国人是完全必要的,求之不得的。平常,有多少事情是小刘做得了做得好的呢,她会写作吗?她会编辑哪怕只是改一改错别字吗?她会翻译吗?她会唱歌跳舞绘画上台演戏吗?她会教授党史哲学政治经济学么?统统不会不会不会。就是说正常状态下,她常常处于一种类似失业、闲置、萎缩、打蔫的状况。但是一遇到出事,她就来神儿啦,她的可爱的粉红色小舌头就派上了用场啦,她的积极性可靠性好使性可疼可爱可搂抱性就全都显现出来啦。在这种兴奋状态,她会说一些大舌头的傻话,傻话就更可爱,就像女人喜欢在自己心爱的男人面前,特别是当这个男人要采取某种她所期待的行动的时候,她就会说一些傻话一样,她的傻话说起来也是一种撒娇,一种愚忠,一种可疼,一种引起注意的挑逗方式。

就在钱文专心致志地欣赏品尝小刘的舌头思考小刘的可爱之处的时候他听到了一声巨大的鼾声,是老夫子。他叼着半支烟,唾液洇湿了卷烟纸,唾液亮晶晶地从口角垂下来,像庐山仙人洞一股细细的瀑布似的下垂到地面上,小瀑布折射着昼光的光谱,很好看。他睡着了。

他的鼾声低沉然而很有分量,听来像是一声闷雷,使与会的人轻轻笑起来。主持学习的老蒋若无其事,就像根本没听见这一声鼾一样。小刘由于正说得兴起,也没有注意老夫子的深度入眠。

钱文捅了游方大士一下。

大士眼睛尚未睁开,睡意尚未消除,他连声说道:"好啊,好,实在好,好,实在好,要打,一定要打,要狠狠地打,打得好打得好。当然,那还用说?毋庸置疑,邓小平那怎么行?好啊,好啊。"他的声音渐渐低下去,钱文吓坏了,只以为他又睡着了。忽然此兄挺直了腰身,挥拳道:"我认为处理得实在好!"

老夫子一脸认真,同时,他继续吸他的已经被口水浸得湿湿的香烟。香烟湿成那个样子,照样嘶啦嘶啦一亮一亮地燃烧着。这很令人吃惊。

人们变得活跃起来,开始联系实际,把机关厕所漏水,羊肉有票也买不到,汽车司机兼搞投机倒把,幼儿园的阿姨要孩子给她们送礼,购买日用品均须走后门,粮店每天只上班两个小时等等问题都联系到了右倾翻案风,联系到邓小平身上了。而一谈到生活,众人便你呼我应,趁机发了一大堆牢骚,大家都知道在学习会上谈这些也是白谈,以一种反讽和笑骂的态度发泄一番罢了。

笑声驱散了钱文忧国忧民的沉重感,看我们的生活多么幸福轻松,看人们的思想认识多么高度一致,看弯子不转自己就过来了,看政治学习当真是其乐融融。

一位画家作了长篇发言,他一通神聊,讲到黑市上的羊肉斤两不足,讲到河南散白酒喝死了人,讲到民间的一些胡说八道,竟然把《智取威虎山》上杨子荣刚刚上山,接受土匪座山雕盘问时的一段对白改成:"马是什么马?""吹牛拍马。"(应为"卷毛青鬃马"。)"刀是什么刀?""两面三刀。"(应为"日本指挥刀"。)然后他讲到农民拿着羊腿向货车司机摇晃,要求搭便车,最后证明文化大革命一定要继续搞下去。他还说现在谣言太多,决不能相信传播。例如他前边说的有些情况就可能是谣言,我们必须提高警惕。如果再搞右倾翻案风企图否定无产阶级文化大革命的伟大成果,地主老财都会回来让我们吃二遍苦受二茬罪。他的逻辑混乱不清,他的发言所举事例迹近给社会主义给文化革命抹黑,但他的最后结论似乎还是义正词严,大方向无误,于是包括老蒋在内的各人民群众也就高高兴兴地或者是稀里糊涂地或者是假装糊涂地听了下来。

会后,钱文对老夫子说:"你可真行,讨论着这么大的事,你睡得着。"

"这有什么,我的一个好朋友,搞波斯文的,'文革'初期,红卫兵斗他,他练开了气功,两个小时斗下来,他入定了。红卫兵走光了,他一个人撅着腚待在会场舞台上练功。后来是他老婆来了,才把他叫了下来,他还埋怨他老婆,说是如果不干扰他,他的真气就要冲开泥丸宫,也就是说可以灵魂出窍,直上重霄九了。"

"可是,我的这个搞波斯文的好朋友,最近得肝癌死了。"他来了一个大喘气,补充说。

学习了一天之后,又下来任务,说是要声讨,欢呼胜利什么的。

先集中开会,传达了意义、重要性、应抱态度、方式、次序、纪律和注意事项。最后强调一下严防阶级敌人的破坏捣乱。这么一说,大家的精神就起来了——阶级斗争一抓就灵嘛。之后,大家拿起统一准备好了的旗子、横标、标语牌和写有标语口号的小三角旗,兴致勃勃地去游行。四月天,边疆的气候还不稳定,本来街上的泥泞很麻烦,但偏偏游行那天天气很好,阳光灿烂,大马路上化雪的水流与泥渍也基本消失了,同志们说说笑笑地走上街头,像是一次春游。大家整整齐齐地呼喊口号,倒也不影响吸烟与闲谈。城市规模不大,用了三十多分钟就走到了市中心,大家风风光光地喊叫了一回,老夫子说,这个季节叫一叫能够去除浊气,大家都挺开心。特别是回程时他们碰到了一位卖韭菜的少数民族兄弟,不知道这位阶级弟兄是否不通汉字或脱离政治太狠,他竟旁若无人地进入游行队伍,兜售韭菜,而人们也就与他讨价还价,挑挑拣拣起来。买到了韭菜的人个个喜气洋洋,开始计划中午的饭食。钱文由于学习了少数民族语言,占了便宜,他是首批买到新鲜合意的韭菜的幸运者之一。别的人就笑,说是河北人就爱吃饺子,舒服不如撂倒子,好吃不如包饺子。大家一致同意这个结论。

多么好的游行!多么好的反击右倾翻案风!多么好的人民群众!经过"文革"的洗礼,生活真是愈来愈可爱了。

钱文始终弄不清楚,他参加那次声讨右倾翻案风的游行到底意味着什么。无所谓?是的,那个年月他可以参加随便什么游行,表随便一个什么态,喊随便什么口号。他没有自己的选择除非他已经活腻歪了。也许今天喊某某某万岁,明天喊同一个某某某狐狸尾巴露出来了,应该被彻底批判,打翻在地再踏上一只脚,不获全胜决不收兵。再过些日子,只要有命令有精神,马上反过来仍然可以喊某某某是好同志,是无产阶级革命派,是真金不怕火炼是坚决拥护直到誓死保卫——所以说,"多么好的人民!"没法不好!这么说那么多人,大家都在唱一台什么戏呢?那么多人,有几个是真心批邓的呢?不真心,为什么又是批判又是游行又是表态又叫喊提高了认识了呢?怎么假得居然搞得像真的一样,真的搞得跟假的一样了呢?我们究竟是创造历史的人民,还是任凭放牧的羊群呢?

问题是,参加完了这次游行,他的心情变得好一些了,就是说轻松一些了。邓小平既然已经邓纳吉了,就不要为他掉泪了吧。不论是诚恳沉重的老蒋,舌头翻滚的小刘,如睡如醒的老夫子,信口开河的画家,大家都无例外地参加了游行,神态也都差不多——庄重中透着轻松,疲劳中透着良民的稳健与平静。岂止他们?大学校长,科学院院士,马列主义教授,一级比一级高的有经验有威望的领导,谁没有参加过这样的表态和游行?刘少奇在"文革"开始时也跟着喊"伟大的领袖伟大的导师伟大的统帅伟大的舵手",而人们衷心敬爱的周恩来总理也跟着宣读或负责宣读"把叛徒、内奸、工贼某某某开除出党",谁能例外,谁能沉默,谁能无祸,谁能免过?

"文革"的一大后果是语言的极度扩展、加强、极度灵活与最终失灵,就像一个气球吹得山大,便砰的一声破裂了——连最都要改成最最最最,而打倒与万岁的界线,真与伪的界线,赞成与反对的界线,革命与反动的界线,功勋与罪恶的界线,热爱与痛恨的界线,放屁与讲话的界线,划清界线与划不清界线的界线全都变得稀里糊涂,无可无不可,说有就有,说没就没,一小时前有就是有,十分钟后没了就是没了了。"文革"是一次全民的语言实验。"文革"中张敏锐同志要"亮相",便发表"我的严正声明"一张大字报,其中提到坚决支持某派革命造反组织一月夺权。过了九天,说是实行军事管制了,军区不赞成夺权的那一派。于是他发表"关于我的严正声明的严正声明",改为支持另一派。又过了半个月,形势又变了,说是中央文革小组说了什么什么了,于是又出现了张主任的"关于关于我的严正声明的严正声明的严正声明",他又改变了态度了。这是对于语法和修辞规则的挑战,是用严正消灭严正,是无论如何令人难以置信的啊。

钱文已经不止一次听各级各类当权派说自己的罪恶是滔天的,他听到过不止一个当权派用这样的不可思议的语言修饰自己,这样说话和旧社会称在下、鄙人、小可并无区别,更与口称"臣罪该万死"如出一辙。破完了"四旧",一切都更旧了。经过反右,再经过"文革",中国人已经随时可以承认自己是混蛋是罪犯是杀人放火者是(披着羊皮的)豺狼是(画着美女的面孔的)白骨精或者(钻到人们的灵魂里的)蛀虫了。既然自己承认自己是罪该万死都无所谓,那么跟随着大伙儿说别人是这是那该枪毙该千刀万剐该批判不更是口到舌来,舒适愉快,轻飘润滑,温柔潇洒,易如反掌,其乐陶陶么? 随着语言的还有表情直至举动行为,小刘的舌头的翻滚与嘴唇的一凸一凹一噘一撇,用来表示对老蒋的阶级仇恨或用来表示对老蒋的忠顺虔诚,用来咬人还是用来亲吻,其中又有多大区别!

　　同理,游行与买韭菜也并无二致。又游行又趁机买头一茬春韭菜,当然使钱文如释重负。最初听到"四五"事件后的兴奋的火花转瞬间熄灭了。他的表现和大家一样,与任何人没有区别,他的见解也很正常,他是在毛主席领导下走过来的,他不理解毛主席的一些想法和做法,但是他无法想象离开毛主席的指引中国会是什么样,他自己会是什么样? 天安门前发生的事情使他激动困惑乃至于痛苦,但是不这样处理又能怎么样处理呢? 不是这样的结果又能是什么样的结果呢? "欲悲闻鬼叫,我哭豺狼笑……扬眉剑出鞘……"他们热血沸腾,他们乌合之众,他们义愤填膺,他们起哄闹事,他们哭哭叫叫,他们痞子运动,像他们这样的人和闹事的办法共产党见得多了,共产党是群众运动的专家,群众斗争是共产党的拿手好戏,共产党靠的是群众运动起家,群众造反起家! 可以说没有这样的国情就没有几千年和二百年来的历史! 他们想以人多势众吓唬共产党,他们算找错了对象! 他们算碰上了克星! 那些闹事的人能够给中国带来什么呢? 他们能够解决中国面临的哪怕是最微小的问题么? 他们掀起的几个浪头能够和共产党发动的人民革命相比? 他们能管得住军队、农民、边疆、内地、城市、干部、工人、学生、小偷、乞丐、土匪、妓女、流浪汉，他们防得住苏修、美帝、印度、国民党、一贯道、圣母军、八大金刚和十三妹么？

活该！政治是无情的，政治不是诗，政治不浪漫，政治一点也不亲爱温柔，政治让女性走开，让娘娘腔的阳痿小男人走开，让除了读死书放空炮忸怩作态耗子舔猫屁作（读嘬）死成事不足败事有余啥也不懂的白痴废物自以为人五人六的知识分子走开。政治是金刚力士的政治（这个词钱文是跟陈伯达学来的，陈在一本小册子里，称赞法国大革命中罗伯斯庇尔的杀人如麻，说他是"把真正的金刚力士请上了历史舞台"），斗争是胳膊腕儿的斗争，正义是胜利者的正义，思想是统治者的思想，人民是山呼万岁指到哪里打到哪里的人民！革命的基本问题是政权问题。还不明白？没有一个政党像共产党说话这样坦率和一语中的。季米特洛夫接受德国法庭的审讯时候说得透："在未来的战斗里，不做铁锤便做铁砧！"

然而江青呢？她得罪了老干部，她得罪了解放军，她神神经经，女流之辈，信口开河，比钱文还幼稚。看哪，她竟然听临时工造反团的控诉感动得落了泪，她以为是真的呢，她的水平绝对不比天安门广场上烧汽车的暴徒高，她把党把国家把社会搅得一团糟，她凭什么，就凭一个特殊身份？那么，主席百年之后，她的下场能够比古代的任何恃宠伤众的弄臣好么？哼，有好戏看！

邓小平呢？所有的报纸，从第一版到最后一版，全是骂邓小平的，把邓小平比做匈牙利的纳吉，说他是邓纳吉。纳吉是什么人？他是被骗回来枪毙了的呀。他们要枪毙邓小平吗？唯一的一点希望，人们曾经寄托在邓小平的直言与他对中国人的责任心上，现在完了。邓小平在这种环境下竟然敢说真话，这令钱文感动得热泪盈眶。其实邓小平会明白，他急不得，他应该从长计议，他是在进行一场什么样的稀奇古怪和险恶万分的腹背受敌的斗争啊。

知其不可而为之，政治家，官员，有时候也是满悲壮的，叫做寄语位尊者,临危莫爱身!

中国共产党总算出了一个邓小平啊!

世界上真有不要命的人啊!

然而,他钱文已经怕看戏了。他已经想象到了公审然后枪毙邓小平的场面。事情会不会进一步恶化?倒行逆施会不会发展到自取灭亡?到那时候玉石俱焚,土崩瓦解,千千万万革命志士的奋斗付诸东流!

治国安邦非吾事,自有周公孔圣人。

还是高高兴兴地吃韭菜馅饺子。韭菜黄瓜两头鲜。没有肉,有鸡蛋或者虾米皮也行。边疆的冬天是漫长的,从打头一年国庆节以来,七个多月吃的都是土豆白菜萝卜,最多加上洋葱大蒜,干脆见不着什么绿颜色。现在有了碧绿如油的韭菜,有了辣和香臭合璧的韭菜的强烈的刺鼻的气味,这气味立刻叫人想起锅碗瓢勺筷子和饭桌,想起生活,想起春天,想起生活,想起吃喝拉撒睡柴米油盐酱醋茶,想起男人、女人和孩子,想起家庭,想起太平日子,多好!宁为太平犬,毋为乱世人。我也革过命,我也下过抛头颅洒热血的决心,我也振臂高呼高举红旗向前冲杀过,我也欲悲闻鬼叫,恨不得扬眉宰几刀,"慷慨歌燕市,从容做楚囚,引刀成一快,不负少年头!"这样的诗是"剑出鞘"之属所不能望其项背的,然而这首诗的作者恰恰是汪精卫!在中国,没有比青年人的鲜血更廉价更可疑更飞快地褪色的了。我早早受到了党的教育,叫做十年生聚十年教训,我早就知道这一切的不足恃了,我现在需要的是一盖帘饺子,是苟全于乱世。为什么我也一定要跟着哭跟着拼跟着闹跟着死呢?让我欣赏一下今年的头一茬韭菜吧。

家属院里家家吃韭菜,吃得一个院子里打嗝儿放屁都是同一种气味。然后韭菜吃完了,全院掀起了自搂"基建"的高潮。东菊所在的学校里修建体育室,运来了大量建筑材料。于是一位先知先觉带头,大伙儿跟上来,纷纷将建筑材料化为己有。开头,这种"偷"虽然明目张胆,还是有某些节制某些分寸的:人们尽量挑一些半截砖,烂木板,各种下脚料,就是说将工地淘汰下来的东西往自家搬。渐渐地,有人肆无忌惮地打开拆开工地上的各种保护阻拦,拿起最好的建筑材料就往家里走。当这样的大胆者受到工地上的人的劝阻,告诉他们拿公家的东西去干私活未免不妥的时候,他们回答说:"什么叫公家的?我就是公家的!我就是国家的!连命都是属于公家的!"他大声疾呼,公然宣告,振振有词,理直气壮!

另一种雄辩的逻辑是:"我们拿这么一点儿砖木沙灰你们就管,那么自治区文联会议室的全套沙发在一夜之间被人开着大货车公然盗运干净,你们怎么不去管?出版社的编辑被人活活勒死扔到河里,你们怎么不去破案?×××领导自己要了一处房子,又给孩子要了三处房子,你们管吗?"钱文一直胆怯,动作甚慢,在盖小房方面属于顾虑重重的观望者。自从参加完声讨右倾翻案和天安门事件的游行以后,自从昧着良心喊了批邓的口号发了批邓的言以后,自从吃了咸淡宜人异香扑鼻的韭菜饺子以后,尤其是听了振聋发聩的偷盗有理论之后,不知道怎么一下子思想就解放了——他觉得自己有功了,怒从心头起,恶向胆边生,中国旧小说的套话真棒!他觉得自己已经没有什么做不出来的了。他创造了独立盖小房的崭新纪录,他废寝忘食,在妻儿帮助下两天半盖好了一间约四平方米的小屋,里边砌了一个灶,这就不仅是贮藏室,夏季也可以用它作厨房。他们的门前有一棵沙枣树,他舍不得毁坏这棵初夏时分会放出浓香来的沙枣,便把树砌在一面墙里,使歪歪扭扭的树,歪歪扭扭的墙,歪歪扭扭的灶,表现出一种奇特的雕塑风格。总之,这样的房子,天上没有,世上无双,歪七扭八,随心所欲,破除了一切条条框框,从必然王国走向了自由王国,与钱文的心情境遇贴切符合。(二十年后,钱文明白,自己早就搞了解构和后现代。又后来,钱文到了巴塞罗那,他发现高迪的建筑庶几可以与他的用偷来的材料建筑的小房相媲美。)

小屋盖完了,开始刷白,不但刷了小屋,也干脆刷了主房。他们买了几十公斤生石灰,加了二斤盐,一瓶蓝墨水,把大小房屋内墙刷了一个干干净净。天渐渐热了,小贮藏室兼厨房立即派上了用场,钱文又发现了自己的一个优点,他在房间里读书乃至写作——他已经开始了的写作继续尝试着,但是愈来愈艰难了——小厨房里蒸着苞谷面窝头,他能在读书或写作、心无旁骛、专心致志、进入情况之时突然警觉:到了揭锅的时候了! 于是一看表,与预计的时间相差不到五分钟,他的身上就像设有闹钟发条一样。不论他怎样用心读写,他不会因忘记及时处理而造成锅干屉焦的炊事事故。无论他怎样尽责于执炊,他也还可以照旧学习写作。

  我是一间歪扭的房子,
  我是一台上紧发条的钟,
  我偷来了砖头木板洋灰,
  我遗失了我自己的生命。

他口占一首诗,笑出了眼泪。

边偷料盖小房,边批邓批《水浒》,组织了各级领导写批邓的诗,诗歌发表的时候一律注明职务。钱文奉命将好几首用本民族语言写的诗翻成汉语,并且负责给诗人注上局长、专员、主任、委员的头衔。然后举行批邓诗歌朗诵演唱会,两种语言,且歌且舞,跟真的一样。

学习会上则说是宋江架空了晁盖,然后人们居然联系起邓小平架空了毛泽东。游方大士正色道:"这样说是完全错误的。你们大家不想想,毛主席那么伟大,那是一个邓小平能够架得空的么?你说某某要架空毛主席,这不但是对于某某的批判,不也是对于毛主席的污蔑了么?同志们,我们只能说是某某痴心妄想架空(!)我们的伟大领袖,是可忍孰不可忍!可头些日子毛主席还说邓小平政治思想强,绵里藏针呢。当然了,情况发展了,过去那样说是正确的,现在这样说也是正确的。"

老夫子的话把大家绕糊涂了,他到底是拥护批邓还是不拥护?

小刘几次张嘴要说话要表示异议,又最后闭住了嘴巴。她大概也感到对游方大士的话是老虎吃天,无从下口吧?

会后,老夫子与钱文谈起来居然也是一脸正经,他庄严宣布:"我讲的是严肃的,是字字都符合毛泽东思想的。我是努力领会批邓反击右倾翻案风的真谛的。我讲的是辩证法。我是马克思列宁主义者。你们不让我当马克思列宁主义者吗?办不到的。我就是好,就是好。文化大革命就是好。人民公社就是好。我某某人就是好!这才叫更有潺潺流水,高路入云端也!"

善扯的画家说:"老家伙别他妈的扯了!"

而游方大士居然气急败坏,他正色道:"同志,你危险,你的阶级本能使你无法理解我的革命理论和革命体会!"忽然,他捧腹大笑,笑骂道:"你们这些王八蛋!"他笑得发作了喘病,嗓子里出了各种怪声,如鸟鸣,如裂帛,如火车放气,如锯玻璃。

在批邓学习转弯子期间,北京来了两个人,找钱文外调犁原在一九七五年七八九三个月对钱文散布了什么谣言。现在的钱文已经不是一九五八年与廖琼琼一起吃过饭便立即回来写廖琼琼的材料的钱文了。他态度明确,犁原同志一桩谣言也没有散布。压也好,诈也好,逼也好,诱也好,反正犁原同志吗也没有说过,凡是犁原说过的都正确,凡是不正确的犁原都没说。两个外调人员虽然极不满意,并且威胁钱文说他的态度恶劣,要把他的材料转给当地,最后,他们仍是没有办法,悻悻地走了。

便再学习。列宁为什么说无产阶级专政。八亿人口不斗行吗?(能斗掉四亿吗?)三要三不要。纪念鲍狄埃。科学院与百货商场都是无产阶级专政的工具。两个彻底决裂。停滞的论点,悲观的论点,都是错误的,不符合地球史,宇宙史,人类史的基本知识。小土群,蚂蚁啃骨头。在中南海游泳池接见赫鲁晓夫。还有无可奈何花落去,似曾相识燕归来,霸王别姬,七发,子见南子。以猪为纲,水肥土种密保管工。是共工而不是轩辕氏取得了胜利。单日打炮,双日不打,与苏修论战从一万年减为九千九百年。鸡毛上天,蚂蚁啃骨头。提倡拉练,大风大浪并不可怕,提倡游泳,还管打乒乓球,管卖菜。高能物理,经络与物质不可穷尽。《十五贯》《海瑞罢官》,百花齐放,百鸟齐鸣,秦始皇和曹操都是大好人,《红楼梦》第四章是全书的纲,《红楼梦》是阶级斗争史。杜牧的诗有"折戟沉沙"句,预告林彪的三叉戟飞机坠毁,沉到蒙古人民共和国的沙漠里。这就是"天要下雨,鸟要飞,娘要嫁人"。再锄毒草,武训是反动派,光绪、康有为是卖国主义。阳谋阴谋,引蛇出洞,帽子拿在群众手里。脱裤子,割尾巴。而今我谓昆仑,不要这高,不要这多雪。只有不要脸的人才说不要脸的话。在中国的九百六十万平方公里国土上,大踏步地进攻,大踏步地后退,大开大合,声东击西,欲擒还纵。见头不见尾,望山跑死马。将欲取之必先予之。永远团结两个百分之九十五。无往而不胜,如入无人之境。

  于是五迷三道,只剩下了听喝。毛主席和他们的关系,赛过父母,赛过兄弟姊妹,赛过师长,赛过一切亲人友人好人与冤家对头。离了他不行,什么也离不开他,离了他就是行驶在大海里突然撤掉了船,飞行在天空突然撤掉了电罗盘,睡眠中做着好梦也许是噩梦却突然撤掉了床,于是乎就什么都没有啦。他好就是人人都好,他错了就是自己活该倒霉,他聪明就是人人诸葛亮,他傻了就是自己彻底迷糊。他就是记忆,他就是感情,他就是功勋,他就是噩梦,他就是奋斗,他就是豪情,他就是发烧,他就是顽强地活下去的中国人的灯光、馒头、辣椒、白干酒、门神、驱蛔灵和气功,他是每一个中国人从脖颈通到尾椎骨的那根主筋。时间一长,你也会埋怨他,痛惜他,咒骂他,像咒骂脊椎疼痛,心跳气短,灯泡刺眼,馒头有了味,葱辣鼻子蒜辣心……只有辣椒不讲理,辣了前门辣后门。然而他已经化为你的一部分,已经与你的一生、你的父母与你的子女的一生密不可分,也许有了他你并没有生活得很惬意,但是没有他你就不是你,中国就不是中国,历史就不是历史,世界就不是世界。你咒骂完了还是心服口服。他以后的几百年,在中国,凡是打批判的旗帜战斗的旗帜反潮流的旗帜反体制的旗帜社会主义的旗帜——包括全面民主的社会主义和西方马克思主义的旗帜以及人民的特别是劳动人民的旗帜鲁迅的旗帜左翼的旗帜的,还有打民族的旗帜中华的旗帜爱国的旗帜与中国的具体实际相结合的旗帜的,还有一种打旗帜的旗帜就是自诩旗帜,却根本看不出来他到底要干什么能干什么的,没有哪个人能够脱离开他的思想光辉,没有哪个人能越出他的思想边线,没有哪个人能够望其项背!

从中国现实的角度来说,他老人家的"文革"实在是搞得一团糟,他搞得百业凋敝,一事无成。他把中国像面团一样地擀过来捏过去,结果运动完全脱离了他的控制。他亲手去摧毁自己建立的党,去摧毁自己建立的国家,去摧毁自己建立的信念和秩序,再摧毁自己发动和领导的无产阶级文化大革命。如果他年轻一点,也许事情还发展不到这一步,请神容易送神难,他请来了文化大革命这一尊神,他已经无能力送走它了。

然而这毕竟是中国革命世界革命的一次人民大狂欢,是一次毛泽东的诗意盎然的狂想曲。毛泽东称自己一辈子就做了两件事,一件事是建立了新中国,一件事是文化大革命,这绝非偶然。从中可以看到他老人家是怎样地看重无产阶级文化大革命!这是英雄主义与理想主义的狂欢,超前思维的狂欢,这是意志的狂欢,概念和语言的狂欢,创造历史即追求历史的一点新意社会的一点新意的狂欢(用后来时髦起来的话来说,这是追求"创意"的狂欢),群众运动的狂欢,天才、智慧和勇气的狂欢,献身精神和悲剧精神的狂欢,是机会和手腕的狂欢,力比都和激情、欲望和野心的狂欢。人生说到底是什么?人生不过几十年,人生就是生命的一次狂欢,更正确一点说一次狂欢的实验,意义就在狂欢和实验本身,你还能做什么?你还能得到什么?什么叫对?什么叫错?毛泽东使青年一时间解放到了极致,去掉了一切绳墨规矩,轰动了全人类,激发了全世界。这有点残酷,一切循规蹈矩一板一眼对于生命对于青年就不残酷了吗？文化大革命确实尽兴。所以西柏林的"墙"上写满了联邦德国红卫兵的标语，美国加州伯克利市建立了伯克利人民共和国，法国文化部长作家马尔罗对毛泽东敬佩备至，后来，许多年后，全世界的拳击爱好者都在电视实况转播中看到：泰森的手腕上刺上了毛主席头像。

极致了就是到头，尽兴了就是破产，狂欢了就是千里搭长棚，没有不散的筵席。他自己多次讲过的，物极必反。除了他，没有什么人能够把六十年代的中国搞得这样乱，这样绝，这样热闹。

那么他死了呢？

没有人敢说这个话题，然而人人都在面对着思考着这个话题。

在"四五"以后，人们最后一次在电视屏幕上见到他老人家，是他接见巴基斯坦的总统叶海亚·汗。人们看了电视，明白了，时候快到了。

他死了会引起动乱，崩溃，四分五裂，外敌入侵，亡国灭种？

他死了就是都死了？

人民祝愿着他的万寿无疆。

他死了江青还能站得住？

他死了"文革"还能继续搞下去？

他老人家的悲剧在于，他太伟大了，他的存在创造着一切也遮蔽着一切，他的不在，必然是一番风风雨雨，如果不是惊涛骇浪的话。

到了一九七六年九月九日的这一天。中秋节刚过不久，中秋节那天月光太好了，那样的月光下无法入眠，睡不着的钱文和东菊就谈论老人家和旗手，谈得唱叹不已。夜里两点多了，钱文起床走到院子里，他看着雪白的月亮，由于没戴眼镜，他看得模模糊糊，只觉得月亮煞白，月光煞白，满地煞白。一阵凉风，他身上抖了抖，他忽然感觉到，毛泽东主席正在乘风而去，乘月而去。他回到床上，再也睡不着了。

一九七六年九月的这一天通知下午有重要广播。钱文自己都不敢向自己承认,从他听到第一声听广播的通知起,他就知道这一天到了。

无疑,这一天到来了。最危险的一天,最恶劣的一天,一切都到了头,一切都在未定之数。而且,他懂得愈是这样的时刻愈是艰难,什么好事什么坏事都可能发生,也许转瞬间就有成千上万的人头落地。什么叫幼稚,幼稚就是轻信,幼稚就是把一切包括自己想得太好了。什么叫成熟,成熟的第一步是防范,是懂得人性恶洞悉人性恶,是克制与防备直到制服这种种的恶。

也许更进一步的成熟是对善恶的超越与包容吧?钱文还没有达到这个境界。

"中国共产党……极其悲痛地向全党全军全国各族人民宣告:我党我军我国各族人民敬爱的伟大领袖,国际无产阶级和被压迫民族被压迫人民的伟大导师……"

一听声音就可以判定,是了。

是夏青的高亢的庄严的声音,但是声音里含着悲戚,含着苍凉,含着惊恐和绝望。毛泽东的死使广播员夏青立刻变老了。这样的讣告本来是齐越的拿手好戏,一九五二年齐越广播的斯大林讣告,令人泪下如雨。"文革"以来夏青的声音从来是用来广播毛主席的最新指示的。他的声音从来都是自信,唯我独尊,压倒一切,囊括宇宙,指挥着千军万马的声音。中国子民没有机会常常听到领袖的声音,那么,广播员夏青同志的声音,就是毛泽东主席的声音。然而,今天,他的冷峻的声音里向外滴着血滴着泪。

"毛泽东主席是中国共产党、中国人民解放军、中华人民共和国的缔造者和英明领袖。毛主席领导我们党同党内右的和'左'的机会主义路线进行了长期尖锐复杂的斗争,战胜了陈独秀、瞿秋白、李立三、罗章龙、王明、张国焘、高岗、饶漱石、彭德怀的机会主义路线,在无产阶级文化大革命中又战胜了刘少奇、林彪、邓小平的反革命修正主义路线,使我们党在阶级斗争和两条路线斗争中不断发展壮大……"

瞧这个名单！莫非毛泽东一辈子战胜的首先不是日本侵略者和国民党统治，不是国际帝国主义，不是蒋介石和汪精卫，而是共产党的这么一大批领导人！吓死你！

鸦雀无声，一片肃穆。讣告泰山压顶，先声夺人，居高临下，气象万千，不由分说，先把一排大铁钉砸死。

与周总理去世时的情况不同，那时候确实许多人满眼是泪，有的还哭出了声。而毛主席的锋芒逼人的讣告引起的只有绝对的安静，绝对的严肃，绝对的谨慎小心。所有的人都低着头，大气也不敢出。似乎一只威严的眼睛，似乎是毛主席的在天的眼睛在审视着大家。似乎人民正在互相审查，互相揭发，互相举报。似乎人们正在接受政治审查，接受考验。似乎头上有一把革命的利剑高悬，而当场有可能拖出去形迹可疑反应可疑被认为是阶级敌人例如同情邓小平的人就地正法。

直到听完了一遍广播了，哀乐已经放送了一会儿了，仍然没有人敢动。他听到了小刘的一声叹息："怕就怕这一天啊……"

她的声音很小，没有把话说完，因为，她也觉察到了，这时候，说什么都是做作的，不自然的。

"华国锋，王洪文，张春桥，江青，姚文元……"

夏青缓缓地读着毛泽东主席治丧委员会的委员名单，声音空洞而且迷茫，呆板而又伤痛。在讣告和哀乐以后，任何其他的广播已经失去了意义，在毛泽东的名字之后任何名字已经失去了分量。

钱文仍然注意到，治丧委员会里有刚刚特赦释放的战犯，却没有邓小平，没有那些共产党的元勋。

钱文缓缓抬起头，他看到的是绝对冻结了的表情一片。老蒋一声没吭，一脸的规规矩矩，一脸的决不乱说乱动。小刘低着头用眼角左顾右盼，她一直没有找到应有的感觉，她真的不知道该怎么样表现或者表演了。钱文看了看老夫子，老夫子的脸沉重已极，一片肃杀，似乎他方才挨了一顿痛打，要不就是他立即准备杀人。而喜欢胡讲乱讲的画家一副要与旁人决一雌雄的样子,他憋着气,皱着眉,苦着脸,两臂绷圆,两拳紧握,瞪着两只牛眼,令人倒吸一口冷气。

只是在收听完广播,大家散去的时候,老夫子看了钱文一眼,向钱文歪歪嘴做了一个鬼脸儿。他的表情转瞬即逝,以至于钱文判断不出来他到底是什么表情什么意思。钱文想,即使用照相机,也捕捉不住游方大士的那个莫名其妙的表情。然而,他觉得游方大士的反应过头了。他第一次感觉到了自己与老夫子的区别,他感到了对于老夫子的一点不满。

回到家里,他和东菊互相紧紧捏了一下手。他们提醒说:"要小心,要慎重,要分析,不论发生什么事件,都要冷静。"他们之间过去常常议论毛主席和"文革",现在他们不议论了。然而,承认这一点有罪过也罢——他们对视,他们发现了对方脸上的极力克制的兴奋和期待的表情。他们都知道,一个历史时期过去了,他们自己的人生中的最好的一段过去了,不是早一分钟也不是晚一分钟,而是恰恰在这个时刻,过去了。

于是再到会上去说继承毛主席的遗志,"按既定方针办"。什么叫"按既定方针办"?画家解释说:"外甥打灯笼——照旧(舅)"。于是人们收藏萝卜和白菜,人们拥护华国锋同志就任中共中央主席、中央军委主席、国务院总理。他们长出了一口气,萎萎缩缩地照样活下去。

还能怎么着呢?好像也就这样呗。

后来发生的事如阵阵春风,其实一切都不出所料,其实要让老百姓办早就办完了,但钱文还是觉得一切都比意料的更快更利索更简明通俗之至,一切都符合人们心目中的顺序。钱文完全没有想到自己还会这样兴奋快乐如迎接解放的中学生。老人家一走,王张江姚的破灭摧枯拉朽。报上的文章直指极左,"还批判唯生产力论,难道让我们喝西北风吗?"这样的老百姓的话都上了《人民日报》。电视里播放了青年艺术剧院演出的讽刺喜剧《枫叶红了的时候》,嬉笑怒骂,皆成文章,人们已经用各种方式声讨起"四人帮"来了。

又是游行了,是由衷的,不是为了买韭菜。也许人民隔那么一段时间就真的起一回决定性的作用?认为一切用人民的名义做的事说的话都代表人民是幼稚的,那么认为人民只是群氓群羊,是不是更荒谬呢?

许多次在首都举行的诗歌朗诵演唱会,全国的广播电台转播。文艺界居然又活了……

钱文听到那些激越的诗歌的时候,一次次地热泪盈眶了。他为周总理哭。他为陈毅哭。他为王昆和郭兰英的歌声哭。他为郭小川和艾青的诗句哭。一声"洪湖水浪打浪",一声"我站在高山之巅",一声"大雪压青松,青松挺且直,欲知松高洁,待到雪化时",他哭得几乎闭过气去。

却毕竟是中国共产党。毕竟是李大钊、瞿秋白、方志敏、恽代英、左权、柔石、胡也频、刘胡兰、江竹筠和王孝和、向秀丽的党,是鲁迅引为同道,郭沫若衷心拥护,丁玲和艾青成为她的一员的党,是建立了新中国万众归心的党,是马克思、恩格斯、列宁、李卜克内西、倍倍尔、罗莎·卢森堡、蔡特金、约里奥·居里和阿拉贡、聂鲁达和希克梅特的国际共产主义运动的一个分支,它不可能三下五除二变成奴才党太监党魏忠贤和李莲英的党清谈党白痴党只会跳忠字舞的党。

却原来人民有有用的时候,盗用人民的名义也有到头的那一天。却原来煤球不是白的指鹿不可能永远为马,《智取威虎山》的原作者是曲波不是江旗手。却原来种瓜得瓜种豆得豆。你积存了一些威望,你立下了历史功勋就是说你做过不少好事,你就能带动不少群众。而如果你滥用和透支你的威望,你的巨大的威望积存就开始减少开始告罄,再继续下去威信还会变成负数,你就要在某一天偿还债务,还不清的话还要旁人帮着还。却原来《洪湖赤卫队》的歌声仍然那么动人,郭小川的名字仍然在诗歌朗诵会上震响,而姚文元把全中国知识分子都打成反革命的结果是他自己的覆灭。常香玉用河南豫剧调唱郭沫若的词:"大快人心事,揪出四人帮……"真是痛快呀,几十年没有这么痛快了。我们活到了这一天,我们活到了这一天!

却毕竟马克思主义毛泽东思想是科学的探求是威严的判断是崇高的理念是多少仁人志士热情和智慧的结晶,而并不是任人捏揉任人搅和任人随便造的一团烂泥。却原来科学社会主义学说并不是信口开河连蒙带唬走江湖叫卖的野药。而一声"二月里来——好春光"也唤醒了多少沉睡麻木的善良的心,一声"正月里闹元宵"也引发了多少热泪。却原来陈毅,贺龙……的英名,都不可能永远任人蹂躏,中国革命史中共党史都不可能永远任人涂抹。不是隔世报,不是现世报,而是立时报,立刻报,谁也跑不掉。这个痛快呀,原来愈苦愈糟如今就愈痛快。却原来周恩来总理是那样令人民痛惜,同情,怀念,成就了那么多诗篇,引发了我中国多少人的热泪。却原来伟大如毛主席也不可能永远遮人耳目,不可能永远倒行逆施,不可能永远垄断真理,这里有一种比人比领袖比导师比统帅比舵手比权力比天才比原子弹飞机大炮更伟大更强有力的东西。

钱文自己也昼夜伏案疾书,他写了许多新体与旧体诗。他自己也没有想到,他还有这么大的政治激情。老夫子见到钱文的激动的样子,不禁笑道:"又有什么可高兴的呢?想不到你是这样的呀。还不是梦里依稀慈母泪,城头变幻大王旗?还不是瞎子点灯白费蜡,外甥打灯笼照旧?"

钱文坚信,在中华人民共和国的土地上,生活快要发生变化了。不管怎么说,明天会更好而决不是更坏。而老夫子却只是冷眼旁观,他来找钱文喝酒,钱文不想那样喝,老夫子却醉醺醺地呻吟着说:"明天,谁知道明天又会怎么样呢?"

老夫子喝得太多了,大口大口地呕吐起来。

钱文没有办法。钱文不可救药。钱文又来了劲儿啦。钱文身上的火种远远没有熄灭。不论有多少歪曲,多少打击,多少失望,多少沉沦,多少误解,多少亵渎,多少变形,多少仇视,多少怪话,多少愤懑,也不论过去现在和将来有多少糊涂,多少想不通,多少遗憾,多少困惑,这个党是我的党,不能说只是你的党,这个国是我的国,更不能说只是你的国,这个时代是我的时代,不只是你的时代,这个历史是我的历史,不只是你的历史。也不论他确实已经看得多么开、透、通、明、逍遥、飘逸、老谋深算、料事如神、刀枪不入、半仙之体,甚至也不论他已经变成了多少次蛆虫、老鼠、蚂蚁、屎壳郎,他钱文仍然是钱文,他的感情性情观念中仍然包含着那么多革命的理想,政治的关切,党人的信念,忧国的深思,入世的抱负,献身的热望。他不是老夫子,不是游方僧,不仅仅是鸡猫的养家与搓麻的能手,不是那个湖南工人也不是残渣鱼儿,他其实从来没有绝望过。哪怕没有人接受他的热泪也罢,哪怕认为他的热泪一文不值乃至有害无益也罢,认为他是自欺欺人别有用心也罢,认为他是装模作样讨好某一个力量也罢。在一九七六年的秋冬,在一九七七年的春天,他哭了,为中国共产党,为中华人民共和国,为社会主义共产主义的思想,为苏联十月革命,为一八四七年出版的马克思与恩格斯合著的《共产党宣言》,为毛泽东和周恩来,也为孙中山和廖仲恺,为林则徐和邓世昌,为邓小平和华国锋,为陈毅和贺龙,为李大钊、方志敏和刘胡兰,为卓娅和舒拉,为马特洛索夫,为闻一多和李公朴,也为老舍,为顾圣婴,为傅雷也为丁玲艾青和周扬……他热泪长流如注。

终于,一九七七年,在党的第十一次代表大会上,华国锋郑重宣布,以"四人帮"被粉碎为标志,历时十年的无产阶级文化大革命,胜利结束。

这个宣布使老夫子即游方大士笑得满身口水,满脸鼻涕,他一面盛赞着"好啊,好啊",一面笑得前仰后合,弯着腰直不起来,他像瘫了一样,匍匐在地。他最后真的瘫倒了,面如土色,不论怎么努力过了许多分钟硬是站立不起来。同事们大惊,把他送到医院,三天后不治而愈。

1997 年至 1999 年写于北京等地
人民文学出版社 2000 年初版